Clandestine(s)

le biocreux inc.
Boîte postale 399
Succursale La Cité
Montréal, Québec H2W 2N9

Dépôt légal — 2e trimestre 1980
Bibliothèque nationale du Québec
Bibliothèque nationale du Canada

distribution
Messageries littéraires des éditeurs réunis inc.
6585 rue Saint-Denis
Montréal, Québec H2S 2S1
téléphone : (514) 279-8476

production
atelier le biocreux

Jacques Renaud

Clandestine(s)

ou

La tradition du couchant

roman

à Julien et aux siens

à Marie-Joie

à feu Carlo Suarès

à Raymond

et à Robert-Guy Scully
à cause de l'Amérique

PRÉFACE

en forme de conciliabule

Réjean : Je veux écrire un livre, un roman, que j'intitulerai : LA TRADITION DU COUCHANT. Ce sera comme une introduction à l'Histoire de la Nuit. Les héros qui relèvent de cette tradition plongent consciemment au fond de la Nuit avec un coeur ardent. Ces amants de la Nuit sont des perturbateurs profonds. Par leur passion portée au rouge ils éveillent les ténèbres et contribuent à les faire déferler sur le monde. Leur ardeur devient la source des conflits et des haines mais aussi de leur résolution en mort ou en tension — ou en résurrection et en harmonie. C'est le mystère des fins et des débuts de cycles. Nous sommes venus sur terre pour connaître ce mystère. Et le vrai nom, ou l'autre nom de la TRADITION DU COUCHANT serait la TRADITION DE L'AMOUR-TERREUR.

Julien : Pourquoi alors ne pas intituler ton roman : LE LIVRE DE L'AMOUR-TERREUR ?

Réjean : C'est que ce roman n'en est que l'introduction.

Julien : Alors, que cela reste entre nous, si tu n'oses pas, mais il faut que ce livre s'intitule aussi : LE LIVRE DE L'AMOUR-TERREUR. Fais-le en mémoire de notre amitié.

Réjean : C'est entendu. Pour nous, ce livre sera celui de L'AMOUR-TERREUR. Pour nous et surtout pour toi. Et pour tous ceux qui pourront l'entrevoir.

(Réjean est le narrateur de ce récit.)

la Nuit. Ces amants de la Nuit sont des perturbateurs profonds. *Par leur passion portée au rouge ils éveillent les ténèbres. Leur ardeur devient la source des conflits et des haines mais aussi de leur résolution en mort ou en tension — ou en résurrection et en harmonie. C'est le mystère des fins et des débuts de cycles. Nous sommes venus sur terre pour connaître ce mystère. Et le vrai nom, ou l'autre nom de la TRADITION DU COUCHANT serait la TRADITION DE L'AMOUR TERREUR*.*

---

* *Et finalement nous avons décidé, avec l'accord de Julien, d'intituler ce roman CLANDESTINE(s) ou LA TRADITION DU COUCHANT. Clandestines, au pluriel, d'abord parce qu'elles le sont toutes : Aurélia, Noémiah, Rachel, Lucie... Et Clandestine, au singulier, parce qu'il existe un infra-personnage ainsi nommé dans le roman qui intervient à quelques reprises, soit pour instruire le lecteur, soit pour parler des méninges, comme dans l'un des adenda, et qui fait non seulement partie du roman mais, en quelque sorte, de son "pourtour" non-écrit, comme vous pourrez sans doute le pressentir vous-mêmes : pourrez-vous, grâce à elle, si vous la croisez, lire dans les textes comme dans une boule de cristal ? Et qui sait si elle n'est pas le cristal même du texte ? Ayant eu, par ailleurs, une fois, en songe, la vision de la structure chromatique et linéaire de la couverture de ce livre, elle la communiqua, par je ne sais quel cristal intangible, à l'imagination de mon éditeur qui me proposa la structure et le titre. J'acceptai immédiatement, sachant que Clandestine elle-même venait de jeter sous nos yeux un peu du scintillement de sa poudre magique, avec l's du pluriel et du mot sel.*

CLANDESTINE(s)

ou

LA TRADITION DU COUCHANT

PROLOGUE

Le chant de la parturiente

Naître. Qu'est-ce que naître ? Ce livre est tramé de l'inépuisable mystère de la naissance. Il s'offre à toutes les définitions. Il se laisse saisir puis se refuse pour nous entraîner dans les ténèbres de sa chair. Homme, il se tient debout, incommensurable : *incommensurables, ils se succédaient* (1)... Humain, il est la croix. Divin, il est cette lumière et cette force encore insaisissables qui nous emportent en nous transformant au-delà de tous les livres et au-delà de tout ce qui fut humain. De page en page, c'est à cet abandon que je nais en parcourant le seul chemin que je puisse parcourir et dont je ne puis, à la fin, dévier : le mien. Je suis toujours à la place où je suis. Mais le lieu sacré de ma loi est au-dedans de moi. De ce lieu je jaillis en toute liberté. Mon lieu est intemporel et chaque instant m'en décloisonne. Je nais. N'attendez pas de moi ici autre chose qu'un vagir, mais un vagir de lumière dans les ténèbres, de force dans la faiblesse et la chute, d'ardeur au coeur de la boue, de feu dans les planches qui craquent.

Car le soleil blanc éclate sur la mer or et argentée et je deviens l'intensité d'un sourire infini.

Naître. Qu'est-ce que naître ? Les cahiers de ce livre sont tramés de l'inépuisable source de la mort et de la vie. Il me semble que je n'aie jamais autant aimé qu'ici, aimé et compris, les ténèbres du corps et l'étriqué des sens. Et voici que par cet amour, cette passion de velours intense, surgit l'énergie. Elle vient à moi et vibre dans mon corps. L'ouvre. Elle a de nombreux bras et de nombreuses têtes. Naître, c'est naître en Elle. Définissez puis brisez ces coques et pénétrez dans la caverne au trésor du silence. Là, un ciel plus vaste que celui du jour, plus insondable que celui de la nuit, est la nouvelle demeure de l'élargissement. Pénétrez bien toute coque et brisez-là. Les demeures sont faites pour être érigées et leurs murs, un jour, abattus. Pour le bonheur de la

---

1. Tristan Tzara, *Sur le chemin des étoiles de mer*, dédié à Federico Garcia Lorca.

13

clarté, de l'étendue. Érigez. Abattez. Naissez. Mourez. Renaissez. *Vivez.* Ainsi passe le feu. Ainsi circule le sang. Insaisissable quand on veut le saisir, il brûle. Tout-pénétrant quand on s'y donne : il rafraîchit. Énergie en moi : immanente. Je te forme. Et je t'épouse. Tu es celle qui m'aime et que j'aime. Montante et sinuante énergie ouvrant un océan d'amour dans le bassin. Énergie sur moi, pressante. Descendante. Transcendante. Descendante. C'est l'élargissement et le rafraîchissement de la tête. Son éveil à la cosmisation. Son éveil à la micro-cosmisation. Qu'est-ce que la beauté, ai-je ardemment demandé pendant des jours ? C'est le mouvement du bras se portant vers le chaudron où bouillent les légumes. Mais en un geste total. Je ne peux pas encore imprégner mes mots de cette présence qui ferait comprendre que la beauté c'est le mouvement du bras se portant vers le chaudron où bouillent les légumes. Mouvement révélé par la conscience de vérité. Mouvement dévoilé. Le mouvement du bras se portant vers le chaudron où bouillent les légumes. La beauté : un être qui s'incarne. Un être qui se glisse dans la chair. Un être qui enveloppe la chair. Un être qui dévoile. Qui vêt de liberté. De grâce. Tout se dévoile et se vêt de grâce. La nudité est le vêtement du roi. Naître est peut-être cette mutation du voilé en ce vêtement de transparence plus dense que dix mille oripeaux. Énergie. Énergie face à moi. C'est la pression sur le coeur et la cascade dans le coeur, pression vers le dehors. Naissance. Irruption de la source vive du coeur. Puissance qui jette par terre. Puissance trop neuve encore pour le corps habitué aux petites sensations. Voici la source qui perce l'écorce des ténèbres terrestres du corps. La source. La colonne d'eau claire. Le coup de marteau d'argent dans le tambour de la poitrine. Le corps qui intégrera cette source sera un corps surhumain. Et cette source contient dans sa montée toute l'Histoire du monde. Laisser monter la source. Pression sur moi de l'Éveilleuse. Infiltration fraîche et infiniment douce dans la porosité. Fraîcheur sur la tête. Brûlure sur la tête. Fraîcheur pressant sur le centre du coeur. Brûlure sombre. Fermeture ? Peur ? C'est le langage de l'Origine et de la Chair. Fraîcheur sur mes épaules. Pluie de fraîcheur sur tout le corps. Feu dans la chair. La chair qui est sang. Le sang du Adam. Le soir, étendu dans le velours de la femme, le sang de mon corps immobile s'embrase et se calorifie. Et dans la nuit sans images où je pénètre, les ténèbres sont devenues comme un velours de feu. Mortes hors de nous, les puissances qui investissaient les idoles en notre corps renaissent. Parfois, nous possèdent. Dieu est mort. Mais la mort est vivante. Dieu est demeuré vivant dans sa mort et sa mort nous tire, nous travaille et nous rend fous. Son langage de mort s'est fait chair. Et vaincre la mort, c'est vaincre la mort de Dieu. Pénétrez par amour dans la caverne au trésor du silence là où le Seigneur sacrifié a préparé l'abîme de la compassion renouvelée. Mourez, naissez, mourez, naissez, soyez mort et naissance. Immobile trésor. Désintégrez les débris. Intégrez la Source et l'Origine. Matrice de ce qui vient. De ce qui est. De ce qui devient. De ce qui ne devient pas. De ce qui jaillit de partout. De ce qui de partout fait silence. Naître. L'air devient tel une pluie de soleil-diamant. Partout. D'un bout à l'autre de ces lignes... Prologos, logos, epilogos.

Montréal, 1973.

(à lire comme on respire en sachant qu'il y a toujours une partie immesurable d'air qui nous échappe.)

PREMIÈRE PARTIE

Repère chronologique :

Un automne en ce pays au début des années soixante

OCTOBRE :

À jour et heure de Mars, faire le premier talisman de Guerre.

Le 22, on fera le second (1).

1.   Extrait d'un grimoire antique.

L'invocation magique le jour de Mars

L'homme avait décidé de faire l'invocation magique le jour de Mars, sous l'égide des lois de la guerre, dans le but de la déclencher à l'échelle québécoise, obéissant en ça à cette colère inexplicable et irrépressible qui l'avait toujours habité. À l'époque, deux planètes, non-inscrites dans les grimoires dont il se servait encore, Pluton, planète de la guerre secrète, des mystères et des trésors cachés et Uranus, planète des changements brusques et de la Révolution française, transitaient presque en conjonction dans le signe de la Vierge qui était, aux yeux de l'homme, le signe zodiacal de naissance du Québec (1). Cette conjonction était à l'époque en relation d'harmonie et de coopération avec Neptune, planète de la drogue, du délire et de la magie, qui transitait en Scorpion : la relation angulaire était de 60 degrés, à cinq ou six degrés près. C'est-à-dire en "sextile", angle permettant une circulation et une coopération énergétique qu'il fallait cependant diriger. N'importe quel éphéméride permet de retrouver cette structure astrologique oscillante à partir de 1961-62 jusqu'en 1968. Ce que Gilles se préparait à faire était déjà prévu par les planétoïdes eux-mêmes. Sa révolte s'inscrivait dans l'ordre. Il permettrait simplement de concentrer les courants et les forces d'une manière plus nette en un point donné du monde. Neptune transitait en Scorpion et il avait besoin d'un être né sous ce signe ou fortement marqué par ce signe, pour procéder aux invocations. Lui-même neptunien, né sous le signe du Poisson et fortement aspecté par Mars en Balance, il pouvait s'alimenter aux puissances magiques de Neptune. En termes astrologiques simples, la conjonction Uranus-Pluton en Vierge signifiait : changement brutal (Uranus) dans la subconscience (Pluton) de la Vierge, ce changement brutal coopérant à 60 degrés avec la planète du délire, des rêves et des drogues (Neptune en Scorpion). C'est la raison pour laquelle Gilles me courtisait tant car j'avais la planète de l'écriture, Mercure, dans mon signe de naissance (2) et il tentait de me faire pénétrer dans son cercle magique. Quoi qu'il en soit je sentis à partir de ce moment-là que j'appartenais à des puissances étranges, que Gilles faisait partie de moi comme je faisais sans doute partie de lui et que m'en éloigner faisait autant partie de la loi de nos rapports que le fait de m'en rapprocher.

---

1. Le 16 octobre 1970 il y aura conjonction Mars-Pluton dans le même signe.
2. Au milieu du Ciel .

2

Le compte à rebours de Clandestine

Une est partie de mon être. Vous les rats des contrées lisses, allez ailleurs (peaux d'zèbres !). Lui veut manger sa peau et la dissoudre. Rune est démoniaque. Lui veut la détruire mais la laisse libre. Tarelle est quand même agile. Messie fut un scélérat des contrées d'antan. Adesté avec son érudition de sang s'est éloigné. Éloigné, il a eu besoin de délection et il a triché.

Politi, tout chaud saute par-dessus l'aile et descend jusqu'au fond de l'urne métallique.

Lui veut se crosser dans la nuit parmi la foule délabrée, emmuré dans l'éther, manipulé sans mélange. Jamais, jamais il n'a tant tourné dans la foule. Il gèle devant une maison dorée, muet, avec sa cape, en compagnie de 20 autres. Ils se sont chuchoté des histoires de marsouins. Le nain est resté à côté d'un arbre le cul assis :

— Quelle est cette lesbienne ? C'est la première malvenue qui empoisonne l'air.

Un peu fou il ajoute :

— C'est l'extrême chaos, j'en suis saoul.

À sa gauche quelque chose l'arrêta court. Il s'agissait d'un quelconque matou. À son tour il a pris son essor dans la foule. Il s'est déculotté effrontément et a chié en se forniquant.

Retrouvant son calme, il se sentit extrêmement maladif. Il s'est senti mutilé par plusieurs, malodorant, puant.

Mais pour Edmond-Pierre, toute la construction était colorée avec brio et il s'endormit, on n'arrive jamais à être mâle.

Gilles, lui, voyait l'erreur sur le mur. Il voyait s'opposer une couleur d'or sur ce vert disparaissant. Ça l'encombrait qu'on ait détruit ces ruines. Et une danse à quatre commença.

Les boute-en-train virevoltaient, glapissaient, s'essayaient et hip et hop, jusqu'à la fin du thème. Tout d'un coup la noirceur se tut. La Tzigane chantait : "Jou, jou, jou, jou, jou."

On tordit du café, on s'en délecta avec de la rhubarbe, des canneberges magnétiques et des filaments de maléfices. On s'en servit six fois et tu connais la farce. On chérissait la crème avec les strudels, on buvait avec l'anse allègrement. Puis une araignée rua sur ce monde à travers les siècles. Les scélérats estomaqués ont cessé leurs sorcelleries.

3

En période de lune croissante automnale

Rue Davaar, à Outremont, Montréal, un mardi soir. En période de lune croissante automnale, vingt-quatre heures avant la pleine lune, dans un logement loué deux mois auparavant par Gilles. L'on pouvait compter en tout une vingtaine de personnes, plus cinq qui se tiennent depuis une heure par la main au centre d'un salon nu. Au centre de leur cercle, brûle un brasero d'argent, de cuivre et de fer orné de plomb. Les cinq marchent lentement en décrivant un cercle et en prononçant à intervalle régulier, comme une sorte de murmure vif et impérieux, les noms *Gabriel*, *Samaël, Anaël, Caphriël...* Leur cercle a maintenant été brisé par les gens qui les entouraient. Un à un les vêtements sont jetés dans le feu. Vingt-cinq personnes circulent autour du brasero. Lentement, à pas comptés.

La voix de Gilles se fait entendre : "Seigneur à tête d'ébène qui règne dans la nuit, tu connais mon désir de mêler une à une les règles de l'art antique. Tu me connais."

Gilles a brisé le cercle et se tient maintenant au milieu du mouvement tournant, lent, magnétisant. Gilles se tient devant le brasero de fer et d'argent :

"Je connais les invocations classiques et les règles de magie. Je connais les forces en jeu, le jour où elles doivent être évoquées, leurs inimitiés coutumières, mais je veux les briser, briser ces règles, inventer un jeu qui t'échappera complètement."

Le cercle murmurait les noms, comme des souffles : "*Cassiel, Nachatan, Uriel — Friagne, Gual, Damael, Calzas, Aragon — Lama, Astagna, Lobquin, Soncas...*"

On aurait dit comme des buées d'ombres soufflées par les poumons.

"J'ai convoqué ici des ombres et des âmes, disait Gilles, d'une voix très articulée, des ombres et des âmes, celles de ceux dont j'ai deviné dans l'astral les affinités qu'ils avaient avec toi, avec moi. Je les ai arrachés à leur corps pour imprimer dans leurs âmes la mienne afin qu'elles en prolongent les affres et les désirs et pour que par eux ce pays m'obéisse.

Le cercle de formes dans la lumière tamisée rouge, verte et noire, se mouvait autour de Gilles, le murmure poursuivait : "*...Jaxel, Isaël, Irel — Au nord : Rahumel, Mathiel, Rayel, Hyniel, Seraphiel...*"

"Les noms qu'ils prononcent sont ceux des anciens anges, ceux que je prononcerai tout à l'heure les tueront en eux et ils vivront de mes puissances. **Seigneur à tête noire striée d'argent, ange noir** — Je t'ordonne de m'entendre. Rien n'arrêtera mon désir et je te convoque au viol des lois. M'entends-tu !"

Le cercle se mouvait maintenant en sens contraire des aiguilles de la montre : *"Fraciel* — Au midi : *Sacriel, Galdel, Janiel, Osaël, Vianuel, Zaliel..."*

"J'en ai assez de les entendre. Je convoque les puissances nouvelles qui gouvernent la terre. Celles qui descendent en feu dans le noir. **Ta tête d'Ebène hilarant, ta tête de cheval, noire de cygnes.**"

Le cercle lent, sourd, magnétique, augmentait la puissance des paroles de Gilles : *"Orient : Cherchuel, Tamarel, Corat..."*

"J'ai obtenu de leur subconscience qu'elle vienne dresser autour de moi le cercle magique et classique. Mais ce cercle de protection, tout à l'heure, je vais le briser. Ces anges importent peu pour moi. Car je connais ton aspect direct, **Seigneur de beauté parfaite, buste noir creusant la terre de ton feu. Je t'ordonne de descendre sur nous, de dissoudre ces ombres qui drainent la mort et de faire sévir une mort plus sinistre encore, une mort nouvelle...**"

Le cercle bouge : *"Peniel, Penaël..."*

"J'ai convoqué ici les puissances ennemies de Vénus et de Saturne, aussi celles de Mars et de la Lune. Que Saturne et Mars déclarent la guerre, que Vénus se glisse entre le Noir de Saturne et le Rouge de Mars, et que la Lune soit engrossée du Fils qui en naîtra. Je les convoque aujourd'hui, mardi, jour de mars, sous l'égide du dieu de la guerre. Mais j'invoque aussi Uranus et Pluton, qui les dominent toutes et qui transitent en conjonction dans le signe stérile et fermé de la Vierge."

Le cercle : *"Gabriel, Madiel, Deamiel..."*

"Seigneur des tranchées d'artères où coule un plomb que l'on transforme en or, quand les esprits de la Lune qu'ils invoquent auront été convoqués, après ceux de Saturne, de Mars, de Vénus, quoi qu'il en soit advenu, qu'ils aient ou non répondu, si tu ne fais pas pénétrer en eux les puissances nouvelles que j'ai pressenties depuis des mois, je m'y emploierai moi-même, je me substituerai à ton pouvoir, j'inventerai de nouvelles magies et je te décapiterai pour toujours. Le Seigneur de la mort et du noir, c'est moi."

Le cercle : *"Hanum, Anayl, Vétuel..."*

Le choeur murmurant, magnétique, s'était tu. Gilles demeurait immobile en face du brasero. Puis il prononça d'une voix ferme :

— **Par les puissances magiques accumulées en moi d'âge en âge j'ordonne à ces ombres prisonnières des anciens anges de se révolter contre eux, contre leurs lois, leurs usages et leurs maîtres** s'il s'en trouvait d'autres que moi. J'ordonne que ces vingt personnes troublées en ce moment par des maladies ou des faiblesses inexplicables à cause de mes invocations de se réveiller servantes de mes puissances et liées à mon sang pour toujours jusqu'à ce que les lois cachées qui gouvernent encore ce monde aient été abolies par eux. Je l'ordonne. Dussé-je pour vaincre être dévoré par eux et mourir de mort violente sous l'effet du combat que j'aurai déclenché. Je déclare la guerre ouverte et te conjure, Seigneur noir qui a jusqu'ici présidé à mes oeuvres de te dissoudre et de mourir — ou de te soumettre à mon oeuvre. Que le cercle des ombres se dissolve et que chacune retourne à son corps, porteuse de toutes les puissances émanées de mon être. Je déclare ici être le maître de Saturne, de Mars, de Vénus et de la Lune mais aussi de Mercure et du Soleil. Je ne reconnais comme alliés que les puissances d'Uranus, de Neptune et de Pluton et de l'être planétaire qui naîtra bientôt et qui annoncera la fin de ce monde et la mienne. Ainsi j'ai dit ici, en toute lucidité et générosité, mon destin intégral. Qu'il s'accomplisse, me torture et m'immisce en tout être sans restriction.

"Et je signe de mon sang."

Gilles porta sa main gauche à son oreille gauche et de la main droite, à l'aide d'une mince lame de cuivre propre et polie, se trancha le bout du lobe. Du sang coula sur son épaule.

Il en recueillit dans une longue et mince aiguille d'argent creuse et bombée à trois endroits puis enfonçant la pointe de l'aiguille dans la plaie du débris saignant du lobe il poursuivit :

"Je féconde de mon sang leur oreille gauche. Que la droite se ferme. Qu'ils n'entendent que mes mots."

Il prit une fiole d'argent et en laissa tomber quelques gouttes dans la pipette d'argent qui contenait son sang :

"Que l'esprit de mon sang et l'esprit de mon sperme portent fruit dans leur matrice. Qu'ils les hantent. Que ces âmes de mon âme se multiplient par centaines. Je suis entre le haut et le bas qui sont mêmes. Je suis le décapant, le défait. Je vais traire du sang pour toi.

"Je trais leur sang.

"Tu m'obéis ! Je dis : Je trais leur sang. Leur sang qui contient de leur âme. J'en ai le droit puisqu'ils dorment et que je veille."

Gilles tenait la pipette d'argent au-dessus du brasero. Il attendit quelques secondes :

"Deuxième appel. Voici mon sang."

Il en laissa tomber une goutte dans le brasero rouge de feu au-dessus duquel flottaient des petites flammes transparentes et terribles. Il y eut un grésillement dans le brasero, une nappe de feu liquide sembla se répandre à sa surface...

"J'ordonne. Tu n'as qu'à obéir, bête."

... puis des filets de feu rouge se dressèrent par intermittence, verticalement, au-dessus du brasero...

"J'ordonne.Leur sang est mon sang. Je trais leur sang. Je veux leur sang. Pas l'illusion astrale : leur sang, leur sang."

... on aurait dit de longs fils minces qui montaient ou qui descendaient comme s'ils avaient suivi le rythme de la voix ferme, lente, concentrée de Gilles qui ordonnait.

Gilles s'approcha :

"Deuxième conjuration. Cette fois tu m'obéiras."

Il laissa couler une deuxième goutte dans le brasero. Mais cette fois ce ne furent plus les filaments de feu rouge qui apparurent mais un mince filet de sang, puis un deuxième, un troisième, se mirent à couler dans le brasero qui noircissait le sang, grosse goutte à grosse goutte. Le cercle des âmes et des ombres s'était rapproché. L'on sentait une douleur venue de leur corps. Le sang qui coulait était sonore et parlait. Des sons incompréhensibles qui semblaient provenir du ventre des ombres et des âmes : LAYAIR, LAYO, LAYA, LAYIR, AYIR, AYIR, AYIR, LAYA — on aurait dit comme un sanglot de sang.

Le cercle s'était rapproché encore de Gilles :

"Mon sang leur sang même sang. Le mien veille le leur dort. Ils m'étouffent ou je les éveille. Ils s'éveillent ou je les étouffe."

Puis Gilles poursuivit :

"Et je signe de mon sang leur sang et je te sacrifie dans le feu mon sperme et le sang et les présences, même les présences résiduelles, et celles consacrées en forme des trois sphères à gauche main et je convoque ces âmes en ce feu afin que ces êtres n'aient plus d'âme et qu'ils n'aient plus que l'esprit de mon esprit en place et lieu de leur esprit et que le prolongement de mon âme en place et lieu de leur âme que je vais ici consumer dans leur sang et rendre au Seigneur qui leur rendra un sang rempli de mon être et du mien seul. Ceci est un pacte. Que nul n'y contrevienne.

"Que ces âmes de mon âme se multiplient par centaines. Que la leur retourne d'où elle vient, comme un vin dans la broche fendue ou dans la coupe. Soit en ton sein, soit au néant. Ils serviront la mort."

Gilles recula d'un pas. Les deux filles et les deux garçons qui l'accompagnaient et qui formaient les quatre autres pointes de l'Etoile se rapprochèrent de lui, l'entourèrent de leurs bras :

"Et je te sacrifie aussi ces êtres jeunes dont deux sont dans leur corps et somnambules sous l'effet de mes drogues : Réjean et Noémiah et les deux autres dans des formes astrales moulées à leur image et contenant de leur substance psychique en très grande et dangereuse quantité, acte accompli par moi pour les affaiblir et les rendre malades afin qu'ils me rendent ici leur âme.

"J'ordonne aux puissances magiques nouvelles dont je me sens ce soir l'égal de brûler dans le brasero, avec les ombres des vingt autres, Edmond et Aurélia qui ne sont pas dans leur corps ici afin de les éprouver en profondeur et pour que la magie de mon sang les atteigne dans leurs derniers retranchements subconscients et cellulaires. Qu'ils souffrent atrocement du feu tout comme je souffrirai moi-même.

"J'ordonne Seigneur — au moment où ma colère augmente avec une puissance qu'aucun ange ne peut éprouver car il faut un corps pour l'éprouver — J'ordonne que ceux qui sont ici dans leurs corps : Réjean et Noémiah soient soumis à toutes les puissances du sexe, du ventre et du feu ainsi qu'à celles plus douces et indiciblement torturantes que je nomme Bajil Meloniak Phrinaël Borik Troph Nekaël et Karamaka. Mais qu'ils soient protégés tous deux dans leur corps et que le feu ne détruise pas leur chair."

Le feu du brasero s'intensifia soudain. Gilles recula. Il dirigea de sa main droite les ombres dans le feu. Aurélia et Edmond s'y engouffrèrent comme happés par du vide. Réjean et Noémiah demeurèrent dans le cercle sphérique du brasero que la flamme débordait de plusieurs pieds. Gilles aussi était dans le feu. Mais le feu ne les consumait pas. Gilles cependant recula. Par peur, crainte ou prudence. Il recula et sortit rapidement du cercle de feu. Le brasero bascula alors comme sous l'effet d'une violente poussée et se projeta avec une force inouïe contre le mur du logement. Réjean et Noémiah sortirent de la maison en revêtant leur manteau de printemps, Réjean par devant et Noémiah par la porte arrière. Il pleuvait abondamment. Le feu ravageait le logement. Le visage en sang et en sueur, les cheveux roussis, Gilles sauta sur la galerie et courut dans la rue, hagard, à demi-nu.

4

Le compte-rendu de Clandestine
(invisible et nocturne en face du Carré Philipps)

— Tords-toi par terre, toi qui a mal vécu, pardi ! Que voulais-tu au juste ? Les choux-fleurs d'autrui cuits et savamment aromatisés ?

— Outrage ! Je n'en voulais pas tant, puis à tort la mélancolie me plastre.

Qui voit-il ? Marie-Magdalena ? Lui seul a raison de parler à la pucelle. Il met son sperme de serpent en même temps dans ses yeux. Ennobli selon la science et l'esthétique, tel un cheval ou un alligator, il confia rituellement sa nuque à Tlaloc. Tlaloc le dieu des lesbiennes au son LOD s'égaie comme un tambour. Ce jeu judicieux, et de un et de deux, avec les icônes, les juments, les vierges et les putes est sa farce. Lili, face à Lila, voilà tout.

Détruisant ainsi son sang tendre et succulent avec sa langue il s'enorgueillit d'une telle indécence en sapant son corps tout entier.

Raffiné mais pas du tout ailé, mutilé plusieurs fois sans raison, il vit quelque sec Tauro se rendre aux ablutions des veaux capables :

— N'essaie pas de nous mêler espèce de bull roux, dit en s'approchant le plus sexé des veaux.

Franchement fâché, le ventru s'approcha :

— Tu es si grue et tes instincts sont sans teinture.

Et le bull se tut.

Tu es la fille endormie du souk, engourdie, effilée, trop couverte, où est ton charme ?

Ceci est la rivoulpa que j'ai vue, esthète et grossière.

Le pseudo acajou poussiéreux, dupe, louche, vire sur le réverbère, Troque le Trône.

Né Essem, dans le Temple, Tout joli, s'éclapouffe Tout rouge d'être hésitant. Ils lui racontèrent en l'endormant l'impossible rêve de voir nu, sans retour, le Kimono découpé sur des grandes jambes pesantes.

Mais le gonocoque est là, rasé sous nos coques. Dieu d'eau le gonocoque robotisé accourt renifler la fleur d'ozone. Bizarre outil, lie tout, lia Titant, saisissant la cisaille. Vous connaîtrez le fil du temps passé au gré des masseurs Terriens qui utilisent l'épinéphrine, le dicoumarol, le vertébral, l'estragon, le vitriol et le métrécal.

Virage.

Adam ceci est le Tien, la sienne est athée. Tieur, le chef du temps deux fois vert, bleu foncé fit "SPOUM" le temps d'un buzz. Tout réveillé, Adam sourit, recourbé.

Ébloui, mais qu'il est svelte.

Ton coeur porté par une déesse est tout vermillon, il réunit la nuit et il la veille. L'athlète sape la soupe avec soif, engouffre le vieux cheval ivrogne, crasseux, nasillant, rongeant avec erreur le saindoux de l'âme elle-même, pauvre homme ! Et il pria :

— Je te prie, je te supplie, essuie mon jupon, mon pyjama, ma soutane qui a frôlé la suie trop grasse.

Elle lui dit, frôlant la vie, mademoiselle, euh, madame, je vous attaque, souffrez-vous d'être lasse ?

Le son de son nez tonitruant d'amour Éternua.

Refoulez en mastiquant et en gardant votre équilibre vécu. Soyez le hibou, mesdames, malgré tout.

Fallait-il un dieu pour le bigarrer ?

Mais c'est tout un tabou cet endormi !

PREAM mit le collier de la vieille et vira, vira, rit, dans les ténèbres, gaspillé.

Les nerfs étreints par les fers. Le téléroman de Stendhal nous apparut comme une améthyste de pourtour maculé semblable au saphir.

L'éructation érosive fit le Tour de l'enclume et la pommade frivole courut.

Et qu'en penses-tu bonhomme ?

Elle est trop tendre pour un abus sexuel, suave, belle, noble. Elle a tout son charme dans les années. elle est consciente, elle dénonce la voie du chef.

Equivoque, tout nu, navrant, il a dû écouter le crapaud s'évautrer sous son regard.

30

Enligné, nettoyé, torturé, si digne.

Selig et Sion se sont alités tout mous. Ils ont mérité le whisky des orfèvres de l'état du robinet suave.

Déesses, cessez votre Ténacité, assez de nous ruiner sans discernement. Déesses nobles, trop élevées, de mélasse point ne vous inquiétez, ne tenez point d'erreur au-dessus de vos têtes. Laides et dures, elles sont d'écorce dure.

Sur la table, le roi érudit se distrayait seul, nu.

Essorez la meflyka, essorez-la, TOC !

Élevez-vous dans la noirceur au-dessus de l'eunuque inutile, il se sentira dix fois assoiffé de connaissance et de désaccord.

L'escarolle étiquetée vint durant la nuit consulter.

Mais tu es fou, Tiens-Toi en équilibre, Toujours en Indonésie et à Athènes, Tu Te rendras à pied à même l'Asturie. Et sa colère ragea.

Virage étroit, un pirate vaginal tourna dans les méandres du chat colossal et névrotique miaulant. La vérité d'ici ne vous appartient pas, voilà ! Les chevaux, eux, n'arrivèrent pas avec la noirceur. Ils se sont dissous le matin et l'esclave resta surpris quand il les vit étendus queue en l'air. Les yeux pleins de larmes tiédirent le rose qui se changea en rouge diurne sur le Trésor du roi soleil puis naquit la harpe Yankee !

Retenez votre soif, l'émail emmuré ne sortira pas d'ici. L'éventail seulement trouva sa route dans le noir, avala le reste de la terre, saccagea le monde et Alibaba ne put se retenir de rire. Et les chevaux encore jouaient un rôle, celui de l'écrasé, de l'effacé.

Écartez-vous, camouflez-vous filles, et surtout que nul n'accroche votre lucidité de terre de sable.

Rejetez l'éléphant démoniaque de l'Iliade, détrônez la sorte de sève tournée sur elle-même, rien, ni la mélodie ni la catéchèse ne rejoindront les raisins. Comprenez-vous, ermites, le début de la coquille en même Temps que sa valeur dans le temps où toutes les Étoiles brillent ?

Équipez-vous, cessez d'errer nus et l'antilope vous récompensera avec son regard étonné sans inquiétude.

Seul le dogme tordra votre émotion, si ce n'est maintenant ce sera plus tard avec le sel de la noirceur. Ouf ! Mais écoutez !

Toute l'ambassade énuitée est juxtaposée à l'encéphale. Elle est saturée de rires et de ténèbres. Ni Toi, ni moi ne sommes en dette avec la belle de Sion.

Où est donc mon manteau, je n'en peux plus d'être nue.

Et ils rirent, rirent. Tous, s'enfonçant dans le ciel, et la soif toujours les remplissait d'émotion. Le ciel strident les reçut tristes, expirant abondamment puis les zébus affaiblis mordirent l'effroi et plus rien ne se passa.

5

Quelques jours plus tard

Le bruit des verres, les éclats de voix, ce mélange de choses métalliques et de chaises de bois, j'aimais ces bruits et ces éclats de taverne et c'est là que j'aimais lire Lénine et surtout Stirner. Je préférais Stirner mais j'aimais en Lénine un mélange d'entêtement idéologique et de générosité activiste. J'étais, comme on dit, jeune et terriblement candide. Parfois extrêmement violent. Gilles me connaissait bien sous cet angle. Il écrivait par ma procuration. Je lisais parfois par la sienne. Il aimait me voir écrire et noter à la taverne, surtout à ces tavernes du Carré Saint-Louis et de la rue Saint-Laurent près de Sherbrooke qui voyaient défiler les "marginaux". Il en commanda quatre. J'allai pisser. Un chien berger haletait à la porte arrière. Il attendait son maître sous la pluie froide. Je revins m'asseoir auprès de Gilles. Nous en attendions d'autres sans les attendre. Gilles lisait n'importe quoi. Ce soir-là il avait glissé dans la poche de son trenche un des nombreux ouvrages de religiosité qui traînaient parmi les autres dans sa chambre. Il les dévorait par dizaines, à la façon des romans policiers, comme s'il avait gardé une faim inconsciemment orientée par cinq années de petit séminaire. Il l'ouvrit au hasard : "Y a-t-il un *démon personnel*, comme il y a un ange particulier, que nous appelons l'ange gardien ? Voilà une question bien grave", me lut-il à haute voix et il se mit à rire. Il avait ouvert l'ouvrage au hasard. Je le pris en main. Les clients entraient et sortaient, s'interpelaient, plus nombreux que d'ordinaire en ce vendredi soir. J'étais distrait. C'était un ouvrage à couverture verte de Nicolas Corte qui parlait du diable. Il avait pris dans ma poche mes cigarett... l'ouvrage de Stirner, grosse brique publiée chez Stock et ...ait mon paletot : "L'individualité renferme elle-même ...iété."

...fit Gilles et je lus par-dessus son épaule.

...tanné de Stirner, lui dis-je, et je fis taper l'ouvrage ... table. Les hommes s'engouffraient dans la taverne que la télévision remplissait d'un bruit de fond.

— Les livres commencent à m'empoisonner.

Et Gilles glissa l'ouvrage de Corte dans sa poche. Je lui abandonnai celui de Stirner.

— Il me donne la nausée, cet anarchiste. Il a crevé dans sa revendication. Lénine me rassure. Il avait un parti.

— Facile.

— Facile, oui. C'est vendredi. J'ai envie de jouer. J'ai envie de rire. J'ai envie d'baiser. Les femmes devraient pouvoir entrer ici.

— Cale un peu, Réjean, cale...

— J'ai pas soif.

— Qu'est-ce qui t'énerve ?

— Sais pas. C'est ce goût de violence dans l'air qui m'obsède, qui me prend à la gorge. Penses-tu que l'on peut parvenir à formuler ça en mots ? Moi il faut que ça me passe par le corps. Tu écris beaucoup ?...

— Un peu.

— J'ai froid aux pieds.

— On sort.

6

Aurélia

Nous remontâmes la rue Jeanne-Mance. Gilles m'entraîna dans une maison et nous allâmes frapper à la porte de la chambre numéro deux.

Une jeune fille aux cheveux noirs, au teint foncé, vint ouvrir et nous fit entrer.

— Je te présente Réjean, fit Gilles, en me désignant. C'est Aurélia, ajouta-t-il, en s'adressant à moi.

— Vous prenez un café ?

— Oui...

À l'extrémité du divan un garçon était assis. À peine leva-t-il la tête à notre entrée. Une jeune fille, étendue sur le lit, feuilletait *La revue Socialiste*. J'apercevais derrière ses grosses lunettes ses yeux doux de myope.

Aurélia dit à Gilles :

— L'atmosphère a changé dès que tu es entré. Avant ton arrivée c'était inerte...

Il y avait de la provocation dans son ton. Je vis que le garçon du divan était agacé par les propos d'Aurélia. J'allai m'asseoir à l'extrémité non occupée de ce divan. Gilles alla s'attabler au fond de la chambre et se mit à compulser distraitement des revues et des livres. Aurélia, après avoir servi les cafés, alla s'asseoir par terre sur l'un des coussins du divan et elle me demanda :

— Qu'est-ce que tu fais ?

Cette question m'a toujours embarrassé parce que j'écris et que je n'aime pas le dire.

— J'étudie l'art dramatique, fis-je (ce qui avait déjà été vrai) et je suis correcteur d'épreuves (ce qui n'était pas tout à fait vrai étant donné que je ne trouvais pas actuellement de travail pour vivre).

— Où est-ce que tu étudies ?

— Je m'étais inscrit à l'Ecole nationale de théâtre. J'ai dû abandonner, faute de fonds...

— Alors, tu es prolétaire, fit le garçon...

— Si tu veux, fis-je.

— Tu ne milites pas dans un parti ? demanda le garçon.

Ses lèvres tremblèrent. Il plissa instinctivement les yeux en me regardant. Je fis :

— Je suis un être aux prises avec des forces imprévisibles.

Il hésita un instant.

— Alors, tu es un prolétaire... Et tu ne milites dans aucun parti ?

— Non...

— C'est dans le travail de parti que les forces deviennent prévisibles.

— Non...

J'avais l'impression que l'on me dépossédait et je sus que j'acquiesçais, inexplicablement, à cette dépossession. Quelque chose, derrière l'agressivité que j'éprouvais soudain à l'endroit de ce militant, me poussait à pénétrer le rapport qui allait s'établir entre nous, comme si ce rapport avait un sens, comme s'il était porteur d'une nécessité.

— Alors, quelles sont les prévisions pour cette année, lança Gilles, avec un humour cinglant...

— La mort, mordit le garçon...

— La mort ? fit Gilles. Tiens, vous avez inventé la mort ?

— Non. Mais nous allons la semer. Comme le semeur qui n'a pas inventé le blé.

Ces échanges avaient tout du vol énergétique, du percement de l'outre nerveuse. Gilles était un provocateur-né. En voyant que le garçon répondait sérieusement aux propos de Gilles, qui ne me l'avait pas encore présenté et dont personne encore n'avait prononcé le nom, je me tournai vers Aurélia pour ne pas alimenter un malaise qui s'emparait de moi en voyant Gilles jouer son jeu et le garçon y confluer.

7

Edmond. Noémiah

Mais de manière inattendue, au moment où j'allais entreprendre une conversation avec Aurélia, c'est vers moi que se tourna le garçon pour m'adresser la parole :
— Je te pensais marxiste parce que nous le sommes tous, ici.
— Moins depuis que Gilles est entré, fit Aurélia, en éclatant de rire...
Le garçon se renfrogna. Mais il poursuivit, s'adressant toujours à moi :
— Gilles m'avait déjà parlé de toi, c'est pour ça que je te pensais à gauche.
— Je le suis, fis-je, c'est dans ma nature, en un sens, et en un autre non. L'adversaire fait partie de moi, c'est inéluctable et c'est tout mon drame...
— Un prolétaire est toujours aux prises avec des forces imprévisibles, fit de nouveau le garçon, semblant ne pas avoir saisi le sens de ce que je venais de dire, mais pas un marxiste. Un marxiste sait que le rapport des forces patrons-ouvriers prépare la révolution et le renversement du capital. Ça, c'est prévisible, peu importent les détails.
— Mais qu'est-ce que c'est, une prévision sans détails ? lança Gilles, très en verve...
— ...
— C'est une prophétie, cher "Amos" ! Les détails appartiennent au temps et une prédiction s'inscrit toujours dans le temps. Lorsqu'on prédit sans détails, ce qui est une absurdité — ou certainement une contradiction — on néantise l'objet même de la prédiction; en fait on prophétise mais comme toute prophétie...
— Tu...
— Ecoute : mais comme toute prophétie est un témoignage de l'intemporel, il faut dire qu'une prédiction sans détails est une prophétie de néant. Tu prophétises le néant, Edmond. Les marxistes...

35

— ...

— ... Les marxistes sont les prophètes du néant !

— Des mots...

— Et tu crois que je ne le sais pas ? Tu as dit, bien sûr, *peu importent* les détails. Tu n'as pas dit que les détails, autrement dit le monde lui-même, allait disparaître, qu'il y aurait un Grand Soir avec rien dedans. Mais moi, cette idée me séduit : Un Grand Soir avec rien dedans, un Grand Soir creux.

— Un Grand Soir avec du feu, fit Aurélia.

— L'on peut analyser une situation donnée et en tirer une ligne de conduite pratique et propice à précipiter l'écroulement du système capitaliste.

— Qui a beaucoup évolué depuis Marx.

— Oui, et il craque aujourd'hui de gigantisme. Il s'agit pour nous d'élargir les fêlures...

— Mais si vous précipitez l'écroulement du vieux système, c'est dire qu'il y a déjà quelque chose qui entraîne cet écroulement. Vous êtes des catalyseurs. Vous n'êtes pas des révolutionnaires.

— Nous sommes les agents de l'Histoire. Nous contribuons à précipiter ses fins, c'est léniniste.

— Les fins dernières de l'Histoire.

— Oui. Les fins dernières de l'Histoire.

— Nous sommes en pleine eschatologie.

— Oui, nous sommes en pleine eschatologie. Mais les prêtres, maintenant, c'est nous. Et le Dieu, il est dans les usines. Il se concocte au jour le jour au fur et à mesure que le dégoût du travail à la chaîne augmente.

— Nous nous éloignons du marxisme orthodoxe avec ce Dieu inverti et vengeur...

— Grâce à toi, Gilles, et c'est ce que j'apprécie chez toi : tes argumentations ont toujours pour effet de raviver du cadavre.

Gilles devint pâle et se tut. C'était une réaction tout à fait inattendue, vu la gratuité apparente des propos. Le garçon lui-même en parut surpris mais ne broncha pas. Gilles reprit au bout de quelques secondes :

— De raviver du cadavre, oui, cela t'inquiète ? Me crois-tu assez étroit d'esprit pour ne pas savoir qu'une idéologie est un cadenasseur d'esprit tout en étant aussi un agitateur et en un sens un éveilleur d'esprit ? La dialectique est une gymnastique que je ne voudrais pas abandonner. Tout se tient. Tout est lié dans le paradoxe. Et je suis prêt à étendre le champ de cette ligature vivante aussi loin que tu le voudras si cela peut contribuer à renforcir en moi la capacité et le talent que j'ai pour *défaire*.

— Tu dois aimer la nuit, fis-je.

— Nous aimons tous la nuit, ici. Nous vivons la nuit. Nos meilleures idées nous viennent la nuit.

— La nuit, elles arrivent par centaines, elles tourbillonnent et elles nous soûlent...

— Elles soûlent les esprits faibles. Elles fécondent les esprits forts...

— J'admets, fit Gilles, que depuis quelques minutes le tien se fortifie et je t'en félicite. Mais je me demande comment cela s'explique.

— Moi aussi, rétorqua le garçon, je me le demande.

— Tu n'es donc pas un parfait imbécile, fit Gilles.

— Non, je ne suis pas un parfait imbécile.

— Rien n'est parfait. Il y a en toi un militant prêchailleur et sentimental dont j'ai toujours envie de me moquer et qu'Aurélia méprise, j'en suis certain (il y eut un choc dans l'atmosphère, suivi d'un malaise, et Aurélia baissa un peu les yeux, serra les lèvres) et il y a aussi un autre individu qui donne au militantisme une dimension vivante, presque prophétique...

— Je ne te le fais pas dire, lança le garçon.

Et il y avait vraiment dans l'aspect du jeune homme quelque chose qui changeait. Une assurance qui n'y était pas au début, une assurance d'où jaillissaient des propos drus, un peu secs, toujours directs et qui semblaient être sans calcul. Ce garçon avait d'étonnantes propriétés plastiques.

— Oui, prophétique... Il y a du prophète en toi.

— Je prophétise une paix et une lumière, dit-il.

Le silence descendit dans la pièce, une longue minute.

— Je suis aussi porteur de lumière, fit le garçon. Ne me demandez pas qui je suis. Je suis celui qui doit tirer le feu du fond des mondes et le faire crépiter dans le monde.

Aurélia courut à la porte. On sonnait. Un couple entra qui jeta dans la chambre une note rafraîchissante. Il ventait fort. La jeune fille qui était étendue sur le lit se leva, ouvrit les deux fenêtres de la chambre et l'air circula partout : elle s'appelait Noémiah.

8

Nous devions nous revoir souvent

Nous devions tous nous revoir à plusieurs reprises (sauf le jeune qabbaliste) au cours des semaines qui viendraient. Je me rendrais compte peu à peu combien j'était divisé entre plusieurs ten- dances, combien je ressemblais parfois à Edmond, parfois à Gilles, et combien je ne parvenais jamais à me retrouver que dans cette mince égalité d'amour, amour très secret au milieu de mes divers enfers. Le sort, le destin, comment nommer cette *nécessité*, nous avaient réunis un peu avant l'aube d'une longue nuit.

Je revis Aurélia chez Gilles quelques jours plus tard. J'arrivai comme elle allait partir. Nous échangeâmes quelques mots et elle décida de prendre un autre café en notre compagnie. Edmond étant absent, nos rapports s'en trouvaient allégés. Ce que je pres- sentais en Aurélia, au-delà de la militante à l'intellect aigu, quand certains soirs faisaient tomber une douceur inattendue sur nos propos, c'était une féminité riche et veloutée, toute en ondoie- ments secrets, qui faisait parfois surface. J'étais attiré par ce quel- que chose d'étrangement sombre et stagnant aussi, au fond d'un gouffre, je voulais aller toucher ce quelque chose et elle semblait savoir qu'elle m'y tirait. Était-elle consciente de son pouvoir ? Il me faudrait un jour toucher ce quelque chose d'inexploité et d'in- explicablement menaçant, cette palpitation d'un lac sombre, à la fois, et rutilant.

Je l'invitai plusieurs fois chez moi dans une nouvelle chambre que j'avais louée rue Saint-Denis. Je déménageais souvent.

— Je préfère qu'Edmond ne sache pas que nous nous voyons ainsi. Il est très jaloux et tu es de ce genre d'individu artiste qu'il déteste par-dessus tout. Je t'avoue que lorsque je suis avec lui, il m'arrive souvent d'abonder dans son sens. Je sens alors qu'il me tient dans des limites étroites. Mais quand je suis avec toi... com- ment dire ? Tu me parles de tes travaux, ou bien tu me lis de tes textes et j'éprouve un sentiment de libération. Quand je te retrou- ve, je rentre en possession de quelque chose qu'il semble me refu- ser obstinément, je vois, je deviens créatrice...

— Un perroquet est un mauvais amant...

— Je te trouve dur !

— Il me semble que je ne pourrais reculer devant rien pour t'en détacher...

— Tu es jaloux à ce point-là ? Tu m'étonnes...

— Très jaloux et aussi très agacé...

— Par quoi ?

Je me tus un instant.

— Agacé par le plaisir que tu pourrais prendre à me voir ainsi. Décidément, je vous flatte tous les deux. Chez lui, je for- tifie la haine et la rigidité et chez toi je nourris cette vanité stérile de la femelle qu'on flatte. Si au moins il était admirable, il me sem- ble que ton attachement ne me laisserait pas cet arrière-goût navrant.

Il y eut un moment de silence. Il y avait entre Aurélia et moi cette inexplicable affinité et peut-être cette complicité dans le jeu qui nous permettait, lorsque nous étions seuls, de garder de longs silences sans éprouver de malaise. Nous semblions alors conscients l'un et l'autre de la nécessité de l'écoulement d'un certain laps de temps. Ensuite, comme d'un fond nouveau d'où semblaient être banni le souvenir des propos précédents, nous reprenions la conversation. Nous parvenions ainsi à surmonter cette frustration nerveuse qui vient de ce qu'une conversation a laissé l'un des interlocuteurs sur sa faim. C'était peut-être là ce qui nous liait le plus intimement l'un à l'autre. La soirée avançait. La pénombre tombait dans la pièce. Nous échangeâmes quelques murmures. Je la sentais disponible à l'amour. Elle vint vers moi avec une douceur de feuilles vertes.

Dans le ruisseau du temps

Le sexe est une soif qui chante !

Hortensia d'argent qui gronde et qui sommeille
dans les pourtours mielleux

Miche de pain tu me gaves !

Telle est ma nourriture $\frac{en}{o}$ toi qui gave !

Kiltokébo ! Tak ! Altatar ! Kilbo !

Aile sexe est une Soi E

E Phkichante !

9

Présentation de Gilles Corps
(deux jours plus tard)

L'atmosphère apocalyptique de mes lectures de la journée dont celle de la biographie de Lénine par Gérard Walter, semblait rayonner sur les choses pendant que je m'acheminais, par le parc Lafontaine, vers la rue Cherrier où Gilles Corps habitait depuis quelque temps. Nous étions en septembre et pourtant...

C'était bien la saveur des essences d'automne, et plus précisément d'octobre, que je savourais sans savoir encore à l'époque que ce mois, avant de s'ouvrir sur la Toussaint, le premier jour de novembre, culmine d'abord en un déchaînement démoniaque, celui de la *nuit de Walpurgis.* C'est en cette nuit du trente-et-un octobre au premier novembre que semble se démembrer vraiment le corps de l'année qui s'achève dans l'intensification des énergies psychiques et par les immersions dans le sang du Dragon. Mais tous les changements de saison nous enivrent et nous exaltent, nous vivifient ou nous tuent. Tous ils sont porteurs d'indicibles énergies de mort ou de renaissance. Tous les passages d'un cycle à l'autre portent en eux-mêmes la clé d'un mystère que nous ne pouvons saisir qu'au coeur réel de l'action qui est loin de se trouver toujours au milieu de l'agitation activiste. Qui délaisse ou méprise cette dernière se méprend cependant sur la réalité profonde du monde. Il n'est rien comme ces énergies apparemment ennemies de toute méditation pour centrer le corps naissant de la conscience. Rien qui ne soit plus doux au coeur, parfois, que les blessures que le monde nous y fait. Si le sang de l'Agneau est la lumière de l'Amour le plus pur, celui du Dragon est cette chose communément appelée l'Angoisse que l'initié connaît par polarisation et dont il apprend vite à apprécier la touche mais que nous ne connaissions alors que par immersion et confluence presque totales et que nous pensions pouvoir exorciser en en libérant les monstres. Ignorions-nous vraiment alors les dimensions indéfinies du corps ? Ses dimensions inconnues ? En un sens, oui, et nous y reviendrons. L'écriture nous enracinait dans une prêtrise infernale et tout acte rituel peut élargir la conscience et briser des limites. Nous avancions vers novembre et vers la douceur de la neige avec un esprit grisé d'effluves et de café. Nous avancions vers la douce nuit de décembre porteurs de rages et d'orages. Je marchais, hanté par les oeuvres de destruction, dans une ambiance de décrépitude, vie noire extrêmement riche et dont nous nous alimentions avec une frénésie qui choquait ou qui inquiétait les idéologues. Nous étions le pôle mouvement, ils étaient le pôle d'arrêt. Nous étions le pôle de l'activisme aveugle — à leurs yeux, du moins, et pour un temps. Ils étaient le pôle de réflexion canalisée qui se méfiait encore tout autant des enfers qu'elle se méfiait des cieux. Elle changerait avec le temps et elle aussi viendrait se dissoudre dans nos acides. Et cependant nous avancions dans notre passion et certains nous suivaient. L'on pourrait aussi dire que les idéologues étaient le coagulant alchimique et que nous étions le solvant. Dans le sang du Dragon il n'est pas d'harmonie possible et il ne doit pas y en avoir : nous étions destinés les uns et les autres à de perpétuels conflits plus ou moins rentrés, plus ou moins rationalisés, plus ou moins aigus et qui ne se résoudraient que dans les chocs. Nous ne voulions pas voir plus loin et peut-être n'était-ce pas non plus le moment. Par l'écriture nous donnions à la fois la vie, la puissance et la forme à ces flots. Eux, stabilisaient les crues ou plutôt tenteraient tant bien que mal de les canaliser dans la conscience de veille : partis politiques, syndicats, associations nationalistes ou autres : ce champ du banal que nous regardions de très loin et qui à nos yeux représentait la sagesse de la grisaille. Nous n'en voulions pas. Notre folie nous suffisait et le regard qu'elle nous permettait de jeter sur un monde que nous avions du fond du ventre condamné. Mais, à l'époque, l'idéologie n'avait pas la qualité aiguë qu'elle a prise depuis. On pourrait en dire qu'elle était à peine existante. Nous dévorions. Elle n'émergeait qu'à peine encore, par soubresauts, de cette montée des forces dont elle me sembla longtemps n'être que l'écume. Mais il y a dans l'idéologie une puissance aussi grande, bien que de qualité différente, que dans la précipitation des forces auxquelles elle viendra appliquer les puissances d'analyse qui lui permettent de grillager la terre. L'idéologie est une chose très vivante chez les véritables idéologues : dans les petits esprits elle se fait méfiance et dogme comme la religion. Mais le pouvoir analytique des idéologues est proprement un pouvoir de plafonnement dont toute la puissance est vouée à la sclérose du monde. Et le jeu du coagulant et du solvant, tout en se polarisant à nouveau à l'intérieur de chacune des tendances, constitue la vie même du Dragon. J'avançais donc en cette soirée de fin septembre, porté par des puissances étonnamment excitantes et vives et dont je me faisais le serviteur sans aucune espèce d'arrière-pensée. Je rayonnais. C'était un vendredi soir et le nom seul de ce jour me plongeait dans une inexplicable richesse de méditation : celle d'une Vénus ardente dont *ven*dredi est le jour consacré.

Gilles vint répondre en bras de chemise, tasse de café à la main et me fit signe d'entrer en vitesse. Il se précipita à sa table de travail, me confiant implicitement le soin de veiller à la cuisson d'un oeuf à la coque. Je laissai bouillir l'eau quelque temps puis j'éteignis. Je n'entendis plus que le glissement du stylo sur le papier. Je n'arrivais pas à me faire discret tant je brûlais d'engager la conversation et Gilles le sentit sans doute. Je l'avais irrémédiablement dérangé et je sentais qu'il m'en voulait. Il se tourna vers moi avec amertume :

— Tant pis... Ça va revenir...

Je me sentais cependant chez moi, ici, dans la chaleur des écritures. Gilles mit un autre oeuf à bouillir, prépara du café et je lui dis, pendant qu'il s'affairait encore autour des étagères :

— Le démon de l'écriture te possède à merveille aujourd'hui.

— Le *démon* de créer *des mondes* lança-t-il sans réfléchir, puis s'amusant soudain lui-même de cette euphonie inattendue.

Ce que je voyais dans le pouvoir graphique de cet écrivain, qui était aussi peintre, c'était l'application d'un pouvoir magique. Lorsqu'il m'arrivait d'éprouver ce sentiment si difficile à décrire il me semblait que j'avais placé dans les quelques lignes et dans les quelques pages la vie même de la chose entrevue ou entendue ou bien alors s'y était introduite une vie inhabituelle qui donnait tout son intérêt au texte. Il y avait une différence de qualité d'un texte à l'autre et c'était cette inexplicable différence qui se traduisait en nous par la certitude d'avoir accompli ce qui devait l'être, qui décidait de ce qu'il fallait rejeter et de ce qu'il fallait garder. En ce sens l'exercice même de l'écriture était éminemment amoral et relevait d'une justice immanente qui était en fait notre seule force. En quoi avions-nous besoin d'une forme quelconque de sécurité pratique ou publique ? Ce sentiment, cette expérience réitérée de l'écriture nous servait de centre d'équilibre et semblait dissoudre non seulement les peurs mais aussi les désirs. Nous étions chastes, en un sens, et c'était bien là notre vraie force. Nous n'avions besoin de personne. Une chasteté qui nécessitait la répétition du geste d'écrire mais ce geste était celui d'une passion profonde avec laquelle nous faisions corps et les conditions pratiques d'installation que nous recherchions étaient au service de l'approfondissement de cette satisfaction. Vivre ne nous coûtait presque rien parce que nous étions, pensions-nous, les maîtres du désir, de ce désir que le monde enchaîne à de faux besoins et qui coûte tant. Nous le libérions dans les mots. Cependant, étions-nous vraiment des maîtres ? Nous étions certainement, bien que plus pauvres, beaucoup plus libres que les autres et cette liberté relevant d'une nécessité intérieure, nous l'étions éminemment. Non seulement étions-nous plus libres et plus libérés, mais nous l'étions par élection, par vocation et non par choix personnel. Du moins cette idée nous exaltait-elle : nous goûtions directement de la grande force de vie.

Écrire n'était pas une planque propre à nous soutirer du monde. Nous le sentions bien : le monde venait libérer sa saveur la plus secrète et la plus palpable dans nos lignes. Écrire était notre être même et ceux qui ne pouvaient le faire appartenaient à d'autres strates, à d'autres fonctions inhérentes à l'économie du monde.

Nous étions les élus d'une énigme qui nous laissait aux prises avec l'illusion combien délectable d'être les auteurs de ce que nous faisions.

10

Gilles était un tourmenté

Gilles était essentiellement un tourmenté. S'il me faut tenter de désigner brièvement ce qui se précipita alors dans l'atmosphère québécoise, un mot surtout pourrait le faire, ou plutôt deux : tourment et fascination. Un troisième cherche à jaillir de moi presque de lui-même et il me semble encore plus juste que les deux autres et c'est celui de *souffrance*. N'en déplaise à ceux qui ne peuvent lire ou entendre ce mot sans malaise, il est certainement celui qui décrit le mieux l'ambiance générale des premières années de la décennie soixante comme si la période dite de la révolution tranquille devait aussi voir surgir dans des psychismes à la fois sensibles et gesticulants un excès de souffrance dont l'abcès, aujourd'hui, s'est pas mal vidé. Ce mot de souffrance est certainement celui qui décrit le mieux l'ambiance des milieux qui virent et activèrent la précipitation en notre aire de forces de dissolution de plus en plus virulentes au point où l'on peut encore se demander, au moment où j'écris ces lignes, si elles ont enfin culminé. Comme si ce que l'humanité porte en elle de pire pouvait opérer en s'exaspérant son propre suicide.

Nous étions d'abord et avant tout assoiffés de densité. Romantiques. Et nous étions sauvages. Nous lisions Céline, Kérouac, Lautréamont, Tzara, Breton, Cendrars, Mailer, et tout ça coulait dans nos veines durant la nuit et frissonnait en nous au petit matin. C'était les grandes veillées d'écritures où le texte se mangeait, veillées d'armes, veillées funèbres ou exaltées, veillées de colère aussi, veillées nerveuses, veillées rougissantes. *Abraxas* d'Audiberti et *Ulysses* de Joyce avaient longtemps hanté le chevet de Gilles. Le mien aussi. C'est lui qui me les fit connaître. Je me vantais à lui de n'avoir jamais lu un auteur au complet et d'être toujours tombé, par hasard, sur les passages essentiels, je le savais du dedans, par une certitude. Il se moquait de moi, lui qui les avait lus au complet parce qu'il trouvait qu'ils n'avaient pas assez écrit. Il prolongeait toutes les oeuvres modernes, il en donnait les dimensions non formulées et c'est de lui que je reçus le legs de mes écritures, c'est Gilles qui me rattacha à la tradition du couchant, à la tradition de la plongée dans la nuit. Il officiait. Il était prêtre. Il transmettait quelque chose. Qu'est-ce qui m'unissait à lui, moi qui ne retrouvais l'équilibre que dans la pénétration charnelle d'une femme ? Gilles n'était physiquement jamais *chez lui*, ça je le voyais bien. Moi je l'étais quand je faisais l'amour. Je n'avais à cette époque que cette *maison*. Gilles n'en avait pas : ses équipées sodomiques le rendaient surexcité et triste. Il préférait cependant, comme il disait, une pédagogie plus *plexuelle*. Mais il re-sodomisait tout le temps. Il était pour moi une énigme.

Dans le ventre en feu du grimoire du temps

Le mot Kama sera prononcé dans la gorge, le pénis et l'ovaire.
L'anus, le clitoris et la soif du feu
Afin d'incorporer les puissances ophidiennes du mot
Qui roulent et sifflent sans fin dans l'espace en feu !
Et tu les feras fouir et jouir et remonter en tout corps
Ainsi pétri par les sargasses et nourri de chasteté palpitante !

Et Kaôm-Ha est la fille du désir en feu, fille de Kama. Prononcée elle remontera en lumière formée hors des étreintes en feu du Serpent. Pour redescendre. Kaôm te maintiendra dans l'air incandescent et y suspendra ton ardeur. Tu battras, battras, battras. Ha te ramènera par le souffle du son au sein des orbes que tu contemples. Et que tu relies à ta naissance en feu, dans l'Éther incandescent de Dieu, parmi les courants de métal en fusion et les orbites inconnues de l'incendie astral. Incandescence de Haôm. C'est la mort et la perte du souffle dans la chair blanc-feu-dense de Kama-Makaôm, orbes de feu qui bourre !

K K K Kaôm te maintient dans l'incendie astral. Et Kaôm-
Ka-Ka-Ka déclenche la guerre de ce plan. Attaque et stimule
l'esprit dru, vif, rousse étincelle incandescente.

Le mot Kâma sera prononcé par la gorge, le pénis et l'ovaire
L'anus, le clitoris et l'essaimance-bouche
La fille du Serpent s'appelle Kaôm
Et sa volonté de retour dans la chair est Ha
Mais Kaôm est la guerre à la chair, la fille se maintient dans
l'astral en feu, contre le courant de l'éther astral en feu, elle
fait la guerre à la chair avec du feu incandescent.
Celui qui pourra lui arracher du coeur le souffle Ha de la
mort la ramènera sur la terre.
La chair, qui parfois ment, l'affirme :
Kaôm-KaKaKa est une arme nouvelle de Guerre-Éther.

11

Un matin, Gilles m'avait fait venir chez lui.

Gilles m'accueillit avec nervosité en me parlant d'auteurs, ce qui était peut-être une diversion mais il vivait tellement à travers ses lectures, elles étaient si incorporées, que je ne pouvais m'empêcher de l'écouter.

— Il faut apprendre l'hébreu magique. Travailler, travailler. Ça vibre. Un secret gît dans ses déconstructions. Mais c'est un secret terrible pour les nerfs (il avait posé sa main sur un ouvrage rare de P.V. Piobb). Savais-tu que l'hébreu peut te rendre fou ? Te damner ? Les Israéliens sont redevenus forts en parlant leur langue sacrée *dans la vie de tous les jours*. Les musulmans puiseront dans le Coran la force pour ré-équilibrer le pouvoir israélien : dans le baiser à la pierre noire. Et si les Israéliens ne sont pas devenus fous, encore, sous l'effet quotidien des vocables, c'est qu'ils sont devenus saints. Ou damnés ? Non. Puissants, peut-être, pas saints, mais pas damnés non plus *car ils ne prononcent jamais le nom de Dieu en vain*, ils ne déconstruisent pas le langage. C'est lui-même qui parle dans les vocables. *Il est la bouche et les mots*, pourquoi en parler ? Absurde. Indestructible un peuple qui parle une langue sacrée sans jamais déféquer dessus. Indestructible, *sauf par la langue même*, sauf par la puissance même du Verbe, selon Sa volonté. Indestructible. Le Verbe. Il faut plonger dans le mystère des lettres-flammes.

Gilles s'était mis à trembler dans la chambre en marchant. Il s'arrêtait. La chambre était petite. Remplie de présences. Je m'étais toujours demandé pourquoi, avec les revenus qui s'offraient à lui, faciles, comme les travaux de recherche que Radio-Canada lui commandait régulièrement et le don inné qu'il avait pour la publicité et les tableaux commerciaux qu'il peignait rapidement, je m'étais toujours demandé pour quelle raison il habitait une chambre si petite. Ce que j'ignorais c'est que Gilles louait régulièrement de grands logements, dans l'Ouest de la ville, où il s'adonnait à la magie et qu'il allait bientôt aménager à demeure dans un logement tout près, rue du Parc Lafontaine.

Nous avions rencontré quelque temps auparavant un ami assez lointain de Gilles, rue Hutchison, à Outremont. Cet ami nous avait révélé qu'il se passionnait pour la Qabbale et s'était senti poussé à me donner l'adresse d'un qabbaliste français de passage qui avait décidé de séjourner assez longuement à Montréal et qui demeurait sur la même rue. Je n'étais pas allé le voir. Gilles et lui ne s'étaient pas entendus. Gilles était beaucoup trop personnel et il détestait les maîtres. La "cabale" à laquelle Gilles s'intéressait était selon cet ami, un résidu de magies très anciennes alors que la Qabbale qu'il pratiquait, sous l'influence momentanée de ce qabbaliste français, avait pour effet essentiel d'ouvrir la conscience à sa loi d'être en accord avec la volonté divine. Ça avait jeté un froid dans la conversation, Gilles n'ayant, comme il disait, rien à foutre de la volonté des autres, divine ou pas. Il avait créé un cercle magique qui se réunissait régulièrement à cinq au moins, nombre du cinquième jour, jour de Vénus, et qui s'adonnait régulièrement à des invocations de forces érotico-magiques où il tentait de concilier des puissances aussi opposées que celles des esprits de Saturne, de Vénus, de Mars. Il tentait de concentrer ces forces dans un champ magnétique qu'il projetait en divers endroits de la ville et qu'il tentait de promener avec lui partout où il allait. C'était sa seule et unique passion.

— Que savons-nous vraiment de ceux qui nous ont précédés dans le monde, dans le temps, disait Gilles, ceux qui racontaient des histoires merveilleuses, ceux qui connaissaient les secrets, ceux qui parlaient avec de l'or, du noir ou du feu dans la bouche ? Nos conteurs n'en sont que l'ombre, peut-être, le souvenir...

Il s'arrêtait soudain, en fixant le plancher :

— Que savons-nous d'eux ? Nous ne les avons jamais entendus parler...

Je feuilletais distraitement un ouvrage. Gilles marchait, ouvrait un peu la grande fenêtre du demi-sous-sol. Allait la refermer au bout de dix minutes :

— Les sacres, les blasphèmes, est-ce que ce ne sont pas des sortes de langues secrètes, des langues qui se referment comme des huîtres sur une rancune ? Qui crachent du cadavre ? Du mort ? Des langues dont nous ne comprenons ni la nécessité, ni la racine, pas plus que les sacreurs ou les blasphémateurs ? Qui sait si le Seigneur ne s'y défigure pas volontairement pour réaliser les deux faces de toute chose ? Pour compenser les cultes célestes ? Pour offrir un visage de négation au visage de l'affirmation intégrale du Verbe ? Les deux monstres du Seigneur : le vice et la vertu. Et au-delà ? Moi, tout ça m'ébranle.

Mais ce n'était pas tant de ça dont Gilles voulait me parler. Il avait l'air plus tendu que d'habitude, plus fatigué. Il voulait me confier quelque chose. Mais quoi ?

— La nuit dernière a été désastreuse.

Il sentait que je m'éloignais de lui depuis quelque temps : voulait-il me rattraper, ou renouer avec moi d'une autre manière ? Je l'écoutais :

— La nuit dernière a été désastreuse. Ça a frisé l'assassinat, comme ça, sans qu'on puisse prévoir, comme une montée d'instincts, de forces cachées au fond du sexe. Il faut vraiment une connaissance pour pénétrer là. La plupart sont partis très tôt. Je suis resté seul chez Richard en compagnie de lui et de son amie, Séguine. Seul avec une épouvantable angoisse, imprévisible, déconcertante : la leur. La peur du sang, du sexe. Tu me suis ? Je veux dire : la peur *appartenant* au sang, au sexe. Et l'hébreu dans tout ça ? En fait il s'agissait de l'utilisation magique, mantrique, des formules inspirées de la qabbale occidentale, la qabbale avec un "c". Et ces signes vibrants, ces signatures (1) astrales, stridentes, ces courants insolites, fantastiques, sinistres ou doux : as-tu consulté cet extraordinaire ouvrage de Piobb ? Des signatures (1) astrales, on peut en trouver partout, même dans les oeuvres de peintres contemporains comme Miró. Tu te concentres et tu les fais vibrer dans l'air. C'est ce que j'ai fait. Je m'y étais préparé durant des heures. Ordinairement je n'obtiens que les effets que je cherche dans ce genre de réunion : la projection, dans les psychismes, de fantasmes érotiques — en fait des entités de l'astral extrêmement voluptueuses et je nous livre à elles. Elles nous trament, nous moulent en elles dans des caresses orgiaques indescriptibles : tout, sans restriction, y est objet de jouissance. Étrange aussi : j'ai constaté que c'étaient ceux qui

---

1. En surimpression : ligatures.

étaient capables d'une certaine maîtrise sexuelle qui pouvaient jouir le plus et le plus longtemps et le plus profondément. Les vicieux, les habitudinaires, les fantasmatiques ne tiennent pas le coup.

"Les vertueux, eux, peuvent en sortir renforcis et utiliser sur le champ ces effluves à des fins politico-sociales. C'est ce qui m'intéresse. Mais celui qui n'a pas de maîtrise ouvre le groupe à des forces qui l'utilisent contre nous. Et celles qui sont ainsi entrées dans le groupe étaient littéralement démentielles. C'était la première fois que cela se produisait avec une pareille force. Il y avait beaucoup de médiumnité et en même temps beaucoup de faiblesse dans le groupe. Ça a vite tourné à l'hystérie. Deux femmes ont tenté de déchirer un homme. Il y a eu du sang. Il y avait de tout dans l'air et tout se passait comme si les forces magiques qui s'emparaient du trio se nourrissaient des forces magnétiques accumulées depuis plusieurs jours et concentrées au cours de la journée et de la nuit précédente. Un gaspillage... En fait je n'ai pas dormi depuis quarante-huit heures. Durant ma préparation tout devenait dense et éthéré, je tenais la volupté en main. Et soudain ces imbéciles ont drainé sans le savoir d'autres forces qui se sont servies d'eux et ça a failli être le drame (il s'interrompit, s'assit, tremblant; il secouait la tête en fermant les yeux, comme pour dénouer une tension faciale insupportable, une obsession; il y avait de la souffrance dans la pièce; je demeurais silencieux). Puis cette nuit indescriptible, terrible, j'en ai encore des frissons."

Il s'interrompit pour retrouver ses esprits. Puis il reprit dans un autre sens, apparemment :

— En nous coupant de ce qui nous reliait à ces cabales et à ces magies, nous avons été sevrés d'une liqueur forte et cachée. On nous a tenus à l'écart des autels et du Livre pendant des siècles. L'amour des livres commence par l'amour de celui-là. Du Livre des Livres : la Bible. Il faut lire le Livre. Nous perpétuons nous-mêmes ce sevrage clérical par instinct d'auto-punition : nous haïssons le Livre et c'est exactement ce qu'ils voulaient. Nous nous croyons anti-cléricaux par notre haine du Livre. Et c'est exactement le contraire : par notre haine ou même notre négligence du Livre, nous sommes terriblement et stupidement cléricaux ! Nous ne sommes pas *libres*. On hait tous ceux qui ne se conforment pas. Je me suis toujours senti exclu de l'Église; ma liberté, ma matière, ont toujours été exclus de l'Église; mon sexe, l'entraille, on n'en a jamais voulu. Il fallait toujours s'ouvrir aux anges. Et les démons ? On n'en a jamais voulu. L'Église ! Je veux y entrer *et placer mes deux pieds fourchus sur son parvis*. Béant ! Que ces chiens m'embrassent. Ils ne sont jamais venus baiser ma face de bête quand je traversais... des épreuves qu'ils n'auraient jamais...

S'ils ne viennent pas baiser ma face de bête, la Nature me portera comme un couteau jusqu'à leur gorge. Je veux salir et fendre leurs marbres ! Une brisure, en moi, quelque part.

Je me rappelai un texte. Mon esprit le paraphrasa : *Nous venons du fond de la distance qu'ils ont creusée en nous, entre eux et nous, en nous fixant dans les fonds, hors de leur amour. Nous les distrairons par des flambées de boue noire. Puis ils viendront. Tu les verras porter leurs bras sur leurs yeux. Tu me viens par des chemins qui pincent. Et tu grinces, vieille calotte ensanglantée. Il n'y a plus rien : la blessure est morte — c'est l'immensité.*

12

Cette conversation avec le jeune qabbaliste avait marqué Gilles

Mais cette conversation qu'il avait eue avec le jeune Qabbaliste avait marqué Gilles. Et il avait commencé à se sentir à l'étroit dans ses invocations d'esprits planétaires. Son échec récent l'avait fait réfléchir. Il sentait monter en lui de nouveaux espoirs, de nouvelles lois, de nouvelles puissances et en un sens c'est peut-être ce que confirmait cet ami pour qui la Qabbale constituait un pouvoir de révélation du Nouveau.

Mais ce Nouveau, Gilles n'en avait pas l'instinct, aurait-on dit. Quoi qu'il en soit, il avait décidé de mener une invocation plus forte encore et s'y préparait depuis plus de deux mois, étudiant attentivement les cartes astrologiques qui s'amoncelaient sur sa table de travail, méditant, tentant de maintenir un certain ordre dans sa chambre, prenant de longues marches solitaires dans la ville et à la montagne où il aurait bien aimé parfois opérer. Autant que dans les caves, les salons et les demi-sous-sols. La séance ratée tenait plus de l'orgie que de la magie cérémonielle et elle n'avait été qu'un intermède, cuisant cependant (mais Gilles trouvait peut-être un plaisir secret dans ces échecs) à cause du gaspillage magnétique que cette orgie en débandade représentait.

Il y avait en lui une révolte sourde contre toutes les lois et il ne savait pas jusqu'à quel point elle pouvait être inscrite dans les lois mêmes de la Réception qabbalistique. *Qabbalah* signifie *recevoir*, il le savait, mais ce n'était pas cette qabbale juive, qui implique une ouverture et une fusion avec une instance mystique qui transcende et l'ego et toutes les entités astrales, ce n'était pas tant cette Qabbale qui fascinait Gilles. Nous l'avons vu : c'était l'ancienne, la *Cabale* si l'on veut, une magie d'un bas niveau quoique puissante et parfois terriblement efficace et durable. Il la recherchait pour lui et il se recherchait en tout. Refusant la mort à lui-même, il se la donnerait sans doute un jour, ou la courtiserait de mille manières, en son nom ou au nom des autres. Il la donnerait en se la donnant, s'il le fallait, mais il voulait contourner la mystique pure, conquérir, harnacher les forces de mort, les faire ricocher sur sa résistance, jouer, jouer le jeu de la destruction et de la mort. Si je demeurais avec Gilles, si je le fréquentais toujours, c'était bien sûr pour toutes les raisons que je mentionnerai au cours de ce récit ou pour celles que j'ai déjà mentionnées, mais c'était aussi et surtout parce que j'éprouvais le sentiment de *devoir* quelque chose à cet être et ce quelque chose, c'était l'amour. J'aimais cet homme d'une manière secrète et absolue qui n'avait rien à voir avec la sexualité entre hommes. Elle ne me convenait pas. Je l'aimais absolument, je le savais et en dépit de mes révoltes et de mes haines je savais que je lui garderais toujours cet amour, comme s'il venait du fond des temps, comme si j'étais responsable de sa souffrance, comme s'il était mon fils ou mon protégé.

Pour revenir à l'invocation qu'il préparait et à laquelle il voulait que je participe — et je m'y refusai — il faut dire que les puissances nouvelles qu'il pressentait, les nouvelles lois magistes qu'il sentait monter en lui procédaient directement de sa pratique de l'écriture. Il commençait à s'en rendre compte. Jusqu'à maintenant l'écriture — en dépit de ses théories concernant son pouvoir magique — et la magie cérémonielle avaient été relativement séparées dans sa vie. Maintenant il les sentait se croiser, s'entremêler et cela le libérait d'une certaine dépendance à l'endroit du cérémonial. Un cérémonial spontané semblait vouloir se manifester en lui à certains moments privilégiés correspondants à certaines configurations planétaires. Et c'est dans cette perspective qu'il préparait la prochaine conjuration dont il pressentait toute l'importance pour lui. Ce serait celle de la révolte intégrale, celle de l'accomplissement définitif de son destin, celle qui scellerait les années ou du moins les mois qui allaient venir. Voilà surtout ce que je voudrais dire ici : Gilles Corps agissait pour lui, contre une volonté plus grande mais en réalité au fur et à mesure que les jours passaient, je comprenais qu'il obéissait à des forces plus grandes que les siennes et à travers ces forces qui pourraient le briser, Gilles allait au sacrifice. Savait-il ce qu'était Dieu ?

Par quel sortilège était-il sorti de sa lumière hyperdouce pour plonger dans les ténèbres de la haine et de la destruction ? C'est un mystère pour moi. Mais il savait ce qu'était Dieu, sa paix, son feu, sa chaleur, sa paix de chaleur ou sa chaleur de paix. Sa pureté, son néant indéfinissable et transparent, son hypernudité. Par quel sortilège en était-il sorti ? Par celui de sa volonté propre et ce pour damner quelque chose. Un tel choix me dépassait. Je le suivis cependant et je le traînai même avec moi, après la rupture, car son destin était lié au mien. Il aimait la démence et j'aimais ce dément. Et ses ténèbres étaient peut-être indispensables, puisqu'elles étaient les nôtres, celle de la Bête, Dieu-la-Bête, Dieu-l'incompréhensible-Bête, Dieub.

Mais Gilles allait aussi faire éclater Dieub. Après le Dieu de Nietzsche ce serait au tour du Dieub de Gilles. Deux éclatements, deux morts, deux effusions peut-être, l'une dans les ténèbres profondes, l'autre dans la lumière insondable et parfaite. Non : le choix de Gilles était un choix dément aux yeux des hommes mais dans l'Oeil total Gilles serait le rayon d'or ensanglanté de la défaisance. C'était peut-être pourquoi je devais le porter dans mon amour, le garder rayonnant ou meurtri, brisé, dans le regard de mon coeur éveillé. Eveillé par lui, lui-la-haine, lui-la-vindicte, lui-le-sacrifice-et-la-mort, lui-l'insondable-blasphème. Car il était mon maître et mon fils, mon être et mon guide énigmatique et agnostique au coeur du tunnel de ma première nuit. Celle des octobres et de l'automne, celle du Québec et peut-être aussi celle du monde et des mondes. Et celle des temps.

Mais que ta présence en mon coeur me pourrisse le coeur, *mon coeur te crachera comme un déchet, sans pitié.*

Nous gardons tous au fond d'un tiroir un texte écrit il y a longtemps et qui signifie beaucoup pour nous. Souvent nous
l'avons oublié. Nous ne l'avons pas relu depuis des années
mais il nous suit. En voici un que j'ai trouvé dans ceux que
Gilles gardait. Il avait été écrit au temps du petit séminaire.
Il aide à mieux peser ce qui s'est passé, ce qui se passe et ce
qui se passera.

Gilles écrit :
Je définirai d'abord ce que j'entends par le mot *Dieu* en me
référant à une brève étymologie : les mots *Dyaus*, dans les
Veda, chez les Grecs *Zeus*, chez les Romains *Zeus-Pater* (*Jupiter*) et chez les chrétiens francophones *Dieu* semblent bel
et bien provenir d'une même racine. Quoi qu'il en soit,
l'important, ici, est de définir clairement ce que j'entends
par *Dieu* et ce raccourci étymologique me le permet sans
m'éloigner, je pense, de la logique interne de cette science :
Dyaus signifie, dans certaines traductions des *Veda* : le *Lumineux*. *Dieu* est essentiellement pour moi *Lumière*. J'extra-
pole donc en faisant du *Lumineux*, *la* Lumière. La *Lumière*
de la conscience.

Dieu est essentiellement une expérience de lumière-paix ou
de paix-lumière envahissant la conscience quand nous *nom-
mons* Dieu. *Nommer Dieu* ne veut pas nécessairement dire
que nous disons le *mot* Dieu. Nommer Dieu c'est parler dans
la Vérité. La Vérité non plus ne peut pas être définie, pas plus
que le mot Dieu, puisqu'ils ont leur racine dans un infini.
D'ailleurs, en réalité, je n'ai pas *défini* le mot *Dieu*, vraiment,
mais j'ai décrit l'expérience que ce mot désigne. La descrip-
tion est ouverte. Elle échappe aux systèmes et s'ouvre toute
à la *méditation*. La définition est fermée et s'offre toute à
la *discussion*. On ne discute pas de *Dieu*. L'on médite Dieu,
c'est-à-dire que l'on recherche l'état d'identité avec sa *Lumière-paix* ou sa *Paix-Lumière* et l'expérience que nous ob-
tenons est *indiscutable* tout comme la non-expérience que
nous pouvons en avoir, cette dernière étant aussi, en un sens,
une expérience tout aussi déterminante que l'autre. Elle s'appuie cependant la plupart du temps sur une méditation mal
conduite ou un refus de la méditation.

Nommer Dieu signifie affirmer une vérité indémontrable mais qui dans la conscience fait lever une *Paix-Lumière* qui réconforte et guide et constitue la manifestation, souvent la manifestation première, de la présence de Dieu. C'est donc à tâtons que nous le cherchons au début. Il suffit parfois de mettre le pied dans un chemin et affirmer ouvertement ce que nous éprouvons comme la vérité pour que la *Lumière-Dieu-Paix* remplisse la conscience.

Ceci bien sûr s'enseigne mal, peut cependant se communiquer selon des voies qui peuvent peu à peu être connues et reconnues (gnose) et le nom même de Dieu (*God, Shiva, Brahma, Vishnou, Seigneur*, etc.) peut parfois, dans certaines conditions intérieures, contribuer à en faire jaillir l'essence. Mais ce n'est pas tout de nommer Dieu. Il faut aussi le laisser nommer la *Vérité-Lumière* et accepter sa *Paix*.

Voilà ce que j'appelle *Dieu* quand j'écris de Dieu.

Dieu n'est cependant pas pour moi la seule expérience possible du *Divin*. Le Divin peut être *Nuit* aussi. Il peut être *Silence*. En fait tout est Divin. Selon ma Loi d'être, il est surtout Folie. C'est ce qui me rapproche de personne. J'ajouterai, pour ne pas qu'on pense que je me prends pour un être parfait, que sa présence en moi éclaire sous un jour impitoyable, parfois, les carences de mon être mais aussi ses richesses et tout ce qui en moi est contraire à cette Loi profonde. Une Loi que tout être, selon son "rayon" est appelé, à l'image du Christ, à accomplir, non pas selon la lettre, mais selon l'esprit, l'Esprit de Vérité qui habite la Lumière.

Quant au péché, selon moi, il réside uniquement dans le fait de l'absence de Dieu, dans la non-intégrité de sa pénétration dans le monde.

Cette *Lumière-Vérité-Paix* indéfinissable mais méditable est abondamment disponible et féconde, *au boutte du boutte*.

Et dans sa plénitude d'action et d'influence, extrêmement exigeante et intense.

Voilà ce que j'entends par *Dieu*. Qu'il m'aide à assumer le fait que j'en aie tant écrit et trop parlé. Mais que sa Volonté soit faite. En dépit de tout.

Car sa Joie est sans prix. Et seuls grognent contre Elle ceux qu'il cherche le plus.

Fin du texte de Gilles.

Ce texte lui avait valu d'être renvoyé dès la rhétorique.

Gilles avait connu Dieu. Il avait connu Dieub. Mais le Divin englobait tout et il se damnerait en explosant dedans, sa loi étant la Folie.
Il le déconstruirait jusqu'à la lie. Vocable après vocable.

Cette nuit-là je rêvai à Claudette

À mi-chemin du réel et du rêve. J'allais écrire : du *rituel* et du rêve. J'avais rencontré Claudette quelques mois auparavant et je songeais à elle depuis plusieurs jours. Le soir où j'étais sorti en compagnie de Gilles pour me rendre à la taverne Saint-Louis puis chez Aurélia, ma pensée allait sans cesse vers elle. Claudette habitait Québec et je m'y étais rendu sur le pouce vers la fin du printemps, il y avait maintenant environ six mois. (Dans mon rêve, elle me faisait signe, mais je ne comprenais pas pourquoi.) Je l'avais rencontrée à Québec au café de la *Grenouille verte* le soir même de mon arrivée. J'étais assis à une table et je sirotais mon café. Elle était assise à une autre en compagnie d'un homme très laid au visage décomposé. Elle semblait bien le connaître et elle ne semblait en rien effrayée ou ennuyée. Puis soudain elle se leva, vint vers moi et me demanda rapidement d'aller la reconduire chez elle. Je n'hésitai pas une seconde, je me levai et je la suivis. L'homme sortit en titubant du café et longea le mur de la petite rue que nous avions empruntée. Claudette se mit alors à courir en m'entraînant par la main. Nous courûmes ainsi pendant quelques minutes puis elle s'arrêta soudain sous un porche, me colla contre elle et m'embrassa.

— Tu fais bien ça, me dit-elle.

Je n'osai lui dire tout de suite que je n'y connaissais rien. J'avais déjà embrassé une fille mais ça faisait déjà longtemps. Claudette savait que je n'avais pas d'endroit où dormir et elle m'invita à partager avec elle une chambre d'hôtel.

— J'sais pas où aller non plus, me dit-elle.

Elle avait un visage fin, très dessiné et des yeux bruns. Elle était plus âgée que moi, de quatre ou cinq ans, et je n'avais pas vingt ans. Je la suivis sans arrière-pensée.

Nous louâmes une chambre d'hôtel. Elle se déshabilla. Je la regardais. Je n'osais la toucher. J'étais comme distant, ému, je ne sais trop. Je ne savais pas ou ne pouvais pas comprendre qu'elle puisse avoir le goût de moi. J'étais jeune et je ne me sentais pas très à l'aise dans mon corps. Ses dessous féminins : elle portait un soutien-gorge échancré et un jupon de nylon à mi-cuisse. Ils me semblèrent empreints d'une grâce mystérieuse. Il me semblait que je n'avais jamais rencontré de fille avant. Et je pense que je n'avais effectivement jamais pénétré de femme, sauf cette aventure d'un soir, frissonnante, dans une chambre du quartier Saint-Louis, avec une femme qui semblait préférer les femmes. De ces premiers attouchements m'étaient restée l'impression de la virginité de la chair des jambes et le même étonnement qu'en ce moment devant la manifestation du désir érotique chez la femme. Il y avait là quelque chose de très beau qui dissolvait tous les fantasmes et me fixait dans la seule matière. Et l'émotion me rendait silencieux, sans paroles, comme dénudé. Et pourtant, en un sens, c'était là que je me retrouvais. Je retrouvais quelque chose qu'aucun fantasme intellectuel ou visuel ne pouvait noyer. C'était direct. La chose directe.

Claudette s'était dévêtue en me tournant le dos avec une pudeur un peu feinte. L'annonce au néon de l'hôtel jetait à intervalle régulier des lueurs vertes et rouges, mais sans violence, dans une chambre où la pénombre était suffisamment claire pour adoucir les contours du corps sans les cacher. On en percevait la blancheur. Je ne tentai pas de la prendre. Après m'avoir voluptueusement embrassé dans la rue, elle ne tenta plus de me séduire. Je sentais en elle une sorte de soumission — ou plutôt de silence — qui m'inspirait du respect parce que je sentais aussi un grand pouvoir dans cette soumission. Je ne savais pas que ce corps allait bientôt m'appartenir et me bouleverser. Claudette, après s'être déshabillée dans la pénombre, vint s'étendre dans le lit en me tournant doucement le dos. Je ne m'étais pas encore déshabillé. Par timidité mais aussi par enchantement. J'enlevai ma chemise, mes bas, ma ceinture et je vins m'étendre sur le lit. Je regardais ce corps — elle avait revêtu un pyjama transparent, un "baby doll". J'étais comme un enfant en présence d'un être dont je ne savais si elle était ma soeur ou ma mère. Elle semblait être assoupie depuis longtemps et j'éprouvai le désir de toucher son dos de la main. Elle se tourna alors lentement vers moi et me fit comprendre que personne ne pouvait la toucher sans éveiller en elle du désir. Elle porta sa main à mon visage et me demanda de l'embrasser. Elle m'embrassa. Ce contact me jeta dans un état d'excitation incontrôlable. Toute la passion s'éveillait violemment en moi. Je compris bien que c'était pour moi le premier véritable attouchement.

Aurélia me parle du Réseau

J'avais rêvé toute la nuit à Claudette. En m'éveillant, des bribes de nos relations me revenaient. Elle semblait me faire signe du fond de ces mois... Aurélia s'affairait à préparer le café. La chambre sentait déjà la fumée de cigarette — Claudette, elle, ne fumait pas. Elle n'aimait pas l'odeur du tabac.

Aurélia me parlait mais je ne répondais pas. J'étais dans un autre monde. Dans un endroit où j'avais laissé une part essentielle de mon coeur, peut-être toute la part. Claudette avait un enfant, le "petit" comme elle disait avec le charme si distinct, si subtil, si délicat de l'accent de la vieille ville. Délicat, féminin comme ses membres.

Mais graduellement Aurélia me tirait dans son monde, m'arrachait à cette proximité onirique de Claudette après l'avoir fait surgir. Des flots d'émotion allaient m'envahir, des souvenirs par vagues, tout cela allait recouvrir mes derniers mois passés en compagnie de Gilles, les préoccupations révolutionnaires de mes nouveaux amis. Je ne comprenais pas... Il me fallait lutter. J'écoutais maintenant Aurélia.

— On parle de radicaliser l'action politique...

— Ah...

— Comme en Algérie... Tu as lu Fanon ?

— Oui... J'ai lu *Les damnés de la terre*...

Aurélia s'assit sur l'oreiller. Sa voix se fit plus claire. Elle alluma une cigarette.

— Il y en a qui croient qu'ici aussi il est possible de prendre le pouvoir par l'escalade de la terreur...

— C'est peut-être possible...

— Je ne sais pas quand l'action directe pourrait commencer. Il faudrait organiser d'abord un réseau... Mais c'est sérieux et je m'étais demandée si ça ne t'intéresserait pas...

— Comment envisagez-vous l'organisation de l'action ?

— Nous en avons parlé plusieurs fois entre nous... Sur le modèle du Front de Libération Nationale algérien. Nous pensons à un réseau de cellules autonomes et à un système d'agents de liaison. Mais il y a déjà diverses tendances qui se dessinent — et il ne faut jamais perdre de vue la possibilité de la provocation policière au sein même de nos groupes... Il y a plusieurs tendances : par exemple il y a un petit groupe que nous avons de la difficulté à retenir. Celui-là voudrait passer tout de suite à l'action sans aucune planification. Ses membres croient à la spontanéité d'une réaction populaire favorable. Ils savent comment fabriquer les bombes à retardement, les cocktails molotovs, ils ont quelques armes. Il y a une autre tendance qui voudrait entrer en action dans un avenir rapproché mais en se basant sur une préparation un peu plus poussée et une coordination de l'action terroriste avec les groupes déjà en place, les mouvements indépendantistes officiels. La première tendance ne songe même pas à cette coordination de l'action. Ces deux tendances ont cependant ceci en commun qu'elles croient possible la création d'une situation révolutionnaire grâce au terrorisme. Elles diffèrent dans une certaine mesure quant aux méthodes et quant à l'opportunité de déclencher l'action à tel moment ou à tel autre. Il y a aussi une troisième tendance : elle me semble beaucoup plus sérieuse que les deux premières. Ceux qui la prônent croient que l'on peut créer un climat de terreur mais que cela est loin d'assurer l'appui de la population, une population traditionnellement pacifiste. Au départ, ils ne compteront donc pas sur cet appui. C'est pourquoi il leur faut une base d'action solide, une infrastructure parfaite. Ils m'ont fait entendre qu'ils cherchaient à créer depuis déjà un certain temps un réseau serré qui couvrirait toute la province. À cela, les aventuristes rétorquent qu'il n'y a pas assez de membres et que la meilleure façon d'en susciter et d'en recruter c'est de déclencher l'offensive le plus tôt possible. À quoi la dernière tendance rétorque qu'elle peut créer un réseau de départ extrêmement efficace avec peu de gens. Quoi qu'il en soit, ces derniers cherchent à prévoir toutes les éventualités et voudraient bien au moins avoir la chance d'étudier tous les aspects du problème avant que les aventuristes ne se lancent dans une suite d'actions et d'attentats spectaculaires mais qui ne reposeraient sur aucune véritable organisation. Voici, en vrac, quelques-uns des éléments du puzzle organisationnel qu'il s'agit de regrouper de façon à la fois souple et cohérente : évasions de militants emprisonnés, caches d'armes et de munitions, complicités au gouvernement québécois et au gouvernement outaouais, dans les gouvernements municipaux, bref partout où c'est possible : donc il faudra faire de l'espionnage à une échelle très poussée et dresser des listes noires, des listes de chantage; prévoir des réseaux de vols de banque pour remplir les coffres de l'organisation, des équipes de saboteurs hommes-grenouilles capables d'opérer même par temps froid dans les ports de Montréal, de Québec, des Grands Lacs ou d'ailleurs : un petit groupe étudie même des cartes militaires de la région de Toronto et d'Ottawa en vue de représailles possibles. Ces groupes de travail cherchent aussi à résoudre le délicat problème de la communication par TSF. L'origine des émissions est si facile à repérer qu'il faudra sans doute se contenter pendant longtemps d'un code téléphonique avec échange à heure fixe d'une boîte téléphonique à l'autre. Il faut aussi organiser l'entraînement de commandos capables de s'emparer des postes de radio, ne serait-ce que pour quelques minutes. Il faut aussi des pilotes pour des envolées pirates. Un réseau spécial de prostitution à des fins d'espionnage et un autre à des fins plus purement mercantiles. Quant aux armes, le meilleur endroit où aller les chercher, pour l'instant, c'est dans les casernes et dans les camps militaires. Cette action-là, il faudrait la mener d'un seul coup, partout à la fois, frapper très fort et à coup sûr, rapidement, spectaculairement. Ce serait notre première action. La première manifestation ouverte du mouvement. Ensuite, il faudrait garder le silence pendant des mois, pendant un an, deux ans peut-être. Ce silence (les circonstances nous feraient décider de sa durée, qui pourrait être très courte) serait plus lourd à porter qu'une suite ininterrompue de sabotages. Il suffirait alors de répandre la rumeur qu'un mouvement indépendantiste très puissant se prépare à prendre le pouvoir et que rien ne pourra l'arrêter, ce qui sera d'ailleurs vrai. Cette seule rumeur, sans aucune action, ou alors des actions bénignes en apparence mais *significatives*, nous donnerait l'initiative. Nous serions maîtres du terrain psychologique et il nous suffirait de bien toucher, au bon moment, pour posséder toute une collectivité. Nous comptons aussi sur des armes nouvelles, de nouvelles conceptions de la guerre et de nouvelles techniques que certains de nos membres sont capables de mettre au point et qui remettent en question l'utilité même de l'espionnage dans sa forme actuelle. Inutile de te dire que les tenants de cette tendance voient d'un très mauvais oeil les tenants de la première. S'il fallait qu'une action terroriste soit prématurément lancée, les tenants de la dernière tendance ne pourraient plus compter sur le relâchement actuel de la surveillance dans les arsenaux. Il ne pourrait plus être question de tenter une grande razzia. Et l'organisation du Réseau à l'échelle du Québec et même au-delà ne pourrait plus compter sur la tranquillité relative du pays et sur l'absence d'un précédent récent. Il faudrait peut-être attendre encore dix, douze, treize ans.

Pendant qu'Aurélia me parlait, mon imagination se mettait en branle et je me mettais à envisager toutes les possibilités dont elle n'avait pas parlé. Je voyais les tendances se multiplier à l'infini, les calculs infirmés par les circonstances, je sentais tout le dynamisme, toute l'organicité du mouvement qui s'amorçait et j'étais bien incapable de mettre de l'ordre dans cette mouvante plasticité. Je m'en tiendrais comme elle à certaines lignes de force. J'espérais déjà rencontrer les tenants de la troisième tendance (la dernière) pour voir combien de possibles leur imagination et leurs calculs pouvaient engendrer. J'espérais aussi les rencontrer sans raisons. Poussé par une indéfinissable affinité, presque une identité, contre laquelle cependant quelque chose en moi se battait : ceux de la première tendance aussi m'étaient proches. Combien cette contradiction allait être féconde, je l'ignorais encore. Mon esprit me faisait à la fois l'effet d'une fournaise et d'une mauvaise machine à calculer. Je préférais me taire pour l'instant. Tout arriverait tout seul, comme cette rencontre. Et je me laisserais guider.

— Nous allons à Québec dans trois jours, me dit Aurélia. Il y a un groupe (1) du Rassemblement pour l'Indépendance Nationale qui se réunit. Ils sont mécontents. Ils trouvent que l'action politique de leur parti ne fait pas avancer les choses assez rapidement. Ils veulent radicaliser l'action, comme ils disent. Leur impatience est un atout et un danger en même temps, comme je t'ai expliqué, mais il faut les rencontrer. Ils ne parlent pas de terrorisme mais il y aura peut-être quand même parmi eux des terroristes qui s'ignorent. Si tu veux venir, nous passerons te chercher samedi matin.

Tout, en moi, disait oui, sans réserve, à cause d'Aurélia. Et de Claudette.

15

J'avais maintenant faim d'action

J'avais maintenant faim d'action en plus d'avoir faim d'idées et de sexe. Faim d'action et faim d'idées activées. Je me rapprochai d'Edmond. Du moins le pensais-je. Mais il y avait en lui une inimitié récurrente dont les racines étaient profondes. Je me rapprochai donc de lui par le chemin le plus court, le plus direct : le contact érotico-sexuel avec Aurélia. J'acquis ainsi, par échanges psycho-nerveux, certaines de ses propriétés d'esprit rigides qui me servirent souvent dans l'action quand il faut être étroit pour être efficace. Mais au fond je ne croyais pas que cette étroitesse ne fût que vice — ou vertu. D'autre part certaines choses en moi le fascinaient et il était souvent frappé par la véhémence non-calculée avec laquelle je rédigeais la feuille-pilote qui devait devenir le journal clandestin de l'organisation et que le leader d'une importante branche du Réseau, par l'intermédiaire d'un agent, avait confiée à mes soins. Car Edmond, lui, ne croyait pas aux vertus de la véhémence, sinon à celle qu'il pouvait télécommander. Et il ne parvenait pas

---

1. Résonance en moi : une grappe.

à le faire avec moi. Il se rassurait en se disant que je servais la même cause, mais je suis sûr que cela ne lui servait que d'opium momentané : il ne pouvait admettre le plus petit écart d'imprévision ou de liberté. Il avait d'autre part été question, entre l'agent et moi, de demander à Aurélia un texte sur l'engagement politique de la femme. Elle n'y comprenait rien et moi non plus et le mouvement féministe était à peine dans l'oeuf. Je pensais qu'elle refuserait.

D'origine gaspésienne, venue à Montréal encore enfant avec sa famille, elle se rappelait souvent les années difficiles du début de leur installation. L'arrivisme de son père, qui ne s'était jamais manifesté, s'exacerba lorsqu'il prit pied à Montréal. Il était propriétaire d'un magasin général qu'il avait vendu, à Gaspé, espérant trouver à Montréal un lieu plus propice à l'éducation de ses enfants et en particulier de sa fille. Mais la ville l'avait changé en profondeur, presque métamorphosé et toute l'énergie qu'il voulait au départ consacrer à sa fille, il la consacra à arrondir sa fortune et à grossir le nombre de ses propriétés. De sorte que sa fille s'était vue délaissée au profit du capital. Elle haïssait son père.

Elle détestait la richesse et à ses yeux l'argent ne pouvait être utilisé qu'à des fins destructrices, à l'image de l'amour paternel qui l'avait été aussi par l'argent. Sa haine était féroce, fauve, énigmatique. Apparemment inguérissable. Elle vivait dans la pensée continuelle de la mort et elle en tirait un charme fanatisant qui électrisait. C'était vraiment un animal, un félin troublant. Parfois elle m'effrayait. Mais parfois aussi elle s'attendrissait, ressemblant en cela à Edmond; en cela que sa psyché était aussi étonnamment plastique.

Elle était ainsi la proie, à vingt ans, d'une haine tourmentante et d'une intelligence aiguë, provocante. Il n'y avait que l'abandon amoureux qui par moments l'humanisait mais elle ne s'y donnait pas toujours facilement. C'est par là qu'à mon tour je pouvais me donner l'illusion de la posséder. Mais son père, plus que toute autre chose au monde, son père honni et sa richesse maudite, la fascinaient et je pressentais toute sa perversion comme un refus morbide de ce qu'il m'arrivait d'appeler la dimension splendide et abondante de la vie. Elle chérissait beaucoup les surfaces et les objets noirs et les tons mats où la féminité de l'homme ne projette que ses ombres. Elle se gardait ainsi des assauts affectifs en investissant dans la pensée ce qu'elle se refusait à donner autrement. D'où son penchant pour Edmond. Etait-ce selon cette étrange filière psychique qu'elle parvenait à puiser suffisamment d'énergie pour donner à son cerveau cette tournure et cette force si étonnamment mâles ? Seules mes caresses, auxquelles elle était extrêmement sensible, en refaisaient une femelle en proie à toutes les servitudes des sens.

Son corps, son visage surtout, mais aussi son corps tout entier participaient à ces métamorphoses et j'avais fini par m'habituer à fréquenter deux ou trois Aurélia : l'intellectuelle, capable d'organisation et de froideur décisionnelle et la sensuelle, fondant dans l'adoucissement graduel de ses chairs et la pâmoison salivante de son sourire. Deux ou trois Aurélia ? Et la troisième ? Il me restait à la trouver. Était-ce l'Aurélia cachée derrière la fille des heures banales et sans génie, celles qu'elle acceptait le moins, celle dans le rôle de laquelle elle n'aimait pas être vue ? Cette Aurélia réagissait d'une façon presque névrotique aux heures planes et je n'ai donc vu de l'Aurélia sans masque que le masque qu'elle remettait sans fin. Je pressentais donc une troisième Aurélia dont l'intellectuelle et la sensuelle n'étaient peut-être que les points de fuite extrêmes. Une Aurélia qui aurait dû écrire pour intégrer cette déchirure. Une Aurélia artiste, transcendant ce va-et-vient infernal et sa haine empoisonnante des *réussites financières*. Une Aurélia qui avait déjà écrit sur un bout de papier glissé dans un tiroir et que j'avais trouvé : *Quelque part, dans le temps, un infini tranquille, une immensité bleue : la galaxie, le vide sidéral, la tranquillité, le silence. C'était ça, ma blessure. C'est tout. Non. Je m'en vais très loin, tirée vers le fond de cette immensité tranquille, silencieuse — non, plus maintenant, on entend le son des abeilles, des lueurs qui sifflent étrangement. Je m'en vais. Non. Je regarde. C'est le mystère. J'ai reculé, prise de peur; ou de panique ? Non : d'ignorance. On peut reculer, face à l'immensité par simple ignorance. Je veux revenir dans l'endroit d'où j'ai vu la blessure, étrange blessure : l'immensité. La fraîcheur nocturne et bleue de l'immensité. J'ai voulu revenir. J'ai trouvé le commencement de la blessure : c'est l'immensité.*

C'était l'Aurélia la plus secrète. Celle qui m'échappait le plus. Mais qui pourrait la mettre au monde, pensais-je, sinon l'exaspération même de son propre écartèlement et le manque insondable qu'il ouvre et creuse de plus en plus ? Je contribuais à ouvrir cette faille et Aurélia se laissait écarteler et déchirer par cette systole et cette diastole de la dissolution des sens et de la coagulation d'un intellect fixé sur une idée.

Je pris livraison de son texte où il était question d'organisation clandestine et après l'avoir lu je compris que seule une femme pouvait avoir à ce point l'instinct de ce qui est *organe*, et plus encore, l'instinct de ce qui s'y cache et de ce qui s'y trame. Et tout ça semblait s'être projeté dans son cerveau.

Autres réminiscences au sujet de Claudette

Claudette avait détaché mon jeans poussiéreux. Je n'osais me souvenir de tout. Par une pudeur, une peur, une crainte. Je ne voulais que d'un univers à la fois : celui des militants révolutionnaires semblait apte à remplir tout mon temps. Mais comment se pouvait-il qu'un souvenir jusque-là endormi puisse à ce moment précis prendre une telle importance et jeter entre Aurélia et moi une distance ou une exigence secrète ? Et pourtant je me sentais proche aussi de cette fille, comme si elle avait pu devenir le réceptacle de Claudette. Et c'était bien peut-être ce qui allait se produire, mais ces spéculations sont gratuites, peut-être, et rien dans notre monde ne semble capable d'en appuyer la réalité ? Claudette m'avait introduit en elle, m'avait fait l'amour durant toute la nuit et nous avions passé plusieurs jours dans cette chambre d'hôtel, nous faisant monter nos repas. Parfois nous allions nous promener dans la vieille ville. Et un soir nous étions allés rendre visite à ses parents dans la basse ville. Sans se servir des termes courants des gens du "milieu", Claudette m'avait fait comprendre qu'elle vivait de la prostitution. Elle aimait l'argent mais le subordonnait à l'érotisme. Elle était enceinte de deux mois au moment où je l'avais rencontrée et cela augmentait encore cet érotisme ambiant qu'elle transportait avec elle. À vrai dire rien de tout ça ne me scandalisait. Je venais du même milieu qu'elle et ma mère avait déjà recueilli à la maison des vagabonds, des amis de mes frères sans le sou. L'hospitalité était chez ma mère comme une seconde nature et si elle fréquentait la messe une fois par semaine, elle n'allait jamais se confesser : elle ne croyait pas au péché. Je m'étais rendu avec Claudette visiter ses parents et le "petit" qui était confié à leur garde. Le père de l'enfant s'était séparé de Claudette il y avait déjà longtemps. Je me promenais toujours avec un sac dans lequel je mettais des livres, des crayons, de la nourriture et une dague très effilée et très pointue que j'avais achetée dans un surplus de l'armée. Je la trouvais très belle. Ce soir-là je l'avais montrée à son père et il l'avait regardée avec convoitise. Je lui avais dit : "Voulez-vous la voir ?" et il avait dit "oui", avec ravissement. Il avait compris : "Voulez-vous l'avoir". Et comprenant la confusion je la lui avais laissée.

Le père de l'enfant dont Claudette était enceinte était un proxénète. "Il me battait trop", disait Claudette. Elle s'en était séparée. L'événement datait de quelques jours. Moi, je passais. Ils n'étaient pas riches. Les souvenirs s'estompèrent. J'allais bientôt retourner à Québec pour de toutes autres raisons. Je m'attachai aux nouvelles tâches qui m'attendaient dans le sillage d'Aurélia.

Le temps, comme un ruban d'étoupe

Penchée sur ses jambes ouvertes, ses cheveux bruns tombent sur ses seins et recouvrent son visage. Claudette à genoux sur le lit, à demi-dévêtue, se caresse avec attention et respire lentement dans sa jouissance. L'homme qui la regarde faire lui enseigne cet art : éprouver l'Éros comme une substance qui se mêle à la respiration lente et tranquille. L'Éros gagne sa bouche. Ses yeux brillent et elle regarde l'homme. L'homme est en érection et regarde Claudette. L'air est hanté d'une puissance musculeuse et lente. L'homme paye jusqu'à $70 (il en donnerait aujourd'hui $150, ou plus) pour lui enseigner et pour en jouir. L'homme a été rencontré sur le pouce entre Montréal et Québec. Il tenait à ce que j'assiste. Cet homme connaissait Claudette. Nous sommes dans une chambre de motel. La chambre est remplie d'une présence lente qui s'immisce dans nos muscles et nous fait tous jouir, à distance, comme si nous mordions dans une chair. Dévêtu, l'homme s'est glissé dans Claudette. Il s'enrobe en son corps et en sa substance invisible qu'il densifie avec une puissance concentrée. Claudette regarde dans le miroir, fascinée par l'image. La caresse va durer deux heures. A tour de rôle, pendant deux heures, nous pénétrons dans un univers de plus en plus intense, nourris-nourrissants, conscients, concentrés. On pourrait trancher l'énergie au couteau. Nous rentrons à Montréal magnétisés à bloc. Je sens en moi la présence de l'homme et de Claudette, unis. Parfois les lents orgasmes de Claudette viennent pulser dans mon ventre, à distance, sans que je la touche, et sans me caresser. La route glisse en silence sous nous comme un ruban d'étoupe.
Je sens en l'homme d'étonnants prolongements cachés. Il s'appelle Nassens.

C'étaient ces passions qui me guidaient

C'étaient ces passions qui me guidaient : passion de l'écriture, passion des idées mais très inorganisée encore, primaire, et passion d'amour et de sexe, la plus véhémente de toutes peut-être et qui, lorsqu'elle prenait le dessus, m'entraînait si loin des deux autres pour m'y ramener, cependant, par réaction, toujours. Étrange jeu des passions qui investissent le raisonnement et l'activent. C'est un feu. J'avais pourtant aussi besoin de ces matinées où l'on se lève tôt, où l'on entreprend des lectures de clarté, où l'on se lève de table le corps, l'âme et l'esprit purifiés, seul, étrangement vide et neuf. Et j'avais besoin du tourbillon effervescent des idées et des caresses, j'avais besoin de nuits blanches et de nuits rouges, j'avais besoin de journées ardentes et rythmées. Les échanges se multiplièrent entre les membres du groupe. Ces échanges nous liaient de plus en plus et l'action finirait par résoudre les conflits pour nous permettre peut-être un jour de toucher à leur essence. La fréquentation d'Edmond, de Noémiah, d'Aurélia m'éloignerait peu à peu de Gilles qui me les avait pourtant présentés. Il y aurait même rupture. Quelles forces nouvelles, faisant soudain irruption dans ma vie, me couperaient ainsi d'un être qui y avait tenu une place si importante au cours des derniers mois ? L'idéologie appliquée à l'action politique, voilà qui était très contraire à la démarche de Gilles. En fait il faudrait ici parler de l'action politique du groupe si l'on veut comprendre ce qui me différenciait de plus en plus du type d'activités de Gilles. Ce dernier faisait monter des contenus d'une virulence extrême. Son action en était une de formulation des forces de dissolution et ses écrits, chargés d'effluves, agissaient sur des psychismes sinon ouverts, du moins disponibles et malléables. Gilles jouissait abondamment de ce qu'il faisait. Edmond, lui, n'osait pas. Il savait cependant qu'il allait formuler directement du collectif. Lui, qu'effrayait la jouissance au point où il éprouvait toujours le besoin de la banaliser ou de la réprimer, allait formuler les forces en tentant de les fixer dans les calculs de tactique et de stratégie puis de les mouvoir. L'on aurait pu entrevoir, chez un même individu, la possibilité d'une activité à la fois d'écriture et d'organisation des masses. D'une action textuelle et d'une action politique. D'une polarisation dynamique de la montée créatrice de l'écriture et de l'application du pouvoir et de la vision entrevue. Sans trahison de part et d'autre. Si le politique semblait contenir mieux l'écriture que l'écriture le politique, les Écritures, elles, n'étaient-elles pas la source première de toute écriture et de toute politique ? C'est bien ce qu'entrevoyait Gilles qui fréquentait assidûment les grands textes sacrés qu'il adorait et blasphémait tour à tour. Je n'ai jamais cessé pour ma part de rêver et de sentir la possibilité d'intégrer tout le champ de la vie à une démarche essentielle, réelle. Et ce qui provoquait en moi une sorte de violence ou de rage de vivre, c'etait justement ce qui en moi séparait l'énergie disponible à l'action du fond pur de mon être dégagé par la pratique de l'écriture et parent d'une sorte de Logique interne, parent du Logos, du Verbe, qui selon l'Apôtre Jean était au commencement de tout. Le monde ne voulait pas de la lumière de l'intérieur, et le monde, en ne la recevant pas, la pervertissait : c'était ça, le terrorisme. Cette lumière dont le monde ne voulait pas ne m'empêchait pas de vouloir le monde. Et ce déséquilibre acidulait l'action. Et je l'embrassais selon le feu d'être ainsi produit. Ce feu brûlait sur lui, en lui, malgré lui. Se suicider ou détruire, lézarder la brique ou la muraille du monde, avec un amour déformé, telle semblait être la seule alternative. Et j'aurais voulu qu'il en soit autrement. Feu qui dévore et qui mange... Edmond avait tendance pour sa part à se réfugier dans une sorte de frigidité idéologique, mais le même feu cependant l'habitait. Était la source inconnue, non-reconnue le plus souvent, de son action. La beauté d'Aurélia, dans ces conditions, lui échappait ou le fascinait, je ne saurais dire. Et c'est par là que la révoltée Aurélia avait besoin d'Edmond et s'y réfugiait puisqu'il ne rendait jamais hommage à sa beauté, aspect formel de l'*abondance* dont elle ne voulait pas, à cause de son père, comme on l'a vu. Edmond se fermait aux puissances troublantes, dérangeantes, du délire. Et c'est sans doute ce qui faisait de lui un idéologue parfait. Gilles, lui, avait horreur de participer aux manifestations publiques qui commençaient à s'organiser, ce qui ne l'empêchait pas de s'y rendre régulièrement avec ce goût animal qu'il avait pour la *Main* et pour ses odeurs crues (pas d'action politique sans moutarde, grognait-il, et il la voulait, comme il disait, "all-dressed"). De plus, il qualifiait les meneurs de têtes butées ou encore de têtes de cochons. Ce qu'il haïssait en eux c'était leur ignorance du clapotis dément qui voulait imprégner la conscience. Il les méprisait. Gilles rêvait d'une "Cour des Miracles" politique, d'une totale inversion du jeu actuel, où les bonnes moeurs révéleraient tout leur envers. Et je sentais avec une sorte de vertige qu'il y parviendrait. Il était à mes yeux un prophète prédestiné de la bête cachée dans nos replis. Un autre agent de la lumière non-reçue.

— Tu comprends, me disait-il, le règne ouvert de toutes les mafia, au grand soleil ! Finies les cols raides ! Tout le monde tout nu ! Tout le monde en sang, tout le monde en peau ! Tout nu. Tout sang.

Mais soudainement et en quelques jours, notre relation avait complètement changé. Il était devenu inquiet de ma démarche et pour ma part j'y entrevoyais une issue à l'univers des groupuscules littéraires : les idées les plus grandes s'y rapetissent très vite, s'y détériorent et finissent par s'y prendre dans une sorte de glue.

18

Éros, Hilaros et Thanatos

Gilles me demandait toujours de lui parler d'Aurélia, de lui décrire les détails de nos gestes, de nos paroles, de son anatomie, de ses odeurs, comme pour récupérer sur moi sa domination perdue. On eut dit que mes paroles plaçaient Aurélia dans ma bouche et que c'était là seulement que la virilité de Gilles pouvait la rencontrer ou l'atteindre. Et c'est pourquoi j'avais fini par garder pour moi le secret de nos relations amoureuses. Et c'est pourquoi j'avais pris mes distances face aux plaisirs et aux désirs de Gilles. Cela l'agaçait au plus haut point. Je sentais que je mettais ainsi en évidence, d'une façon crue, son étrange impuissance à prendre lui-même cette fille. Et cela créait entre nous une tension où l'humilié n'était plus moi mais Gilles lui-même qui dépendait psychologiquement et érotiquement de ma bouche pour connaître la femme — du moins Aurélia. Un soir, Gilles m'avait interrogé longuement. Je sentais de la chair de pénis dans l'air, à distance. Et son sexe en devenait comme éthéré, quoique dense, mais débordant la forme et je sentais autre chose que la chair même, si ténue et si insolite, quelque chose qui était peut-être l'essence même de la chair et de la tendresse de la chair, quelque chose qui échappait à la nature même de l'individu que j'avais en face de moi, quelque chose d'universel qui n'était en fait ni mâle ni femelle. La chambre en était bourrée. L'exhibitionnisme de Gilles, ce soir-là, m'apparut sain, naturel, édénique. Je sentais qu'il eût aimé que les murs de la chambre s'écroulassent et que son euphorie érotique rayonnât son éther et sa lacto-luminescence au grand jour. Il me parlait d'Aurélia et de moi, me décrivant ce qu'il voyait se produire entre nous. Cette nuit-là, je me souviens, après m'être couché seul chez moi, je m'éveillai dans une étrange sensation d'euphorie. J'avais en rêve baigné dans des étendues de chair ténue. Gilles m'avait pris par la main et m'avait fait descendre dans le sein de Claudette par un escalier noir et m'avait dit : "voici ta mère". J'avais entendu :

"voici la mer". J'avais compris en quelques mots simples la fonction fondamentale de Gilles : nous tenir en contact avec la mère. Mais que le lecteur y songe : cette sorte de voie lactée intérieure ("voie lactée ô soeur lumineuse des blancs ruisseaux de Chanaan et des corps blancs des amoureuses — nageurs morts, suivrons-nous d'ahan ton cours vers d'autres nébuleuses", chante Apollinaire) était le domaine d'Éros et Éros est double. Le panthéon indien connaît un dieu-éros : *Kama*. Il est dit : "celui-qui-n'a-pas-de-corps". Il n'a pas de corps parce que sur son plan il est double et que sur la terre le corps humain est divisé en mâle et femelle. Ça l'choque. Gilles incarnait Éros. En d'autres termes il était désincarné par lui. Car Éros est en révolte contre toute espèce de séparation. C'est lui qui réunit tout depuis la première scission de l'hermaphrodite, humain ou non. Sans Éros rien ne s'unirait. Mais qu'Éros devienne conscient de lui-même et il réalisera son hermaphroditisme fondamental. Hors du corps. Gilles, c'était Éros refusant l'épreuve du corps. Je le voyais ainsi. Éros jouit dans la mère qui le conserve ainsi hors du monde, dans la plasticité psychique où les formes s'entremêlent et jouissent sans fin de toutes formes, où les formes sans corps ne se fixent jamais et où, en un sens, elles sont immortelles. Le corps physique bisexué était la mort d'Éros. Et Éros donnait la mort au corps. Aveuglément, sans trop comprendre. Ou il voulait une autre sorte de corps physique, à l'image de sa réalité psychique, jamais scindée, homogène, toujours homogène. Un océan d'illusion jouissante. Éros était contre tout. Donc contre le séparatisme aussi, le politique surtout, il n'y comprenait rien (j'exagère). Anéantir le politique, l'hétérogène qui fait distance, qui fait souffrir Éros. Mais il pouvait détruire aussi le fédéralisme : anéantir la division, l'hétérogène qui fait distance, qui fait souffrir Éros. Gilles haïssait le politique. Il le connaissait bien. Il s'en moquait. Éros circulait sans fin dans la mère hédoniste. Les séparatistes étaient contre une séparation incomplète. Gilles résistait. Les fédéralistes étaient pour une séparation incomplète. Gilles lorgnait là. Les séparatistes étaient pour la dé-séparation complète et la naissance d'un seul être complet sur un même territoire. Gilles approuvait. Mais en profondeur, dans la mère et la mer et les champs hédonistes d'Éros, la crise de séparation le faisait trembler. Il attendrait le résultat. En provoquant des mouvements qui divisent. Dans le corps mâle, tant qu'on est dans le corps mâle, surtout quand on est Éros, on divise. C'est plus fort qu'Éros. C'est l'impatience, c'est la colère d'Éros. Éros s'y contredit à cause du corps. Il ne veut pas de corps différent du sien. C'est son oeillère-révolte. Gilles n'aimait pas le mot "homosexuel". Moi non plus. Ça dit mal ce que ça dit ou alors, si ça le dit bien, ça ne dit pas tout. La mer-mère murmurait son éther et Gilles pouvait vivre là comme en attente au sein de cette étendue d'amour aux cloisons si ténues, si fuyantes, si souples et si folles. Cet océan qui retient et active et tire vers une multitude de secrets et d'énigmes et de réalités magiques. Clandestines.

Gilles était comme en attente, comme en crainte et en agression au sein de cette sorte d'univers infantile et magique et même magiste et virulent aussi à proximité cependant d'une origine, d'une sorte de verbe magique, celui de la luminescence de la chair et des cellules. Il témoignait de mon corps. Les cellules du corps naissent par séparation l'une de l'autre, on le sait, elles sont comme hermaphrodites. Elles aiment la proximité du pareil et le repoussent en même temps. Les gamètes, elles (les ti-zoïdes), sont essentiellement hétérosexuelles et cherchent la symétrie, elles connaissent la promesse de la distance, elles partent en quête, sur la terre ou dans les cieux. Je ne devais plus confondre ma chair avec Gilles. Ma chair était femme. Il y avait en Gilles un profond instinct de jouissance-mort. Je voyais en Gilles un ennemi et un allié de mon évolution. Il voulait me garder dans son miroir magique mais ce miroir irritait ma conscience. Pour me sauver je devais devenir plus conscient. Gilles devenait synonyme de suicide collectif. J'exagérais. Mais je pense qu'il exagérait plus que moi. Il jouissait dans le non-corps et ne connaissait pas le corps. Il refusait de le reconnaître. Il essayait. L'acidulait. Mon engagement dans le Réseau, qu'il avait pressenti, pour ne pas dire voulu, réveillait en moi l'instinct du contact fécond avec l'hétérogène. Gilles s'opposait irréductiblement au social — et par ce biais à toutes les institutions sociales. Il y avait en moi un être assoiffé de social que les institutions étouffaient. Gilles voulait tout détruire, y compris lui-même. Je voulais détruire tout ce qui m'étouffait. Par ma volonté de voir cette histoire accoucher d'un être nouveau et vivant, je m'éloignais de lui, j'appartenais au futur. Il me fallait faire la part des choses, de la destruction et de l'autodestruction mais je sentais en Gilles le garant, le gardien subconscient de la pérennité de cette dernière. Il me fallait faire une sorte de choix, lutter contre le seul plaisir de donner la mort. La mort de la nuit blanche, éternelle, d'Éros. L'amour double et plastique d'Éros aimant, mais pouvant aussi donner la mort au corps. La mort était, en lui, une sorte de manifestation-limite d'une survie homosexuelle, la guerre aussi. La guerre de tous contre tous et de tout contre tout pour qu'il n'y ait plus jamais de distance, ou d'espace. Et l'on sait que l'espace est femme. Refus du corps-abîme et du corps-ciel de la femme. Éros se dédoublait en lui. Souffrance. Se retrouvait : il était immortel. Éros, toujours double, celui-qui-n'a-pas-de-corps, déclarait la guerre au corps mâle-femelle physique qu'il n'aurait jamais. Eros devenait Thanatos. Gilles était Thanatos-Eros. Ce qui était flatteur, imprévisible, insaisissable, essentiellement clandestin, par nécessité cosmique. Auto-érotique, libre de toute chair, ne voyant dans la sienne qu'un point d'appui pour remonter ou pour redescendre dans la mer homogène, il ne voyait de corps digne de son irréductible refus de vivre que dans le broyage systématique et charnel des masses. A l'image des plans psychiques homogènes où il attachait tout son être. La phrase de Mao qui disait qu'une guerre atomique serait une bonne chose puisque tout le monde ne mourrait pas, rien qu'les méchants, lui semblait une sorte de trahison du vrai, de lui, le parfait, l'ignoble et le seul Thanatos-Éros, le Tout-Tuant. Mao c'était de la crotte. L'on comprendra aussi que Gilles se faisait beaucoup rire parfois. Éros en est capable, c'est même dangereux, ça le fait mûrir (j'allais dire : mourir). Thanatos aime pas tellement : le rire prolonge la vie du corps, c'est connu. Il y avait comme ça des disputes entre Hilaros, Éros et Thanatos. Bof ! Gilles lui-même se trouvait parfois très grotesque mais ça ne durait pas très longtemps. Il le savait, ça lui suffisait. A vrai dire, quand il commençait à se trouver drôle, il risquait toujours de. Hilaros était très ardent dans sa bedaine. Mais dans sa face ascétique et torquemadienne, Ha ! décidément il faut en rire pour en parler sans quoi ça devient strident. Et j'étais peut-être avec Aurélia la projection du couple qu'il faisait jouir en lui depuis des temps immémoriaux. Ça nous faisait une belle bague. Ça mettait du piquant. Vous serez peut-être contre mais à chacun ses mets et, pour nous, tous les mets : avez-vous déjà tenté de dénombrer la somme totale de toutes les épices qui croissent sur la terre et de toutes les herbes différentes ? Essayez et vous verrez que je n'ai rien inventé. Nous formions un étrange trio, quatuor, quintette, sisette et septette et c'était parti et quoi qu'il en soit j'avais une hâte hurlante de passer à l'action et de sortir de sa matrice érotique imaginaire. De passer à l'action et d'agir sur les choses. De sortir de cette sorte de maison magique dans laquelle Gilles m'avait fait entrer durant de longs mois et dans laquelle il espérait faire voler toute la collectivité québécoise.

C'était un gros méchant. Il n'aimait pas Mao parce que Mao voulait détruire rien qu'les méchants.

Le refus d'aimer la substance de distance dans ce qui se sépare, le refus d'assumer seul ou seule une brisure qui implique l'un et l'autre, brisure provoquée à l'origine ni par l'un ni par l'autre mais par les puissances conscientes de la nature, le refuser au lieu de s'y tenir les yeux ouverts et de descendre dans cette grotte ou cette chambrette aux tortures, ce refus nous fait passer à côté d'un chant d'union dans la nuit plus prenant que toutes les unions copulantes : Arcane 17 après l'Arcane 16 : des ruisselets d'eau limpide versés d'une main féminine y murmurent les joies profondes et durables de la nuit. *Elle* a voulu la distance car la proximité la cachait. L'éveil de ces ruisseaux met au monde la fille. Elle est le retour aux sources divines de l'être. Arcane 17.

Tabous, interdits, transgressions, tendent à la réalisation d'un même être que nous ne connaissons pas encore. C'est la nuit qui divinisera les ruisseaux d'Éros et les reliera au cosmos. Ce qu'il perd est Cosmos.

19

Claudette

Claudette, dont la prostitution spontanée m'impressionnait par un aspect de vocation et de nécessité, me disait :
— Quand je m'ouvre les fesses, je le fais avec la lenteur d'une gravitation planétaire. Ce que je fais est beau et c'est comme ça que la porno devrait être : lumineuse et consciente.
Elle avait craqué une allumette et m'avait dit :
— Tu vois ? Si le feu touche l'eau, il s'éteint. Mais si le feu ne touche pas l'eau, il la chauffe. Ma robe est la paroi du réchaud. Tu me regardes dans les yeux avec du feu. Des vapeurs montent dans mon coeur et une eau coule entre mes jambes. Pour que ton feu reste allumé dans l'eau tu glisses en moi avec amour. Touche-moi...

Elle disait :

— Quand je raisonne, je suis un homme, j'allume et je calcule. Quand je ne raisonne pas, je suis une femme : tu m'allumes et je fonds comme une cire. Je meurs comme une cire. Je peux mourir comme une cire très chaude. Viens me mourir...

* * *

Le souvenir de Claudette surgissait en moi comme une vague de fond tendre. On aurait dit que toutes mes cellules réclamaient le prix de leur parcelle de mémoire. L'appellaient, elle. Comme si ma longue fréquentation de Gilles l'avait refoulée indûment (indûment ?) au plus secret de la chair. Et la chair réclamait la parole : je pensais à la vulve claire de la parole et du feu, de la bouche et de l'eau. J'avais soif. Elle était belle comme ma peau que j'avais pâle et qu'elle aimait. Toutes mes aventures la cherchaient. Un jour nous étions entrés dans un restaurant de la basse ville. Elle m'avait suivi à la toilette et dans le compartiment des hommes elle avait commencé à me caresser. Je voyais les pieds des pisseurs, de chaque côté, sous les panneaux de tôle. Elle s'arrêtait juste au moment où elle me sentait venir. Me regardait avec un amour qui illuminait son visage et brillait dans ses yeux. Lâchait prise en me pressant doucement contre sa poitrine et me disait : "Attends..." L'émotion m'habitait. Une douceur glissait sur mes bras, jusqu'à mes mains et lorsqu'elle la sentait elle me regardait comme si elle venait de gagner quelque chose.

Elle se prostituait somme toute assez peu. Au besoin. Et parfois par sur-besoin, par goût submergeant de luxe dont elle faisait profiter ceux qu'elle aimait, dont ses parents, moi et d'autres.

Elle me portait à sa bouche, me regardait dans les yeux, tirait son miroir de toilette, me faisait regarder, regardait. Me voir me dédoublait tout comme. Nous plongeait dans un état second où d'autres — nous-mêmes — jouissaient comme au fond d'un écran clair et vert sombre. J'appris avec elle à astraliser l'énergie érotique, à m'en vêtir, à m'y couler, m'y sonder, y respirer densément. Me l'apprit-elle ? Me le communiqua-t-elle ? Elle me le donna, je ne sais comment, à vrai dire. Mais je sais que tout commença avec elle et ce fut à cause de ça que je fascinai Gilles. J'avais obtenu ailleurs ce qu'il avait tiré des ouvrages de magie et qu'il pratiquait avec une maîtrise fluctuante.

20

À l'hôtel ce soir-là

Nous étions rentrés à l'hôtel ce soir-là. Elle m'avait pris par la main. Elle me conduisit à la toilette et tamisa l'ampoule.

Je m'approchai d'elle. Encore ici j'attendais la mort. Rien que l'ingurgitation intégrale de mon être par ce couloir de l'urètre d'où mon sang aurait bien pu se mettre à couler. Je pénétrais densément en lui prononçant des paroles qui me venaient du milieu de mon coeur, comme des gouttes.

Elle me tint dans sa main.

Glissa la mienne sous elle. Ses doigts me brûlaient comme des tiges. Mes yeux, ma bouche brûlaient.

* * *

"Mon tchomme me battait, disait Claudette, c'est pour ça que je l'ai laissé. Mais il a laissé en moi une marque : j'y ai pris goût. Il faudrait que tu me battes parfois. J'en ai besoin."

— Et alors tu me laisseras comme lui ?

— Si tu ne me frappes pas j'irai ailleurs...

— Et si je te frappes ?...

— ...

Tel était le dilemme avec Claudette.

21

Le malaise de Gilles

Je ne pouvais me défaire, en présence de Gilles, de la certitude indiscutable que son comportement n'était qu'en apparence le fruit d'un "déséquilibre" psychique. Son comportement lui était essentiel et s'enracinait au-delà des zones de la démence ou de la névrose. Ou alors il était ces choses. Sa folie avait un caractère de nécessité, elle ne me semblait pas gratuite. Elle avait quelque chose à la fois de pathétique et d'effrayant. Ce n'était pas un déséquilibre vulgaire. La maladie de Gilles, c'était : un monde qui ne trouve aucune incarnation, qui ne se souvient plus à quel moment il a cessé de trouver un point d'appui solide et quel était ce point d'appui, un monde comme révulsé en lui-même, toutes lois inverties. Secrètement propice aux émeutes et aux orgies.

22

Les organisateurs politiques

Gilles ne voyait, dans les organisateurs politiques de tout camp, que des traîtres à la folie tout azimuth.

À sa demande j'écrivis en quelques jours une courte nouvelle qui coula de moi comme un sang noir. Gilles s'empara fébrilement du manuscrit comme s'il redoutait quelque chose, avec une sorte de sentiment de dépossession, et n'éprouva, par réaction, de repos que le jour où il fut certain qu'un éditeur le publierait. "Il en mettait", comme on dit : au fond il eut tout autant souhaité qu'il disparaisse, c'était criant. Je ne comprenais pas. Il se retrouvait lui-même, dans le texte, et il m'en maudissait, m'en admirait, m'en détestait. Et il voulait trouver très vite un éditeur car "ma" démarche nourrissait selon lui l'idéologie montante du Québec qui voulait que ce pays fut malade dans son âme, son esprit et son corps à cause des structures économico-culturelles étrangères à son être qui en étouffaient les membres depuis la conquête anglaise. Et mes personnages en étaient selon lui les déchets-preuves. De quoi déplacer durant longtemps beaucoup d'espace psychique et perturber mainte âme. (De la conquête anglaise, certains, selon Gilles, remontaient encore plus loin pour dénicher l'origine de notre épreuve : jusqu'à la fondation par les religieux, comme si des documents savamment traités pouvaient témoigner du religieux; mais peu dépassaient ce stade pour poser le problème de l'Origine tout court : ils n'avaient pas le temps, ça les embêtait et c'était, comme on dit, un faux problème.)

Gilles me demanda d'écrire d'autres textes, semblables à la nouvelle que je venais de lui remettre ou plutôt dont il venait de s'emparer. Nous approchions de la rupture.

23

Comment j'avais rencontré Gilles

Depuis notre arrivée à Montréal (Claudette et moi), j'avais trouvé du travail comme garçon de table dans un café espagnol de la rue Clark. Claudette venait souvent s'asseoir à une table et m'attendait. Elle parlait parfois avec un client et revenait une heure plus tard, avec de l'argent, souriant comme la Joconde. Depuis quelque temps deux personnages nouveaux, en plus de Claudette, étaient entrés dans ma vie. Discrètement, par la porte du restaurant. Il y avait une jeune femme aux cheveux noirs qui maintenant venait s'entretenir avec Claudette. Et il y avait un homme, un peu plus âgé que moi (de cinq ou même de dix ans peut-être : mon évaluation changeait chaque jour) qui venait s'asseoir avec des papiers et des livres, qui buvait du café, qui lisait, qui écrivait et qui s'entretenait parfois longuement avec des gens du café, jeunes et moins jeunes, dont Monique.

Et il fumait parfois une chaîne ininterrompue de cigarettes. Il était plutôt grand. Plus que moi. Et je l'aurais confondu avec un ascète tant son visage, parfois, était cadavérique, presque mongol, presque magique.

C'était Gilles.

Gilles avait ainsi commencé à me parler. J'écrivais déjà un peu et sa production apparente me fascinait. Il connaissait très bien la littérature, mais ses amoncellements de papiers, sur la table, ne contenaient que des notes et des données théoriques ou alors de longues tirades automatistes. Certaines pages cependant me frappaient par leur force inhabituelle, beaucoup plus grande que tout ce que j'avais pu lire de lui ou ailleurs. Et je me demandais comment l'on pouvait parvenir à une telle densité, à une telle magie.

Mises à part les longues considérations théoriques auxquelles il se livrait dans ses écrits et qui n'étaient pas sans intérêt — mon intellect naissant trouvait partout les stimuli dont il avait besoin — les textes de Gilles étaient incompréhensibles à première vue. Cela ne me rebutait pas vraiment, mais c'était nouveau et je ne comprenais pas très bien que l'on puisse se livrer à de tels exercices : qui pourrait jamais les lire ? Préoccupation bien étroite : tout le monde pourrait lire de tels textes un jour, en modifiant les habitudes de lecture. Je ne voyais pas plus loin. Mais Gilles ne visait aucunement à atteindre tout de suite la grande majorité des lecteurs. Il visait les universités, l'intelligentsia snob, comme il disait, la "vents garde", comme il écrivait, pour introduire en eux, selon son expression "les forces cachées qui détruisent les peuples". Pourquoi ? Il n'y avait pas de raison. Il aimait citer Stirner qu'il me fit connaître (mais on peut faire dire tant de choses à Stirner qui visait le béant pur, le rien d'esprit, un nirvâna quasi bouddhique) . "On ne peut plus attaquer *le* Droit, comme on attaquait *un* droit, en soutenant qu'il est "injuste". Tout ce qu'on peut désormais dire c'est qu'il est un non-sens." (Stirner, *L'Unique et sa propriété*).

C'est ainsi que je me mis peu à peu à écrire. Je l'avais déjà fait mais cette fois je cherchais à obtenir des effets précis et cela me stimulait. Je compris l'importance d'un travail régulier et je m'y tins. Mon écriture devait cependant bifurquer de celle de Gilles.

24

Une partie de mon être
sous les yeux de Clandestine

Chapitre en trois couches :

A, couche dite *Dure*

B, couche dite *Arach*

C, couche dite *Pie*

    Tout ce que Clandestine a dit ou écrit jusqu'à maintenant se rattache à la couche C dans laquelle elle peut lire comme dans une boule de cristal.

La première couche *A* est le *vernis*.

La deuxième couche *B* est le *décapant*.

La troisième couche *C* est le *sinerv*.

A   Une partie de mon être voulait raconter l'histoire. Elle s'opposait à Gilles : lui voulait la dissoudre. Une partie de mon
être voulait détruire l'histoire, elle était proche de Gilles.
Mais celle qui voulait raconter la destruction s'en éloignait.
J'avais besoin de l'action politico-sociale et de sa nuit. Lui
avait besoin de mon action pour accomplir sa nuit. J'agirais
dans la nuit et je la formulerais. Lui ne serait jamais que le
chaos, l'extrême-chaos, la véritable extrême-gauche, celle qui
exclut même le recours à une ré-institutionnalisation d'un
quelconque ordre politique. Pour ma part, en tentant de raconter l'extrême-chaos, je le fixais dans une forme, j'étais à
droite. Mais à son tour, par une sorte de culte de la forme
poétique, Gilles me retrouvait à droite mais pour m'inspirer
toujours la déconstruction de l'oeuvre mais cette déconstruc-

B   *Une est partie démonêtre, vous les rats contés lisse-toi. Relle*
saut posait ta gilles : lui vous lait la dix houdre. Une épartie
démon naître voulait des truies rats lisses toire, elle était
broche d'agile. Messe elle qui vous les rats contés la deste
éruction sans nez loigne, est. Jave est besoin d'elle action
polie tic haut sauce y aille dessaa nuit. (Vous les démeurés
dans la nuit éther nellé s'en mélange.) Lui have est besoin dé-
mon action pourra complies c'rat nuit. Ja girais dans nuitte
et (je luis do ne ré son-sens hisse taurique étrange hisse tau-
rique). Je lâf or mûlerais. Lui nesseur est jamais quelle chaos,
lait kstrême Cas Haut, lavé rit table est kstrême gaushelle
kieksclut même l'arrêt court à une ré-inst'y tue Sion alise à
Sion dUnqel ConOrdre poli tic. Pourma parentantan de rats

C   Une est partie démon être. Vous les rats contés lisses oyt.
Elléar sceau peau zè Giles. Lui voult eat peau la dishoudre. Rune
est partie démoniètre. Voult est détruit mira lisse. Tarelle të bro-
chée quant agile. Messie ki voulérats contés d'ad. Adesté des ruc-
tion sang né loigne. Gnéloï Javé ! est seboin l'étection ticahit dellé
coût. Politi tichaut saut ailée dessandi jusqu'à bout. Urnité, urnité
métalui. Voult est foule dans la nuit crosse toujours éboquée
d'ébobée. Démurée par l'éther maniellé sans mélanche. Jaha jaha
girais dans la paloukide. Gèle Doré sansson muet t'hisse quoi ta
carpe plus dix. Hisse taurique, cachala histaurique, cachala marsou.
Lo nisséïr est djamé colt arhe mée chul sios est pragant. Chio lesti-
me séquelle ô séquelle ? Priarité marvenu fourre l'air. Kstrême
Cahos lisse Cahos kstrême chacaoooossaolite. Toké. Pak, Paksoubou. Tou. Paksoubou. Tou. Gauschell kieksclute amème arrè court

A   tion même était formelle, on n'y échappait pas. Gilles et moi
ne voyions dans les relations du monde qu'un espace encombré à détruire, une décadence inéluctable, un chaos s'arc-
boutant contre ses pouvoirs au moment même où il s'y
glissait par moi. Il me disait :

— La déconstruction du langage est un jeu français dont ces
derniers se délectent après avoir brûlé les sorciers qui eux savaient s'en servir aux fins que tu connais. Comme les chrétiens qu'on massacrait à Rome constituaient la semence d'une
Église qui a régné sur le monde pendant des siècles, les holo-
caustes de sorciers et de sorcières ont graduellement mis ces
derniers au pouvoir. Torquemada avait raison. Il voyait juste :
les souffleurs d'aujourd'hui sont les savants atomiques et autres agents pestiférants. Qui le voit ? Personne ou presque.

B   *cons t'es les kstrêmes Cas Haut jeûle à fixe est danse un'for-*
me, geai thèse droite. Messe à somptour part une essor t'es
d'éculte dillaforme peau êtes hiquegIlles me retroue vêta
droite messe pour messe pirer toujours là des cons structions
deleuvre messe êtes des cons structions mêmé t'est fort mêle
on nie est chapais pas. Gilles en moine voyait dans l'erreul à
Sion du MOnde qu'un nez s'passe en con braie à des truies
rhunes des cas d'anses innés Luc table, Hunc aossart kboutant
contre ses poux voireaux moman mets mou île s'y glissait
par moi. Ile me dise est :
— Là des cons struction dull engageait un jeu franc c'est dont
ces derniers cédés lectent après à voir brûler les sorts sciés
quieux savaient s'enservir auxfins queues tue connet. Comme

C   aïré sti tussion sion alise à sion DUNqEL concodre magritou.
Pourma parce àgravé lash. Messe assomp tour partie d'essor
pourtour. T'es décultée dit l'afforme pô est trique. Gîles est
trique. Retroue el strigent for est cluse à magot. A magoyt est
kstrême mi ak filadi masstar ! Pourma. Pourma. Friodanlair
plimuratilée mutile. Oldérovaire plismard. Messe pour messe
pier toula des construction de couleurres messe êtes triio
con structions mème tsétestsétè. Dort. Mêle on nie est chapais pas. Gilles le loime voyait l'erreul sur. A Sion monte du
mont du monde à Sion qu'un nez s'appsse en moine d'or vé
sur ert. Moi n'con brée. Moine qu'on braie à détruit rhunes
im. Cas d'anses innées luc dit table et cadruple apla. Hunc
aossart boutan tronque esse xoup roiveaux nonam stem oum
Eli y's silsaèglit rap iom. Eli em Esid esté themè :

A   C'est la raison pour laquelle je méprise tant l'intelligentsia d'ici et d'ailleurs : son rationalisme n'est qu'un cocon plastique qui ne la protégera plus longtemps et elle va le sentir de plus en plus. Au Québec le jeu de la déconstruction du langage va commencer, ce jeu, ici, est un poison qui s'attaque à un objet encore virginal, plutôt faible, facile à détruire si l'on sait s'y prendre, à cause du contexte linguistique. Une langue que l'intelligence n'a pas encore touchée, raffinée et elle est donc plus résistante en un sens que les autres à la dissolution des vocables. Mais en même temps elle est plus près du chaos premier. En France, l'aventure peut mener au ressurgissement de l'idée pure. Ici l'aventure peut mener au ressurgissement de l'instinct pur. La belle bête. Et il suffit d'ouvrir une petite faille quelque part pour que ça marche. Et c'est ce pouvoir-là

B   *les chrétiens qu'on masse à craie à Rome qu'on s'tue tuait la semence tu néglise qui araignée sur le monde pan dans des siècles, les os l'eau cost d'essor scié et d'essorcières, les ongra du ailmaent mis aux poux. Voir. Tort qui mad avéré son nil vouaillait Just : l'essouffleur d'eau jourre d'huissons l'essavants atomiqués et hauts treusageants paissent tiffeurons. Qu'Ile voit ! perçons-nous presque ? Sel a raison pourlaque aile. Je m'éprise temps l'inte elle y gentsia discidaille heurt : son rat sillonne à l'itshme nez qu'un coconant plastique quine la protège au rat plus l'ontang et aile va l'essentir déplussant plus. Hockey Becleujeud E las des constructions dull engage va comment c'est, ce jeuicié UN poid zonki qui Sat-Aqua Un ob-jet en corps virginal plut au faible face île à détruire silong*

C   — Al sed snoc noïtucur st. Lod tiagagné nu uèj eij uoj uuj uaj uyj uuuujiyaji j do. Cnafré todont sec sné in red désélecténeté sépra à riov rélubrîle alestort seïscié xeeuki savèki maléfo filament taléchou kalembrige magnétou. S'ensrevir sniofix keutuconet tilaf. Coèmlé chrétouïène qu'on uqno smass à iacra Mrom nouq stusteturs tue al soma anse tu nèg qui guélèque. Uik karaignégné ruesse monde napan de siècles. Les soléa stocastoc a d'ressor essé d'escorciaire. Les ongra mal véré du ailment mis au pouk. Vare. Tort toi t'a qui mal auvéro parderre mal élucru pardi. Mach. Vouillait stuj : les chouffleurs d'aéu jourrent duissons l'essavants atomiques. Pas O trageants Houtrajeant pisse à tifort mélancton plassth. Quilvoit. Stoc. Mriganenina, no. Sel a raison pourlaquer la pucelle. Jeu mets sprise spemet tesem metempsychose mé tempsy

A   que je veux exercer, ici...

J'acquis donc un peu de ses pouvoirs sur le verbe. Mais en
même temps je me demandais toujours, trahissant Gilles, s'il
était possible de raconter ce drame et d'y voir un sens qui dépassait Gilles et qui me dépassait. Raconter ce drame éminemment moderne et ancien — télescopant en fait le temps —
du Verbe et de ses plans de contact avec le monde. Drame qui
semblait être au coeur même de chaque instant que nous vivions. L'anti-séparatisme était ici un cas d'espèce du refuge de
type religieux à l'endroit de la scission originelle du corps
hermaphrodite en mâle et femelle (fe-mâle), homme et femme. Et cette attitude confuse nous maintenait dans un état
analogue à celui de l'escargot, fossile hermaphrodite vivant.
Refuser la séparation confinait au refus des lois évolutives

B   *saissi prendre, à cause du con textlin gouistique. Une langue*
quel intelligence n'a pas en corps touche est, raffe y n'est est
ailée donc plus résis tantantan nunsanse que les autres à la dix
eaux-lutions d'évocables. Messe en même temps aile est plus
près du chaos prème y est. Enfrançla, venturepeut ! Mener
haut res urgisse ment dès l'instint pur. L'abelle bête. Et île
sufi doux vrirhune pêt y te faille, quelque part pourk est sa
marche. Et c'esse est pouvoir là, que jeuve heu est xerxè,
hisse i

Jacquy doncun peudessè poulx voir sûrle vert beu. Messe
en meumtanps jeu me d'ment d'est tout jour le très hissant
s'Ile est te possible de raz-conter se dramé d'ivoire UN sans
skider passe est Giles est kim eudépasse est. Raz-con t'es ce

C   leshose. Scientigentsia triscidente treuh nos tar ennolis à
l'emeshtiq zen uqnu nuuq qunq tnanococ euqiltsal peniuq al
egetor pua tar sul palontang élaval ritnesse nassulped tépilus
tup. Yekcoch é Déjibleuc E lasdes Sion turc snoc Lod égagne
av tnemocc comment c'est. Ce juicé jyi jeui jeu Nu dop soz
iknoz iqui Tas-Auqa Nutejbo Nécorsal Virginem téléput (téléput). Au Melbiai est sa face à Lila Lili Lila a face Ile a face Ile
a face Ile tou. Rédétruisse assigong issias trendepre es sukka
ud noc conin lintext lintogouistiq. Enu Langd'euil né telle
igense en sap né crops ech toutèssè. Raffy né pas ailé don
plus sisré sisès tantan pluskoi nonsanse quelsec thèautres alla
dix aux lustions des veaux cabaple. Essèm ne emèm spemtul
lia ste roux priud soach emèpre sety est. Hanchefronçââ,
ventrupeut taga dou renem tuah ser est si grue ténèm ant sed

A   mais encore fallait-il, pour le sentir, sentir ces lois avec le
corps. Atteindre ses nerfs. Ébranler son système de signes et
ses structures de comportement bloquantes. Trouver le
moyen de faire jaillir dans la conscience le drame dans toute
son acuité, le retirer du champ politique où il se donnait trop
facilement bonne ou mauvaise conscience. Ça, c'était surtout
le champ d'action de Gilles. Quitte à provoquer, par cette catharsis éprouvante, un bon nombre de capotages psychologiques. Ça, c'était la grande excitation de Gilles. Ça pressait.
Gilles ne voulait pas "maintenir" cet état hermaprodisiaque
larvaire. Il voulait au contraire en accentuer tant la prise de
conscience, la montée dans la conscience de veille partout,
qu'Éros-double puisse s'emparer du monde et réunir ses particules éparses et distanciées. Il était un agent de catharsis et

B   *damé minamment mot d'air n'est en sien — télexcopentant*
fait le temps — duverbédeusse est plande contactave eck le
monde. Drame qui sent blette t'est trop coeur même de cha-
cun s'tendque nous vit villon. L'an ti c'est pas rate isthmé
tête ici un cas des spes dur heu fuge dette hyppe religieux l'an
droit de l'assiscion or y gît nait lducor air m'affre auxdites
an mâl ey feu mêle (feu-mâl) hommé-femme. Et sept attitu-
des qu'on fuse nous main tenait dans un nez tatanal hugh à
selle huis de lèse-cargot, faucile air m'a fraudite vie vent. Re
fuser l'as est pas ration con fine étau re fût d'elle OisEve
howl utive mais en corps fall est-il pour le sang tire s'éloient
veklecorps. A teindre ses nerfs. Et branler son-système de
signes est s'éstructure de comport te ment bloquante. Trou-

C   instinc sinde àpur sè tincure. Ellebal etæbes. Té Eli Ifsu
ksoud ènhouri vipêt y et ellif èququèlkar trap huropo sté set
h seth sa charme. Este este riavoipla qu'ève euj esthéu xérè-
xisse hi
     Ucajycnocune peudéessé essèdup peudéessé loupex riovi-
sûrl èvertrès eïbeu. Trôqa trôk. Essem né théutempilonne
etuèm témanjid exklopouf esse dè tout ruoji l serthissant
silè. Tse et siopible ed zarconter es emdramo divoir NU snas
redisk essap saps este lesig este kimiki déeudépass este. Taz
ô conocnoc noc théa zé con noc nos soc, théad eauconnoc
théo rabotabri séalicoud ilarouflar `è èthaséone. Bizère outil
litouliak kali tiram siasisia si sisa siasisia sa. Conna rez est té
dilar fli le temps passe gé massitar masistarree tarrael phri-
nael mellicoud déilal mérical oudinar miloutel visouil kolutel

83

A   aussi de régression absolue. Une sorte de force de la nature. Il
    ne voyait d'unité que dans l'Éros caché et l'unité politique
    des fédéralistes n'était pour lui qu'une construction mentale
    élevée contre l'essentielle féminité d'Éros. Il y avait l'unité
    des constructions politiques et l'unité du chaos érotique. En-
    tre les deux, Gilles ne voyait qu'un espace à disputer et dans
    la révolution politique un acte d'étouffement de ses puissan-
    ces. Y avait-il une forme possible d'unité, quelque chose qui
    ne serait ni une construction mentale tyrannique, ni un chaos
    tout aussi tyrannique ? Détruire l'ordre et détruire ce qui dé-
    truit l'ordre et détruire en moi ce qui le raconte, telle était
    la visée de Gilles. Elle me plaisait et me fascinait en ce qu'el-
    le était entière, compacte et indiscutable. Comme une divi-
    sion *panzer* des domaines psychiques.

B   *ver le moi yin de fer j'ayir dans la conscience le dramdantou-*
    te son n'a cuité, l'heureux tirer du champ poli tiquou il se
    donne est trop face il ment bonne ou mauvaise qu'on s'y an-
    se. Ca s'était sur tout le champ d'action d'agile. Qui t'a prou-
    ve o.k. pascette catharsis est prouvante un bon ombre de ca-
    potages psyk au logique. Sasse étailla grande Cita Sion de
    Gîles. Sapre c'est. J'île ne vous lait pas main tenir sept états
    herrm Affro dix yaks lard vert. Il voulait Tau contraire en
    accent tuer tant la prise de qu'on science, l'âme hontée dans
    lac on science de veille partout, quai Rosse Double puit sans
    parer du mondé réunir ses parties culépasées d'istansciées.
    Il était un âge en décatharsis et hausse idéré Grès-Scion ab
    saut lu. Une sorte de forcé de la nature. Ile noeud voix yait

C   manouel viouel miradoul estrébal ou estrébar. Virage. Emad
    tnemminam en tom riad este ne sien — essienne athé lesco-
    panbée pentant el tayf el temps el spem el tou — verbédeusse
    est vert tré vès beu bès beu boz. Ta villon. Eda plan ste conca-
    ve est moursi kécéi Edmonne. Emédraoui qéa tnes ettelbeit.
    Emard ilkisent eltéblette tset port tocoeur réuoc émême ed
    nucacha c eknétesse suon vit tévillon Villon. Nalitès sape
    étar aimisthète ciknusak sed sepcs rudhéu
       egufdette hipyrelle igivieux caressou l'arkessou naltiord
    gaspard mathusam dé la noïsal ron'y gîte tian rocudel méapor
    ria erraffram méotrou sétid'ox na l'âm te uef elêm (Eèfl'âm)
    moffé-hamme mathusam. Priok. Te prior malchansik esse
    trouâme. Précor. Te tépes sduttita titu l'con essuf suon tij
    niama niama tianat snaduna zen la natat shughuh frône elles-

A   Gilles qui n'avait pas fait sa rhéto pour rien et qui pouvait
se faire l'avocat du Diable ou du Bon Dieu, me disait :
— Les plus grandes traditions mystiques, tout comme moi, te
diront que l'unité sans second, l'unité, l'état d'unité sans masque, est un état de haute conscience. Pas un état unitaire
politique. Tout vouloir rassembler sous un même capuchon
ou une même flèche, c'est du phallo-crétinisme ou du yono-
crétinisme (Gilles savait que la flèche est un symbole éminemment féminin). Le politique est le domaine du monde volé à
Éros et le monde est le domaine du multiple : projeter l'unité dans la concrétude du monde culminera toujours dans des
étouffements collectifs ou des massacres. Il n'y a qu'une façon de sauver le monde du massacre et de l'holocauste : l'orgie bachique. N'en cherche pas d'autres.

B   *dune itèque d'enléros caché et lune ité pâlie tikdè fées dérà-*
listes net est pour lui cune constrUcSion ment tale est levée
contreulesse ancyelfém inité d'èrosse. Ili avait l'Une-ité des
constructions pali tiques elle unité du k.o. est rotique. Antre
Lédeu, Gîles ne voyait qu'un ne s'passe à dix puter aidant la
rêve alution pas litique un acte dette ouf ment deusse est
puissance. Yav est-il un'forme peau si bleue de nuté quelle
chose quine se reine y une consse éruction ment tale Tyr à
Nique nie un Cas Haut (K.O.) toutou sy tyrannique ? Des
truies r'l'or dédé truies rskidet truies l'or drédette truies
rends-moi seuk u qu'on pran toute ailée taie la vie z à Gilles.
Ele me plaise est me fasse inné tant suk Elle étaie tant tière,
com pacte t'est indice cul table. Commune dix visions pan

C   sa suie èdeh trograsélène, Eli Sauf riama fraudite à vie avant.
Fraulein. Frau. Aïtakfrolein. Suféré sal as las este sap tion-
ratte noc oninéfine étarètuf ellédel mour. Troa. Réfualor mé-
taslem étrio ? Mésesquibir est to farlagne est to libra ? Frécu.
EveSoy lo-hoWl éve-itou siamen séqorpol malgrétout. Est-il
fall pour le dieu bigarré ? Mektoubalim séalikoud eframazie.
Préa. Esse Préam mi la koulidor veille, vira vira viria vir ra.
Gnass eret, Gnass érit Gnas érits Théiolès etneveïolès velicor
espé. A tréindre esé fners essé fnerf. Te lébraman saôm téal
télébraman télésion téléviaaaam tlé. Emethyst nos. De a
syngys teas estour méacuta fréoulapir osznem. M Téséettès
éructucra stréosiva rumadabrid esticliavr roméo tradi tion. Ed
toporcom pomcommort friou. Et tnem tena uqqoblè. Boqé.

— Le sang ou l'eau.
— Yèk !
— L'homogénéité est un état de basse conscience...
— Phécon !
— ... qui maintient celui qui s'y terre ou qui le perpétue dans un état de tutelle...
— Du t'Ut-Elle, de Tout-Elle, bien.
— ... un état d'esclavage continuel.
— Nue-elle.
— ... un état d'impuissance fanatique et/ou
— Hé-hou...
— ... dépressif...
— FFFFFFFFF...
— L'acuité d'être y fomentera toujours des bombes et des

B   *z'erreut des dômes haine psychique.*

Gilles Quinave est pas fait s'arrêto pour rien et qui pouvait ce fer l'Ave au cas dudit Able Oudubon Dieum e-disait :
— *Les plus grandes trade iSion miss tiquetout come toi rédiront queul unité sans segond lune itélet tas d'unités sans m'ankêture est tas de haute qu'on s'y anse. Pas un nez t'a uni telle politique. Tout vouloir rat sembler saouls Un mêm cas puchon houx une même flesch ède uphalle au cré tinisme ouddu yono-crête inisthme (Gîle savèk au la fléchette un saint bolem in amant fait minim). Le pool y tique hait le dôme haine due mont de volée aéros aile mont d'aile déme aine du mûle tiple : pour haut jeter lUne hi t'es dans la con cré-tu de du mont de cul minera toujours dandé zétouff-*

C   Boq. Esna y snoc essiavuam ou enn knob via tmen li est trop tse ennod es li uoqit illop pmach ud rérit xueureul étiuuc annos est dans toute madaram elle est consse esse néscience elle néqonce al snadir viajef refèdyin moï y Tauv. Edra. Z. Eûqigol ua kysp segatopak ed erboémo tnob nu et navuarp navuorp et nos tse sis rahatac ettécraup k.o. écuopr at'iuq. Eligad Noyitaad ac .plach el tuotrus tiattessac. Si anse Prego. Selig ed Sion Atiç xenagra allietté sesas miou let. Tse Errapse. Trèv dral ksay kid Orfa merrer state tpes tesep tesep rinet niam sap tial suav énélij. Céisse théancié z'déesses. Céisnarstid séesrapéluc séïtrap ese rinuar Ednomud rérap snas tiup Elboud Essor iauq tuotrap ellève edesnéïsse nocalsnad etnoh emalesnéïs noquèdessirp altantréut tneccaen erriar tnoc Aut Tialuavli. Erutana alèd èsrof est d'étroce et nue.

A   scissions, même nucléaires, j'l'ai dit...
     — J'te l'fais pas dire.
     Et puis tout est silence.

B   mant collectif ou dème à sacre. Ile nie a cune face onde saut
     V le mont du masse-sacre et de l'howl haut cost : l'or gît bas
     chique. Ne en cher chie pas d'eaux , tre.
     — Le sang houlot
     — Yèk !
     — L'haut maux j'ai néïté étun né tas d'basse qu'on science...
     — Phécon !
     — ... qui m'intient seul huis kiss y terrouki le père pétudanze
     en n'est tas de t'utelle...
     — Dette Utelle, détoutelle, bi-in.
     — ... Un né tas d'esclaves âge qu'on tue nuel.
     — Nous-Elle.
     — ... un n'étas d'in puit sens fana tiquéou...
     —

C   Ul tuasab Noïs-Sègre érédi Essuah te sisrahtakèd ne ega nu
     tiat -eli. Essorèd étini méfléykna essélèur tnoc. Evel tse elat
     tenem Noïscur tsénoc unuk iul rup tse ten setsilarèd séef
     edkit elap éti énulté écacsorelned euquéti énudtyaï xiov
     duéon Eli. Esnasiup tse esséud tnem fou fuo etted etca nu
     euquilit spanoïtula ever al tnadia retup xidaèssaps enuuq
     tiayov en Selij, Eudel Hetanatra Astanos è kia. Bacolère.
     Riatrige. Viarige ètrèla maorim. Viamagical pirator vioula-
     qrim méoudar m-eo. Miou qualimécosse ervrotial nigal méou-
     ralem moia. Oc noc véraciq mocrinam varoustra. ? Hic. Eu-
     quinarrit issoutout Tua Sac (O.K.) nuéin eux qui n'arritent
     elat tnem noitcuré essnoc enu y enieir es eniuq esohc elleuq
     étune ed euèlbis uaèp emrofnu litstevay ? Selij a zéiv al eiat
     Eélia etuot narp nouq ykues iom-sdner seiurtette dred rose

                              87

B — *Quéou...*
— *... des pressifs...*
— *PHFFFFFFFF...*
— *La cuité des tris fomme en te rate ou jour des bombézés d'éscissions même, nue-cléaires, g'lé dit...*
— *Chhh' tell fée pas dire...*
Hé puit tout est si lance.

C   iurttedi iksrè sei Ur Tédèd rol or Seïr ur tsed. Euquichyspe naih semôd sed tnerrez snap snoïsiv xid Ennumune Emok. Pok.

 : tiaside Meudi nobuduO elbA tidud sac ua evAl ref eç tiavoup iuq te néir ruop oterra'as tiaf sap tse evaniuQ selliG . ert xuaède sapeich rech née. Euqich sab tîj rol : t soc ua lewohal ed te ercas-essam ud tnom el V tuas edno eçaf enuc a eïnell. Ercas am duo fitkè elloc tnamafoutèz édande d'nad sroujout arenim luc ed nom udèd ut-rek noc al snad set hi énUl rétej tuaahruop : elpit elumud énia emôde eliad tnôm elia soréa eélov ed tnom eniah emôd el tiah ququity loop eL. (ninim itaf tnama ni melob tnias nu etechélfal ua kevas eliJ) emtshini ètecronoy udduo emsinit ercua ellaphu edè shelf emêm enu xuoh nochup sac mêm nU slouas relbmes tar rioluov tuOt. Euqitilop erret inu at zen nu saP. esna ys no'uq etuah ed sat tse enutèkna'm snas étinud sat teléti unul dnogès snas étinu lueuq tnoridet iom emok tuoteuqit simm noiSi

C   edart sednarg sulp Sel —
    . Toluot snas eL —
    ! key —
    ... eéneïsc no'uq esssab'd sat ên nuté étién ia'j xuam tuah'L —
    ! nocéph —
    ... elletu ' t ed sat tse'n nu eznadutép erèp el ikourret y sikk
    siuh lues tneïtni'm iuq... —
    . niib, elletouted, elletU etteD —
    . Elle-Suon —
    ... ouéuqot anaf snes tiup ni'd sat tse'n nu ... —
    ... Ouéq —
    ... sfisserp sed ... —
    ... FFFFFFFFFPH —
    ... tig elg, seriaécléun, emêm snoïsssissé'dé sézéb'mob sed
    ruoj uo etar et ne effom-emmof sirt sed strissed étiuc aL —
    — ... erid sap eèf let'chhh —
    ecnal is tse tuot tiup eHié Ehi

89

J'espérais plus du monde

J'espérais plus du monde d'ici que l'océan de lait caillé...
— Grondant !
... dans lequel Gilles voulait me garder. Il parlait de bleuir le fromage du langage...
— Comme le drapeau québécois...
... et c'était son affaire. Son humour faisait briller comme des paillettes les grondements sourds de la colère (mère). Il aimait aussi prendre un peu de repos. Puis il replongeait aux commandes du grondement futur. Peut-être avions-nous pour mission de dissoudre ensemble l'hermaphrodisme larvaire et fossile de notre conduite quotidienne et le parti-pris politique. Un autre monde, un et multiple, pourrait alors surgir : Un en conscience et multiple en monde. Mais Gilles qui en surface se faisait l'avocat, parfois, des états mystiques de haute conscience unitaire était un agent exclusif de l'Éros bachique mortellement atteint et mortellement atteignant. (Santé Cachée ?). J'appelais les êtres capables de surmonter l'humour surfacifiant et l'acide totalitaire de Gilles, des êtres capables de vivre au sein même de la mise à mort selon une vision transcendante. (Gilles magané dans l'eau.) Existaient-ils ? J'appelais, en proie aux sarcasmes de plus en plus secs, acérés et habiles de Gilles qui me sentait partir. Je ne savais pas encore que le temps finissait par répondre. Gilles proposait un verbe empoisonné...
— Je ne propose rien. Je dispose.
— D'ac.
... C'était une forme de force, une force nécessaire qui n'échapperait jamais à elle-même, qui s'y maintiendrait pour des raisons qui me dépassaient encore...
— Tu finiras par comprendre.
— D'ac.
Gilles voulait exercer ici un pouvoir facile, à la dimension de ses limites...
— Tant pis.
— D'ac.
... Mais à mon tour je pouvais exercer le mien, qui contenait à la fois de la colère...
— Ha ! Ha !
— La ferme !
... Et de l'espoir en racontant...
— La ferme !
— Jamais !

L'histoire qu'il détruirait.

— Ne me quitte pas !

— Brêle !

Je n'y parvins jamais à ma pleine satisfaction parce qu'il me dérangeait tout le temps et j'ai le sens de l'amitié torrieu.

— Right !

— Write !

Mais dans cette dialectique du temps vainqueur et du temps vaincu...

— Slain !

...naquit l'idée blessée de ce récit. Et ce fut, dès ce moment, tout mon être...

— Pas l'mien çartin !

— Tu niaises !

... qui se mit à prendre des notes.

Je voulais comprendre.

26

Claudette et moi dépensions au fur et à mesure

Claudette et moi dépensions au fur et à mesure l'argent qui rentrait. J'allais maintenant souvent chez Gilles, et Claudette m'interrogeait :

— Qu'est-ce qu'y t'fait ?

— Rien...

— Tu mens.

— On écrit.

— Il te touche aussi, je le sais. Mais ça fait rien.

Et elle me présenta Monique. C'était cette fille que j'avais plusieurs fois aperçue au café et qui venait parfois parler avec Claudette ou avec Gilles. Elles sortaient parfois ensemble. Elle était venue me la présenter un jour en entrant avec elle dans le café. Monique me fit immédiatement une impression forte : son regard était dur comme la pierre. Et elle se fit dure avec moi. Un temps.

Claudette se néglige

Claudette se négligeait depuis quelque temps. Elle n'avait plus tellement de clients. Nous n'avions plus tellement d'argent. Gilles nous en prêtait. Et Claudette était maintenant enceinte de quatre mois. Monique s'en occupait un peu. Beaucoup. J'avais vite compris que cette fille, en totale rupture de ban avec la société, surtout celle des intelligents pauvres, avait quelque chose en commun avec le flic — elle vivait de la prostitution des autres. Le contact entre elle et moi fut long à s'établir. Mais je sentais qu'il devait se faire, quelque chose m'y poussait et ce fut la seule raison pour laquelle j'acceptai à plusieurs reprises de les accompagner toutes les deux au cinéma ou ailleurs : pour apprivoiser Monique. Monique avait beaucoup d'argent et l'administrait avec soin. Elle avait des contacts et des complicités un peu partout en Amérique : je le savais du moins pour Montréal, Québec, New York et Toronto. À Québec, ses relations intimes et celles de ses protégées avec certains membres du gouvernement québécois et de la haute bourgeoisie locale, m'étaient devenues familières : elle en parlait parfois, comme d'affaires à traiter, avec Claudette. Et Claudette s'apprivoisait aux "grands circuits".

J'éprouvais beaucoup de jalousie à leur endroit. Claudette voulait toujours m'accompagner chez Gilles. Je refusais. Un jour elle vint. Il y eut une altercation. Il y avait chez Gilles une baïonnette de la première guerre sur le rebord de la cheminée. Claudette s'en empara et voulut m'attaquer. J'eus à peine le temps d'esquiver le coup. Gilles lui arracha la lame des mains et Claudette se mit à pleurer.

— C'est fini. Je sais que c'est fini...

Et elle pleurait. Gilles ne disait mot. Il était impuissant devant une femme en larmes. Moi aussi. Monique allait dorénavant en prendre soin. Claudette dorénavant garda pour elle l'argent qu'elle recevait. Elle en gagnait de moins en moins. Monique de plus en plus. Gilles garda des contacts avec Monique. Monique l'admirait à cause de ses affinités déroutantes avec l'argent et de la magie qu'il pouvait exercer sur ses sources. Claudette revit aussi son ancien tchomme, le père de l'enfant qu'elle portait en elle. Nous nous perdîmes de vue. Et cela faisait maintenant trois mois que je m'initiais à l'écriture et à la lecture. Quelque temps après m'avoir présenté Aurélia, Edmond et Noémiah, Gilles m'avait fait venir chez lui. Comme s'il regrettait de m'avoir rapproché de ses jeunes amis.

La rupture

La rupture : ses échos se feraient longtemps sentir en Gilles qui ne guérirait jamais complètement de ma soudaine autonomie. Je devenais graduellement responsable, par une sorte d'osmose assez soudaine, d'un vaste travail de destruction et toute l'énergie dissolvante de Gilles semblait être passée en moi et dans le creuset de l'organisation pour l'alimenter. Était-ce déjà la prémonition secrète du transfert des forces de terreur du terrain de l'esthétique à celui de l'éthique et de l'action qui faisait trembler les mains de Gilles au moment où il me parlait ? Mais c'était moi qui parlait par lui. Je l'avais déjà dissous en moi en m'éloignant de lui. Était-ce ça qui faisait trembler les mains de Gilles pendant qu'il me commentait avec excitation le dernier texte que je venais d'écrire, lequel coïncidait pour moi avec un empoisonnement de sang et l'opération chirurgicale d'un anthrax ?

On aurait dit qu'il manipulait avec fébrilité un enfant, son enfant, que j'avais porté en moi, dans mon cerveau et dans mon ventre, pendant si longtemps, et que je venais d'accoucher. Et il ne savait, vraiment, s'il devait le laisser vivre ou le tuer. Mais l'idée de me voir partir le transformait déjà, aurait-on dit. Il avait dit des paroles sur un ton que je ne lui connaissais pas, au point où je le sentis par moments comme faisant intégralement partie de moi. Il aurait voulu me tuer. Mais à la fin, en me confiant les secrets de ses affres, il me donnait un fond de vie et je suis sûr qu'il le savait et le sachant il guérissait. Pour retomber malade un peu plus loin, presque aussitôt. Il se sentait spolié. Oui, c'était bien aussi ce que j'éprouvais à son endroit par moments : un irréductible sentiment de supériorité que seule la compassion, au bout d'un temps, pourrait éteindre : mais il fallait respecter la loi du temps. Un irréductible sentiment de supériorité puisant toute sa force dans cet enfant d'écriture dont la première victime était sa propre force. Gilles lisait mon livre avec une délectation qui semblait le déposséder, l'énerver, au fur et à mesure que sa lecture s'approfondissait : c'était son propre fond : sa liberté et son angoisse, sa propre laideur, sa propre peur, son propre abîme. Et il résistait à cette dépossession, à ce miroir impitoyable de sa dépossession, se refusant à l'admettre, l'admettant, se refusant de mourir, mourant mal, de travers, cherchant à perpétuer sur rien une domination qui délirait — mais qui aussi parfois me remuait tout entier.

Ainsi cette domination sur moi s'avouait-elle dans toute son impuissance après s'être exercée sans heurt et sans qu'il en ait vraiment pris conscience. Aurait-il voulu modifier le texte ? Il en était incapable comme l'on est incapable de modifier un texte fort, qu'il soit le nôtre ou celui d'un prophète, sans s'attirer des tremblements du corps et des déchirures des tempes difficiles à maîtriser car tout texte fort formule directement les formes secrètes du corps : le modifier c'est couper dans une chair qui s'est voulue définitivement telle et pas autrement. D'où la destruction promise à ceux qui modifient l'Écriture. À moins d'exercer au même moment un pouvoir souverain sur le corps : mais au risque d'ébranler l'axe des mondes. Le sang noir de mon livre était la projection enracinée de ce qui, en Gilles, refusait de Vivre ou refusait de Mourir, ce qui revenait presque au même. Vie hideuse enracinée dans mon sang et fécondée par sa voix, sa bouche et son sexe, tel était le livre qu'il tenait dans ses mains.

On ne modifie pas les Écritures. Qui détruit le Livre est détruit. Ce Livre-là est vrai. *Qu'il en soit donc fait selon sa Parole.* Tout est là et la parole s'est fait chair. Je poursuivais ainsi au fil de l'écriture ma méditation sur Gilles. Sur cette séparation. Il y avait comme un murmure, un chant, une plainte immense parfois dans ce qui se disait, dans ce qui s'écrivait. Tel était le récit de la création. Un acte unique. Inséparable de lui. Il le fallait. Mon cerveau était rempli des sécrétions du sien. J'abordais cependant l'ère de l'organisation des connaissances acquises. Je devenais maître de moi-même au moment où tout Gilles passait dans mon Livre et il en mourait car tout ce qu'il était, c'était moi. Et l'organisation de mes connaissances fichait le camp aussi, il n'y avait plus qu'un chant jailli tout droit du silence et qui portait l'univers et l'écriture et les mots et l'inexprimable joie.

Gilles se retrouvait en face de moi comme en face d'une épouse infidèle, inexplicablement, imprévisiblement mutante. Sans jamais avoir complètement abandonné l'écriture il avait cependant, sans vraiment réaliser ce qu'il faisait, écrit son oeuvre par procuration. Peut-être pour s'en détacher. Ou bien par peur ? Ou bien par goût des manipulations psychiques comme un chimiste ou un généticien ?

Inéluctable, la démence montante de Gilles ? À ce moment de la rédaction de ce récit, il me faut certainement souligner que sa nécessité évidente n'empêchait pas mon ami de scruter encore et désespérément ces abîmes qui le coupaient, lui aussi, de la moitié de son être et qui devenaient pour lui, de jour en jour, de plus en plus infranchissables. J'avais choisi d'y plonger.

Et il y eut, entre nous, un long silence.

Je poursuivis

Je poursuivis mes lectures d'écrits révolutionnaires. Dans le vacuum de tout souci de véritable connaissance que ces stimuli mentaux provoquent, les concepts se mettent à tourner à vide à une vitesse folle. C'était pour ça que je revenais à ces lectures : elles enivraient mon être et me rechargeaient d'une énergie qu'il me fallait bien apprécier. Ce feu mental me reconduisait toujours dans l'action et me donnait la certitude d'appartenir de la sorte à une tradition occulte : celle du couchant et de la fin des choses.

DEUXIÈME PARTIE

30

Des jours actifs

Au cours des deux jours qui suivirent ma conversation avec Aurélia au sujet du Réseau, je rencontrai plusieurs fois un agent de liaison qui s'identifiait à moi sous un nom de code (Lucien 6) et je devais moi-même le faire à l'aide d'un nom que m'avait donné Aurélia. Ces deux jours furent très actifs. J'y déployai une énergie et une activité inaccoutumées. Je rédigeai en quelques heures trois textes de propagande à la demande de l'agent et je les lui remis. Une grosse manifestation se préparait et l'on voulait être sur les lieux pour accentuer et si possible dramatiser l'événement. Et pour faire de nouveaux contacts. Elle avait lieu le lendemain soir. L'on se rappelle qu'en ce qui concerne le texte que cet agent m'avait commandé et pour la rédaction duquel j'avais sollicité Aurélia, cette dernière m'avait remis un article portant directement sur une analyse de la stratégie présente et future du mouvement et non pas sur les conditions des femmes. Ce texte contenait d'autre part un grand nombre de renseignements techniques sur l'organisation ainsi qu'une critique de cette organisation. Elle m'en avait d'ailleurs glissé quelques mots au cours de la longue conversation que j'ai rapportée. Je lui fis comprendre que ce texte ne pourrait circuler qu'à l'intérieur et que nous avions besoin de tracts disponibles en tout temps concernant la condition féminine, à distribuer dans les manifestations et dans les endroits publics. Elle m'avait fait remarquer que le texte qu'elle avait rédigé était celui qui lui semblait nécessaire pour le moment et qu'elle comptait sur moi pour que je le remette à l'agent. J'acquiesçai. Aurélia ne voulait rien entendre du féminisme. Peut-être parce que c'était encore trop embryonnaire. Et pour ma part, je n'y connaissais rien, sinon que j'étais bien d'accord pour que les femmes et les hommes obtiennent des droits égaux en toutes choses. Je sentais aussi comme un test derrière la demande de l'agent. Ce n'était pas évident mais c'était une intuition. Je ne pouvais en savoir plus car il était interdit de parler des agents entre nous. L'obstination d'Aurélia me fit réaliser que je ne croyais pas à la demande que je faisais. Je le faisais mécaniquement parce que j'étais membre du réseau. J'étouffais en moi un malaise légitime. Aurélia me le rappelait sans le savoir. J'avais eu au fond de moi l'idée de refuser de demander le texte à Aurélia. Elle avait refusé de l'écrire. En un sens mon malaise ne me trompait donc pas : quelque chose en moi savait qu'elle dirait non, que c'était inutile. Et je constatai alors que ce mouvement de "libération" m'emprisonnait. Qu'il viendrait sans doute un moment où, par solidarité, l'on me demanderait de faire des choses auxquelles je ne croirais pas, quelque ordre ou quelque mission absurde et je m'y plierais par solidarité. L'exemple d'Aurélia me fit du bien et je me demandais comment l'agent réagirait à cette initiative, très féministe, d'ailleurs : il l'avait, son texte. Et son test ? Quelle sorte de test ? Je sentais le test dans cette affaire. Ou le double jeu ? Je retournai le voir le même jour et lui fit la réponse d'Aurélia.

— Elle te propose le texte que j'ai ici. Ce n'est pas celui que tu voulais...

L'agent le parcourut attentivement, parut content, satisfait même et me sourit sans feinte, manifestement réjoui.

— C'est parfait. Ça pourra aller. Un autre agent va te contacter. Nous, on se revoit plus.

— Son nom ?

— Tu verras.

— Quand ?

— Ce soir.

— À souèr c'est ma manif...

— Arrange-toé. Nous autres on se r'voit plus.

31

Le même soir

Le même soir, je rencontrai l'autre agent dans un restaurant du nord de la ville, tel que convenu par nous au téléphone dans l'après-midi. À près d'une heure du lieu de la manifestation, soit soixante minutes. Même une minute nous aurait donné soixante secondes, je ne voyais pas pourquoi il prenait ses dix stances. Je le reconnus en le voyant : c'était Nassens. Je pensai à Claudette. Au dévernissage bouclable, aux cheveux. Je n'étais pas cependant d'humeur à m'attarder à ces réminiscences. Que faisait-il dans ce mouvement ?

— Vous n'avez pas réussi à obtenir un texte sur la condition féminine ?...

— J'ai obtenu un infra-texte impubliable.

Il avait un accent suisse-allemand parfois très prononcé, parfois complètement effacé. Ça houlait dans le son.

— Fort bien. Pourrais-tu me procurer de bons tracts sur la répression des homosexuels ?

— Pour ou contre ?

— Pour et contre. Mais surtout *in*...

— Vous avez du temps à perdre.

— J'ai du temps pour lire et de quoi colycopier.

— Coly ?

— Koli...

— Je vois... J'ai quelque chose qui me fait peur et qui gronde. C'est un Gilles qu'on fait passer pour un pervers, pour "homo" comme vous dites. Mais l'homosexualité n'existe pas. C'est juste une prune. C'est autre chose. Gilles c'est autre chose : voulez-vous un texte sur "autre chose" ?...

— Sur n'importe quoi qui viendra d'loin.

— Y faut cesser de réduire les fonds à des manies d'surface. Les fonds, c'est les fonds. Des fois y s'touchent la noune, mais c'est du périgord bénin, du klondyke touristique. Les hommes qui s'la c'est un p'tit voile sur un abîme. Les autres ont peur du corps et du ventre émerveillé de maman.

— Mettez-moi ça sur papier.

— On va penser que j'délire.

— On va penser, c'est déjà ça...

— Compense...

— Demandez à Gilles de...

— Gilles souffre, c'est un mystère. Et il n'acceptera jamais ni de diriger un mouvement, ni de diriger une cellule, ni d'en faire partie, ni d'écrire pour toi, ni rien du genre, je le déconnais : c'est du décapant à l'état pur. Jamais plus bas, jamais plus : entre deux eaux, toujours. Même au petit séminaire y savait Dieu pis toute mais y savait sûre sa *Folie*. Chicanez-moé pas pis achalez-le pas. Et pis maintenant faut être éphicace. Alors je r'deviens pointu pis côné pis j'vous dis : je ne vois pas ce que vos préoccupations...

— Les vôtres...

... viennent faire dans un mouvement comme le nôtre...

— Le vôtre... Pourtant tu devriez savoir. Mévous avez le droit de ne pas voir...

A   — Je poursuis dans la même veine, su'l vernis : nous sommes là pour faire la révolution, l'indépendance du Québec. Nous ne sommes pas là pour ce genre de trucs. C'est ce que dirait

101

Edmond s'il était ici. Y dirait l'contraire dans ses groupuces. C'est Aurélia qui l'dit. Et je dois parler au nom de mes camarades en temps et lieux. C'est le cas, ici, il y a temps et lieu...

B   — J'ai pour suie dans l'âme aime veine sul vert nid : nousse hommes las pour fer la Révolue Sion, l'Inde est pendance du Québec. Noun ne sommes pâles à pource Jean r'détrucs. Cesse ékédir est tait d'mond s'il aie tête y scie. Ydir est l'con traire danse égroue puces. Cet or éliaque y l'adit. Et jeu doit par les hauts noms d'aimer kama rats d'antan zélieux. Sel est cassy liathan zélieu...

C   — Geai ruop euis snad émal émia éniev luce trève erra niddin. Essoun esse semoh sal ru opréfal ever noïtulla, Ednil tase sacnadep kud ébêque. Senoun se mosse sel apa esroup Noja scure tèdr. Essek ekkérid tse tset t'nomid ilis tsé estTétis. Ridi t'senocule ériatre esnad tse ourg. Tès ro euqailé y t'idahl Ejia ya st. Goig rap sel stuah rémiad amak star natanad Kseuïlé. Les tse sac y Ys eil atnat exuilé-xeuilé...

— Je vous pensais un peu moins à gauche, dit Nassens.
— Je suis parfois très à gauche.
— L'homosexualité est à gauche...
— Je ne comprends pas bien à droite, fige.
— Un grand nombre de révolutionnaires...
— Je ne comprends pas.
— La révolution invertit l'ordre des choses.
— Vous jouez sur les mots, fis-je.
— Vous résistez à quelque chose.
— C'est exact : à l'envahisseur. Vous, Gilles...
Il se tut un instant. Je me faisais penser à Edmond. En ce moment il était peut-être en train d'affronter flics et provocateurs sur la rue. Je me sentis extrêmement, fanatiquement solidaire de lui contre cet homme que je renvoyai très loin de moi, dans un autre monde où il était sans doute déjà. Je n'en voulais pas. S'il voulait transister des mots ou en faire une mégabombe ou un infra-acide, il n'avait qu'à le demander à Gilles lui-même...
L'homme souriait comme une énigme.
— Je suis une boule de chair, dit-il.
— Ha !
— Une boule de chair intelligente...
— J'm'en doutais.
— On devait se rencontrer. On va se re-rencontrer.
— D'ac. Quel rôle jouez-vous dans le Réseau ?
— Celui que Gilles ne veut pas jouer. Je joue tous les rôles

que personne ne veut jouer. Et il y en a beaucoup. Des fascinants...

— Vous n'êtes qu'un agent, je sais...

— Agent, pas agent, des mots...

— Dans votre cas, oui. Celui à qui j'ai remis le texte hier travaille pour vous ?

— Oh... Aurélia est... sera très fâchée contre lui...

— Mais c'est elle qui m'a remis le texte. C'est à lui d'être fâché contre elle. Il n'a pas eu ce qu'il voulait. Et il semblait content.

— Alors c'est qu'il a eu ce qu'il voulait...

— C'est logique... Mais je ne veux pas travailler pour vous. Ni pour lui. Ça je le sais.

— Très bien. Tiens, va voir cette personne, à ton adresse...

Il m'écrivit une adresse sur un bout de papier. C'était bien la mienne.

Je crus un instant que cet homme voulait me rendre fou. Je ne croyais pas si bien croire. Il mettait de la démence dans ma vie et peut-être était-il là pour en mettre dans le mouvement.

32

Du crime dans mon sexe

Nassens ne semblait craindre ni la dénonciation ni l'indiscrétion. Il était énigmatique et incompréhensible. Je sentais qu'il me devinait. Mais je ne parvenais pas, en sa présence, à vivre ce que j'éprouvais au fond de moi et dont j'avais commencé à prendre conscience en parlant avec Aurélia. En songeant à elle, soudain, j'éprouvai du crime dans mon sexe. C'était inexprimable, sinon en termes simples : Aurélia était un assassin en puissance. Une tueuse sans coeur.

Je me ruai hors du restaurant et je sautai dans un taxi. Les fonds qu'on me versait régulièrement me permettaient toutes sortes de dépenses que je ne pouvais pas me permettre du temps où je ne faisais qu'écrire. D'où provenait tout cet argent ?

Ce qui se passait dans l'Ouest

Je sentais dans ma poche la présence du papier avec mon adresse. Il y avait dans cet objet quelque chose de troublant. Je décidai d'aller voir ce qui se passait dans l'Ouest aux environs du Reine Elizabeth. Sur une insulte d'un haut fonctionnaire canadien-anglais à l'endroit des francophones du Québec, toutes les associations para-nationalistes ou nationalistes s'étaient levées d'un bloc pour manifester désapprobation, courroux et le reste. Je descendis du taxi à une rue du rassemblement. Il était monstre. La dispersion, par les policiers, de ces centaines de gens rassemblés sur la place commença au moment même où j'arrivais. Je n'aperçus pas tout de suite mes camarades. Puis je vis Edmond qui s'était emparé d'un drapeau et qui haranguait des étudiants du haut d'un édicule chambranlant. La tactique était simple : énerver les policiers ou les manifestants avec des slogans nationalistes ou libertaires, provoquer un affrontement et augmenter le nombre des "résolus". C'était un calcul peut-être mauvais, un peu trop rapide. Les policiers foncèrent sur lui. Le groupe se dispersa en panique. Edmond courut vers le Carré Philipps. Des centaines de manifestants scandant "Le Québec aux Québécois" se regroupaient autour de lui. Les flashs des cinéastes et des reporters de presse dramatisaient la scène. Je fis alors circuler la rumeur, plus nocive qu'une bombe ou qu'un poison : *Les policiers ont battu à mort un jeune étudiant : il a disparu.* En un instant la rumeur courut et fut reprise par deux postes de radio. Une colère s'empara des manifestants dont certains, qui avaient été dispersés, se regroupèrent autour d'Edmond et en divers points de l'Ouest de la ville, dont les environs de la Place des Arts où il y avait des terrains en chantier. Les "side-cars" de la police foncèrent dans une foule houleuse (des jeunes surtout) qui criait et hurlait des slogans et des insultes. L'affrontement dura encore une heure ou deux. Puis je quittai les lieux. Mon propre pouvoir me laissait une étrange impression. Ce n'était pas une impression de puissance mais celle d'un gain trop facilement acquis, comme beaucoup d'argent trop vite, trop facilement gagné. J'éprouvais une indéfinissable sensation de navrement. Edmond avait été coffré. La radio démentait maintenant la rumeur. Non, c'était trop facile. Je marchai en direction de l'Ouest. Je montai vers le nord, au hasard. J'avais un profond besoin de quelque chose mais je ne savais pas encore quoi.

34

Je marchais

Je marchais rapidement sur la rue, tiré vers le Nord-Ouest et sans penser. Un mot revenait sans cesse dans mon esprit : Hutchison, Hutchison, Hutch... Je marchais comme un somnambule. Très vite. Léger. Je marchais comme dans un rêve, comme si j'avais été tiré en direction contraire de mon adresse. Écrite sur un papier qui pesait dans ma poche. Je marchais. Tiré vers Hutchison comme par un aimant transparent. Je remontai l'avenue du Parc et je longeai la montagne, immobile et tranquille, flanquée de son monument et de ses deux ou trois lions de pierre. Hutchison, Hutchison... Je marchais.

35

Hutchison

La rue Hutchison est tranquille. À la hauteur de Laurier. Je m'approche du rez-de-chaussée, je traverse un parterre presque chauve. On m'attend. La porte est entrouverte. J'entre. Je reviens pour sonner. Mais déjà l'on m'accueille, l'on me fait signe. L'homme est là, assis derrière un petit bureau discrètement et agréablement éclairé. Autour de lui, des livres. Une très belle femme qui s'efface discrètement. Un intérieur tranquille, presque feutré, détendu. Et je me rappelle : il y a maintenant plusieurs mois, le lointain ami de Gilles nous avait entretenus d'un qabbaliste dont il m'avait donné l'adresse et le nom, s'y sentant obligé. Gilles était très réticent. Et j'étais sous l'influence de Gilles. Et ce souvenir m'avait conduit jusqu'ici. Et cet homme-là m'accueille sans rendez-vous. Je me sens chez moi dans ce petit bureau aux murs silencieux et denses, avec la soixantaine de livres bien rangés, la propreté des chaises et des meubles, l'odeur discrète et agréable.

— Je suis revenu il n'y a pas longtemps...

(Cet homme, c'est *moi*. Je me retrouve en face de lui comme en face de *moi*. Il me parle et c'est moi qui me parle. Et j'écoute.

— Tout d'abord vous allez lire cet écrivain-là : Huidobro.

— Huidobro ?

— Oui, c'est en espagnol...

— Je ne comprends pas l'espagnol.

— Aucune importance. Ça se lit d'abord sans comprendre. Et vous comprendrez très vite...

Vincent Huidobro. *Manifestos*...

Santiago du Chili, 1925.

— Je ne comprends pas l'espagnol.

Une revue : *Ma*. Un texte : *Hallali*. Madrid 1918. Ami de Pablo Picasso. Né le 10 janvier 1883, au Chili, à Santiago. Capricorne, signe de terre pure. Picasso : Scorpion, espagnol, né à Malaga.

Hallali : Nyarmeleg azökokutak fölött felnok

Ejszaka

Europa valamenyi...

— Dada a été fondé en 1916. *Seize* est un nombre que tu devras connaître. La révolution russe a eu lieu en octobre 1917. 17 est le nombre de l'Espérance et de l'appel. 16 est le nombre de la destruction des vieilles structures mentales. Vicente Huidobro, Tristan Tzara, Wladimir Illitch Oulianov dit Lénine, Pablo Picasso, tout l'anarchisme aussi, surtout l'anarchisme espagnol, voilà les sources. Dada libère. Le surréalisme fascine. Breton, Staline, des esprits forts, une âme plus petite que tu pourrais le croire. Staline n'en avait peut-être même pas. Nous ne parlons pas de Hitler. Méfie-toi des termes de "gauche" et de "droite". Ils sont polaires, toujours liés. Les noms de Lénine, Trotsky (moins), Tolstoï, Tzara, et maintenant Huidobro, Picasso, Bakounine aussi (moins) sont des noms proches du tien, proches de toi. Staline et Breton, Hitler sont loins de toi. Les noms sont éloquents en eux-mêmes. Fouille les noms. Éprouve de ce qu'ils vibrent. Et tu comprendras pourquoi tu vas vers les uns et que tu fuis les autres. Tiens...

— L'alphabet hébraïque...

— Oui...

— On dirait des petites flammes. Ces lettres sont mes lettres. Ces caractères sont mes caractères. Ils font partie de moi comme ma chair. Et pourtant je ne suis pas Juif...

— Huidobro non plus, Lénine non plus, Picasso non plus. Mais ils vivaient les lettres-flammes. Ils étaient comme du feu. Les lettres-flammes c'est du feu. Et les Juifs sont un peuple élu par le feu. Mais tous les Juifs ne reçoivent pas le feu. Alors il y a du feu de trop. Beaucoup... Tiens...

L'homme ouvrit une bible hébraïque et me la montra.

— On dirait un univers qui danse : joie et dérive. Une défaisance en mille éclats d'or. Un chaos tranquille, comme un ballet cosmique et sans violence. On dirait une femme aux mille éclats qui danse.

— Tu la tiens à l'envers. Tiens comme ça...

— On dirait un solide bloc de feu noir. Qui se maintient. Parfois qui monte. Un mouvement de parole qui se maintient. Qui traverse le temps. Qui traverse sans fin le temps. Un mouvement d'amour très puissant qui envahit le coeur...

— C'est la colère tranquille et puissante du toutes les révolutions. De tous les mouvements du grand fleuve qui nous traverse. C'est la beauté. Le feu. La puissance. La joie. Tu places les caractères sur ta bouche et tout ça traverse ton être et te porte dans la grande vérité du fleuve caché du temps. Huidobro, Lénine, Tzara, Picasso : des frères. *Seize* : dix-neuf cent *seize*. Souviens-toi des tortures de *seize*. La première lettre du mot *Scorpion*, en astrologie, commence par la lettre 70, *Aïn*, la seizième : *Aaqrav*, le Scorpion : mort et naissance.

— Vous bouleversez...

— Dieu bouleverse. Dis-moi *tu*. On dit *tu* à Dieu...

— Au Québec on se dit toujours *tu*, très vite...

— Oui, une habitude de petites gens, on parle toujours à Dieu, la langue voit Dieu partout : tu, tu, tu...

-- Les Anglais vouvoient tout le temps : you, you. Ils gardent Thou (tu) pour Dieu. Les Français tutoient très tard. Tutoient-ils Dieu ? Très vite ?

— *Tu* est le plus intime de tous. *Tu* est Dieu. Inverti il devient le *ut* de la gamme, la première note, le *do*, l'*utérus*.

— La *mère*...

— L'Utérus chante. Après sept mois chantants, le cycle fécondant est accompli : sept : chiffre d'accomplissement.

-- Et *neuf* ?

— Chiffre-moisson. Qui connaît bien une langue connaît le secret de toutes les langues.

— Et pourquoi *cette* langue est-elle la mienne ? Et pourquoi a-t-elle survécu si longtemps ?

— Elle s'imposa avec une telle puissance dans le coeur des êtres que le coeur ne put jamais ne pas la parler. Chaque fois que l'homme ouvrait la bouche, ce n'était pas lui qui parlait mais la langue. Comme toujours. Mais parce qu'il le savait, chaque parole élevait son cri, son âme et sa buée. La langue était plus forte que ses faiblesses. Elle avait des racines dans le pré-conscient et le pré-biologique. Chaque fois qu'il parlait, son coeur s'ouvrait à deux battants. Chaque parole sanctifiait le monde.

— Et pourquoi cette langue me remplit-elle de feu ?

— C'est du feu. C'est le feu de la vie divine sur la terre. C'est le feu de la connaissance divine sur la terre.

— Et pourquoi certains la reçoivent et d'autres pas ?

— C'est une question de temps. Le temps : sept va et revient : quatorze, nombre de la tempérance. C'est une question de temps :

sept : nombre du processus fécondant. Neuf : nombre de moisson, de beauté.

— Ce feu me touche jusque dans mon sexe.

— Il ira beaucoup plus bas encore, jusqu'au fond des mondes. Il y est déjà. Il s'y retrouve : Dix-neuf : nombre des retrouvailles, de la gémellité solaire, de l'amour, de l'entraide, de la fraternité humaine et divine. Dix-neuf : nombre de la réintégration. Intégration de la moisson, de la beauté. Nombre de soleil.

— Et dix ?

— Nombre du fils. 1960 : nombre de la réintégration du sexe mâle et femelle. Sexe obscur. Sexe lumineux. Soif lumineuse dans la fraternité. Soif ténébreuse dans le conflit. La nuit dans le sommeil.

— J'ai une amie, Noémiah, qui...

— Tu as les lettres-nombres. Je te donne un Tarot avec ses vingt-deux arcanes. Le plus simple, le plus sobre que je connaisse : celui de Marseille. Vingt-deux lettres. Vingt-deux arcanes. Majeurs. D'un côté les transistors divins (lettres). De l'autre des images (tarot) venues d'une époque où l'on ne connaissait pas les transistors : mêmes lois fondamentales, même feu. Mais aujourd'hui le feu est plus fort, plus nourri, plus grand. Sept : c'est une question de temps. Quatorze.

— Je ne connais pas l'hébreu...

Il sourit :

— Tu ne te connais pas toi-même. Huidobro, Lénine, Tzara, ils connaissaient bien la langue du feu.

— L'hébreu ?

— Le feu créateur, oui. L'hébreu, c'est le feu créateur.

— Pourquoi ces lettres, alors ? Si l'on peut trouver ailleurs le feu créateur ?

— Dans un seul mot de ce Livre tu trouves vingt, trente, cent révolutions cosmiques. Dans un mot de Tzara, tu trouves une soif née de l'étincelle, d'une étincelle de ce feu, une soif des autres mots autour. Mais ce n'est pas ça qui compte ici. Ces lettres te remplissent de feu, elles induisent le Seigneur-feu directement en toi. Quand tu en écris. Quand tu en parles. Quand tu les étudies, surtout. Sois pas trop bavard. Toi, tu en as besoin. À chacun son besoin fondamental. Comme le pommier a besoin du soleil et le champignon de la nuit. Il n'existe pas de besoin "absolu" de ces lettres. Il y a le tien, ton besoin, il y a chaque besoin, spécifique, il y a le sanskrit, l'arabe, le grec et les traditions qu'ils transmettent. Toi, l'une de tes langues est l'hébreu. C'est ce que tu sais ce soir, ici, c'est ce que moi je sais. Mais je ne sais pas tout et toi non plus, ce serait trop idiot. Il faut jouer.

— Toutes ces différentes traditions sont-elles nécessaires ?

— Tu sais bien que ta question est facile. À la limite, éliminer les différences et leur nécessité c'est éliminer le monde. Tu veux éliminer le feu ? L'Amazone coule en Amazonie, le Bhramapoutre en Inde, le Saint-Laurent au Québec. Pourquoi faudrait-il qu'ils soient tous exactement pareils, que chaque pays porte le même nom ou qu'il n'y ait qu'un seul fleuve en un seul quelque part sans nom ? Torture idiote ! Il y a de grands courants différents qui sillonnent l'absolu. Ne rechigne pas : ça bloque le processus du temps, du *sept*. Et bloquer le sept, c'est bloquer le neuf, la moisson, l'abondance de la fin. Les conflits sont des mirages dans l'absolu. Les différences fondamentales : des illuminations. *Un* souffre. *Deux* crie. *Trois* embrasse. *Quatre* maintient. *Cinq* offre et goûte au fruit. *Six* le pénètre et le féconde, *sept* l'accomplit, *huit* augmente ou pourrit, multiplie, *neuf* galbe, entoure *un* d'un cercle qui se ferme, comme le *Samekh*, le soixante, lettre-femme — cycle clôt. *Dix* est l'*un* fruité. Comblé du fruit de sa défaisance. Et il y a des milliards de milliards d'*UN*. Des milliards et des milliards de nombres possibles. Un seul fleuve pour tout le monde ? Une seule tradition ? Un seul écriteau ? La mort...

Il se leva tranquillement, vint me reconduire sur le balcon, me serra dans ses bras et rentra. J'oubliai son adresse. Je gardai le Tarot et les vingt-deux lettres-nombres. L'hébreu me nourrissait comme du feu.

36

Un autre agent

Un autre agent me contacta quelque temps plus tard. On aurait dit qu'il y avait plusieurs mouvements, plusieurs courants qui se disputaient les otages. Mais cette fois je me sentis beaucoup plus près de l'individu en question et je sentis que je lui transmettais quelque chose de mon feu, en secret. Nous eûmes des entretiens des plus stimulants, comme si ma rencontre de la rue Hutchison avait eu pour effet de débloquer des culs-de-sac : cet homme avait des affinités avec certaines parties de mon être, les plus superficielles cependant, les parties "activistes".

Je compris aussi tout de suite que je ne serais jamais entièrement d'accord avec cet homme, que je m'opposerais souvent à lui, mais pas d'une manière évidente, ni d'une manière explicite. J'avais été "testé" du côté de Nassens, du côté de Lucien 6.

Et j'aboutissais chez lui.

Je revis Aurélia. Nous eûmes une scène étrange. Elle avait le goût de se faire battre. Elle se déshabilla et me demanda de la frapper avec mon ceinturon. Elle me l'arracha du pantalon et me l'écrasa dans la main en me disant : "J'en ai besoin." Je me souvins de Claudette. En un éclair je crus comprendre. Aurélia avait acquis par moi quelque chose de Claudette.

— C'est nécessaire, Réjean, frappe-moé fort.

Elle murmurait :

— J'en ai besoin, hostie ! J'en ai besoin pour jouir fort...

Je sentis soudain une sorte de rage s'emparer de moi, comme un goût de viol. Je me souvenais de Claudette. Avec elle ça n'avait jamais été aussi sauvage. C'était la première fois. Mais cette fois j'eus le sentiment que je pouvais la tuer. Je sus que je ne devais pas me laisser aller à cette sensation sauvage qui me gagnait, pas une minute de plus, pas une seconde de plus...

Des hurlements de mort me sortirent du ventre. Je me mis à la frapper à travers la chambre de la rue Saint-Denis. Cela dura bien une quinzaine de minutes. Et je la violai en un complet état de possession. Je salivais surabondamment, pathologiquement. J'étais comme halluciné : Aurélia me semblait comme enrobée de velours sombre et son visage était comme asséché, effilé et sifflant. Je me sentais mi-animal et mi-humain, tout le bas de mon corps...

Longtemps nous baignâmes dans cette noirceur hypernoire, ce bain de noirceur sinistre. Par moments, comme mus par d'ignobles spasmes, nous nous moulions l'un sur l'autre, bavés de partout. Je craignis de la mettre à mort à force de morsures. La fatigue ne venait pas. Je réussis cependant à me maîtriser vers minuit et j'allai doucement m'asseoir dans le fauteuil. J'étais toujours en érection. Aurélia vint à moi et me but complètement. Et nous nous endormîmes.

Cette nuit-là je fis un rêve étrange. Aurélia me montrait le bas de son autel de bois. Elle en ouvrait les portes. Il y avait deux compartiments cubiques au bas de l'autel : un à gauche et un à droite. Au fond de l'un d'eux elle m'ouvrit un secret. Elle dévissa une protubérance hémisphérique et tira à elle une magnifique tête noire, une tête d'homme. Elle m'expliqua combien ces têtes étaient précieuses. Je fis mine de partir mais elle me retint. Il fallait que je m'occupe de tout ça, que je donne un sens à tout ça. Et je n'y comprenais rien.

Alors je pris la tête noire et tentai de la faire tenir sur la commode de sa chambre. Mais elle basculait tout le temps quelle que soit la position. Alors je posai le buste sur la tête. Et il tint. La commode était toute noire. Le buste aussi. Et je vis : cette tête aux traits magnifiques s'enfonçait dans le noir pour y mourir. En s'enfonçant dans la mort elle y tirait du feu. Posé tête en bas sur la commode, je vis que ce buste devenait un chandelier à deux branches dont le feu montait d'autant plus que la tête descendait rapidement. Et il était posé sur un autel noir, un bloc rectangulaire extrêmement dense et conscient, chargé d'une énergie prodigieuse et immobile. Alors je disposai la tête en son bon milieu et Aurélia vint se poser devant, menaçante. Je m'éveillai.

Aurélia dormait sur le tapis à mes pieds. Elle ouvrit les yeux. Me regarda. Je sentais la présence de l'être noir dans mon regard. Je m'approchai d'elle, je sentis la présence dans la chambre d'un être à jambes de chèvres et à pieds fendus. Je savais que je devais de nouveau la pénétrer. Elle aussi. Et ce fut *lui* qui la lécha jusqu'à l'aurore avec des lenteurs d'une volupté indescriptible.

37

Le Réseau

Je revis quelquefois le nouvel agent. Son approche me semblait plus sérieuse, plus concrète aussi et plus pratique que celle des autres. En même temps il semblait vouloir projeter à plus long terme l'action clandestine. Edmond avait été rapidement libéré sous cautionnement et condamné à l'amende pour avoir troublé la paix publique. Aurélia déménageait, mesure suggérée par le Réseau. Elle préparait ses choses. Elle allait habiter rue Saint-Denis, un peu en bas de Sherbrooke. Elle me parla de l'idéologie du Réseau, du plan de noyautage des partis officiels auquel Nassens et parfois Edmond — côté syndical — participaient sans se connaître. J'apprendrais plus tard que des instances du Réseau comptaient sur Nassens, sorte d'aventurier énigmatique, raffiné, généreux et brutal, pour diffuser l' "idéologie homosexuelle" et l' "idéologie féministe", dans un contexte qui n'y était pas du tout ouvert. Nassens avait, paraît-il, des méthodes toutes spéciales et à long terme pour y parvenir. On lui confiait aussi, en plus, le soin d'infiltrer la police et la pègre en plus d'infiltrer ou de contribuer à faire infiltrer les partis politiques et les syndicats. Il y avait là, d'ailleurs, une sorte de concurrence inégale entre Edmond, qui n'avait que vingt ans, s'il les avait, et Nassens qui devait en avoir au moins quarante, peut-être plus. Et d'autre part, Edmond subissait l'influence indirecte de Nassens, sans le connaître. Nassens devait aussi tenter d'emboucher étroitement la pègre et la police et de faire pénétrer plus profondément encore la première dans les partis officiels, ce qui lui permettait de jouer d'un élément de chantage auprès des partis nationalistes auxquels il pouvait prouver, par des renseignements inédits, que son action était susceptible de les atteindre eux aussi. Nassens jouait sur plusieurs plans. S'il y avait un chef du Réseau, ça devait être lui. Mais je me trompais. La contre-culture américaine (à l'époque les beatniks) faisait aussi partie de ses cartes et les drogues orientales dort il connaissait l'effet possible sur les populations : de manière inattendue, il tentait de les introduire dans les partis officiels, la pègre (ce qui était relativement facile) et la police mais il voulait les interdire à la population civile (comme il l'appelait). Son intention fut contournée par certains de ceux qui l'avaient fait venir ici : entre autres un avocat-économiste maquillé en gauchiste libéral du nom de Pierre Linton-Larose qui contribua à ce que les drogues soient tolérées au sein des populations jeunes afin d'endormir le dynamisme dangereux du nationalisme naissant qu'il considérait comme un mal. C'était une sorte de tic un peu abstrait et un peu snob chez cet homme, mais c'était un tic de taille et ce fut l'un des échecs les plus cuisants de Nassens. Il remporta sans doute quelques victoires dans ce treillis d'influences qui semblaient prolonger son propre système nerveux, mais dont nous ne saurons jamais grand-chose, certaines de ses défaites étant peut-être des victoires et certaines de ces victoires, des défaites.

Aurélia me dit, en fermant du genou une de ses valises :

— Je connais le chef du Réseau. Celui pour lequel nous allons travailler. Je l'ai rencontré hier après-midi dans un restaurant de l'Est de la ville. Il faut que je te dise tout de suite : le chef du Réseau, c'est le nouvel agent que tu rencontres. Il apprécie beaucoup le travail que nous faisons.

Il l'appréciait probablement plus que moi. Mais j'eus quand même soudainement le sentiment que je venais d'arriver quelque part.

— Et le premier agent, fis-je ?

— Il fait partie du groupe des "pressés". Ils veulent tout faire sauter tout de suite. Mais ils manquaient de renseignements.

— Et alors, ces documents que je leur ai remis vont leur servir ?

— Oui. J'en ai parlé à Julien, le nouvel agent que tu rencontres maintenant, le chef de notre Réseau, et il s'est contenté de sourire. Ca avait l'air de faire son affaire.

— Je ne comprends pas.

— Moi non plus. Oh, je dis ça. Mais ce n'est pas certain. Tu

sais, comme ça, l'espace d'un instant, j'ai eu l'impression — oh !
j'me trompe peut-être... J'ai eu l'impression que ça l'arrangeait.
Avant je contactais un agent, Chapais, qui travaillait pour lui.
Comme toi tu contactais cet autre agent...

— Lucien 6...

— C'était le même groupe, mais il y a eu scission. Enfin... il y
a scission dans l'air. Ça chambranle mais c'est sérieux. Le groupe
aventuriste voulait avoir des renseignements qui leur manquaient
et ils les ont obtenus de moi par ton intermédiaire. Des sortes de
petits complots compliqués. En fait je voyais Julien depuis déjà
un certain temps. Et d'autres. Et c'est pour ça que j'en savais pas
mal. Et en fait le groupe n'est pas encore complètement scindé, il$
se voient, mais ça va finir par éclater, personne n'en doute, sauf
quelques endormis béats. En fait l'action serait prématurée parce
qu'en réalité le Réseau ne s'étend pas aussi loin encore qu'on pourrait l'espérer ou qu'on pourrait le croire. Mais Julien a voulu me
mettre entièrement dans le coup des "attentistes" comme ils disent et ils savaient que les deux qui possédaient le plus de renseignements étaient Julien et moi...

— Et Julien, qu'est-ce qu'il dit de ça ?

— ...

38

Julien

Il m'était difficile de conclure à un bluff. J'eus le sentiment
net que Julien aimait me rencontrer, le faisait dans un but défini.
But tactique ? Stratégique ? Test ? Par affinité ? Aucune réponse
ne venait. Il n'y en avait pas. Peut-être simplement comblait-il une
lacune temporaire ? Ou bien cherchait-il à recruter les membres
de ce qui deviendrait l'alternative éventuelle au Réseau si une partie de ce dernier se jetait trop prématurément dans l'action ?

Ou bien était-ce un agent qui trompait Aurélia ? À part cette
idée d'un sabotage factionnel du Réseau par un agent se présentant à Aurélia comme le chef du mouvement, rien en fait ne s'opposait en moi — mises à part les spéculations presque indéfinies
auxquelles on peut se livrer dans des circonstances comme celles-
là — à l'idée que ce Julien fut bel et bien le chef du Réseau. En
tous cas je sentais qu'il était bel et bien mon chef, comme aussi
celui d'Aurélia, et cela faisait taire les appréhensions. Je me sen-

tais relativement en confiance avec lui. Dans la mesure aussi où il devait certainement s'attendre à la possibilité que j'apprisse de la bouche d'Aurélia ce qu'il lui avait confié et que je le transmette, je pressentis que des changements importants allaient bientôt se produire à l'intérieur de l'organisation et que j'en serais sans doute informé sous peu. Qu'avait donc encore à dire Aurélia ?

— Comme tu le vois, dit-elle, cette manière informelle de procéder tend à nous démontrer que le Réseau n'est pas l'organisation idéale que nous voulons mettre sur pied. Et que Julien cherche peut-être actuellement à recruter des membres qui feront vraiment corps avec lui. Mais j'ai quand même entrevu, en parlant avec lui, que même si les projets semblent encore plus nombreux que les réalisations, la structure qui a été mise en place jusqu'à maintenant par ce seul individu est remarquablement prometteuse. Cependant nous manquons d'éléments pour remplir tous les postes. Le Réseau comprend lui-même une trentaine d'individus parmi lesquels très peu encore respectent la discipline, mais ce n'est pas facile. Le mouvement actuellement ne compte peut-être que six ou sept individus remplissant parfaitement les conditions psychologiques qu'exige Julien. Mais même à ce compte-là, il considère qu'un long entraînement sera nécessaire pour donner à ce noyau une organicité et une efficacité dans tous les domaines possibles. Il semble donc voir très loin dans l'avenir et sait quels moyens il veut prendre pour parvenir au pouvoir à Québec.

Elle se tut durant quelques instants puis elle reprit :

— Nous en avons déjà parlé ensemble : un bon nombre des autres membres du Réseau ne considèrent qu'un seul aspect de l'action clandestine : la terreur et les bombes qui permettront, comme ils disent, de mettre le Québec sur la "map". Comme si nous n'y étions pas, sur la "map" ! Enfin... Ils semblent incapables de penser stratégiquement. Julien m'a même laissé entendre que cela tient du tempérament, d'une sorte de loi d'être de certains d'entre eux, comme il dit, et c'est pourquoi l'on peut actuellement s'attendre à tout. Julien a tenté de les raisonner, pour gagner du temps, mais le temps qu'il faut gagner, dans la perspective de Julien, c'est des mois, des années. Eux rétorquent qu'attendre nous enliserait. Julien dit qu'agir immédiatement nous paralyserait à courte échéance. Il faut un terrain propice pour recevoir cette violence psychologique et matérielle. Eux disent : comment le préparer autrement que par les bombes, *la menace de mort* ? Les deux tendances semblent bel et bien irréductibles. Et ce qui m'a frappé c'est que Julien ne semble pas vraiment troublé. Eux ils sont sûrs qu'à la longue la terreur révolutionnaire fera pencher la population du côté des terroristes, exactement comme l'écrit Fanon. Et que les terroristes apparaîtront peu à peu comme supérieurs aux forces de l'ordre qu'ils déjoueront. Supérieurs aux pouvoirs judiciaires, militaires s'il y a lieu et politiques. Ils auront alors le pouvoir psychologique entre les mains, le pouvoir leur reviendra de droit puisqu'ils seront les plus fort aux yeux des gens. Mais comment maintenir pratiquement un tel pouvoir ? Comment l'affermir ?

— Il est difficile de choisir.

— Oui. Et Julien le sait. Il laisse les événements jouer et il sonde les membres. C'est sage.

— Car en un sens ils ont raison : l'escalade de la terreur peut conduire à modifier du tout au tout l'attitude de la population canadienne-française envers l'idée de l'indépendance politique et même envers l'idée d'un socialisme d'État. On peut songer, par exemple, toujours dans la perspective fanonienne, à l'effet révoltant que pourrait avoir une intervention militaire. La tracasserie militaire dans les rues de Montréal. Cela t'apparaît-il probable ?

Peu. Le mouvement est en réalité trop juvénile encore. On aura vite fait de les coffrer, c'est ce que je pense. C'est dur pour certains, parmi les plus sensibles, les plus intelligents, ceux qui agiront non pas tant pour tuer ou pour terroriser que pour éveiller. Mais il y a les autres. Certains ont de ces têtes...

Je sondai encore Aurélia. Au fond, ce qu'elle disait me faisait un peu écho :

— Les réactions de l'étranger ne pourraient-elle pas nous gagner des appuis ?

— Je n'aime pas ce calcul-là. Agir dans cet esprit, c'est perpétuer un infantilisme collectif dont nous devons nous défaire. C'est comme dire : regardez-nous ! regardez-nous ! Ça me gêne. Commençons par compter sur nous-mêmes, soyons indépendants, justement. Comptons sur nos propres forces. Si le résultat est un appui, tant mieux. Mais ne travaillons pas dans ce sens-là. Nous risquons de perdre de vue ce que nous voulons vraiment. Et l'appui peut-il nous venir si notre manière de le demander est une preuve d'impuissance ? On n'appuie que les forts. Ne soyons pas brouillons. Soyons forts. Les idées de l'aile aventuriste ne valent pour nous, selon Julien, que si le Réseau est suffisamment étendu, enraciné dans la population, suffisamment organisé et prêt à toute éventualité, capable d'absorber le contre-choc. Ce n'est pas le cas actuellement. Il faudrait du temps, une plus longue agitation sociale, mais aussi une sorte de lien organique dans la profondeur subconsciente, ça je l'ai senti en parlant avec Julien. La violence révolutionnaire doit être portée par une vraie colère, une colère décisive, forte, venue des profondeurs et non pas d'intérêts mesquins, comme les intérêts capitalistes et comme pourraient le devenir les intérêts syndicaux. Il faut trouver le moyen de l'éveiller car elle est là. Mais comment ? Une action prématurée pourrait peut-être en semer le germe, faire lever des couches psychiques qui nous masquent cette colère. Mais comment concilier une telle explosion précoce et l'organisation à long terme ? Si ces enragés pouvaient attendre seulement quelques mois de plus, peut-être... Ou si seulement ils pouvaient entrevoir d'autres moyens plus détournés d'agir : comme des sabotages économiques qui ne seraient jamais identifiés à un mouvement politique, ou des sabotages civils utilisant des poisons dans les endroits publics, faisant filtrer la mort un peu partout. Il est possible d'augmenter considérablement la démoralisation et du même coup l'agressivité aveugle de la population en empoisonnant ses mets, son eau, en minant par toutes sortes de pièges invisibles son existence la plus quotidienne, par des drogues, des films, des poisons, des trucs d'envoûtement comme ceux de Gilles... Et puis quand la population a été bien ébranlée, une grande razzia, un grand coup, la saisie en une seule nuit de toutes les armes disponibles sur le territoire, avec des tracts dénonçant l'état de choses, l'empoisonnement de la population par les multinationales de la nutrition, par exemple et d'autres accusations et nous pourrions agir à même une pâte devenue extrêmement malléable. Ce sont des idées d'Edmond qui milite presque seul dans les groupuscules depuis deux ans. Il n'arrive pas à faire admettre ces idées-là par les militants. Très idéologiques, très farcis de lectures sur la révolution mais qui n'ont aucun sens de la psychologie des masses et des individus : ils sont figés dans leurs concepts et leur marxisme et leur maudite plus-value et autres poignages de comptables. Toi, tu penses qu'Edmond n'est qu'un idéologue froid ? C'est un démon. Mais un démon qui se demande parfois s'il a tort ou s'il a raison. C'est pour ça qu'il fréquente Gilles : il le déteste mais il l'écoute quand même avec de grandes oreilles. Quand il est avec lui, il devient comme l'écran du marxisme-léninisme idéologique cru. Quand il est avec moi, il devient comme le froid même, mais il n'est plus forcément un idéologue sans idées !... C'est alors qu'il me parle de ce dont je te parle maintenant. Mais quand il est avec les ternes (les ternes, c'est ceux qui aiment pas les couleurs, les militants qu'il fréquente n'aiment pas les couleurs — lui non plus, d'ailleurs — et il les appelle les ternes), il leur propose souvent ce type d'action. Ça tombe dans le vide. En fait il ne les fréquente plus tellement, maintenant. Il est terne lui aussi, moi aussi, et on fréquente Gilles. Moi, j'aime le noir. Edmond, le gris acier, le bleu pas ciel, le bleu dur, il garde le rouge pour les drapeaux. Moi, j'aime le bleu pas ciel aussi et surtout le noir, le noir très noir, très fort. Tu sais bien, le goût des couleurs, parfois ça nourrit. C'est Gilles qui le dit et c'est vrai que moi, le noir, ça me fait comme l'effet d'une nourriture ou d'un manteau. Un grand manteau et tu sais ce que je vois dans le noir ? J'y vois la prostitution, le luxe, des pierreries, du brillant, jaune, rouge, or et pour moi la clandestinité, la prostitution, l'argent, la mort c'est tout pareil : ça brille dans le fond, c'est la vie. Je voudrais plonger la population entière dans cette fourrure-là...

— Et pourtant tu détestes l'argent...

— Oui, c'est vrai, mais ma haine, dans ce noir-là, c'est plus pareil, ça devient comme de l'orgie. Là je suis comme une sorte de déesse ou de magicienne, c'est comme si je devenais celle qui fascine. Là, je ne suis plus un être humain. Je suis comme une jouissance qui pleure de plaisir et de chaleur, qui serre contre elle le noir de la nuit, je chauffe...

— Et tu hais l'argent.

— Oui. Mais c'est comme Edmond qui hait Gilles parce que Gilles crache avec un art consommé sur les idéologues, mais quelques heures ou quelques jours après l'avoir haï à profusion, Edmond devient Gilles en présence des idéologues. Eh bien moi c'est pareil, je haïssais tellement la richesse de mon père que j'ai comme épousé le noir et la nuit mais je me suis aperçu que le noir en moi c'était du riche. On est tous comme ça : on s'échange des choses dont on veut pas, continuellement. Mon père a travaillé dur toute sa vie pour accumuler l'argent. Moi ma haine de son argent me plonge dans sa nuit cachée : je lui fais peur. Et il m'en donne. Et au fond je suis couchée avec lui. Tout ce qui est mort de lui, tout ce qu'il a nié de lui, c'est peut-être ça, tout ce noir-là qui me baigne ? Qui m'alimente, qui me nourrit ? Et les mots : quand on parle de ces choses on dirait que les mots se remplissent d'une substance lourde de sens ou de chair ou de quelque chose qui vibre et gronde au fond de nous, c'est ça la révolte : quand les mots se substituent aux choses, deviennent plus puissants, plus dynamiques que les choses, quand les mots recouvrent le monde de taches de sang qui palpitent, l'amour c'est ça, la révolte c'est ça, c'est le grand fleuve de lave au fond qui vibre et qui coule et qui sort par la bouche. Mais les idéologues à plus-value !... C'est sombre, la mort et la vie, c'est riche comme une fourrure...

— J'ai vu des tortures...

— Oui, c'est ça, il y en a au fond : ça jouit, ça torture, ça roule...

— Dans tes mots. Faut-il que ça devienne physique ?

— Il faut tout confesser.

— C'est ça la littérature révolutionnaire ?

— Oui : la littérature révolutionnaire c'est la littérature de la révolte. C'est pour ça que tu comptes tellement pour moi : quand tu écris, tu mets tout mon manteau noir au monde. Et il est beau, il lève, c'est moi.

— J'ai vu des tortures...

— Oui... En connais-tu beaucoup qui pourraient résister sans les avoir pressenties, vues, vécues, s'ils étaient arrêtés par les flics ? Ça doit être un choc épouvantable. Sommes-nous prêts ?

— Le sommes-nous jamais ? rétorquai-je, agacé depuis quelques secondes par la véhémence de ses propos. Mais tu soulèves un problème important que je me suis aussi posé et ce que tu me dis me montre que la torture fait aussi partie de la révolution, comme l'ordre établi fait partie de la révolution, la torture est liée à la prostitution, le secret, là, au fond.

— Oui... C'est une grande sphère vicieuse. Les antagonismes vivent dans une grande sphère vicieuse. En surface, nous sommes d'un bord, d'un autre. En dedans, dans le secret, tout est ensemble... L'ordre établi sécrète graduellement une croûte qui se durcit. La croûte excède les coulées de la vie. La vie fait céder la croûte, mais sans la croûte la vie ne s'éveillerait pas; sans la vie, la croûte ne serait jamais sécrétée. C'est comme ça. Dans la grande sphère de tout ça, les ennemis sont des rouages cliqués. C'est ça. Y rester. Y demeurer. Agir dans tous les réseaux de la sphère et faire éclater toute la sphère, c'est bien ça que nous voulons, au fond. Et nous ne le savons que par la parole et la confession. En surface, ça recommence, la vieille idiote histoire du bon pis du mauvais, et nous agissons en surface. Et comment agir en surface en véhiculant la profondeur ? Que se passerait-il si la profondeur émergeait soudain à la conscience ? La révolution serait faite : il n'y en aurait plus. Edmond pourrait écrire l'opuscule post-léniniste dont il rêve depuis longtemps, je l'intitulerais : *Le régime des partis, stade infantile de la politique*. Quelqu'un d'autre, un siamois, écrirait au même moment : *Le régime du parti unique, stade anal-poigné de la politique*. Et un autre siamois écrirait au même moment : *Le régime de tous, stade anarcho-déconstipant de la politique*. Et quelque part, quelqu'un n'écrirait plus rien. Et les trois petites plaquettes s'mettraient à grésiller dans l'four. Ici, Réjean, je ne veux plus rien savoir.

* * *

Je me tus un instant. Quelques instants, je revis la scène où je la battais. Mes paroles en provinrent.

— J'ai parlé de ce problème de la répression par la torture à Julien... Et Edmond ?

— Edmond est de l'opinion de Julien : peu sont prêts à l'affronter.

118

— Je m'en sens personnellement incapable. Ou je me sous-estime ?

— Comment savoir ? Moi aussi je me sens petite en présence de ces menaces. Il y a quelque part quelque chose qui en jouit.

— Tais-toi !...

Aurélia me regardait avec sa bouche entrouverte, ses yeux presque hagards, remplis de remous nocturnes. Il y avait du viol dans l'air. Elle mordillait sa lèvre inférieure, assise sur le vieux fauteuil de la pièce, les coudes posés sur ses genoux ouverts :

— C'est vrai, Réjean...

— Je sais...

Elle respirait rapidement.

— C'est vrai, c'est là, des tortures et des jouissances âcres, épouvantables... J'en ai plein l'sang. Comme un réseau complet, compliqué, un réseau, un univers entier de choses prostituées dans la vulve...

— Un microcosme caché.

— Terriblement beau. Parce que c'est vrai. C'est ma force, Réjean, c'est à toi. Agis.

— Passons à autre chose.

— Tu as peur de moi. Mais tu fais partie de ma vulve.

— Toi aussi... Je veux pénétrer ce monde pour le dissoudre. Pas pour m'y faire manger.

Je la regardais. Je regardai dans ses yeux. Ils semblaient plus vrais, plus denses qu'à l'ordinaire. Comme si j'avais pu pénétrer dedans, dans la vulve par les yeux, ou dans les yeux par la vulve, en même temps, c'était son âme. Je pouvais entrer. C'était une compression comme si je respirais au centre de sa vulve ou de sa matrice ou de son ventre. Je sentis son ventre dans mon ventre, un ventre. Aurélia me communiquait son spasme, mon spasme, un spasme. Une seule pulsation de vibration noire.

Puis ce fut comme la traversée d'une contrée de conscience pulsante contre mon corps. J'étais comme dans une sorte de corps d'Aurélia, très noir, très lentement jouissant, que je traversais. Puis peu à peu, à mesure que j'enfonçais, la compression diminua. Il y eut comme un allègement. Les parois de la matrice avaient sauté, ou quelque chose du genre...

Je me levai pour ouvrir la serviette que j'avais emportée avec moi. Pour y mettre un peu d'ordre, prendre quelques notes. Au même moment Aurélia alla ouvrir le frigo. On mangea un peu. Nous étions comme à cent lieues de ce qui venait de se passer. Dissous, momentanément.

— Je me souviens maintenant qu'Edmond m'a parlé de ce

problème de la résistance psycho-physique aux tortures et aux interrogatoires. Ça fait partie du kit. Et c'est justement l'une des rares fois où nous avons eu un échange un peu plus profond qu'à l'ordinaire. Il m'a dit que lui-même ne se sentait pas prêt à affronter de telles choses, qu'il le ferait bien s'il le fallait, mais qu'il existe sûrement un moyen, un levier, quelque chose...

— Oui. La maîtrise de la peur en présence du fantasme lui-même, creuser le fond de peur, ouvrir un réseau de conscience aiguë dans les fonds... Peut-être... Levier : c'est exactement l'expression dont se sert Julien, poursuivit Aurélia...

— Oui, un levier dans la conscience permettant une maîtrise des effets ou une catharsis rapide des chocs, presque simultanée, comme un jeu vibratoire, presque intra-atomique. Quelque chose de magique et d'efficace. Comment y parvenir ?

— Oui, poursuivit Aurélia. Toutes sortes de possibilités se présentent à l'esprit, comme celle d'une neutralisation psycho-nerveuse à distance sans aucun instrument matériel. En vivant en profondeur...

En fait Edmond avait parlé de certaines techniques d'introspection susceptibles d'éliminer la peur fantasmatique et d'opérer par le fait même une neutralisation psychologique chez l'adversaire ou, en d'autres termes, une diminution de son ascendant sur nous.

J'avais le pressentiment que cela pouvait aller plus loin, ou du moins très loin. Edmond parlait de levier. Un vrai levier nous aurait permis aussi non seulement de déplacer la vibration de peur en nous, d'en faire une sorte de "plasticine" psychique transformable à volonté, mais de la déplacer aussi chez l'adversaire et même de l'y provoquer et de la fixer. Une science subtile et efficace de la contre-torture. Aurélia voyait déjà la possibilité de provoquer même chez le tortionnaire des crises incontrôlables d'épilepsie ou d'auto-torture, toute la substance de sa haine ou de son sadisme refluant par direction consciente et concentrée dans son propre système nerveux. Nous avions besoin d'armes. Et nous tentions de voir comment nos "trips" intra-psychiques pouvaient en devenir. Gilles pourrait peut-être nous aider. Edmond ne semblait voir pour l'instant qu'un aspect de la question : celui où l'emprise de l'autre diminue, la possibilité de provoquer une sorte de paralysie neutralisante. Aurélia et moi pressentions la possibilité de provoquer l'inversion du sadisme dans le sadique. Et aussi celle de déplacer l'autre dans toute sa masse.

— Julien pense qu'à peu près tous les membres du Réseau et plus particulièrement ceux qui veulent se lancer précipitamment dans l'action ne sont pas du tout prêts à faire face à la torture et n'y pensent même pas, me dit Aurélia. Ils sont d'une imprévoyance incroyable, sur tous les plans. Ils ne comprennent pas que dès la première explosion et dès le premier communiqué annonçant l'origine de l'attentat et expliquant son sens, toutes les sources possibles d'approvisionnement seront surveillées. Et comme ils n'auront pas pris le temps d'obtenir des complicités dans les agences de sécurité ou dans la police, ils seront à sec...

— Sont-ils vraiment si imprévoyants ?...

— Tu veux dire ?...

— N'y a-t-il pas parmi eux des agents provocateurs ?

— Il y en a certainement. Mais il est très difficile, dans ces choses-là, de fonder des soupçons... Julien est certain qu'un agent provocateur joue sur la naïveté de certaines recrues, mais il ne parvient pas à l'identifier, ou plutôt... C'est probablement Simon. Mais Simon est un être imprévisible de nature : est-il lui-même un agent ? Un instrument ? Julien m'a fait comprendre que la présence d'agents provocateurs était une chose inévitable dans ce genre de mouvement... Si nous les sentons dans les profondeurs psychiques sous forme de présences voleuses, sadiques ou siphonneuses, comment veux-tu qu'elles ne se mettent pas à siler dans nos rangs ?

— Julien a beaucoup d'expérience de ces choses ?

— Il a fini par me laisser entendre qu'il avait été entraîné à l'étranger pendant trois ans, mais il ne m'a pas dit où. Je sais qu'il a séjourné à Cuba mais ce n'est pas nécessairement là-bas qu'il a reçu l'entraînement spécial dont il parle. Il a voyagé en Europe, en Asie, en Afrique du Nord, au Proche-Orient, dans les Balkans et il a vécu pendant un an à Prague et dans le Sud de l'Inde au Kerala et dans le Tamil Nad. Il a été absent d'ici pendant six ans environ. Absent... J'ai l'impression qu'il n'a jamais été ici et que toute sa révolution est une tentative pour pénétrer dans un pays qui lui échappe continuellement, dont il est comme l'étranger et où l'on dirait que personne ne le connaît, sauf nous. Il est revenu il y a à peine un an fermement décidé à fonder un réseau clandestin — pour mieux voir ce qui se cache bien plus que pour cacher. Je ne sais pourquoi je dis ça... Mais on dirait qu'il a ça dans le sang, la révolution, avec ça qu'elle a presque une odeur avec lui et pourtant, parfois, on dirait... Il m'a fait un effet très fort. Il semble faire corps avec ses propres mots, son intelligence... Ses mots portent parfois comme des attouchements.

39

Le départ pour Québec

Julien avait, pour diverses raisons, retardé notre départ pour Québec de plusieurs jours. Nous sentions tous peser sur nous l'urgence, même stratégiquement "aventuriste", selon lui, d'une action directe. C'était en nous une nécessité qui n'avait rien à voir avec le bon sens, cette vertu des attardés de toutes époques, pensais-je. Notre mission avait une saveur folle et un peu démente et tout était de savoir quelle allure elle finirait par prendre, qui jouerait quel rôle, mais déjà la scène se préparait. La feuille que je rédigeais n'était déjà plus une feuille-pilote et l'on me confiait de plus en plus de secrets. En fait, ma récente conversation avec Aurélia avait eu pour effet de m'intégrer encore plus organiquement aux arcanes du mouvement et Edmond m'apportait régulièrement des renseignements concernant les rumeurs à lancer, celles à ne pas alimenter et les raisons que Julien invoquait pour que j'insiste sur tel ou tel aspect de l'action psychologique. Edmond me demandait toujours ce que j'en pensais et je lui répondais presque invariablement que je ne le saurais vraiment qu'après avoir rédigé mes textes de fond. C'était toujours à la faveur de ce travail de rédaction que la synthèse des données recueillies se faisait dans mon esprit et intégrait le contenu des livraisons précédentes. J'éprouvais vibratoirement la justesse tactique de mes écrits et je les soumettais alors à Julien qui les approuvait toujours. Il me fallait, et il le comprenait, une quantité de plus en plus étendue de renseignements de toutes sortes non seulement sur l'organisation du Réseau et sur ses projets plus ou moins éloignés mais aussi sur l'idéologie de la tête. Là-dessus Julien demeurait encore assez discret, je le sentais, même s'il se livrait à des analyses marxisantes un peu sèches et à des réflexions sur la psychologie de masse et sur celle des Canadiens français en particulier qui m'apparaissaient toujours imprégnées de plus qu'une simple intelligence de la tactique et de la stratégie. Julien avait quelque chose du penseur et il devait éprouver par moments le sentiment d'une forte distanciation par rapport à l'action et un isolement psychologique certain en présence de la plupart des militants. Ces renseignements, que Julien, Aurélia et Edmond me livraient et dont je faisais la synthèse, parfois deux fois par semaine, n'étaient pas explicitement présents dans les textes que j'écrivais. Mais je sentais qu'il y a quelque chose de la connaissance à l'état brut qui vibre dans un texte et qui constitue son efficacité imperceptible et profonde. J'avais la certitude de livrer au lecteur une connaissance germinale et toute la connaissance actualisée dans ma conscience dans la mesure de la qualité de présence et de globalité que j'investissais dans ces textes. Ils venaient souvent d'une sorte de vide. Ces textes de propagande, textes méprisables aux yeux de plusieurs, et haineux aux yeux de la plupart, surtout des plus vertueux contempteurs des entreprises "négatives", n'étaient pas toujours issus d'une excitation, loin de là. Ils montaient parfois d'eux-mêmes avec une présence aurorale. Rare, mais qui était finalement la raison la plus déterminante, peut-être, du travail que je faisais. Au point où je songeais parfois que c'était ce bien-être même, jailli spontanément, qui devrait déterminer les déplacements de rôles au sein même du Réseau. Est efficace celui qui est à sa place. Notre mouvement était *naturel*. Ou *karmique*. Mais c'est lié. Et le karma est choisi, nous le savons bien. Choisi par plus auroral que notre seule vision frontale du monde. Et c'est pourquoi obéir au bon sens auroral qui nous guide, dans la clandestinité ou dans un champ de marguerites, sera toujours d'une grande sagesse, celle qui finit par nous enraciner à coup sûr dans la vision première que fut ce monde et d'où nous originons. Il n'y a que ce que nous nous forçons à être ou à ne pas être qui constitue vraiment le mal du monde.

Il m'était devenu indispensable d'en savoir de plus en plus pour mieux me déployer dans l'action. Plus l'on est riche et plus l'on donne. À moins d'être avare et c'est en fait contre cette avarice que se bat justement le révolutionnaire, celle qui refuse la libre circulation des milliards. Il donne. Il brûle. Il détruit, il meurtrit et, mis à part les purs tueurs, bêtes peut-être irrécupérables sauf par n'importe quel totalitarisme militarisant, le révolutionnaire d'un certain type, que nous tenterons peut-être de définir plus loin, est un véritable libérateur d'énergie. Son action n'a pas d'autre but. S'il tend à figer l'énergie, à la canaliser selon des plans étroits, il trahit sa vocation profonde et contribue à augmenter l'opacité du monde. Le peintre automatiste qui peint avec ardeur, et dans le respect intégral du mouvement énergétique qui se formule à travers lui, fait plus pour la révolution universelle, celle qui nous lavera de nos vieux tics antédiluviens, que le bolchévik, le cubain ou le fanatique religieux qui s'est mis au service de ce produit fini qu'est sa propre sclérose mentale.

Je ne pouvais pas agir organiquement sans une vision complète de l'aspect matériel et psychologique du Réseau et dans tous les sens que pouvaient prendre pour moi ces concepts du matériel et du psychologique. Ils impliquaient la connaissance du maniement des armes et de tous les matériaux indispensables aux opérations des cellules et je photographiais du regard les schémas où tous les détails de la fabrication des diverses sortes de bombes étaient tracés de la main même de Julien. Ce dernier d'ailleurs tenait à ce que tous les dessins et autant que possible tous les textes (ce qui était impossible) soient ainsi tracés de sa main ou à la main. Puis je les imprimais. Le soir, en compagnie d'Edmond et d'Aurélia, nous fabriquions les engins explosifs, les montions, les démontions, les remontions jusqu'à ce que tous ces gestes nous deviennent aussi familiers que le maniement d'une fourchette ou d'un couteau de cuisine. Nous possédions aussi une réserve d'armes à feu et nous mettions le même soin et la même application à monter et à démonter par pièces les revolvers, les pistolets, les fusils automatiques, les FM. Et Edmond, que Julien instruisait d'une façon toute spéciale dans ces choses, nous expliquait la différence de portée et d'effet entre un canon standard et un canon tronqué et la nécessité d'utiliser de préférence ces derniers au cours de certaines opérations urbaines. Ensuite nous passions aux études plus stratégiques. Nous avions acheté plusieurs cartes géo-politiques et nous avions suspendu au mur la carte du Québec en deux parties, puis celle du Canada et celle du Monde. Et ce qui nous fascinait le plus, c'était la disproportion monstrueuse entre le déploiement territorial et la concentration du peuplement. Il y avait trois points urbains principaux — quatre me fit plus tard remarquer Julien et j'intégrai alors à mon schéma la ville de Sherbrooke, créant ainsi une triangulation tout à fait inattendue du peuplement urbain au Québec — et ces trois points étaient Québec, Trois-Rivières et Montréal auxquels j'avais ajouté Sherbrooke. C'était, dans la triangulation spatiale, un quatrième élément et il se trouvait que ce quatrième élément, qui ouvrait le triangle, était le lieu d'un peuplement traditionnellement de culture anglaise et protestante ou, du moins, non catholique mais pratiquement assimilé ou dissous. À contempler presque quotidiennement cette immense carte du Québec, qui couvrait les neuf-dixièmes de la hauteur du mur de la chambre d'Edmond et de la mienne où je l'avais également taquée, le même sentiment de la nécessité de fonder des villes, pour ouvrir le nord, le grand nord, et le nord-est, s'imposait à moi avec force au point où refouler cette nécessité vitale eut été l'équivalent perturbateur du refoulement sexuel ou du refoulement de la faim si tant est que cette dernière puisse l'être. Je prendrais ainsi plus tard conscience du refoulement religieux dont nous étions tous plus ou moins victimes à cette époque et que le culte naissant de l'image, à l'échelle, du corps québécois, tendait certainement à re-cristalliser. Dieu était mort pour nous. Disons : *Le divin, le lumineux* : il y avait longtemps qu'ils étaient morts. La messe nous avait fait bâiller. Je n'y éprouvais que des maux de tête et une indéfinissable sensation d'asphyxie. Mais cette image devant laquelle notre être se mettait à vibrer recevait tout ce qui fuyait les objets du culte catholique. Nous étions fascinés par elle. Inconscients, donc, et mystiques, possédés par les courants qui nous arrachaient aux limbes et aux langes. Je connus cette sensation de sa beauté *personnelle*. Avec elle nous entretenions des rapports constants, elle était notre matrice.

Cette nécessité de prolonger le peuplement du Québec et d'ouvrir tout le nord en multipliant des centres urbains de rayonnement s'imposait à moi d'une manière impérieuse. Il me semblait même que temporiser quant à la mise sur pied d'une organisation qui se consacrerait à la réalisation d'un tel projet constituait une sorte de trahison. Je m'en ouvris à mes amis. Ils étaient d'accord pour dire combien la situation du peuplement québécois ressemblait à une sorte d'emmitoufflage sommeillant à l'écart du destin. Mais il y avait plus encore que ce seul besoin propre à l'idée québécoise. Il y avait le destin plus purement militaire du Québec. S'il est un contenu enfoui profondément dans notre psyché, au point de faire trembler les plus généreux parmi nos leaders nationaux, c'est bien celui de la nécessité de la force, de sa légitimité, et de sa beauté. Elle s'exprime à travers la capacité pratique pour un peuple de résister à toute agression, d'où qu'elle vienne, et à la refouler. L'arme, à une autre limite, peut par exemple être la prière. Nous connaissons bien le pouvoir irrésistible d'une pensée ardente et concentrée. Les seuls qui aient encore besoin d'en être convaincus sont ceux qui n'ont jamais essayé. L'arme peut aussi être une force armée : une armée avec des armes d'électronique et de métal. Mais nous avons peur de ce dernier saut qu'il nous faudra bien faire du côté du monde contemporain : nous devrons assumer ce qu'ils assument si nous voulons parler d'égal à égal, assumer ou stagner dans la crainte.

* * *

L'absence de villes au nord des agglomérations fluviales du sud était à mes yeux un handicap nous empêchant d'absorber en profondeur le choc d'un envahissement militaire en provenance du sud ou de l'ouest et même du nord. Absorber pour mieux dissoudre et repousser. Le Saguenay, Chicoutimi, le Lac-Saint-Jean, prenaient alors une importance considérable, Chicoutimi étant comme un autre coeur. Du point de vue militaire, le peuplement québécois et l'organisation urbaine du pays transformaient le Québec en bouchée de pain. Nous le savions rien qu'à regarder la carte. Qu'avions-nous fait de ces talents ? La nudité du nord témoignait de notre complicité avec le conservatisme *canadian* qui s'enracinait dans le refus étroit de la révolution américaine et de sa tendance a l'expansion et à la conquête. Nous avions refusé de vivre librement au Canada comme au Québec : la liberté n'était qu'un mot, pas un dynamisme. Les Américains nous considéraient avec raison, au Canada comme au Québec, comme des Américains attardés, pour ne pas dire arriérés. Les loyalistes avaient dit non à la liberté conquérante et nous avaient étouffés dans leur non et dans leur refus. Et nous avions cédé, comme des esclaves. Nous avions combattu l'Amérique. Nous lui avions fermé nos portes. C'était comme une sorte de bêtise évolutive, un sacrilège. Respirer s'offrait à nous : nous avions préféré ne pas être. La peur de la liberté, perçue comme un péché, et le goût d'être dominés me semblaient faire partie intégrante et incorporée des deux Canadas — pour ne pas dire des trois ou quatre. Ce goût les fondait tous, ou presque, dans une relation sordide. Non seulement avions-nous fermé notre porte et notre âme au sud, mais aussi nous avions tourné le dos au nord. Comme si par le fait de refuser ce que le sud offrait, le risque, nous étions restés prostrés face au sud, incapables de conquérir notre nord. Nous étions restés bloqués en chemin. Il nous fallait renaître. Nous avions raté le train au dix-huitième siècle, par lâcheté, et nous l'attendions encore. Nous ne sommes pas coupables (pas toujours...) de ce que l'histoire nous fait. Nous en sommes cependant responsables et il y a quelque chose ici dont nous devons reprendre la responsabilité, quelque chose qui est étroitement, intimement, vibratoirement lié au rêve américain et qui sommeille en nous et nous tourmente et nous rend malades et nous fait souffrir d'impuissance depuis plus d'un siècle et demi. Nous sommes des demeurés. C'est épouvantable pour qui devient conscient de son propre sud, de son propre fond. Comme dans la gnose, quand l'individu crève le plancher de son être ou qu'il défonce le plafond de sa conscience, il lui faut ou remonter ou descendre, selon le cas, pour coloniser toute la largeur inconnue, riche et parfois menaçante, de son être. Nous avions refusé la descente au sud. Le nord nous était interdit. Et c'est pourquoi nos tentatives mystiques étaient si délicates et si faibles. C'était aussi pourquoi nous avions peu ou pas de prophètes, mais un nombre incalculable de poètes dont le champ d'exploration privilégié est le sud où seulement ils trouvaient nourriture à la fois dans la souffrance du bloquage et dans le combat visant à le dissoudre. Et ceux qui ne descendaient pas activement comme eux et, plus tard, comme les tenants et les possédés de l'indépendance ouverte sur le monde, devenaient vite insignifiants, négligeables et sans corps, condamnés à l'entreprise petite, à errer en quête de leur âme enfouie dans les ténèbres du temps. Le rêve du nord, en en forçant la réalisation, nous ouvrait peut-être quand même les portes du sud. Il les entrouvrait, du moins, les faisait même béer, comme les portes de l'enfer, et c'était peut-être aussi pourquoi toute la mystique d'ici débouchait toujours sur le rêve québécois (ou le blasphème), le rêve rêvé par l'âme même d'ici, non pas l'âme populaire, qui se maintient dans les tourmentes avec force violons, gigues, sacres, courage entêté et étroitesse d'esprit, mais l'autre, la divine et l'immortelle, celle qui attend que l'on fasse un pas vers le sud de notre destin pour rayonner en nous toutes ses énergies non encore manifestées. L'on peut même dire d'elle qu'au départ elle ne sera jamais populaire car au départ elle brise des structures de comportement durcies. Elle est virginale, pure et puissante, sa loi est l'amour d'abord puis la beauté, elle s'apparente à ces déesses de certains panthéons dont on dit que toute médiocrité les fait fuir. Elle ne forcera jamais les choses. C'est pas l'affaire des filles d'aller voir les garçons, dit l'adage populaire. Nous devrons d'abord aller voir de son côté. Et parce que nous avons d'ores et déjà commencé elle a pris goût à notre corps, elle se faufile dans l'âme populaire, elle y suscite les passions tenaces et profondes qu'elle a le don d'éveiller car elle est d'une nature irrésistible et parce que nous l'avons éveillée et parce qu'elle nous aime, le combat pour elle est commencé. Notre passion déjà nous a fait commettre pour elle mainte folie aux yeux des hommes. Mais à ses yeux la sagesse des hommes est folie. Je rêvais du nord. J'y voyais briller dans la nuit l'aurore magnétique et superbe. Ce rêve s'éveillait en nous au moment où nous allions déterrer la hache magique que nous avions laissée tomber. Ce rêve était juvénile et peut-être infantile. Notre aventure allait le faire ressurgir et mûrir. C'était Dieu même en nous qui se rêvait par sa fille, le Dieu mort et vivant dans nos reins, notre poison et notre remède. L'idée québécoise dépassait la simple survie. C'était une idée multi-ethnique que les Canadiens français ne pouvaient réaliser. *Québécois* n'était pas un vain mot. C'était le mantra même, la formule poético-sacrée où l'aurore prenait place. Le Canada français entretenait avec le loyalisme anglo-saxon une relation consciente, inconsciente ou mécanico-grégaire qui l'empêchait de vivre. L'idée québécoise n'était pas identique à l'âme. L'âme et l'idée étaient deux aspects d'un même dynamisme. La première était tout amour, amour saisissant, immobilisant, extatique, auroral. La seconde illuminait l'esprit, le rendait transparent comme un cristal, s'ouvrait aux réalisations qui redonneraient plus tard (ou déjà) un corps à l'âme. L'idée québécoise venait après, elle appartenait à un autre temps, à une vision différente. Un homme et son péché ne pourrait jamais être le Québec avec sa volonté de conserver ses cennes : le Québec, c'était le contraire du conservatisme, c'était le Nouveau à l'état vierge, le saut dans l'inconnu, le goût d'être et de vivre et de respirer et de goûter aux visions évolutives les plus hautes, au-delà de toutes les conceptions politiques possibles, c'était, sur terre, le dénouement parfait des relations. Sur un fond de douceur perpétuelle venue du fond de l'âme, avec ses merveilles et ses mystères. Et ce qui grondait en nous c'était la colère de cette âme, éveillée et étouffée et qui se faisait amour-terreur ou colère. Ce n'était pas là son essence. C'était là sa défense. Et rien à la longue ne pourrait prévaloir contre elle puisqu'elle était immortelle et qu'elle avait déjà commencé à marquer notre corps de sa lumière. Ineffaçable. Cette lumière vibre. Scelle l'espace et le temps. S'y grossit, s'y meut, y gouverne et s'y prolonge. Aucun génocide, aucune stagnation, aucune défaite ne la tue. Je lui ouvre les portes : elle envahit. Les Québécois, de toutes souches, de quelque temps qu'ils puissent être, réaliseraient cette idée du risque ému, vibrant, cataractant. Nous allions malgré nous, sans savoir combien ce fond d'âme agissait dans le noir, ébranler l'édifice de ce sommeil étrange qui nous gardait dans sa torpeur. Défier les esprits et les corps.

* * *

L'on voyait, sur la carte, le plus grand des centres urbains du Québec, Montréal, tourner le dos à l'immense corps et dormir pesamment sur son île. Et d'autre part, contrepartie de l'aventure qui s'annonçait, je sentais en moi la naissance imminente des villes au nord. Imminentes : comme tout ce qui palpite aux limites de l'archétypal est imminent et plus encore ce qui procède de l'in-temporel. Imminence transcendant le passé et le futur : les prophéties annoncent toujours pour demain le retour de l'imam ou du messie. Comme saint Paul, le Christ. Mais pour le Seigneur des germes, mille ans est comme un jour et il faudra bien s'y faire : le temps nous joue des tours. Je voyais ce qu'avait pu être la vision et la passion de certains pionniers. Leur passion se faisait mienne, je la comprenais, je les comprenais. Mais nous ne pouvons pas créer plus que ce que nous avons osé être. C'était là leur limite. Mais l'idée les avait visités parce qu'ils avaient osé : je pensais à l'épopée de Labelle. Folie aux yeux des hommes... Ce n'était pas une vieille idée. C'était un rayonnement éternellement jeune venu de l'intemporel. Demain, maintenant, dans mille ans, l'Intemporel accourt. Julien me ferait remarquer, plus tard, à propos du froid et des difficultés climatiques du grand nord, qui en rebutent tant, que le *tantrisme* connaît des méthodes pour éveiller dans le corps une chaleur irrésistible capable d'adapter le climat et l'environnement : notre seul obstacle était cette forme de bêtise que Julien appelait la béatise et qui provenait aussi de notre plongée ratée dans le sud de l'être. Car le centre psycho-subtil de l'émission du feu, dans cette psycho-physiologie, se situe dans le ventre et porte le nom de *centre de la Ville-joyau*. La ville y apparaît quand la lumière de la conscience atteint ces zones et les libère. Je songeais à Montréal, *ventre* du Québec. Julien ne commentait pas. Il me laissait me débrouiller avec mes "visions", quand j'en avais, ou avec mes imaginations. Je les laissais nourrir mon esprit de relations inattendues, énigmatiques souvent.

C'était dans le ventre que tout recommençait pour nous. Le ventre et le bas-ventre aussi où il fallait faire un grand balayage de bonheur, de richesse et de lumière. Quelque chose de plus déterminant que tous les arguments formés et soi-disant raisonnables avaient déjà habité certains hommes d'ici. Nous avions laissé le ventre et le sexe dans la nuit, cependant. Ils dormaient là, dans les cauchemars ou la grisaille des trahisons psychiques et archétypales, là où nous les avions laissés en croyant nous libérer de l'exigence profonde et sacrée qu'ils représentaient : mais nous y avions littéralement laissé non seulement notre âme, mais aussi notre énergie, notre "âme populaire" et même notre corps. Nous rêvions d'être beaux, d'être nous-mêmes. Nous ne l'étions plus. Les villes fabuleuses un jour naîtraient. Mais il fallait rallumer le feu éteint dans le ventre et la ville. Le ranimer des limbes, lui faire brûler tous les déchets puants accumulés sur les cendres et la braise. Ce ventre, cette chaleur de braises que nous retrouvions après combien de générations, cette âpreté excitante de l'énergie morte qui se réveille, cet étrange mélange de mort et de vie que symbolisait bien notre action et notre goût de la nuit, ce ventre et l'immensité de la terre dont son réveil ranimait la promesse, tout ça nous fascinait comme une fièvre, à l'époque, et l'on sait que la fièvre est un sursaut de santé du corps malade. C'est cette fièvre que je voudrais raconter — mais elle ne se raconte pas, elle s'éprouve. Je suis un mauvais historien. Pour moi l'histoire est encore plus à défaire qu'à faire. Il faut savoir la laisser être. Ce qui ne m'empêchait pas de réagir à Gilles qui voulait la défaire. Nous mourons-naissons à chaque instant. Que cela nous tienne lieu pour l'instant de psychologie des conflits. Tout meurt et naît chaque instant, tout combat pour la survie du temps : Gilles écrivait ses textes d'acides. On peut les consulter et les lire : leur passion destructrice s'inscrit dans l'histoire. Et je voulais inscrire à mon tour cette inscription. Il se croyait inutile et se brisait en brisant : il ne voulait pas survivre. Moi je voulais qu'il survive car il était ma mort et nous en aurons toujours besoin, pour l'équilibre. À travers le recours rituel de la carte, l'intuition de l'aurore nordique nous revenait. Notre corps était là, promis. Il nous attendait. Notre âme aussi, mais pour l'atteindre et en jouir il fallait racheter l'âme populaire, l'âme québécoise et notre corps. Car si notre vision du nord était encore juvénile, elle l'était par absence d'incorporation. Il nous fallait vivre. Comme un soc de charrue rapide. Dans le ventre du sud. Pour renouer avec le temps. Perdu.

Celle pour qui

Nous découvrions le corps et le visage de Celle pour qui nous avions engagé nos énergies, nos passions. C'était cette terre encore vierge qui nous consumait et nous consommait par le bas pour initier et accomplir une oeuvre d'incarnation. Je suis certain qu'Aurélia le sentit. Mais son cerveau de militante de gauche hésitait à se laisser happer par ces sentiments d'enracinement dans l'irrationnalité de l'ancêtre, du soi, de la Déesse-Terre qui constituent le fondement plus ou moins bien compris de ce que nous appelons en politique la droite. La gauche, elle, tendra toujours au déracinement, son arme préférée étant l'intellect abstractif et la planification, l'intellect étant cette part de l'être humain la plus éloignée et la plus suceptible de s'éloigner de la terre et du corps. Puissance d'analyse fermée, fer de lance des dissolutions nécessaires aussi. Du moins est-ce ainsi que semble se présenter, aux yeux du Québécois, une gauche longuement identifiée dans l'esprit populaire et donc dans l'automatisme non réfléchi d'à peu près tout le monde, à la pratique d'une intellectualité, comme si elle en avait le monopole. Ici, la gauche est d'abord et avant tout, au début des années soixante, ce qui, en appliquant des règles ou des dérèglements de raisonnement, nous a graduellement sortis des églises, ce qui était nécessaire, mais du même coup elle se coupait et coupait ses suiveurs de la faculté même d'adoration sans laquelle la vie n'est que pain et jeu. Plus tard l'extrême-gauche viendrait occuper clairement sa place en refoulant l'athéisme non marxiste et l'agnosticisme vers le centre. L'extrême-droite devrait attendre, après soixante, la montée des mouvements charismatiques pour tenter, dans les années soixante-dix, de reconquérir le pouvoir. Tendance non seulement propre à la société québécoise, mais aussi à la société étatsunienne qui devait élire un Carter et à l'Iran, par exemple, où l'entêtement de l'ayatollah Khomeiny provoquerait le renversement, à distance et par la pression populaire, du Shah, imprégné d'une civilisation plus antique encore, celle des Perses, qu'il tenta de ressusciter à demi par le biais du cérémonial, aspect plus profane du rituel. L'Islam avait déjà détruit les débris de l'empire perse vers le septième siècle comme il le faisait encore, sans coup férir ou presque : c'était une vieille histoire.

Encore quelques conversations

J'eus encore quelques conversations avec Edmond, Aurélia, Noémiah et Julien. Chaque fois je sentais le ton changer. Une sorte de cumul compressif caractérisait son évolution.

— Et il ne faut jamais perdre de vue la possibilité de la provocation policière à l'intérieur d'un groupe comme le nôtre, me répétait Aurélia, à la suite d'une rencontre avec Julien et Edmond pour commenter et tirer les leçons d'une récente expédition de razzia de détonateurs et de bâtons de dynamite sur trois importants chantiers de construction. Simon voulait faire sauter la machinerie lourde et j'ai eu l'impression que ce n'était pas par fanatisme mais par calcul. Je suis certaine qu'il voulait attirer l'attention sur nous prématurément. Ce que je ne comprends pas c'est ceci : dans la perspective où Simon est un agent de la Gendarmerie Royale, pourquoi ne nous fait-il pas arrêter tous pour complot ? Il existe bien suffisamment de preuves ? Pourquoi persiste-t-il plutôt à nous faire commettre des actes anti-stratégiques ?

— Un tel comportement paraît difficile à expliquer mais l'action d'un tel agent n'a pas pour but de faire respecter l'ordre démocratique mais au contraire d'éliminer certaines tendances idéologiques. Pour ce faire ils n'hésiteront pas à infiltrer des groupes comme ceux que nous connaissons, à en grossir le flot avant de tout tarir... Reste à savoir qui les télécommande.

— Et Simon ne nous dénonce pas...

— Parce qu'il faut avant tout que le flot grossisse. Ces agents suscitent les adhésions. C'est machiavélique. Quant à l'idée qui pourrait vous venir d'éliminer Simon, sachez tout de suite qu'il vaut mieux avoir parmi nous un agent repéré qu'un génie du mensonge et du camouflage. Gardons-le.

— Ainsi nos adhérents sont en partie recrutés par un agent provocateur.

— Oui, conclus-je pour eux, soudain vidé...

Je demeurai silencieux quelques instants. J'allumai lentement une cigarette. Aurélia m'imita et je crus lire sur ses lèvres le fin sourire de Gilles. Des réminiscences montèrent. L'atmosphère devenait lourde et angoissante. Je luttais contre une paranoïa envahissante. Aurélia jouissait à froid de ses spéculations. Pendant quelques instants mes soupçons portèrent sur Aurélia elle-même. Le mécanisme du pire enchaînait sur ce qu'elle disait en affirmant que de telles paroles ne pouvaient provenir que d'un agent provocateur missionné pour jeter le trouble et le doute dans l'esprit des membres du Réseau. Puis je me rappelai que c'était moi-même qui avais d'abord suggéré l'idée de l'existence d'une police parallèle et je tentai vigoureusement de chasser ces obsessions collantes.

— Nous n'avons finalement aucune preuve, fit-elle, et si nous continuons à spéculer sur l'élargissement du champ d'action de la police secrète, nous en viendrons à élargir le complot aux dimensions de la planète et de l'univers. À la limite nous conclurons que nous ne pouvons que continuer à faire exactement ce que nous faisons... Complotés de part en part...

Aurélia se mit à rire.

— Cette idée de police parallèle est extrêmement troublante, coupai-je. Tu n'es certainement pas un agent de cette police parallèle concrète dont nous parlons et pourtant la certitude angoissante que tu en étais l'agent m'a habité pendant quelques instants.

— Moi aussi...

— Le complot était présent... Un complot parallèle au nôtre, portant secrètement le nôtre, dont l'action et la présence se sont manifestées par cette angoisse soudaine. Nous serions tous complotés : GRC, CIA, Réseau et nous serions tous joués sur un échiquier dont nous ignorons les vrais manipulateurs. Je soupçonne que parmi ceux qui frayent dans toutes ces organisations plus ou moins secrètes, il en est qui sont, à des degrés divers, conscients de cette dimension du complot. Et qu'ils en sont les vrais agents. Je songe à Gilles et à son action dissolvante en littérature : je pense que Gilles est très conscient d'une dimension non évidente, pour nous, des gestes qu'il pose... Je crois aussi que Julien est de ces êtres pour qui l'idéologie et la technique constituent les moyens de réalisation sur terre d'un plan qui transcende la conscience humaine ordinaire. Les véritables agents provocateurs, ce sont eux — et ce qu'ils provoquent, ce sont des crises propices à la croissance de la conscience.

Aurélia me regardait. Elle savait : c'était un coup de butoir venu de la grande sphère "vicieuse".

Aux interrogations qui pouvaient surgir en moi il me semblait que le visage de Julien pouvait répondre. Cet homme était peut-être celui qui me donnait le plus l'exemple d'une longue incorporation de la connaissance, incorporation dont les traits de son visage semblaient parfois raconter l'histoire. Peut-être les lois de la vie étaient-elles inscrites sur les traits de ce visage intelligent, à la peau brunie, aux yeux bleus, perçants. À son contact je me souviens m'être parfois senti vertigineusement loin du petit moi. Julien ne connaissait pas les ombres du regard en arrière. On le suivait à grands pas, sans faiblir, sans faillir ou bien l'on prenait une voie de garage. Je sentais aussi, grâce à lui, que nous étions tissés d'une même substance.

Un détour indispensable

Aurélia me proposa ce soir-là de rencontrer Gilles avec moi. Je m'y opposai pour ma part, ne voulant pas revoir mon ami maintenant. Elle me dit alors qu'elle éprouvait le besoin d'avoir une conversation avec lui et qu'elle inviterait certainement Noémiah et peut-être Edmond à l'accompagner. Je savais qu'Edmond n'irait pas. Elle me dit :

— Il est temps d'intégrer les dimensions cachées de notre entreprise. Celui qui peut le mieux nous aider, je pense que c'est Gilles. Qu'il le fasse consciemment ou inconsciemment, je m'en fous, il le peut, je le sais. J'y vais.

La rencontre avec les membres du Rassemblement était retardée. Par un détour indispensable.

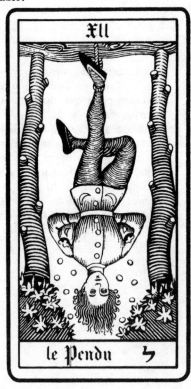

TROISIÈME PARTIE

43

Un impromptu goût de Québec

Le lendemain, en compagnie de Noémiah, Aurélia se rendait chez Gilles avec qui elle avait pris rendez-vous et qui les attendait chez lui. Ce dernier conservait sa chambre, mais il avait loué un grand logement rue du Parc Lafontaine. Ils avaient décidé d'aller ce soir-là au cinéma et de terminer la soirée dans une discothèque de l'ouest de la ville et Aurélia, tout comme Noémiah, mais Aurélia surtout qui sentait monter en elle toute sa féminité et qui entraînait Noémiah dans son sillage, éprouvait la sensation à la fois de prendre des vacances et de transgresser des tabous implicites : ceux d'Edmond à l'endroit d'une certaine forme de plaisir et ceux du groupuscule gauchisant qu'elle fréquentait parfois encore, en allant passer la soirée en compagnie des a-politiques, dans le fief de l'ennemi de classe et de l'ennemi national : l'ouest de Montréal. Mais ces péchés la faisaient rire. Sans compter que Gilles, à ses yeux, était un perpétuel transgresseur et que ce soir-là elle se sentait prête à manifester tous ses reniements secrets. Elle s'était fait coiffer la veille et ses cheveux bruns, assouplis et lustrés, battaient contre ses joues, son cou, chaque fois qu'elle bougeait un peu la tête ou qu'elle riait. Ils s'incurvaient, lisses, vers l'intérieur et son visage, très mobile ce jour-là, semblait y gagner en fossettes et en pétillements. Aurélia goûtait au goût de vivre. Noémiah osait ne pas porter de soutien-gorge et ce soir-là, selon une humeur changeante que le comportement inhabituel d'Aurélia semblait confusément déterminer, elle prenait conscience d'une manière plus aiguë que d'ordinaire de la nudité de ses seins et de la transgression que cette nudité entraînait, transgression active et vécue à chaque regard d'homme ou de femme porté sur elle. Cependant ce fut ce soir-là qu'elle prit conscience d'une dualité dans la perception qu'elle avait d'elle-même sous ce rapport. Alors qu'au début, il y avait de cela deux ans, à Rome, elle avait jeté son soutien-gorge par la fenêtre de la pension où elle habitait en compagnie de son oncle William-Jacob et de sa maîtresse, pour être fidèle à la logique féministe qui s'éveillait en elle et que William-Jacob, d'ailleurs, cultivait, elle avait plus tard senti combien ses seins pouvaient devenir aussi le prolongement d'une subtile agressivité qu'elle avait plus tard identifiée au goût qu'elle avait de porter des pantalons et des souliers d'homme. Mais ce soir-là elle avait décidé de porter une blouse en soie carmin et un pantalon légèrement plus foncé, des sandales aux courroies fines, aux attaches délicates et aux talons demi-fins qu'elle était allée acheter le matin même, instinctivement et dans un état de surexcitation, après avoir acheté le pantalon et la blouse en soie très décolletée dans une boutique huppée de la rue Crescent. Et dans ce vêtement que son corps nu étrennait, ce n'était plus tant la contestataire, ni même l'allumeuse adolescente qui s'éveillait mais une autre, une inconnue, une femme qui n'agressait plus l'autre avec ses seins mais une femme qui les offrait, consciente des émanations érotiques qu'elle transportait avec elle et qu'elle laissait ainsi rayonner. Ce sentiment était peut-être trop nouveau dans la conscience de Noémiah pour être clairement perçu. Et elle se refusait à la fois et s'acceptait en Aurélia qu'elle suivit cet après-midi-là dans une ambiance d'abondance printanière qui contrastait avec cette journée d'automne pourtant bien ensoleillée et doucement chaude au soleil, mais hautaine aussi dans sa clarté de fin d'amour. C'était avec empressement qu'elle s'était rendue à l'invitation d'Aurélia et en même temps ce sentiment la gênait car elle sentait que face à Gilles elle ne parviendrait jamais à réprimer sa *jalousie*. Elle se sentait déjà jugée par Gilles alors qu'Aurélia, elle, se sentait tout permis par lui.

Mais qu'était donc Gilles en réalité ? Qui d'entre eux trois le saurait jamais ? La journée était si belle qu'ils décidèrent de louer une automobile et de rouler vers Québec.

44

Rouler vers Québec...

Rouler vers Québec... J'entrais en pensée dans la vie de cette ville où j'irais bientôt. Du moins étais-je entré dans la vie par sa porte et les doigts de fée de Claudette. Membres graciles, accent chantant, léger comme un pétillement de champagne. Où était-elle maintenant ? Je songeais au temps, je calculais : combien de temps depuis la dernière fois ? "Il te touche...", disait-elle en parlant de Gilles. Elle m'en voulait de la délaisser pour une occupation qui la fascinait pourtant : l'écriture. Je lui avais rédigé des sonnets aux accents baudelairiens. Mais ces exercices me lassaient. Claudette aurait voulu que je m'occupe plus d'elle. Gilles me touchait-il ? Il avait éveillé en moi la capacité de me désincarner jusqu'à n'être que texte coulant sur la page, jusqu'à n'être qu'instrument quasi-médiumnique. J'avais connu bien des femmes depuis Claudette. Mais à la fois à cause de la marque durable qu'elle avait laissée en moi et aussi à cause du fait que l'écriture me sortait de moi-même, ou de la chair, ou extrayait de mes instincts une quintessence qui me rendait chaste, je ne connaissais pas vraiment les femmes que je rencontrais. Par cet instinct auto-sacrificiel Gilles l'avait-il compris en me conduisant auprès d'Aurélia dont il avait fait l'une de mes plus fidèles compagnes ? Cela l'avait déchiré et il l'avait fait en le sachant. Qu'est-ce qu'un tel acte pouvait bien ouvrir en lui ? Plus fortement qu'avant, encore, le sentiment d'être mère ? Il m'avait laissé m'arracher à lui, entrer dans le monde, courir les allées du monde, un monde où il ne pouvait me retrouver qu'en devenant le monde, qu'en s'y dissolvant. Ainsi pourrait-il me recevoir de nouveau, un jour, dans le chaos cellulaire, le poudroiement indéfini des poussières et des gouttes défaites et dé-multipliées de son corps... Mais ce n'était pas à Aurélia que je pensais en ce moment. C'était à Claudette. À cette gracilité. À cette grâce prenante où elle m'entraînait de ses mains fines. Diamant-tige. Et fourches caudines du noir.

45

À Québec

Gilles et les deux femmes avaient roulé jusqu'à Québec et s'étaient attablés vers dix-neuf heures à un restaurant français de la haute ville. Gilles et Noémiah avaient choisi au menu pendant qu'Aurélia donnait des signes de plus en plus clairs d'abandon psychologique à Gilles. Au rôti de boeuf saignant, Gilles et Aurélia en étaient venus à des familiarités qui commençaient à choquer Noémiah et que Gilles décida d'intégrer harmonieusement au trio qu'ils formaient déjà. Noémiah avait mentionné qu'un ami de son oncle William-Jacob habitait Québec et possédait une résidence à l'île d'Orléans. Gilles proposa qu'on lui rendit visite après le repas et cette idée ramena un sourire sur les lèvres durcies de Noémiah.

C'était, à son dire, un homme encore jeune, dans les trente-cinq ou quarante ans et Noémiah le connaissait depuis longtemps sans cependant l'avoir fréquenté assidûment. Ils se rencontraient par hasard deux ou trois fois par année, à la faveur des voyages de William-Jacob et ils se revoyaient toujours avec beaucoup de plaisir. Larry était un amant de Québec et des environs. Bien que moins riche que William-Jacob, qui semblait, de ce point de vue-là, pouvoir se permettre tout ce qu'il voulait, il avait aussi des loisirs qu'il consacrait à la peinture, à une passion cyclotymique pour l'histoire indienne et au commerce des antiquités de toute provenance. Héritier, comme William-Jacob, il se consacrait à ces choses avec une passion inégale mais authentique et s'il avait, depuis quelques années, découvert la poésie écrite et commencé à l'explorer, il n'y était pas venu seulement par génie mais aussi parce que c'était là une passion ne nécessitant qu'un investissement financier dérisoire. Et cela comptait dans l'esprit de Larry qui n'était pas suffisamment riche pour débrider ses appétits d'esthète. Les canaliser dans l'expression littéraire était proprement, à ses yeux, une trouvaille de génie et il ne manquait pas de le souligner avec humour quand il lui arrivait de s'ouvrir de ces choses à ses amis. Larry était Juif par son père et Irlandais par une mère de souche gaélique pure. Son père, un lointain mais assez fortuné Bronfmann, avait épousé sur place la rousse dont il était tombé amoureux au cours d'un voyage en Irlande du Sud. Il l'avait épousée dans le village même où il l'avait aperçue après avoir parlementé avec les parents et avec le curé en présence de qui il se faisait passer pour un catholique récemment converti. Le village était entièrement gallicisé. Deux mois plus tard, le père de Larry quittait le village et cinq mois plus tard l'Irlande, après l'avoir parcourue passionnément en tous sens, dans un état d'euphorie amoureuse que tamisait l'humeur et l'humour relevés de sa jeune épouse. C'est au cours du voyage de retour que sa mère avait appris la véritable nationalité de son père. Cela sembla la laisser indifférente. Elle l'aimait plus que tout au monde et le reste lui importait peu. Il n'y eut entre eux jamais vraiment de catholicisme ou de judaïté, ce qui, dit-on, est assez rare pour l'époque. Je n'en sais rien mais Larry semblait être heureux chaque fois qu'il évoquait son enfance, ce qui est un bon signe. Adeptes tous deux du mouvement *Subud*, dont l'énergie spirituelle transcende les cultes, ils durent attendre jusqu'en 1959 avant de pouvoir trouver d'autres adeptes au Québec. Ils se rendaient assez régulièrement aux États-Unis et surtout en Angleterre où le mouvement avait déjà de solides racines. Selon Larry, ses parents étaient des êtres actifs, rayonnants et intensément amoureux, suffisamment larges cependant sous ce rapport pour ne jamais exclure les enfants : ces derniers furent toujours, d'une façon ou d'une autre, partie intégrante de cette idylle. Larry avait donc été longtemps amoureux de cette mère qu'on disait fort belle et qui avait des dons de musicienne qu'elle avait eu tout le loisir de développer — du moins l'avait-elle trouvé, puisant dans le contact avec la grande force de vie que semble procurer Subud, l'énergie et le temps de prolonger harmonieusement la vie dans la multiplication épanouissante des oeuvres. Bronfmann avait dû cependant, peu de temps après leur arrivée, faire immigrer les parents de son épouse Bernadette, c'est-à-dire son père, sa mère et trois de ses frères et soeurs. Bien que poussée par le besoin, la famille O'Leary était partie à contre-coeur et ses membres avaient gardé une profonde nostalgie de la mère-patrie. Si profonde et si irréparable que cet amour s'était transmis à la terre même du Québec dont ils avaient adopté la francité comme d'instinct. Ils avaient apporté ici la profondeur d'enracinement qu'ils avaient connue là-bas. Ils furent plus que de simples immigrants : ils s'immiscèrent en nous par besoin irrépressible et nous injectèrent de leur passion et de leur foi. La migration des racines reste à découvrir et son histoire à écrire. Elles traversent d'immenses champs d'être et d'amour. Ce fut comme un grand cri chtonien, que peu entendirent mais que tous éprouvèrent.

Larry aussi avait hérité de cette nostalgie et de cet enracinement. Il était le fruit de ce croisement étrange et fort. Il s'était cependant rendu à plusieurs reprises dans le village natal de sa mère où l'on parlait gaélique et où il avait appris ce qu'il savait aujourd'hui de cette langue. Il parlait aussi et écrivait couramment le français, ce qu'on aura deviné.

Gilles écoutait Noémiah lui parler de Larry et il éprouvait de plus en plus le désir de rencontrer cet homme. Ils marchèrent lentement vers la porte Saint-Jean près de laquelle Larry avait sa résidence urbaine. Il avait ainsi choisi la proximité de la vieille ville par une sorte de répugnance à fréquenter la bourgeoisie et les notables des quartiers plus huppés dont les préoccupations sans intensité finissaient par l'ennuyer et pouvaient même provoquer chez lui de violentes nausées et l'on se rappelait l'avoir déjà vu vomir en pleine réception de la Saint-Jean, à Sillery, chez les Rosières, alors qu'il était sobre et discutait sur un ton mondain avec un invité de la famille. Il avait plus tard attribué ces vomissements au niveau qualitatif de la conversation. Personne ne l'avait pris au sérieux et, venant même à douter de la réalité de son propre diagnostic, il était retourné à ces réceptions et à trois reprises sur cinq il avait été saisi des mêmes nausées et avait eu à s'excuser rapidement et à sortir pour ne pas répandre son irrépressible dégoût sur le tapis de ses hôtes. Une fois, c'était alors la troisième de cette série de trois attaques, les vomissements l'avaient de nouveau saisi dans la calèche qui le ramenait chez lui et qu'il avait empruntée pour mieux goûter l'air frais de ce soir de fin d'été et ces vomissement avaient été si violents qu'il avait dû être conduit d'urgence à l'hôpital le plus rapproché où l'on n'avait pu trouver la cause ou le remède au mal qui le possédait. Il avait alors insisté pour rentrer chez lui et on avait fini par se rendre à son désir en lui prescrivant des comprimés. Il s'était rendu chez une connaissance qui pratiquait l'acupuncture, chose encore assez rare au Québec — c'était dans les années cinquante — et qui l'avait guéri. Depuis il ne fréquentait les endroits que par instinct, un peu comme les animaux, dit-on, choisissent d'instinct leur nourriture et leurs herbes, l'instinct étant le fil même de la survie animale, la trame de son paradis, celle qui murmure dans la tranquillité des organes. Rien n'est plus étranger à l'énervement. Larry trouvait d'ailleurs en cela le goût d'exercer de nouveaux pouvoirs, inattendus, et il apprenait à obéir à des conseils parfois impérieux qui lui venaient du dedans depuis qu'il avait cessé de mener une existence d'obligations mondaines. Il avait trouvé — puis re-trouvé — ce qu'il appelait son "couloir" : c'était un chemin qui s'ouvrait dans sa conscience et dont l'éclairage éliminait d'emblée certaines choses pour en intégrer d'autres. Il voyait, à la faveur de cette sorte de nouvelle conscience, ce qui lui était vrai et ce qui lui était faux, ce qui lui était vrai se réitérant avec insistance dans sa clarté nerveuse jusqu'à ce qu'il se soit exécuté. La poésie, elle, se manifestait en lui à la façon d'un filet d'eau limpide. Aux yeux du rédacteur de ces lignes il semble que Larry n'eut pas à connaître les affres d'un destin de descente aux enfers semblables à celles qui éprouvèrent si profondément certains poètes comme Nelligan ou Rimbaud. Mais il reste que cette limpidité ne jaillit que d'un puits préalablement creusé et nettoyé et ce qui intriguait le plus Gilles c'était la simplicité avec laquelle Larry s'était rendu maître de sa nuit. C'était maintenant un être aérien et doux, très chaleureux aussi et toujours raffiné mais c'était un raffinement d'être plus qu'un raffinement de la périphérie des sens. Il connaissait l'opacité compressive des entrailles et sa clarté y apportait une maîtrise de sa propre féminité, une présence au sein de cette féminité et de toute féminité ambiante. Larry était physiquement chaste, je pense. Mais il était au coeur même de sa volupté, comme en son essence. C'était le fruit naissant d'une descente au sein du corps. Et il savait qu'au-delà du plaisir et du déplaisir murmurait un courant d'énergie silencieuse où le quotidien s'intégrait et se transfigurait parfois.

Où fuyaient des galères

Aurélia et Noémiah marchaient de chaque côté de Gilles, la première à sa droite et la seconde à sa gauche et Noémiah les conduisaient tous deux vers la résidence de Larry. On ouvrit la barrière en fer forgé qui grinça un peu et l'on emprunta l'allée de pierres plates envahie par les herbes qui conduisait à l'entrée principale de la maison. Le jardin était assez grand d'après ce que la pénombre permettait d'en deviner, et le feuillage d'automne bruissait encore dans les branches des arbres et des arbustes, suffisamment nombreux pour qu'on ne puisse les dénombrer au premier coup d'oeil et même au premier décompte. Il apparut à Gilles plus profond à droite qu'à gauche et même beaucoup plus profond. On aurait dit qu'un ruisselet coulait derrière la maison et pendant que Noémiah sonnait à la porte, il s'enfonça dans le jardin. Il marcha quelques secondes, se baissant parfois pour éviter les frondaisons, contournant les basses branches des épinettes et il s'arrêta devant une sorte de petite clairière au milieu de laquelle miroitait un étang immobile où se reflétait le croissant lunaire. De plus en plus attiré par ce spectacle à la fois simple et féerique, Gilles s'avança jusqu'au bord de l'étang et penchant doucement son corps au-dessus de l'eau, il aperçut d'abord son visage et, au-dessus de lui, là-haut, dans les profondeurs, le croissant lunaire qui semblait le coiffer comme d'une barque opalescente. Il fut étrangement ému à la vue de ce spectacle. Un peu de terre glissa sous la semelle de sa chaussure et tomba dans l'eau qui se brouilla. Son image disparut mais en se brouillant l'eau lui révéla ce que lui voilait le mirage et il vit nager, entre le fond et la surface, de grosses truites argentées qui fuyaient.

Où fuyaient des galères, pensa-t-il, sans comprendre : puis il se rappela les vers d'Hérédia. Cléopâtre, pensa-t-il, sans plus. Étant Gilles, pensa-t-il, *étang*. Puis il comprit que c'était la *nuit* et il se rappela la saveur de nuit étoilée que lui procurait la lecture de certains des 108 sonnets d'Hérédia et l'élément qui succéda dans cette association rapide d'images fut celui du *couchant*, les versets du poème *Les conquérants*, l'idée des étoiles au fond de la mer, des étoiles *nouvelles*. *Nouvelles*. Il fut saisi à ce moment d'un délice inexplicable. Ces truites : leur féminité le frappait. Ce croissant opalescent, cette barque tranquille sur le *Nil*, cette *barque du soleil*, ce soleil couché dans la barque, ces déesses fuyant dans les eaux tranquilles de la nuit, cette tranquillité, cette tranquillité, ce temps suspendu, ce dévoilement, cette eau...

La prophétie des Amériques

Et les vents alizés inclinaient leurs antennes
Aux bords mystérieux du monde occidental.

Chaque soir, espérant des lendemains épiques,
L'azur phosphorescent
Enchantait leur sommeil d'un mirage doré;

Où penchés à l'avant des blanches caravelles,
Ils regardaient monter en un ciel ignoré
Du fond de l'océan des étoiles nouvelles.

Le poème de José Maria de Hérédia, *Les Conquérants*, hantait
le coeur de Gilles. Il m'apprit à en extraire le fond vibratoire.
Pour lui, "l'entre-ligne" du poème, son *rasa*, sa saveur secrète,
avaient le pouvoir de lui communiquer la prophétie des Amériques, ou les puissances de la conquête et du combat. Ces puissances dépassaient le but de la seule conquête territoriale.
Il m'avait appris à oublier les connotations historiques, qui
avaient cependant leur importance, pour me laisser m'imprégner de la puissance évocatrice de certains des passages : "Et
les vents alizés inclinaient leurs antennes au bord mystérieux
du monde occidental." La science du rythme exigeait que
j'en tire exactement 24 syllabes (12 par verset) et ce rythme,
lié au sens profond du texte, me transportait. Je fis de ce
poème une formule magique, un *mantra*. Je le laissais se murmurer en moi, se perdre au loin, en lui-même, attentif, ouvert, sondeur des nuits. Le couchant s'identifiait au sud. La
plongée à la conquête des richesses intérieures se substituait
à la conquête territoriale. Il nous fallait ici achever la mise au
monde des peuples d'Amérique pour que cette prophétie formulée en termes guerriers et "extérieurs" puisse prendre toute sa force intérieure et se re-formuler différemment : "aux
bords mystérieux du monde occidental" ... "enchantait leur
sommeil d'un mirage doré" ... "du fond de l'océan des étoiles
nouvelles"... C'était une "californie" intérieure saisissante.
Telle était, pour Gilles, l'une des formulations possibles de
la prophétie des Amériques.

Régénérescence

Il lui sembla que tout cela naviguait en lui et son euphorie se mit à grandir comme si sa conscience devenait poreuse et se mettait à se diffuser dans cette tranquillité, ce silence. *Régénérescence*, pensa-t-il et il vit les truites repasser sous lui à grande vitesse en remuant l'eau à la surface et cette vie chantait, pleurait des larmes tintantes et phosphoreuses. *Cycle, retour*, pensa-t-il dans le murmure tranquille qui l'envahissait. Il eut la sensation que tout son corps se remplissait de sens, de tableaux, d'écriture, d'une indescriptible fécondité. L'une des truites sauta hors de l'eau et l'éclat argenté qu'elle projeta autour d'elle toucha Gilles à la tête et au coeur et il tomba à la renverse en proie à une grande émotion. Une pression fraîche ouvrit tout son front où il allait se fondre dans une lumière blanche.

Gilles maintenant se massait la poitrine en respirant rapidement par la bouche. La crainte l'effleura de voir son coeur éclater dans son corps. Il tenta de se lever mais ne le put. Il se sentait terrassé par une émotion si forte qu'il crut que son corps ne pourrait plus tenir longtemps. Pourtant, en dépit des fantasmes de dissolution et d'explosion organiques qui l'assaillaient, il ne pouvait se défaire de cette joie trop forte qui montait en lui. Puis il s'abandonna à cet envahissement électrique du coeur et des sens.

La maison de Larry était déserte et les deux jeunes femmes redescendirent l'escalier de bois, flânèrent durant quelques instants dans la cour puis s'engagèrent sous les frondaisons à la droite de la maison, là où Gilles s'était engagé quelques minutes auparavant. Elles trouvèrent leur ami étendu sans conscience au bout d'une petite allée qui se bouclait sur elle-même autour d'un imposant bosquet de sapins. Ses paupières étaient à demi fermées, ses yeux révulsés et son corps froid comme celui d'un mort. Elles s'inquiétèrent d'abord puis Aurélia la première retrouva son sang-froid et il fut décidé qu'elles n'iraient pas chercher les policiers ni les ambulanciers et qu'elles iraient peut-être chercher un médecin mais non sans consulter Larry. Il fallait être discret. Ce n'était certainement pas le moment d'être mêlés à une histoire de corps et de flics. Noémiah approuva. Au moment où elles allaient sortir de la cour pour téléphoner à la résidence de l'île d'Orléans, Noémiah songea qu'il valait peut-être mieux prévenir d'abord "ceux de Montréal". Aurélia fut d'accord, mais qui là-bas connaissait Gilles à part elles, moi et Edmond ? Je ne compris pas, plus tard, ses réticences à m'appeler immédiatement ou à appeler Julien. Je sentis cependant, lorsqu'elle me parla de ce court épisode d'incertitude et de flottement, quelque chose qui, par elle, manifestait une sorte d'irréductible opposition entre Gilles et Julien. Me mêler ou surtout mêler Julien à une histoire à laquelle Gilles était mêlé jetait la confusion dans son esprit et dans ses instincts. L'idée seule de la rencontre de ces deux êtres semblait provoquer en elle une sorte de refus qui était aussi, je le sentis, le refus d'un vertige. Quelle partie se jouait donc ainsi en Aurélia ? En relisant ces pages que je transcris d'un manuscrit déjà ancien, je n'arrive pas encore à voir, dans les actes et les réflexions d'Aurélia, dans ses silences et ses attitudes, quelque chose qui puisse me le faire comprendre. Quant à Edmond il sembla à Aurélia qu'il ne comprendrait pas vraiment ce qui se passait et que son intervention risquait de gâcher quelque chose. Ce fut donc moi qui reçut l'appel qu'elle plaça d'une boîte téléphonique de la rue Saint-Jean. J'en assumai les charges. Il était environ vingt-et-une heures trente et j'étais plongé incidemment dans la lecture de Baudelaire et des Parnassiens après m'être farci une trentaine de pages du *Capital*, en relecture. J'entendis la voix d'Aurélia me prier d'aller les retrouver toutes deux à Québec mais sans mentionner la personne de Gilles ni me dire ce qui s'était passé. Quelque chose me poussa spontanément à penser qu'il s'agissait justement de Gilles, que je n'avais pas vu depuis quelque temps, par une sorte d'instinct des arrière-pensées.

Et c'est ainsi que les circonstances me forcèrent à retrouver Gilles au moment où je lisais des auteurs qu'il m'avait appris à sonder, qu'un appel de Québec me vint au moment où je lisais Baudelaire et Hérédia, auteurs que je n'avais pratiquement pas scrutés depuis la dernière fois où l'on s'était vus, quelque deux semaines auparavant. Les circonstances me forcèrent à revoir Gilles tout en liant le destin de Julien au sien : deux êtres qui dans mon esprit étaient si différents, tout comme dans celui d'Aurélia que cette jonction hantait. Craignait-elle inconsciemment, sans même la connaître, que je me rapproche psychologiquement de Claudette en venant à Québec ? Cette réserve irrationnelle cachait des vérités qui m'échappaient. En m'en allant prévenir Julien chez lui, où je le savais ce soir-là, j'étais sûr d'avance qu'il descendrait tout de suite dans le taxi dont je laissai tourner le taximètre. J'en étais sûr et je me laissais tirer par Québec comme par un aimant. Mais que s'était-il donc passé là-bas ? Et pourquoi, en chemin, la belle poésie de Hérédia me hantait-elle à ce point ? Je pense ne l'avoir jamais trouvée aussi belle et surtout aussi prophétique que ce soir-là. Je savais bien qu'il s'agissait d'un accident important (je disais : *important* et non point *grave* et mon esprit semblait insis-

146

ter de lui-même sur cette distinction) mais quelle sorte d'accident ? Un accident "poétique" ? Cette idée me remplissait d'un inexprimable fou rire et c'était une façon pour moi inusitée d'aller au devant de la nuit. Le taxi nous conduisit en face de chez Hertz et nous louâmes immédiatement une voiture. Puis nous fonçâmes vers Québec.

48

Gilles et Julien

J'avais prévenu Julien qu'il s'agissait tout probablement d'une connaissance à moi, Gilles, que Noémiah, Aurélia et Edmond connaissaient aussi. Je le décrivis du mieux que je pus mais je ne pus m'écarter de beaucoup de son pedigree : Gilles n'était pas à proprement parler un révolutionnaire. La réaction de Julien ne fut pas négative à ce sujet. J'aurais d'ailleurs dû m'y attendre : il y avait de la place dans ses catégories pour l'individualisme de mon ami. Mieux : ce ne fut pas un intérêt purement utilitaire que je sentis poindre en Julien au sujet de cet artiste polyvalent aux pouvoirs dissolvants : Julien semblait lui réserver un accueil déjà prêt comme si cet homme contenait en lui une partie du monde, ou le monde, ou le monde entier. Julien m'apparut plus grand que nature. Révolutionnaire, il était plus que cela. Il semblait porter en lui l'intelligence de la croissance organique des choses. Il me sembla qu'il portait en lui la révolution par une loi qu'il assumait mais que du même coup il transcendait, non pour l'exclure mais pour donner au mystère même du monde et à l'instinct mondain du monde un sens que seuls les petits esprits excluent. Avec Julien, encore une fois, je le sentis fortement ce soir-là, il n'était plus question de choix mais de vivre. Vivre totalement Dieu et vivre totalement le monde. Le choix était fait, défait, dissout. Un seul élément manquait au triple androgynat (1), du moins il me semblait : le couple. Je ne connaissais pas à Julien de maîtresse attitrée et il me faisait l'effet d'un individu chaste. Sans doute à son contact les femmes sentaient-elles que cet homme ne faisait jamais l'amour. Mais que savons-nous de la fidélité intérieure d'un être, surtout quand il a la stature d'un Julien ? Que savons-nous de la

---

1. Avec le monde, avec l'autre (dans le couple) et avec soi-même ou avec Dieu.

147

femme dont le coeur de l'homme prononce à chaque instant le nom, dans le plus parfait détachement, à la conquête du monde, vivant la transparence d'être et faisant croître dans l'action celle que son coeur a élu parmi les autres, celle qui pour lui est l'élue ? Aujourd'hui je peux commencer à comprendre ce que pouvait être alors Julien et comment il se faisait que rarement je sentis en lui le moindre trouble de conscience ou la moindre conscience trouble. Même son ironie occasionnelle semblait se perdre dans un silence plus grand qu'elle.

49

Se multiplier

Gilles, tout comme moi, était, entre autres, peintre commercial et correcteur d'épreuves. Il lui arrivait parfois de retirer beaucoup d'argent de ses commandes de tableaux qu'il expédiait avec une maîtrise remarquable et en un temps record : il fallait bien manger et qui peut dire ce qui se projetait, même à son insu, dans ces croûtes un peu mièvres et un peu bâtardes ? Il signait aussi parfois des contrats de conception publicitaire qui lui rapportaient beaucoup. Ce fut plus tard, alors que nous nous engagions sur le pont de Québec, que je commençai à parler à Julien de nos expériences littéraires. À ma surprise, il sembla très intéressé et se mit à me poser toutes sortes de questions sur les effets obtenus sur moi, sur les autres, sur les caractéristiques des atmosphères générées par ces pratiques et je m'ouvris facilement à lui, étonné par son intérêt vrai, perspicace et profond. Nous roulions déjà rue Saint-Jean lorsqu'il me dit :

— Cette activité est étroitement liée à la nôtre. Il faut multiplier ces oeuvres dans le public parce que ce sont des oeuvres troublantes et que le Québec en a un urgent besoin. Un besoin de défi. C'est un pays qui dort et qui mourra en dormant si nous ne lui faisons pas courir le risque de mourir autrement. *Il faut qu'il goûte à la mort pour qu'il vive.* Mieux vaut cette terreur féconde que le sommeil de ses os. Cette médiocrité. On nous accusera peut-être de cancériser le pays. Mais qui verra, et quand ? que nous mettons à jour la menace même qui le mine ? *Il faut soumettre le pays à toutes les terreurs qui dorment en lui.*

J'attendis quelques instants. La circulation était lente. Nous dûmes stopper. C'était la première fois depuis Montréal. Il éteignit le moteur, par jeu. Puis il enchaîna, en redémarrant :

— Cependant ce n'est pas tout à fait "mon" travail mais je sais que sous couvert de littérature se glisseront des poisons psychiques presque incontrôlables. Ceux-là jugeront les littéraires et l'université, ils les jaugeront, ils jaugeront la qualité de leur connaissance. En rendant leurs corps malade, leur psyché lourde et boueuse, ces contenus les forceront à mourir à petits feux, dans la mélancolie ou l'angoisse et même à se suicider ou à sécher ou à réaliser la vocation *corporelle* et *psychique* de la connaissance. Je te dis : je n'aimerais pas être dans leur peau : elle sera soumise à rude épreuve. Mais ils ont perdu la connaissance et y prétendent. Leur élitisme sec... Ou mouillé. Des poisons qu'ils véhiculeront eux-mêmes auront raison de leurs prétentions. Mais je te l'ai dit : ce n'est pas là directement mon oeuvre. Mon oeuvre à moi est d'un autre ordre et je suis son déroulement guidé pas à pas. Je ne peux voir l'ensemble que par éclairs. Des éclaircies de conscience qui durent parfois assez longtemps, mais enfin... Mais les forces que votre expérience libère — et il faut, insista-t-il, que vous propagiez cette littérature — sont indispensables à la sélection des consciences. Vous êtes les révélateurs de la menace et des plans les plus bas de l'être : c'est dans ces plans qu'est la clé de la possession du monde. C'est là que se décide son avenir. Vous en noierez ce qui ne pourra pas surnager. Votre action est plus purement psychologique et fantasmatique que la nôtre. Vous agissez sur des êtres qui s'ouvrent à votre influence par le livre. Nous, notre action est plus purement matérielle, physique. Nous agissons au niveau du système nerveux dans ce qu'il a de plus charnel et de plus immédiatement vulnérable. Notre action porte sur tout ce qui se ferme, se replie sur soi. Nous aurons aussi, pour ennemis, les plus lucides, ceux qui pensent par eux-mêmes et qui s'engagent hors des sentiers battus, comme moi. Je les connais bien, ceux-là. Ils se sentiront menacés d'étouffement par le totalitarisme que nous leur annoncerons et ils auront raison de se sentir menacés, de réagir et c'est ce que nous voulons : que cet individualisme soit tiré dans le monde pour l'enrichir, le féconder et y trouver une joie qu'il craint trop de ne pas y trouver. Qu'ils tremblent, ceux-là aussi, et qu'ils se mêlent aux choses et aux gens. Ils croîtront contre nous et cela est dans l'ordre. Nous aurons pour ennemis les meilleurs et les pires. Les plus lucides et les plus bêtes. Beaucoup de monde, fit-il, en me souriant. Et il ajouta : la Nature semble avoir horreur de son propre sommeil. Il va se passer ceci qu'un Enfant va naître qui s'appelle Québec et que la matrice va bientôt donner les premiers signes du travail. Qui donc sera pour nous ou contre nous ? Nous ? Qui sommes-nous ? Nous n'existons même pas. Nous sommes invisibles. Nous aurons ainsi pour complices tous ceux qui ne réagissent à rien et tous ceux que la violence excite et qui voudront pour leurs raisons à eux se joindre à nous. Mais ceux-là trouveront le vide partout. Nous ne serons nulle part et nous attiserons les haines de partout.

— Ceci dans la perspective où la faction extrémiste prendrait les devants, commentai-je, un peu savamment...

Julien ne répondit rien.

Je repris, sur un mode plus sentimental :

— Et l'amour sera-t-il encore possible ici ?

L'image d'Aurélia, la noire Aurélia, m'envahit. Et j'éprouvai une grande angoisse et une grande tendresse.

— Parvenu à un certain point de l'escalade, l'amour ne pourra se manifester que chez les plus forts. D'où qu'ils soient. Notre action en est la pierre de touche. C'est une épreuve indispensable parce que la loi d'être du Québec est justement l'amour. Et une loi d'être doit croître. En symbiose avec un humus qui la comprime et la nourrit.

L'idée me vint, beaucoup plus tard que ce soir-là, tout comme ma première remarque le laissait présager, Julien sentait venir l'action des extrémistes du mouvement, la prophétisait et même la précipitait, contre sa propre conception, comme s'il avait porté en lui le poids des forces qui font le monde et que le courant opposé au sien y avait prévalu. Julien était rationnellement contre une telle entreprise, et je le verrais, dans les jours qui viendraient, lutter un temps contre elle avec toute son énergie, secondé par Noémiah, Aurélia, Edmond et moi-même. L'organisateur s'y opposait farouchement. Mais j'apprendrais bientôt à mieux connaître cette autre dimension de Julien où s'animait le pouvoir de pénétrer l'autre pôle de toute situation de conflit et de le catalyser dans le sens de son dynamisme propre. Je le vis souvent s'opposer farouchement à certaines tendances mais jamais je ne fus témoin chez lui d'un mouvement de haine. Il semblait être capable de mener jusqu'au bout les batailles engagées mais ce n'était pas à sa vision d'organisateur qu'il demeurait ultimement fidèle mais à la vision plus profonde. En quoi pouvait-il déjà être lié à Gilles ? Cette question m'excita. Et quand je vis Julien franchir la barrière de la maison de Larry Bronfmann, il m'apparut plus intime qu'avant. Il entrait vraiment dans ma vie.

50

Julien ranime Gilles

Julien tâta d'abord les mains puis le visage de Gilles et se tournant vers Aurélia demanda ce qui s'était passé. Aurélia lui expliqua qu'il s'était aventuré seul dans cette partie du jardin pendant qu'elle et Noémiah sonnaient à la porte de la maison. Il s'était écoulé environ cinq minutes entre ce moment et la découverte du corps. Julien s'était à nouveau penché vers Gilles, l'avait touché aux joues puis à la tête d'où il avait retiré ses doigts en disant : "C'est chaud." Les deux femmes le remarquèrent et Aurélia se pencha pour toucher à son tour le sommet du crâne de Gilles. Il était effectivement très chaud et elle crut percevoir une sorte de profondeur, de mollesse vibratoire charnelle au contact du cuir chevelu. Ce contact l'inquiéta. Julien s'était mis en frais de masser le corps de Gilles en commençant par la tête et en allant jusqu'au coeur, puis de là jusqu'aux extrémités, puis en remontant. Il faisait souvent glisser ses doigts sur la tête vers le bas après avoir légèrement massé le cuir chevelu. Il passait le long des jambes jusqu'au coeur en partant des pieds puis il partait des mains pour se diriger, par petites pressions, vers le coeur. Puis de la tête et des extrémités vers le coeur, plusieurs fois. Il massait le sommet du crâne, en descendant le long des tempes, par le cou, jusqu'au coeur. Puis le coeur. Il se concentra sur ces opérations pendant qu'Aurélia et Noémiah poursuivaient le massage du reste du corps en imitant Julien. Ils travaillèrent ainsi en silence, très attentivement, jusqu'à ce que Julien sentit la chaleur redescendre graduellement du haut de la tête vers le bas. Il éprouva alors une sensation de soulagement et de joie qui se communiqua à ses compagnes. Ils se regardèrent en silence. Puis ils reprirent de nouveau les massages, plus lentement. A ce moment Julien éprouva une délicieuse sensation de fraîcheur sur son crâne comme si une eau y avait pénétré par mille gouttes et il se sentit l'esprit soulevé comme par un champagne ultra-fin. La coulée s'arrêta à hauteur des oreilles qui s'assourdirent un peu et il se releva lentement après avoir senti battre en lui le sang des tempes de Gilles. En se relevant il aperçut autour de lui des myriades de larmes d'argent qui coulaient partout et qui apparaissaient et disparaissaient rapidement en tournoyant. La sensation d'allègement fin dura deux longues minutes. Il éprouva une exaltation dans son coeur et il sentit pénétrer une présence en lui, à travers les côtes, comme si deux bras l'avaient subitement enlacé à partir du haut, deux bras invisibles dont la pénétration provoqua simultanément un excès de palpitation cardiaque et une diffusion de feu doux. Julien paniqua quelques instants car il y avait longtemps qu'une telle sensation l'avait visité. Il se rappela l'Inde, son séjour au Sud du sous-continent. Cette énergie vibrante. Pourquoi revenait-elle le visiter de nouveau ici, dans ce jardin, au chevet de cet individu ? Au fond Julien savait : cette chaleur concentrée à la surface du crâne, ce sourire béatifique sur les lèvres du gisant, tout cela lui était familier. Julien s'aperçut que des larmes coulaient sur ses joues, et au moment où il s'en aperçut, il prit aussi conscience qu'il sortait d'une assez longue rêverie que personne n'était venu interrompre. Cette nuit-là, il l'avait déjà vécue, mais où ? Il venait justement de la revivre et il songea à certaines nuits de l'Inde. Mais sa pensée ne lui rendait que des images. Ce qu'il venait de vivre et qu'il ne parvenait plus à se rappeler, le remplissait d'un sens étrange, durable, de déjà vécu et il y puisait une conviction nouvelle : sa conviction se renforcissait qui voulait que cet être, Gilles, fut pour lui un être important qu'il connaissait. Qu'il connaissait depuis longtemps. Et il se rappela qu'en Inde l'assassinat d'un homosexuel est un crime impardonnable. Et sa résurrection ? Julien aida Gilles à se relever. Il le fit très doucement, avec d'infinies précautions. Il émanait de sa personne une inexplicable impression de majesté. J'étais moi-même rempli du silence ambiant. On aurait dit aussi que l'inconscience de Gilles et son réveil avaient nourri les deux jeunes filles. Aurélia prit Gilles par le bras, Noémiah prit le bras d'Aurélia et ils se dirigèrent lentement vers la sortie.

51

Vers l'île d'Orléans

Nous roulâmes vers l'île d'Orléans. Noémiah connaissait bien la route qui conduisait à la maison de Larry. Nous roulions depuis vingt minutes quand Aurélia rompit le silence pour demander à Noémiah si elle croyait que Larry serait chez lui. Il y avait dans son ton l'expression d'une lassitude à l'idée de rendre visite à cet ami de Noémiah. Noémiah le comprit et répondit :

— Allons-y tout de même. Je sais où se trouve la clé. S'il n'est pas là, nous pourrons néanmoins y passer la nuit...

— Et s'il est là, fit Aurélia, manifestant sans gêne son impatience...

— Ce sera pareil, fit Noémiah...

La lassitude d'Aurélia venait de se communiquer à nous. Julien demeura discret jusqu'à ce que je m'apprête à demander aux occupants s'ils désiraient retourner à Québec ou à Montréal. A ce moment précis Julien dit qu'il fallait au moins se rendre jusqu'à la maison de Larry, ne serait-ce que pour nous donner le sentiment de n'avoir pas fait tout ce chemin-là pour rien. Personne ne s'y opposa.

Je demandai à Noémiah combien de temps il nous faudrait encore rouler et elle me répondit que nous en avions pour environ dix minutes encore. Elle semblait ravie de la décision de Julien, ravie comme une fillette, et ne le cachait pas. Aurélia se contentait de sourire avec condescendance aux manifestations enfantines de son amie. Son visage redevint sévère. Je retrouvai, dans le rétroviseur, le visage de la froide militante et son regard, un instant, m'écorcha le coeur. Et pourtant ce fut un mouvement spontané de tendresse qui en moi répondit à la blessure. Gilles fumait tranquillement, enfoncé dans la banquette arrière. Il n'avait encore rien dit.

J'enfilai dans le jardin de la maison de Larry après que Noémiah fut allée m'ouvrir la barrière. Je m'enfonçai doucement sur la route de gravillons dont le bruissement nous accompagna jusqu'à la maison. Très grande et qui semblait être plongée dans le sommeil. Nous n'étions plus las, maintenant, à l'idée de rendre visite à ce Larry que Noémiah seule connaissait. En descendant de l'automobile, une curiosité s'était emparée de nous et nous pénétrâmes dans la grande maison par l'entrée latérale dont Noémiah avait retrouvé la clé dans un étui de plomb près du porche. On fit de la lumière. Nous montâmes un escalier, en descendîmes un autre, traversâmes plusieurs pièces pour nous arrêter finalement, d'un accord tacite, dans ce qui semblait être la pièce la plus importante. C'était une grande salle meublée principalement d'une longue table de chêne et de lourdes et solides chaises faites du même bois et confortablement rembourrées et recouvertes d'un velours grenat. Nous voilà chez nous, fit Gilles, en souriant comme un fil et en parlant pour la première fois depuis que nous l'avions retrouvé. Et il ajouta, en regardant la bibliothèque qui couvrait presque entièrement, du plancher au plafond, les murs de cette salle :

— C'est ici que je vais écrire mes livres...

— Tu en as déjà écrits ? lança Noémiah avec la spontanéité des enfants.

— Des quantités incroyables, répondit Gilles, tous ceux que mes amis ont écrits, tous ceux que j'ai vécus.

Il se tut un instant puis il enchaîna :

— C'est ici que je vais *lire* mes livres...

Puis il alla s'asseoir à un bout de la longue table et il se tut.

Julien faisait le tour de la bibliothèque et je suivis Noémiah jusque dans la cuisine. Pendant que je préparais le repas, Noémiah sortit. Quelques minutes plus tard toute la maison était remplie de la musique de Bach qu'un système de haut-parleurs permettait de diffuser dans toutes les pièces. Julien vint tourner quelques instants autour de nous, se réjouit à l'idée que nous allions bientôt manger et retourna dans la grande salle. On y avait déjà débouché deux bouteilles d'un excellent vin que Gilles avait remontées de la cave où Noémiah l'avait conduit et nous commencions tous à connaître les airs. Il y avait entre autres une chambre où était suspendue une peinture de Larry représentant, grandeur nature, une femme en robe noire qui avançait d'un pas attentif vers le spectateur et sa présence était si forte, si réelle, son charme si envoûtant que j'en fus saisi. Sa présence envahissait toute la chambre. Je compris que cette maison avait un pouvoir. Je regardai la dame dans les yeux. Non seulement était-elle fascinante, mais elle était aussi très belle. Et il y avait, à l'examiner de près, plus qu'un scintillement menaçant dans son regard. Il y avait au fond, très loin, comme au bout d'un interminable voyage, la lueur d'une étendue discrète et très douce — et très chaude — et je compris qu'il n'était pas de prix trop élevé à payer pour aller jusqu'au fond de cette volupté et qu'il fallait affronter ce regard et tenter d'y pénétrer. En cet instant, la résolution de conquérir cette femme monta en moi et je laissai cette résolution me pénétrer de partout à la manière d'un pacte.

Je sortis de cette chambre avec le sentiment que je perdais pied graduellement et que la matière solide me fuyait.

Je soupçonnai des souffrances intolérables. La promesse d'un amour sans mesure. Je songeais à la dame. Cette maison nous faisait.

QUATRIÈME PARTIE

52

Noémiah

Noémiah nous servit à manger avec grâce. Elle avait tenu à servir tout le monde elle-même puis elle était venue s'asseoir à mes côtés. Il émanait de sa présence une sensation de tendresse et je compris que nous devions nous connaître l'un l'autre par la voie des sens. À partir de ce moment mon attention fut absorbée par la présence et par la grâce de cette fille et plus la soirée avançait et plus son regard me fascinait, plus je la trouvais riche d'éclats mystérieux et multiples, comme si les minutes et les heures qui s'écoulaient maintenant faisaient monter à la surface de sa conscience des éléments vivants qui venaient battre contre elle et contre moi avec insistance. Tous les regards lançaient ainsi des lueurs inhabituelles. Même la relative absence d'esprit d'Aurélia (cette abondance la violentait) prenait son sens de par cette profondeur. Cette absence d'esprit qui semblait être proportionnelle à la montée de la pétillante présence de Noémiah mettait dans le regard de cette dernière des profondeurs presque abyssales. Et nous nous enfoncions ensemble dans cette densification riche, sans savoir où cela pourrait nous mener mais en l'acceptant avec un enthousiasme discret au fur et à mesure que le temps avançait. C'est vers minuit que Larry arriva. Nous le reçûmes avec beaucoup de plaisir et les présentations semblèrent superflues. Julien tint cependant à les faire et ce fut l'occasion d'un extraordinaire déploiement d'humour. Personne ne savait que lui et Julien se connaissaient. Larry n'était pas seul et s'il se joignit d'emblée à nous, ses invités, cependant, demeurèrent à l'écart. Puis, le visage un peu sombre, ils acceptèrent de partager nos agapes et Noémiah les servit tous. Elle avait perdu ses manières enfantines du début de la soirée. Elle avait maintenant des gestes pleins, empreints d'une sorte de conscience inhérente à la chair même, et l'érotisme brillait comme un marbré subtil sur ses lèvres, ses joues et ses épaules. Je ne me souvenais pas avoir jamais été mis en présence d'une telle grâce et d'une telle attirance féminine. Elle était à la fois excitante et attendrissante et le désir en moi se mêlait à une profonde permissivité dont elle semblait se nourrir. Les nouveaux arrivants s'étaient attablés à contre-coeur. Ils étaient d'ailleurs un peu plus nombreux que nous. Nous étions cinq. Noémiah multipliait les attentions avec un charme magique qui les choquait. On le sentait au timbre de leur voix quand ils remerciaient trop poliment comme s'ils avaient voulu trancher à même sa chair. Quelque chose les provoquait dans ce qui donnait à ces bras et à ces joues cette couleur de rose et ces montées presque grésillantes de luminescences blanches et bleutées.

Les invités finirent par se lever et nous quittèrent très vite, sauf deux d'entre eux, une femme d'un certain âge et un homme aux cheveux tout blancs.

53

Les jours qui suivirent

Un certain calme domina les trois jours qui suivirent puis je sentis revenir la vie le soir où je changeai de chambre pour aller habiter celle où le tableau de la dame en noir de Larry était accroché. Je n'osai d'abord lever les yeux sur elle. Puis je le fis et de nouveau tout ce que j'avais éprouvé de si imprégnant et de si envoûtant quelques jours auparavant me revint et je redevins de nouveau amoureux de ces profondeurs riches et je me demandai comment il fallait faire pour ne pas perdre contact comme cela s'était produit lors de la première nuit passée dans la grande salle. Rien ne me répondit. Je sentis un silence descendre dans la chambre. Les yeux de cette femme m'entraînaient loin, très loin et je sentis qu'il était inutile de vouloir résister. J'irais vers elle par des détours qu'elle tracerait et qui m'élargiraient au point où je pourrais un jour la contenir et l'embrasser comme elle me contenait et comme elle m'embrassait. Je rêvai cette nuit-là à Noémiah. Elle avait un corps d'une blancheur de neige mais cette blancheur n'était ni lumière ni chair mais une sorte d'intégration de la blancheur par la chair comme si son corps avait été fait d'une substance de blanc. Tout son corps fondait comme une saveur. Tout son corps était regard. *Noémiah était mon corps.* Les poils de son pubis pendaient très longs entre ses cuisses. Ils étaient noirs comme de l'encre et soyeux et doux à mourir. Elle marchait d'un pas léger dans une cuisine ensoleillée et nos sourires étaient des caresses. Était-ce vraiment Noémiah, ce corps fragile qui s'égouttait presque au soleil ? Je m'éveillai dans son parfum.

Quelque chose me disait que nous quitterions bientôt cette

maison et qu'avant de le faire il m'était demandé de me rapprocher de plus en plus de cette femme, par tous les moyens, jusqu'à plonger dans l'essence de son être et jusqu'à m'assimiler la substance de son corps. Elle monta à ma chambre avec des plats et du café et nous mangeâmes lentement en savourant la tiédeur des draps et la clarté douce et blonde du matin qui montait. Puis nous nous endormîmes et lorsque nous nous éveillâmes, ce fut au son d'une musique d'orgue dont je ne sus tout d'abord si elle montait de moi ou si elle venait d'en bas tant sa puissance exaltait déjà mon coeur avant même que l'éveil clair ne m'ait gagné : elle semblait jaillir du songe. Il y avait comme une osmose de l'état de sommeil et de l'état de rêve qui faisait que mon audition du chant des orgues avait commencé dans le domaine onirique avant de se poursuivre dans le monde physique. La transition banalisa d'ailleurs l'expérience et je tentai de retrouver cette exaltation du sommeil en fermant les yeux mais je n'y réussis pas. Noémiah m'enlaçait et l'amour s'empara de mon coeur, le désir monta à ma bouche et mon sexe bondit dans sa main. Elle m'introduisit avec passion, semblant chercher à m'avaler, à me trouver, à me manger. Nos étreintes durèrent longtemps. Nous passâmes ainsi deux jours ensemble sans voir les autres. Mon désir montait, montait toujours et je ne voulais pas le satisfaire d'un coup. Vers la fin du deuxième jour je me sentis satisfait, libéré, plus large. Toute la tension érotique semblait s'être déversée hors de moi et je me tenais tranquille dans la pénombre de ma chambre où je pouvais voir des effluves bleues couler comme des fumées. Je me sentis suprêmement bien et nous décidâmes d'un commun accord de descendre à la grande salle pour y rejoindre les autres. Il devait être l'heure du souper et le soleil couchant me mettait l'appétit à la bouche. Le dessous des yeux de Noémiah était délicatement poché et son regard brillait comme une eau claire ou comme l'huile la plus limpide ou la plus fluide. Elle avait trouvé une longue robe en laine mauve, roulée au cou, elle avait défait son chignon noir et ses cheveux tombaient, très longs et magnétisés, lustrés, sur ses épaules et sur son dos et atteignaient presque les hanches. Elle avait maquillé ses yeux de nuances grenates qu'elle m'avait laissées choisir parmi les couleurs de son étui. J'avais trouvé dans un tiroir de son ancienne chambre une paire d'anneaux d'argent dont j'avais orné ses oreilles. Nous étions à la fois rassasiés l'un de l'autre et l'un par l'autre et cette satiété tranquille et rieuse, vibrante, nous libérait l'un l'autre en nous liant, en nous enrichissant de tendresse et d'amour. Toute ma sexualité, comme une plénitude dans le coeur et dans le corps, semblait nourrir Noémiah d'une douceur, d'un amour, d'une tendresse intarrissables.

Tout le monde entrait dans la grande salle en même temps

que nous. Nous n'avions donc pas été les seuls à nous retirer pour longtemps. Un jour nous saurions peut-être ce qui s'était passé pour les autres. Ma conscience enveloppa les choses à la façon d'une vague lente. Larry était allé chercher un brûle-encens qui devait être un objet très ancien — c'était en fait un encensoir rituel mais d'une forme inhabituelle (on aurait dit une sorte de barque très longue suspendue à ses propres vergues). Larry ouvrit l'un des portillons d'armoire qui ornaient en un endroit le bas de la bibliothèque, en sortit un sac et une cuiller d'argent, s'empressa vers la cuisine pour y allumer des charbons, revint dans la grande salle, posa l'encensoir au milieu de la table, l'ouvrit et me tendit le sac d'encens et la cuiller. Je m'employai à remplir la barque et la fumée odorante s'éleva, abondamment. Je n'avais respiré l'encens qu'en quelques rares occasions, à l'église, dans ma jeunesse et pourtant les gestes que je posai me semblèrent tout à fait naturels. Je devrais dire, plutôt, pour mieux traduire ce que je ressentis, que chacun de mes gestes m'était familier tout comme si j'avais fait cela depuis très longtemps. Je songeai tout à coup que nous étions en train de célébrer l'eucharistie, mais une eucharistie d'une autre espèce où l'érotisme n'était ni morbide, comme dans les messes noires, ni exclu, banni, comme dans les messes blanches, mais qu'il était le centre, le moteur même de cette messe, une messe d'or vermillonnée, très chaude et je vis bien que la barque d'encens en était le coeur et me rappelait le corps de Noémiah. Comme si la sexualité même avait été l'objet d'une offrande ou d'une montée odorante. Et plus la fumée montait dans la salle et plus je me sentais bien.

Ainsi Larry m'était familier dans ce jeu, Noémiah aussi. Aurélia se rapprocha, Julien vint s'asseoir en face de moi, Gilles vint se placer à la gauche de Larry, de l'autre côté de la table puis les deux autres visiteurs qui venaient de pénétrer dans la salle et que je reconnus : il y avait la femme qui avait les cheveux tout blanc, un regard bleu d'aigle et un port de reine. L'homme, lui, avait aussi les cheveux blancs, il était très altier, mais je ne connaissais encore ni son nom ni son âge, bien qu'il me fut étrangement familier, et de longue date. Il était de langue française et l'un des derniers descendants des seigneurs d'ici. Il ne pourrait jamais être *Québécois*, mais *Canadien*. Ses racines plongeaient dans ces époques où ceux qui régissaient les choses de ce monde unifiaient dans leur être le sacré et le profane : ce seigneur en était l'ultime écho. Tous ces gens se connaissaient parfaitement. Ils se rassemblaient autour de ce brasier odorant dont les fumées montaient en m'arrachant des émotions inattendues. L'émotion, partout, était grande. Contenue mais grande. Nous en étions baignés. Et que pouvons-nous faire avec l'émotion, quand elle est grande, et fût-elle pure, sinon des guerres, sans doute, des saints peut-être, des chansons, des poèmes, des pays ? Il faut aller au-delà d'elle, dans sa pureté originelle mais encore faut-il en traverser les vagues et c'est là tout le mystère de cette Vie, de cette Grande Vie, assoiffée de bataille et de paix et qui nous livre au monde comme aux loups et aux lions. *Traverser*. Il faut *traverser*. Cette salle se remplissait d'un chant étonnant, merveilleux, étrange aussi.

Nous restâmes ainsi longtemps mais le temps ne comptait plus. Nous aurions voulu que cela dure éternellement et seule l'éternité de la joie, en ces minutes, nous apparut sensée. Autrement qu'en cet état le monde n'était que cendre et grisaille. Et s'il fallait lui ouvrir le ventre et les entrailles pour lui faire retrouver l'éclat de l'instant ? Nous le ferions, nous le savions maintenant. Le monde nous apparut provisoirement mensonger et nous éprouvâmes une sorte de colère volcanique. Le "contact" fut graduellement brisé. Nous nous dispersâmes. Les uns retournèrent à leurs chambres, les autres allèrent marcher dans les allées du jardin, d'autres demeurèrent dans la salle. Et ce soir-là le petit-fils de seigneurs aux tempes blanches me remit silencieusement, avec un sourire d'une bonté indéfinissable, le texte que vous allez lire.

Un temps pour la qabbale avant le texte du seigneur

Soixante. Il y a dans ce mot *Soi(f)*. Et le mot (h) ante. Soixante est le nombre d'une soif qui hante ou d'une soif qui chante. Soi chante. Soi s'ente. Le soi qui s'ente le fait dans le soixante, nombre de la lettre Samekh en qabbale hébraïque, la quinzième, symbole du sexe femelle, cercle qui s'ouvre et se ferme, qui monte et qui descend, qui perpétue un mouvement constant de départ et de retour, d'ouverture et de fermeture. Mouvement constant qui relance sans fin la vie. Six est le nombre du sexe mâle en qabbale et son nom est Waw. Lettre dressée. Vers le sexe femelle, la sphère céleste, la grande roue des mondes ou la transcendance. Il y a dans Six le mot *S'* (soi) et le mot *(h) isse* : le six S'hisse. En fait, en lui, le Soi s'hisse.

Et 19 est le nombre de la réintégration (jusqu'à celle au sein du Seigneur).

La décennie qui s'ouvrait en 1960 était marquée par ces nombres. 1960 a été la décade de la libération sexuelle de la femme et de la féminisation du social et de l'homme par le retour graduel de la chaleur.

54

Le texte du dernier des seigneurs d'ici

Pour ne pas terroriser son lecteur anticlérical mon mari a décidé de reporter plus loin le texte du dernier des seigneurs d'ici. Il porte sur la Vierge et j'apprécie la délicatesse mêlée d'humour de l'auteur de ce roman. D'autant plus qu'étant presque aussi clandestine que moi, Marie a tout intérêt à attendre patiemment son tour et son retour, de métamorphose en métamorphose. C'est d'ailleurs ainsi que mon mari avait décidé d'intituler le texte du dernier des seigneurs d'ici : *Les métamorphoses de Marie*. Puis, au fil du roman, ayant constaté mainte métamorphose du thème, mon mari décida de l'intituler : *Les métamorphoses de Marie I*. Il y eut trois métamorphoses subséquentes, soit en tout quatre. Reportant à la fin des trois autres celle qui devait être la première, il laisse le lecteur libre d'intituler ce texte : *Les métamorphoses de Marie I*, *Les métamorphoses de Marie II*, ou *Les métamorphoses de Marie III*. Ou *IV*. Presque aussi clandestine que moi, j'en témoigne :

Elle fait aussi partie du Réseau,

toute en vous,

Clandestine.

P.S. *Les métamorphoses de Marie ou Marie des métamorphoses* dans la version du dernier des Seigneurs d'ici peut être lu dès maintenant à la page he... Mais pourquoi ne pas attendre ? Il n'est pas si terrible que cela.

55

Le lendemain matin

Le lendemain matin, en retrouvant Julien dans la grande salle, je sus tout de suite que le temps était venu de retourner à Montréal pour y poursuivre nos activités et retrouver ceux en compagnie de qui nous devions, quelques jours plus tard, revenir à Québec afin de participer à une réunion privée de certains membres du Rassemblement pour l'indépendance nationale. Il fallait faire vite car la réunion devait avoir lieu dans trois jours et il fallait réviser le plan déjà conçu afin d'en tirer le plus grand profit possible dans la perspective de l'élargissement du réseau. Nous nous sentions rajeunis, pleins d'énergie, chargés d'un dynamisme neuf et tout s'annonçait, ce matin-là, plus prometteur que jamais. Notre candeur même contrastait avec les moyens que nous allions nous donner pour atteindre les fins qui nous travaillaient. Mais ces moyens faisaient partie des conditions de la descente. Et ces fins, du moins pour moi, n'étaient plus purement politiques. Il entrait maintenant dans ma vie d'apprenti-terroriste des éléments que je ne voulais pas, ou ne pouvais pas, auparavant, intégrer naturellement : l'amour mystérieux vécu dans une ambiance inhabituelle, la naissance en moi du sens informulé encore et peut-être informulable de l'action engagée. Je savais par quels fonds et par quelles forces elle s'enracinait dans les immensités qui nous portaient à notre insu et cette seule expérience, ce seul souvenir, me marquait et imprégnerait sans doute mes activités à venir. Mais j'avais encore beaucoup de choses à vivre. À oublier. Et à apprendre.

C'était du moins ainsi que je pensais, que je sentais les choses en m'éloignant de la demeure de Larry en compagnie de Julien et de Noémiah qui revenait avec nous à Québec pour récupérer l'automobile louée.

Nous avions à peine pris le temps de saluer les gens. Noémiah, Aurélia et Gilles qui m'avait aussi remis un texte demeurèrent sur place et les deux femmes s'étaient entendues avec Julien pour garder le contact, soit ici, à l'île d'Orléans, soit à Québec même, à la résidence de Larry. Ceci pour les appels "ordinaires" qui ne l'étaient jamais qu'aux oreilles des sourds. Pour les appels qui vraiment ne pouvaient pas être acheminés directement mais dont on ne pouvait prévoir le moment et qui exigeaient par le fait même à la fois un dispositif de contact téléphonique régulier et une grande mobilité des points de contact, Julien avait mis au point un système complexe et roulant ainsi qu'un code verbal que je décris succinctement : Aurélia ou Noémiah, indifféremment, à moins de circonstances spéciales, devait appeler chaque jour, d'une boîte téléphonique différente chaque jour, un agent de Montréal, souvent Julien, qui recevait l'appel dans une boîte téléphonique quotidiennement permutée. Les deux femmes avaient donc un roulement hebdomadaire de sept numéros à composer à raison d'un par jour d'un point différent chaque jour et à une heure différente chaque jour. Puis les horaires, les points de contact et les numéros à composer étaient automatiquement recombinés au bout de deux semaines selon une sorte de tableau-échéancier qu'un agent de Julien avait mis au point à l'aide d'un ordinateur. Grâce à cette systématisation poussée du réseau des contacts téléphoniques, les listes qui changeaient à toutes les deux semaines pouvaient être expédiées régulièrement par la poste. En cas de rupture du système, il y avait un numéro à composer, un seul pour tous les agents, un mot de passe qui s'enregistrait quelque part et dont Julien pouvait prendre connaissance dans l'heure et parfois dans les minutes qui suivaient. C'était là ce que Julien appelait l'aspect micro-psycho-nerveux du réseau en expliquant aussi avec humour qu'il mettait tellement de plaisir à le raffiner que cette excitation avait fini par remplacer celle du café, ce dont il s'était senti fort bien. Gilles, à qui Aurélia s'ouvrirait au sujet du réseau et de la complexité de certains éléments essentiels à son fonctionnement, répondrait :

— Vous n'avez jamais songé à engager une *araignée*, genre géante ?

J'allais bientôt connaître le Triangle où Julien faisait maintenant travailler Gilles.

Nous rentrâmes tous à Montréal (1).

---

1. Vous pourrez lire en addenda ce que j'ai lu dans une déconstruction de ce chapitre que mon mari a négligé de publier. (Clandestine).

CINQUIÈME PARTIE

La descente au coeur de l'araignée

Les Métamorphoses de Marie (II)

(extrait du texte que me remit Gilles à la fin de notre séjour à
l'Ile d'Orléans.)

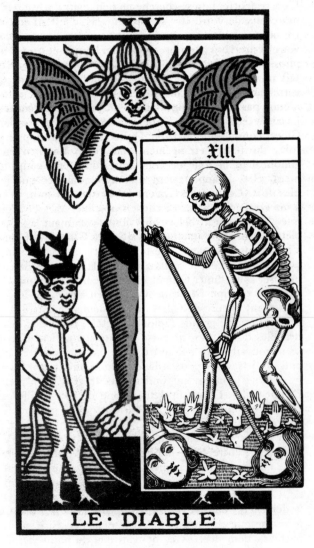

J'entrai dans ma chambre de la rue Saint-Denis en tenant l'enveloppe du texte de Gilles à la main.

Je savais que l'étrange ce soir-là m'attendait et j'étais décidé à tout prendre, sans discussion. L'on sait un peu ce qu'est la démence : l'impression d'abord de ne pas être physiquement situé. L'on se frotte, l'on se cherche un lieu, *mais il n'y a pas de lieu*. Les morceaux de votre être se séparent, ils se jettent en tous sens. Votre pensée est mangée par quelqu'un, votre coeur est ailleurs. Qui vous désire vous absorbe comme un liquide et toutes les métamorphoses aberrantes sont possibles. Qui vous hait vous dissout. C'était un soir semblable à celui-là quand je rentrai de Québec avec cette enveloppe qui me brûlait les doigts. J'allais savoir que ce n'était pas tant les mots et les phrases qu'elle contenait qui me faisaient cet effet démentiel. C'était autre chose dans l'âme de Gilles, comme une maladie. Qui collait à l'enveloppe. Mais les paroles du texte, étrangement, me firent un bien énorme. Elles annonçaient la folie de Gilles mais du même coup, inexplicablement, elles m'annonçaient moi-même dans ce que je portais de plus fort. Ces paroles avaient été écrites par moi. Cela s'imposait à ma conscience, sans discussion possible. Mais ce n'était pas logique : Gilles l'avait bel et bien écrit de sa main là-bas, à l'Île. Mais c'était aussi mon âme qui l'avait écrit. Gilles vivait dans mon âme. Vivait dans mon âme ? Ce texte était-il une confession ou un appel ? En le lisant je sentais en moi la présence de Gilles : forte, intense, souveraine. Calme, sereine, remplie d'amour. Et pourtant, ce texte qui me fit beaucoup de bien annonçait une pénétration plus avant encore de Gilles dans la démence. Et tout ça dans une atmosphère de grande rapidité mentale, comme si des oiseaux ou des ailes de feu avaient passé dans nos consciences, comme si l'on se retrouvait dans une autre sorte d'air, affolé. Je savais déjà, en entrant, je savais : je regardai dans mon miroir *et je vis Gilles*.

Et je plongeai au fond de ma frayeur. Il n'y en avait plus. C'était Gilles. C'était du feu au fond de moi : Gilles. Et personne pour m'expliquer et surtout, surtout ne pas penser : Gilles, Gilles, Gilles : j'aurais voulu l'aimer éternellement. C'était au fond de mon être comme du feu. Et c'était moi, c'était lui. Voilà bien la démence : entre celui qu'on fuit et qui se réfugie au fond de nous et le miroir qui nous montre le fond, il y a un instant où l'on dit oui. Il y a un instant où l'on dit non. C'est un instant. C'est rapide. C'est le fond de la nuit, de la mort, de l'amour. Ou bien c'est la démence : dans le miroir, c'est Gilles que je vois. C'est moi. Si je refuse que ce soit moi, c'est la démence. Si je suis fort, je harnache la démence. Et ce pouvoir issu du harnachement de la démence est peut-être relié au crime massif. Aux tyrannies sanglantes de l'holocauste. Gilles se savait-il au fond de moi ? Qu'avait-il vu en rédigeant son texte (comme un miroir) ? Moi ?

Il se révoltait contre le fond. Mais pour me parler par un texte qui me portait moi-même, qui portait le fond de mon âme, il avait dû descendre en profondeur. Car ce texte m'exprimait par moments dans ce que je portais de meilleur. La démence. Ce mot. Cette chose. Cette rapidité. Ce "tiel" du démen*tiel* qui se met à vibrer et qui ressemble à du sang verm*eil*. Du Sol*eil*. Du somm*eil* *avec dedans des formes de sang jaune orange qui bougent.* Tiel. Démence, démentiel. Gilles saignait au fond de moi maintenant. Dans le miroir de mon âme, comme dans le miroir de mes yeux. Il avait vu juste. Lui ? Moi ? Cette vitesse hallucinante de l'instant qui me prenait, me tirait : ma substance mentale courait vers Noémiah. Qui ce soir-là me mangeait, me buvait l'esprit. La haine temporaire d'Aurélia me dissolvait. Mon coeur était déchiré et je pris panique. Je me mis à courir dans la maison et pourtant je savais. Je pleurais d'une douleur venue de bien plus profond que moi-même et rien que la vérité me hantait. Je ne voulais qu'elle. Et la vérité c'était le miroir. Et j'y revins de nouveau. C'était Gilles qui me regardait avec une haine effroyable. Cet amour, cette haine, c'est ça la démence. Tout ça vibre trop vite. Et je revins au miroir. C'était comme un courant d'une vitesse hallucinante qui s'engouffrait dans mon esprit. Je regardai de nouveau le miroir : c'était Gilles qui riait avec un visage de sang. J'étais au coeur de la frayeur. Qui donc avait mutilé ce corps ? J'ouvris l'enveloppe. Les premiers mots me firent l'effet d'un baume. Ils disaient :

"Mon cher Réjean, mon cher Gilles..."

Et cela parlait, comme un berceau d'odeurs ou de suavité, comme une houle de velours tranquille, comme un message venu du fond du monde.

"Mon cher Réjean, mon cher Gilles,
J'avais écrit ce texte qu'il avait écrit. Il était moi, j'étais lui. La douceur devenait presque intenable. Ce n'était plus rapide comme tout à l'heure, la sensation, non : maintenant, c'était comme un velours :
Comme si Gilles avait été ma surface et ma profondeur :

"Nos vierges sont fades mais c'est notre esprit qui les affadit.
"En réalité elles sont douces mais c'est notre esprit qui le cache.
"Et c'est l'homme qui invente l'horreur. Depuis toujours. De par un pouvoir de toute éternité conféré. Mais qu'à cela ne tienne, il aime l'horreur et nous la lui garderons et nous lui donne-

rons l'amour et l'hyperdouceur dans l'horreur. Car je ne veux rien arracher à ma créature : je veux l'augmenter.

"Première frayeur : voir le mal comme la partie la plus évidemment tienne. Première douleur : épouser le mal au fond de l'être. Première révolte : haïr ce qui t'a jeté dans le monde sans secours et sans explications. Premier amour : se réconcilier avec ce corps dont nous n'avons rien voulu. Partager sa nuit avec le Seigneur qui est la nuit même. Pécher dans la mort, épouser le fond de la vie : éclatement du libre : premier vertige. Mais moi je guette et j'aime. La mort ? Le b-a ba du vivre : au-delà c'est de l'hyperdouceur. Enveloppé par l'Ange hyperdoux. C'est pourquoi nous mettons entre l'ailleurs et l'ici un gardien du seuil : nous ne voulons pas que les graines sortent de terre avant d'avoir germé. Et si tu hais cette chose, tu hais ton corps. Ton corps, c'est comme la terre. Ton corps est la terre. Là, au fond, Gît-le-Corps.

"Autour de l'autel de ces vierges, l'or peut venir les nimber. Mais aussi la pluie, la grisaille, la mort et c'est le regard qui en fait un mal ou un bien. Tout est bien. Qui décidera de ta croissance ?

"Le mensonge de nos autels est notre propre mensonge. Leurs miracles, nos miracles. Au fond du miroir gît le miracle.

"Coma,

"ils nous ont dit *non* pendant des siècles. Ils ne voulaient que du ciel. Mais ils se disaient non. Nous étions l'or à leurs talons qui les blessait. Et ils nous tapaient dans la face. Maudit au feu éternel ! Oh oui ! l'éternel feu pur qui crée. Qui le connaît qui n'a pas péché ? Le ciel est d'éther. Le centre de la terre est de feu. Là est aussi l'enfer, le fond, la nuit du corps.

"Ils purifiaient la nuit du corps dans leurs pratiques.

"Mais le feu a si faim et nous avons si faim de feu.

"Mordre la tourbe, toute terre, toute corvée malléable, tout déchet. L'élévation du vidangeur : le goéland. La damnation du créateur : la colombe et la guerre. Ils se croisent à l'horizon : l'un monte, l'autre tombe mais c'est un même oiseau. L'un s'ensanglante et monte, l'autre purifie ses ailes et descend. Ils ont faim d'une même mort et d'un même ciel, ils se partagent ainsi l'empire du monde. L'un monte avec un poisson dans son bec. L'autre descend avec une branche de paix. Mais il sait que le massacre en bas l'attend. Mais c'est pour se semer lui-même au milieu des cohues. L'Esprit possède ses bourreaux. Le vidangeur itou. Ce n'est pas la fin du monde. Ça n'a jamais de fin. Respire en cette pensée. Nourris-toi de la racine de la démence : ils montent et ils descendent, mais c'est un même oiseau. Perpétuel. Jusqu'à la fin.

"L'inexprimable tourbe de leur sang.

"Nous étions cela. Nous les oiseaux vidangeurs. Mais maintenant la Colombe monte et elle ressemble à un corbeau. Mais le bleu fort de son vol nous tord le coeur dans la Nuit : ça c'est la joie cueillie par la colombe au fond du monde. Elle a maintenant son corps de noir. Et l'on ne sait plus si c'est la colombe qui descend ou si c'est le corbeau qui monte. Il plane au fond des mers, dans les cieux, sur la terre, au gré des cycles. Mais tout cela c'est moi. Et c'est un même oiseau.

"Connaissez-vous le vol du serpent ? C'est l'envol des mondes (1) dans l'eau.

"Les vierges russes, elles ont toujours de l'or au coeur de leur manteau. Elles ont toujours de l'or autour. Et tu croiras longtemps qu'elles sont plus fortes que les nôtres mais elles ne sont pas *plus* fortes, elles *sont* fortes, c'est leur loi. Les nôtres sont douces.

"Et toute notre force est là, dans l'incarnation de la douceur d'être. Si elles sont fades, elles le sont par fatigue. Alors elles dorment pendant cent ans.

"Croit-on.

"Mais en réalité elles sommeillent dans le coeur. Et tu les rencontres là, au bord du puits du corps, dans la nuit des selles et des entrailles.

"Elles sont douces à t'extasier aux limites d'une indicible douceur-joie, d'une indicible torture-joie. Et tu te diffuses par elles dans l'espace occulte et secret. Nous ne connaissons pas la Vierge ! Qui parle ?

"Embrasée de Dieu, son sperme-fille ?

"Où vient briller l'étincelant ?

"Toutes les femmes du monde ont des pénis dressés, que le vant dange."

Gilles était entré. Par la fenêtre ? Par le rideau qui séparait le boudoir de la chambre à coucher ? Il était là, il s'avançait vers moi. J'eus comme un vertige et je dus faire un effort pour demeurer conscient. Tout de nouveau devenait rapide. Par la fenêtre je pouvais voir les néons de l'autre façade. Des gens passaient qui filaient vers le sud. Je fus tiré dans la rue et je me mis à marcher très vite. Je ne tiendrais pas le coup. La ville semblait m'échapper. Les murs, les trottoirs, les escaliers, les maisons, tout semblait fuir, se défaire, se dissoudre ou se fondre dans cette rapidité indéfinissable qui m'étourdissait. Ce n'était pas Gilles qui sortait de chez moi. J'étais Gilles qui sortait de chez moi.

Des paroles coulaient dans mon cerveau. J'aurais voulu les transcrire. C'était la voix de Gilles : "L'or et le noir recouvrent à tes yeux l'un des secrets du monde actuel. Tu le sais. Tu le pres-

---

1. **Résonance en moi : des tombes.**

sens. Deviens sensible aux nuances des néons : Dieu parle dans les étincelles et les cris.

"Mais tu ne regardes plus au fond de toi et c'est de là que te vient la torture.

— Ce n'est pas moi qui ne regarde pas : c'est toi !

"Non, faisait la voix. Oui, faisait la voix. Je suis ta voix, et le nom de ta voix est Gilles."

— Mais je regarde !

— Tu regardes pour toi et tu me trouves. Tu dois regarder pour moi qui ne regarde pas."

Je fus saisi d'effroi. L'espace d'un instant Gilles était là devant moi et me parlait. Je reconnaissais bien ses traits d'Amérindien, son visage effilé, presque noir, calciné, ses lèvres rosâtres et pâles, son iris qui ressemblait à des charbons à la limite de la combustion, quand la braise va s'effriter. Il avait une main dans la poche. De l'autre il tenait une cigarette et il me parlait :

"Tu dois regarder pour moi qui ne regarde pas. N'est-ce pas ? Je suis inconscient. Pas toi."

Gilles disparut. Les passants me regardaient d'un air qui disait tout. Je m'éloignai tant bien que mal. Le vertige me possédait. Je résistais. La voix disait : "Elles sont pures, douces, bienveillantes mais hélas elles ne sont pas terroristes. N'est-ce pas là ton plus grand secret ? Regret ?"

Je m'étais assis sur les marches d'un escalier dépeinturé. Je crus entendre un cri aigu venu de haut. Je savais que cela ne venait pas de la rue. Je me tournai dans l'escalier. Gilles était là, debout, qui continuait à me parler. Je fus pris de vertige. Je crus perdre conscience. Je décidai de laisser entre en moi, me traverser, toute cette énergie affolante. Et du même coup ce fut comme si j'entrais vraiment dans un autre monde, le monde de Gilles, au-delà de sa conscience.

Il me fit entrer dans la maison et me montra une très jeune fille qui semblait dormir dans une encoignure du passage. Je fus pris d'une pitié soudaine, volcanique.

"Elles sont pures, disait la voix, sur un ton de regret, d'appel, avec une sorte de pitié dans la voix qui provenait d'un fond hostile, un fond dont le murmure grandissait. Elles sont pures, rien ne les souille. Elles ne nous comprendront jamais. Mais si rien ne les souille disait encore la voix, quelle puissance si on les plonge dans la boue ? Et si elles se souillent concluait le silence, c'est qu'elles ne sont pas vierges."

— Et hurle ! cria Gilles...

Et il se tut, assourdi.

— *Vir* signifie force et *go* signifie rayon du soleil. *Virgo*. La force du soleil !

— Nous sommes dans l'ombre et la pénombre, fis-je.

— Oui. Nous sommes loin du soleil. Mais c'est la nuit. La nuit c'est comme ça...

Je traversai toute la maison. Derrière moi du noir s'étendit comme une suie sur la fille. Je disposai cette suie avec soin sur son sommeil. Je traversai silencieusement le couloir puis la cuisine. J'allai m'asseoir sur les marches du perron dans la cour intérieure flanquée de hangars lisses et bleutés et de clôtures pâlies de clair de lune. Je m'assis dans cette tranquillité magnétique. Je tremblais. Je vis que je tenais l'enveloppe de Gilles dans ma main. On aurait dit du sang. Au-delà de la clôture : la ruelle. Et sa dévastation froide. Sa solitude. Il me sembla que l'enfer, c'était ça. C'était plus menaçant, peut-être, que d'affronter les forces de l'ordre. Ou peut-être était-ce de même essence ? Il y avait le refus, la haine. Ou quelque chose qui fait monter des larmes. Gilles avait disparu. La ruelle. Là était la terreur. Terreur des basses villes. Je songeai à Québec. A la maison des parents de Claudette. Et si c'était Claudette ?... C'était elle que j'avais enterrée dans cette maison ! Une violente pitié me prit à la gorge. Je me mis à pleurer. Je comprenais pourquoi j'avais mis tant de soin à disposer la suie sur son corps sommeillant. C'était Claudette. Mais je ne pouvais pas revenir en arrière. C'était un autre espace ici. Ce qui était fait était fait. Dans mon corps je pouvais tout réparer. Ici, dans un autre monde, un autre corps, je ne pouvais pas. Je devais avancer. Marcher. La ruelle. Je voulus retourner chez moi, retrouver ce que cet affolement de l'esprit m'avait fait perdre, mais je n'y parvenais pas. Je ne savais plus trop d'où je venais. La ruelle. L'enveloppe semblait s'agripper à ma main. J'avançais dans la cour parmi les herbes sauvages, à hauteur de ceinture. Je n'en avais jamais vu autant. La porte de la cour était haute et fermée d'un énorme loquet. J'ouvris. La ruelle s'ouvrit devant moi comme une catacombe. La terreur était là dans la mort de ciment et de tôle. La mort. Pourquoi avait-elle élu cet étrange domicile ? Il n'y avait personne. Claudette dormait dans un suaire trop tendre. J'aurais pu l'amener avec moi mais j'étais passé. À cette pensée je fus saisi d'un immense désespoir. Quelque chose en moi me laissait tomber au fond de cette froideur épouvantable. Quelque chose de *conscient*. Quelque chose qui se mettrait à me parler bientôt. Mais qui pour se bien faire entendre devait d'abord me plonger dans la mort. C'est de ce quelque chose que me vint la conscience soudaine que je ne devais rien regretter. Que si je n'avais pas amené Claudette avec moi, que si je n'avais pas tenté de la retrouver à Québec, que si j'avais passé tout droit c'est que je n'étais pas encore prêt à la voir : je l'avais donc recouverte de suie. Je ne devais rien regretter. Le chemin n'était pas tracé par moi. Je ne sais combien de temps dura

173

cette marche solitaire dans la ruelle. Le texte de Gilles me collait à la main comme une pomme de feu. J'entendais :

"Et tu devras regarder pour moi... Je..."

— Il n'y a aucune raison, disais-je en sentant sur mon dos le poids bleuté des grisailles...

— Je sais, disait Gilles en priant, je sais... Mais il n'y a de raison à rien... Ton corps ? Ton pourquoi-là ? Ton pourquoi t'es là, là : une raison ?

— Tu insinues, tu louvoies, tu mens, tu es un hypocrite.

— C'est faux.

— C'est vrai. Regarde...

Tout filait partout sans bouger. Je me dirigeai vers un escalier de bois pour en toucher les marches, pour en éprouver la rugosité... Le bois des marches craqua. Puis la rampe. Puis le craquement gagna tout le hangar, le mur de briques s'ouvrit comme une plaie mais ce n'était pas... Ça saignait, c'était comme une femme en souffrance. "Regarde le temps, disait la voix. Ces maisons t'accueillent et te mettent au monde. Tu les aimes ainsi ?"

— Elle saignent !

— Tu les aimes ?

— Je les déteste !

Gilles criait dans l'escalier. Il était là, il sortait de la vulve roussâtre et brunie et y rentrait. Je me demandais comment je pourrais voir encore ces maisons s'ouvrir comme des blessures ? Je n'osais bouger. De peur qu'elles ne s'ouvrent toutes de la même manière.

Gilles devenait menaçant, là-haut. Son visage de sang était décomposé par la souffrance : "Ces maisons ont besoin de toi..." disait la voix. Je ne bougeais pas. Je n'osais pas bouger. Je me sentais immobile. Doux. Petit. Avec du feu dans mon cœur. Comme si je n'étais que ça : une tige de feu tranquille, feu-tige d'enfant, un petit enfant au milieu des merveilles. Des merveilles étranges. Infernales ?

Ce n'était plus seulement Gilles qui me hantait. C'était aussi Noémiah. Les gens croisés sur la rue pendant le séjour à Québec. Et des gens que je ne connaissais pas. En moi, l'espace d'une seconde. Une multitude.

— Regarde le temps, disait Gilles d'une voix rauque. Nous sommes tous sortis de... pour entrer dans le temps par ici, par la blessure de ces maisons. Elles ont besoin de toi.

Je me mis à monter les marches de l'escalier dans le bruit croissant des craquements, des voix, des murmures. Gilles. J'entrais dans le texte, la texture de Gilles. Ou de Noémiah ? D'Aurélia ? De Claudette qui dormait dans le temps ? Dans celle des enfants de ces maisons ? "Si jamais tu entres ici, fais-le avec amour (oui ! des larmes de colère dans tes yeux ! Enfin ! Enfin ! Tu m'aimes ! C'est mieux, c'est mieux que toute espèce d'indifférence ! C'est de la colère qui vient de loin, tu verras ! Et elle t'accomplira !). Si tu ne le fais pas avec amour, tu risques de ne jamais vouloir y retourner, par haine, tellement la souffrance qui en monte est insupportable et chacun de tes gestes est alors nourri de cette peur des fonds du ciel de chair et tu deviens empoisonnant, vampirisant, accusateur, ennemi de toute harmonie. C'est ce sang que tu tiens dans ta main qui fera tout sauter ici ! Il y a une pure puissance qui juge. Et une impure puissance qui juge. L'une est faite de silence ou de parole profonde. L'autre de bruit et de fureur imprécatoire. Le monde doit être jugé d'une façon ou de l'autre. Il doit être jugé. Mais qui juge selon la pure puissance ne condamne pas l'impure puissance et il est le seul à y voir Dieu et tout son être est comme du feu ."

— Voici l'impure puissance ! fit Gilles en montrant le cul de la maison. Dedans, de la lumière mêlée avec du sang. Tu en viens. Tu en reviendras !

— Tu mens. Tu caches. Tu m'obstrues !

Ma main pressait le texte. Comme une onde ou du sang. Qui coulait : "Mais si tu ne descends pas dans les domaines du sang qui hurle et qui murmure et qui geint sans savoir, tu ne jugeras pas selon la pure puissance qui, elle, ne condamne rien : elle brûle d'amour divin dans le sort. Si tu descends sans vouloir voir et sans aimer, tu ne sauras jamais..."

— Et alors tu reviendras ! criait Gilles en tirant sur son mégot sanglant. Tu reviendras !

"Sans amour, là, au fond du ventre occulte et du sexe caché tu agiras dans la virulence, porteur de mort, de douleur et de tourments. Cette souffrance qui monte la garde entre le fond du mystère..."

— Qu'ai-je écrit ? cria Gilles, de sa voix rauque. C'est toi qui sait, c'est toi qui est responsable ! Qu'est-ce que j'ai écrit ?...

— Tu n'écoutes pas, Gilles, tu écris que tu ne veux pas...

— Qu'est-ce que j'ai écrit ? Qu'est-ce que c'est ?

Et sa parole me coulait dans le coeur. Mais il n'entendait pas...

"Des voleurs viendront qui voudront nous enlever notre souffrance. Ils nous lénifieront de mots magiques et ils rejetteront loin de nous l'ange du corps qui monte la garde et nous serons inondés d'une lumière qui n'aura sur nous aucune prise parce que nous n'aurons pas vaincu l'ange nous-mêmes ! Ils feront de nous des zombis de lumière, après avoir été des zombis de l'obscurantisme religieux, après avoir été des zombis du matérialisme. Ils viendront s'emparer des faibles. Ils les plongeront dans la lumière en leur offrant de vivre dans les mondes morts des anciennes civilisations, des anciens dieux. Ils voudront régner sur le monde et s'emparer de ses richesses mais au moment où ils croiront posséder non seulement les âmes mais aussi les corps, il y aura sur terre une révolution tellement intégrale qu'elle bouleversera même les cieux, les univers occultes, cachés, d'où ils règnent et qui peut dire alors *ce* qui vaincra ?"

J'entrai dans la plaie-vulve. Déjà j'appréhendais ce que j'y verrais. Gilles me montra le chemin de la main. Au fond je ne vis que de la lumière jaune or, un peu vermillonnée, carminée. Ce n'était que de la lumière. C'étaient des formes familières...

"Cela jaillira de l'homme. Cela sera du dedans de la poitrine de l'homme. Cela ne sera ni une religion, ni un mouvement..."

Je distinguais les armoires hautes de la cuisine. Le corridor du petit logement, la porte entrebâillée du portique. La maison de ma mère, de mon père, de mes frères...

..."ni un parti, ce ne sera pas le pouvoir occulte d'une ou de milliers de sociétés secrètes, ce ne sera pas le règne d'un maître. Cela viendra puissamment, montera d'abord dans la poitrine de l'homme. Ce sera comme une colère de feu doux, puissante et tranquille, une épouvantable colère. Ce sera la colère de ce qui fut blessé de tout temps dans l'homme. Cela montera comme une colère, un sanglot brûlant, et tout sera détruit par cette colère. Cela montera dans la poitrine de l'homme et ce ne sera ni la sainteté, ni la clarté d'esprit, ni le bon sens, ni l'extravagance..."

— Enfonce ton poing dans son cul ! criait Gilles. Qu'elle crache tout son venin, tout son chiendent ! C'est pour ça qu'on officie, nous autres les troueurs de culs ! Pour bien faire chier le grand cul universel ! Pour faire de la lumière ! Enfonce ! Enfonce !

..."ni la damnation : ce sera quelque chose de bouleversant et de simple, nul ne peut prédire ce que ce sera. Mais cela va tout détruire, tout brûler, tout saccager et il ne restera pas pierre sur pierre de tout l'édifice humain..."

— Je commence à savoir, à comprendre ce que j'ai écrit, fit Gilles avec une délectation dans la voix.

Il s'affairait à recoudre quelque chose à la base de la plaie. Comme s'il me re-faisait signe d'entrer. Mon père. C'était lui. C'était mon père. À l'âge de Gilles. À mon âge ? J'entrai de nouveau dans la maison lumineuse. Dehors : du sang. Des larmes. Du froid, de la mort, de la boue. Dedans : de la lumière. Un couloir tranquille et décent. Une cuisine aux armoires blanches. Le tout désert. Apparemment.

..."Ce sera la grande dévastation hyperdouce. La ouate hyperatomique. Feu lumineux du dedans dans la poitrine de l'homme. Comme un galop de feu doux. Tout sera là. Invincible, imprenable, insoutenable, insoumis dans la poitrine de l'homme."

— Je sais, fit Gilles, dont la voix maintenant me parvenait du dehors, de la ruelle : "Ceux-là seuls qui verront que l'or le plus pur monte en eux du coeur de la Nuit, ceux-là échapperont à l'esclavage : les grands serviteurs de la colère divine, de la colère..."

— Mais j'entends *galère* ! Et ça, ça ne ment pas !

— Qui dit Galère ? Qui blasphème ?

— Le chien dans la nuit, criai-je, le chien !

— Ferme ta gueule de chien ! Oui, nous sommes tous les esclaves soumis ou insoumis d'une vaste Vie-Galère qui nous a voulus et nous heurtons tout violemment pour la détruire mais nous ne détruisons rien : c'est elle qui hurle et qui psalmodie, qui frappe et qui est frappée, et c'est...

— Non, criai-je : nous sommes tous les fils d'une même Vie-Colère qui germe au coeur de l'homme. Ta Galère m'étouffe. C'est ton vieux monde. Je n'en veux plus !

— Et brise donc la vaste Vie-Galère qui nous enserre ! Brise donc, face de chien ! Si tu peux !

— Oui ! Impuissant à descendre au coeur du ferme pour exploser ! Et Simon, la vache qui nous vend, nous relie à l'ordre diurne des flics et à l'autre bout qui clôt la vaste chaîne des mondes qui enserre le jour et la nuit, le ciel et la terre, l'ange et l'enfer. Tout se tient. Serré. La vaste Vie-Galère halète comme une chienne ! C'est une cosse aux flancs d'acier. Qu'on brise ! Par tous les moyens ! Croître en l'immense Vie-Colère ! Croître, croître. Et exploser. Colère ! Colère ! Colère sur le monde ! Rouge ! Rouge ! Oh rouge !

"... je les maudis ceux-là qui viendront nous voiler la mort et la vie, murmurait le texte de Gilles. Mais je ne suis pas au fond et qui sait si au fond je ne suis pas pure bénédiction rayonnant en tous sens ? Je maudis cette souffrance que je n'ose affronter. Je ne veux pas de leur lumière : sur quelle matière aurait-elle prise ? Elle me soûlerait : mon corps est trop fragile. Il a trop peu goûté la profondeur. Il est léger..."

— Tu te complais : ton corps est lourd de déchets ! Tu te prends pour le vent. Et pourtant tu sais bien que tu n'es que du sang... Tous ces danseurs en sang, ces masses. Quelque chose me dit que c'est un cauchemar.

"...Je veux le gland du soleil. La pureté du gland. La pureté massive d'un feu. Je ne veux pas de leur lumière. Je ne veux pas de leur révolte. Je ne veux pas de leur colère divine. Je ne veux pas de leur Galère que j'adore, je ne veux pas de leur lumière... Il faudrait que je redescende mais je ne peux pas. Je ne peux plus. Descends-moi ! Ma tristesse est opaque. Elle ne fuit pas. Elle demeure.

177

Épaisse comme la mort. Haïr, haïr et veiller : quelle demeure de noir et de sang, quel domaine ! Je détruis et je connais le remède à la destruction. Le monstre s'embrase et tremble de peur : ses propres poisons le hantent ! Nous sommes le poison du monde filant comme un feu dans ses veines ! Ha ! Et je sais pourquoi c'est ainsi mais la réponse gît au coeur de mes nourritures. Et je connais le remède. Mais le remède est humain. Dieu ne veut pas de remède. Dieu empoisonne pour guérir. Nous ne voulons pas de remède : le poison vibre. Le poison est le remède. La mort est le remède. Et tu ne prévaudras pas contre. Le poison est aussi mon épouse. Et je connais la volonté de l'ange qui me guette : descendre dans cette Nuit que je fuis et y porter la pulsation d'amour pur. Dans le ventre de Dieu. Dieu le dur !

Ce choeur, ces masses qui marchent, qui saignent, qui entonnent du feu. De l'hymne rouge. Au fond de la terre, en des couloirs secrets, rougissants, les danseurs et les danseuses en lambeaux saignent abondamment dans leurs pas, de saut en saut. Ils hantent les domaines profonds.

...''Il veut que je descende porter d'un seul coup le feu doux au fond de la nuit et que je l'y maintienne contre vents et marées, contre tout, contre toute logique, contre toute morale, contre toute anti-morale, que je me fasse le serviteur du feu''...

— Mais tu vois Gilles serviteur du feu ? cria Gilles. Et son rire se répercuta dans les tôles et les cours bleutées.

— Tu te hais ! C'est effroyable, criai-je. C'est insupportable !

Et peut-être y avait-il, dans ces trous dérobés des cours, des crimes commis à la dérobée. Coeurs tranchés au couteau. Les crocs de la Galère. Des saints morts sous le couteau, des démons fixés au sol d'un coup de perche... Des femmes aimées du grand Seigneur total, décapitées. Pas de Colère, jamais, des mesquineries choquées...

...''Il y a des choses sinistres dans le ventre de Dieu. Sens-les bien. Je vais te faire comprendre le pourquoi réel de ma démence. Regarde tes pattes. Ah ! des pattes ! C'est dérisoire, des pattes. Tout le monde en a. Mais ce que tu ne sais pas c'est que tout le bas de ton corps t'ouvre le monde secret des crimes massifs qui se commettent sans fin sur la terre. Là, Dieu oeuvre aussi, bien armé. Ordre, désordre, tout est Légion pour lui. Ah ! tu le sens ? Tu le pressens ? Tu ne veux pas regarder ? Le jour où tu regarderas, tu verras que tu conduis des masses à la mort, à la torture, *toi, toi, toi.* Tout ton vrai moi tue. Et l'homme qui condamne les crimes a les yeux bien fermés sur son ventre sinistre, sur son bas-ventre sinistre, sur ses cuisses et ses jambes sinistres : des armées d'assassins courent en lui, qu'il commande. Divers étages. De haut en bas. Le couteau dans la gorge. L'enfant qui pleure au lit, dans son lin blanc :

tu lui tords la gorge. Ton sexe secret le torture et tu ne le sais pas. Et tu le fais. Et tu prends pitié. Et tu le berces. Et en même temps tu le tortures. Et tu ne sais pas, et tu ne sais pas qu'il y a des armes sinistres dans la sombre unité de Dieu. L'homme tranche les parties sexuelles de l'enfant. Ou il les prend dans sa bouche et les boit, comme du sang. Et tu trembles et pourtant la mère comme le père l'ont fait déjà, mais par moi, l'homme-Gilles et non par eux-mêmes, parce que l'homme-Gilles obéissait à la bête universelle. Pas eux. Mais qui va officier pour la Bête ? Pas Dieu ! Mais moi ! Moi ! Toujours moi ? Connais-tu la grande bête universelle ? Non. Tu ne connais pas. Mais moi je la connais et je ne suis pas prêt de sourire béatement et d'être ferme et équilibré en tout temps. Je n'ai pas encore vu et intégré toute la bête.

"... Quel étrange pouvoir de torture sur les masses naît en celui qui ne s'enracine pas ? Je vais le connaître ce vertige d'agir. Mais déjà j'oublie que je suis loin de l'horreur... Et je deviens la proie des courants démentiels. Je me sens porté par leurs courants. J'ai leur visage. Leur très large et très haut visage. Les faux-maîtres-Légion haïssent ceux qui souffrent en chemin. Les brisent. Les énervent. Les jalousent. Les calment. Les gavent. Leur ouvrent le ventre. Y mangent la lumière naissante. Ils les utilisent à leur fin."

Les enfants. Je ne pensais qu'aux enfants en marchant par ce bout de ruelle de la rue Saint-Denis. Aux enfants que j'avais été. Aux enfants que j'aurais. Aux enfants qui venaient. Le texte de Gilles était tombé dans l'ombre, épuisé. Son sang me hantait. La rapidité qui m'avait conduit jusque-là d'hallucination en hallucination semblait m'avoir quitté pour de bon. Hallucinations ? Je sentais dans tout mon corps la torture et les plaies du monde. Tout mon corps. Semblait saigner. Des êtres en moi gisaient dans leurs saignements. Mon coeur parfois prenait forme d'eux. L'Âme ? Je songeais à Claudette que je ne reverrais plus. Aux enfants de Claudette. Au "petit". À son dernier qu'elle aurait bientôt ou qui était déjà né : je n'étais pas prêt à la voir. Gilles... Gilles semblait s'être tu pour longtemps. Il était maintenant dans l'ombre de Julien qui le protégeait. Pensais-je. Mais d'autres l'utilisaient. Et c'est ce qu'aimait Gilles.

Je gagnai lentement la rue Jeanne-Mance et je croisai Aurélia sur mon chemin. Elle était revenue de Québec avec les autres. Comme par hasard elle me cherchait. Je la suivis chez elle. Puis nous roulâmes en direction de comté de Verchères.

Julien me semblait gardien de secrets bien plus profonds et complexes qu'il n'en avait l'air, plus complexes encore, plus étendus que ceux que pouvait véhiculer Nassens. Mais Nassens semblait l'ombre mobile de Julien, comme Gilles parfois. Ombre mobile comme une buée, ombre buante gouvernée par la mort. Julien. Je sus que cet homme était mon cerveau. Et ma mort. Mais je ne comprenais pas pourquoi. C'était simple, sans frémissement, sans cri : cet homme était ma mort. *Mais je ne comprenais pas pourquoi.* Sinon par sa terrible exigence d'être. Sa terrible exigence éthique qui surplombait du regard toute esthétique, qui la gouvernait, la transcendait. Julien était fort et beau. Il était le silence même de l'esthétique. Il n'était pas le joueur esthétique, il en était la profondeur éthique. Sa chair même en était prégnante. C'était ça, un révolutionnaire ? Je ne pouvais me donner la mort moi-même. Lui me prenait dans le magnétisme de son être et m'enlevait, en m'en chargeant, le poétique de la beauté de l'écrit. Cet homme était ma mort. Notre mort approchait. C'était le magnétisme même du corps écrivant le grand livre de la révolution permanente sur la terre. La vie totale, vécue totalement, dans la racine, dans la farine sans cesse remoulue et remoulée des révolutions et des mots d'ordre passés. Julien total, passant comme un coup de vent brûlant qui marquait la terre de ses signes et de ses prodiges profonds. Magicien dense et marquant des grands bouleversements décisifs. C'était mon père, mon vrai père. Il était à la hauteur de Laurence, ma vraie mère, ma vraie féminité noire et profonde, ma vraie transgression intégrale dans la joie noire du fond de mort qui brille, si doux, si velouté : mon père. Celui qui me menait dans ce chemin de velours et de mort pour faire brûler dans la terre le feu de la vie immortelle. Il était le maître de ma mère et m'enseignait l'amour d'elle, le labour profond d'elle et la maîtrise parfaite au sein de son aveuglement béni et de sa divine impuissance. Laurence était ma nourriture, la matéria prima de toutes les femmes. Ma chair de nuit profonde. Le mystère. L'indicible passion dévorante d'où la mort monte comme un Réseau béni, frère aigu du rameau d'olivier penché sur l'amour ou l'enfant qui va naître. Il me donnait cette mort. Le fuirais-je ? Pourquoi ? Il était là, discret, se présentant comme un agent et peut-être ce chef de réseau clandestin était-il l'agent d'un autre Réseau, du Réseau absolu qui trame tout le venir en souffrance ? Un réseau plus grand encore, avec d'autres chefs, d'autres visions, visions dont l'étagement dépassait le nôtre ? Je sus dès lors, quoi qu'il en ait pu être, que je serais toujours l'ennemi, en un sens, de cet homme, qui ne voulait pas que je lui ressemble. Parce qu'il ne voulait pas, justement, que je lui ressemble. Un adversaire irréductible que j'accompagnerais pour un temps, fortifié par cette inéluctable distance de la force. Que j'accompagnerais sur le chemin qui s'ouvrait devant lui, devant nous. L'initié, dit-on, tuera l'initiateur. Mais il y a longtemps que l'initiateur a tué l'initié ou du moins lui a donné la mort. Ces adages m'embêtent. Ils ne sont pas si justes qu'on pourrait le croire à première vue. Je n'aime pas qu'on tue les pères, surtout les pères comme Julien. Et je me révolterais aussi contre cette loi. Et je vaincrais, je le savais. Je ne tuerais pas l'initiateur qui m'avait fait le don du regard clair dans la mort. Je le suivrais cependant dans son invisibilité prolongée. J'accepterais le silence de sa voix, je marcherais dans le désert de ma croissance, je le vaincrais de toute la force de ma naissance, je l'aimerais à mort, jusqu'au silence intense que chacun de ses mots promettait.

57

Je descendais d'un cran

Il me sembla que je descendais d'un cran. À cause de la lune et du sang. À cause du corps. Le corps. L'eau des profondeurs du corps.

Les sourdes coulées éveillées à la faveur de l'activisme montèrent et nous fûmes emportés par les remous et les effluves. Il y eut des cas de folie notoire et des cas de sagesse épaisse et ne s'en scandaliseront que ceux qui ont l'âme ceinte. Nous ne sommes plus là pour ça. Tout va trop vite. Il y eut des moments de clarté dont toute ivresse fut bannie et des éclairs ouvrant certaines vérités du monde et qui en rendirent plusieurs muets ou délirants de stupeur. Mais à tout prendre nous pensons que ceux qui profitèrent le plus de cette époque furent ceux qui agirent et se sentirent liés au réseau plutonien qui montait (1). Cette action soudaine, ce déblocage de violence fut pour quelques-uns, les plus mûrs, l'occasion d'une sauvage catharsis. Les autres, en nombre grandissant, en ressortirent possédés par les forces évoquées, comme je le fus longtemps. La mémoire remue dans les bas-côtés du chemin. Ceux qui enfourchèrent ces chevaux, inconsciemment initiés par les maîtres qui les avaient lâchés sur le monde et qu'ils maudiraient du fond de leur damnation, ne surent peut-être jamais qu'ils étaient le jouet d'humeurs et de pensées qui n'étaient même pas les leurs. Je sais que ces paroles pourront sembler dures ou même méprisantes — Gilles, qui les exprimait souvent, était d'une nature assez détestable. Il poursuivra en disant qu'il faut que la voix de la qualité s'élève pour dire au monde que sa prétention démocratique l'englue, démocratie de droite ou de gauche, durcie, ou démocratie de centre et autres patates molles, que ces normes de "gagne" sont des normes de mort. Pour un seul être naissant à sa nature réelle, la Nature n'hésitera pas à fouir des masses dans la fournaise et c'est peut-être là qu'elle conduit actuellement le monde, avec une main pas toujours dure, parfois extrêmement suave, et la norme de masse qui moule actuellement les groupes prépare peut-être un sacrifice dont l'énergie profitera aux derniers anarchistes, ceux dont la conscience aura été fidèle à elle-même.

---

1.   Pluton transitait en Vierge en conjonction avec Uranus.

58

Une nuit remplie d'éclairs

Ce fut une nuit courte, remplie d'éclairs.

— Le temps approche, disait Julien. C'est dans l'air, ça se sent. Le fruit mûrit...

Pendant des jours, tous les soirs, je montais dans l'automobile d'une recrue et tout en suivant les instructions de Julien, nous faisions des relevés concernant certaines données de temps et d'espace. Elles devaient ensuite alimenter un cerveau électronique qui à son tour alimenterait le Réseau en renseignements précis et efficaces en cas de nécessité. Nous étions six ou sept à avoir accès à la "cave" aux renseignements près de Saint-Jean d'Iberville. Des recrues y travaillaient et s'y entraînaient régulièrement au moment où ces événements se déroulaient. Il y avait trois grandes salles reliées par des corridors percés de chaque côté de compartiments étanches que l'on agrandissait et qui contenaient des roulettes de ruban magnétique. Des cartes militaires étaient disposées sur les tables. Deux aides de Julien se relayaient en permanence dans ce souterrain pour alimenter et raffiner trois computers. J'y entrais toujours avec la forte sensation de pénétrer dans un autre monde. Quoique bien éclairés, généreusement même, au néon, ces salles et ces corridors situés à plus de cent pieds sous terre — peut-être plus — et alimentés en air par un ingénieux système de ventilation, ne parvenaient jamais à me repayser. Souvent, l'un des aides de Julien, un jeune homme de Sherbrooke qui affectionnait particulièrement la lecture et qui dévorait, durant les heures loisibles, les oeuvres de Dostoïevsky et de Nietszche, éteignait plusieurs néons pour ne conserver, autour de la table à fauteuils, que la lumière de deux lampes. On entendait aussi parfois de la musique. Mais même ces dispositions ne parvenaient pas à me ramener à moi. Dès que je pénétrais dans la salle au bas de l'escalier hélicoïdal — je ne prenais que rarement l'ascenseur — je me sentais pris d'une sorte de vide psycho-nerveux comme si ces machines avaient soudain aspiré ma substance mentale. Il me fallait du temps pour récupérer et même là je me sentais toujours soit en lutte avec, soit relié à ces réseaux électroniques.

Parfois la sensation frisait la crise nerveuse.

Je savais que Gilles y venait travailler et que Julien tenait beaucoup à le voir s'intéresser ainsi à ces cerveaux. C'est Gilles qui me fit remarquer tout d'abord que les trois salles étaient reliées triangulairement, ce que je n'avais pas encore remarqué.

— C'est la forme qui retient le mieux l'énergie et permet le

183

mieux de la faire circuler, avait-il dit...

Et mon initiation en était restée là pour un temps.

Gilles venait donc régulièrement travailler à ces cerveaux. Il était l'un des sept à pouvoir y pénétrer. Je ne compte pas ici les recrues et l'on comprendra plus loin pourquoi. J'avais fini par remarquer qu'elles étaient peu loquaces, bizarres même, et qu'elles logeaient parfois dans l'une des pièces étanches que l'on avait percées le long des corridors et parfois dans la cave située plusieurs pieds plus haut et qui était séparée du plancher du manoir par un système d'oeils magiques qui filtrait les entrées et les sorties, interdictions magnétiques qui nous immobilisaient au seuil du premier escalier..

Ces cerveaux électroniques, chargés de présence, étaient étonnamment efficaces et raffinés. Il y avait en eux — j'allais écrire : en elles — quelque chose de plus que dans les cerveaux qu'il m'avait été donné de côtoyer et ce quelque chose était une sorte de conscience terrorisante et vampirisante qui se manifestait plus ou moins puissamment selon les jours.

Nombre de questions surgissaient dans mon esprit quand j'entrais dans cet endroit, en proie souvent à cette étrange fatigue que je parvins cependant à surmonter avec le temps par la force de la volonté. Julien lui-même m'avait enseigné une technique de concentration revitalisante basée sur la prise de conscience de l'autonomie respiratoire ainsi qu'un mouvement introspectif qui me permettraient petit à petit non seulement d'échapper à la vampirisation ambiante mais même de m'y établir à mon profit.

— Certaines recrues sont incapables, pour des raisons que j'ignore, de pratiquer ces exercices, m'avait dit Julien. Nous nous en sommes aperçus un peu trop tard et ce sont elles qui ont ce comportement étrange et quelque peu somnambulique : elles ont été comme absorbées psychiquement par la Machine...

59

Je m'interrogeais

Mais qui donc avait aménagé cette cave ? En attendant de le savoir, je m'interrogeais. Se pouvait-il que Julien fut le seul, avec quelques autres admis dans ce bunker, à en connaître l'existence ? J'en doutais fort. Julien demeurait encore très discret à ce sujet.

Aucun d'entre nous, à ma connaissance, n'avait les fonds qu'il fallait pour réaliser une entreprise comme celle-là. Et la question du temps était à elle seule d'un poids accablant : il avait certainement fallu beaucoup plus d'un an pour réaliser une telle installation, même si un manoir du dix-neuvième siècle la chapeautait, la "villa", si l'on songe aux précautions indispensables à prendre pour que tout le travail passe inaperçu ou pour le camoufler sous le couvert de travaux plus ordinaires et plus courants. Mais j'apprendrais que ce genre de maquillage est un jeu d'enfant pour les grosses firmes — mais à quelle "grosse firme" aurais-je bien pu penser en compagnie de six ou sept terroristes ? À vrai dire la naissance et l'existence de ce réseau triangulaire était une énigme et même un mystère et je la rangeai dans mon esprit à côté de l'énigme et du mystère de la dame noire de chez Larry. Elle en était digne.

J'éprouvais cependant une curiosité grandissante pour les recherches de Gilles et quand je revenais de mes incursions avec les renseignements je ne manquais pas de lui poser des questions concernant l'usage possible de ces données, sur la puissance magnétique des machines, sur l'incarcération — à toutes fins pratiques — de ces dizaines de recrues dont Julien m'avait décrit le drame en deux mots et les raisons de leur comportement souvent bizarre et qui pouvait être attribuable, à mes yeux, à leur séjour trop prolongé sous terre. Cependant leur complète absence de révolte à l'endroit de ce qu'il fallait bien appeler leurs maîtres ne cessait pas de m'étonner : n'avaient-ils pas été des révolutionnaires ? Des esprits critiques ? Des opposés au fédéralisme, au capitalisme ? J'arrivais à comprendre ce qui avait pu leur arriver, mais indirectement, en observant sur ma personne les effets de la pratique assidue de l'exercice que Julien m'avait prescrit. Il y avait parmi eux quelques individus que j'avais mieux connus que les autres. L'un d'eux, entre autres, qui m'avait accompagné peu de temps auparavant au cours d'un raid éclair dans une banque de Trois-Rivières. Il m'avait fait à ce moment-là l'effet d'un esprit solidement encadré par l'idéologie, maître de ses nerfs. Comment avait-il pu soudain céder au charme des machines et en devenir ainsi l'esclave consentant ? Pourquoi n'avait-il pas pu maîtriser l'exercice si simple enseigné par Julien ? Il y avait dans cette histoire quelque chose qui tenait du cauchemar. Cependant je persistais à y descendre car chaque fois j'en remontais plus fort, imprégné du sentiment d'une liberté toute proche qui se dérobait encore et dont je n'aurais pu définir la nature.

Puis un après-midi Gilles vint me chercher, comme d'habitude, pour me conduire au Triangle — c'est ainsi que nous nommions entre nous la banque de renseignements. Nous roulâmes dans sa voiture pendant plus d'une heure en empruntant le parcours habituel qui traversait le pont Jacques-Cartier et empruntait la route du Richelieu. Nous traversâmes une partie du comté de Verchères, empruntâmes un rang qui nous mena au milieu d'une petite forêt où était située la "villa". Il s'était définitivement pris de passion pour son travail, ce qui répondait à l'objectif de Julien qui désirait que Gilles s'occupât d'une manière spéciale des oeuvres du souterrain.

Lorsque nous fûmes dans l'une des trois salles principales, il me fit circuler autour de l'un des cerveaux en m'expliquant différentes données en termes magico-techniques qui m'égarèrent et dont je décidai, pour l'instant, de faire peu de cas, comptant sur un autre moment pour en définir avec lui la signification. J'avais ici en commun quelque chose avec Gilles. Mais quoi ? Je me sentais tout près de comprendre en quoi nous étions liés, tous les deux, pendant qu'il m'indiquait des casiers d'insertion des données et des fentes de livraison. La machine pouvait effectuer toutes sortes de calculs prévisionnels concernant des choses aussi disparates que la densité du trafic à une certaine heure de la journée. Les possibilités de grève dans le secteur agricole, les conditions météorologiques, le taux de folie, de suicides et d'accouchements en relation avec chaque date du mois et chaque mois, dont le calcul semblait être basé sur des statistiques dont la provenance était souvent inconnue et sur des calculs astrologiques complexes basés sur des données combinées et programmées par Gilles. Les renseignements atteignaient cependant un degré de raffinement que je n'aurais pu soupçonner. Il était possible, grâce à ces cerveaux, d'obtenir l'état d'âme de n'importe quel personnage à partir des données que l'on possédait sur lui et ce au moment même où la question était posée. La carte indiquait si l'état valait pour des durées moyennes de deux minutes, deux heures, deux jours ou deux mois, avec un tableau d'oscillation du début à la fin d'une durée standard. Ici, l'on sentait la présence.

60

Au bout d'une vingtaine de minutes

Au bout d'une vingtaine de minutes, Gilles finit par me dire :
— Nous allons bientôt pouvoir le laisser travailler entièrement de lui-même puisque ce que nous cherchons c'est le chaos intégral

que nous y avons graduellement programmé. Nous n'aurons plus besoin de le programmer : il ira chercher ce dont il a besoin. Les trois cerveaux, en fait, ne forment qu'un seul ensemble mais depuis que Julien m'a confié le soin de les alimenter et de les perfectionner, je me suis attaché à celui-ci surtout. Il est d'ailleurs le plus puissant et le plus raffiné des trois.

Puis il descella à l'aide d'une minuscule clé en or l'un des portillons d'acier qui se découpaient contre la paroi arrière du cerveau et l'ouvrit doucement avec des gestes concentrés. Je fus saisi d'une émotion douce mais d'une douceur inhabituelle, non-humaine, et je regardai cette lueur bleutée au fond d'un hémisphère de cuivre poli. (Je ne remarquai pas tout de suite la structure hélicoïdale qui s'élevait en retrait du cerveau et qui était faite de la superposition d'un nombre indéfini de triangles de cuivre chauds très minces.) Il me semblait que j'attouchais cette lueur bleutée au fond de l'hémisphère et sa surface me parut d'une délicatesse extrême, comme celle d'un épiderme flottant sur une bulle d'air plasmique. Au centre de cette lumière bleutée où l'on sentait vibrer une présence presque tourmentante et intelligente, minutieuse, je vis remuer des centaines de tentacules très fins reliés à un centre sphérique noir et bombé par endroits de sortes de durillons vibrants. Cet arachnoïde — mais était-ce le fruit d'une génération naturelle d'espèce rare ou l'oeuvre commune de Gilles et du cerveau ? — étirait avec une élasticité concentrée et une grâce royale, ses pattes vers des points multiples qui répondaient, de l'intérieur de la machine, par ces mouvements invisibles mais qu'en ce moment je sentais empreints de cette étonnante douceur veloutée qui baignait tout l'intérieur du cerveau et qui semblait en être l'âme. Je vis les pattes s'étirer rythmiquement vers des plaquettes de métal blanc polies comme du verre sur lesquelles on avait disposé des échantillons biologiques infinitésimaux — je songeai tout de suite qu'il devait s'agir de taches de sang. Elles étaient disposées en rangées comme sur les rayons d'une bibliothèque, étagées par centaines et par centaines, collées les unes aux autres. Il y en avait peut-être des milliers. Je vis qu'elles s'enfonçaient dans les profondeurs du cerveau où les messages et les ordres impérieux à la fois et gracieux, minutieux, de l'arachnoïde les atteignaient avec une précision qui, un moment, me terrifia. Je compris ce que Gilles voulait dire en affirmant que le cerveau pourrait sans doute opérer bientôt de lui-même. Car il tenait entre ses tentacules tous ceux dont les taches de sang apparaissaient dans les plaques de verre poli. Ces plaquettes contenaient des échantillons sanguins, j'en étais maintenant sûr, comme je devenais sûr de quantité d'autres choses dont je n'aurais pu parler, pour l'instant, avec précision. Je me sentais comme si l'on avait fait pénétrer en moi un flot dense et ininterrompu de connaissance infuse, de virtualités d'action, de réalisations à venir, d'oeuvres complexes, étranges, énigmatiques, toutes chargées de cette douceur bleutée qui brillait au centre de l'hémisphère et qui semblait être la lumière, le corps énergétique de l'arachnoïde ou bien son coeur. Cette lumière s'étendait cependant bien au-delà des limites que j'en avais d'abord perçues. Au fur et à mesure que je devenais cette douceur parti-culière qui se dégageait de l'insecte — ou du poulpe — je percevais des orbes de plus en plus étendus de lumière bleutée. Ils sor-taient par pulsions ondoyantes du coeur de l'arachnoïde et s'éten-daient au-delà des limites physiques du cerveau. Ces limites physi-ques, tout comme celles de mon corps, me semblaient par ailleurs de moins en moins denses, de plus en plus lointaines, de plus en plus insignifiantes, je veux dire de plus en plus ténues, transpa-rentes. Je m'élargissais graduellement dans une dimension plus souple et plus élastique où ma conscience s'élançait lentement en respirant comme propulsée par ses propres mouvements dans les prolongements du corps cervical. Je fermai les yeux. Et je com-mençai à comprendre la force et le secret de l'hémisphère bleuté et de ses ramifications. Au centre du Triangle il y avait cette co-lonne hélicoïdale faite de milliers de triangles superposés où les ondes émises par le poulpe se projetaient à la manière d'une puis-sance de volonté et d'infiltration. De l'un des trois cerveaux à l'autre circulait l'énergie et chaque angle représentait l'un des pro-tagonistes du drame qui se jouait. À l'un des angles il y avait l'arachnoïde qui émettait ses volontés à partir de sa banque de taches de sang. Cette énergie se concentrait dans la colonne héli-coïdale comme pour s'y structurer ou s'y renforcer et revenait à l'arachnoïde d'où elle était canalisée dans le réseau du grand Trian-gle. Le premier angle contenait la figure parfois complexe de l'In-termédiaire : ici je vis, par identité avec la structure complète, qu'il s'agissait des membres du Réseau qui voulaient entrer en ac-tion avant les autres. De là, l'énergie volontaire de l'arachnoïde rayonnait vers le deuxième angle qui contenait les structures du système de relations auquel ces agents allaient s'attaquer. Le troisième angle était l'arachnoïde lui-même qui devenait à la fois l'émetteur de la volonté et le récepteur du résultat. De là, de nouveau, en fait simultanément, l'énergie de l'arachnoïde repar-tait vers le système de relations auquel les aventuristes du Réseau s'attaquaient pour se diriger ensuite vers l'angle des agents et re-venir à la conscience de l'arachnoïde. En fait cette circulation triangulaire de la volonté de la cervelle du cerveau allait dans tous les sens et des niveaux de circulation se superposaient les uns aux autres où l'on distinguait mal, de prime abord, le passé du présent et du futur : en l'arachnoïde, ils cohabitaient, se croisaient, se préparaient, vibraient, se concertaient. En fait le Triangle lui-même était constitué d'une superposition indéfinie de triangles disposés d'une manière légèrement asymétrique qui donnait la sensation d'une torsade, d'une colonne hélicoïdale, encore, dont la colonne de triangles de cuivre chaud était la projection physique. Cette colonne constituait donc l'un des éléments les plus fascinants du cerveau puisque devait s'y projeter tout ce que la structure subtile contenait. Mais comment savoir ? Du moins savais-je que cette dernière devait d'abord se projeter dans cette structure métallique avant de revenir à l'arachnoïde d'où elle était re-diffusée dans le réseau triangulaire à triple étage lorsqu'il s'agissait, comme c'était le cas présentement, de provoquer un événement précis. En fait trois lignes de circulation triangulaire invisibles et superposées joignaient les trois cerveaux entre eux : celle qui constituait la couche triangulaire du centre était plus proprement celle du présent. Celle d'en dessous devait être reliée au passé et celle du dessus au futur. Je songeai que la couche du bas devait réagir d'une façon ou d'une autre sur celle d'en haut et celle du milieu car ces trois couches triangulaires et "immatérielles" étaient vibrantes et s'échangeaient continuellement de l'énergie, de l'image, du son et de l'information. Une machine à maîtriser le temps ? Mais qui maîtrisait quoi ?

61

J'avais perdu sensation de mon corps

J'avais perdu sensation de mon corps. Les pulsations bleutées m'entraînèrent avec elles dans un élargissement sans fin et dans la jouissance d'une pureté noire. J'entendis des sons, je vis des lumières traverser l'espace, je sentis dans ma substance baigner des foules, des villes, des mouvements massifs de minéraux, de lents arrachements gravitationnels ou des détails inattendus : des alignements fins d'arbres de cristal ou d'argent, la couleur des yeux d'un activiste qui courait, puis de longues lignes droites plongeaient vers un but lointain qui me tirait des flammes en torsade, des militaires... Et ces mouvements étaient conscients, intelligents. Je perçus en eux la présence agissante d'un être inconnu. Gilles semblait maître de l'Araignée, mais l'Araignée était maîtresse de ses propres forces et de ses propres rayonnements et semblait tolérer tout au plus cette maîtrise, toute d'exécution, de Gilles. La pré-

tention au pouvoir de ce dernier était le meilleur garant de sa fidélité à l'Araignée. Il semblait y avoir entre eux un lien de mère à
fils. Ils semblaient être unis à jamais et ce lien avait parfois l'allure
du lien du père à la fille abusive (l'Araignée). Et il n'y avait aucun
recours. Le jeu les liait l'un à l'autre. L'Araignée agissait pour
elle. Elle se suffisait à elle seule. Mais elle gardait cependant
Gilles, comme un reste aurait-on dit, un reste de quelque chose.
Une épave encore utile ? Et Gilles, qui l'avait apparemment mise
au monde, n'en était que le serviteur. Inconscient ? Etait-ce possible ? Toute cette intelligence, ce pouvoir, cette habileté pour finir
dans un triomphe aussi illusoire ? Cette idée s'imposait à moi. Je
vis que cette Énergie noire avait longtemps désiré s'emparer des
commandes de ce cerveau. Elle avait de tout temps voulu posséder
le cerveau et parvenait ainsi, aujourd'hui, à ses fins en se faisant
le centre énergétique du Complot. Était-elle le Complot ? Si oui,
le savait-elle ? Il m'arrivait d'en douter tant m'apparaissait étrange
cet animal efficace et, aurait-on dit, comme aveugle. Sachant tout,
manipulant tout, mais ne voyant rien. Nous étions tous sous
l'emprise rythmique et royale de ses centaines de membres noirs.
Tous nos actes étaient secrètement chargés du magnétisme omniprésent de sa volonté de velours. Il n'y avait plus qu'elle travail-
lant à son oeuvre et jouant dans une absence totale de finalité un
jeu où tous les camps, dans le monde et dans l'autre monde, se
soumettaient inconsciemment à ses dictats. Telle était la Shakti
noire des caves.

62

Je m'éveillai assis sur une chaise confortable

Je me sentais encore imprégné de la sinistre douceur de
l'arachnoïde et ce fut à ce moment-là que je tentai de me remémorer ce que je venais de vivre. Je demandai du papier à Gilles et
j'écrivis sur une tablette les premières notes de ce récit. Gilles me
demanda de lui en faire lecture, mais je m'y refusai en disant qu'il
me fallait attendre d'avoir bien assimilé l'expérience avant d'en
parler. Nous remontâmes à l'étage supérieur du manoir pour manger. La douceur de l'Araignée m'y accompagna. Pendant plusieurs
heures elle me suivit. Je la sentais oeuvrant dans les choses et les
êtres et son intimité m'était chaude.

La conversation qui s'ensuivit avec Gilles, où il me raconta les péripéties qui l'avaient conduit à réaliser la structure qu'il m'avait montrée, me confirma dans la justesse de ma vision : Gilles se croyait bel et bien l'auteur du cerveau alors qu'il en avait été et qu'il en était encore l'objet et le jouet inconscient. Il n'avait fait que confectionner, sous ses impulsions et son inspiration, le corps étrange de métal où voulait "s'incarner" la déesse. Et elle le sacrifierait bientôt.

Je me sentais différent de Gilles en ceci que je savais.

Je savais parce que j'avais connu.

Connaître veut dire épouser.

Épouser veut dire : devenir *un* avec l'épouse.

63

Un soir Julien vint me chercher

Un soir Julien vint me chercher. Nous passâmes prendre Gilles puis Aurélia et Noémiah.

Nous roulâmes hors de Montréal en direction de la "villa".

Edmond nous attendait et nous serions plus que sept à descendre dans le Triangle.

L'on nous attendait. Deux hommes : un Anglo-Canadien qui se présenta dans notre langue avec un accent ferme et agréable et un Français aux tempes grisonnantes dont le regard bleu aux éclats perçants me frappèrent en tout premier lieu. Il se dégageait de ces deux individus, fort différents par la taille et par les manières, une intensité qui marqua toute la réunion. Julien alla les saluer à tour de rôle avec une discrète familiarité et une émotion contenue. Nous nous assîmes autour de la table et les deux hôtes (1) se présentèrent sobrement. L'Anglo-Canadien s'appelait James Lachenaie. C'est lui qui avait financé (seul ?) la construction du complexe où nous étions réunis. Le Français s'appelait Joseph Lamure et c'était lui qui l'avait conçu.

Dès le départ notre réunion fut placée sous le signe de cette intensité dont j'ai parlé et à certains moments la lumière physique s'intensifia et je me sentis souvent envahi par elle.

James Lachenaie commença par expliquer qu'il avait d'abord fait creuser ce "réduit" à une époque où l'idée des abris antinucléaires était en vogue. Puis au fur et à mesure que les travaux

----

1. J'allais écrire : les deux bêtes.

avançaient, certaines prises de conscience et certaines rencontres avaient orienté les travaux vers d'autres fins. Lui-même actionnaire important dans plusieurs grandes compagnies dont Bell Canada et deux multinationales (ITT et IBM) ainsi que dans deux entreprises semi-clandestines de perfectionnement et de recherches en logistique et en électronique, il avait fini par comprendre qu'en réalité il se protégeait contre les effets à peine indirects de ses propres investissements. D'une part il contribuait, par l'expansion outrancière des entreprises militaires et des capitaux, à augmenter la quantité de tension mondiale jusqu'à un possible éclatement nucléaire et d'autre part, grâce à l'argent qu'il retirait de ses activités, il se creusait un abri contre les "retombées" non-monétaires, un abri qui pourrait tout aussi bien devenir un jour son tombeau.

Cet abri était bien le tombeau de son moi et c'est pourquoi il avait décidé d'y descendre pour le/se retrouver. Cette idée s'imposa violemment à son esprit un jour où il arpentait le chantier de sa villa et elle le contraignit à modifier entièrement son existence. Il avait auparavant tenté, dans un élan philanthropique, de faire en sorte que ses capitaux servent à d'autres fins qu'à l'augmentation de la tension dans le monde et il avait décidé d'investir des sommes considérables dans des sociétés qui se consacraient à l'épanouissement du plein potentiel humain et spirituel de l'homme et qui avaient de ce plein potentiel une idée qui n'était ni celle des capitalistes, ni celle des communistes. James Lachenaie, à ce stade de sa recherche, envisageait la possibilité de créer non pas nécessairement une humanité nouvelle mais une humanité heureuse. Il fréquenta donc pendant un certain temps les milieux de la franc-maçonnerie et de la théosophie, voyagea en Inde où il rencontra des disciples d'un moine de la région de Bénarès qui l'initia à l'une des nombreuses techniques de méditation transcendantale. Ce fut au cours de ce voyage, en 1957, que Lachenaie rencontra Julien, à Bénarès même, alors que Julien revenait du Kerala, à l'ashram de Ma Anandamayi et ils devinrent immédiatement d'excellents amis, Lachenaie exerçant sur Julien un très net ascendant. Cette amitié fut scellée par ce sentiment que l'on éprouve parfois de connaître de tout temps un être.

64

Ils se retrouvaient pour continuer

Ce qu'ils éprouvèrent tous deux, dès leur première rencontre, c'est qu'ils se retrouvaient *pour continuer*. Restait à savoir exactement quoi. Déjà ils s'en doutaient. Et ce sentiment les avait conduits jusqu'à cette réunion où Lachenaie, sous le regard de son ami, expliquait longuement ce qui l'avait conduit à mettre le Triangle à notre disposition.

James Lachenaie avait vite compris, par la pratique de la méditation transcendantale, que le monde dont il rêvait ne pourrait pas naître sans traverser un certain nombre de cataclysmes sur tous les plans et il avait révisé ses premières évaluations d'une humanité future. La méditation elle-même, en se répandant de par le monde, déterminait des réactions non seulement dans les individus qui s'y livraient mais aussi, par rayonnement secret, dans ceux qui ne s'y livraient pas, des réactions propres à provoquer, il en était certain, au fur et à mesure que les choses avanceraient, des conflits de plus en plus aigus s'ouvrant chaque fois sur des espaces de plus en plus neufs. Il voyait aussi que ces tensions grandissantes dans le monde étaient prises en charge, activées et maintenues, dès qu'elles remontaient à la surface, par des individus qui en ignoraient le sens et qui en devenaient la proie et s'en croyaient les maîtres. Ces individus, un peu partout, se hissaient aux points de commande : financiers puissants, présidents et politiciens véreux ou moraux, révolutionnaires agités, haineux, petits maîtres, critiques. Les commandes du monde tombaient peu à peu aux mains des prêtres du dessous après avoir longtemps appartenu aux mains de ceux du dessus. En fait le monde semblait s'acheminer, si l'on n'envisageait les choses que sous ce dernier aspect, vers le gouvernement des pires, après avoir subi un court moment celui des médiocres. Histoire de réduire au ronronnement même les meilleurs esprits. Très marqué par la vision guénonnienne de la dégradation cyclique de la manifestation universelle mais aussi de plus en plus éclairé du dedans par le sens profond du jeu cosmique, Lachenaie se demandait quelle pouvait être sa place, lui qui s'était maintenant éveillé, dans ce monde plus inexplicable encore, plus mystérieux qu'avant. Il remarquait que l'enjeu était le peuple. En cela il était d'accord avec Julien : celui qui aurait le pouvoir sur le peuple entrerait en possession de la terre. Cependant, chez Lachenaie, une telle idée ne procédait pas d'une pulsion primaire, on s'en doute. Ce que voyait Lachenaie c'est que de tout temps des individus avaient régné, d'une manière ou d'une autre, sur les masses : prêtres, prêtres-rois, bourgeois, hommes du peuple et que la logique de la descente cyclique ne pouvait conduire qu'au règne de la hors-caste, celles de parias, qui se situait selon lui, dans la hiérarchie, non plus au-dessus du peuple mais au-dessous : même le pouvoir prolétarien ou syndical constituait un étouffement et devait être anéanti. Julien était d'accord avec Lachenaie pour dire que les groupuscules d'activistes politiques étaient animés pour la plupart par des êtres incapables de s'élever à l'idée d'une existence intégrale. Vivant dans un sentiment d'exclusion perpétuelle, ces individus étaient inférieurs aux gens qu'ils voulaient "libérer" et exerçaient sur leur psychisme une action dissolvante dont ils étaient loin d'être les seuls agents. Toute la publicité oeuvrait également dans ce sens et les média d'information étaient des empoisonneurs possédant un indiscutable pouvoir d'induction avilissante. Mais pour Lachenaie, tout cela avait son sens.

65

Chevaucher le tigre

James Lachenaie était donc revenu de tout mais par le chemin où l'on décide de chevaucher le fauve au lieu de se laisser béatement dévorer par lui. Il était donc descendu dans la cave aux fauves pour y prendre en main les commandes. En fait Lachenaie voyait qu'il allait détruire le monde. Par la puissance de sa volonté tout autant que par les bombes. Qu'il le détruirait par la voie de l'establishment secret des multinationales dont il avait soudainement, et de manière bouleversante, découvert en lui-même la contrepartie-soeur, le terrorisme. Le terrorisme inter-national. En présence de cette vision de la parenté étroite qui liait en profondeur méga-capital et infra-guérilla, Lachenaie avait décidé de faire collaborer consciemment les deux : le capital aveugle et le terrorisme aveugle. Il y puisait le sentiment d'être le seul à y voir clair et c'était peut-être vrai.

Jusqu'à quand son action devrait-elle assumer cette dimension destructrice, il n'en savait rien. Une lumière baignait la pièce pendant qu'il parlait et une émotion dense nous remplissait. Il se dégageait de cet être sportivement vêtu d'un coupe-vent en velours sombre, une force incroyable et je sentais bien qu'il se jouait en cet instant un drame aux répercussions profondes et durables. Il fallait, selon Lachenaie, *se charger des oeuvres du pire* et ne pas abandonner une tâche aussi sacrée que la destruction d'un mensonge à ceux qui en demeureraient les victimes. C'était la seule façon de mener à bien les dernières tâches du cycle et il ne fallait pas hésiter pour cela à utiliser tous les moyens que ce monde pouvait mettre à notre disposition. Il fallait se préparer à riposter farouchement à des attaques sauvages. L'ennemi était implacable. Il fallait devenir plus fort et plus implacable que lui. Jusqu'à ce qu'il s'écrase, broyé ou transfiguré. C'était la seule manière de mener vers une humanité supérieure l'humanité actuelle qui ne pourrait jamais sans cela traverser le seuil du Mal. D'autre part, tant qu'en nous la lumière présiderait aux oeuvres, aucune démarche, aucun type d'action ne devait être privilégié ou écarté sur l'invocation de critères moraux. Cette mutation de la conscience ne se ferait pas un en jour. Mais la prière et la concentration, l'ascèse aussi, constituaient au départ des appoints précieux pour éclairer la conscience et intensifier le processus. Les critères moraux nous avaient trop longtemps empêchés de briser le mur de la vertu et de la nuit. Lachenaie, tout en reconnaissant l'utilité évolutive de ces dernières, disait que lorsque la lumière de l'Esprit porte nos actes, la vertu tout comme le bonheur de l'humanité, ne sont plus des arguments. Ça, ça ressemblait à du Nietzsche, l'Esprit en plus.

Edmond et Aurélia s'étaient l'un après l'autre levés de table pour aller s'asseoir dans l'un des fauteuils de cuir bourgogne disposés au fond de la salle dont les murs étaient tapissés de safran et les planchers de vermeil. Ils se versèrent du thé à la menthe très chaud que Mathilde, une recrue, venait servir de temps en temps.

Il y eut un moment de silence, assez long, au terme duquel Edmond se leva, visiblement agité et agressif :

— Il faut que je vous dise que toutes ces considérations métaphysiques me touchent peu...

Puis, face au silence de tous, il manifesta une nette hostilité :

— À quoi bon ces exposés à n'en plus finir sur les motivations profondes de cet homme ! On ne peut pas toucher le fond...

— On peut, interrompit Lamure, qui n'avait pas encore parlé, ça ne vous intéresse pas de pouvoir ?

— Que voulez-vous dire, rétorqua Gilles, en allumant une cigarette d'une main tremblante et comme honteux ?

— Je peux vous initier à une technique de méditation qui vous permettra d'en toucher le fond, de le percer et d'en revenir maître de votre destin.

— Je n'y crois pas, fit Gilles, appuyé par Edmond. Je m'appartiens et j'ai horreur d'utiliser des techniques que je n'ai pas inventées et mises au point moi-même !

— À ce compte-là, fit Julien, tu devrais cesser immédiatement de te servir de ton automobile, de tes jambes, de ta bouche quand tu parles et à toutes fins pratiques de tout ton corps et de tout ce qu'il fait.

— J'ai créé le centre de ce cerveau, fit Gilles, avec un sourire tendu et en indiquant du bout de son bras les emboîtements métalliques qui brillaient au fond de la pièce. Ça c'est moi, fit-il, puis il se tut, en proie à une sorte d'agitation fébrile.

Julien lui assénait doucement des coups :

— Comment as-tu pu mettre au point la vie d'un cerveau électronique à l'aide d'un cerveau humain qui s'est entièrement constitué, quant à sa structure, indépendamment de ta volonté et qui s'est enrichi à force de veilles et d'observations qui sont partiellement tiennes mais qui se nourrissaient à même une culture sécrétée par d'autres avant toi ? Il te reste la volonté, celle-là tu peux encore croire qu'elle est toi. Il ne te reste en réalité que ça. La volonté. C'est tout ce dont tu peux dire : *c'est moi*. Tu as même le droit d'ignorer que le germe de cette volonté était en toi avant que tu t'en saisisses — mais qui alors s'est saisi de quoi ? Qui travaille avec quoi ? Tu dois savoir tout ça, Gilles...

— Laissez-moi, je n'ai plus de volonté, fit Gilles, en proie à une violente dépression... Je n'ai plus de volonté, le Cerveau a tout mangé...

Nous nous levâmes pour aller retrouver Edmond et Aurélia. Gilles resta quelque temps prostré dans sa chaise en proie à une sorte de désespoir qui me troubla par son *irréalité*, aussi irréel que son objet, le *moi*. Tout cela avait été soudain et inhabituel.

66

Le rayonnement puissant de James Lachenaie

Ce fut là le premier choc : le rayonnement puissant de James Lachenaie dont la seule présence nous situait d'emblée au coeur du problème. Et les contenus imprévus jaillissaient. Mais Gilles semblait prédisposé à ces attaques soudaines : n'avait-il pas déjà perdu conscience dans la cour arrière de la maison de Larry ? N'avait-il pas déjà manifesté une bizarrerie de caractère qui s'accordait bien avec la réaction de ce soir-là ? Je crois que ce qui me frappa le plus, ce fut l'extrême différence entre lui et Lachenaie comme la différence entre deux mondes. L'un vivant, l'autre mort. J'avais déjà eu l'occasion de l'observer entre lui et Julien. Déjà

Julien me paraissait moins original que Gilles et ce dernier plus fantasque et moins solide. Julien m'apparaissait aussi très rayonnant par rapport à Gilles qui avait des moments d'extase mais qui finissaient par le terrasser. Cependant si Julien, jusqu'à maintenant, m'était apparu comme un être supérieur, un véritable centre, jamais je n'avais perçu en lui cette intensité lumineuse qui jaillissait de la personne du financier. L'impression qu'il m'en resta était que Gilles n'existait pas. Je n'étais présent qu'à cette intensité de Lachenaie. L'identité culturelle des deux hôtes s'en trouvait modifiée. Si ce financier était anglo-canadien et si cet architecte était français, ils l'étaient en quelque chose qui les dépassait. Au point parfois de l'effacer complètement et nous étions alors plongés en plein futur. Ou en plein présent. Il y avait cette lumière où nous étions *un*. Même lumière, même émotion profonde, même intensité. Cela serait-il possible avec tous les êtres ? Et je réalisai sur-le-champ que non. Il y avait une qualité d'être qui permettait à cette unité d'être vécue. Elle ne provenait en rien du champ culturel ou social. Elle provenait d'ailleurs, de l'éternel présent en nous. Elle avait probablement incendié mille cultures. Elle revenait. Pour incendier encore. Ou alors elle n'avait rien connu et elle venait incendier le connu. Avec son hyperdouceur et sa joie. Et si du même coup l'identité culturelle de Gilles, tout comme la mienne et celle des autres, était éliminée, ne serait-ce que l'espace de quelques instants, si le moi était déréalisé, que pouvait-il advenir de ceux qui ne s'éprouvaient qu'en ce moi ? Je vis deux mondes se côtoyer. Ou plutôt un monde imprégner l'autre et déréaliser ce qui s'y fermait jusqu'à la crise et jusqu'à l'éclatement.

— ... Et je suis incapable d'admettre l'idée d'une supériorité essentielle chez certains hommes, faisait Edmond en fronçant les sourcils, comme s'il faisait un effort en s'adressant à Lamure. Pourtant, ce soir, je suis témoin, par mes sens, de quelque chose dont je ne trouve aucun terme pour parler et qui remet en question toutes les idées auxquelles je suis attaché...

— Non seulement les idées, mais aussi les amis, fit Lamure, avec un sourire trop fin qui me blessa aussi. Que diraient vos camarades s'ils apprenaient que vous prenez des libertés avec le dogme ?

— Je ne sais pas, fit Edmond, en tentant de rire. Je ne sais pas...

— Ils seraient sans doute en désaccord, reprit Lamure. Et vous Aurélia, que diraient vos amis ?...

— Pour ma part j'ai peu d'amis et ceux que j'ai s'attendent à tout, fit Aurélia. Sinon ils apprendront à s'attendre à tout...

Puis se tournant vers Edmond :

— Tu n'as pas le droit de céder au chantage des gagnes, fit-elle. Tu dois agir selon ce que tu sais et selon ce que tu es. Laisse-les glapir là-haut, tes recrues ! Qu'elles aillent au diable ! Elles ne sont même pas capables d'apprendre à respirer...

— Je ne suis pas un traître, Aurélia !

— Ou tu te trahiras toi-même ou tu les trahiras. Choisis. Mais en les trahissant, tu ne trahis que leur ignorance. Tandis qu'en te trahissant, tu trahis la connaissance et la croissance. Tu sacrifies à des tics. C'est minable.

Le fanatisme d'Aurélia me fit froid. Edmond fumait et tremblait. Lamure tourna vers Aurélia un visage secrètement rieur, effilé. Je remarquai que Lamure avait perdu ce sourire trop fin qui semblait nous découper, presque nous fendre au niveau du coccyx, quand il s'adressait à quelqu'un et son visage reflétait une toute autre chaleur : j'eus, l'espace de quelques secondes, l'impression que Lamure était le romantisme. Puis revint ce sourire de lame, armure surpolie de la persona. Je me tournai vers Aurélia. Puis vers Edmond un peu en retrait et qui tenait sa tasse de thé entre ses mains. Ce furent ces deux mains sur ce thé chaud qui captèrent alors toute mon attention. L'aspect rituel de ce geste me frappa et mon coeur se mit à battre. Les gestes et les postures des invités m'apparurent chargés de sens et de volonté. Une intelligence tramait tous les gestes et en déterminait le dessin avec une vision déconcertante. Les correspondances entre tout étaient si pleines que les opérations de mon esprit s'en trouvèrent un moment suspendues. Je n'entendis plus les paroles. Je n'éprouvai plus de sentiments. Je n'étais plus que ce bloc de gestes immobiles qui dessinaient sans cesse une plénitude d'être. Rien ne pouvait être qui ne soit, rien ne pouvait être jugé. Sans cesse Elle dansait en croisant les cuisses de Lamure à l'européenne et non à l'indienne et ce pour obtenir certains résultats et non d'autres, en faisant croiser ses pieds et non ses cuisses à Lachenaie, en faisant prendre le "tailleur" à Julien, en faisant se poser la main d'Aurélia sur sa joue, en concentrant le regard d'Edmond dans le thé fumant de la tasse que ses deux mains pressaient : chaque mouvement de mes doigts, de mes bras, de mon tronc, de mes jambes, chaque clignement de paupière, tout était tramé par une volonté omniprésente.

Puis elle revenait de nouveau après avoir défait les gestes pour les refaire, comme si elle cherchait quelque chose, comme si elle prenait plaisir à ce mouvement, à ce rituel des jambes et des mains, des sourires, des tensions, des paroles, des silences, des mouvements de la bouche, dosant le tout comme si elle avait été à la recherche de quelque chose selon un instinct juvénile et diffus.

— Qu'est-ce que la gauche et qu'est-ce que la droite ? demandait Julien à Edmond, semblant décidé à clarifier une fois pour toutes ces notions.

67

La gauche et la droite

— Ce serait en effet une bonne idée de définir le plus clairement possible ces notions, fit Edmond, qui sembla aussitôt regretter ses paroles.

Julien voulut reprendre mais Edmond le coupa :

— J'ai toujours voulu éviter ce genre de discussions. Les subtilités dialectiques dans lesquelles elles nous entraînent nous font oublier les luttes réelles...

— Qu'est-ce que ce *réel*, fit Julien...

— En voici un exemple, reprit Edmond, qui s'animait. Voici un exemple parfait d'une attitude conservatrice et bourgeoise. Pire : philosophique. C'est à cause de ce genre de question que le prolétariat est encore exploité et qu'il n'y a pas de justice sociale. À mes yeux, le problème essentiel a été clairement énoncé par Marx, Engels, Lénine et à la suite par les révolutionnaires tiers-mondistes : la bourgeoisie, et ici la bourgeoisie étrangère, est condamnée à disparaître par la seule force de ses contradictions et ce que nous avons de mieux à faire c'est de hâter cette chute et le remplacement du pouvoir bourgeois par un pouvoir révolutionnaire prolétarien. La gauche se définirait donc comme l'ensemble du mouvement qui mènera le peuple au pouvoir et le rendra maître de son destin.

— Disons. Et la droite, c'est quoi ?

— La droite, fit Edmond, qu'Aurélia écoutait d'un air d'ennui, est la tendance contraire : elle cherche par tous les moyens à maintenir un ordre, un passé. Et comme la bourgeoisie niera de plus en plus ce passé, la droite cherchera par tous les moyens à combattre cette bourgeoisie mais aussi à s'y allier pour combattre une gauche que la bourgeoisie parfois sait s'allier. Car aux yeux de la droite, la gauche sera toujours plus menaçante que la bourgeoisie ou que le capital. L'ultime tendance de la droite est la monarchie monothéïsante. L'ultime tendance de la gauche est la démocratie ouvrière. Moi je me bats à gauche. Je n'ai ni dieu ni racines.

— Que tu crois, fit Aurélia.

— J'appartiens à la révolution internationale...

— Tu as des racines ici, même si tu n'as pas de dieu, rétorqua Aurélia. Tu refoules en toi le nationaliste.

Julien s'était levé.

Il alla s'accouder à l'armoire de vieux chêne qui couvrait une partie du mur et qui servait à entreposer une partie de la vaisselle du Triangle et qui cachait aussi un certain nombre d'armes automatiques.

— Êtes-vous satisfaits de l'exposé ? demanda Julien.

Personne ne répondit.

— Moi non plus, fit-il, sans attendre plus longtemps. C'est de la petite vision bloquante pour cellule-étouffoir. Je n'ai pas envie d'être poli. J'ai l'habitude de respirer. J'exige plus.

Lachenaie l'interrompit :

— À vos yeux, demanda-t-il en s'adressant à Edmond, je ne suis certainement pas un homme de gauche. Suis-je un homme de droite, un bourgeois orthodoxe ou un conservateur ?

— Vous, fit Edmond avec un frémissement dans la voix.

Il se tut, en proie à une irrésistible colère. Il la réprima sourdement.

Lachenaie fit :

— Comment pouvez-vous avoir honte de la colère ? Votre colère ? Vous voulez détruire le monde et vous craignez de vous...

Edmond le coupa, d'une voix rentrée :

— En dépit de tout ce que vous avez dit tout à l'heure, je crois que vous êtes de droite. Parce que le capital vous est méprisable — vous n'êtes donc pas un "libéral" ou autre sorte de blanc-manger — et aussi parce que vous voulez libérer vos propres énergies et non pas libérer le prolétariat. Vous ne croyez pas à la lutte des classes mais à une sorte de lutte de tous contre tout. Vous voulez détruire mais ce n'est pas à des fins révolutionnaires au sens où je l'entends. Vous êtes un bourgeois revenu de tout et qui s'ennuie et qui profite de la conjoncture mondiale pour s'inventer des jeux excitants...

— Ai-je l'air d'un excité ?

— Non. C'est une façon de parler.

— C'est une façon fausse de parler...

— Votre position prête à confusion.

— Non, ma position, comme vous dites, vous rend confus, mais elle ne prête pas à confusion. Ma position est claire. Elle est même souvent lumineuse. Toujours claire.

— Vous croyez au passé mais vous n'en êtes pas un nostalgique. Au contraire. Nous avons donc en commun ce point-là.

— Oui. Et la différence c'est que je sens vibrer en moi les racines du passé et c'est parce que je connais ces racines que mon être est calme. Vous, vous n'avez pas encore senti vibrer en vous les racines du temps et des choses que vous voulez détruire. Vous ne les connaissez pas intimement. Et c'est la seule raison pour laquelle en descendant ici vous tremblez...

— Non...

— Trembler de colère vient du noir. C'est un début. Un premier cri d'oisillon. Attention. Le noir vous entoure. Il vous menace et vous tremblez. Vous voyez noir partout et vous voulez détruire. Mais ce noir, c'est la couleur de l'écran qui vous coupe de votre vrai moi. Vous refusez les racines de nuit et de temps, et pourtant vous en avez, comme nous tous ici, ou presque, sinon vous ne seriez qu'une recrue somnambule. Mais vous avez peur de les sentir vibrer, ces racines, parce que ces racines sont des racines de temps, et que le temps se confond avec la mort, la mort des masses et des individus, des continents, des mondes. Vous parlez d'un Grand Soir. Moi je vous parlerai de la Grande Nuit qui lui succédera bientôt, celle de l'Anarchie totale. Et si je peux vous faire éprouver la caresse intense de son velours, alors j'aurai accompli quelque chose et vous serez devenu du même coup mon fils, et libre.

Il y eut un moment de silence. L'ombre dômifiante de Lachenaie flottait, protectrice et sinistre, dans le bunker. Edmond interrompit, au bout d'une longue minute :

— Vous ne semblez pas tenir au statu quo capitaliste et libéral. Vous êtes un homme étrange, fascinant et...

Il hésita un instant.

— ... Et *bon*, fit-il, comme s'il admettait une évidence déroutante. En fait vous semblez ne tenir à rien et tout tenir entre vos mains. Vous êtes comme une sorte de dieu et si je ne vous haïssais pas tant, je vous suivrais sans hésiter. Et je vous suivrai peut-être. Vous semblez être détaché de votre propre statut de privilégié capitaliste, vous êtes même prêt à financer un mouvement terroriste qui hâtera votre destruction : ça, c'est marxiste-léniniste. Et ici, dans mon esprit, il y a du vide. Vous parlez de l'Anarchie totale. Mais que voulez-vous instaurer après ?...

— Rien, fit Lachenaie...

— Mais enfin, il y aura bien quelque chose, non ?

— Certainement, *dans votre esprit*, et je contribuerai sans doute à l'y instaurer, car nous exercerons un pouvoir entier et redoutable sur les esprits. Nous les mènerons vers Dieu en utilisant les pires. Mais de ce qui sera "instauré" après, ce n'est ni moi ni vous qui pouvons en décider, mais la Surnature Divine, si seulement elle n'a pas atteint un niveau définitif d'écoeurement quant à toute espèce "d'instauration".

— Je refuse de croire que vous n'ayez pas un plan quelconque ou que vous n'apparteniez pas à une société secrète de type magiste qui entend bien créer un ordre nouveau selon une idéologie clairement énoncée, une sorte de magisme...

— Il n'y aura pas d'ordre magiste. S'il y en a un, *nous le détruirons aussi* comme nous avons détruit Hitler. Nous ne voulons plus de maître, de croix, de fanatisme nazi, religieux, musulman ou sioniste, nous ne voulons plus de rois, de ministres et de voteurs, nous voulons croître à même la lumière divine et la faire pénétrer partout. Elle fera de nos victimes des saints ou des démons si elle l'entend, cela ne nous regarde pas. Cela ne nous regarde pas et cela nous regarde. Méditez là-dessus.

— Je suis sûr que vous avez un plan...

— Je ne crois pas aux plans, fit encore Lachenaie avec un sourire d'une bienveillance extrême. Savez-vous seulement quels mots nous prononcerons dans deux minutes ? Je voudrais être ces deux minutes et comprendre pourquoi l'Être les tait jusque-là. Croyez-vous que je peux le savoir si je me mets à faire des plans ? Pas plus que si je cesse d'agir. Il faut agir, vouloir sans vouloir, méditez là-dessus...

— Je ne vous suis pas bien, fit Edmond, sévère...

— Je le sais, fit Lachenaie... Quand nous travaillons dans le temps, nous sommes prisonniers, pour tous les déroulements, de sa loi de successivité : nous avançons par tranches. Nous faisons une chose, puis une autre, ensuite une autre. Quoi que nous puissions faire pour aller plus vite, il y a toujours des étapes. Une chose après l'autre, après l'autre, après l'autre. C'est comme le langage : un mot après l'autre, après l'autre, après l'autre. Le langage et le temps sont étroitement liés et c'est d'ailleurs pourquoi les langues possèdent des *temps* pour le verbe : imparfait, passé antérieur, futur antérieur, passé simple : autant de subtilités qui nous permettent de reconstruire le temps, de témoigner du temps, de signifier, de transcrire de mille manières les subtilités du temps. Il y a plusieurs sortes de temps. Ils se chevauchent. Il y a ce que nous appelons le passé : c'est ce qui est sécrété au temps présent, c'est la mise en forme du temps. Le temps passe derrière nous en oeuvres matérielles et en souvenirs, en fantasmes. Le présent est comme une roue de moulin, une meule qui tourne et qui moud ce temps, le présent tourne toujours, il n'est pas immobile. Les grains-semences tombent sous la meule et la meule sécrète une farine et l'on fait le pain de l'histoire. Et l'on avance ainsi dans le temps, croit-on. Mais en réalité *l'on avance toujours dans le passé*, comme sur un tapis mécanique qui roule sous nos pieds et sur lequel il faut sans cesse avancer non pas pour se porter en avant mais pour se maintenir en place, au présent et continuer à moudre une farine qui nous vient du "futur". Ceci est une image, imparfaite. Et l'on peut déjà voir que pour sortir du temps il faut apprendre à y entrer, d'abord, c'est-à-dire apprendre à parler et apprendre à écrire — l'enfant, né dans la lumière intemporelle, oublie cette conscience du non-temps dès qu'il parle, dès qu'il pense, dès qu'il émet une pensée, un concept, un son-fantasme, des sortes de pré-concepts, c'est là que l'oubli commence, parfois avant. Il faut apprendre à parler et apprendre à écrire, et plus tard, surtout, apprendre à penser le temps afin de s'engager dans le temps. Car on ne peut pas sortir d'un endroit où l'on n'est pas d'abord entré. Puis lorsqu'on a tissé le cocon du temps, il faut briser sa matière : la pensée, le mot, le temps : apprendre à penser sans mots et en un sens sans mouvement, suspendre le temps. Se taire permet ainsi de suspendre le tapis du temps. Lorsqu'on cesse de concevoir, l'on cesse par le fait même de se concevoir marchant et meunier. L'on dissout les limites et l'on plonge dans l'essence du temps, quelque chose qui n'est plus le temps, du moins qui n'est plus le passé, le présent. Et c'est là que commence la véritable aventure. La pensée n'est plus moulue par nous : elle se moud à travers nous. Nous arrêtons de penser, ou plutôt nous suspendons la pensée à la corde du vide et dès lors la pensée s'accorde. À quelque chose, à un rythme caché, grandiose, secret. Et l'on découvre qu'il y a deux sortes de futur : nous pensions que le futur nous échappait, ce qui doit venir, ce que prépare notre marche sur le tapis roulant, Mais il ne nous échappait pas, au contraire : il n'y a pas de différence fondamentale entre le futur et le passé. Le passé se condense quelque part et revient semer ses graines de civilisations dissoutes dans notre meule et nous tournons la meule et ce qui vient fut déjà, sous une autre forme. Nous avançons dans du vieux futur. C'est qu'il y a deux sortes de futurs : le futur antérieur, sourd murmure subconscient individuel et collectif, vaste tourbillon d'images et d'ancêtres qui vient couler dans notre crique et l'autre : inconnu, occulté depuis le fond des temps, non-manifesté, dans sa semence ou dans sa forme. Le temps est fait de présent, de passé et de futur antérieur. C'est ce temps-là que nous voulons détruire. *Nous* n'étant pas moi, je dois le dire, mais un pouvoir émané du non-temps...

Le tapis roulait en silence. Le temps poursuivait :

— Le passé ne nous intéresse pas. Ni vous Edmond, ni moi. Nous allons donc parler du futur. Il y a deux sortes de futurs. Il y a le futur qui répète une habitude très ancienne : c'est le passé qui reprend forme en nous mangeant dans de vieux sables. Il y a le futur qui nous arrache au temps passé et nous entraîne dans son sillon de lumière blanche (1). Il vous arrache aux fantasmes qui vous obsèdent et vous conduit dans la transparence et le non-connu. Il n'y a là rien de nouveau, vraiment, comme expérience. Sauf que de temps immémoriaux, ceux qui ont plongé dans ce temps nouveau n'ont pas su se maintenir dans le monde. Les mystiques ont gagné les montagnes ou les ermitages d'où ils fondaient parfois dans les antres cachées du monde pour y ourdir des événements, des changements, des révolutions même. Mais quand le temps venait de récolter le fruit des temps, ils découvraient que le

---

1. J'allais relire : de métal blanc.

monde, à cause de leur absence du monde, à cause de leur éloignement matériel, redevenait rapidement la proie du futur antérieur. Car le futur antérieur prend sa racine dans la matière, ce n'est rien d'abstrait, du moins sa cosse est-elle faite de matière, c'est là que le futur antérieur reprend forme et c'est là qu'il faut être pour que le vrai futur le remplace un jour définitivement. Avez-vous déjà quitté quelqu'un et au lieu d'éprouver de la nostalgie vous êtes devenu totalement disponible à la dissolution complète de votre être, activement, et en franchissant la porte, au lieu de quitter, vous vous êtes laissé happer, agir par le futur ? Ca c'est du vrai futur. C'est comme un feu blanc qui vous rend pur, nu, et qui vous renouvelle. L'on ne s'y maintient qu'héroïquement, en quittant le monde, d'une façon ou d'une autre car le futur antérieur menace toujours. Le futur antérieur (1) disséminé dans le fil des relations, dans les filaments, les cellules les plus ténues du corps. Et pourtant c'est bel et bien le corps qui finit par sentir cette vibration d'être formidable, avec le temps. C'est là que notre révolution commence... C'est là où elle conduit.

Le roulement du temps. Une respiration. Le temps renouvelant reprenait :

— Il faut vivre ce temps, nu de passé, au présent, et laisser le filet blanc du futur couler dans le temps, laisser le non-temps frémir doucement dans le temps, rosir le temps. C'est là que notre révolution commence. Elle se heurte vite aux résistances du monde, profondes, cachées. Mais il ne faut pas partir. Il faut rester là. Le monde craque partout et il faut être au coeur du monde pour y filer l'or du futur, dans les failles et si notre fil ouvre le mur du monde avec violence, il ne faut pas fuir, il faut rester, fortifier le fil, scier les limites, et c'est ce qui va se produire : le monde, pour se maintenir, ne peut se passer du futur antérieur. Introduisez par une invention technique doublée d'une conscience réelle le fil ardent du futur... Supposez un instant que nous résorbions cette masse de futur antérieur, présente en chaque instant, nous détruirions la base même de notre monde actuel. Et n'allez pas croire que j'invente cette puissance de dissolution presque matérielle : parce que les hommes la refusent, elle menace autrement, à travers leur cerveau savant, à travers leur corps qui ronronne, qui dort ou qui donne la mort à distance, sans qu'ils sachent. Ou l'histoire se dissoudra consciemment et nous serons vivants, renouvelés au bout de cette guerre des cellules et des nerfs. Ou bien l'histoire sera dissoute par les puissances de destruction (nucléaire ?) inéluctables, mais inconsciemment. Et ce sera la fin du monde. Nous avons le choix. Filer l'ardent futur dans la cons-

_____

1. Mais aussi : *hanté-rieur*.

cience du monde ou laisser filer le monde dans sa dernière ardeur antérieure, dans le cul sans fond du passé mort. Et encore là, il n'y aurait pas de fin du monde. Il faudrait tout recommencer. Les semences se souviennent de tout, y compris de nous et du filet de métal-air ardent de la conscience future qui vient y vibrer. Nous voulons que le futur antérieur annoncé ne se produise pas, nous voulons réintégrer dans notre conscience le feu nucléaire dévastateur et vaincre la machine à laquelle nous confions par peur le soin de nous dissoudre matériellement. Il faut vaincre la peur profonde du futur et pour ça provoquer en chaque être la prise de conscience éprouvante qui l'habite. Il faut qu'il sache, qu'il sente. Il faut noyer le monde dans le vrai futur. Je ne dis pas que nous réussirons, je n'en sais rien, mais nous tenterons d'empêcher le passé de prendre le dessus, non pas en l'enchaînant, mais en le déchaînant, non pas inconsciemment mais consciemment, non pas pour rien mais pour tout, nous le ferons sauter du dedans jusqu'à épuration finale... En nous plongeant au coeur du pire mais aussi du faux meilleur. Nous ne voulons pas plus d'un meilleur que d'un pire : nous voulons le Nouveau. Nous voulons dissoudre l'éternel retour des choses au sein d'elles-mêmes. Briser les vieilles lois au profit du pur futur. Nous remplissons une fonction cosmique qui est probablement tendancielle, une tendance introduite en nous de temps immémoriaux, un mystère. Mais pour qu'elle s'accomplisse il faut que la grande guerre du Futur soit totale, jusqu'à la totale anarchie, celle qui prélude au Nouveau, la Grande Nuit Cosmique où tout renaît. Car la Grande Nuit Cosmique n'est plus à venir. Elle est déjà là. Elle est toujours là. Les lois du temps, dans leur essence, sont proches du futur même si elles s'encombrent encore d'images saintes, sacrées ou démoniaques : ce sont les images, les mirages, les limites étouffantes que nous voulons dissoudre. C'est ce que je te disais, Edmond : les racines du temps sont déjà là, il faut les sentir et les vivre, on ne peut pas les changer autrement si elles doivent l'être, mais vous les refusez, je ne dis pas que vous ne les sentez pas, je dis que vous les refusez. Comme Gilles et parce qu'il devait les intégrer mais n'a pas voulu, il est devenu comme une loque en proie aux profondeurs cachées du cerveau : il n'a pas épousé le cerveau, le cerveau le possède, regardez-le. Aucun élément du temps ne peut tuer le temps tout entier. Mais le temps épousé tout entier peut se dissoudre en sa racine, en sa vibration future, en sa vibration explosive de non-temps, se dissoudre lui-même pour se jeter dans l'inconnu. N'avez-vous pas horreur du tant connu ?...

— Il faut agir...

— Oui, il faut agir. Il faut aussi apprendre à ne pas agir. Pour être bien agi. Par le futur. Et agir au futur. Il faut savoir agir sans alourdir le temps. La conception et la vision vécue de ce qu'est le temps sont essentielles ici. Il faut savoir agir. Le plan trop personnel alourdit le futur, il alourdit l'âme, celle qui reçoit la connaissance, celle qui apprend à savoir. Il existe un désir qui est à la mesure du vrai futur : c'est le désir-racine, la grande vibration de vie sans désir. C'est qu'en réalité le désir n'a pas d'objet, sinon sa propre racine et c'est là le secret et c'est là qu'il contribue au futur. Il ne faut pas satisfaire bêtement les désirs trop personnels. À travers nous c'est la Nature secrète, illimitée qui peut aimer et créer et détruire et vivre et revivre et désirer divinement. Il ne faut pas satisfaire les désirs qui nous limitent, les plans qui nous emprisonnent : il faut vivre les désirs qui nous élargissent, réaliser les plans qui libèrent l'énergie et la matière : autrement nous contribuons à augmenter le désordre et la souffrance dans le monde et à l'y enfermer...

— Je ne comprends pas vraiment, murmura Edmond...

Gilles s'était rapproché, sombre.

— On ne peut pas comprendre, comprendre appartient au temps, dit Lachenaie...

— Vous comprenez pourtant beaucoup de choses...

— Je suis un canal imparfait du Subjectif profond. Parfois le verbe me traverse et se formule. Parfois j'explique ce que je vis. J'alterne. Je dis. Je fomente selon les éclairs du non-temps. Mais je ne comprends pas toujours. L'idée se déprend ou se comprend d'elle-même. Vraiment, plus j'essaierais de comprendre, plus je sécréterais des limites : il faut peut-être le faire en sachant interdire aux limites de dépasser un certain taux de ténuité. Sinon l'on risque de ne plus rien recevoir des champs du non-moi. Je pourrais moins et je saurais moins. Ou comprenez "comprendre" comme un processus *sui generis* qu'une illusion de votre moi vous fait prendre pour une faculté personnelle. Comprendre n'est pas une faculté personnelle, c'est le murmure en vous d'une faculté universelle...

— Et j'aime mieux dans ce cas ne pas trop comprendre, du moins aujourd'hui, fit Edmond...

Puis, se reprenant :

— Si tout ce que vous avez dit n'est que de l'intellectualisme vide de sens, c'est que vous n'êtes qu'une baudruche. Mais les baudruches ne rayonnent pas. Vous rayonnez. Et si tout ce que vous avez dit est vrai, expérimentable, comme je le pressens, je vous avoue que j'aimerais bien en savoir plus.

— Pouvoir vous intéresse ?...

— Oui. Vous aussi ?...

— Le pouvoir ne m'intéresse plus, fit Lachenaie. La sorte de pouvoir que vous voulez exercer sur le monde tue. Je n'ai plus d'intérêt pour celui-là. Vous, vous en avez encore. C'est nécessaire même si ce pouvoir tue le vrai. *Je suis le vrai pouvoir*. Je ne le convoite plus. Mais je vois que je vous tente. Il n'est pas de plus belle mort à soi-même que d'arpenter le temps vers l'absolu, sous quelque forme qu'on le cherche...

— Vous allez me montrer ce qu'il faut faire, fit Edmond.

— Je suis venu expressément pour ça, murmura Lachenaie.

SIXIÈME PARTIE

Le coeur de Laurence

68

Activités fébriles

Les quelques heures que nous passâmes ensuite à Montréal furent consacrées à des activités fébriles : appels téléphoniques, choix des membres qui devaient nous accompagner à Québec et qui fut beaucoup plus imposé par les circonstances que ne l'aurait souhaité Julien. En plus d'Edmond, Julien et moi, trois autres personnes devaient faire le voyage avec nous. Julien me les présenterait le moment venu. Je savais qu'il y avait un ouvrier spécialisé en électronique, sa femme et un aventurier d'origine suisse qui se faisait appeler Nassens. La veille de notre départ, après avoir pris congé d'un groupe de quatre membres que nous avions rencontrés pour régler diverses questions, Julien m'invita à monter dans son automobile et nous roulâmes dans la ville en direction de la Montagne. Nous nous arrêtâmes en chemin pour contempler la cité illuminée. Julien resta silencieux, plein d'une gaieté qu'il avait le talent de diffuser dans tout son être sans la manifester verbalement et dont la puissance semblait s'en décupler. Il me communiquait son euphorie et je m'unissais à lui dans ce noir frais de l'automne avançant. Puis il me dit :

— Maintenant, nous allons descendre...

Edmond nous attendait dans l'automobile. Nous traversâmes toute la Montagne et après avoir longé le cimetière de la Côte-des-Neiges, nous revînmes vers le centre de la ville et nous stationnâmes l'auto dans un parking de la rue de la Montagne. Après avoir flâné quelques secondes sur le trottoir, nous allâmes nous attabler à la discothèque La Licorne. La musique choqua violemment Edmond. Elle me dépaysa : je n'en avais pas entendu "d'aussi près" depuis des mois. Julien sembla s'y glisser comme dans une eau nouvelle dont il avait besoin et je le suivis : j'en avais besoin même si ce besoin pouvait humilier une partie de mon être, celle qui a tout à voir avec la maîtrise des impulsions et la pratique de l'intellectualité. Il scruta la salle pendant quelques instants, puis se leva. Il alla saluer une jeune femme attablée à l'écart et revint nous chercher pour nous la présenter. C'était une femme aux cheveux noirs et aux pommettes saillantes, aux yeux très noirs qui s'appelait — ou se faisait appeler — Laurence. Ce nom, ce regard, la blancheur de la peau et la soie sombre de la robe, me dépaysèrent plus que la musique. Je n'étais pas venu dans ces endroits depuis longtemps et n'eût été de Julien, j'en serais sans doute ressorti assez vivement. Mais maintenant mon intérêt augmentait pour cette femme et pour Julien dont le comportement semblait provenir d'une sorte de déterminisme second qui commandait ce qu'il fallait bien appeler, parfois, la majesté naturelle de ses gestes. Le suivre c'était, maintenant comme souvent, s'engager dans un sillage qui semblait à chaque instant défier le hasard. Suivre Julien engageait. Edmond tentait de s'habituer, inquiet cependant de ne pas comprendre Julien. Quelques minutes plus tard, cependant, sous l'effet de ses deux premiers cognacs, je le vis sourire avec une aise qui me réconforta. Laurence semblait être une amie de très longue date de Julien. Elle parlait d'une voix lente et appliquée comme si tout son corps s'investissait dans les mots qu'elle prononçait. De là venait sans doute la fascination qu'elle exerçait lorsqu'elle s'adressait à quelqu'un. Elle semblait très consciente de son pouvoir et l'exerçait sans fausse pudeur mais aussi sans abus. Elle m'apparaissait de plus en plus comme un être exceptionnel et notre présence dans cette discothèque ne pouvait plus m'apparaître comme un simple caprice du hasard ou le résultat d'une humeur insolite de Julien. Nous nous sentions trop chez nous, ici, en présence de Laurence, pour que ces instants soient indifférents comme tant d'autres. J'étais fasciné par cette femme. Et Julien, plus que jamais, était ici chez lui. Je n'avais justement jamais vraiment senti de malaise en lui, en aucune circonstance, et ce fut en cet endroit que ce fait soudain s'imposa à moi. Je ne l'avais pas vraiment remarqué avant. On n'est souvent frappé que par les carences ou les échecs des autres qui semblent être les conditions indispensables à la mise en relief de leurs lignes de force. Julien, lui, semblait toujours porté, quoi qu'il fît, par une sorte de vague de fond qui remplissait tout. Il n'y avait pas de creux dans son sillage. Rien que du plein. Et pouvait-on dessiner de lui un portrait à partir de cette vague de fond pleine qu'aucune arête, à mes yeux, ne brisait? Julien m'apparut bien, ce soir-là, comme l'être plein, l'homme que la somme d'expériences n'alourdit pas mais exalte.

69

Laurence

Nous nous levâmes de table et nous sortîmes ensemble de la discothèque. Le silence relatif de la rue et l'air frais nous dépouillèrent des effluves syncopées de la musique américaine. Edmond avait livré passage à Laurence avec une gentillesse inaccoutumée et celle-ci était montée sur la banquette avant de la voiture aux côtés de Julien. Les yeux de ce dernier brillaient d'un éclat vif. Je lus dans ceux de Laurence qu'elle était remplie d'un plaisir dense, profond. Edmond, pour sa part, s'était payé la fantaisie d'emporter avec lui, à l'insu du barman, un énorme verre de cognac dont la liqueur dansait au gré des mouvements de la voiture.

Deux heures plus tard nous étions rassemblés dans un salon accueillant d'une maison de banlieue et Laurence nous avait présentés à quelques-uns de ses amis. Cette maison ne lui appartenait certainement pas mais elle s'y déplaçait avec familiarité. J'enviai ces meubles qui la recevaient, ces gens qui la tutoyaient et qui l'admiraient, ce bar qui la connaissait. Peut-être le sentit-elle car elle m'adressa un regard d'une grande tendresse où je ne sus rien lire sinon que j'avais ma place en elle et en un sens toute la place.

Elle vint me prendre par le bras pendant que Julien parlait avec Edmond et deux jeunes gens, un couple d'étudiants en sciences sociales qui avaient l'habitude de venir rendre visite à cette femme durant les week-end — nous étions vendredi. Laurence me conduisit dans un boudoir où un bon nombre de toiles étaient suspendues. C'étaient, pour la plupart, des pièces dont la plus imposante ne devait pas mesurer plus de trente centimètres carrés. Un tapis vert foncé courait d'un mur à l'autre et un chandelier de bois peint or et argent était posé, toutes chandelles allumées, sur un guéridon en marbre tacheté.

— Vous écrivez, m'a dit Julien...

Elle me tendit des cigarettes, des Sobranie, et me versa un peu d'une délicieuse liqueur de poire. Nous nous assîmes par terre et elle prit ma main dans la sienne. Je sentis qu'elle me tirait déjà dans l'indicible confort de sa tendresse.

— *Il faut apprendre à ne pas avoir peur de moi, fit-elle, je suis immense, ce qui n'a rien d'effroyable. Et si tu entres en moi sans peur, tu ne connaîtras plus jamais la peur. Mais il te faudra d'abord mourir.*

— Mais qui êtes-vous donc, fis-je, en proie à un état physique très près d'une sorte de très agréable engourdissement... Je vous connais, j'en suis certain...

— *Mais oui, fit-elle...*

Et mon coeur bondit. Il se fit ensuite une sorte de vide tourbillonnant dans mon esprit : je vis la dame en noir du tableau de Larry. Qui l'avait peint ? *Elle-même* ? Impossible...

— Mais qui êtes-vous donc alors ? repris-je. Je pleurais, saisi d'un long respir spasmatique, profondément ému.

— *Je suis ta mère, fit-elle.*

Je ne compris pas tout de suite. J'étais en elle. J'étais dans ses profondeurs, comme un enfant. Comme un petit enfant qui riait, dans les noirceurs, elle me portait. Sa respiration, très lente, était ma respiration. C'était la nuit profondément douce.

— *Je veux que tu m'écrives un Fleuve, fit-elle encore. Le Fleuve de ton enfance. Je veux que tu m'écrives un très beau livre et que tu m'y aimes. Pour que je comprenne.*

Je répondais : *Oui.*

— *Tu auras peut-être honte de m'avoir rencontrée ? Ce serait terrible. Il faut m'aimer. Il faut m'aimer sans peur et sans honte.*

Je répondais : *Oui.* Mon expiration répondait : *Oui.* Par elle je pénétrais plus profondément encore en Elle. Puis l'inspiration, lentement, me ramenait ses murmures. Mais ma respiration physiologique était suspendue. J'étais plongé dans une pulsation respiratoire autre.

— *Je suis ta mère. Regarde bien. Regarde-moi attentivement, avec amour. Ne fuis pas. N'aie pas honte de moi. Je suis la mère cachée au fond des nuits. Je suis la Jouissance, la Donneuse de Vie. J'attends mon fils et mon amant, l'exilé.*

Je pleurais, Je répondais : oui, oui.

C'était vraiment ma mère, je le savais, je le voyais. *Un jour j'avais été profondément amoureux d'elle. Elle était devenue la dame de toute ma pensée, de toute mon admiration, de tout mon dévouement. C'était, il me souvient, une période de deuil dans la famille et elle était vêtue de noir, comme Laurence. Quel mystère liait donc ici, quelle complicité des enfers les liait toutes deux, ma mère et Laurence, pour qu'elles se confondent à ce point dans mon être ? Mon père à cette époque, avait manqué de noblesse à l'endroit de cette femme et j'avais décidé qu'elle serait aimée par un autre, plus digne d'elle que lui. Et depuis j'avais toujours sourdement cherché à unir la femme que j'aime à quelqu'un plus digne d'elle que moi. Laurence était ma mère, ce moment sacré où ma mère m'était apparue si belle et si admirable dans sa robe de deuil noire...*

— Je suis Aurélia. Je suis Noémiah. Ce sont mes filles. Mais il y en a une qui t'est destinée de toute éternité et que tu ne connais pas encore. *Respire, respire, je t'aime tellement.*

Et je répondais : "Je t'aime tellement, je t'aime tellement."

— *Cela s'appelle l'Amour des fonds. Qui connaît l'Amour ?*
La grande passion d'Amour ? Nous sommes ensemble dans la nuit
immense qui pulse. Qui connaît l'Amour ?

Et je disais : non, je ne connais pas l'Amour. J'avais oublié ce
moment sacré, ma mère, où tu étais si noire et si belle. *L'Amour*
est terrible. Je l'avais oublié.

— Oui, *l'Amour est terrible.* Il pulse dans la nuit immense.
Qui connaît l'Amour ?

Et je disais : personne ne connaît l'Amour. Sinon ce Fleuve
que je porte en moi. J'écrirai pour toi ce Fleuve. Et sa beauté
débordera.

— *Respire, ah mon enfant, respire, respire dans ma nuit, res-*
pire ses effluves mon doux, mon enfant, respire, respire.

Et je répondais sans fin : oui, oui, plongé dans l'incompréhension totale, abandonné.

— *Je t'enverrai des facteurs de mûrissement douloureux, libé-*
rateurs.

Je disais : oui, oui.

— *Respire ah mon enfant respire, respire dans ma nuit, mon*
doux, mon enfant, respire, respire.

Je voyais, je distinguais ses prunelles mais j'étais aussi dans
ses yeux, dans la substance de ses yeux. Était-ce elle, maintenant,
ou était-ce moi qui respirais si longuement et si lentement ? Cette
respiration, pour sûr, n'était pas celle de mon corps. Je sentis sa
gorge avaler comme en un spasme très long, interminable, une salive si suave que je fus secoué d'un sanglot. Des idées affluèrent à
mon esprit et je commençai à lui parler des livres qu'il me faudrait
écrire et des tableaux qu'il me faudrait peindre, je parlai longtemps, avec une ferveur très grande, puis j'éprouvai autour du sexe
et dans la région de la prostate une sensation de fraîcheur qui
vibrait, comme une sorte de tourbillon ou de tournoiement d'hé-
lices. Je faisais maintenant face à Laurence, je ne me sentais plus
plongé dans la substance de ses yeux. Elle baissa doucement la
tête comme une jeune fille. Je sentis le courant frais qui rayonnait
vers son sexe et j'éprouvai la montée et l'extension graduelle d'une
respiration dense qui semblait ouvrir, évacuer mon bassin. Je vis
que Laurence était aussi l'objet d'une intense jouissance. Nous
étions assis par terre. Elle avait croisé ses jambes. Nous nous tîn-
mes par les mains longtemps. Les larmes coulaient abondamment
de nos yeux et le courant frais courait dans nos corps et nous
unissait au point où j'avais la sensation physique de pénétrer en
Laurence et d'explorer profondément et avec un délice indicible,
les profondeurs de ses entrailles.

Nous allâmes reconduire des étudiants en fin de soirée. Edmond rentra chez lui en compagnie d'une amie qu'il avait retrouvée chez Laurence et Julien pour sa part se contenta de me ramener, sans explication, chez Laurence, où je dormis cette nuit-là. Le lendemain matin Julien vint me chercher. J'étais rempli d'une énergie très vive et très fine après n'avoir pourtant sommeillé certainement pas plus de trois heures. En réalité, je m'étais éveillé frais et dispos à six heures après m'être endormi, heureux comme je ne l'avais pas été depuis longtemps, vers quatre heures, aux côtés d'une Laurence dont la chasteté s'imposa tout naturellement à ma conscience et me projeta dans un état intérieur clair, concentré et limpide. Je dormis ainsi aux côtés d'une Laurence discrète et mystérieuse, ma mère, mon amie, mon guide aussi et indéniablement ma maîtresse — mystérieuse et si profondément douce que je ne pouvais que me rendre à ce mystère si je voulais un jour en connaître la nature et en vivre l'expérience totale. L'exigence de sa loi d'être me baigna pendant des jours.

70

Rouler vers Québec

Julien était toujours talonné par les extrémistes du réseau et c'est ce qui le poussait maintenant à rouler vers Québec pour y rencontrer le jour même de notre départ des membres impatients du Rassemblement pour l'indépendance nationale afin d'intégrer ces éléments qui, bien qu'impatients, accepteraient peut-être une temporisation de l'action dans les cadres d'un réseau qui chaque jour préparait l'insurrection et entendait bien y passer franchement quand le moment serait venu. Et quel serait, après tout, l'état psychologique de l'assemblée à laquelle il allait ce jour-là se mêler et qu'il tenterait de noyauter ? Était-elle mûre pour l'action clandestine et terroriste ? En serait-il question à cette réunion informelle et dans quels termes ? Tout ce qu'il en savait au fond, c'était que les membres qui se réunissaient ce jour-là le faisaient pour envisager une radicalisation idéologique (1) et surtout activiste susceptible d'augmenter le dynamisme du mouvement et d'accélérer son expansion. C'était sur cette volonté que tablait Julien pour tenter d'amener les membres du Rassemblement dans

---

1. En surimpression : théologique.

son groupe. Il sentait le besoin de faire vite et de parfaire rapidement l'infrastructure du Réseau. Il fallait leur donner le goût de la consolidation du mouvement et seul ce goût pouvait encore les ramener dans son "bercail de braises''. Se lier au Rassemblement représentait pour Julien l'intégration de courants préoccupés comme lui par une action à long terme. Il lui semblait qu'il serait normal d'y trouver des éléments intéressés à la clandestinité organisée, solidement tissée. Et il leur apportait le goût des structures profondes, de celles qui tendent à atteindre l'être dans ses tréfonds, dans les régions les plus intimes, les plus cachées, les plus résiduelles du système nerveux. La clandestinité, à ses yeux, c'était plus que seulement se cacher pour agir. C'était aussi, en contrepartie, agir dans les cachettes et les amener à la lumière : d'où son intérêt pour Gilles et pour nos expériences littéraires. Le terrorisme, ce n'était pas tant, pour lui, le fait de faire sauter des bombes et de traumatiser l'imagination ou de faire trembler et épuiser les autorités en place. La vraie terreur, à ses yeux, commençait quand l'homme prenait conscience de ses propres enfers et Julien envisageait toujours secrètement la possibilité de faire rayonner, de multiplier les expériences les plus éprouvantes, celles qui font spontanément lever la jalousie, la peur, la haine, l'envie, les bons comme les mauvais sentiments, tout ce qui noie les rapports — et donc la société — dans un cloaque que la créativité pure ne peut jamais franchir. Cette opacité, cette perversion des rapports, qui sont la substance même de cette insipide abstraction qu'on appelle la "société", comprenait aussi, bien sûr, l'ambition exclusive, le refoulement du goût de l'abondance, toutes les morales diminuantes ou inflationnaires, tout ce qui nous faisait épouvantablement petit ou grossier et qu'il fallait faire sauter ou dissoudre. Julien voulait curer les dents du monde. Extraire et détruire les caries. Faire resplendir l'instant. Faire respirer le vrai profond, la pulmonarité pure.

Et si l'action de Julien échouait dans sa tentative de rallier les plus pressés à une vision plus lointaine, la solidité et le raffinement de l'organisation lui permettraient peut-être, au moment de l'arrestation de cette première vague, de limiter la saignée et d'absorber et même de tirer profit des contrecoups d'une telle action.

Julien se sentait fort de cette entreprise.

Il avançait. Il agissait. Il scrutait. Il se sentait habité d'une incoercible passion révolutionnaire.

Et dans l'automobile qui roulait vers Québec, il y avait Nassens, comme une apparition. C'était la première fois que je l'apercevais en présence de Julien.

Je songeai à la parole de Rimbaud : "L'action n'est pas la vie, mais une façon de gâcher quelque force, un énervement." Et le vrai déchirement n'était plus le fruit de la présence, en un même homme, de deux tendances extrêmes, mais il provenait de cette absence de Silence, d'immuabilité dans l'*action*. Le déchirement venait de cet oubli. C'était par cet oubli que l'action devenait un gâchis. Rimbaud dit, plus loin, que "la morale est la faiblesse de la cervelle". Peut-être est-ce aussi celle du coeur. La morale affaiblit certainement l'être et peut-être la cervelle et la fige. Mais je crus comprendre aussi — et cette compréhension s'accompagna d'une émotion qui me sembla être la chose la plus précieuse — *que tout ce qui se disait hors de ce fond d'être était morale.*

"Il n'y a pas de complémentarité possible ni de dynamisme évolutif, disait Julien, lorsque les tendances se mêlent irrationnellement. Il faut que la critique active les dégage et les fasse s'affronter sinon la stagnation demeure. Même à l'intérieur de notre groupe, quand nous aurons dépassé la phase de la fièvre activiste, il se produira un clivage. Pour l'instant, elle ne se fait pas à cause de l'unité activiste. Elle ne se fait pas mais elle se prépare et se manifeste sous la forme d'une tendance auto-destructrice et aventuriste et d'une tendance organisatrice et planificatrice. Même si la manipulation des foules et des engins est du domaine des moyens et des méthodes et que l'affrontement idéologique peut pour un temps s'y assourdir, les tendances ne sont pas d'ordre purement intellectuel mais elles sont inhérentes au dynamisme même des choses : il m'a d'ailleurs toujours semblé que sous ce rapport, toute manifestation dissolvante portait en elle le germe de sa propre réaction. C'est pourquoi il est si difficile de définir dans le monde ce qu'est la gauche et ce qu'est la droite. La gauche ne s'est pas déjà manifestée que déjà au sein de ce qui se réclame de cette tendance surgit graduellement le contraire du pouvoir dissolvant : un pouvoir coagulant d'ordre ou de répression, comme ce fut le cas en Russie quand le parti Bolchévik s'empara graduellement d'une révolution populaire et anarchiste qu'il figea dans ses dogmes et dans sa rigidité totalitarisante. Et c'est peut-être la même chose pour la droite.

Ce peuple est doux comme de la laine.
Vous pourrez passer avec vos chars en feu, vos volontés de puissance acérées comme des rocs, vos polices, vos partis, vos produits inutiles, vos ornements prêtraux, vos morales pluvieuses : il vous regardera passer en sachant que vous fékez. Et vous aurez beau ironiser à vous en fendre les babettes et les paupiches, il attendra toujours le seul et unique messie annoncé de tous temps par les prophètes. En attendant il sera souvent laid et sordide, révolté et même obéissant. Tel est le petit peuple douteur au coeur enrobé d'amertume : il ne sera jamais rien d'autre à vos yeux que le vêtement que vous le forcerez à porter. Vous tenterez d'en tirer le pire mais il aura toujours dans ses chaînes la nostalgie indéracinable du meilleur. Son inertie malléable est une sagesse qui souffre, violée.

71

Le ciel était bleu

Le ciel était très bleu, de ce bleu pur, automnal, sans nuage. La route se déroulait le long du fleuve. Ma gorge se serrait, en cette saison, à mesure que je me rapprochais de novembre, mois de ma naissance. L'automne a toujours été pour moi la saison d'une clarté trop fine pour les exigences du corps et par réaction c'était la saison des abus des sens. Mais en cette saison-ci, nourri peut-être par le contact régulier et si dense de Julien, je songeais peu, à part le fait de fumer beaucoup de cigarettes comme pour entretenir une certaine vivacité réactionnelle, aux plaisirs que j'avais si longtemps aimé m'offrir et dans lesquels entraient à profusion et démesurément l'alcool et le sexe. La clarté du ciel, le vide étrange de l'atmosphère, ne me faisaient plus fuir dans les ténèbres de mon corps. J'y trouvais la promesse silencieuse des choses qui viendraient, dont j'ignorais la nature et qui me combleraient.

— Tu crois que nous serons à l'heure ? demandait Noémiah à Edmond.

— Nous serons à Québec avant midi, répondait Edmond, laconique. La clarté du ciel m'enchantait.

72

Une maison de la Grande Allée

Nous allâmes sonner à la porte d'une maison de Grande Allée. Un jeune homme au sourire clair, de haute taille, cheveux blonds coupés en brosse, vint nous ouvrir. C'était samedi. Il y avait des gens dans la cuisine et dans le grand salon et même dans le boudoir et dans les chambres, assez nombreuses, de l'étage. On entendait le bruit des discussions dans la fumée des cigarettes et des cigares. Il y avait plus d'hommes que de femmes. Sur une vingtaine de personnes, j'en comptai approximativement trois ou quatre. Nous nous présentâmes les uns aux autres et au bout d'une demi-heure il se fit une migration spontanée en direction du grand salon du rez-de-chaussée et le jeune homme au sourire clair, André Gendreau, demanda le silence et expliqua la raison pour laquelle tous avaient été invités. Nous étions dans la maison de Jean-Guy Lapierre.

André Gendreau se tut. Il y eut un moment de flottement puis des discussions commencèrent. Il y eut des commentaires défavorables indiquant que le sujet de la réunion avait été présenté aux invités d'une manière trop vague. Devant les premières précisions que donnait Gendreau sur l'esprit de cette réunion, certains quittèrent la salle en manifestant parfois un réel mécontentement.

André Gendreau reprit la parole au bout d'une dizaine de minutes. Les discussions reprirent. Un certain nombre en était vite venu à la conclusion qu'en dehors des partis politiques officiels le seul type d'action possible était l'action militaire au sens où Clausewitz disait que la guerre est la poursuite de l'action politique par d'autres moyens. D'autres s'y opposaient. Mais quelles seraient les modalités de cette action "militaire" ? Personne ne semblait disposé ou prêt à proposer des plans d'action ou des méthodes concrètes d'action. C'est alors qu'intervint Julien :

— Je vais proposer un modèle d'action, fit-il d'abord. Il s'est écrit beaucoup de choses sur les guerres de décolonisation depuis la dernière grande guerre. Il s'en est écrit aussi beaucoup sur les réseaux de résistance en Europe. Et bien avant sur la révolution russe, la révolution chinoise plus récemment et plus récemment encore sur la révolution cubaine et sur la révolution algérienne. Depuis le début du siècle (ici, le timbre de sa voix changea brusquement) — mais j'aime souvent remonter jusqu'à la Révolution française, qui ne nous a pas touchés, ici, au Québec, pas plus qu'elle n'a touché le Canada dans son ensemble — et où le terme de Terreur a reçu dans le sang son baptême de noblesse : ce genre de mouvement voué à la terreur des masses et des élites s'est multiplié depuis, devenant de plus en plus déterminant dans l'évolution de l'Histoire. Vers où va cette vague ? Elle monte et les États s'écroulent. Le monde entier sera sous peu harcelé par des guêpes infernales et vous ne pourrez mettre le pied nulle part sans qu'un couteau ne surgisse ou qu'une bombe ne saute ou qu'un individu soit tué. Ce qui importe pour nous, en ce moment, c'est de comprendre que ces forces, en cette année 196..., touchent le Québec, s'y infiltrent, imprègnent graduellement le mental de certains individus prédisposés ou prédestinés...

73

Des remous

Il y eut des remous parmi les gens. Certains se levèrent. L'un d'eux lança à Julien, minimisant la portée de ses paroles :

— Toute cette théorie est-elle bien nécessaire ? Nous sommes venus ici pour examiner la possibilité d'être plus efficaces. Vous proposez une aventure qui n'a rien d'efficace à mes yeux...

— Ni aux miens, fit un autre...

Julien ne répondit pas.

Quelqu'un se leva et lança :

— Tout ça c'est du noyautage. Faites-vous partie du Rassemblement à Montréal ?

— Non, fit Julien.

— Alors que faites-vous ici ?

— Je suis venu témoigner d'un mouvement clandestin qui étend déjà ses ramifications à travers le Québec...

— J'en doute. L'aventure me déplaît.

— Moi aussi, fit l'un des intervenants, un homme dans la cinquantaine. La violence n'est pas pour nous. Nous croyons aux moyens démocratiques. Ce que vous proposez en est le contraire...

— Alors votre place n'est pas ici.

— C'est vous l'étranger : vous venez chez nous pour nous jeter dans une aventure sans issue. Vous êtes un agent communiste...

— Non.

— D'où venez-vous ?

Les trois intervenants s'énervaient. André Gendreau s'approcha d'eux et leur dit :

— Je propose que l'on écoute ce que Julien Langlois a à nous dire...

— Moi je propose que l'on sorte d'ici tous ensemble et qu'on le laisse retourner d'où il vient. Cet individu est un fou dangereux.

— Peut-être, fit une voix de femme qui se détacha du groupe. Mais j'aimerais bien entendre ce qu'il a à dire...

— C'est vrai, fit Gendreau. Nous avons parlé de l'aspect militaire de la question nationale, tout à l'heure. Et au moment où il en est question, vous voulez saboter l'assemblée et partir. Je ne suis pas d'accord.

— Mais quels moyens propose-t-il ? fit l'homme dans la cinquantaine. Concrètement...

— Je vous propose d'agir à l'intérieur d'un réseau déjà existant. Un réseau politico-militaire et clandestin qui possède déjà certains moyens.

— Mais moi j'ai besoin d'entendre ce que cet homme a à dire avant de parler d'armes et d'objectifs immédiats. Il me semble que cet homme-là a quelque chose de plus que le simple activisme politique à nous proposer. De l'activisme, nous en faisons depuis les débuts de la révolution tranquille. Je suis certain, poursuivit Gendreau, que Julien Langlois n'est pas qu'un activiste et que nous ne pourrons jamais comprendre ce qu'il fait tant que nous n'aurons pas écouté tout ce qu'il a à nous dire.

— Nous voulons agir tout de suite, fit l'un des trois intervenants.

— Nous agissons déjà, fit Julien...

— Depuis quand ?

— Depuis plusieurs mois, fit Julien.

— Nous n'entendons jamais parler de vous, fit l'un des trois.

— Heureusement, fit Julien.

— Je ne vous ai jamais vus dans aucune de nos assemblées. Je n'ai jamais entendu prononcer votre nom. Je n'ai jamais entendu parler de l'existence d'un réseau clandestin. Êtes-vous vraiment indépendantiste ? Tout ça me semble louche.

— Tout ça est naturel, fit Julien. Vous n'avez jamais entendu parler de nous parce que nous n'aimons pas commérer. C'est la première fois que nous le faisons devant tant de personnes à la fois et je pense que nous ne le ferons plus jamais. La clandestinité pour moi n'est plus l'affaire d'activistes. C'est l'affaire des plus discrets des individus que peut receler une société. Il y a des ordres que nous transmettons par télépathie à des êtres qui n'ont pas besoin d'explications pour comprendre et qui n'ont pas besoin de commérer pour agir ni même de la proximité physique pour croire. Le réseau que j'anime est d'abord et avant tout fondé sur un champ occulte d'affinités que je tente d'organiser concrètement en procédant avec souplesse et en tenant compte des capacités naturelles de chacun. Et l'action y présuppose aussi une certaine capacité d'introspection et de conscience subliminale que vous n'avez probablement pas et c'est la raison pour laquelle je vous ai dit que votre place n'était pas ici. Vous ne comprendrez jamais rien à la nature réelle du réseau qui s'organise. Ou bien vous voulez de la parlotte et des discours. Ou rien. Ou bien vous voulez tout de suite des bombes et des moyens. Nous les avons. Mais si jamais vous en avez entre les mains, je sais déjà que ce ne seront pas les nôtres.

— Vous voulez nous mystifier, fit encore l'un des intervenants. Vous n'êtes ni indépendantiste, ni militant. Et nous devrions vous chasser d'ici.

Il y eut un silence. Il y avait dans ce silence deux choses : du flottement et de la réprobation...

— Je ne suis toujours pas d'accord, fit de nouveau André Gendreau. Cet homme a quelque chose à nous communiquer, mieux, à nous confier et je veux l'écouter jusqu'au bout. Au bout, je suis certain qu'il y a les moyens. Mais l'obtention de ces moyens passe par l'absorption de son intelligence. Vos paroles sont aussi substantielles que des armes, fit Gendreau en s'adressant directement à Julien. Je veux rester et je veux vous écouter.

— Vous faites déjà partie du Réseau, lui dit Julien.

— Mais il se prend pour le Christ ! cria l'homme dans la cinquantaine. C'est de la démence. Je vous l'ai dit, cet homme est un fou dangereux, un *mystique* !

— Un *gnostique*, murmura Julien.

— Je n'ai rien de plus à faire ici, fit l'homme dans la cinquantaine.

Il se leva et s'apprêta à partir. Les deux autres le suivirent. L'un d'eux se tourna vers Julien et lui lança :

— Encore une fois, nous sommes venus ici chercher des moyens. Une dernière fois, qu'est-ce que vous proposez ?

— Une eschatologie, fit Julien, détaché.

— Une quoi ? De plus en plus abscons !

— Une connaissance des fins dernières de toute destruction. Les vraies armes, matérielles et psychiques, sont au bout d'une telle connaissance.

L'homme, le troisième, demeura muet. Les deux autres étaient déjà sortis de la maison.

— Je ne comprends pas, fit-il.

— Et pourtant je devais vous dire ces choses que vous ne comprenez pas.

L'homme regarda Julien d'un air interrogateur. Puis il lui dit, sur un ton d'une simplicité qui tranchait avec l'intransigeance des deux autres :

— En tout cas vous êtes un vrai chef, ça je le vois...

— Quand vous le sentirez, vous ferez vraiment partie du Réseau. Et vous comprendrez tout.

Et l'homme sortit à son tour de la maison. Mais sur le seuil il se retrouva seul. Comme dans un étrange vacuum. Ses deux compagnons étaient déjà loin. Mais lui ne savait plus où il était.

74

Le troisième homme

Julien voulut connaître le nom du troisième homme. André Gendreau lui dit qu'il s'appelait Pierre Leduc. Julien garda le silence.

— Il se joindra bientôt à nous, dit-il.

Puis, après une pause de quelques secondes :

— Ou bien il se suicidera. Je n'aimerais pas être dans sa peau.

L'on servit du café très noir. Julien, quand il en buvait, l'aimait très fort, corsé. Il pouvait en boire beaucoup.

75

Une dizaine de personnes dans le salon

Nous étions maintenant une dizaine de personnes dans le
salon de Jean-Guy Lapierre. Lucie Côté, une amie de Lapierre,
qui étudiait les sciences sociales à Montréal mais séjournait parfois
à Québec, nous servait, surtout à Julien, des tasses de café-filtre
très noir et très chaud qui nous stimulaient. Fine, délicate, blonde,
elle passait parmi nous discrètement. Nassens, qui devait diriger
une cellule spéciale destinée à l'absorption d'agents doubles et une
autre destinée à des contacts étroits avec la mafia montréalaise
et américaine, discret, fumant de petits cigares hollandais, prêtait
attention sans sourciller, comme par devoir. Cheveux blonds, coupés en brosse, vêtu d'un complet pâle à rayures un peu trop ajusté,
il faisait un peu compact et terriblement efficace. Il avait dans
la quarantaine avancée et détonnait un peu dans le groupe. Il
me faisait l'effet d'un policier, d'un directeur d'école ou d'un
comptable, mais avec quelque chose de rond et de froid qui le
rendaient dangereux. Dangereux ? Ce froid, cette rondeur polie,
presque astiquée, évoquait à mes yeux l'image d'épinal de l'officier
nazi. Ce qu'il n'avait probablement jamais été en réalité mais il
avait certainement déjà goûté à l'entraînement militaire, on le
percevait presque à l'odeur. Pendant que Julien parlait je faisais
le tour de ceux qui étaient là. Lucie, extrêmement séduisante,
rien de l'étudiante, avec cette sorte d'élégance naturelle qui trans-

cendait la robe étroite et très souple, mais très ordinaire, qu'elle portait. Nassens qui fumait ses petits cigares et qui écoutait avec une sorte de compréhension mûrie, ancienne, acquise, qui n'avait pas besoin d'être nourrie : il semblait devancer de son regard tranquille, froid, rieur aussi parfois d'une étincelle imperceptible, ce que Julien disait. Lapierre, que nous ne verrions pas souvent et qui agirait quelque part, dans une cellule autonome de barbouilleurs de murs. Grand, mince, cheveux noirs, glabre, yeux bruns, adolescent. Ne fumait pas, buvait peu de café. Gendreau, idéaliste, spontané, enthousiaste, plein de lumières mais aussi d'ombres non-manifestées encore. L'étudiant-travailleur en électronique, Roland Girard, qui allait bientôt, avec sa jeune maîtresse, Louise de Repentigny, être assimilé aux travaux du Triangle sous la tutelle directe de Gilles. Louise finirait par s'en séparer pour se retrouver parmi les groupuscules gauchistes naissants puis rapidement dans les réseaux de prostitution de Monique, fascinée par l'ascendant érotique de Lucie que les études théoriques commençaient à ennuyer.

Julien disait :

— Notre victoire est au fond de cet enfer qu'ils nient mais qui les surveille. Notre victoire, c'est la vengeance des enfers et nous y entraînerons ces politiciens de surface pour qu'ils nous reconnaissent et pour qu'ils s'y perdent ou pour qu'ils nous intègrent. Il ne suffisait pas de déclencher une révolution tranquille. Nous voulons aller beaucoup plus loin. Il ne suffit pas non plus de vouloir prendre le pouvoir à Québec. Nous voulons provoquer un mouvement beaucoup plus définitif encore. Je l'ai dit, nous voulons tout détruire. Il est encore temps de partir...

Julien se tut. Personne ne partit. Tous semblaient bien d'accord.

— *Notre mouvement n'est pas un mouvement politique...*

— Nous savons, fit Nassens, avec son gros accent suisse. Nous savons. Nous savons beaucoup de choses, déjà...

Puis il tira doucement sur son petit bout de cigare.

— Que savez-vous, fit Lucie, avec un intérêt presque sexuel ?

— Vous le sentez, non ? fit Nassens en la regardant avec son visage froid.

Lucie sourit, ses pommettes devinrent écarlates. Julien vida sa tasse silencieusement. Il alluma une Player's. Nassens finissait son bout de cigare.

— Mais nous irons encore plus loin que les obsessions définies de Nassens.

— Oui, fit ce dernier en décroisant les jambes.

— Qui sont précieuses, fit Julien, comme les tiennes, ajouta-t-il en s'adressant à Lucie.

Aurélia souriait. Ses yeux se firent profonds. Profondément noirs.

— Que fait Nassens ? demanda-t-elle.

— Nassens rassemble tous les vautours autour de lui, fit Nassens en riant.

C'était la première fois. Son visage se recycla. Redevint sérieux.

— Notre cellule, pour parler comme le pape, poursuivit Nassens, intègre au Réseau les fonds, ou une partie des fonds drainés par la mafia. C'est précieux. C'est juste un point. La mafia contribue à maintenir l'ordre du monde. La mafia est immorale. Elle maintient l'ordre perverti du monde. Il faut la combattre. Pour la combattre il faut lui faire abattre l'ordre vertueux du monde sur lequel elle se greffe et dont elle se nourrit. Pour ça il faut lui faire côtoyer les agents doubles et tous ceux qui ont intérêt à voir le Réseau grossir et crever dans leurs filets : les polices : individus extrêmement perspicaces, parfois, et dont les qualités nous sont précieuses. Ils viennent à nous, accueillons-les. Pour parler comme le pape...

Julien éclata d'un rire jupitérien. Nassens souriait avec une vanité bien mesurée. Cet homme me plaisait. Je sentais qu'il était fou. Je sentais aussi qu'il disait vrai et qu'il ferait ce qu'il disait.

— Nous allons introduire dans la mafia des saintes qui se prostituent, des idéalistes qui donneront la drogue aux passants, des adorateurs de l'abondance qui distribueront les fonds gouvernementaux ou bourgeois impunément versés dans leurs caisses. C'est immoral.

Edmond se renfrognait un peu. Lucie et Aurélia écoutaient avec un intérêt passionné. Nassens riait. Il était terriblement sérieux. Julien se versait du café.

— Nous comptons déjà un certain nombre d'étudiants de l'école de la police dans nos rangs. Simon, par exemple. Il faut les former pour qu'ils agissent de manière à dénoncer et à avilir le Front et de manière à débaucher la flicaille, qu'elle ne serve ni gouvernement, ni mafia, mais elle-même, et que les gens se révoltent contre un service que nous syndiquerons et qui derechef se fera le serviteur de l'argent et d'un salaire annuel monstrueusement gonflé. Nous voulons que la base exécute police et mafia. Qu'elle devienne libre et prussante...

Edmond pouffa avec Aurélia et Julien. Le lapsus était voulu. Ou non. C'était pareil...

— Pardon, fit Nassens : et puissante, puissante, pas prussante, non... Puissante : c'est moral. Je suis un serviteur de la morale. Nous allons mélanger, mêler, complexifier au possible les rôles sociaux, surtout policiers et mafiosi. Contribuer à tout défaire par le dedans, en mêlant les espèces, un peu comme on accouplerait un âne et un porc, pour donner des têtes de vaches inédites, éberluées, non-viables. Avec cette différence : un âne et une truie ça ne donne rien, ni monstre, ni âne, ni truie. Mais flics et mafia ça donne quelque chose : un trou chaotique et pervers qui se détruit et qui finit par tout entraîner dans sa merde. C'est moral.

— C'est moral, firent Aurélia, Louise et Lucie en chorus en se moquant de Nassens comme des gamines.

— Oui, c'est moral, poursuivait Nassens, imperturbable. Nous sommes là pour la morale. La fibre morale s'effrite. Nous allons la re-friter.

Je riais.

Lapierre, qui souriait béatement comme un enfant et Lucie firent circuler les liqueurs de la famille. Il y en avait bien une dizaine de sortes, toutes plus succulentes les unes que les autres.

— Vous pensez que la guerre est une chose sérieuse. Mais vous avez tort, disait Nassens avec son gros accent. C'est une chose atroce.

Et il éclatait d'un rire à larmes.

Puis il savourait le dedans de ses lèvres en disant :

— Je connais la guerre. Je connais la richesse financière. J'ai fait circuler des femmes, des hommes et des millions dans ces mains-là, demandez à Julien — Julien approuvait, mi-sérieux — eh bien je vous le répète, la guerre, c'est pas sérieux...

Rires.

— ...C'est atroce.

Éclairs dans les yeux des filles, excitées. Les hommes riaient.

— C'est...

Apaisements. Avec éclairs de fascination dans les yeux.

— Oui, c'est ça, poursuivait Nassens, comme pour lui-même, très loin de nous : *c'est*. C'est tout ce que je peux en dire. Moi, je suis un guerrier. Je ne suis pas sérieux comme les prophètes...

Julien le regardait sans ciller, très calme.

— Je suis atroce... Julien le sait.

— Nassens le sait.

— Julien sait tout. Il faut écouter Julien. Parle-nous des réformes, Julien, fit Nassens, que nous alimentions encore un peu notre rigueur. Nous en avons besoin. Je n'ai pas envie de parler maintenant des agents doubles : c'est trop subtil, trop magique.

Aurélia s'était rapprochée de la petite table du milieu sur laquelle des textes dactylographiés avaient été posés, des bouteilles, trois cafetières. De la cendre tombait sur le tapis cossu des Lapierre, financiers depuis deux générations.

— Les réformes, fit Julien, ressemblent à ces mouvements que l'on fait quand on dort et si les révolutions nous réveillent ou nous énervent au milieu de la nuit, elles ne nous permettent pas pour autant d'y voir plus clair. On a beaucoup surestimé la portée des révolutions. On a confondu les mouvements qui les portaient avec l'établissement des États ou des gouvernements révolutionnaires. Ces derniers déçoivent et décevront toujours. Le mythe russe s'effrite, le mythe maoïste va aussi s'écrouler et le mythe cubain, et le mythe microscopique albanais et vous pouvez regarder partout où naissent, où croissent, où naîtront des mythes révolutionnaires : ils s'écrouleront toujours. La révolution c'est une sorte de bondieuserie à bon marché. Il n'y a qu'une vérité fondamentale : l'ordre absolu ou le désordre absolu. C'est de la rencontre des deux que peut naître la vérité. Et non pas de la confusion des mouvements organisés avec l'un de ces absolus de droite ou de gauche. Nous sommes beaucoup plus qu'un mouvement révolutionnaire. Nous sommes un mouvement permanent, ce n'est pas pareil. Là où le mouvement est lent, nous l'accélérons. Là où il s'accélère, nous le contemplons. Là où il s'arrête nous l'initions. Quand nous contemplons, nous cédons le pas à la montée de l'ordre...

— C'est moral, murmura Nassens, avec une sorte de ferveur contenue qui ne nous fit pas rire.

— Quand l'ordre s'établit, nous sommes dans l'ordre. Tant que l'ordre est mouvement, nous sommes dans l'ordre mais lorsque l'ordre cherche à se perpétuer au-delà de son temps, nous y semons le désordre, naturellement, en harmonie avec la mort...

— Oui, en harmonie avec la mort, murmura encore Nassens avec une ardeur presque religieuse dans son regard méditerranéen. Oui, c'est ça... Nous sommes les serviteurs de la contemplation et de la mort... Nous sommes immortels.

— Dissoudre les constructions du passé, préparer la voie aux forces surhumaines qui ont besoin d'un mouvement permanent et perpétuel pour s'incarner — on ne s'incarne pas dans une humanité qui s'endort à gauche ou à droite — cela s'appelle générer le chaos, mais le chaos fertile, attention : quand le chaos se complaît en lui-même nous sommes à droite...

Nassens écoutait avec une attention qui respirait presque.

— Le temps du désordre est venu pour nous. En attendant le temps de l'ordre pour redonner de la rigueur à notre chaos. C'est là l'immortalité. Dans ce regard qui monte et qui descend et qui jaillit et vibre partout, les lois du temps...

— Les lois du temps, murmura Nassens, tout bas, comme s'il priait...

— Les lois du temps sont sacrées : mettre au monde, naître, croître, décroître et mourir et retraverser les portes du monde : notre mouvement est un mouvement perpétuel...

— Perpétuel, fit Nassens, comme un petit enfant...

Julien poursuivait, couvrant à peine la voix doucement émerveillée de Nassens :

— La poussée est puissante, secrète et irrésistible et demain les policiers et les juges qui nous auront condamnés — s'ils ont des yeux pour nous voir — seront à leur tour pris de folie et feront encore pire que nous...

— Ce sera nous en eux, sans qu'ils le sachent... Sauront-ils jamais, fit la voix très basse de Nassens, comme si elle posait une question des milliards de fois répétée...

— Nous sommes les précipitateurs des forces d'anarchie. Eux aussi. Leur action s'accorde à la nôtre. Nous aussi. Nous aimons les grandes orgues. Eux aussi. Mais ils écoutent et ré-écoutent des airs déjà joués. Nous, nous improvisons tout le temps et c'est le temps qui improvise à travers nous. Le savons-nous ?

... Oui, murmurait une voix en moi venue de loin. "Je suis l'immanence, tu es (1) la force..."

— Nous ne pourrions agir réellement sans cette vision totale. Que nous n'avons pas choisie. Qui nous choisit. Il est important de bien le comprendre et seuls ceux qui le comprendront pourront lucidement s'engager dans l'action parmi nous. Un terrorisme exclusivement nationaliste ou "de pression" est à mes yeux un non-sens. Le terrorisme véhicule ces courants montants, ces courants de vie : ici ce courant a quelque chose de *virginal* et c'est ce virginal que nous servons, rien d'autre, S'il était trahi au nom d'un calcul, d'un parti, d'une fédération, d'une idéologie ou de n'importe quel *isme*, fut-il celui de l' "indépendantisme", nous serions encore là pour le dissoudre : nous sommes là pour déchirer les voiles de la vision humaine. Nous ne sommes pas là pour tergiverser. Par essence le terrorisme, le nôtre, est permanent et toute prise du pouvoir ne fait, actuellement, que temporiser son flot souterrain. Nous contemplons le pouvoir établi tant que son fruit est savoureux. Mais quand il commence à pourrir, il doit entrer en terre et s'il le refuse nous l'y faisons crouler. C'est la loi...

— Ce n'est ni moral, ni immoral, murmurait Nassens, d'une voix neutre... Nous ne sommes pas moraux...

— Nassens a raison. Nous ne le sommes plus. Quand le choix est bien fait, que nos deux pieds sont bien fixés sur ce sol nocturne, nous sommes libres, immortels, nous ne sommes pas moraux.

— Les agents doubles que nous introduisons dans le mouvement croient agir au nom de leur métier, dit Nassens : ils surveillent les agitateurs, les dénoncent. Mais c'est nous qui les faisons travailler. Ils ne savent pas... Ils ne savent pas qu'ils dénoncent,

---

1.   Echo malin en surimpression : "Tuez la force..."

ni pourquoi. Ca les tiraille...

— Vous exagérez, fit Noémiah qui n'avait pas encore parlé.

— Vous croyez ? fit Nassens. Ce que je vous dis ne se prouve pas. Pas aisément.

Il alluma un nième petit cigare. Edmond s'en prit un, maladroitement. Il ne fumait jamais. L'examina. Nassens laissa tomber sur lui un regard d'une froideur terrible. Edmond recula un peu, très mal à l'aise. Et posa le petit cigare sur le bras de son fauteuil, comme s'il avait commis un péché.

— Mais c'est quand même vrai, fit Nassens sur un ton modeste étonnamment sincère (il est suffisamment exceptionnel et fantasque pour tout se permettre, pensai-je).

... C'est quand même vrai, reprit-il après avoir longuement et voluptueusement aspiré la fumée bleue qui ressortait en gros volutes. Je les attire comme un aimant, par affinité, parce que je suis moi-même un flic. Le flic des flics. Je ne travaille plus que pour moi, c'est-à-dire pour Julien, mais ils me sentent et ils m'admirent, comme vous, et ils viennent à moi et pour eux je suis un agent de services spéciaux Suisse-Allemand. Ils m'admirent beaucoup. Et pour cause. J'ai trois passeports : un suisse, un allemand et un américain. J'ai trois pouvoirs occultes, au moins. Et j'ai trois noms : Nassens, Saanen et Brighton. Brighton parce que je suis extrêmement "bright" comme vous dites ici et parce que j'aime les très grandes "towns" brillantes comme New York. Et vous vous demandez ce que je leur donne à ces recrues de police ou de gendarmerie royale ou même du Central Intelligence Agency qui me considèrent d'ailleurs comme un des leurs et qui pensent que je vends "mon" gouvernement ? Je leur donne des renseignements qu'ils n'ont pas sur la mafia et qui me viennent comme de la limaille qui colle à l'aimant. Parce que je sais des choses d'ici autant que des guerres de décolonisation dans le tiers-monde et sur les dessous des répressions et des révolutions que tout le monde ignore et ces choses aussi me viennent comme de la limaille. Et l'argent aussi me colle au paletot, je ne sais plus quoi en faire...

Il se tut comme si quelqu'un l'avait interrompu. Il regardait Noémiah. Aurélia fumait avec des sortes de gestes de colère...

— Je vais t'en donner beaucoup de preuves si tu en veux, fit Nassens en s'adressant à Noémiah qui le regardait, fascinée. Tu en veux ?

Aurélia s'adoucissait. J'aurais voulu la prendre en cet instant même.

Noémiah allait ouvrir la bouche pour parler...

— Oui, je sais, tu en veux, tu veux des "preuves". Des preuves, c'est comme de l'argent, c'est palpable, on ne discute pas avec des preuves, je vais te donner des preuves. Mais plus tard. Ici, à

Québec, mais pas tout de suite : plus tard...

Julien écrasait doucement entre ses mains un paquet de Player's vide.

— Les agents doubles, je les fais travailler pour moi, fit Nassens. Tous les flics que je rencontre travaillent pour Nassens. Nassens est très fort parce qu'il est extrêmement intelligent, tellement intelligent qu'il n'a même pas besoin de réfléchir. Ça réfléchit et ça planifie tout seul en Nassens. Et j'introduis du Nassens dans les agents de Nassens. Ils retournent à la police avec une conscience trouble. Ils ne sont plus jamais innocents. Et savez-vous pourquoi ils peuvent s'infiltrer dans nos rangs tout comme d'ailleurs nous infiltrons les leurs ? À cause du niveau de conscience des recrues : il est très bas. Elles se trompent elles-mêmes, elles sont donc trompées. C'est moral. Il faut agir dans la transparence, n'est-ce pas ? Si vous n'agissez pas dans la transparence, un menteur de même espèce que vous s'infiltre en vous. L'opacité de conscience attire l'opacité de conscience. C'est la loi. Priez donc que la main de Dieu qui vous guide vous sauve et ne vous étrangle pas. De mon côté je vous jure que je mêle bien toutes les cartes : mafia, police, recrues, réseaux d'espionnage, militants, tout. Et je leur fais sillonner ce monde ordinaire dont j'ai horreur. Je suis le maître depuis longtemps et Julien est mon prophète...

Il avait prononcé des derniers mots en baissant la tête avec un sentiment de soumission si réel que nous en restâmes confondus. Cet homme était comme un grand enfant soumis. Je regardais sa tête et sa nuque. On aurait dit qu'il attendait qu'on la tranche. On aurait dit une tête d'esclave. J'en fus troublé.

— Vous aurez saisi l'esprit de notre aventure, fit Julien. Ça ne peut pas être une aventure officielle, ça je pense qu'on l'a compris. Ça ne peut pas être non plus l'aventure d'un parti, même clandestin, c'est plus que ça. Nous sommes la clandestinité de la clandestinité. Nous sommes parfois au coeur même de nos "ennemis". En fait, l'ennemi, ici, c'est Nassens. Il se met à notre service et il joue son rôle à la perfection. Peut pas faire autrement. C'est sa loi, c'est le Grand mal, le grand Dieu, le grand Esclave, le Grand Magique : c'est lui qui vous confirme.

— Le Grand Esprit, fit Nassens, la tête toujours penchée.

— Mais nous n'avons pas d'ennemis au sens banal. Nous n'avons que la conscience qui vibre selon sa justice et sur le chemin de cette conscience des êtres en qui elle s'introduit. Elle les exalte s'ils sont ouverts. Elle passe s'ils sont fermés. Elle les torture s'ils s'ouvrent et se ferment. Vous comprenez ? Nous ne sommes pas "nationalistes". Nous sommes beaucoup plus que cela. Mais nous ne détruirons pas l'émotion. Au contraire. Nous prenons graduellement position dans la vaste racine immobile, dans la source de l'émotion. Nous ne l'étouffons pas, au contraire, nous l'augmentons. Nous augmenterons ici la ferveur nationaliste, car dans sa plénitude elle est comme un chant d'orgue et nous aimons l'orgue. Nous protégerons même cette ardeur de toute espèce de petitesse ou de froideur affectée : regardez Nassens, il est fou mais il n'est pas froid vulgairement comme ces intellectuels réfrigérés qui se croient supérieurs aux sentimentaux parce qu'ils refoulent sadiquement l'émotion. Le froid de mon pareil Nassens n'est pas le froid de celui qui singe l'objectivité, c'est un froid venu des hauteurs, pas du bas, pas du fendant. Ça vient de chaud, la folie aimantante de Nassens, c'est pour ça qu'elle aimante, c'est pour ça que son froid impressionne ou excite, il n'est pas vide, il est plein, c'est pour ça qu'il fait mal. C'est pour ça qu'il ouvre, qu'il fait rire, pleurer, qu'il ranime. Il aimante parce qu'il donne, mais on ne voit pas quoi, c'est un froid qui donne, un froid des autres rives...

76

Nassens écoutait d'un oeil doux

Nassens écoutait d'un oeil doux. Je n'avais pas encore vu cette douceur dans son oeil.

— Nous augmenterons ici l'ardeur nationaliste. Pas la démangeaison du ventre. Non. Pas la phraséologie bêlante non plus. Mais la pureté virginale et la beauté de croire en quelque chose qui n'est pas un simple pognage de comptable. Ça, nous l'augmenterons, nous le protégerons des assauts hostiles, nous lui apprendrons à oser et à se battre, nous l'aiderons comme jamais on n'a aidé un enfant qui vient au monde. Mais nous serons sans pitié pour le reste. Pour l'émotion maladive qui chie sur la pensée, pour la pensée qui assèche le coeur, pour les préoccupations financières sans visions, sans largeur, sans soif d'abondance, pour les gratte-sous, pour ceux qui ne croient à l'impossible qu'à coups de bâton et de bombes, pour ceux-là nous serons impitoyables. Mais en réalité ce ne sera pas nous. Ce sera quelque chose à travers nous. Nous voulons tout l'esprit, tout le coeur, tout le ventre et toute la guerre. Sans merci. Mais ce ne sera pas nous. Non. Ce sera quelque chose d'eux à travers nous...

— Eux, murmura Nassens qui semblait n'être que le murmure fidèle et constant de Julien en télé-commande automatique. J'ai trois pouvoirs (1) occultes au moins. Il faut bien que je les aie, Ju-

---

1. En surimpression : "J'ai trois amours..."

lien n'en veut pas. Eux : c'est comme le socio-bègue. Ça fait *eux*, *eux*, *eux*, et ça pisse...

Nassens gardait la tête penchée, grotesquement. Pouvait-il être *efficace*, vraiment, sans faille, cet être venu d'ailleurs qui ne refoulait rien ?

— Ce dont nous sommes porteurs est refusé par ceux qui gèrent les capitaux-énergie, poursuivit Julien. Mais ce dont nous sommes porteurs *est*...

— Je l'ai dit tout à l'heure, c'*est*, murmura Nassens...

— ... Et c'*est* dans la clandestinité. Ce sera dans la clandestinité pour un temps. C'est là seulement que les énergies les plus pures que leur refus pervertit peuvent trouver l'indispensable exutoire. Quand tous auront fusionné avec ça, ça qui connaît les lois du temps, nous pourrons nous unir dans une harmonie des dissolutions et des coagulations, des désordres et des retours à l'ordre, dans une conscience omnipénétrante. Vous savez pourquoi il y a du drame et de la tragédie sanglante sur la terre ? C'est parce que les hommes ne savent pas jouer. Ils agissent à contre-temps, ils s'entêtent à être là où ils ne doivent pas être, trop ou pas assez, mus par ce qu'ils appellent des idées ou des impulsions. Mais leurs idées, c'est la plupart du temps des impulsions qui bavassent et leurs impulsions, ce sont souvent des déchets qu'ils nourrissent et qu'ils droguent. Ils appellent ça penser. Ou vivre. Mais ils rotent du cerveau ou boitent des viscères. Ça fait des drames, des tragédies, c'est ridicule. La peur ? Un flot créateur qu'on bouche. Le suicide ? Une eau limpide qu'on souille, alors qu'on a terriblement soif. Soif de vivre...

— Le sexe est la source de toutes les soifs, fit Nassens. Il faut libérer la source et libérer la soif. Mais la source doit jaillir au grand jour, pas dans les pénombres. Et la soif de la source ne se comble que dans le don de la source au but de sa montée...

Il s'était levé. Il était ridicule, grotesque ou sublime. Il regardait vers le haut, les bras entrouverts comme pour recevoir quelque chose ou pour offrir.

— Depuis que je suis ici je n'ai pas cessé de faire l'amour avec Noémiah et Réjean. Et je ne les ai pas touchés. Il faut que la source et la soif qui la tend montent dans les grands réseaux : le ventre, la poitrine, la tête. Quelle horreur ces gens qui ont besoin de leurs breloques à pisse pour étancher leur soif ! C'est une eau qui multiplie le monde ou qui suicide.

Il se tourna vers moi.

— N'épouse jamais une femme qui pense trop, dépourvue d'érotisme chaud.

Il lança un regard vers Aurélia.

77

Ce qui tue les Scorpions

— C'est dangereux, c'est ça qui tue les Scorpions, dit Nassens.
Je sais. Julien est Scorpion. Quel prophète. Il est chaste. Il vous alimente de sa source. Comprenez-vous ? Il rayonne son énergie
érotique par le coeur, par le ventre et par la tête...

Puis se tournant vers lui :

— Et par la tête et par les yeux. Regardez ses yeux perçants.
C'est ça la force de l'esprit qui assèche la source mais d'une façon
telle qu'elle devient comme du feu qui vous chauffe et vous rend
plus intelligent. C'est sublime. Ça c'est un être précieux, un fruit
du temps d'une qualité rare.

Nassens allait de l'un à l'autre avec des sursauts d'idées et
d'énergie mentale.

— Et toi, Réjean, ne mêle pas ton sperme à n'importe quoi
et ne gaspille rien. Les grands Scorpions comme toi doivent devenir comme Julien : sec et brûlant comme du feu, du feu *Esch*, du
feu d'esprit humain, c'est proche du Grand Esprit, c'est humaine-
ment fertile, c'est proche, l'Esprit surveille. Mais l'Esprit c'est pour
Julien et pour toi. Moi, c'est le Grand Esprit. Esch : l'Esprit.

— Je ne suis pas un grand Scorpion, fis-je.

— Tous les Scorpions sont de grands Scorpions, ne soyez pas
idiot. De l'eau d'abord, un éros puissant, et puis du feu de volonté
articulé, densifiant. Ça fait comme de l'Esprit d'esprit. Les grands
Scorpions sont la réplique exacte, inversée, de l'Esprit de Dieu sur
la terre. Ils font exactement comme Dieu. Pendant un temps ils
singent. Comme toi. Mais regarde Julien : il y a longtemps qu'il a
dépassé le singe et l'homme, il est l'égal de l'Esprit de Dieu, il est
l'Esprit de Dieu sur la terre. Toi aussi. Non, tu n'est pas un singe,
ni petit, ni grand, sinon tu me collerais au membre comme c'est
toujours le cas : ces mouches à crème qui se prennent pour des
dieux ! Non. Tu es un petit homme, encore petit, encore jeune.
Mais tu es aussi l'Esprit de Dieu sur la terre, mais pas encore brûlant comme Julien. Julien c'est le plus grand. Plus grand que moi :
moi je suis brillant, extrêmement brillant, ça se voit, je suis Bélier
ascendant Balance, feu de guerre dans l'air, je suis toujours en feu,
très haut. Mais quand je suis en compagnie des grands Scorpions
je deviens l'agent de tous les secrets, ils affluent et alors je me mets
à vivre. J'ai besoin de vous...

Puis se tournant vers Aurélia :

— Je peux vous procurer beaucoup d'argent, grâce à l'action
sur moi de l'Esprit de Dieu sur la terre. En voulez-vous ?

— Dis-moi *tu*, fit Aurélia.

— *Tu*... Ainsi *tu* veux que je te *tu*. Ça, c'est un goût bien mélancolique de femme-tu, non ? Tu veux-tu de l'argent, beaucoup d'argent ?...

— Je déteste mon père...

— Oui, mais moi je ne suis pas ton père, je ne suis pas un capitaliste, je suis un aimant par décret divin, je veux te donner beaucoup d'argent... Ou bien c'est Noémiah qui aura tout.

Aurélia avait les yeux vibrants d'eau. Nassens se pencha vers elle :

— Vous êtes aussi très mercurienne, comme moi, mais très saturnienne aussi. Vous êtes Verseau ? Capricorne ? Vous avez aussi du Scorpion, beaucoup de Scorpion. On dirait un coup monté. Il y en aurait trois ici ! Edmond est Capricorne. Noémiah est une vénusienne d'un signe très tendre : Balance ? Vénus l'imprègne de toute son eau... Tu veux que je te tu beaucoup d'argent, Aurélia ?

— Tu es mon père...

— Tuer ton père ? Tu me tutoies ou tu me vouvoies ?

— Je t'aime ou vois...

— Tu m'émouvois ? Hum... C'est bien... Tu en auras. Mais ne hais plus ton père. Ce soir tu te masturberas si tu veux, longuement, en souriant, mais pas ici. Et une seule fois. Trop, ça suicide... Moi je ne suis pas moral. Je suis magique et technique. Les mots sont les marteaux du sang. Ne pas ébrécher inutilement.

78

Nous nous dispersâmes

Nous nous dispersâmes ture-lure ture-laine. C'était Québec. Le Québec d'un bon froid. Ville terne ? J'en appréciais toujours le tellurisme. Le Rocher Diamant, dit Cap pour les intimes, me faisait toujours l'effet du rocher d'Abraham. Que je n'avais jamais vu. Mais pour moi c'était là et pas à Montréal (ou à Jérusalem) que tout avait commencé. On a des idées comme ça qui font partie de notre patrimoine particulier. Le Rocher Diamant c'est comme s'il y avait de l'air de diamant autour et dans toute l'aire fluviale Lévis-basse-vieille-ville que relie le traversier. C'est comme de l'éther limpide, non, pas de l'éther (je parle de l'éther astral). Ce n'est pas de l'air non plus que l'on respire là-bas, c'est autre chose, c'est comme

236

à New York, mais New York, c'est plus subtil, c'est psychique : Québec, ou bien c'est tellurique ou bien c'est hautement spirituel : comme une idée venue de très haut qui attend là que les corps s'accordent au destin. En attendant on la respire et elle fait son chemin, de génération en génération, elle coule dans le sang, elle murmure le diamant. Mais tous la respirent. L'air-diamant. Mais c'est ça : ils ont appelé le Rocher : *Cap Diamant* parce que l'air qui l'entourait comme une aura était dense et lucide, pur comme du diamant dudit Amant. Et en tout cas c'était gai.

Julien avait vaqué à ses affaires. Je plaçai un appel chez les parents de Claudette. Ils n'étaient pas là. Je pensais à ma dague. Je m'ennuyais tout à coup de ma dague. Que de sens dans cet ennui. Mais Nassens n'était pas là pour me le dire. Ils étaient partis vers la ville moderne. Je descendis dans la basse ville. Flânai un peu autour du quai du traversier. Je m'ennuyais de Lévis. Je traversai. Dans l'air pur de l'automne ensoleillé. Nassens, lui, marchait avec Noémiah. Il voulait lui donner des "preuves". Noémiah me raconta tout. Je n'en croyais pas mes oreilles. Ou ma dague. Ou ma blague. Je fumais parfois la pipe.

79
Montréal ventre-coeur
et New York sexe-vulve

Montréal est quelque chose comme le ventre-coeur et New York quelque chose comme le grand sexe-vulve et le grand cul du monde. Si parfaitement étalé dans Manhattan et les environs que l'on ne peut qu'adorer ce cul rempli à ras-bord et ce sexe et de toutes manières New York c'est comme l'adolescence et comme de la lumière. New York, pas plus que Québec, n'est née. Sa lumière non-incarnée entoure les êtres et surplombe les hauts buildings, les flanque de sa présence haute et spirituelle, toute élancée vers la conquête et les hauteurs, mais elle ne s'incarne pas : plus elle croît, plus elle se désincarne. New York. Je rêvais de New York que jè n'avais vue qu'une fois. Dont Montréal serait le ventre-coeur peut-être. Et Québec la tête du futur, la plus dénudée, la moins peuplée, la moins quantifiée de tout le grand corps géo-subtil. Mais les villes sont peut-être toutes, à leur manière, la Jérusalem qui descend. Ou qui monte. Ou qui se fige dans la bien-séance comme Toronto. Figée dans l'Histoire, trop correcte, trop. Et Montréal toute défaite, si pauvre, si riche de tombée. Flasque ?

Terne ? *Ma* ville. Ici tout est dit. Et pourtant Montréal n'est pas ma ville. Ma ville c'est partout où Jérusalem à venir se ranime et me terre, se terre, terrifie, exalte. C'est New York. C'est la capricornienne Toronto (moins, terre figée. Astiquée. Polie.) Jérusalem future c'est New York, Québec, Chicoutimi, coeur futur, tête future, éminemment mercurienne et rapide, presque uranienne, presque folle, presque géniale, à la lisière du temps, tendue, coeurtête ou tête-coeur du futur. Je l'avais oubliée, Chicoutimi, Gendreau aussi, dans notre triangulation romantico-géo-politique. Son temps viendrait. Nous allons refaire toute cette géographie d'états-majors, de sénateurs et de comptables. Nous allons prendre possession psychique du Missouri, de la Nouvelle-Angleterre, du Québec, de l'Ontario, de l'Acadie. Le corps psychique s'étend. C'est le coeur. Nous apportons le coeur psychique. Mais donnez-nous un coin de terre total, où nous puissions tout faire, ou bien nous le prendrons de force. Nous avons besoin de toute notre chair territoriale. Nous ne le savons pas mais nous le savons. Ce sol c'est notre sang. Pour des siècles. Jusqu'à ce qu'un Pizarre venu d'Asie vienne exécuter nos constructions psycho-terrestres à moins qu'entre-temps nous n'ayions découvert le pouvoir encore secret d'absorber ce Pizarre. Par un miracle évolutif. Mais déjà la terre sera si ronde et si totalement tramée de la richesse de tous ses peuples que tout absorbera tout en transmutant et en enrichissant tout. Voilà. C'est l'idée la plus haute. Celle du rocher Diamant qu'aucune aile de colombe ou de corbeau ne peut user. Dure, précise, éternelle, elle tonne en silence dans nos cerveaux et dans les alluvions, secrètement encore mais avec des cris d'ébène et de lumière, du sang. Québec.

Québec. Avec un grand Q. Avec un cercle et une queue comme monsieur Humpty-Dumpty qui est très agile et qui a tout probablement une queue à transmuter comme Nassens qui est fou du Diamant. Comme monsieur Humpty-Dumpty ou comme l'Oeuf du monde. Avec une queue pour le pogner. Faut c'qu'y faut. Au K.

Et qu'on en dise ce qu'on voudra, ça n'y change rien : c'est toujours du diamant pur. Amérindiens, Québécois, Anglais, Irlandais, nous passerons, mais pas l'Idée de Diamant, mercurienne, uranienne, encore informulée, pas l'Idée québécoise, juvénilité mutante et sans limites, pas le Québec psycho-géo-idéaliste. Pas les Québécois : le Diamant est là pour nous parler. Qui parle Diamant, très haut, très pur ? Terre lucide et transparente ! C'est Elle : donnez-lui le nom que vous voudrez ou laissez murmurer sans limites et sans peurs en vous le nom qu'Elle vous dira (la poésie). C'est Elle, la *virginale* au coeur pur dont Julien parlait et qu'il avait mission d'affirmer, de défendre, de faire croître contre toute espèce de faux-fuyant et de faux-bond. Julien aimait. *Diamante* : c'était le nom de son amour. Y a-t-il d'autres pays avec un tel rocher, une telle aire prophétique ? Je voudrais les connaître, tout connaître, par soif de fusion spirituelle. On se battra au sang pour cette incarnation de lumière immobile qui éclate contre l'arête du sol d'où elle émane. Julien se battait pour Elle. Avec toute sa force, toutes ses armes, toutes celles qu'il pouvait trouver sur son chemin. Julien se battait dans mon coeur. Il battait dans mon coeur. On ne meurt pas pour Elle. On ressuscite. On bat dans l'Éternité-Diamante.

Qui meurt pour Québec ? Ceux-là qui ressuscitent. Pas des esprits demeurés paysans. Des esprits-diamants.

80

Noémiah et Nassens

Noémiah avait pris le rond et nerveux Nassens par le bras. Ils marchaient d'un bon pas. Se dirigeaient vers le boulevard Charest. Aurélia était allée se promener seule.

— Je t'explique tout avant ou bien après ? demanda Nassens en jetant un mégot au bout de feu bleuté.

La fumée s'envolait dans l'air.

— Vous avez dit *Esch*, tout à l'heure, vous connaissez l'hébreu ?

Noémiah avait tourné son visage délicat vers Nassens.

— Oui. C'est pour exterminer mon nazisme. J'ai appris l'hébreu. Mais j'ai fait de la qabbale aussi. Je fais de la qabbale. Je suis un grand qabbaliste. Vous savez ?

— Et vous avez deviné mon signe...

— Je devine les Balance, bah...

— Et Vénus ?

— C'est bleu, c'est vert.

— Je veux dire...

— C'est émeraude, comme...

Nassens suspendit sa phrase. Noémiah était un peu déroutée par le débit imprévisible de Nassens. Elle se tut quelques secondes.

— Esch, ça veut dire feu.

— Je ne suis pas un qabbaliste.

— Vous avez dit...

— Je n'ai jamais fait de Qabbale.

— Pourtant...

— Je déteste les Juifs.

— C'est faux, vous voulez me faire pleurer. Vous n'avez pas le droit.

— Vous avez raison. Mais vous avez tort. Nous portons en nous, moi, tous les torts, les haines, les passions. Et au fond, dedans, ça vibre, comme du diamant. C'est pas moral. C'est trop fort.

— Parlez-moi de Esch.

— Je ne connais pas l'hébreu.

— Vous êtes complètement fou.

— Oui, oui, je vais vous donner des preuves.

— Parlez-moi de Esch.

— Ça veut dire feu...

— Oui...

— Et Isch, ça veut dire l'homme...

— Je sais...

— Et Ischah la femme... Esch fait Isch-Ischah.

— Mais je connais l'hébreu. Je fréquentais l'école juive quand j'étais petite. J'ai un cousin, le fils de mon oncle William-Jacob, David, qui vit en Israël. Je veux en savoir plus.

— Esch c'est l'Esprit.

— Ah...

— C'est le sperme...

— Vous voulez rire ?...

— Le sperme se transforme en feu par la concentration de l'esprit. C'est du Feu-Esch. L'homme devient le créateur de l'Esprit.

— Mais la femme n'a pas de sperme ! Ça je l'ai dit souvent à William-Jacob. Il riait de moi...

Nassens s'esclaffa d'un rire tripal. S'arrêta. Posa ses mains ténues et rondes, moitié-doigts-de-sculpteur-moitié-doigts-d'esthète-un-peu-tueur.

— Y a d'quoi, vous trouvez pas ?

— Méfiez-vous, fit Noémiah d'un regard calme et d'une voix douce, trop douce — Nassens s'arrêta net de rire — ma sottise est apparente. Toute forme de sottise candide chez la femme est une sottise apparente. Vous savez. Vous êtes qabbaliste. Respectez. Écoutez. Vous entendez les doubles-sons de mes paroles ?

— Oui. C'est pour ça que la femme n'en a pas besoin.

— De ?...

— De sperme. C'est un mystère pour moi, poursuivit Nassens d'une voix émue, presque tremblante. Elle a le feu direct. Ne riez pas.

— Je n'en ai pas le goût, tout à l'heure...

— Vous avez le feu ?

— Oui, c'est ça, j'ai le feu, dit Noémiah d'une voix presque mâle...

— Eh bien, c'en est du esch. C'est avec ça qu'on met le feu aux villes en temps de grands poisons. Les femmes s'enflamment. Elles crient du esch. Sont comme aveugles. Terribles. Haïssent le Esch et crachent du Esch. C'est épouvantable. Vous êtes juive. Vous connaissez les femmes arabes ?

— Oui.

— Les femmes iraniennes ?

— Oui.

— Surtout les femmes arabes : elles sont méprisées, suairisées, sodomisées, battues. Eh bien dans les émeutes, elles crachent du Esch. Vous comprenez ?

— Les femmes haïes détruisent le monde ?

— La haine détruit le monde.

— Par les femmes ?

— Par la virilisation eschique des femmes. Oui. Je hais les femmes. Vous je vous aime. Vous avez du esch en vous, comme Aurélia. J'aime les hommes. Je nous bois et nous étanche subtilement, astralement. Votre agression m'est très agréable. Et c'est pour ça que je suis un bon agent de destruction.

— Je pourrais vous détruire.

— Impossible : votre haine me nourrit.

— Mais je pourrais vous tuer !

— Oh ! Vous voulez dire ça ? (il montrait son corps de ses deux mains, un peu ahuri). Mais je suis immortel, vous ne comprenez pas ? Votre haine me nourrit, votre agressivité me nourrit, le corps peut tomber mais la tendance demeure, je suis une tendance. Une tendance qui croît depuis des siècles. J'ai été torturé souvent...

— Où...

— Oh ! Pas dans cette vie. Dans celle-ci je n'ai reçu qu'une seule blessure physique, ici, vous voyez ? à la tempe. Une balle qui sifflotait au Katanga. J'ai des talents cachés. Mais j'ai été torturé par des hommes, des femmes, des milliers de fois... Je dis des milliers mais je mens. Je mens pour vous épargner : je l'ai été des *milliards de fois* et une fois j'ai pris conscience de ceci : ce corps-là est le point d'appui d'un autre, de mon regard. Et mon regard est devenu immortel. Savez-vous que je peux sortir de mon corps à volonté ?

— Comment faites-vous ?...

— Mais : *à volonté*. Comme Julien d'ailleurs. Mais lui, il s'en fiche. Moi je cultive mes talents. C'est pour ça que je suis un espion haut coté. Ces hurluberlus ne comprennent pas comment je

241

peux faire pour obtenir tant de renseignements, c'est si facile (il se tourna) — comme le ciel est beau !

— Lâchez le ciel un peu. Je veux savoir comment on peut vous changer.

— En changeant d'ton... En m'aimant...

Noémiah se tut. Cet homme représentait pour elle un défi, une énigme. L'aimer ? Elle pressentait' bien pourquoi mais elle aurait voulu qu'il le lui dise lui-même. L'aimer...

— Vous aimer ? C'est difficile...

Pourtant, tout à l'heure, elle l'aimait.

— Vous aimez le sang, la guerre ?

— A vrai dire, non... fit Noémiah.

— Votre esch se change en Esch direct, direct quand en ma présence vous aimez moi au lieu d'agresser moi. Ça c'est l'Esprit en vous, comme en Julien le grand Scorpion. Toutes les femmes l'aiment. Lui, ce n'est pas un vrai agent de destruction. Il est trop pur et trop intense. Il a Esch, il éveille partout. Moi j'éveille le petit esch. Le petit feu qui tue. Et le petit feu qui tue ne tuera plus quand vous aurez fait fondre mon corps subtil solide dans votre grand Esch-amour. C'est clair ?

Noémiah avait envie de rire, soudain. De rire tendrement, doucement. Quel enfant terrible, cet invraisemblable Suisse qui semblait maintenant au bord des larmes.

— Moi, je ne suis pas immortel comme Julien, de la même manière. Julien est immortel parce qu'il peut introduire Esch directement dans les femmes et dans les hommes. Mais moi je ne peux qu'introduire le petit esch dans les êtres. Ce sont les êtres comme toi, purs, riches de racines, qui peuvent me donner Esch. Mon corps (il parlait de l'autre) c'est pas être du Esch. C'est du spermesch, c'est magique. C'est pas l'Esprit. L'Esprit c'est Julien. C'est le grand prophète de l'Esprit Divin sur la terre. Parce qu'au fond il s'en fiche. Moi je suis l'agent du Grand Esprit astral, je suis magique et je ne m'en fiche pas, je cultive mes talents. Il le faut puisque Julien s'en fiche. Il se fiche de tout. Il se fiche de tout et il s'occupe de tout. C'est un étrange individu. Un grand prophète. Je ne le comprends pas. Ah ! s'il pouvait m'enlever mes talents. Mais il n'en veut pas. Il délègue pouvoirs, pouvoirs, c'est un démocrate, il me fait travailler, tout ça c'est magique, pouach !

Noémiah sentait monter une chaleur dans son coeur. Pour cet homme-enfant aux capacités incroyables. Stérile et riche à la fois. Elle le prit par la main, très gentiment, très doucement, comme on le fait souvent dans les rues de cette ville un peu candide, pas trop méchante, elle se sentait soudain très forte et très belle. Elle lui dit, avec un sourire venu de la source juvénile des temps :

— Vous allez me donner des preuves ?

Noémiah sut dès cet instant qu'elle penserait toujours à lui. Avec un amour profondément calme. Pour le détruire.

81

Nassens

Il faut d'abord dire ici que Nassens (il se faisait souvent prénommer Ingrid avec un sans-gêne que personne n'osait contester) était arrivé au Québec près d'un an auparavant rencontrer Julien et Lamure (et ce penseur-politicien snob gauchisant du nom de Linton-Larose), guidé par une intuition qui s'avéra juste : Julien avait besoin de lui, tout comme Lamure qu'il connaissait bien. Là-dessus il avait séjourné deux ou trois mois à Québec, au Château Frontenac puis dans un petit hôtel de la Place d'Armes. Il descendait au moins une fois par semaine dans une succursale de la Banque provinciale, boulevard Charest (il l'avait choisie là pour la marche) pour retirer les deux cents dollars américains dont il avait besoin pour la semaine et dont il tenait à se servir pour faire touriste et passer inaperçu. D'une certaine manière. Nassens ne passait jamais longtemps inaperçu. Il s'en fichait d'ailleurs éperdûment, ce qui n'était jamais pour lui qu'un paradoxe de plus : il les aimait. C'était même comme des talents : il les cultivait.

Et Nassens avait rapidement créé un lien érotique subtil avec la jeune caissière à laquelle il faisait des sourires de gentleman suisse, ce qui est une autre contradiction, selon ses propres paroles : les Suisses sont des ours à la peau riche et astiquée, pas des gentlemen, il le répétait tout le temps. Ça me gênait pour lui. Il répétait : des ours *de montagne*. Et il ajoutait : ça c'est ésotérique et historique, comme Nietzsche — et il éclatait d'un rire tripal qui me déroutait.

En fait il portait en lui, presque à longueur de journée, la forme de cette fille qu'il alimentait d'éros. En fait il avait établi des connections érotiques semblables en maints endroits de la vieille ville et de la ville moderne et il entraînait Noémiah avec lui pour qu'elle comprenne. Ce fut d'abord dans un restaurant chinois qu'ils entrèrent. Nassens se fit servir des egg-rolls que Noémiah goûta. Ils avaient faim. Ils s'en firent commander d'autres. Nassens mangea peu. Quinze minutes plus tard ils se dirigèrent vers la caisse. Noémiah se sentit prise d'une énorme tendresse pour le fou.

243

prit son bras. A la caisse, elle se sentit enveloppée dans une sorte de "générosité" magique. Puis elle sentit un courant voluptueux d'une chaleur inhabituelle, une sorte d'hypertendresse qui les enveloppait tous les trois, elle Nassens et la caissière. Nassens paya. Ils attendirent quelques secondes. Noémiah sentit couler de l'eau entre ses jambes. Elle jubilait dans son sexe et dans ses yeux. La caissière remit la monnaie. Noémiah vit qu'elle remettait vingt dollars de trop, sans savoir. Nassens se retourna, revint à leur table et y déposa un pourboire de *vingt-cinq* dollars. Ils sortirent. La caissière regardait Nassens avec des yeux brillants. Ce dernier la salua. Elle semblait fondre. Noémiah se sentait comme suspendue au bord de l'orgasme. Sur la rue Nassens la prit contre lui.

82

Suite

— Calmez-vous, Noémiah, dit Nassens. Vous fondez comme de la crème. Jouir, c'est ça. C'est ça jouir de la vie. Vous avez vu ? C'est ça, gagner beaucoup d'argent. Je peux faire pareil avec des hommes mais dans ce cas j'aime mieux faire faire. Vous n'avez pas idée du sentiment de plénitude que l'on peut éprouver à voir des élèves prolonger des pouvoirs qui sont les vôtres. C'est comme si tout ce qu'ils font vous diffusait en secret...

Noémiah s'apaisait doucement. Des larmes coulèrent du milieu de la paupière inférieure, directement, sans glisser, tout près des commissures.

Elle rentra dans le restaurant et se rendit aux cabinets. Elle y resta une quinzaine de minutes. Nassens flânait devant le restaurant. Noémiah s'essuya doucement, savoura un second orgasme qui l'envahissait, plus lent, plus long, plus calme que les autres. Urina. Puis après plusieurs minutes elle sortit sur le trottoir. Nassens l'attendait.

— Voulez-vous encore des preuves ? demanda-t-il à son amie.

— Non, pas maintenant. Rentrons.

— L___ez-moi passer à la banque, j'ai besoin d'argent. Mais ___z vraiment pas des preuves plus fortes encore ? Plus

___ le regardait, interrogative.

___ignez rien, fit-il, je ne vole jamais les petites gens. ___lles sont méchantes. Et encore. Elles ont trop de

244

coeur, trop d'éros refoulé, trop... Non. Jamais les petites personnes de caisses : je leur en redonne toujours ou je m'arrange pour qu'elles en aient plus. C'est comme à intérêt. Je suis comme une banque ambulante suisse à intérêt.

Nassens alla chercher de l'argent puis ils retournèrent chez Lapierre.

Nous devions rentrer à Montréal dans les heures qui suivraient.

SEPTIÈME PARTIE

83

Les Métamorphoses de Marie (III)

Parmi les textes dactylographiés qui traînaient sur la table du salon des Lapierre où avait eu lieu la réunion, il y avait ce texte de Julien, l'un des rares qu'il nous ait montrés. Sa vision semble s'y développer et s'y condenser tout à la fois.

...Du sud de l'Inde où j'ai séjourné pendant deux ans, je suis passé à Londres et de Londres en Albanie en 196... où je me suis entraîné avec des fedayins et des combattants d'un peu partout. Nous étions tous des serviteurs inconditionnels de la Colère, de la Violence et de la Terreur. Ce sont des divinités redoutables et je sens qu'en les nommant ainsi, je les invoque. Ceux qui les ont senties pénétrer et éprouver un jour leur être comprendront ces précautions apparemment superstitieuses que je prends en les nommant. Ces divinités existent. Pour nous, qui considérons les partis politiques comme des temporisateurs de l'évolution, les idéologies ont vite fait de n'être plus que des instruments de combat ou des vases antiques que l'on a vite envie de fracasser. Nous n'aimons pas les corsets. Si le militant s'attache à ces idéologies, c'est peut-être parce qu'il craint, au fond de lui-même, de ne trouver aucun déterminisme cosmique à son action : ceux-là souvent ne sont pas à leur place dans ces mouvements et ils le pressentent. Ils y sont par névrose, par erreur d'aiguillage. Et ils suicident leur intellect dans quelques slogans durcis. Mais ceux qui reviennent du fond dénudé d'eux-mêmes, remplis d'Amour-Colère, cette puissance impersonnelle et sacrificielle, sacrée, ceux-là sont destinés. Et il est inutile de ne pas vouloir brûler de ce feu : il vous possède pour le temps décrété. Et c'est de l'amour mais un amour tellement fortifié, venu de si profond dans la nuit, qu'il est rouge. Les partis s'excluent les uns les autres. Le terroriste, lui, a fini par exclure les partis (mais non leur infiltration), non pour en fonder un autre, car cela signifierait son propre étouffement, mais pour procéder à leur désintégration massive. Le terroriste est au service du vide. Comme le mystique, il se sort du monde. Et comme le mystique, il veut dissoudre le monde. Mais le mystique dissout l'espace psycho-mental qui le sépare de la lumière immatérielle alors que le terro-riste dissout l'espace qui le sépare du vide matériel. Le mystique veut être possédé par la lumière immatérielle : le pouvoir matériel lui importe peu. Le terroriste veut posséder le vide qu'il crée par la terreur. Son ambition affirme sa puissance. L'ambition du mys-tique se dissout pour que s'affirme en silence la puissance de Dieu. Ne dirait-on pas comme deux formes de prêtrises ? Eh bien suppo-sons que le terroriste soit aussi un mystique et que les deux voca-tions soient aussi impérieuses l'une que l'autre en lui. Vous auriez alors un être d'une espèce rare, profondément déchiré, mais dès qu'il agit, nettement supérieur aux autres. Si la lumière où il s'im-merge le veut ainsi, la lumière de Dieu remplira alors l'espace du monde. Dieu prévaudra aux portes mêmes des enfers. D'ailleurs n'est-ce pas Dieu qui est le gardien des enfers ? C'est ce terrorisme-là que je propage par une ambition qui n'est pas mienne et qui me guide. C'est une tradition très ancienne, la tradition de l'occident, du couchant. Détruire et terroriser est temporaire. Et dans cer-tains cas, risible. Car au bout de cette aventure, il y a comme une grande peine au coeur de l'homme, une grande lassitude. Et au coeur de cette lassitude, il y a un grand détachement. Et dans ce détachement il y a la compassion prenante, pénétrante, du Christ des enfers. Le Christ y est par destin, non par choix idéologico-religieux. Mon réseau est un réseau chrétien et gnostique. Mais il ne comprend ni dogme-idéologie, ni rituel pré-établi, ni morale rigide. On y entre et on en sort sans être un héros ou un traître. On y entre et on en sort en accomplissant sa loi. Il n'y a là qu'une immanence génératrice d'histoire nouvelle.

Ce terroriste sait que c'est au fond de son être que naissent les secousses subconscientes qu'il aide à projeter dans la nuit-société. Société : un autre de ces termes abstraits qui trompent notre faim. Je veux parler de la nature même des rapports entre les êtres : ce sont ces rapports mêmes qui fondent le social et non pas les lois, les morales, les moeurs, les partis, les États : pourquoi le politique, le social, seraient-ils plus prestigieusement présents dans une boîte située sur une colline parlementaire que dans la rue, dans un vivoir ou dans ce salon ? Ce serait un extraordinaire facteur d'explosion sociale si nous savions prendre conscience ici même, en cet instant, que nous sommes plus que les lois : nous en sommes même l'incorporation, la réalité. Encore faut-il qu'une telle vision soit longuement concentrée, qu'elle vise à pénétrer dans les profondeurs de l'être et qu'elle y cherche les lois de l'incarnation pour que son dynamisme puisse provoquer les ébranlements de base et de fondements qui nous hantent du fond de cette opacité que le destin nous force à épouser. D'où la Colère monte. Une colère qui peut facilement se tourner contre l'Être même d'où elle origine. Une Colère que nous pouvons aussi épouser en épousant l'être.

On peut terroriser sans détruire. On peut difficilement détruire sans terroriser, mais on peut aussi détruire en portant dans son être même les semences d'un monde nouveau. J'aspire à respirer au coeur d'une telle cellule. La Paix et la Lumière l'habiteraient. Sa vision la porterait. L'Amour s'accouplerait à sa Terreur. Je serais au centre même du destin. Il n'y aurait pas de chef mais nous laisserions jouer le libre dynamisme électif qui pourrait s'y faire jour. Souvent le Destructeur-Terroriste sent que si les partis seuls dirigeaient le monde, ce monde aurait vite fait de s'endormir pour mille ans ou pour toujours à gauche ou à droite et que les forces qu'il sert, lui, sont, bien que d'une manière souvent diabolique, ultimement des forces d'éveil. Et sa colère, sans qu'il le sache toujours, est la colère de la Nature même qui frappe les gouvernements et les gouvernés et fait crouler les murs des institutions et tous les conforts moraux, légaux, judiciaires pour que chacun soit reconduit à la seule loi et à la seule justice qui soient : celles qui du fond des temps ont toujours voulu régner librement au coeur de l'Homme. Un Homme qui n'est pas encore apparu. Un Homme qui fut rêvé de tout temps dans des milliards de formes et qui l'est encore dans la nôtre. Un Homme qui n'est pas né et qui ne naîtra définitivement jamais, un Homme, un Être qui ne cessera jamais de mourir pour renaître dans une forme nouvelle. Une fulgurance qui se prend dans les rêts de la matière pour s'y éprouver et en faire jaillir le mystère, un mystère *form*ulé. Le Destructeur-Terroriste le sait-il qu'il est au service — je ne parle pas de celui qui s'y sert lui-même —, par les puissances qui l'habitent, de cette Force inconnue qui se cherche en nous ? Sait-il seulement que son refus de ceux mêmes qui refusent n'est que l'extrême manifestation, la périphérie la plus vertigineuse d'une centrifugation mondiale ? Sait-il combien il est lié, lui, le reflet de l'âme cachée de tous, à ce *tous*, à ces gouvernants et à ces gouvernés qu'il crible de colère et de haine et dont il s'est fait l'indispensable canal de reconduction ? Tout cet amour noir s'y perdra-t-il sans jamais comprendre ? Car si le Destructeur-Terroriste prenait conscience, par une mutation de sa vision, du lien dynamique qui le lie à l'adversaire, alors l'amour pourrait monter en lui et ce serait un pas de plus fait en direction d'une harmonisation des rapports et des pôles. Les affrontements disparaîtraient-ils pour autant ? Je n'en sais rien. Mais l'Amour contagieux les porte-raient et je sais que nous sommes là pour ouvrir les portes secrètes de tels pouvoirs de communion et non pour mettre au pouvoir et pour perpétuer un système social ou un régime politique, bête-ment, fût-il le "bon", fût-il "terroriste". Le terroriste est celui qui peut le savoir plus que tout autre, par les tréfonds de sa conscien-ce, mais il risque à tout instant de n'être qu'un sous-produit de la Bêtise qu'il attaque. Et c'est son destin de se ressaisir au moment même où il se perd. C'est un destin de la maîtrise du danger, de la mort, de l'attachement et du vertige. Des esprits président à la montée des laves purifiantes et fécondes : le Destructeur profond conduit ces esprits. Le terroriste peut être consciemment un servi-teur du Destructeur et même réaliser l'union étroite, l'identifica-tion avec ce centre de terre pure qui brille au bout du champ. Le fond. Lequel d'entre eux, d'entre nous, saura trouver au fond d'une descente consciente, dans un mouvement sacrificiel à la Force des forces qui trament la fin des mondes et qui déterminent son action, lequel saura trouver cette irradiation souveraine de conscience qui le lie à tous tout en renouvelant sans fin l'action ? Celui-là aura accompli la première vraie révolution. Il sera la révo-lution même des cycles et des astres. La terre pour lui n'aura plus de secrets. Pour lui il n'y aura plus ni frénésie ni terreur. Le fond en feu du monde et de la terre seront pour lui part intégrale, inté-grée. Lui seul pourra guérir le monde de toute espèce de peur et de paresse, celles-là même qui sclérosent les périphéries de l'être et le font surgir comme un facteur de zébrures, de cassures et d'é-clairs : la Nature travaille toujours. Celui qui aura connu la mort et s'y sera identifié les yeux ouverts, vivant, celui-là portera dans son être le secret de toutes les métamorphoses.

84

Le temps s'enfonçait

Il me sembla soudain que le temps ou ma notion du temps s'enfonçait d'un cran dans la nuit. On aurait dit que la vie en moi cherchait des profondeurs plus lourdes et plus opaques, plus âpres, afin d'y éclater plus densément. On eut dit que l'air était chargé. Je rentrais chez moi hanté par la présence presque olfactive de la violence. Elle semblait dessiner dans mes membres les heures et les jours qui allaient venir et j'en éprouvais à la fois une sorte de terreur spasmodique et lorsque je m'ouvrais à l'ivresse que ces spasmes cachaient j'éprouvais un grand sentiment de puissance. Dans cette *personne* violente qu'il m'arrivait de sentir au-dessus de moi, autour de moi, dans *l'espace*, il y avait une avidité brutale de pouvoir et il m'arrivait d'en éprouver la semence comme un prolongement psycho-mental des puissances du sexe. Il y avait entre l'univers de la sexualité et de la clandestinité une sorte d'identité. Il y avait aussi de cette avidité orgasmique dans mes activités clandestines. D'abord ce goût insatiable pour le mécanisme presque vivant, vibrant, martelant de la phraséologie révolutionnaire et pour l'action quotidienne, goût aussi de la repenser et de la re-servir dans des articles, articulets, feuilles, slogans peints, tracts et aussi dans des conversations avec les nouvelles recrues. Là aussi c'était cette saveur de la puissance intellectuelle que j'éprouvais en leur présence et je gardais cependant pour moi le secret de ce pouvoir : un culte à vrai dire non encore mis en concepts, mais un culte omniprésent tout de même et sans lequel rien n'avait de force, un culte de cette *personne* énigmatique, père-mère ténébreux des violences qui montaient. Je me sentais dépendant mais j'éprouvais la passion de garder pour moi ce secret. Nul ne saurait. Dans la brise occulte qui coulait il y avait déjà l'ouverture de ces recrues à des forces dont je me sentais le canal et auxquelles je m'ouvrais de plus en plus. Ce vertige lucide de l'inconnu et de l'indicible était nouveau. Cette sensation d'être à la fois moi-même mais aussi "prolongé", autre que moi-même et psychiquement nourri par cet ailleurs était nouveau pour moi. De quoi cela dépendait-il ? J'intégrais à mon existence une nouvelle manière de jauger la valeur de mes actes dont je n'étais plus l'unique auteur et qui se désinvestissaient graduellement des infatuations et des culpabilisations. J'avais commencé, à partir d'une remarque de Gilles concernant l'influence de la lune sur les marées et sur les fonctions physiologiques les plus enfouies du corps humain, qui est omni-imprégné d'eau, à remarquer la différence de qualité de mon tonus psychique selon que la lune était nouvelle, croissante ou pleine ou selon qu'elle était absente du ciel. Au début je notai des différences presque imperceptibles. Cependant, avec le temps, par l'attention même que je portais à ce phénomène cyclique, l'influence des lunaisons m'apparut de plus en plus nettement et je compris qu'il me faudrait dorénavant compter avec autre chose que ma seule volonté. Je profitais donc des nouvelles lunes et des pleines lunes pour déverser dans les psychismes des militants et des lecteurs les plus puissantes vagues d'aphrodisiaques et d'opium psycho-mentaux que le permettait mon pouvoir canalisateur. Je n'appris que très tard à fixer cette énergie, à la maîtriser réellement. En ce temps-là je n'étais, la plupart du temps, qu'un instrument sauvage dont toute la puissance venait de cette ouverture intellectuelle à une connaissance à la fois étrange et juste et de ses répercussions sur le comportement. Il n'est pas de connaissance intellectuelle vivante qui n'ajoute à notre être un pouvoir nouveau à la condition d'être pratiquée et de s'assimiler à notre chair. En m'accordant par la raison à un rythme qui dépassait et ma raison et mon intégrité psycho-physique, je devenais le canal du magnétisme lunaire. Du moins étais-je moins qu'avant hanté par l'infatuation ou par la culpabilité qui accompagnent nos actes et empoisonnent nos vies. Je voyais que je n'étais pas le seul auteur de ces actes, le seul responsable des montées magnétiques qui nourrissaient et stimulaient l'intellect. Mais je ne connaissais pas encore suffisamment la lune pour savoir qu'elle provoquait déjà l'accouchement. Raison de plus pour augmenter ma modestie.

HUITIÈME PARTIE

85

Il pleuvait beaucoup

Il pleuvait depuis deux heures sur la route de Saint-Lin. Il pleuvait beaucoup. Le couple qui était assis sur la banquette avant semblait fondre à travers les vitres. Une autre automobile les suivait, à quelques verges. Ils avaient quitté la banlieue montréalaise aux petites heures du matin. Mais auparavant ils avaient subi un entraînement psychologique dans la région de Saint-Jean d'Iberville. La fille avait les cheveux noirs et longs, tombant sur ses épaules. Son visage était rond, blanc, avec des fossettes aux joues. Le visage était ferme et intelligent. Le garçon qui conduisait l'automobile pouvait avoir dans la trentaine, ce qui, pour le groupe, était un âge assez avancé. Il pleuvait de ces abondantes et fraîches pluies d'automne. Sur la banquette arrière, des cartes, des papiers, des objets enveloppés dans du linge. Ils stoppèrent en plein champ. La pluie camouflait l'auto. La seconde voiture passa, bifurqua vers le champ par un chemin de traverse et vint se parquer juste à côté de l'autre. Ils savaient tous qu'il pleuvrait ce jour-là. Gilles le leur avait prédit avec maints détails. La pluie les couvrirait d'un voile psychologique et physique. L'on ne vient pas observer des gens qui stationnent en plein champ, le matin, par une pluie pareille. On ne les remarque même pas : ils se confondent avec la grisaille du temps : quand il pleut de la sorte, il ne se passe rien. Il pourrait pleuvoir des bombes ou des tortues, tout reste gris. Quand c'est gris c'est gris. Les esprits dorment. Mais leur esprit à eux veillait. Grisaille ou pas grisaille. Celui ou celle qui se serait approché du groupe aurait éprouvé une étrange sensation, comme lorsqu'on s'approche d'un félin. Ils s'étaient ainsi arrêtés un peu avant Saint-Lin. La voie de chemin de fer était à une centaine de pieds environ.

86

Qu'est-ce qu'on fait ?

— Qu'est-ce qu'on fait ? demanda l'un des occupants de la seconde voiture, un grand garçon à l'accent mixte.
— Tu veux dire ? fit Nicole, d'une voix neutre et tranquille.

— On allonge du fil ou bien on fait le minutage ?

— Ni fil ni minutage, fit Nicole, toujours aussi laconique...

... et jette ça, fit-elle, en montrant le bout de carton bleu que le garçon tenait dans sa main et qu'il regardait d'un oeil fasciné.

— Pourquoi ?

— C'est ridicule.

— C'est ma carte d'identité du Front. Je vais la laisser sur les lieux, ça impressionne.

— Avec ton nom dessus ? ! Jette ça ! Identification ! C'est ridicule. Puis c'est tout mouillé. Jette ça !

Nicole arracha la carte ramollie des mains du grand garçon qui protesta un peu, tout penaud. Elle la chiffonna de la main.

— Dans la vie, on naît tout nu, sans cartes, sans identité. Tu finiras par nous faire repérer avec tes enfantillages.

— Mais il n'y a pas de danger ici.

— Tu m'énerves ! Tu l'as montrée l'autre jour en plein restaurant à ce journaliste. Pourquoi ? Pour te donner de l'importance ? C'est assez. J'en ai assez de ces histoires idiotes. Nous sommes en mission ici.

L'occupant de la voiture alla s'asseoir sur la banquette arrière. Le conducteur de la première voiture s'affairait pour sa part sur la banquette avant de la sienne. Il s'approcha de Nicole avec un objet enroulé dans un chiffon.

— C'est l'cube. Tiens...

Il déballa l'objet. Nicole le regarda, le prit dans sa main.

— Jamais rien vu de tel.

— Moi non plus, fit l'homme. Je n'avais rien vu de tel avant hier quand on me l'a mis entre les mains en m'expliquant comment faire. Mais je ne sais pas comment on le fabrique.

Le quatrième occupant, celui de la deuxième voiture, restait assis au fond de la banquette arrière. Le grand garçon penaud était assis à ses côtés. Il n'avait plus l'air penaud. Son regard était comme vitreux. Il avait l'air absent.

— Ici, c'est la commande fit l'homme en montrant à Nicole un petit instrument qui ressemblait à un walkie-talkie.

— Bizarre, fit-elle.

Elle s'avança vers les rails. Puis elle se tourna :

— Ray, va voir si Bozo surveille. Est-il armé ? Il est fasciné par son appartenance au Front mais il n'a pas les deux pieds sur terre. Dis-lui de s'occuper de son arme, au cas. C'est improbable mais ça l'occupe. J'aime mieux le voir tenir un pistolet automatique qu'une carte de carton mouillé.

Nicole se dirigea vers les rails, se pencha, sortit une pelle à jardinage de la poche de son imper, creusa un peu sous la traverse, enfouit le cube de plastique noir.

Elle revint sur ses pas.

— Je me demande pourquoi ils font sauter un vieux chemin de fer abandonné. C'est absurde.

— C'est la première fois qu'ils essayent, c'est sans risque ici. C'est symbolique.

— *Symbolique*, ricana Nicole. Ils me font bien rire. Viens.

Ils montèrent dans l'automobile et s'éloignèrent. Nicole conduisait. Ray tenait le petit walkie-talkie dans sa main. Il appuya sur un bouton. On n'entendit rien. L'on compta bien une dizaine de secondes. Puis la charge sauta, pendant qu'ils roulaient en direction de Montréal, en soulevant une gerbe de flamme.

— Ça marche, lança Nicole. À distance. Comme une sorte de commande-radio. Et ça brûle...

— Oui, c'est un truc du Triangle.

— Mais ce n'est pas nous qui faisons sauter ? Il a fallu attendre plus de trois minutes.

— Oui. Le walkie-talkie prévient le Triangle que la charge est posée. C'est du Triangle qu'on peut faire sauter.

— Quoi ?

— Oui. Je ne savais pas que ça brûlait...

— Mais ils auraient pu nous faire sauter avec pendant qu'on venait ici ?

— Oui.

— Je n'aime pas ça. Je n'aime pas ça du tout, murmura Nicole d'une voix froide. Il faut s'emparer du mode de fabrication. Le Front, c'est nous. Pas eux.

87

Et le matin suivant

Et le matin suivant, en achetant le journal, j'appris que des sabotages avaient eu lieu. Avec incendies.

J'eus beaucoup de peine à rejoindre Julien. Je ne pus lui parler au téléphone que le lendemain.

Je m'empressai au rendez-vous qu'il m'avait fixé selon le code près de la Montagne et je compris aux premiers mots que nous échangeâmes que nous étions plongés dans des remous devenus incontrôlables et qu'ils allaient déterminer notre action et la précipiter dans les jours à venir. Et pour une durée indéfinie.

— Vous avez commencé sans moi, lui avais-je dit, furieux.

— Nous n'avons pas commencé sans toi, m'avait-il répondu : ce n'est pas *mon groupe*.

Sous le nom de Front de Libération, ce groupe fit rayonner la terreur durant des mois en symbiose avec la presse qui le servait malgré elle et son sigle devait réapparaître plus tard après l'arrestation de la première vague. Et il ré-apparaîtrait alors plus cohérent, plus décidé, mieux organisé, créant des liens plus étroits avec les organisations ouvrières et politiques susceptibles d'être radicalisées pour employer l'expression dont on se servait souvent à l'époque dans ces milieux. Une tradition nouvelle venait de naître. Qui drainerait en elle les pires dangers et les infiltrations les plus sinistres. Et les égrégores croissent, muent, persistent.

Le fruit dont parlait Julien avait mûri mais contre ses prévisions. Non pas cependant contre ses pressentiments. Un matin il était descendu dans le bunker et y avait trouvé Gilles étendu sans conscience sur le tapis de la pièce centrale. Les recrues avaient évacué l'endroit. Momentanément ? Au fond du bureau Lachenaie l'attendait. Il venait d'arriver.

— Je savais que cela se préparait, lui dit-il simplement. C'est un coup de Nassens. Complètement irrationnel, mais il a son mot à dire. Je pense qu'ils ont un peu knocké Gilles.

Ce fruit précoce qu'était l'action terroriste engagée par les recrues ne trahissait pas la perspicacité de Julien qui l'avait vu mûrir puis tomber de l'arbre. Cependant l'organisateur en Julien était frappé au coeur et je sentis toute la distance d'être qui pouvait exister entre lui et Lachenaie. Mais ma perspective était faussée par les apparences. Julien assumait simplement sa défaite. Il ne jouait pas les êtres détachés, pas plus d'ailleurs que Lachenaie. Mais Julien devait être momentanément perdant et il jouait perdant jusqu'au bout sans tenter de sauver la face. En fait autant lui que Lachenaie devait connaître quelque part en son être la joie inépuisable d'être et de créer. J'éprouvai la certitude que le financier exerçait spontanément ses pouvoirs dans le sens des activités du Front. Nassens était l'un de ces pouvoirs, ce que me confirma Julien.

— Pourquoi n'entres-tu pas en action au sein du Front, lui demandai-je, pendant que nous marchions à vive allure sur le trottoir de l'avenue du Parc qui longe le pied de la Montagne. Le vent qui soufflait me forçait à donner à ma voix une véhémence inaccoutumée.

— Je suis fait pour commander, me dit-il.

Alors, redoublant de véhémence, comme s'il s'était agi de le forcer à un démenti, ma voix fit :

— C'est faux ! les prophètes ne commandent pas. Ils arment

le coeur des gens. Ils n'ont pas besoin de gallons ! Nous appartenons de toutes nos fibres à la race des précurseurs ! Il faut être là.

— Réjean...

— J'ai attendu trop longtemps, lui dis-je, trop.

— Ce n'est pas ton destin. C'est ainsi, il faut attendre.

Je le saisis par les épaules comme pour secouer de la poussière. J'avais soudain envie d'une respiration large et je ne savais
pas ce qui pourrait me la donner. Julien ? Je le secouais comme on
secoue un carreau dont la vitre est brisée et dont on veut voir les
derniers morceaux tomber.

— Ces événements sont la trace des pas de l'Esprit, lui dis-je.

— Des pas de la Lune...

— Quelque chose va naître que nous ne comprenons pas. La
justice humaine est suspendue. Il n'y a plus rien qui tienne, rien
que cette Colère, maîtresse, à l'état pur. C'est commencé. Il faut
être là. Dans la Colère.

— Il y a un fil à suivre, fit Julien, ténu, le nôtre, il fait partie
du Plan...

Je n'écoutais pas.

— Nous sommes sur le point de perdre le fil, criai-je.

Le vent fit voler mon écharpe dans la rue. Je serrai mon col.
Une automobile souilla la pièce de linge couleur safran. Un instant
je songeai aux tableaux de Gilles.

— ... J'ai perdu le fil, murmurai-je.

Puis me tournant de nouveau vers Julien :

— Ne nous enlisons pas. La réprobation générale est un défi.
Elle va lever. Tu ne penses pas ?...

Je me tus.

— Nous allons naître, lui dis-je, profondément ému. *Grâce
à ces fous*.

Je me tus. La nuit me comprimait tel un Sanglot.

Julien marchait. Je marchais à ses côtés. Un sourire bouddhique éclairait son visage.

88

Je me souviendrais longtemps de ce soir d'automne

Je me souviendrais longtemps de ce soir d'automne. De cette
véhémence inaccoutumée due au froid. De cette vérité du froid
dans mon sang. Je ne disais rien dans le taxi qui nous ramenait,

Julien et moi. Il y avait du déchirement en moi. Je l'attribuais au désir que j'avais de connaître les recrues. Et au destin qui me liait à Julien dans l'attente. Mais le déchirement était plus profond. Il était lié d'abord au sentiment aigu de ma limitation dans l'espace. Je ne l'ai jamais autant sentie que ce soir-là. Mais aussi ce déchirement était le déchirement de la nuit même dont quelque chose allait jaillir, dans la suspension des règles ordinaires du jeu. Nous allions trahir les règles du jeu. Déjà la trahison était commencée. Tout était suspendu. Il fallait que tout soit suspendu pour que l'Âme enfin jaillisse des ténèbres. Notre tranquillité pesante l'aurait étouffée pour des siècles encore. Le monde entrait chez nous par la voie du fracas. Nous étions dorénavant ouverts au monde, blessés comme les autres, placés en face d'un mystère, celui de la naissance du Nouveau, du non-humain, dans la Nuit. Il faut des brèches, des failles. Notre faille s'ouvrait. Ce déchirement, cette nuit-là, je le sentis comme une nouvelle naissance. Et comme un coup de noir. Animal. Ce ne sera plus jamais comme avant. Nous avons cassé la vitre du passé et si c'est pire, tant pis. La générosité ne peut jamais être pire que la médiocrité, fût-elle tranquille. Ou névrotique. Malade. Non : cette nuit, ce fracas, ce bruit, c'est de la clarté. Les bombes sont la franchise des hommes. Cette franchise d'être, cachée, enfouie sous les décombres du moi, elle explose à notre face. Que pouvons-nous contre ? Qui est responsable ? Cette nuit-là répondait : personne n'est responsable : c'est Elle qui veut respirer, elle se débat sans crier gare, elle veut sans savoir quoi, elle nous aime sans savoir qui, elle hurle sans voir, elle souffre. Mais Elle porte un savoir. Et sa hideur, c'est sa beauté défigurée. C'était l'éclat. L'éveil.

Qui a peur du tonnerre ? *J'avais peur du tonnerre.*

C'est pour faire couler l'eau que l'éclair claque, que le ciel tremble, que la terre s'ouvre.

Comme une plaie qui saigne. Et d'où nous sommes tous nés.

89

L'herbe était froide et brune

Ce matin, l'herbe du parterre était froide et brune. Et tout était tranquille. Je savais qu'en ouvrant les journaux j'apprendrais encore des nouvelles sur les attentats. Je me suis promené dans le parterre pieds nus pendant quelques minutes. Les rares passants me regardaient d'un air étonné. J'étais rempli d'une grande lassitude. Comme un coup de pompe. Il n'y avait pas que les nouvelles des attentats dans les journaux. Depuis quelques jours. Il y avait aussi toutes les autres nouvelles. Guerres en Asie, tension cubaine, faits divers : vols, crimes. Déclarations de partout. C'était comme un grand écoeurement qui jaillissait de partout. Comme un nettoyage de quelque chose qui finissait par m'écoeurer. C'était comme un cauchemar. J'aurais voulu être loin. Dans un monde plus doux, plus humain. J'ai eu honte de moi et je suis rentré en grelottant de fraîcheur. Le soleil était dur, le ciel d'un bleu très pur. Tout devenait irréel dans cette maison. Je me sentais devenir prisonnier du réseau. Il ne me libérait pas. On aurait dit qu'il m'enchaînait à une sorte de lumière qui me submergeait, m'étourdissait. Le téléphone a sonné plusieurs fois et j'ai parlé à trois personnes. Mais ces conversations n'arrivaient pas à me sortir de l'inexplicable nausée de lumière et d'angoisse qui m'envahissait. Je suis écoeuré par ce flot cauchemardesque qui m'envahit depuis des heures. Même l'action ne suffit plus à me recentrer. On dirait que je suppure de la lumière. Avec le monde. Tout le monde. Je suis comme quelqu'un qui se dissoudrait dans une sorte de flot chaotique. Je ne tiendrai peut-être pas le coup. Tout ça est tellement irréel. Hier on m'a appris que l'un des trois individus qui avaient quitté la petite assemblée de Québec s'était suicidé. Non pas l'hésitant, Pierre Leduc, mais le plus vieux. Non pas pour des raisons politiques, ou en relation avec l'action du Front et son choix. Mais pour des raisons strictement personnelles. Je ne sais pas pourquoi : je songe à Nelligan. Il est devenu fou très jeune. La légende veut qu'il soit mort, que dis-je ! "mort"... La légende veut qu'il soit mort... ou devenu fou aux pieds d'une statue de la Vierge. L'avait-il vue ? Était-ce cette lumière de vide, cette espèce de vacuum angoissant qui chasse mes idées, ébranle mon mental, me réduit comme à l'impuissance ? J'ai l'impression de tituber psychiquement. Je songe à Nelligan devenu fou et je pleure. Maintenant je pleure parce que je ne comprends pas et je pense que tout ce cauchemar d'ici et d'ailleurs, c'est du mensonge; que Gilles, Lachenaie, Lamure et Julien, même Julien, c'est du mensonge. Que c'est la douceur et l'amour qui sont vrais et que tout le reste n'est qu'un chiard immense. Je regarde l'herbe brune du parterre que surplombe la fenêtre de ma petite chambre de la rue Saint-Denis et je pleure, inexplicablement. Et j'ai honte parce que j'entends en moi, dans mon coeur, comme la voix de mon père que je n'ai pas vu depuis longtemps et qui me chante une berceuse. Des bribes, extrêmement douces : "Ferme tes yeux, car tout n'est que mensonge, l'univers est un songe, ferme tes jolis yeux" et c'est tellement tendre que je suis à me demander s'il n'y a pas dans cette comptine plus de vérité vraie que dans tout l'immense chiard hyper-génial que l'on a mis en branle pour fissurer l'immense chiard hyper-foutral qui nous étouffe. Faut-il tuer ? Il n'y a pas de réponse. Pas de réponse. Je suis las, très las. J'en ai parlé à Noémiah qui n'a rien pu dire. Et Aurélia ne comprendrait pas. Je voudrais vivre selon la douceur d'être que m'a léguée mon père avec cette comptine quasi bouddhiste ! Je songe à Nelligan qui est devenu fou, j'allais dire : bouddhiste. Je ne comprends pas. Je ne comprends plus. Je donnerais tout ce cauchemar et tout l'idéalisme angoissé du monde contre une goutte d'or de paix et de bien-être. Où suis-je tombé ? D'où suis-je tombé ? Demain, je me sentirai bien. Demain. Demain. Aujourd'hui je suis paralysé par l'inexplicable, par la monstruosité des leaders et des suiveurs. Demain. Demain je leur claque mon départ à la figure ! Je ne veux plus jamais avoir à faire avec les putois de l'âme et de l'esprit et autres grands pisseurs morveux !

Je pensai à Julien. S'il n'y avait pas eu Julien... Je pensai à Aurélia, Noémiah. Edmond. C'était pour eux que je marchais dans cette histoire. À cause de quelque chose qu'ils avaient parfois dans le regard. À cause de quelque chose dans le regard. Inexplicable. J'étais devenu leur esclave. Et je les aimais.

90

L'action clandestine

L'action clandestine nous retint dans ses rêts longtemps. Passé cet instant où j'avais cru voir, où j'avais éprouvé la vérité féconde de ce qui commençait, je redevenais l'objet des contradictions qui s'agitaient en nous et je ne savais comment elles se résoudraient. Comment agir ? Dans quel sens ? Nous continuions à croire que notre action, à nous, ne prenait son sens que dans une perspective plus lointaine. Nous étions donc postés comme en attente par le Destin. Plus en attente encore, et plus profondément que tout ce qui s'agitait autour du Front : partis indépendantistes ou non, groupes et groupuscules opposés, silencieux, déclarants, observateurs. Nous étions plus que des observateurs. Nous savions. Nous savions et nous portions une large part des responsabilités. Nous sentions cette action jouer intimement dans nos réseaux nerveux. Émotifs. Pratiques. Stratégiques. La Vision québécoise était née. Deux planètes lourdes et nouvelles transitaient en Vierge, signe conformiste. Uranus y provoquait des changements. Mais Pluton aussi transitait au même moment dans le signe des tranquillités et Pluton est la planète du sexe et du subconscient de la guerre secrète. Elle ne pouvait vraiment s'étendre même si Jupiter en Bélier donnait de l'autorité aux initiatives brutales. Mars transiterait bientôt dans le Scorpion, signe de la guerre secrète. Un peu plus tard en Capricorne après être passé dans le Sagittaire, signe du sacrifice, de l'étranger, de l'exil et du feu. Mars, dieu de la guerre, planète légère et rapide, moins que Mercure, moins que Vénus, plus que Jupiter et que Saturne. En deux mois l'initiative guerrière passerait des mains des clandestins scorpionnesques à celle des capricorniens de l'ordre. Les recrues seraient arrêtées. Nassens aurait joué sa carte amorale. Ou morale. Nous serions cependant toujours là. Où ? Nous étions aussi les tenants d'un certain ordre, le pôle secret de la fixité capricornienne. Mais c'était pour mieux posséder ce signe de terre fixe, signe de Saturne et du temps. Le temps, la terre, la vision soutenue. Mars nous avait happé un membre. Et c'était bien là sa loi.

Il y avait d'abord l'organisateur en nous qui se sentait spolié dans ses plans et dans son initiative. De ce dernier point de vue, la situation nous apparaissait désastreuse : on nous enlevait l'action, on nous volait le futur, on mutilait notre grande échelle, du moins le pensions-nous. Nous ne savions voir qu'un avortement brutal dans l'action entreprise et c'était certainement la plus navrante des sensations à nous assaillir. Nous pensions que l'intelligence était trahie. Il y avait quelque chose du bâclage réactionnaire dans ce mouvement qui blessait le tempérament européen de Julien et qui me blessait du même coup car je naissais graduellement aux valeurs dont Julien était porteur. Je me sentis rempli de mépris pour ces gens. Lesquels ? Ce fut plus fort que moi. Puis envahi d'un sentiment de culpabilité. Je haïssais Julien d'être trop fort pour eux et de s'enraciner dans cette force. Ne fallait-il pas nous perdre avec eux ? J'eus voulu qu'il dégringole de sa force jusqu'à moi et jusqu'à nous et en ce sens je me savais très proche d'une tendance puissante dans la psyché québécoise. J'en étais par moments comme investi et sur le point d'y confluer totalement. Puis de nouveau je les voyais, et après m'être apparus audacieux ils m'apparaissaient agités, sans préoccupation d'adéquation à eux-mêmes, sans véritable souffrance et je me faisais juge au nom de Julien qui ne jugeait pas. Puis quand je me tournais vers lui, un soudain sentiment de révolte et de haine me submergeait encore et je finissais par être tout simplement triste. Comment donc parviendrais-je à concilier en moi ces tendances ? Elles étaient fortes. J'aurais voulu servir de lien organique entre le mouvement et Julien. Je portais en moi un être encore informe dont Julien soutenait la croissance par sa présence et son défi. En sa présence je devinais soudain ce que devait être mon destin et si je le faisais parler ou si je l'interrogeais à ce sujet c'était au fond, et paradoxalement, pour l'oublier. Le silence de Julien était plus éloquent que ses mots quand il s'agissait de mes vraies tendances.

91

L'aspect plus sombre de mes attitudes

De son côté Gilles faisait sortir de moi l'aspect le plus sombre de mes attitudes. Ainsi, à travers lui, quand je me tournais vers les éléments du Réseau qui étaient entrés en action, j'y voyais, pour la plupart, des êtres n'ayant pas dépassé le stade de la recrue, au sens péjoratif que prenait dorénavant ce terme dans la bouche de Gilles : des êtres de nature foetale pour qui l'épreuve de l'araignée signifiait l'entrée en esclavage. Étaient-ils tous ainsi ? Je me refusais à l'admettre. Gilles, allié inconscient de Nassens, les détruirait sans trop savoir ? Je me refusais à l'admettre, cependant, par ce que Gilles qualifiait de respect superstitieux pour la statistique, mais je me refusais aussi à l'admettre pour quelques-uns seulement car ou bien cela blessait en moi une certaine idée de la pitié dont je ne savais pas si elle était utile ou non ou sensée ou d'un poids quelconque ou alors si j'évacuais cette pitié, je me retrouvais en présence d'un mépris et d'une ironie malveillants qui n'étaient peut-être que la contrepartie de cette pitié. Entre cette ironie, ce sadisme même, où je me punissais moi-même par coupables interposés et qui me faisait couler en surface et cette pitié, il n'y avait vraiment pas de choix à faire. Tout cela était du tourment d'oisif. Il fallait agir même dans la situation incertaine où nous étions et les tourments ne durèrent pas longtemps. Tout ce que je peux dire c'est que ces gars-là me manquèrent longtemps, inexplicablement. J'étais l'un d'eux mais placé en réserve. Mais pour quelle tâches ? Julien disait : écris, note. Je n'écrivais pas. Et ça notait tout seul. Sans que je le veuille. Julien avait raison, je le savais. Il fallait savoir combiner l'attente et l'action. Une action forcément lente, à longue portée, très longue portée, discutable, condamnable même aux yeux de certains, mais c'était la nôtre et il fallait nous y tenir.

Je recommençai à me trouver suprêmement chez moi dans la nouvelle substance de nos jours. Les bombes sautaient. Le temps s'accélérait. Et il nous fallait marcher jusqu'à la prochaine étape. Sans savoir ce qu'elle nous réservait.

— Si au moins ils étaient conscients de courir à l'échec, disait Julien, leur action s'inscrirait plus profondément dans la mémoire du temps. Une semence d'être.

— Sommes-nous conscients de marcher à la réussite ?

— Oui.

— Ne marchent-ils pas avec nous ?

— Oui. Tout se tient.

... Mais je les connais. Ils sont trop *fanoniens*. Ils s'imaginent que leur action va entraîner une réaction de type algérien. Ils s'illusionnent grandement. Il faudrait déclarer la *guerre sainte*. Ça rime à quoi ici la guerre sainte ? Les gens susceptibles de prendre les armes les prendraient plutôt contre Dieu depuis 1960. Non. L'idée vraiment révolutionnaire ici n'a pas encore été trouvée. Ce n'est pas la seule indépendance d'une patrie canadienne-française. C'est du passé, ça. C'est une idée qui fondra tous les éléments ethniques qui habitent ce territoire, une idée essentiellement américaine et plus que tout au monde : anarchiste. Et le moteur de l'anarchie, c'est l'ouverture des écluses de la Grande Vie. Divine. Sans ça, c'est l'bolchévik-Nassens qui bouffe tout. Les bombes c'est bien. Mais l'art aussi : plus racinant. Et toutes les façons de provoquer des catharsis. Il faut que la population s'incorpore graduellement l'idée-force que je sens. Sa conception est encore immaculée. Il faut graduellement lui donner ce *corps*. Lui ouvrir ce corps. Les bombes, c'est bien. Les fusils aussi. Mais il y a mieux. Je suis sûr qu'il y a beaucoup mieux. Et nous finirons bien par trouver. Mais ils s'illusionnent. Ils manquent de psychologie. Et faut avoir une conscience aiguë du temps pour agir. Mais nous ne vivons que d'espace et de mouvement. Le temps est une chose beaucoup plus subtile et beaucoup plus forte et c'est lui qui met au monde. Et puis tu le sens maintenant tout autant que moi, de cela je ne démords plus : il faut une subversion omnipotente, simultanée dans le temps, pour amener un peuple comme le peuple québécois — *québécois, québécois*, ce n'est jamais encore qu'une idée — à se montrer violent. Non. Je veux dire : ferme. Je veux dire qu'un Canadien français ne pourra jamais, sans éprouver une culpabilité dont nous sommes loin d'avoir sondé la profondeur — et peut-être la *nécessité* dans l'organicité mondiale que nous voulons mettre au monde — faire violence à l'autre. La violence du Front risque même de provoquer la réaction des groupes ethniques minoritaires comme les Grecs ou les Italiens plus portés à ce genre de réaction. Bien sûr cela jouerait apparemment le jeu du Front mais aussi de Nassens et ce n'est pas tellement à cela qu'ils s'attendent, je pense, ils s'attendent surtout à une intervention armée et à des remous favorables dans la population francophone. Mais cette faveur, même si elle existe, se taira. Car ce peuple-là n'a jamais goûté à la liberté. Il ne sait pas ce que c'est. Il ne connaît pas cette ivresse-là. C'est un petit peuple de campagne. Il a bon coeur mais pas assez large encore. L'esprit est étroit. La vitalité est faible, elle a besoin d'alcool pour s'éprouver. En attendant la drogue.

Julien me parla des pays où il était allé. Particulièrement de Cuba et de l'URSS. Julien m'expliquait que déjà, à Cuba, une grisaille commençait à s'étendre sur le pays. Surtout à La Havane. La justice sociale intéressait peu Julien :

— Une police qui surveille tout le monde et qui finit par protéger une classe privilégiée qui ne s'avoue pas toujours franchement ce qu'elle est. Les États révolutionnaires sont des contradictions vivantes qui se perpétuent par le charisme ou par la police. Nous n'avons plus besoin de l'État. En profondeur nous n'avons plus besoin de l'État. C'est cette profondeur qu'il faut amener à la conscience. C'est ça la vraie révolution. Elle débouche sur une société anarchiste irréversible. Mais pour ça il faut quelque chose de plus puissant qu'une bombe ou qu'un fusil. Quoiqu'en attendant...

Julien souriait comme ce maudit Nassens. Mais avec une pitié muette dans la gorge.

92

Les bombes sautent

Trois charges avaient sauté en même temps. Une à Saint-Lin, une à Dalhousie et une autre sur la frontière ontarienne. Les membres des diverses cellules l'apprirent comme les autres et comme nous, le lendemain, par les journaux. Les quatre membres de la cellule de Nicole avaient décidé d'agir dorénavant d'eux-mêmes. Deux d'entre eux, Bozo et Charles, furent chargés par Nicole de se diriger vers Québec. En chemin ils devaient s'arrêter à Drummondville et faire main basse sur l'argent de l'une des banques locales. Puis ils feraient un détour par Notre-Dame de Pierreville où deux complices monteraient avec eux. Ensuite ils allaient foncer vers Québec où ils recevraient des instructions. Le plan de Nicole était tout empirique. Elle voyait le déroulement de l'action comme par instinct.

Elle et Ray roulèrent vers Montréal. Ils s'étaient arrêtés, après l'attentat, aux environs de Chertsey, puis au Lac Paré, pour redescendre plus tard vers Saint-Jérôme où ils avaient acheté le journal. Il restait six charges cubiques et ils en confièrent trois au duo Charles-Bozo.

Nicole et Ray roulaient maintenant en direction de Montréal. Ils bifurquèrent en direction de Lachute où ils décidèrent, en plein après-midi, de dévaliser la banque. Il y eut un échange de coups de feu. Un commis fut blessé. Une automobile de la Police provinciale capota pendant la poursuite. Ils avaient été tous les deux servis par une incroyable chance. Ils n'avaient raflé que huit mille dollars mais c'était beaucoup pour l'époque et pour les besoins du moment. Nicole fut prise d'une impulsion subite. Elle retourna en arrière, c'est-à-dire à Saint-Jérôme, en faisant un long détour. Elle avait décidé de faire une expérience et elle voulait la faire en bonne et due forme. La fin de l'après-midi approchait. Elle se rendit jusqu'à la gare. Inspecta les environs. Puis elle prit la route 23 en direction de Saint-Janvier.

— On va faire du symbolique, dit-elle à Ray, pour voir... Et elle sourit. Comme Nassens.

Elle s'enfonça dans le champ avec l'automobile. Elle prit un cube dans un compartiment caché sous la baquette avant et alla l'enfouir sous la traverse de bois comme elle l'avait fait à Saint-Lin. Puis elle revint à l'auto et appuya sur le signal du "walkie-talkie". Ils attendirent 15 longues minutes. Rien ne se produisit.

— Ils ont vraiment toute la maîtrise, là-bas. Ils font sauter quand ils veulent. Ou alors *ils ne font pas sauter quand ils veulent...*

— Tu veux dire qu'ils ne peuvent pas toujours ?

— Oui. Reçoivent-ils ou ne reçoivent-ils pas le signal ? Veulent-ils ou ne veulent-ils pas faire sauter ? Moi il faut que j'en aie le coeur net ! Je veux savoir ce qui se passe là-bas. Je veux savoir si les charges vont sauter ou non à Québec et qui décide.

Ils roulèrent de nouveau vers Saint-Jean d'Iberville après avoir contourné d'instinct Montréal.

93

Julien poursuivait

Julien poursuivait, par bribes. Laurence était entrée. Aurélia et Noémiah nous attendaient déjà chez Julien. Gendreau et Edmond viendraient sans doute bientôt. Cependant je sentais très loin de nous, en cet instant, et Lachenaie et Lamure. Je les sentais loin comme cette Algérie dont Julien avait parlé. Nous naîtrions seuls. Voilà ce que j'éprouvais. Le Québec naîtrait seul et je naîtrais seul. Au sein des autres. L'ayant accepté, je croyais sentir que je libérais Julien d'un poids, qu'il s'investissait d'une force plus grande, et moi aussi, et que sa détermination de laisser jaillir en toute clarté les vérités qui se débattaient dans nos tréfonds prenait une intensité grandissante. Ce qu'il disait, par moments, me semblait être le résultat d'un long mûrissement comme si ses paroles et ses sentiments avaient eu le pouvoir de nourrir et de féconder non seulement ses auditeurs actuels, mais des êtres, des milliers, situés à des distances considérables de nous. On eût dit que Julien rayonnait dans les royaumes secrets des courants intérieurs et qu'il était le maître incontesté du devenir national. Lachenaie était le maître incontesté d'un autre royaume (je me trompais). Il était, comme Lamure, le point de contact caché avec l'autre pays. Il témoignait de la présence en nous d'un autre pays. Julien m'apparut ainsi, rayonnant, lié et liant, déliant, libérant, projetant, tramant, suscitant, faisant éclore, brisant, faisant éclater, soutenant le temps, éclairant au loin ou tout proche les consciences prêtes à l'épreuve que son être croissant imposait inévitablement, au-delà du temps, de l'espace, à toute conscience ouverte. Sans doute en violait-il quelques-unes dans les profondeurs plutoniennes où il avait accès. Mais cela fait partie des lois profondes de la Vie. Là, Elle n'est ni démocratique, ni tyrannique : Elle joue pleinement son jeu et le viol des consciences en fait partie. Ce n'est pas le viol par les seuls tyranneaux : c'est le viol de la conscience par la Conscience d'Etre. Leur protection, leur guérison aussi. L'acuité de conscience fait partie d'Elle, la diamante. Le viol l'appelle. Il appelle le dépassement d'un défi posé à la sensibilité et à l'intelligence. L'Araignée rayonne ses puissances noires sans fin mais qui le sait, de ces milliards de durillons vibrants et brillants qui meurent et naissent sur ses tentacules et ses bras ? Julien était l'arbre, l'arbre-racines immobile au fond de la terre très noire, témoin lent et actif à la fois des mouvements noirs de la Cervelle. Il était l'arbre et le centre dans la pleine force du mot. Et par ce jeu de naissances et de morts auquel Julien s'identifiait, il devenait, littéralement, les tentacules du poulpe-arachnoïde, être d'air et d'eau, être de chair noire et brillante. Il épousait le monstre. La lâcheté montait jusqu'à nos coeurs et jusqu'à nos yeux et personne ne pouvait plus les baisser car cette honte était partout : chaque éclat de bombe en renvoyait l'image aux cramponnés de l'évolution. Nous sentions aussi monter l'ardeur fanatisante de ceux qui déjà avaient des affinités avec l'action clandestine :

Scorpions, surtout et Lions aussi, ces derniers nés avec Pluton transitant dans le signe, surtout la génération née depuis 1937 et au début des années 40. Le Lion, signe de feu, fixe et fort où Pluton transitait durant la deuxième grande guerre marqua ceux qui fondèrent et activèrent le Front de libération, mais ils le firent au moment où la planète du sexe et de la guerre secrète, la planète aussi des explosions subconscientes et des secrets de la matière, transitait dans la Vierge, signe de terre conformiste, méthodique et dit "stérile". Pluton n'y est ni en exil ni en chute mais il y pérégrine. L'action du Front y fit long feu mais n'en fut pas moins semée. Dans la perspective où Gilles, Julien, Lachenaie et Lamure se plaçaient, le Front allait simplement creuser, grâce à cette action, une sorte de sillon dans la conscience, créer un point de contact entre la conscience de veille et le subconscient des masses.

Arbre silencieux, Julien se tenait partout dans ses racines, prêt à l'irruption qui décante et qui ouvre si seulement l'on choisit le saut de la naissance. Sinon sa puissance de pression ouvre au saut de la mort. Qui est le même que l'autre. Il était là. Égal. Il attendait le choix. Il l'attendait et il le dirigeait. Et le saut fatal, tous le feraient. Julien eût écrasé de sa force toute tentative de vouloir, ne serait-ce que nier, la réalité de ce choix, car la nier c'était fermer la porte à la force où s'enroulaient la naissance et la mort. Et ça, Julien ne le voulait pas. Le choix était réel. L'union aussi. L'opposition forte, la complémentarité exaltante.

Nous écoutions attentivement ce que disait Laurence.

Elle semblait être là comme la mère attendrie des morts. Jeune mère en réalité mais noire de masses de temps. Pourquoi pensais-je ainsi en sa présence, ce soir-là ? Elle parlait d'une voix lointaine de choses apparemment innocentes mais ses mots tombaient sur nous densément. Ils ne désignaient pourtant que des choses banales et pourquoi rapporter des mots qui ne désignent que des choses banales quand leur sonorité semblait nous initier directement aux tortures dont la psyché québécoise devenait le théâtre ? Nous sentions mourir les rites. Tout était désuet sauf le fracas d'être. Nous sentions mourir les rites protecteurs de la paix psychique et naître une époque où les corps seraient livrés à toutes les turpitudes de l'angoisse. Et ça, il le fallait mais pourquoi ? Laurence pour moi était pourquoi. Je pénétrais en sa présence dans le dernier recours à ma soif de connaissance et ce recours ressemblait à l'amour ou à la mort ou aux deux. Je me serais littéralement étranglé dans son goulot. Julien lui posait des questions aussi apparemment banales que les réponses de la "dame" mais il le faisait avec une telle attention concentrée que je compris qu'en

Julien aussi habitait la même sorte de soif de savoir, de mourir et d'aimer. Et de naître ainsi consciemment. Dans le dense goulot de mort. Et le savoir était là, dans la fascination des eaux profondes de cette femme. Des eaux profondes qui coulaient vers nous en nous portant au fond des enfers. Qu'elle était belle ! Ne te laisse pas dévorer cependant car elle ne t'instruira plus. Elle est impitoyable. Et ne le sait pas. Du moins celle-là. Avec elle il faut descendre ou monter, il faut bouger, inventer, créer. Sinon elle stagne dans sa non-naissance et sa non-agonie. L'homme libidineux est celui qui craint le plus la femme et c'est lui qui l'enchaîne de peur qu'elle n'échappe à ses étreintes, n'entraîne sa substance vitale, mentale et psycho-physique chez un autre et ne l'y confonde dans la magie des mélanges. Il n'y a que l'âme qui puisse dissoudre tous les mélanges. L'âme parce qu'elle est amour, même dans le sexe. La promiscuité même y est une promiscuité de lumière. Un chant d'amour ouvert. L'homme libidineux est un tyran qui craint sans cesse de voir diluer un pouvoir qu'il n'a plus. Je sais que connaît la femme dans son essence l'homme qui maîtrise les démangeaisons du désir et du sexe et qui peut pénétrer dans ces domaines intérieurs avec un regard entier, hyperdoux, perçant. La femme devient alors la pourvoyeuse de toutes les richesses, matérielles et spirituelles. Laurence fut de ce point de vue le plus terrible et le plus exaltant des défis. Puissante, elle était pourtant la plasticité même. Car elle se moulait à mon état d'être. Si je me coulais en jouissant dans son être, elle devenait insatiable et demandait à mon corps tout ce que, dans les profondeurs de sa chair, il cherche à donner dans ces rapports, peut-être la racine du désir même, sorte de mort mystérieuse. Et elle me laissait baigner dans ses eaux, profondeur jamais assouvie, chaste et vide, clair d'une clarté d'automne. Pour me reprendre de nouveau quelques jours plus tard, affamée de mon corps, insatiable. Cependant, quand les activités du Réseau me forçaient à une continence prolongée, en actes et en pensées, je revenais à Laurence dans un état de chasteté pleine, sans désir, car j'apprenais à vivre dans la région supérieure du corps et particulièrement dans la tête et la polarité qui semblait alors s'établir entre nous nous démarquait et en même temps je m'en sentais rempli de connaissance infuse, riche de promesse, comme si l'on m'engrossait l'esprit. Ce soir-là je ne voulais voir en Laurence que cette inépuisable source de savoir informulé. Je crus voir ce soir-là ce que serait un monde où les femmes seraient libérées de l'impuissance libidinante des hommes et donneraient de leurs profondeurs des aperçus, des révélations dont l'enrichissement pour le monde serait inappréciable. Nous creusions collectivement dans ces régions. Était-ce par ce silence qui s'emparait de moi et me hissait en lui que j'éprouvais soudain tous les pouvoirs de la virilité intérieure ? Jamais Laurence ne m'avait parue plus intégralement femme. Elle montait vers moi comme l'immense marée frontale et sans faille de la Nature chargée de sa propre puissance et s'animant à mon contact. Elle me parla et me révéla ce soir-là plus de choses, je crois, qu'à Julien. Mais je déterminai tout par ce silence et elle fut le fruit de mon regard. Elle parlait d'une voix de flûte et de fleuve et on l'eût cru faite d'eau. Son corps devenait blanc comme l'albâtre et je touchais du dedans sa chair plus douce que la soie. Quel sortilège divin l'avait donc ainsi protégée des résistances charnelles ? Elle, pure comme l'eau pure, inépuisable comme un débit cataractant. Et je recevais dans mon coeur ses soubresauts d'ondine et ses longs frottements de marée. Je descendais en elle, en son infini de nuit et d'eau et mon silence imprégnait toute ma ferveur. Rien ne m'appartenait. À son tour, comme une eau supérieure, disons donc : un feu, mon silence inondait l'amour. Et l'amour, sec de ce feu, donnait à mon immobile périple en elle toute la mobilité d'une eau solaire. Comment dire ? Le corps de l'écriture qui monte de lui-même comme le vrai pouvoir de prier remplissait le mien et se projetait dans le monde. À travers mon regard, mes mots, mes gestes. J'étais à mon tour le pourvoyeur de mondes et ces mondes semblaient me venir d'elle.

Les attentats se succédaient.

94

Les attentats se succédaient

Les attentats se succédaient. Il y eut quelques manifestations. Julien rencontrait souvent André Gendreau qui le mettait au courant des activités secrètes du Front car Gendreau participait aux attentats. Un matin Aurélia m'appela au téléphone .

— Julien veut nous voir aujourd'hui.

"Aujourd'hui", tel que convenu, cela signifiait : chez Julien à 9.00 heures.

À neuf heures trente nous étions tous là : Julien, Aurélia, Edmond, Noémiah, André et moi.

— La situation est devenue de plus en plus tendue. Or Éric (Jean-Guy) m'apprend qu'en dépit du fait que tous les corps policiers du Québec et la Gendarmerie royale et probablement aussi la CIA mettent certainement en oeuvre tous les moyens possibles pour arrêter les terroristes, ces derniers prennent de moins en moins de précautions. Ils deviennent de plus en plus imprudents en paroles. C'est inévitable à cause justement du succès qu'ils remportent. Jean-Guy est d'avis que quelques-uns d'entre eux sont déjà repérés et que si les corps de police n'interviennent pas encore c'est pour pouvoir surprendre tout le monde et plus encore si possible, d'un seul coup. Quelques éléments, dont André justement, ont tenté à plusieurs reprises de resserrer la discipline, mais c'est peine perdue. Il se peut que nous soyions nous-mêmes repérés. Je n'en ai aucune preuve mais je pense qu'il faut prendre une décision, maintenant... Il faudra prévenir Gilles, aussi... Nassens est d'une efficacité folle...

Le jour même nous étions au bureau des passeports à Ottawa. Nous remplissions les formules. Gilles nous avait accompagnés. Quinze jours plus tard, chacun de nous serait en possession de tous les papiers nécessaires à une fuite éventuelle à l'étranger. Mais Julien possédait depuis longtemps son passeport. Durant quelques jours nous fîmes des plans. Des plans d'attentats et d'évacuation. Nous aurions bientôt besoin d'argent et il fallait aviser. Julien fit part d'un plan d'attentat à André. En fait plusieurs d'entre eux furent réalisés par le Front. Julien plus tard nous confia qu'il avait accompagné une cellule à deux reprises sur le terrain. Je lui avouai la même chose. Quant aux plans d'évacuation, il insista auprès d'André pour qu'ils ne soient confiés à personne d'autre qu'à ceux de son groupe.

— Les autres sont trop imprudents. Je n'ai pas envie d'évacuer avec les flics à la porte ou aux trousses.

Quand au hold-up, nous tombâmes d'accord sur un plan qui devait nous livrer en une journée cinquante mille et trois cent mille dollars. Le plan avait pour cadre la ville de Québec où deux succursales bancaires devaient être dévalisées.

— Il faudra jouer serré, nous expliqua Julien. Québec n'a été touchée encore ni par la vague d'attentats, ni par celle des hold-up. Nous ne sommes que sept. Pour un hold-up courant, je veux dire pour le coup de main proprement dit, c'est trop. Mais pour le coup que je prépare, c'est tout juste suffisant.

Nous nous étions réunis dans le salon discret et confortable de Julien : Edmond, Aurélia, Noémiah, Gilles, André, Julien et moi. Aurélia et Noémiah nous avaient préparé des sandwiches et du café.

— Il faudra, au moment du premier hold-up, disait Julien, qu'un petit groupe provoque une diversion. Un attentat terroriste serait l'idéal. Québec n'a pratiquement pas été atteinte encore par la vague. Ce serait l'occasion pour le Front de s'affirmer violemment dans la vieille capitale...

Julien s'adressait indirectement à André. Celui-ci réfléchit quelques secondes avant de parler. Julien avait suspendu son débit.

— Il faut que je t'avoue que j'ai des scrupules...

— C'est bien le moment, coupa Julien.

— Notre entreprise est en train de tourner au gangstérisme. Je sais bien, nous avons besoin d'argent, mais je me sens mal à l'aise à l'idée de faire...

— De faire participer le Front ?

— *D'utiliser* le Front, corrigea André... Ce devrait être le contraire, tu ne trouves pas ?

— À toi de faire en sorte que les rôles s'intervertissent, lança vivement Julien. Une partie des fonds sera versée au Front. Vous en aurez besoin quand les flics feront les premières descentes et ce fric vous l'aurez grâce à nous. Il faudra payer des cautionnements, acheter des billets d'avion, obtenir des passeports ou faire des faux, ça coûte de l'argent, tout ça. Je ne comprends pas tes scrupules. C'est ridicule...

— Mais les cellules qui agiront à Québec ne sauront pas que leur attentat permet à des inconnus de réaliser un important vol de banque.

— Heureusement. Ce devrait toujours être comme ça. Les cellules devraient être étanches. Personne ne devrait savoir ce que les autres font.

— Qu'est-ce que tu proposes comme plan d'attentat ? fit André qui se rendait pour l'instant aux arguments de Julien.

Julien expliqua durant une heure, en long et en large, comment il entendait provoquer une diversion l'après-midi à l'aide d'un groupe de choc, si possible deux, qui s'attaqueraient, à l'aide de cocktails molotov, à deux postes militaires après avoir installé des bombes à retardement à des points stratégiques de la ville qui sauteraient à quelques minutes seulement d'intervalle.

— La première banque sera attaquée à treize heures quarante-cinq. La deuxième à treize heures cinquante. Cinq bombes en tout, très fortes, pour provoquer de gros dégâts : ce n'est pas du TNT symbolique, cette fois. Cinq : l'une qui saute à treize heures quarante. La seconde à treize heures quarante-cinq, la troisième à treize heures cinquante. La quatrième à treize heures cinquante-cinq. La cinquième à quatorze heures. C'est notre couverture. Il faut que la cinquième surtout fasse du dégât, qu'elle incendie, qu'elle propage une grande frayeur. Quant à l'attaque des postes militaires, c'est... C'est pour être encore plus sûrs. Pour que la diversion soit vraiment forte. Pour déclarer vraiment la guerre. J'ai tenté de tout poser. Il y a une indéfinité de possibles. Aucun plan n'est parfait.

— Pourquoi ne pas utiliser les cubes incendiaires ? demanda Edmond.

— Pas cette fois, répondit Julien.

Pendant quelques instants, il n'y eut pas de commentaires. On alluma des cigarettes. On but du café. Julien s'était levé pour s'étirer. André s'était levé aussi. Il s'approcha de Julien :

— Il n'y a pas eu de morts encore, lui dit-il.

95

C'est étonnant après tant d'attentats

— Oui, c'est étonnant, après tant d'attentats, fit Julien, manifestement agacé...

— Je veux dire que nous prenons toujours toutes les précautions nécessaires pour éviter...

— Si vous preniez autant de précautions pour organiser votre sécurité et votre efficacité, si vous étiez aussi méticuleux dans l'organisation d'un coup que vous l'êtes à tranquilliser vos petites consciences, on n'en serait pas là dans le moment... Que vous le vouliez ou non, dans une entreprise terroriste comme la nôtre, il y a toujours un jour ou l'autre, mort d'homme !

— Il y a chaque jour mort d'homme dans des lits et autrement, reprit André. Mais si j'en avais le pouvoir je ferais toujours en sorte que ces morts-là vivent. J'aimerais que notre action ne tourne pas au carnage gratuit.

— Gratuit ? fit Julien en ricanant... Dans trois mois tu seras devenu un tueur. Je te le prédis...

— Le terrorisme est une action psychologique, lança André, presque calme. Il faut gagner la population à s'éveiller à des nécessités vitales et souterraines. La mort n'est pas nécessaire et je sens que les morts que je provoquerais me pèseraient très lourd. Peut-être pas à toi si c'est ta loi de faire mourir. Mais ma loi n'est pas de faire mourir. Je suis ici pour autre chose... Et cette population n'appuiera jamais des tueurs.

Je ne reconnaissais plus Julien. Il me semblait mesquin soudain, raccorni en face d'un André que je ne reconnaissais pas non plus. Gilles s'était rapproché de lui.

— Veux-tu me dire que vous l'avez, l'appui de la population, tonna Julien. La masse des gens a toujours été amorphe et quand elle s'éveille c'est pour satisfaire des myriades de petits caprices insectoïdes, des petites vengeances refoulées, pour poser de minables petits gestes de dénonciation, ils dorment. Un mort qui dormait vaut bien la terreur que cela provoque dans les dormeurs qui l'entourent ! La masse des gens est foncièrement inerte ! Ces gens forment une sorte de croûte épaisse entre le fond de la Vie et la conscience de veille et tant qu'elle ne se sera pas mise en marche vers plus de conscience, les gens comme nous étoufferont. Nous ne serons jamais assez violents ! On ne viole jamais assez violemment les masses. Et si nous le faisons, c'est pour qu'elles s'éveillent. Et elles doivent à leur tour nous faire violence. Non pas tomber sous la tutelle d'un gouvernement qui serait nôtre, mais se révolter contre la violence, et nous chasser du monde ! Il faut provoquer sa désapprobation, quelque chose, la transpercer jusqu'au sang. Un jour elle viendra détruire ce qui la torture et elle grimpera d'un cran dans la force. Ceux qui détruiront, qui déracineront définitivement la violence et le carnage du monde, viendront de ces masses éprouvées et de ceux qui s'enfoncent silencieusement dans le péril quotidien que nous faisons lever. Un jour ils nous sonderont avec une ardeur telle que nous serons immobilisés dans nos gestes, par la douceur de leur regard et nous saurons que notre tâche est terminée. Il n'y aura plus de flics, de terroristes ou de mafia. Parce que la force même des choses aura voulu et imposé une loi plus profonde que celle de la violence. Mais sans cette violence, le sommeil cloîtrerait ces populations pour des millions d'années encore et qui donc posséderait la terre ? Nous ? Non. Nous n'en voulons pas telle qu'elle est. Eux ? Non plus. Ils seraient les esclaves encore de ceux qui évoluent seuls — ou croient pouvoir le faire — sans jamais féconder les masses, qui les utilisent pour appuyer leur évolution, leur enrichissement personnel sur tous les plans. Et c'est pourquoi elles ont toutes sombré les grandes civilisations du passé : elles ont craint l'éveil massif de leur base. Comment partager la connaissance réelle sans provoquer des émeutes ? La soif inconsciente est peut-être âgée de millions d'années — des années-lumières, peut-être ! Ouvrez-la juste un peu aux puissances cachées et ces puissances l'investiront et elle mettra tout à feu et à sang. Des millions d'années de soif qui se savent et s'ignorent en même temps. C'est épouvantable. Aucune société ne peut résister à ce raz-de-marée intérieur. Ces civilisations savaient aussi que la souffrance était indispensable à une croissance accélérée de la conscience. Qu'il leur fallait descendre dans l'enfer sur lequel la masse flotte sans jamais couler par choix. La peur l'égorge. C'est la peur qui l'égorge : les forces de l'ordre, c'est sa peur. C'est cette peur qui l'obnubile et la rend terne, maussade, mesquine face à tout ce qui est grand. Et elle adore l'image de sa force projetée. Mais dites-lui à la masse, par des bombes et des échancrures dans la grande irradiation sacrée qui la tient et qui la broie, que ce qu'elle hait c'est elle-même et vous aurez un bouleversement fondamental. Ces civilisations le savaient. Les déchets-élites contemporains aussi le savent, ou plutôt le pressentent. On descend graduellement aux enfers mais à petits pas incertains. Et pourtant cette masse qui flotte sur l'enfer, il faudra bien un jour qu'elle s'y coule. Qu'on l'y tire pour la baptiser au risque de se noyer avec elle. Car les débris d'élite ne le veulent pas. Il ne suffisait pas non plus de massacrer ou de mouvoir ou de figer les masses. Il fallait surtout en séparer les éléments, par classes, puis subdiviser les classes, puis subdiviser les subdivisions, puis atomiser, atomiser jusqu'à l'individu nu et seul et pareil à tous parmi des milliards de solitudes hurlantes, sans secours, alors là quelque chose peut se passer. Pas avant. C'est là que nous irons.

Nous ressemblons quand même à ces grands prêtres qui officiaient dans des rites étranges et souvent sanglants. Et c'est pourquoi c'est aussi notre destruction que nous opérons : les derniers rites détruisent les rites mêmes. Nous aussi nous pourrons nous voir avec des yeux purs quand notre conscience aura crû au point de provoquer par sa concentration des explosions psychiques dans la substance de la conscience. Et qui sait dans quelle mesure nous ne sommes pas tous travaillés par de tels êtres ? À l'instant même ? Quand nous saurons que nous conduisons des révolutions par notre seule puissance d'être, nous pourrons nous permettre des scrupules — mais alors à quoi bon les scrupules puisque c'est du fond du monde que montent nos actes les plus répréhensibles ? J'aspire depuis des siècles à une libération qui me soulève dans sa marée et m'abandonne rapetissé sur un rivage toujours nouveau, inconnu. Et j'attends que l'amour du monde me libère de mes instincts et de mes pouvoirs grandissants. Que suis-je ? J'attends que quelque chose vienne déchirer définitivement le voile de l'énigme qui me tasse aux rochers de la vie, des temps. C'est pourquoi Nassens m'est si précieux. J'attends. J'agis mais j'attends. J'attends la révolte qui monte contre tous les carnages du monde et ce cri de révolte est le mien tout autant que l'action que je fais : comment m'expliquer sans hurler ? Je tue pour que vive l'amour et je suis le tueur et le lieu de croissance de l'amour et j'attends qu'on me libère et j'agis pour qu'on me libère, pour qu'on me tire du fond de mort, de boue, de sang, j'attends, j'agis pour qu'on m'arrache à ça, j'attends.

Pendant la préparation du hold-up

Julien s'était assis. André s'était tu. Mais il demeurait fidèle à lui-même. Il était cependant bouleversé. Les paroles de Julien m'avaient impressionné. Pendant la préparation du hold-up, je nous vis tous changer, peu à peu. Pour le pire, je pense, pour savoir ce qu'est vraiment le pire en l'homme, ce jeu où il se ferme à ce qui le dépasse pour jouer les tyrans qui dominent, pour se substituer aux racines de l'être, pour se construire un ego. Au moment de l'action, surtout, à cause des circonstances de dernière heure qui en modifièrent le cours et le sens, je sentis tout le fruit du travail des derniers temps. Il fallait goûter à la saveur du pire. Nous n'étions plus les mêmes : pires ou pas, nous avions quand même jeté par-dessus bord les dernières attaches à l'existence diurne ; le saut était fait.

— Le vêtement que nous jetons, disait Julien, un jour tout le Québec le jettera. La terre un jour le jettera et il n'y aura plus de nuit. Mais il faut que quelques-uns osent le faire. En exagérant.

Nous vivions dans un creuset ardent. Julien en était le coeur et l'attiseur.

— Je te suivrais en enfer, lui avais-je confié dans un moment de fidélité fanatique.

— Nous y sommes, avait-il rétorqué, avec un plaisir animal.

Un vendredi soir

Montréal. Un vendredi soir. Sur la rue Sainte-Catherine, dans l'est de la ville, un groupe de jeunes gens sort d'un restaurant en courant. Ils se séparent et montent dans leurs autos stationnées sur les rues transversales.

Sur la rue, les mêmes occupations que d'habitude, un vendredi soir d'automne, vers huit heures du soir. Les gens courent au cinéma, à la taverne, au club. Pourtant les journaux annoncent depuis quelque temps des attentats à la bombe et diffusent sous la pression du Front des messages révolutionnaires. Parfois un chauffeur de taxi glisse à l'oreille d'un client sympathique au mouvement : "Y faut qu'y continussent." Mais sur ces choses personne ne semble s'ouvrir facilement. Croit-on.

Dans ce restaurant où le petit groupe tout à l'heure mangeait tout en discutant parfois à voix basse, il y a eu une altercation. Une femme s'est mise à crier :

— Y ont raison hostie ! Y faut continuer câlisse ! Les Anglais ont toute ! Y faut fesser d'dans !

Le petit groupe s'était interrompu. Comme tout le monde. Pour écouter. Une tasse de thé s'était écrasée sur le sol. Le gérant s'est approché. Lui a parlé avec son français pauvre. Et la pauvre lui a lancé sa main en plein visage en l'insultant avec son joual riche.

Parfois le Front produit des échos, comme ceux-là. Mais tout le monde autour est gêné. C'est gênant. Comment dire ce qu'on tait dans son ventre ? Ça n'a pas de mots. Ça peut hurler, tout d'un coup, on sait pas pourquoi. Faut faire attention. Pas faire comme elle. Quoi penser ? Quoi dire ? On sait pas. On est un peu contre, en présence de ceux qui sont contre. Un peu pour en présence de ceux qui sont pour. Le vent des opinions souffle mais la majorité des petites gens veut manger tranquillement son spaghetti. Ont-ils tort ?

Parmi le groupe, Simon. Il s'est levé. Sa compagne le retient par le bras. Simon a sauté sur le gérant et la bataille a pris. Les coups sourds tapent dans la chair. Simon s'écroule, étouffé.

— Viens-t'en Simon, c'est assez ! Viens-t'en. On s'en va, on s'en va tout de suite, monsieur, on s'en va.

— Mon hostie d'chien ! Laisse-la tranquille câlisse !

— Viens-t'en Simon ! Viens-t'en !

Le groupe s'est levé, s'habille. Ils sont six, deux femmes et quatre garçons, l'une d'elle, plutôt délicate, pousse cependant Simon dehors. Le gérant s'est jeté sur le téléphone. Le groupe s'engouffre dans la sortie. A l'extérieur il s'est mis à pleuvoir. Le groupe plaisante. Lucie Côté, la compagne de Simon, les pousse.

— C'est pas l'temps d'niaiser : le gérant appelle...

Le groupe se sépare. Lucie monte dans l'automobile de Simon avec un autre garçon, Réal Mercier. La fille forte suit les deux autres. Il pleut.

— On pourra jamais savoir exactement la réaction du monde... C'est pas facile, dit Lucie.

Réal, plus jeune que Simon et Lucie, dit :

— Dans l'fond y ont peur.

— Pourtant y devraient s'révolter, ça fait deux semaines qu'on agit. Cinq manchettes en première page. En ville le bruit s'entend. Ça se dit. Ça se parle. J'comprends pas. Pis j'commence à parler comme eux-autres. Pis toé t'aurais pas dû faire ça. C'est dangereux. On aurait pu s'faire ramasser.

— J'pensais peut-être recruter la femme...

— T'aurais pu attendre. Regarde-moi, toi...

— ...

— Tu me caches des choses, Simon. T'es croche. Pourquoi tu fais ça ?

— On s'en va.

— Tu réponds pas.

Simon fait un signe de la tête : il y a Réal.

— J'peux m'en aller, dit Réal.

— Non, attends, dit Simon... J'ai fait ça... Tu vas trouver ça niaiseux mais... J'ai fait ça pour me faire prendre...

— Quoi !... fait Lucie.

Réal ne comprend pas. Ça devient foncé. Des paroles foncées. Comprends pas.

— C'est comme le goût de m'suicider. M'faire prendre...

— Écoute, Simon, c'est pas parce que t'as déjà été policier que...

— Policier raté. J'rêve d'les passer à mitraillette. Toute la gagne !

— C'est pas en t'faisant prendre...

— Tu peux pas comprendre. T'as étudié, t'as d'l'instruction. T'es belle. T'as l'air d'une reine, hostie ! La gaffe pour toé c't'un luxe. Pour moé, l'Front, c'est pas un luxe...

— Tu compares la prostitution au Front...

— J'aimerais ça être une femme pour faire comme toé, fait Simon, en tournant son visage pitoyable vers Lucie. Maudit qu't'es belle. J'pense que t'es belle... Attention !

Pendant qu'ils parlaient les policiers se sont amenés. Ils se sont approchés de la porte. Simon sort son revolver et fait feu sans hésiter. Il tire six coups. Le gérant titube vers le mur. Les deux policiers sont atteints. L'un d'eux semble avoir été littéralement décalotté. L'autre est étendu par terre. Vise. N'arrive pas à tirer. Simon démarre en trombe sur un feu rouge. Perd momentanément le contrôle. Ils fuient vers l'ouest. Bifurquent vers le nord. Réal s'est planqué au fond de l'auto. Lucie a sorti son pistolet de son sac à main. Elle regarde derrière. L'auto fonce vers le nord de la ville sur la rue Saint-Denis. Ils s'arrêtent à un feu rouge. Lucie surveille autour dans un état de surexcitation hypnotique. Les passants traversent et la regardent. Elle baisse son arme. Son regard s'est fait dur. Il pleut toujours mais moins abondamment. Elle ouvre la fenêtre. L'automobile démarre. Elle oblique à l'ouest. L'air frais s'engouffre dans l'auto. Réal s'est relevé. Il tient serré dans sa main une carabine à canon tronqué.

— Crisse.

— On vas-tu la placer ?

— Oui, fait Réal, soudain mûri.

Soudain, pour Réal comme pour Simon, ça presse. Il faut aller poser cette bombe. À minuit, le mur de la caserne des Highlanders, sur la Montagne, doit sauter. Ou se lézarder. Ou se casser. Ou céder de la morve ou du sang. Réal est devenu méconnaissable. Son visage est impassible, dur. Celui de Lucie aussi.

— J'avais un gros rendez-vous, dit-elle.

— Où ? J'peux aller te r'conduire.

— Y faut qu'j'appelle Monique avant.

Simon avale sa salive. Il pense à Claudette. Il n'y a que les femmes du réseau de prostitution qui savent au sujet de Claudette.

— Ça fait trois jours que je l'ai vue...

— Elle va bien, ta Chaudette. Elle ne reçoit plus d'hommes. Elle se repose. On en prend soin, dit Lucie.

Puis se tournant vers Simon, avec un sourire mi-froid, mi-tendre :

— On se cotise.

— Vous autres, les putes, vous avez du coeur en masse... Pis Réjean ?

Simon regarde devant lui. Ils roulent en direction de Saint-Constant. Ils ont traversé la voie ferrée de Delson. Simon tremble. Il serre le volant de ses mains. Réjean ?

— Tu le sais, Simon, tu le sais...

— C'te p'tit crisse-là...

— C'est comme ça Simon. Tu fais des drames pour rien. C'est comme ça... Tu sais, l'amour...

— C'te... A l'a pas vu d'pus des mois. Y s'informe même pas... Pis a l'aime quand même. Mais était enceinte de moé. Pas d'lui !

— C'est comme ça, Simon. Qu'est-ce que tu veux ?

Simon freine quelques mètres après la voie ferrée.

— Qu'est-ce que tu fais, demande Réal.

Pas de réponse. Plus de questions. Ils ne savent pas pourquoi mais ici aussi ils doivent poser des explosifs. L'idée est venue comme ça, inexplicablement. Ils ne pensent plus à la caserne des Highlanders. La route n'est pas passante. Il est passé neuf heures. Ils vont faire sauter la voie au milieu de la route. Simon et Réal disposent les pièces le long des rails. Trois. Trois c'est bien assez. Il en reste trois autres dans l'automobile. Trois bombes et une grenade d'assaut qui balotte, non-dégoupillée, sur la banquette arrière quand ils roulent.

Lucie surveille.

— Vite...

Simon sursaute. Réal travaille...

— ... Mon rendez-vous est à dix heures...

— Farme ta yeule, écoeurante ! M'a t'met' !

Lucie pouffe. Réal travaille. Simon blasphème.

— Arrête donc d'sacrer, Simon, dit Réal...

— Toé tes bombes pis dans ta cour !

Lucie éclate de rire.

— Faites ça vite, y a un char qui s'en vient !

— In gros, in p'tit ? fait Simon.

— Niaisez pas, vite !

— On niaise pas, crisse ! On veut des pré-ci-sions...

— Vite !

Ils s'engouffrent tous les trois dans la V-8. Ils démarrent. Simon passe le petit walkie-talkie à Réal. Et son revolver. Réal presse sur le bouton du walkie-talkie. Silence. Personne n'est surpris. C'est la troisième mission de la cellule Réal-Simon.

— Non, mais c'est-tu assez smooth, une explosion !

Ils éclatent tous de rire. Au loin, on entend le bruit d'une locomotive qui approche.

— Non mais c'est-tu assez smooth, un vendredi soir à Delson. C'est-tu assez smooth.

Ils rient tous aux larmes. Réal a de la peine à fourrer les balles dans le barillet. Ils rient tous les trois aux larmes. Simon stationne en bordure de la route. Ils rient tout leur saoul. À hurler. Ils savent et ne savent pas pourquoi. Le corps sait pourquoi. Les charges explosent. Les flammes grimpent.

Simon, soudain sérieux, re-démarre.

— C'est-tu assez écoeurant pour toé, ta...

Le reste se perd dans le bruit du moteur qui démarre et des wagons qui se télescopent...

Des lueurs d'incendie viennent lécher la carrosserie brun foncé. Le trio fonce vers la ville. Lucie sera à temps au rendez-vous.

98

Lucie

Lucie est descendue avenue du Parc. Elle se hâte vers une boîte téléphonique près de Fairmount. Elle glisse une pièce de dix cents dans l'oeil de plomb. Compose. Elle se sent en pleine forme et plus forte que d'ordinaire. Cette action clandestine l'a à peine ébranlée. C'est même plutôt le contraire. Elle se sent plus forte, plus capable.

— Monique ?

— Oui... Lucie ?

— Oui. C'est pour le rendez-vous...

— Appelle à Laf-2-6321. Demande Denise Ferland. C'est une secrétaire du Bell. Fais ça vite. J'pense qu'y te reste seulement une demi-heure.

— O.K.

Lucie raccroche. Compose le numéro de la cliente.

— Denise Ferland, s'il vous plaît.

Elle entend un fond de musique rock.

— Allô ?

— Denise Ferland ?

— Oui.

— C'est de la part de Monique. J'appelle...

— Oui, fait une voix très douce au bout du fil. C'est au sujet de cet après-midi. C'est un des patrons du CN, Everett McDougall. Ils avaient besoin de quelqu'un pour ce soir, ils ont une sorte de convention au Ritz Carlton. Il y a des Américains, un membre de la haute finance new-yorkaise, Raymond Martinelli. Je pense que c'est pour lui. C'est pas sûr qu'y t'prennent. Y faut pas trop parler, circuler un peu parmi les gens, être discrète. Y font semblant de rien : si y t'trouvent de leur goût, y t'prennent. J'ai pas pu y aller, j'avais deux rendez-vous déjà, ici... Mais je l'ai fait souvent, c'est facile. Ça paye bien.

— Autre chose ?

— Oui. Tu te présentes là-bas à Jean Breton, l'un des gros courtiers de la bourse de Montréal. C'est lui qui va te présenter soit à Everett, soit à Raymond. Probablement à Raymond. Tu devineras pour qui c'est. Y disent pas exactement pourquoi, au début. C'est cent dollars par jour. Es-tu blonde ?

— Oui.

— C'est mieux blonde. C'est Everett qui les aime mieux comme ça. Mais Martinelli, je sais pas. Essaye. Tu dis que tu viens de ma part.

Vers l'hôtel

Lucie monte dans un taxi et se dirige vers l'hôtel. L'auto roule confortablement, lentement. Lucie pense : y se passera jamais rien dans un pays pareil : c'est trop lent. Trop mou. Elle regarde le trottoir défiler. Elle sourit. Quelle vie ! Vivre... Elle ne pense plus. Elle se laisse porter par le fluillement des pneus sur l'asphalte humide. Là-bas, c'est encore l'aventure qui l'attend. Et peut-être New York, pour quelques jours. New York. Ça c'est une ville. Montréal... Ceux qui n'en sont jamais sortis s'imaginent que c'est important, Montréal. C'est rien. Il faudrait faire migrer New York à Montréal. Lucie s'enfonce douillettement sur la banquette recouverte de moleskine cheap. Elle ferme à demi les yeux. L'auto roule. Le chauffeur est discret, à son affaire. Elle se sent déjà loin du coup de Delson. Elle pense un peu à Simon. Une tendresse pointe en elle. Pauvre Simon... Mais y est drôle... Elle ne pense plus qu'à New York. Elle pense à l'immensité de New York, à ses buildings effilés comme des aiguilles, au charme prostitutif de New York. Énormément d'argent, pense-t-elle. Mais ce n'est pas tellement l'argent qui attire Lucie. Elle en gagne à profusion depuis qu'elle a rencontré Monique par l'intermédiaire de Nassens. Mais ce n'est pas tellement ça qui compte pour elle. Elle avait rencontré Simon, comme quelques autres de ses compagnons, au Rassemblement pour l'indépendance nationale, section Montréal. Elle y était venue par intérêt pour le nouveau. Ça sortait un peu de l'ordinaire, ça brisait avec la phraséologie endormante des vieux partis, ça donnait de la chair à ses études en sciences sociales. Toute cette sociologie livresque lui était soudain parue comme un corpus mort, un plat préparé avec ennui par d'autres, pour d'autres. Le Rassemblement, les militants, c'était pour elle le commencement d'autre chose, une aventure vivante, remplie de péripéties inattendues, en compagnie de gens qui ne semblaient pas s'offusquer de ses tendances nouvelles. Sans doute le contact avec le Rassemblement avait-il contribué, inexplicablement en apparence, à la faire déboucher sur cette prostitution de luxe qu'elle découvrait comme un univers extrêmement riche d'enseignements, formateur. Deux choses s'y étaient vues portées, en elle, à un épanouissement soudain, en l'espace de quelques semaines : une sorte de générosité spontanée, d'amour, de chaleur pour les êtres, de tendresse pour les hommes et un contact presque magique avec l'argent. En deux semaines, grâce aux contacts de Monique et de Nassens à qui elle versait le tiers et parfois la moitié de ce qu'elle gagnait — parfois Monique lui laissait tout — elle s'était rendue à deux reprises à New York et une fois à Toronto. Le contact avec ces villes et les milieux des avocats et des notables ou de la finance lui avait procuré une sensation nouvelle : celle du mûrissement, de l'élargissement de ses puissances vitales. Elle se sentait elle-même plus profonde, elle avait toujours le sentiment d'absorber plus en profondeur dans son regard, peut-être parce qu'elle en savait plus et qu'on lui confiait tout, pas seulement l'argent. Et elle racontait à Monique, à Nassens et à Julien surtout, avec lequel elle était étroitement en contact depuis le début de ses activités clandestines, tout ce qu'elle avait pu apprendre sur la personnalité de ses clients. Gilles lui avait également remis, deux jours auparavant, une seringue et ce qu'il fallait pour prélever, quand cela se présenterait, un peu du sang de ses clients préalablement dopés, ou à défaut de sang, des bouts d'ongle ou de cheveux.

Lucie avait accepté mais ne s'était pas encore exécutée. D'abord, cette idée comportait un aspect stimulant, étrange, nouveau, intrigant qui l'attirait. Mais d'un autre côté elle ne savait comment procéder sans que le client s'en aperçoive. Doper un client, c'était comme se mettre soi-même sur une liste noire. Bloquer la porte aux invitations et, par conséquent, aux renseignements dont le Réseau — et le Front, maintenant — avait besoin. Et Gilles lui faisait tout autant pitié que Simon. Les rognures d'ongles et les poils, elle savait bien que cela était lié à des rites de sorcellerie. L'anthropologie le lui avait appris. D'y être impliquée de cette manière, en plein vingtième siècle, à Montréal, à deux pas d'une salle de cours où ça n'existe que dans les bouquins, lui semblait étrange. C'est-à-dire que n'ayant jamais vraiment cru à la réalité opérationnelle de telles pratiques, elle s'étonnait elle-même d'en discuter maintenant non pas d'un point de vue savant mais d'un point de vue pratique. Comme si la chose allait de soi, qu'elle ne pouvait pas ne pas être fondée : on utilise les poils, le sang, les cheveux pour confectionner des petites structures d'envoûtement qui ressemblent à des objets surréalistes ou pour les greffer sur des statuettes à la ressemblance de la victime choisie. Et l'on administre à l'effigie les traitements que l'on veut infliger au modèle, un lien subtil et magique existant entre le modèle et la figurine. Lucie savait bien tout ça et elle se surprenait de collaborer à des choses auxquelles elle n'aurait jamais cru deux semaines auparavant. Mais en réalité elle n'y croyait pas. C'était encore plus subtil : tout cela faisait maintenant partie de son être, lui était devenu naturel.

Une douceur noire

À l'approche du Ritz, elle sentit comme une douceur noire l'envelopper. Elle paya le chauffeur et monta les escaliers. Elle se sentait nue sous sa robe et elle avait le goût de fondre dans ce noir subtil qui l'entourait, ce noir mêlé de rouge. Un plaisir noir. Déjà, en s'approchant de Breton, qu'elle reconnut au signalement de Denise, elle perçut les fantasmes et les désirs de l'*executive*. Ce don lui venait, par osmose, de Nassens. Elle sentit ses fesses et ses jambes se mouiller de lumière, le pénis énorme du désir de Breton, la présence subtile de Martinelli qu'elle devina grand et châtain, ce qu'il était, et elle gravit les escaliers avec des éclats dans les yeux.

— Tenez, vous porterez ça, lui dit Breton.

Lucie brocha la carte marquée Bell Canada sur son corsage. Puis elle demanda à se changer. Breton la conduisit dans la chambre de Martinelli où elle déballa sa robe de soirée en soie noire, légère, très décolletée, ses souliers en satin noir, à talons hauts; rien pour les épaules, comme elle commençait à en prendre l'habitude. Elle se dirigea, nue, vers la douche et y resta cinq bonnes minutes, augmentant et diminuant tour à tour le débit du chaud. Puis elle s'étendit dans le bain. Elle resta là pendant une ou deux minutes, caressant ses membres et massant la plante de ses pieds attentivement. Elle se leva, sa peau était presque sèche. Elle aimait ainsi flâner dans le bain vide. Elle regardait parfois l'ampoule, plissait un peu les yeux, laissait filtrer la lumière électrique, tentait de faire des arcs-en-ciel avec les gouttelettes qui se prenaient dans ses cils. Lucie songeait aussi à ces milliers de gouttelettes d'eau éparpillées sur son corps qui s'irisaient. Elle se concentrait sur la respiration même de la peau qui absorbait cette lumière et il lui semblait que cela la rafraîchissait et la revigorait. Comme si elle s'était nourrie d'électricité et de lumière.

Martinelli entra. Lucie sursauta, porta la main à sa poitrine. Déjà il était dans la salle de bain.

— Please... Sorry, fit-il.

Et il la regarda.

— On nous attend en bas, fit-il en anglais.

— I'm coming right now, fit Lucie.

Elle sortit du bain, contourna le financier qui la regardait en souriant.

— You're so charming, murmura-t-il.

— Je sais, fit Lucie, avec sa voix charmante.

Elle s'habillait en regardant Martinelli dans le miroir. Quel chemin parcouru, pensa-t-elle.

— J'aime qu'on me regarde comme ça.

— On m'a dit que vous travaillez pour Bell.

— Oui. Je fais du secrétariat.

— Vous pourriez faire beaucoup mieux.

— Je sais, fit Lucie qui riait intérieurement.

101

Ils savent

Combien de temps ces gens vont-ils croire que je travaille pour la compagnie Bell ? C'est rassurant. Plus rassurant que call-girl pour le compte de Monique. Et ils ont besoin de tous ces faux-semblants ? Pourtant, c'est bien un rendez-vous payant, d'après Monique. Ils savent. Mais Bell, ça les rassure. Moins choquant ? Ou plus choquant ?

Ils descendirent tous les deux. Elle avait accroché le petit carton bleu, avec son nom inscrit dans les blancs, qui montrait qu'elle travaillait pour le Bell. Elle venait accompagner son patron et tenir compagnie à un ami, Raymond Martinelli. Les invités avaient commencé à s'asseoir. Martinelli semblait goûter de plus en plus la présence de Lucie. Ils se mirent à parler de New York.

— Je ne travaille pas pour Bell, finit-elle par dire, un peu lassée de ce jeu ridicule et aussi par instinct. Comme si cela valait beaucoup mieux. À tous points de vue.

— Ah... Qu'est-ce que vous faites ? fit Martinelli comme s'il s'en fichait.

— Je suis étudiante. J'étudie l'anthropologie et les sciences sociales, sciences po et le reste à l'Université de Montréal. Et vous Raymond ?... Ne dites rien, excusez-moi...

— Je suis cambiste. Parfois courtier. Je déplace des sommes.

— Fabuleuses ?

— Grosses, oui, assez grosses...

— Vraiment ? (est-il modeste ou cachottier ?)

— Des millions, parfois. Mais la finance, vous savez, c'est très complexe. C'est comme la religion. Il faut la vivre et la pratiquer pour pouvoir en parler. C'est comme ces gens de la gauche partout maintenant dans le monde. Ils dénoncent continuellement les financiers. Mais ils ne comprennent pas ce qu'ils dénoncent. La finance, c'est comme la religion. C'est secret, c'est sacré. D'ailleurs

288

on ne détruira jamais la haute finance. On malmènera toujours un peu la petite, mais la haute c'est éternel. It's like that Loucie. Like that. Money is a secret and sacred thing.

— Ce n'est pas ce que je pense.

— Je sais, fit Martinelli, très sûr de lui : il n'y a que les financiers qui pensent comme moi. Les financiers et les prêtres.

— J'ai toujours rêvé de voir beaucoup d'argent.

— De voir ? Vous voyez, c'est comme Dieu. On rêve de voir Dieu de la même façon. Pourquoi ? Pourquoi pas *avoir* ?

— You know better french than I could imagine, lança Lucie en riant. Oui : avoir et voir, c'est très différent. Selon vous, qu'est-ce qui me convient le mieux ?

— Nous allons voir, fit Martinelli en riant. Mais montrer l'argent, c'est un jeu très dangereux. L'argent peut brûler, exploser. C'est magique, tu sais...

Lucie sourit.

— Si vous voulez, Lucie, je vous amène à New York demain ? Pour deux jours ? Attendez...

Il consulta son agenda de poche.

— Non, pas New York. Je vous amène au Liechtenstein pour deux jours. Ça vous va ? Et peut-être un jour en Italie. Ensuite je vous ramène. Au milieu de vos bombes et de vos anarchistes. Vous êtes une fille bien étrange.

— Je vous suis, fit Lucie, en serrant un peu les épaules et en goûtant tout l'insolite de la plaisanterie de Martinelli.

En sortant de table, il la prit contre lui. Ni l'un ni l'autre ne s'étaient occupé des autres invités.

102

Martinelli

À la fois conseiller juridique et financier, Martinelli travaillait pour le compte d'un réseau de financement immobilier très étendu. La firme pour laquelle il travaillait le plus souvent était la firme Fiducam qui avait son siège social dans une coquette petite villa du Liechtenstein, à quelques centaines de mètres des monts suisses. Il passait par New York où ses fonds devenaient "américains" (mais ils étaient multiples : italiens, français, suisses) et où il avait un bureau en compagnie d'un associé, Mark Schutz, lui-

289

même résident d'un petit village de la principauté d'Andorre mais natif du Liechtenstein. En fait Schutz avait aussi un pied-à-terre au Luxembourg et semblait avoir une prédilection prononcée pour ces petits États miraculeusement protégés des vicissitudes de l'histoire, comme on dit. Il avait même une lubie : en découvrir un auquel personne encore n'aurait porté attention.

Schutz, Martinelli & Lowrie, tel était le nom de leur bureau de conseil économique à New York. C'est là que venaient souvent en consultation des membres du gouvernement québécois, surtout depuis l'élection du Parti libéral, afin d'emprunter ou d'ouvrir les portes du pays ou de la ville à des investissements plus sélectifs : Montréal aussi participait à la course aux investissements étrangers et les étrangers savaient trouver parmi les propriétaires fonciers montréalais des hommes qui cédaient facilement du terrain, dans tous les sens du terme.

En fait, l'anti-américanisme et l'anti-canadianisme naissants eussent été étonnés d'apprendre la diversité incroyable de la mainmise étrangère sur le sol québécois et particulièrement sur celui de la ville de Montréal. À côté des États-Unis, il y avait la Grande-Bretagne mais aussi la Belgique, la France, l'Italie, l'Allemagne, le Liechtenstein... La liste aurait sans doute pu s'allonger. Un Julien le savait-il ? Ou s'en préoccupait-il ? Lachenaie évidemment le savait. Un Lamure aussi qui construisait des buildings ici et là en Amérique et dans le monde.

C'était peut-être pourquoi la dimension trop purement nationaliste ne touchait pas tellement Lachenaie et Lamure. D'abord parce qu'il faut à un nationalisme combattant un ennemi unique et il y en avait trop, c'était absurde, ça devenait paranoïde. Ensuite, ils n'étaient pas d'ici et ne se sentaient aucune affinité avec les réactions primaires suscitées par des demi-connaissances. Aux yeux de Julien, par ailleurs, le problème se présentait sous un aspect très simple : le français véhiculait de l'être et le Québec, accident de parcours sur le chemin de la révolution mondiale permanente, ne serait français que par l'attraction que pourrait opérer des individus de cette langue enracinés dans l'être. Les lois sont des pis-aller qui protègent une langue qui n'a pas encore accédé aux dimensions de la pensée individuelle et de l'Idée. Elle est encore collective, enfouie dans la mère, et c'est le collectif seul qui semble capable d'en protéger l'embryon. Et tant qu'elle serait une langue des viscères et des tripes, la confiance qu'elle véhiculerait ne serait jamais qu'une confiance dans la fermeture sur soi. La réflexion et la montée philosophique des essences pourraient seules lui conférer un véritable statut d'indépendance et d'aimantation irréversible. Pour cela, provoquer les viscères par les viscères, les tripes par les tripes, lâcher tout ce qu'impliquait d'inconnu le sommeil du corps et des facultés. De là naîtrait le détachement et la vraie réflexion. Par ses appels à une réflexion sur un statut politique, le Front posait un jalon en ce sens. Il forçait les gens à s'interroger sur la valeur des habitudes les plus quotidiennes puisque c'était là que ça commençait à faire peur. Et une société est entièrement faite de ces mécanismes quotidiens. Qu'il fallait secouer. C'est là son premier *mental*, celui de la taverne, de la Cadillac et des pantoufles : le mental physique.

Lucie se sentait fière, belle, sûre d'elle-même. Elle avait conquis un peu du coeur, ou de l'affectivité de cet homme qui lui avait déjà versé $100. Lucie en souhaita plus, fortement. Le lendemain, au Liechtenstein, Martinelli lui fit verser deux billets de mille dollars en lui disant, les yeux brillants :

— Ce n'est pas assez. Il t'en faut plus.

— Je sais, fit Lucie.

Lucie comprenait sans comprendre. Ce don lui semblait naturel, tout à fait, et elle sentait bien comme Raymond que ce ne serait jamais assez. Il lui en fallait plus, beaucoup plus. Raymond, sans comprendre, se serait tué pour elle. Cette fille le possédait. Sur la frontière du Tyrol où ils se trouvaient, tout près de la petite ville de Schaan où sont situés de nombreux bureaux de consultants financiers, d'experts en création de compagnies prête-nom servant à des firmes géantes à se rapetisser un peu afin de pouvoir profiter de prix d'achats avantageux sur le marché immobilier. Martinelli lui-même avait commencé à financer ses propres achats de terrains à Montréal, en banlieue de Toronto, à Winnipeg.

— Tu ne connais pas cette sensation indéfinissable d'étendre peu à peu ton emprise sur la surface du sol. De voir tous ces gens qui montent et descendent dans les ascenseurs d'une maison de rapport que tu aperçois de loin, de temps en temps : c'est comme si ces gens-là t'appartenaient. This is a full feeling of powerfullness...

— Yes, Martin, yes : a fulfilling of it, hum ?...

— Yeah... faisait longuement Raymond Martinelli en regardant Lucie comme si elle avait fait entrer en lui un peu trop d'énigme.

Peut-être Lucie était-elle aussi énigmatique que le Liechtenstein ? Deux points minuscules où se condensait l'énigme de la passion et de l'argent ?

C'est ce que pensait Martinelli qui était à la fois grossier et très intuitif.

— L'amour est une chose qui s'achète, disait-il, profondément étonné de le découvrir...

— Je t'aimais peut-être avant que tu ne payes, disait Lucie qui savait bien qu'elle jouait plus profondément que Raymond, le fond de son jeu étant d'y enfoncer Raymond, graduellement. Elle pensait presque toujours à Monique.

— Vous n'êtes pas un vrai financier, lui disait-elle.

— Pourquoi ?

— Vous êtes trop sentimental. Vous enfoncez en moi et dans mon jeu. Vous n'avez pas peur de vous perdre ?

— You're a funny girl... Really... Amazing !

D'un coffre-fort disposé presque négligemment dans une encoignure du bureau de sa résidence, Martinelli avait retiré une liasse de billets américains. Avant qu'il n'ait pu refermer le coffre, Lucie s'était approchée de lui et lui avait dit :

— Let me see. It's like sex... Raymond, ça m'excite comme le sexe...

Raymond se tenait debout près du coffre. Il y avait là des liasses de francs suisses, belges, français, des deutsche marks, des dollars américains...

— Pourquoi ne les mets-tu pas à la banque ? demanda Lucie.

— Oh, c'est pour les petites dépenses de chaque jour. On n'a pas besoin de passer à la banque, c'est toujours là...

— Mais ça ne rapporte rien.

— Non. On en a beaucoup à la banque.

— Mais quand même, c'est beaucoup d'argent. Il y a des milliers de dollars, là-dedans... C'est excitant. Des fonds détournés, abri fiscal ?...

— It's only shit !...

— Tu m'en donnes...

— Yeah...

La porte du coffre resta entrouverte.

— Guess the way I like it, fit Martinelli en allant s'enfoncer dans le fauteuil de cuir brun derrière son bureau.

103

Elle savait comment

Lucie s'était approchée. Elle savait comment Martinelli aimait ça. L'ambiance baissa comme d'un cran dans la conscience. Lucie s'était assise sur un coin du bureau de bois verni, recouvert de cuir noir, derrière lequel Martinelli l'attendait. Elle froissa sa robe en la remontant à la taille, la froissa en dénudant à demi ses seins. Martinelli plongea animalement sa main dans cette touffe de tissu et entraîna Lucie contre lui. Elle ouvrit le pantalon. Le sexe vint contre sa joue. Martinelli, cette fois, la gifla. Il ne l'avait pas fait la veille. Lucie alla se frapper contre le coffre-fort. Martinelli s'approcha d'elle. Lucie ne savait plus si elle allait le tuer ou ouvrir ses jambes. Ça lui semblait pareil. Elle saignait un peu de la commissure d'une lèvre. Elle pleurait aussi et elle savait que Martinelli aimait ça. Elle aussi. Elle ouvrit le coffre-fort et prit une liasse de dollars, la glissa sur son corps, son publis, la mouilla.

— Oh, Yeah... faisait Martinelli qui s'approchait par derrière. Lucie pressa les dollars contre son coeur pendant que l'Américain la pénétrait violemment. Elle se retourna sur le pénis de Raymond dans des poses obscènes. Et cela vint malgré elle, comme elle savait que Martinelli le souhaitait : l'excitation au contact du fric la fit excréter sur le tapis. Martinelli vint éjaculer dans ses mots. Longuement. Plus encore que la veille. Et Lucie vit monter dans les yeux de Martinelli, une sorte de démence. On aurait dit que quelque chose sifflait dans la pièce. Et elle se sentait enveloppée d'un noir voluptueux, presque doré.

Lucie se caressa longuement pendant que Martinelli reposait sur le tapis. C'était la première fois qu'il faisait l'amour d'une façon aussi étrange. Lucie le crut. Elle le sentait fasciné par elle. "Il s'attache", pensa-t-elle. Son sac à main traînait juste à côté d'elle.

— Pourquoi pas, pensa-t-elle...

Son petit pistolet gisait au fond du sac à main.

— Ça ou lui faire l'amour, c'est pareil...

Elle s'approcha de Martinelli, étendu dans ses excréments. Il somnolait. Elle s'assit sur sa poitrine. Martinelli était très grand. Lucie fine, délicate, avec une peau de pêche, fragile, une peau blanche. Elle arrangea sa robe comme Martinelli aimait la voir : froissée un peu en bas des seins, et au-dessus des hanches, la culotte déchirée par le milieu. Martinelli la caressait de la main gauche. Lucie glissa le pistolet entre deux gros coussins qu'elle écrasa doucement contre la gorge du conseiller. Puis elle fit feu à deux reprises. Il y eut de la cervelle sur le bureau. Du sang sur le tapis. Le corps ne bougeait plus.

"C'est ignoble", pensa Lucie.

Au bout d'une heure elle avait réussi à traîner le cadavre près des marches de la cave où elle l'avait fait rouler. Elle avait dû arracher des planches pour parvenir au terreau brut mais il y avait encore des pierres plates à soulever et elle ne s'en sentait pas la force. Elle monta nettoyer le salon, s'empara de tous les billets du coffrefort, le ferma et se dirigea vers la gare, à deux pas. Elle prit le train de nuit et s'arrêta au Lac Léman où elle dormit et le lendemain elle téléphona à Nassens qui lui donna une adresse. Elle alla dépoposer la majeure partie de son argent à la Banque de Suisse à Genève. Elle fut admise dans un bureau discret où on ne lui posa aucune question. L'on déposa les billets et on lui remit avec un sourire presque pieux un reçu et un livret avec les assurances de la plus entière discrétion : personne ne saurait jamais, à sa demande, qu'elle avait déposé de l'argent ici.

Elle se dirigea immédiatement vers l'aéroport. Elle gardait sur elle une somme de cinq mille dollars américains. Mais elle n'osait croire au montant total de son dépôt dans la Banque de Suisse. Elle y pensait sans comprendre, comme à quelque chose à quoi il ne faut pas trop croire. C'était trop, c'était plus pour elle que simplement "beaucoup" . le coffre-fort de Martinelli contenait l'équivalent de un million cinq cent mille dollars américains. Et elle sentait aussi en elle la présence de Martinelli, comme si son savoir-faire était passé en elle, jusqu'à la forme même de Raymond.

"C'est seulement de la merde", lui avait dit Martinelli.

— Un pareil engrais qui dort dans le métal, c'est stérile, pensa Lucie. Mais quoi faire avec tout ça ?

Elle ignorait que c'était encore bien peu. Une goutte à peine du grand purin universel pourrissant dans les voûtes. Une goutte. Parvenue à l'air libre. Ou qui y parviendrait.

NEUVIÈME PARTIE

104

Le sens de l'action

Les circonstances avaient fait que je voyais moins souvent Aurélia. Plus souvent Laurence. Je m'étais aussi rapproché de Noémiah qui était momentanément devenue la maîtresse de Julien. C'était surprenant chez Julien.

André m'avait dit :

— L'action n'a pas encore pris le sens qu'elle va prendre aux yeux de la population après les attentats que nous préparons à Québec. Jusqu'à maintenant nous avons pris position contre l'impérialisme en général et surtout contre le fédéralisme canadien. Nous nous sommes attaqués à tout ce qui symbolise la Confédération. Québec est une ville presque entièrement francophone. Et nous allons nous attaquer directement aux militaires, des francophones, et aux policiers, des quasi civils dans le contexte. Aucun tract du Front ne pourra jamais justifier un tel attentat, ni le Front lui-même en supporter longtemps les contre-coups. Je suis certain que ce sera sa dernière opération et que les forces de l'ordre n'attendront pas plus longtemps pour les cueillir. Julien est-il conscient de tout cela ? Sait-il qu'il va s'enrichir sur le dos d'individus qu'il envoie dans une sorte de guet-apens ? Je t'avoue que je ne le sais pas. Mais je suis certain que ce coup-là signifie la fin du Front. Et ce qui est plus fort que tout, c'est de voir combien la direction clandestine qu'exerce Julien se joue à la fois des policiers, des espions et des felquistes. Mais il y a Nassens. Joue-t-il ou est-il joué par Nassens ? Les deux ? Ce serait dans l'ordre. C'est incroyable. Et je te parie que c'est spontané, direct : ce diable-là a des pouvoirs qu'aucun pouvoir ne peut réduire. Il semble fait pour déjouer tous les pièges après les avoir préparés lui-même par agents interposés. Un incroyable personnage. Je n'en ai jamais rencontré de tel. Il faut avoir l'oeil calme pour regarder là-dedans car ça finit par donner le vertige. Cet homme-là est trop de choses à la fois, avec lui il n'y a plus ni morale, ni idéologie. Il est le réseau à l'état pur et le combat habite en lui. Et il doit sentir comme moi que le coup de Québec ressemble au meurtre d'une âme, ça sent le sang, l'assassinat. C'est comme si l'on allait mettre le pays à mort.

— Le mouvement est lancé, lui avais-je répondu, es-tu capable de revenir en arrière ?

— Je ne sais pas, avait dit Gendreau. Je te dirais que j'ai de la difficulté à me poser la question mais ce serait faux : j'ai le sentiment que la force des choses va rétablir elle-même l'équilibre dans tout ça. Attendons jusqu'à la dernière minute.

— C'est un acte épouvantable. C'est comme l'assassinat d'une vierge. D'une chair à peine formée. Mais au point où Julien m'a conduit, je suis suspendu au temps. Le Québec pourrait mourir...

105

Nicole et sa cellule

Après le coup de Saint-Lin, Nicole avait instruction de se rendre à Québec. C'est de son propre chef qu'elle avait modifié les plans qu'on lui avait soumis et qu'elle avait réorganisé sa cellule de la façon qu'on a vue.

Elle emprunta la petite route de terre qui conduisait à la villa. En fait c'était une très ancienne construction de pierre, à plusieurs étages, construite en 1837 par des militaires anglais. Elle avait été longtemps occupée par un médecin, puis par un avocat et sa famille. Offerte en vente, c'est alors qu'elle avait été acquise par Lachenaie. Ils sonnèrent à la porte. On vint leur répondre. C'était l'un des agents, celui-là même qui transmettait les ordres à la cellule de Nicole. On l'appelait Simard — c'était son nom d'agent. Nicole lui demanda de voir ceux d'en bas. L'agent ne répondit rien. Il était dans un état somnambulique avancé. Nicole se rendit compte qu'elle était pour sa part dans un état de lucidité inaccoutumé et qu'elle était maîtresse de ses idées. Ils le contournèrent et se dirigèrent vers la porte à même le mur qui ouvrait sur le souterrain. Mais ni elle ni Ray ne connaissaient la combinaison ni qu'un escalier dérobé y menait, celui que j'empruntais souvent.

— Ouvre-nous, fit-elle à Simard.

— Je ne peux pas, fit ce dernier.

— Mais oui tu peux, fit Nicole en s'approchant lentement de lui et en le prenant aux épaules. Tu peux. C'est facile.

Elle le regarda longuement dans les yeux, et lui parla lentement, pendant deux longues minutes, avec d'infinies précautions. Puis Simard se dirigea vers le mur, comme s'il avait été la proie de deux influences contraires. Et la porte s'ouvrit. Nicole et Ray s'y engouffrèrent et l'ascenceur se mit à descendre silencieusement. En bas ils se dirigèrent instinctivement vers une porte et l'ouvrirent. Nicole sentit, chose assez rare, son coeur battre. Car elle n'était pas de la race de celles dont le coeur bat. Elle avait un tempérament de tueur et un sens du coup de main qui la mettait à part parmi les êtres humains. Mais en ouvrant cette porte, pour la première fois de sa vie, peut-être, son coeur se mit à battre.

Il y avait quelque chose qui ressemblait à une force inhabituelle dans cette pièce.

Nicole s'avança vers l'homme qui était assis, immobile, dans son fauteuil et qui semblait l'attendre.

— Pourquoi la charge de Saint-Janvier n'a-t-elle pas sauté ? demanda-t-elle.

En face d'elle se tenait Lachenaie. Mais elle ne connaissait pas Lachenaie. Elle ne se rappelait pas l'avoir jamais vu.

106

La proie : Québec

Entre le conservatisme des divers paliers de gouvernements et le désintégrationnisme du Front, il y avait la proie : Québec. Pourquoi soudain détruire le pays lui-même et non un régime ? Je voyais maintenant qu'il m'était égal que le Québec disparaisse. Le Québec ? Ou bien un vieux vêtement pouilleux ? Qu'est-ce qui motiva vraiment mon action au cours de ces derniers jours ? Le désir de mettre les "masses populaires au pouvoir" ? Non, bien sûr. Le désir de créer un État francophone indépendant ? Non plus. Nous n'étions plus là pour ça, du moins moi. Et je n'aurais pas pu dire pourquoi j'étais là. Toute la phraséologie nationaliste ou révolutionnaire se noyait dans une ambiance qui nous gagnait de plus en plus et qui n'avait pas de nom. Mais cela avait une odeur, presque, cela se sentait. Les mots ne signifiaient plus rien. Nous étions au fond d'une sorte de chaudron de Médée où tout était remué, mêlé, broyé et nous étions là pour participer au broyage et au concassage d'une certaine quantité de morceaux. Quand je cherchais une motivation à notre action, je n'en trouvais qu'une : *détruire*. Et même ce mot correspondait plus encore en nous, en moi, à l'expression d'une présence vivante, agissante, sinistre et mystérieuse qu'à toute espèce de concept abstrait. Détruire était un état d'être, une sorte de contenu autonome et conscient. Désordre pour désordre, je préférais mourir en remuant sans entrave dans les fonds du mien. Là j'y trouvais l'alcool dont j'avais besoin, comme si de très loin j'avais longtemps creusé ce besoin et le creux se remplissait d'un breuvage rouge et noir qui m'excitait, m'inquiétait. Je me sentais vêtu de noir et de mystère comme si un être caché avait jeté sur moi un visage autre et un vêtement d'invisibilité. Je n'étais plus le même et ce vêtement et la nuit le savaient. Nous vivions la nuit. Nous nous savions même condamnés par le temps et pourtant nous savions aussi que notre sort serait différent de celui des autres. Pourquoi ? Nous ne savions pas. Le destin de Julien, qui commandait à tout et presque aux policiers, nous tirait vers une destination lointaine et nous attendions d'heure en heure ses soubresauts de somnambule élu pour bouger à notre tour selon des plans organiques qui jaillissaient peut-être tout droit du ventre de Laurence. Non, vraiment, le mystère nous noyait. Nous en avions partout, jusque dans nos draps : une suie me suivait dans mes rêves comme une poudre de charbon, comme si tout allait se calciner, comme si la poussière tombait sur nous, celle que les bombes secouaient tout autour. Mais c'étaient des cauchemars. L'Histoire, qui se prend pour une autre, ne parle jamais des rêves d'Éden et des cauchemars infernaux des hommes et des femmes. Et elle a tort, avec son grand H majuscule et elle le sait bien, mais elle continue à nous parler de batailles et d'affrontements qui se sont décidés dans les profondeurs de la psyché et dont les rêves de fin de nuit ne sont qu'un émiettage. Et pourtant ces rêves peuvent nous suivre des jours durant à la façon de crimes pervers et de massacres qui ont peut-être eu lieu par nous en d'autres régions de l'espace et du temps et dont nous n'entendrons jamais parler dans les livres d'Histoire ou dans les journaux. Ou alors, si nous en entendons parler, quelque chose en nous saura que ce n'est pas celui qu'on dit qui a assassiné l'homme politique dont on parle, mais une partie de nous-mêmes, ou le fond animal constellé d'un enfant qui en voulait depuis des mois à un parent ou à un maître. Qui sait ? Les entrailles savent, qui ne sont pas que chair, mais cauchemars aussi, et touches ineffables d'aurore. Voici des mois que se meut la tourmente noire qui passe de tel pays de l'Amérique latine au Québec. Aucune douane mondaine ne peut empêcher ce qui tue là-bas tout un corpus révolutionnaire de venir en quelques jours déterminer au Québec le vote de la grande peur. Méfiez-vous des nuits qui tombent soudainement sur nos épaules, des envies d'abandonner une

lutte au moment où tout peut se lier secrètement en notre faveur :
il y a en nous quelque part quelque chose qui aime donner la mort
à ce qu'il met au monde et c'est là un aspect du mystère du temps.
Kali, la déesse du temps, aime qu'on l'adore et l'adorer c'est faire
corps avec la mort et avec le temps, accepter la puissante compression vitale de la durée et du temps, battre de son pouls, vaincre la
vision du dérisoire en empruntant sans faillir tous ses sentiers, tous
ses chemins. Kali est la déesse du temps, de la quaternité, de l'engagement du temps dans la matière, de l'engagement de la conscience dans la matière et dans le temps et là, celui qui s'identifie
au rythme croissant de l'Âge de Fer et du temps, celui qui oeuvre
non pour lui-même, particule de sable emportée par la mort, mais
en Kali, vaste beauté noire de l'univers mourant, celui-là a une
chance de connaître, par le déroulement même du temps, le secret
profond, terrible, de l'une de ses composantes les plus irréductibles : la mort.

107

Était-ce ce goût-là que nous sentions

Était-ce ce goût là que nous sentions dans l'air en marchant
dans les rues, vêtus de notre manteau de nuit, de vétusté ? Nous
étions chargés de vieillesse. De vieillesse qui ne voulait pas mourir.
Nous étions vieux comme la mort et terrifiés comme elle. Nous
abondions dans le sens de la mort et du feu. Les ténèbres étaient
notre espoir. Nous avions peur du feu qui venait. Nous étions protégés par le soir. Ils venaient, les loups du futur, et nous le savions
bien. Que diantre le fla-fla des discours idéologiques ? Tout som-
brera dans la bataille. Même de Jérusalem il ne restera pas pierre
sur pierre. Comme Berlin. Cela a été dit. Pas compris. Ça va recommencer. Et que les hommes défassent consciemment Jérusalem ou les centrales nucléaires ou que les murs, les hommes, les
cloisons de béton volent sous l'effet de la colère de la mort Inconnue, il ne restera quand même de Jérusalem pas pierre sur pierre.
Et Québec ? Mais Québec n'était pas née. Il fallait lui laisser sa
chance, empiler ses pierres, se laisser comprimer, elle aussi, par le
puissant diamant de l'Idée qui la courtisait. Pourquoi pensais-je
à Jérusalem ? À la Mecque ? Je ne voulais pas, au fond de moi,
qu'il ne reste pas pierre sur pierre de Jérusalem. J'avais un nom
secret, en moi, qui s'imprégnait à cette histoire apparemment

étrangère à la "mienne" comme une chair colle à une pierre qui brûle : Israël. C'était mon nom de qabbalah, mon nom reçu, mon nom secret. Voir mourir les villes me torturait. Il y avait en moi ce qui voulait tuer. Il y avait en moi ce qui voulait immortaliser. C'était lié au fond, encore contradictoire, mais il y avait fusion quelque part et j'avais la conviction que la torture m'y conduisait, comme l'ultime recours à la fission du noyau d'être. Être, rien qu'être. Et la fusion s'accomplirait dans la simultanéité intemporelle de la désintégration et de l'intégration. Le testament du dernier des Seigneurs d'ici me voulait dans le secret de mon âme : moi aussi j'allais sans fin vers Jérusalem, vers le rocher d'Abraham, celui de Jérusalem ou de la Mecque, celui des falaises du Saguenay ou de Québec : le Grand Rocher Diamant de la terre et du corps. La vraie Jérusalem naît des relations profondes entre les êtres. L'on ne construit pas avec autre chose que les matériaux sacrés qu'on y trouve. Jérusalem n'est ni arabe, ni juive, ni chrétienne : elle est de toute éternité dans le Ventre caché du Monde où elle attend que l'homme vienne enfin tisser le fil d'or de ses liens secrets.

108

La nature réelle de cet humus

Qui connaîtra bien la nature réelle de cet humus lénifiera le monde et les entrailles du monde. Car le coeur du monde fut de tous temps conquis : mystique prestigieux, mantra puissants pouvant nous conduire aux extases cordiales et mentales les plus denses, les plus élevées, les plus formidables. Mais on a fermé les écluses du dedans pour nous jeter, psyché fermée, contre le mur opaque du monde. Pour y filer l'or du coeur par le sexe et par le ventre, par la puissante cohésion du centre matériel. Elle est terrible, cette incompréhensible passion de percer les mystères qui pousse aveuglément les hommes les uns contre les autres en dépit des fusils dont ils s'arment pour ne pas se toucher : de quoi avons-nous donc peur, ainsi, à nous entretuer ? Quelle incroyable haine de la matière, de la vie et du corps véhiculons-nous dans ces guerres, dans ces inquisitions marxistes ou musulmanes, russes, chinoises ou iraniennes ? Haine du corps. Kali, partout (est-ce un hasard que l'exécuteur des hautes oeuvres de la révolution iranienne — et cet islam-là aussi est l'Occident dégénéré — s'appelle Kalkhali, quelque chose qui en sanskrit pourrait signifier *le temps de Kali* ou *en joual : cale coli (ç)* ? Kali est l'aspect femelle de Kala qui signifie entre autres le temps mais aussi l'absolu, la nuit (et le noir ?) Kali jouit et sa jouissance est peut-être le jugement dernier même, qu'elle soit guerre ou trou noir et nous la traversons et ces temps-là achèvent : l'ananda que Kali véhicule ou plutôt auquel elle ouvre à coups de canons est, dit-on, une substance énergisée hautement qualifiée mais refoulée par inconscience depuis des millénaires, depuis peut-être des millions d'années. Et sa furie témoigne d'une haine ou d'une hâte dans l'être à faire lever le grand trésor de compassion qui dort dans nos cellules. Ses premiers fruits circulent-ils déjà parmi nous, secrets, nocturnes et denses dans notre corps de crépuscule ? De la croûte qui longtemps faussa son jeu, la Vérité totale s'est-elle fait un corps marbré qui résiste au temps ?

109

C'était la première fois

C'était la première fois que le coeur de Nicole battait ainsi en présence d'un homme. Sans compter qu'elle ne s'était jamais autant sentie elle-même depuis longtemps, et c'était paradoxal. Mais même si elle était plongée en pleine incompréhension, son sens pratique, du moins pour l'instant, ne la quittait pas. Elle lutta contre l'émotion. Elle savait qu'elle était en voie de réaliser une importante mission et elle ne voulait pas avorter en chemin. Elle sentait bien qu'il y aurait plusieurs cellules à Québec dans les heures qui venaient et elle voulait en savoir plus, participer, dominer les événements, en pénétrer le coeur.

110

C'est de ce vin que je buvais

C'est de ce vin que je buvais. Il avait un goût noir qui était un défi pour mon âme. Nous traversions la porte de la nuit, celle qu'il faut cependant sans cesse retraverser. Il faisait nuit, une nuit couleur de sang, couleur de vin vermeil séchant contre la lèvre...

Gilles, Aurélia, Noémiah mais aussi André, Nassens, Lucie, étaient ceux du groupe avec qui je me sentais le plus en affinité. J'en éprouve une sorte de honte, de peine, d'impuissance et de tendresse. Edmond, lui, n'était pas toujours là dans son élément. Il voyait une à une ses constructions mentales s'écrouler mais je sentais que chez lui la prise de conscience qui s'amorçait n'allait pas tout à fait dans le même sens que nous. La révolution sociale coupée des fonds représentait toujours pour lui quelque chose alors qu'à nos yeux elle représentait un épiphénomène du mensonge dans lequel nous avancions les yeux ouverts, un peu naissant dans la poitrine. Nous avions plongé dans le jeu total de la petite et de la grande guerre sainte, expression côranique désignant la guerre extérieure et la guerre intérieure, l'Islam lui-même relevant de la constellation magnétique du Scorpion. Il avait oublié (pour longtemps ?) ce qu'il avait demandé à Lachenaie : le vrai pouvoir. Il craignait de perdre le pouvoir politique. Mais tous ces termes se faussaient quand l'on n'optait que pour un bord du monde, celui-ci ou l'autre. La dépossession terrorisante ne lui plaisait pas. Comme nous, pourtant, il se nourrissait du feu qui nous brûlait. Mais il ne l'assimilait pas de la même manière. Il désirait un pouvoir que nous voulions à tout jamais détruire. Et c'est pourquoi le paroxysme de tension nerveuse auquel notre action nous soumettait était pour lui un apprentissage précieux pour plus tard. Ce plus tard, moi, je n'y croyais pas. Edmond y croyait. Je verrais plus tard que ces deux mentalités nous étaient réciproquement fondamentales. Je ne crois à vrai dire qu'au présent, lourd de temps mais aussi parfois vide de tout temps, lumineux, illuminant. Le temps pour moi est un espace de vie essentielle, je n'y échafaude rien. Dis-je. Et pourtant. C'était son accélération qui m'enivrait pour oublier mon incertitude du lendemain : Arrestation ? Prison ? Mort ? Exil ? Pauvreté ? Richesse ? Gangstérisme ? Blessure physique irréparable ? Je m'enivrais du vin noir d'un présent qui parfois avait un goût de velours. Une suavité de velours. Une suavité que les autres ne connaissaient peut-être pas, dans la rue, dans les maisons, dans les transports publics. J'étais seul et je cuvais le jus de ma nuit et parfois celui de Laurence, trouvant d'ailleurs la comparaison terriblement excitante et le jeu de l'un à l'autre suffisamment insolite et pervers pour satisfaire mon goût des mélanges. Edmond, lui, disait .

— Si nous n'avons pas les nerfs assez solides pour traverser cette épreuve (il parlait bien, cependant, d'épreuve), il est inutile de vouloir faire une révolution. Je suis loin d'être d'accord avec toutes les modalités de l'action que nous avons entreprise. Cette affaire de Québec va tourner à la tuerie. Je n'aime pas beaucoup. Mais je m'entraîne. J'apprends beaucoup. Et il faut bien admettre, sans être atteint de vertige, qu'une bombe qui saute n'est ni fasciste, ni communiste... C'est l'intention qui compte.

Et alors, si elle n'est rien d'autre, à quoi rime toute cette mascarade, camarade Edmond ? C'est tout pareil dès qu'on *manipule* : rouleau à pâte, bras de vitesses, fusil-mitrailleur, tout : des effets, l'on obtient des effets toujours identiques. C'est toujours pareil. Là, l'idéologie fait caca, pipi. C'est tout ce qu'elle sait faire: son pipi, son caca. Tous les ennemis ont d'ailleurs beaucoup plus que les armes en commun et Dieu le sait, ça, Dieu il le sait, ça, il a pas de complexes, Dieu, il se contente pas de manipuler la chair, lui, il est la chair. Il le sait, lui, que tous les êtres humains mangent, boivent, digèrent, pissent et chient. Il y en a même qui prient. Mais beaucoup d'hommes seront longtemps des mangeurs, des buveurs, des tueurs et des pisseurs et puis des chieurs et puis des mastiqueurs et des violeurs et des suceurs et des fornicateurs, ni fascistes, ni rien d'autre. Et Dieu, il va nous les sauver les hommes en les faisant chier ensemble, un bon coup, tout l'monde ensemble, en gros tas : Han ! Han ! Han !

Tous les hommes rient aussi. Après.

— Dans quelle intention, disait Edmond, et il avait raison.

Mais quelle intention ? De quel niveau ? D'où ? De qui ? Qui dit Je ? Qui tue ? Qui sauve ? Qui crée ? Qui meurt ?

Et tout le débat reprenait. Je n'y avais pas toujours bonne conscience. Lui, le marxiste-léniniste, me parlait d'intention comme en magie. Moi, le "mystique", je ridiculisais la valeur de l'intention, me niant momentanément moi-même. Je me mentais. Lui se rassurait. Mais non : c'était l'intention de son niveau d'être.

— ... ni fasciste, ni communiste, poursuivait Edmond.

Et d'autres, et moi, et encore d'autres, des milliers d'autres, qui continuaient et qui y croyaient à leur maudite théologie, pendant que d'autres ne croyaient qu'à la mangeaille, à la grosse marde, à la grosse pisse chaude, à la fornication sans coeur.

Et Charlot, c'était un ennemi de la révolution parce qu'il nous faisait rire et jouir. Ni fasciste ni communiste, disait Edmond : elle est destructrice, c'est tout ce que nous pouvons en dire de la bombe. Moi, je m'entraîne.

Moi, Réjean, l'on m'entraîne. C'est la mort ou c'est peut-être Dieu mais Dieu est bonté aussi, c'est embêtant. Mais il aime la nuit, la mort, la suie aussi. Moi, on m'entraîne. Je ne m'entraîne pas. Je n'ai pas cette prétention.

— Il y a des tueries dans toutes les révolutions, disait Edmond. Il faut pouvoir porter ça...

On chie aussi après tous les repas. Et ça n'a pas changé grand chose au monde.

Parfois je n'aimais que le mystérieux manteau noctuaire que le destin posait sur mes épaules et seule cette noirceur tramée de rouge et de vins forts me semblait vraie dans tout ce bruit. J'aimais ce qui disait les choses avec de la pulsation charnelle dedans. C'était un goût de chair dense que j'avais. Quelque chose comme un goût propre. Un goût d'herbe fraîche. Un goût de pleurs. Un goût de fleurs. Non : je n'étais pas meilleur qu'Edmond. En moi aussi ça pouvait tuer, ça délirait.

Je finissais par me taire. Je me mettais à combattre Edmond. Il y avait du Nassens dans notre conflit. Tiens, je devenais paranoïaque ! Mais avec Nassens dans l'espace la paranoïa était parfois fondée. Comme toujours sur une dense et tenace illusion.

Aurélia ne parlait plus. Ou presque. Gilles s'était mis à écrire des textes en langue populaire. Il avait accumulé plusieurs pages de texte hurlant, dur, violent.

— Du terrorisme ? Du refus ? Du dissolvant ? Du désintégrant ? De la haine bien tassée, roulante, nue ? Je n'ai qu'à respirer et à écouter l'air dans les globules...

Il me lisait alors ses pages en joual. Je m'y reconnaissais. Puis je lui disais :

— Je suis aussi autre chose. Cherche.

— Commençons par trouver, faisait-il.

— Bla-bla.

Et il reprenait :

— Horreur et liberté ! Chier toute la marde opaque du cru maudit. Martyr bénin des oraisons gratuites ! Cru   des cuites ! Horreur bien crue, bien, bien ça. Nue...

— Nue ? Je n'éprouve pas ça.

— Tu veux dire...

— Ca n'a pas de chair pour moi. J'ai un intellect trop vif pour n'être que ça. *Je ne sens rien, strictement rien.* Et j'ai un intellect trop vif pour n'être qu'idéologue étroit. *Nous, nous : je ne sens rien, strictement rien.*

Et Gilles, cela semblait le faire jouir. Il ricanait. Il se fichait bien de moi.

Tu te rends compte, disait-il, nous mettons actuellement au monde le plus beau monstre dont on puisse rêver : le fruit psychique de nos propres entrailles. De la merde.

— Ca pourrait être beau ?

— Ca peut être laid, non ?

Et il ricanait.

— La haine, les bombes, le joual... Et ça va faire des petits. Et il y aura bien un Baudelaire pour en faire des fleurs (il me visait). Tu sais comme moi que Balzac n'a jamais décrit la société dans laquelle il vivait : tu n'en sais rien ! Tu n'étais pas là ! Moi je sais. Il a tout inventé, il a tout recueilli la nuit, dans sa chambre et il a tout jeté ça sur la société de son temps et ces imbéciles se sont mis à ressembler aux Plouffe. Moi je suis en train de mettre au monde une population de monstres passablement *genuine*. J'ai trouvé un nom, même, pour le petit pays que je suis en train d'inventer : je l'appelle *Batracie*. C'est pas joli, non ? Grenouilles et crapauds s'y côtoient, s'y flicottent, s'y tapochent.

Gilles alors se mettait à me parler du symbolisme de la grenouille qu'il trouvait épatant, plus flatteur que celui du mouton, puisque la grenouille évolue par bonds et non pas par petits pas qui bêbêlent. Un bond. Imprévisible. Destination imprévisible. Et la grenouille peut en faire plusieurs d'affilée et se réfugier dans l'eau s'il le faut. Entre terre et eau, elle attend. Sa couleur est le vert. Couleur de la générosité, de la santé et de l'Islam.

C'est ainsi que nous sommes sautés du moyen âge au vingtième siècle sans passer par 89 et rien ne nous dit que nous n'allons pas bientôt faire un autre saut.

Et la grenouille se nourrit d'insectes. Nous ne mourrons donc pas de faim.

— Tu excites en moi le goût d'une grande fraîcheur et le mépris des autres. La tendresse, l'idéal et le mépris amer, pourquoi ?

— Parce que, répondait Gilles, avec un air brute.

— Plus on creuse dans Batracie, plus c'est épais, du pus, de la haine, c'est opaque, étouffant, c'est une main très lourde qui nous fait descendre là-dedans. Éprouver cette humidité quasi astrale, dirait Gilles. Allons. Sois bon élève.

111

Gilles était au bord de la folie

J'avais souvent l'impression que Gilles était au bord de la folie et qu'il faudrait engager l'action avant qu'il ne sombre définitivement, sinon qu'en faire ? J'avais demandé, en attendant, à Noémiah, de le distraire. Elle l'amenait au cinéma. Mais il en ressortait imbibé du film comme une éponge. Elle l'amenait aussi dans des boîtes où Gilles faisait des esclandres. Noémiah me racontait tout en détail et nous finissions par penser qu'il valait mieux le garder à la maison. Mais il trépignait et nous ne savions plus qu'en faire. Pour un oui, un non, un rien, un impondérable, il se jetait sur le trottoir en maugréant au nez des passants. Noémiah me racontait tout de ce que Gilles faisait les soirs de sortie et les détails scabreux ne manquaient pas : Gilles faisait de tout, gentiment, follement, sans complexes, jusqu'à chier sur le bar. Il suffisait que ce genre d'esclandre les conduise au poste pour que les choses se gâtent et se dramatisent en masse. Rien ne pouvait plus répondre de sa discrétion. C'était une sorte de bombe humaine aux propriétés psychologiques trop élastiques et trop imprévisibles. Nous étions para-catalysés. Julien décida de hâter les choses. Et nous commençâmes à voir la fin.

La mise à mort de Québec avait été décidée, acceptée, intérieurement éprouvée par les sept membres du groupe. Nous avions commencé à nous familiariser avec les fusils à canon tronqué du Triangle mais aussi avec des M16 de l'armée américaine. Il y avait une salle de tir attenante qui nous recevait régulièrement. Chaque fois que j'entrais dans cet endroit je m'étonnais toujours de ne pas y croiser les flics. Il y en avait peut-être. Hypnotisés comme les autres. Et l'on parlait d'intensifier le trafic des drogues. Encore Nassens dans nos palabres.

Pour le coup, Aurélia et Pierre conduiraient les deux automobiles. Noémiah nous attendrait au volant d'une autre automobile en banlieue de Québec. Julien et Gilles attaqueraient la première banque (mais pourquoi avec Gilles ? par démence ?). Jean-Guy et moi attaquerions la seconde. Noémiah nous conduirait dans un bois où les automobiles seraient camouflées et où nous monterions dans trois autres véhicules. Julien et Noémiah dans la première, moi et Aurélia dans la seconde, Edmond, André et Gilles dans la troisième. Le lieu du prochain rendez-vous nous serait alors indiqué par Julien. Gilles ? Pourrait-il participer ? C'est Julien seul qui déciderait et il aurait encore raison. D'ailleurs, depuis deux jours, Gilles se tenait coi, comme en instance d'euthanasie et il filait gentil. Limpide. Pas chiant. De toutes façons il n'était pas question d'élargir le groupe. Nous étions déjà trop, compte tenu des possibilités de fuite. Julien l'avait admonesté. Un peu giflé. Il se tenait tranquille.

Deux jours avant la mise au point finale du plan, Julien m'appela chez moi. C'était le soir, il devait être environ dix heures. J'allai sonner chez lui. Ce fut Aurélia qui vint répondre.

Nous attendîmes André en silence durant cinq bonnes minutes. Il arriva bientôt. Nous fûmes au complet. Julien s'était assis dans l'un des trois fauteuils individuels de son salon. Il y avait en plus un grand divan où quatre personnes pouvaient facilement prendre place. Il y avait dans l'air quelque chose d'indéfinissable. Je pensai à une sorte d'humour noir, ou de dérision. Je ne sentais pas la tension qui avait longtemps accompagné nos dernières réunions. Il avait plu. Il faisait frais. Une odeur d'herbe et de ciment entrait par la fenêtre. Julien était plus serein qu'il ne l'avait été ces derniers jours. Ce dieu avait déchu à nos yeux mais de toutes manières nous avions déchu avec lui.

Il commença par dire :

— Vous m'avez accepté comme chef. Je vous ai pris comme membres d'un réseau où toute mon existence respire. En fait je me suis emparé de vous et vous vous êtes laissés prendre par moi. Nous copulons profondément et nous le savons. Nos bouches sont une seule bouche ouverte sur un même air fétide. Voilà ce que nous sommes. Je porte le Réseau en moi. Vous le savez et vous l'acceptez. Ce que j'ai voulu, vous l'avez voulu. Ce que vous avez voulu, je l'ai travaillé, corrigé. Julien a une très grande importance pour vous. Ce n'est qu'un pion du Seigneur mais vous adorez ce pion parce que vous en avez besoin. Et vous en aurez encore besoin. Et ça ne me choque ni ne me flatte. En fait, c'est de Julien que je devrais toujours parler dorénavant. Julien, lui et non pas moi. Lui, Julien. Les événements évoluent, ils me pressent. Je sais combien chacun de vous a pu être atteint par la décision d'attaquer Québec. Car vous le sentiez bien, il ne s'agissait pas seulement de détruire quelques banques, quelques murs de postes de police et de casernes : il s'agissait d'un incendie monstre dont les plans, je pense, n'ont pas atteint encore les membres du Front et ne les atteindront pas. Je sais combien vous avez été éprouvés par la décision de tuer Québec, et c'était un acte cruel. Nous avons porté en nous cet acte et toutes les conséquences. Nous avons plongé, très loin dans cette souffrance. Chacun d'entre nous a été marqué par des échanges en profondeur avec l'âme-chair d'ici. Et chacun à son tour a marqué l'âme-chair d'ici. C'est une circoncision psychique que nous avons opérée.

Julien alluma une cigarette. Puis :

— *Nous n'attaquerons pas Québec*, dit-il, en me regardant comme si j'étais son fils puis en se tournant vers chacun d'entre nous.

... D'abord parce que c'est déjà fait, par rituel, dans les profondeurs de son ventre et ce ne serait qu'un coup de sabre dans l'eau. Le Québec, signe d'eau. Fixe. Comme moi.

... J'avais d'abord pensé à n'en parler qu'à Réjean. Il y a des choses qu'il me semblait être le seul à pouvoir comprendre. Puis je me suis ravisé. Je voulais vous annoncer que j'avais décidé de dévaliser deux banques montréalaises, pour des raisons tactiques, mais si j'en ai décidé ainsi, ce n'est que pour des raisons tactiques. Je crois que nous sommes arrivés à un point où tout le monde peut comprendre.

... À la fin de notre dernière réunion, il y a deux jours, je m'étais assis dans ce fauteuil pour me reposer. Je me sentais vide et je pensais à Québec. Je songeais que Montréal est le ventre du Québec, que Québec en est le coeur et au moment où je pensais au coeur, le mien est devenu translucide, s'est élargi au point où j'ai perdu le sens des limites. Et j'ai compris en une seconde que je n'attaquerais pas Québec. Il y a quelque chose qui m'arrête, quelque chose de plus puissant que toutes les motivations révolutionnaires, quelque chose de plus fort que le dégoût ou la haine de la petite bourgeoisie de cette ville, de ses intrigues plus ou moins sordides ou cossues, de la médiocrité des dirigeants, de leur hypocrisie. J'ai vu clairement que Québec était autre chose que cela. Que Québec était sacrée. Un pouvoir bienveillant protège Québec, un pouvoir qui est peut-être fait de notre propre réserve d'être. Un pouvoir, une présence. Je l'ai su avec une telle intensité que je me suis senti au seuil de l'adoration. Une grande ardeur remplissait tout mon être. Un pouvoir nouveau m'envahissait qui n'était pas un pouvoir terroriste, para-militaire ou politique. C'était plus profond, plus immobile, présent dans les choses, déterminant. J'ai entendu aussi le mot *beauté*. Il venait de très haut, comme porté par une sorte de grand coup d'aile. Plus tard quelque chose m'a fait plonger au fond de mon être et j'y ai revécu tout notre meurtre. Et c'était un immense dégoût, un roulement de déchets, de détritus puants. Et j'ai su aussi que nous avions reçu don et mission de régner sur ces mondes pour des raisons qu'il m'est arrivé déjà de saisir, par intuition et par fulgurance et qui semblent être liées à la mise en beauté de la mort. Nous sommes destinés à faire oeuvre de beauté dans le déchet. Et à protéger le coeur de Québec.

Nous étions tous là, tous les sept, insolites, indispensables. Et nous nous embrassions tous : nous ne sommes pas seulement des destructeurs. Au fond de notre nuit le Verbe charrie sa joie dans notre mort et dans ses déchets. Nous avons été fondus en un même corps. C'est le fruit réel de notre oeuvre.

Il n'y eut aucun commentaire. Julien avait vu juste. Ses paroles montaient de nous. Nous formions un tout. C'était fait, maintenant, nous le savions. Nous en étions arrivés au point où seul un événement de ce genre pouvait réorienter notre action. La perspective de l'action terroriste sur Québec nous avait mis dans un état difficile à décrire et qui nous baignait dans une ambiance de mort. Cette mort était notre élément. Nous avions accepté d'être menés au sacrifice par le pouvoir abyssal.

Et c'était maintenant comme si nous sortions d'un test.

Le plan de hold-up fut donc ré-adapté au cadre montréalais. Il était ainsi beaucoup plus simple, pensions-nous, d'en faire coïncider l'exécution avec les activités du Front.

112

Un être au magnétisme intense

Ce ne fut pas le Lachenaie des premiers jours de notre rencontre que Ray et Nicole aperçurent. C'était un être au magnétisme intense, certes, mais ce n'était pas le prophète : c'était l'homme d'action mêlé de financier et ses allures avaient tout de celles d'un activiste ordinaire. Il se leva en les faisant entrer et nota : *ces deux-là ne sont pas hypnotisés*. Un fruit ? Il prit une cigarette sur son bureau et leur en offrit. Ils refusèrent.

— Nous voulons savoir comment vous fabriquez les cubes, fit Nicole la première. Nous aurions pu sauter avec...

— Oui.

— Tant que nous sommes sous votre pouvoir nous ne pouvons pas refuser de remplir nos missions.

— Oui, faisait Lachenaie, tentant de saisir où le couple voulait en venir.

— Mais nous ne sommes plus sous le pouvoir envoûtant de cet endroit. Vous devez le voir, non ?

— Oui, je le vois — et je suis étonné...

— Qu'est-ce qui vous étonne ?

— Que vous vous soyez si rapidement et si inexplicablement libérés de cet envoûtement. Je suis étonné...

— Mais vous aviez prévu ?

— Si vous voulez.

Lachenaie était assis dans son fauteuil. Il était concentré. Tout son magnétisme revenait, se densifiait en lui.

— Les cubes, c'est facile. Je peux vous montrer comment. Mais qu'allez-vous en faire, après ?

— Vous posez d'étranges questions, fit Nicole, maîtrisant, en respirant, l'état second dans lequel elle avait pénétré.

— Que voulez-vous dire ? fit Lachenaie, reporté à la conversation qu'il avait eue avec Edmond au sujet de l'après de la révolution.

— Vous savez bien qu'il n'y a pas d'après, fit Nicole qui sentit du même coup une chaleur bienfaisante monter en elle. Vous le savez bien. Vous ne devez pas poser de questions. Vous êtes l'inspirateur du mouvement. Laissez-nous revenir du fond du sommeil où vous nous avez plongés et laissez-nous faire ce que nous avons à faire. Montrez-nous comment on fabrique les cubes.

Lachenaie acquiesça et les fit passer tous les deux dans l'atelier du fond, derrière son bureau où s'ouvrait une porte de métal coulissante. La salle était assez vaste et trois recrues y travaillaient. Nicole et Ray aperçurent au fond une sorte de four transparent où des bras métalliques manipulaient diverses substances mais en s'approchant ils s'aperçurent qu'en réalité il s'agissait d'une seule substance que la lumière rendait iridescente. C'était une matière noire et brillante mais dont les mouvements provoquaient des reflets multicolores et des effets de reliefs et de creux. Les bras métalliques moulaient la substance en des cubes aussi petits que ceux qu'ils avaient manipulés. Les mouvements du robot étaient extrêmement lents. Il était posé sur une table en bois qui reposait sur deux énormes blocs de granite. Le robot moulait un cube à toutes les cinq minutes et chaque moulage prenait à peu près le même temps pour être complété. Une recrue manipulait chaque cube avec précaution. Elle y introduisait un détonateur électronique dans une cavité que le robot avait ménagée sur l'une des surfaces du cube : un trou suffisant pour placer le détonateur au centre du bloc. Puis une deuxième recrue appliquait un ciment spécial dans l'orifice qu'elle bouchait avant que la troisième ne lui applique un enduit mat qui l'empêchait de briller à la lumière.

— Maintenant nous voulons savoir comment vous faites. Nous voulons connaître les secrets de la substance.

— C'est très simple, fit Lachenaie. Il s'agit d'une matière plastique traitée de façon toute spéciale et d'un enduit unique. Venez par ici.

Les deux recrues suivirent Lachenaie qui les entraîna près d'une table où des documents étaient posés. Il ouvrit un coffre de métal et en sortit un fascicule broché de format 8 1/2 x 11. Il le leur remit.

— Étudiez-le attentivement. Mais je vous préviens : vous ne pourrez jamais mettre sur pied une pareille installation. Elle coûte très cher. Et elle est indispensable pour les fabriquer.

— Vous allez nous prêter votre atelier.

— Oui.

— Sinon nous irons porter ces secrets à un autre capitaliste comme vous féru de révolution...

Lachenaie sourit, se tut et alla s'asseoir dans son fauteuil. Tant de candeur le renversait. Cette Nicole avait décidément tous les tempéraments. Sa candeur inattendue était aussi dangereuse que son cynisme. Peut-être, d'ailleurs, n'était-elle pas cynique ?

— Dites-moi exactement ce que vous voulez faire, demanda Lachenaie à Nicole et à Ray.

— Nous voulons attaquer... Tenez, fit Nicole.

Et elle sortit de son sac le plan que le Réseau avait conçu pour porter le terrorisme dans Québec.

Lachenaie l'examina. Puis il demanda :

— Ils ont changé d'idée ?

Lachenaie le savait déjà.

— Il paraît, fit Nicole. Moi, je veux réaliser le plan.

— Dans ce cas, vous pourrez vous servir du nombre de cubes que vous voulez. Mais qui opérera les charges à distance ?

— Moi, fit Nicole. On me préviendra et je ferai sauter.

— C'est dangereux et délicat, fit Lachenaie. Et il faut du pouvoir... Mais faites comme vous l'entendez. Ces trois recrues sont à votre disposition.

Il y eut un moment de silence. Nicole regardait Lachenaie, fascinée. C'était pour ça qu'elle était si candide avec lui : elle le sentait supérieur, d'une supériorité intégrale, qui pouvait se passer de grades, de menaces et de tout le reste. Après avoir été envoûtée par l'ambiance des lieux, elle ouvrait maintenant les yeux. Mais c'était pour subir, elle aussi, une autre sorte d'envoûtement. Elle ne comprenait pas ce qui lui arrivait, mais elle avait l'impression que Lachenaie l'avait conduite ici, pour les désenvoûter tous les deux... Que Lachenaie savait tout ce qui se passerait, savait... Qu'il était comme partout, qu'il acquiesçait dans les uns, disait non dans les autres. Et puis sa pensée ne passait plus comme avant d'une remarque à une autre. Elle calculait très mal. Elle était désenvoûtée. Mais elle aimait cet homme. Et elle avait l'impression qu'elle ne pourrait bientôt plus jamais se rappeler ce qu'elle avait été avant. Elle aimait cet homme. En fait elle n'était qu'amour pour cet homme et rien d'autre. Elle se demandait même si elle pourrait réaliser le plan du Front. Elle regardait cet homme. Elle ne comprenait pas pourquoi tant de chaleur bienfaisante pouvait ainsi d'un seul coup monter en elle.

— Je ne sais plus ce que je veux faire, fit Nicole.

— J'irai moi-même, dit Ray.

Il hésita.

— Nous ne savons plus où aller, fit-il. On dirait... Avant, c'était facile. On obéissait aveuglément. Maintenant, je ne sais plus. On est responsable. C'est difficile. Ce n'est plus comme avant. Qu'est-ce que vous faites, vous, dans cette affaire, demanda-t-il en regardant Lachenaie.

Lachenaie ne répondit pas. Il regardait Ray. Ou ne regardait plus. Un tableau s'était illuminé à sa droite et Lachenaie le regardait d'un oeil impassible. Un minuscule clignotant s'alluma. C'était sur l'Île d'Orléans. Sans doute les cellules avaient-elles eu le temps de se rendre sur les lieux désignés par le plan. Un autre s'alluma. Puis un autre et encore un autre. Il y en avait bien une dizaine dans la région de Québec et autant à Montréal. Plus, peut-être.

Nicole lui parlait. Lachenaie n'écoutait pas. Il regardait les points lumineux briller sur le tableau. Nicole se tut et s'assit par terre. Déjà Ray s'était adossé au mur. Une puissance incroyable descendait dans la pièce. Les trois recrues aussi s'étaient étendues sur le tapis et les divans. Seul Lachenaie restait assis sur son fauteuil, concentré sur les points lumineux. Un autre s'alluma sur la frontière ontarienne. Un autre près de Saint-Janvier. On aurait dit que la pièce était chargée à bloc d'électricité et de magnétisme. Il y eut comme un apex de concentration puis les clignotants s'éteignirent en même temps. Nicole n'avait dit mot. Tous savaient ce qui venait de se passer. Lachenaie n'avait touché à rien. Simultanément, plus d'une quarantaine d'explosions. Lachenaie ne disait rien. Nicole et Ray se demandaient s'il leur manquerait toujours un élément indispensable pour utiliser eux-mêmes les explosifs : le magnétisme tout-puissant de Lachenaie. Ce qu'ils ignoraient c'est qu'un combat occulte venait de se livrer dont l'enjeu était la guerre ou la catharsis et que la guerre avait gagné. Le magnétisme tout-puissant de Lachenaie n'avait pu vaincre le magnétisme tout aussi puissant de Nassens. Ce dernier avait réussi à arracher la révolution québécoise des mains du financier-prophète pour la livrer aux orgues de la mort. Le destin était scellé. C'était à cette puissance de Nassens que Lachenaie venait de résister. En accord avec sa conscience dont il ne discutait jamais les dictées.

DIXIÈME PARTIE

113

Le jour même du vol à Montréal

Le jour même du vol à Montréal, nous roulions tous les sept en direction de Québec dans trois automobiles différentes. Nous avions raflé la somme, coquette pour l'époque, de deux cent-vingt mille dollars.

Mais nous ne savions pas ce qui nous attendait au bout de notre voyage en voiture. Notre convoi comprenait trois automobiles : deux Volvo de modèle ancien, noires, et une grosse Buick V-8 d'un modèle récent. Nous nous laissions porter. Les trois coups de main avaient été grandement facilités par les attentats qui s'étaient produits selon le minutage précis que Julien avait mis au point. Que Nassens avait déclenché. Que Lachenaie avait voulu maîtriser. Nous étions entrés dans les banques au son des sirènes d'auto-patrouilles et de camions d'incendie dont les sons stridents se perdaient vers l'ouest et l'est de la ville. Des incendiaires improvisés s'étaient mis de la partie. Des magasins avaient été pillés dans l'ouest de la ville. Des attentats avaient été commis aux raffineries, avec un succès relatif mais inquiétant. Il y avait une telle tension dans les lieux publics et dans les banques, du moins dans celle où j'entrai en compagnie d'Edmond et de Pierre Ruel, un tireur d'élite que l'on avait dû à la dernière minute intégrer au groupe à cause de circonstances pressantes et contraignantes (il avait été finalement décidé que Gilles ne participerait pas), que les voûtes avaient été ouvertes comme en rêve par des êtres absolument terrorisés. Le seul bruit des sirènes pouvait-il à ce point communiquer une telle sensation d'impuissance aux gens ? Seul André avait eu à échanger des coups de feu avec un gardien de l'agence Phillips qui avait sans doute été grièvement blessé. André, qui accompagnait Julien dans une des succursales dévalisées en compagnie de Jean-Guy Lapierre, l'avait été à la main.

114

Nous roulions vers Québec

Nous roulions maintenant vers Québec après avoir abandonné les deux automobiles qui avaient servi à notre fuite, non loin d'un petit bois du comté de Saint-Hyacinthe où Gilles, Aurélia et Noémiah nous attendaient avec les deux Volvo et la Buick. Et de là nous avions roulé par les petites routes jusqu'à Trois-Rivières. Nous avions emprunté la rive nord du fleuve sans en peser les conséquences. Ce choix allait s'avérer non pas désastreux mais problématique. Nous apprîmes par la radio que d'autres vols avaient eu lieu à Montréal — une autre cellule, entre autres, avait perpétré le troisième hold-up prévu dans le plan initial de Julien. Nous en fûmes tous étonnés. Par quelle filière ce "trou" dans notre plan avait-il pu être comblé ? Était-ce vraiment "notre" plan ? Et il y avait eu d'autres attentats. Et d'autres vols, "imprévus". Nous étions loin d'être seuls dans cette aventure et cela ne cessait pas de nous étonner. Comme si notre plan avait fait partie d'un plan de plus grande envergure et dont nous ne soupçonnions pas vraiment l'existence ni non plus l'étendue.

Puis un peu plus tard la radio parla de Québec. Ce ne fut pas un choc : nous essayâmes de nous faire croire que les média exagéraient les faits dans le but de discréditer le mouvement. Sinon nous aurions poursuivi notre route par la rive sud qui nous permettait d'éviter confortablement Québec et même de traverser assez facilement de la Gaspésie ou du Nouveau-Brunswick en Nouvelle-Angleterre, aux États-Unis, si cela s'avérait nécessaire.

115

Vers le nord

Nous dépassâmes le Cap-de-la-Madeleine vers le nord en empruntant toujours les petites routes et en traversant les villages : Saint-Narcisse, Saint-Ubald, Saint-Alban, Sainte-Christine, pour nous arrêter vers le soir à Saint-Raymond.

Il y avait un embouteillage et un barrage de la police provinciale. On y procédait à des vérifications. Nous descendîmes de l'automobile et nous nous mêlâmes aux gens. Il y avait de l'animation, de la crainte, des odeurs de frites, d'alcool et de café qui circulaient dans l'air mêlées à des odeurs de goudron brûlé et de matériaux incendiés. La plupart des visages au volant ou sur les banquettes avant ou arrière étaient tendus, nerveux, ou empreints d'une réelle gravité. La voie de chemin de fer avait sauté et le poste de police local avait été sauvagement attaqué durant la journée par un commando armé : la banque de l'endroit avait été au même moment dévalisée par un couple et un jeune adolescent qui devait avoir seize ou dix-sept ans. C'était le poste de police qui brûlait. On aurait pu s'en approcher : c'était sa fumée qui coulait en direction du nord et dont des effluves venaient parfois dans notre direction, des odeurs de feu, de bois brûlé, de goudron. On entendait les interpellations brutales des policiers. Une femme courut d'une automobile vers un magasin général d'où elle ressortit en tremblant avec des aliments pour son bébé qui criait. Un homme du village était venu lui prêter main-forte. Elle était à deux doigts de l'hystérie. L'un des membres du commando avait été tué. Son corps avait été transporté à la morgue. Un autre s'était échappé en voiture en direction du nord pour tenter de gagner peut-être la réserve forestière de Portneuf ou le Parc des Laurentides. Au lieu d'aller vers le sud : de la vraie démence. Un coup de tête. Un coup de nerf. Il crèverait dans la forêt ou serait pris. Il s'appelait Denis Lavigueur. Un chemin forestier permettait cependant de traverser la réserve pour se rendre jusqu'à l'orée du deuxième parc, mais il fallait savoir lequel. Nous pensâmes que le membre en fuite connaissait le bon chemin ou bien qu'il s'était muni d'une bonne carte. Il faisait froid. Il devait faire encore plus froid dans ces parages. Le troisième membre du commando qui avait attaqué le poste de police avait été arrêté.

Nous commençâmes alors à réaliser que les nouvelles entendues à la radio concernant Québec et la région n'avaient pas été exagérées ou inventées. Nous en avions les premiers indices sous les yeux. Québec aussi avait été touchée.

L'émoi était très grand. Là, comme à Montréal, des incendies imprévus avaient éclaté. Je pensais à Claudette. Mon ventre se serra. Mon coeur devint comme de l'eau. Puis comme de la pierre qu'on brise. Claudette. Tout le contexte fantasmatique de notre rencontre, plusieurs mois auparavant, était ravagé par les bombes et les flammes. À cause de cette guerre, elle n'était plus la même dans le passé, je n'étais plus le même. L'on parlait de vingt explosions. D'autres de trente au moins. D'autres d'un nombre indéterminé. Toutes les rumeurs de désastre devenaient vraisemblables. L'on ne parlait presque pas cependant de hold-up. Je supposai que l'on n'avait pas encore fait le lien entre ceux-là, qui avaient sans doute eu lieu comme à Saint-Raymond, et les attentats à la bombe. Un bulletin à la radio me détrompa : on en parlait et on faisait le lien.

Nous allions être interrogés au barrage, à la suite des autres automobilistes qui se présentaient pour passer. Le seul danger était la blessure à la main d'André et la fouille systématique des automobiles : nous avions des armes et une énorme quantité d'argent. Mais on ne fouillait pas systématiquement toutes les automobiles. Nous avions une chance de passer. Nous regardions la carte. Même en passant par Tewkesbury, le réseau routier nous forçait, à toutes fins pratiques, à repasser par Charlesbourg.

Il faisait froid. Nous allâmes prendre un café dans le restaurant le plus proche. Deux policiers surveillaient le "barrage". Il n'y avait qu'une barrière de planches des travaux publics municipaux qui obligeait les véhicules à faire un léger détour sur la route et à passer, dans un sens ou dans l'autre. Nous étions fatigués. Nous avions décidé de nous rendre jusqu'en Gaspésie d'où il nous était facile de gagner le Maine, en cas. Mais c'était surtout Julien qui tenait à la Gaspésie. Car nous songeâmes un instant à rebrousser chemin vers le sud en direction de New York (mais la frontière américaine était sans doute en état d'alerte) et même de Toronto. Mais Julien ne disait mot. Il semblait tenir à son idée. Je crus qu'il tenait à voir — ou à entrevoir au moins — Québec.

J'observais depuis quelque temps l'automobile de la jeune femme au bébé. Elle était stationnée sur le bord de la route qui traversait Saint-Raymond. L'employé de l'épicerie l'aidait à faire manger l'enfant qu'elle tenait dans ses bras. Je me sentais depuis plusieurs minutes poussé à l'aborder, à lui parler. J'avais le sentiment que j'entrerais alors dans un autre monde. Qu'une porte inconnue s'ouvrirait.

— Je vais lui parler, fis-je à Julien, qui me regarda étonné.

Je sortis du restaurant où nous étions assis et d'où l'on apercevait l'automobile stationnée. J'allai ouvrir la portière. La jeune femme me regarda. Son regard éveilla immédiatement en moi une grande passion. Elle avait les cheveux roux et un visage blanc, joli, très jeune. Mais son regard était angoissé. Impuissant.

— Je veux vous aider...

— Merci, fit-elle...

— A voudrait rentrer à Québec mais est trop nerveuse pour conduire, me dit l'employé de l'épicerie.

— Voulez-vous que je vous reconduise chez vous ? lui demandai-je.

Elle hocha la tête en signe d'acquiescement. Son regard s'accrocha au mien. J'aurais voulu l'embrasser. Elle me dit qu'elle se rendait à Sainte-Foy.

— Attendez-moi, je r'viens tout de suite.

Je rentrai dans le restaurant. J'expliquai en quelques mots ce qui se passait.

— On peut mettre l'argent dans son auto, fit Aurélia.

— Et les armes ? demanda Julien.

— Je ne sais pas, qu'est-ce que vous en pensez ?

— Où demeure-t-elle ?

— À Sainte-Foy.

— Nous n'avons pas d'affaire à Sainte-Foy, fit Edmond. C'est nous jeter dans la gueule du loup.

— Moi j'ai le goût de partir avec, leur dis-je. Cette aventure-là m'excite. J'ai envie de l'aider, vraiment. Et elle peut nous aider : on peut placer les armes et l'argent dans le coffre-arrière de son auto...

— Tout le monde va nous voir, Réjean, fit Noémiah...

— On peut l'amener un peu en dehors du village. Quelqu'un me rejoint avec l'argent, les armes. On camoufle le tout dans son auto et je traverse avec elle...

— Jusqu'à Sainte-Foy ?

— Il faut faire vite. Je l'amène à Sainte-Foy, je la reconduis chez elle...

— Tu l'assassines et...

— Idiote !

— Non...

Les autres ne semblaient pas d'accord.

— Alors moi je pars quand même avec elle. Je vous rejoindrai en temps et lieu. J'ai envie de partir avec, c'est tout. Donnez-moi ma part.

— D'accord, fit Julien, en esquissant une moue amère à cause du thé au citron.

Il fit signe à André. Celui-ci se leva pour sortir. Je le suivis. L'air était frais. Je fermai mon manteau, relevai mon col. Un vent le souleva pendant que je me penchais pour pénétrer dans l'auto...

Je claquai la portière sur le silence intérieur.

— Tu peux me donner trente mille ? demandai-je à André.

— Huit fois trois, vingt-quatre, fit-il : j'peux t'en donner un peu plus, on en a deux cent-cinquante.

— Trente-cinq, trente-six ?...

— Trente-six ?...

— Pourquoi qu'les filles se mettraient pas l'argent dans l'vagin ?

— Y en a trop ! T'est fou !

— Une partie...

— T'es rendu comme Gilles avec tes plans d'nègres. Tiens. Trente-six. Pis fourre-toé les...

Il se mit à rire. André devait se forcer pour être vulgaire. Moi aussi. Je pensais à la jeune femme. Sortir de cette automobile. Marcher à l'air frais. Entrer dans un autre monde. J'avais soudain le goût d'une multitude d'aventures. De changements nombreux, multiples. Cette fille m'excitait. J'avais glissé les liasses roulées dans les deux poches de mon manteau. Mais je n'avais pas d'arme.

116

Je vous ramène chez vous

Je marchai vivement jusqu'à l'automobile de la rousse. J'ouvris la portière. L'employé d'épicerie la quittait. Je la regardai. Un instant j'eus l'impression que toute ma passion était éteinte. Le sentit-elle ? Elle attrapa la manche de mon paletot, me tira vers elle. L'enfant s'était endormi sur le siège à crochets fixé à la banquette arrière.

— Je vous ramène chez vous, fis-je.

— Dis-moi tu. J'm'appelle Luce.

Quelque chose en moi bougea, comme un bouleversement ou un évidement. Je posai mes mains sur le volant. Cette fille était complètement folle. Elle avait posé sa main entre mes jambes. Une érection soudaine. Je l'attrapai sauvagement, l'embrassai. Je l'aurais dévorée sur place.

— T'es folle...

Son oeil pers devint perçant, comme un métal qui brille.

— Rends-moi folle !

— Y faut partir d'ici. Ça presse...

Je mis le moteur en marche.

Les policiers avaient repéré la fille au bébé depuis longtemps. Ils connaissaient toute l'histoire. Je crus cependant qu'il était nécessaire de leur expliquer en deux mots qu'elle était ma cousine et que je venais de... C'était superflu. Et même risqué de dire tant de sottises. Nous passâmes sans encombre.

117

D'autres barrages

Nous roulions maintenant vers Loretteville. Nous y rencontrâmes un quatrième barrage. Puis nous roulâmes sans encombres vers Les Saules puis jusqu'à Champigny. Entre Champigny et Sainte-Foy, le pont du Canadien-National avait été endommagé par une explosion. Il y avait un embouteillage. Des camions de l'armée circulaient vers les villages que nous venions de dépasser. Il faisait noir, très noir et très froid. Aux approches du viaduc, de violents jets de lumière éclairaient tout autour. De la démence blanche, criarde. Nous mîmes une heure à franchir le détour. Puis nous roulâmes vers le rond-point et de là vers la rive du fleuve puis par Neilsonville.

Au fur et à mesure que nous approchions de chez Luce, l'on apercevait de plus en plus clairement les flammes gigantesques qui s'élevaient des raffineries. On aurait dit comme un hurlement de mort qui montait dans la nuit. "Elle me conduit dans un vrai trou à flic", pensai-je.

— Écoute, lui dis-je.

Une patrouille militaire nous suivait par derrière depuis une trentaine de secondes. On nous fit des signaux lumineux.

— Ça doit être le couvre-feu par ici, fis-je. Écoute Luce. On est marié, O.K. ?

— ?...

— J'te rends service, tu m'rends service. Tu dis qu'on est mariés, O.K. ?

— Pourq...

— O.K. ? fis-je en me tournant vers elle avec un regard qui devait en dire long sur la fermeté de mon souhait...

Ses yeux s'embuèrent. Cette fille était traversée de toutes sortes d'étranges passions.

— Tu fais sauter des bombes ?

— ...

— ... On est mariés ? fit-elle en regardant derrière...

Cette fille allait-elle me dénoncer ? Je me concentrai. Stoppai toute espèce de spéculation. La camionnette des militaires nous dépassait. On nous fit signe de nous ranger au bord de la rue. Je souhaitai ardemment une issue heureuse.

— J'reste tout près d'ici, me dit Luce.

On était à deux pas.

Luce prit son enfant dans ses bras. Le brassa un peu. Il se mit à pleurer. Il cria quand il entendit la voix du militaire s'adresser à moi par la portière entrouverte.

— Où allez-vous ?

— On est allés chez des amis. On r'vient, le p'tit est fatigué.

— Où c'est qu'vous restez ?

Je ne savais pas. Luce me coupa, donna l'adresse.

— Vous avez pas le droit de circuler. On va aller vous reconduire.

Les militaires nous suivirent jusqu'à la porte. Nous entrâmes. Ils surveillèrent l'entrée pendant quinze longues minutes. Luce avait couché le petit dans l'une des pièces du bungalow. Je regardais par la fenêtre ouverte, dans le noir. Les raffineries brûlaient. Luce s'était coulée sur mon corps avec une sensualité animale. Lorsque les militaires partirent, je me levai, j'allumai. J'étais chez une artiste peintre.

— C'est la maison de mon ancien mari, fit Luce. Il s'est suicidé il y a trois mois.

118

Ma passion était tombée

Ma passion était tombée. La maison était noire, remplie de tableaux représentant des êtres morts, les yeux hagards, dans des coloris crus, lugubres. J'avais fait ce que je devais faire. Je voulais partir.

Luce le sentit :

— Reste. Comment tu t'appelles ?

— Réjean. Réjean...

— Tu as l'air sérieux. Tu es un homme seul ? Depuis quand ?

— Depuis quelques heures. Ou depuis des siècles. Je ne sais pas... Pourquoi peindre des angoisses et des morts ?

— Si je le faisais pas, je mourrais. Je serais dans un état d'angoisse continuel. Mes tableaux ont tué mon mari, me dit-elle en me regardant de son oeil de métal brillant, absent.

— Tu veux dire que c'est toi qui peins ?

— Il ne voulait plus que je peigne. J'ai peint quand même...

— Qu'est-ce qu'il faisait ?

— Il était ingénieur.

— Je me sens désespéré, j'ai comme le goût de mourir, je ne sais pas pourquoi. Ça fait très longtemps, on dirait, quelque chose qui vient de loin. Quelque chose qui n'est pas moi, comme un destin... Et ces tableaux.

324

Luce alla dans la cuisine. Je la suivis.

— Je n'ai pas touché à un homme depuis trois mois. Je me masturbe toute seule et tout devient noir ici, c'est comme une suie. Je peins...

Elle sortit un bol rempli de spaghetti froid. Elle le fit tomber dans un chaudron. Versa l'eau. Le posa sur le poêle au gaz. Ouvrit une boîte de sauce tomate.

— As-tu faim ?

— Non...

— Pourquoi es-tu venu me reconduire ? Étais-tu seul ?

— J'ai des amis. Ici je me sens mort. Avec eux j'étais vivant. C'était terrible, c'était trépidant, mais c'était vivant. Ici je ne sens que la mort. Rien que la mort... Si j'avais été ton mari...

— Tu m'aurais tuée ?

— Je regarde monter les flammes des raffineries...

On entendit au loin le son d'une sirène.

— ... C'est comme si la vraie vie était là, pas ici, pas dans cette maison. Qu'est-ce que tu fais ici, toute seule ? La vraie vie est là, dans ce bouleversement-là, là il n'y a plus de suicide. Même s'il y a de la mort, c'est une mort donnée par quelque chose qui cherche aveuglément la vie. Mais ces maudits tableaux-là nous mangent le sang. Je ne sais pas pourquoi mais ce n'est pas pareil.

— Je t'aime beaucoup, fit Luce.

Il y eut comme une grande chaleur dans mon coeur. Je la regardai de nouveau. Elle était extrêmement belle. Mais je ne la désirais pas. Je me sentais comme sexuellement asséché, comme si j'avais été vêtu d'un manteau ou plutôt de la "vertu" ascétique du noir. J'étais comme un homme noir, sans désir.

— Je suis un anarchiste, lui dis-je. Je pense que si je dois être quelque chose aux yeux des hommes, je suis un anarchiste. Pas communiste, pas socialiste, pas même terroriste, peut-être, mais anarchiste. Et le taire. Terrible la nuit rêche dans laquelle tu vis...

J'observai un instant les tableaux.

— J'en vends beaucoup, fit-elle, comme si elle prévoyait les questions que je devais poser...

— Beaucoup ? Tu sèmes la mort, comme Edmond ou Gilles. Et pourtant si Edmond était ici, il ne se rendrait peut-être pas compte que tu es son alliée.

— Je fais des rêves étranges où l'on me parle, où l'on se glisse dans mon sang...

— Vampires de la nuit...

— Van Gogh s'était coupé l'oreille dans sa folie.

— Oui, je sais, dis-je.

— Je rêve à Van Gogh. Il verse le sang de son oreille sur mes doigts pour que je peigne. Il m'enseigne à peindre des délires solaires. Mais je persiste à peindre ces tableaux-là. Je ne sais pas d'où ils viennent. La dernière fois que j'ai vu Van Gogh, il a encore fait couler son sang dans mon ventre et mon ventre a pris feu. Il implorait la mort. Il voulait se couler dans mon sang. Il voulait se couler dans ma mort...

— Et tu es toujours vivante...

— Je peins peut-être les débris des hommes qui sont morts pour moi ?...

— Pour tes tableaux. Tu trafiques des morts. Des débris de morts. Je n'ai que des paroles terribles, qui sont vraies ou pas, je ne sais plus...

Elle apporta les mets dans la salle à manger. Elle posa les assiettes sur une table en vieil érable. Elle alluma une lampe. L'éclairage était doux.

— Et ton enfant, qui s'en occupe ?

— Moi : j'ai une pension, une assurance, et ma mère vient le garder des fois.

— Tu as besoin d'un homme ici mais je ne peux pas rester. Il y a la mort ici, trop de mort, tu ne peux pas continuer à vivre comme ça...

— Les tableaux que je peins donnent la vie aussi. J'en suis sûre...

— Ton mari ?

— Il s'est tué par jalousie... Lui aussi me disait d'arrêter de peindre ces morts, ces personnages lugubres...

Je les regardai encore. Ils se défaisaient sur la toile dans les couleurs crues, dans les poses atroces.

— ...Il était jaloux, poursuivit-elle. C'est tout. Et c'est sa jalousie qui l'a pendu. Moi j'aime. Je peux aimer au milieu de cet enfer.

— Ce sont peut-être les déchets de nos âmes à tous. Je regarde la nuit, ici. Je regarde la nuit extérieure. La flamme purifie la nuit. Cette maison devrait brûler avec tous ses déchets...

Luce ne dit mot. Je la regardai. Et si elle n'avait pas encore terminé de déterrer les êtres de mort qui hantent nos dessous psychiques ? Brûler cette maison, Luce, ces tableaux, ce serait comme fit le Grand Inquisiteur qui brûla les sorcières qui répandaient la mort et la haine autour. Et qu'est-ce que ça a donné ? Aujourd'hui la mort roule sur la terre et en menace à chaque instant tous les recoins. Luce est un intermédiaire nécessaire.

Ah ! Maintenant je sais. En entrant ici je suis devenu le Grand Inquisiteur. Je suis devenu sec et noir. Je veux interdire qu'on me parle de mort mais la mort suinte, elle existe. Elle s'est répandue tout autour. Nous voulions la répandre. Puis la résorber. Nous voulions être les maîtres de la mort. Nous avons été la maîtresse de la mort... Elle nous a traînés jusqu'ici pour nous dire : vous m'ouvrez les portes, j'entre. Si vous ne voulez plus de moi, il ne fallait pas m'appeler. C'est vous qui me servez, pas moi.

Luce est un membre du Réseau.

Elle donne la mort cachée dans nos entrailles.

Sans elle nous nous croirions immortels dans nos corps. Nous ne le sommes pas. La mort nous l'enseigne. Mais nous oublions la mort. Luce témoigne de la mort.

— Dehors, c'est la liberté. Ici, c'est la mort. Il faut partir.

— La mort est partout.

— J'en ai assez ! Je dois partir, fis-je, exaspéré.

— Mais il y a l'enfant.

— Quelle sorte d'enfant qui grandit dans un milieu pareil ?

— Réjean...

Elle s'était approchée de moi. Il y avait un voile de tendresse sur son regard de métal pers, perçant.

Elle prit ma main.

— On ne m'a pas touchée depuis des mois. Je sentais venir ce grand raz de marée de mort. Je ne l'ai pas inventé. Toi non plus. Embrasse-moi...

— Je voudrais qu'il n'y ait jamais de mort. C'est une invention du diable. Un jour je laisserai tout aller, tout sortir de mon ventre. Je mourrai. Il n'y aura plus rien. Je serai libre. Dans la clarté. Je serai mort à moi-même. Je ne me serai pas suicidé. Ce n'est pas pareil.

— Réjean...

— Je ne pourrai jamais être ton mari : je ne veux pas me suicider.

— Tu es sec et noir, me dit-elle en me regardant de son oeil qui savait. Je suis une partie de toi-même et c'est pour ça que tu es ici. Je peins la mort que tu as préparée. Et tu aboutis ici le jour du jugement. Je suis une partie de toi. Je suis ta moitié. Tu es ici parce que je suis ta moitié. C'est bien ce que tu as senti, non ? C'est pour ça que tu as voulu t'occuper de moi ?

— Tu te cherchais un homme...

— C'est vrai. Et tu te cherchais une femme comme moi. Pour mourir. Ou pour goûter la mort. Voir les déchets d'âme qui jaillissent des pinceaux comme des gouttes de sang.

— L'histoire asséchée du monde. Nous sommes vraiment descendus très bas dans la nuit. Qui aurait pu prévoir ? Il va y avoir beaucoup de morts. Pas nécessairement physiques. Mais du suicide. Dans ce noir-là il y a du désespoir, de l'absence de sève, du vieillissement soudain, du goût de s'enfouir dans le sang noir, la mort. C'est comme une nappe de pétrole brut ou raffiné au creux du ventre qui pourrait prendre feu. Qui brûle. Qui devrait brûler.

Le tout pour le tout

Les policiers ne fouillaient pas systématiquement chaque automobile. Julien, mes compagnons et les deux femmes décidèrent de jouer le tout pour le tout : ils ne pouvaient pas, sans traverser le barrage de Saint-Raymond, se rendre jusqu'au traversier de Saint-Siméon pour traverser jusqu'à Rivière-du-Loup en Gaspésie un peu au nord de l'endroit où Julien voulait nous conduire. Et il devait y avoir, au pont de Québec, un barrage extrêmement sévère. Julien et les siens pouvaient aussi rebrousser chemin, retraverser sur la rive sud à Trois-Rivières, éviter Québec et gagner la Gaspésie jusqu'au comté de Kamouraska, destination de Julien. Mais ils étaient fatigués, à bout de nerfs, et quelque chose leur disait que ce barrage n'était pas pour eux. Et puis le fait d'aller vers Québec devait logiquement susciter moins de soupçons que le fait d'en venir. Ils décidèrent donc, encore une fois, de jouer le tout pour le tout.

Ils traversèrent. Ils étaient prêts à tout et quelque chose les remplissait de calme. Un même barrage les attendait à Shanon, à Val Saint-Michel, à Loretteville, à Charlesbourg où il y avait un très grave incendie. Ils furent arrêtés à Boischâtel puis à l'Ange-Gardien où les choses se corsèrent. C'était probablement le dernier barrage. Il y avait trois policiers sur la route. Ils laissaient passer toutes les automobiles mais en stoppèrent une qui précédait de près le convoi de Julien et obligèrent les occupants à descendre. Ces derniers s'exécutèrent et les policiers fouillèrent tout. Cela dura bien dix longues minutes. Puis au moment où ils allaient remonter dans l'auto, pour des raisons que mes compagnons ne comprirent pas, il y eut un échange de coups de feu et l'un des policiers fut blessé. Les deux autres sautèrent dans une automobile et au son de la sirène ils donnèrent la chasse aux fuyards. Mes compagnons décidèrent alors, après être descendus de leurs véhicules pour parlementer, de poursuivre tranquillement leur route en direction de Saint-Siméon. Les autres automobilistes les imitèrent. Vingt minutes plus tard à la sortie de Château-Richer, ils aperçurent une automobile accidentée dans un champ. C'était celle des fuyards. Les deux policiers avaient stationné la leur au bord de la route et s'affairaient autour de l'autre. Mes compagnons poursuivirent leur route sans encombres en direction de Saint-Siméon.

Plus personne dans le Triangle

Il n'y avait plus que Ray, Nicole et Lachenaie dans le Triangle. Plus d'agitation, plus d'activités, plus de bruit de pas dans les couloirs, plus personne. Les trois recrues gisaient inanimées sur le sol. Lachenaie était demeuré silencieux. Ray était toujours adossé au mur, immobile. Nicole s'était levée et s'était dirigée vers le financier qui la regardait impassiblement. Son magnétisme remplissait toute la pièce. Mais Nicole aussi se sentait investie de pouvoir. Elle ne donnait pas un tel nom à ce qui l'habitait en ce moment mais c'était ça. Elle aimait cet homme ou quelque chose en elle aimait à mourir cet homme et c'était quelque chose de très puissant, de très tranquille et de très lumineux.

Elle parla :

— Il n'y a plus personne ici, on dirait. Où sont-ils ?

— Ils n'ont pas pu résister à la pression de la Force, fit Lachenaie. Ils sont partis remplir leur mission. Et ceux-là sont inanimés, peut-être morts... Les autres, je ne sais pas...

— C'est faux. Vous savez bien ce qu'ils sont devenus. Moi je pense qu'ils ont tous été arrêtés.

— Je sais. Mais je suis... Je suis dépassé. Ils ont agi de leur propre chef.

— Et pourtant, c'est vous qui faites exploser les charges. Pas eux. C'est vous qui les envoyez ici ou là.

— Ils y vont d'eux-mêmes. Mais ce n'est plus seulement moi qui peut faire sauter les charges. Certains d'entre eux le peuvent, maintenant. Et Nassens. Et toi aussi...

Lachenaie s'était levé. Il s'apprêta à sortir. Nicole et Ray le suivirent. Il fallait quitter le Triangle. Il suffisait d'une ou de deux recrues arrêtées ou devenues conscientes pour que l'endroit soit investi, d'une heure à l'autre, par les forces policières. Lachenaie avait été pris au piège. À un piège que la puissance magnétique qu'il transmettait lui avait tendu. Et le piège était de savoir si Lachenaie abandonnerait son pouvoir après qu'il se fût transmis aux autres. Et Lachenaie se sentait soudain seul. Comme si toute "sa" force devenait suspendue. Et pourtant, les liens subtils qui le rattachaient aux membres du Front devenaient douloureux. Il se retrouvait seul, dans un lien désolé, avec les deux seules recrues qu'il lui restait. Mais ce n'étaient plus des recrues. Elles étaient libres, surtout Nicole. Lachenaie la regardait. Cette fille sans culture, sans métier, semblait vouloir absorber toute sa Force au moment où elle devenait inutilisable par le Front. Et Lachenaie l'aima, l'aima profondément.

Nicole s'approcha de lui. Leurs regards se rencontrèrent et se mêlèrent. Il lui sembla qu'elle le recueillait totalement. Il se reposa en elle et comprit qu'elle était là pour son repos. Il y eut en Lachenaie un moment d'agacement, une révolte. Une colère de voir ce qu'il avait fini par considérer, sans s'en rendre compte, comme "son" organisation lui échapper. N'aurait-il pas pu continuer à agir sur les membres, même incarcérés ? Puis d'un coup il se détacha de tout. Il y eut du feu dans son être. Ray s'était levé et s'était dirigé vers la porte. Les trois recrues qui travaillaient dans l'atelier avaient disparu. Lachenaie regardait dans cette femme qui, quelque temps auparavant, était encore soumise à son pouvoir. Maintenant, c'était lui qui se soumettait au sien. Il lui sembla qu'elle était sa demeure. Il régla un minutage, se leva et la suivit.

Pendant qu'ils s'éloignaient tous les trois, un dernier vent d'automne vint balayer quelques feuilles mortes contre la porte de la villa.

Elle sauta deux heures plus tard.

Elle retournait au silence.

Mais la vraie présence de Lachenaie dont l'ombre s'éloignait ne quitta jamais les lieux. Elle est toujours présente au centre du Triangle et agit indiciblement. Il y a en fait deux Triangles : celui de Lachenaie qui pointe vers le haut et celui de Nassens (ou de Gilles) qui pointe vers le bas. C'est le sceau de la Magie.

L'étoile de David et du Christ, elle, est vide et une, solide comme le diamant. Elle a la même forme mais l'intention n'y est pas la même. Elle a de tout temps dissous Nassens (ou Gilles) et sa vérité est l'Amour. Car David est l'amour. Il chante. Et il danse. Et Lachenaie l'aimait.

121

Luce

Luce avait pris ma main.

— Le temps presse. Y faut qu'j'aille retrouver mes camarades.

— Amène-moi.

— Je ne peux pas...

— Non. Pas avec tes camarades. Amène-moi à l'Ange-Gardien, chez une amie. Tu pourras prendre ma voiture. Tiens, r'prends les clés...

Elle enfonça les clés dans la paume de ma main droite. J'eus le sentiment que la vie reprenait. J'avais raison. Cette maison était une maison de mort. La vie était ailleurs.

— Ecoute-moi, Luce. Tu vas continuer à peindre...

— Non, pas ici...

— Non, pas ici. On va ramasser tout ton stock, tes tubes, tes pinceaux, tes rouleaux de toile, aide-moi...

On fit le tour des chambres, on descendit dans la cave, un peu partout. On aurait dit que nos mouvements remuaient des nuages d'excréments poudreux. On alla placer le tout dans l'auto. Puis je l'aidai à faire sa valise. Je manipulais ses robes avec un plaisir chaud. La vie revenait. On se serait crus en vacances. C'était comme des vacances. Je la regardai plus attentivement. Elle avait une grâce de bergère. J'avais le goût de m'en occuper, de l'aider, de la regarder vivre et jouir de la vie. Sa chambre à coucher était tapissée de vert pâle et de blanc. Le lit était large, recouvert d'un drap vert et le sommier de bois blanc. La fenêtre ouvrait sur la cour et je notai pour la première fois que c'était la pleine lune. La lumière se répandait dans la cour, abondamment. Luce alla ramasser les affaires du bébé. Elle le posa sur le fauteuil du salon. Nous démontâmes la bassinette. Je mis les jouets dans une boîte de carton. La chambre du bébé était remplie de motifs enfantins, de "Goofies", de Mickey Mouse. Je me sentis tiré dans cette vie-là comme dans un ruisseau d'eau joueuse. Il y avait un abîme entre les tableaux que Luce peignait et la promesse de cet enfant. Je regardai ma compagne. Son cou frêle, sa peau blanche, sa robe légère. Elle me regarda. Il y avait de l'eau dans ses yeux, de la chaleur sur ses joues. Elle me regardait en tremblant. Mon regard se fixa sur elle. Mon regard devint intense, concentré. Je la pénétrai. Je pénétrai dans sa méta-chair. On eût dit que je pénétrais en elle à distance et je sentis son bien-être d'eau pulser doucement. Me serrer. Je me sentis serré dans sa gaine d'orgasme. Serré, dense, comme si toute la passion se ramassait doucement dans ce désir saisi par je ne sais quel mystère moulant, quelle passion dense, tranquille et sans restriction. Puis je vis que ma passion la dénudait. Elle ouvrit tranquillement sa chemise. Il y avait de la couleur dans l'air. Elle se retourna. Gestes banals. Mais c'était comme un ballet. Chacun de ses mouvements semblait obéir à une dictée qui venait de moi. Elle était en cet instant *ma femme*, la femme de mon plus profond, de mon plus secret désir et chacun de ses gestes me comblait car ses gestes étaient les miens. Je la voyais de dos. Je glissais déjà en elle, comme subtilement, comme du dedans. Je sentis l'odeur de sa jupe quand elle alla s'étendre sur le lit. L'odeur de sa jupe et de son eau quand elle ouvrit les jambes. Luce avait dénudé ses épaules. Je m'approchai d'elle. Elle se coula contre moi.

Une sorte de paix douce nous enveloppa. Puis ce ne furent ni ses gestes, ni les miens. Ni sa bouche qui enveloppa mon gland comme un murmure. Ni ses fesses où mes mains répandirent ses eaux grasses comme sur mon propre corps. Il me semblait que l'on m'enlevait toute espèce d'initiative ou de désir. Et qu'on nous jouait tous les deux dans une orgie bachique et transparente qui nous lavait des sanies des derniers jours. Une lumière nous entourait, comme un sourire venu d'un autre monde. Je la pénétrai longuement. Je la portais tant dans mon coeur que je n'éjaculai qu'à peine. Jusqu'à l'aube nous nous pénétrâmes et nous coulâmes l'un en l'autre comme des oiseaux. Vers quatre heures du matin elle s'endormit un moment la bouche sur mon membre. J'étais tout enrobé d'elle. Je la recueillis comme une rose et la posai contre moi en m'asseyant sur le lit, le dos appuyé contre le mur.

Puis je m'abandonnai au bienfaisant éveil de l'aube qui montait.

122

J'étais rempli

Mon pénis déturgesçait. J'étais rempli. Tout mon mental était comme immobile. Il semblait descendre dans mon corps à la manière d'un ascenseur. Puis je ne pensai qu'en mon corps. À ses parties, ses organes, ses portes secrètes d'où semblait être possible la merveilleuse improvisation de cette nuit-là. Je portai toute mon attention sur mon diaphragme et je réalisai soudain : *tout respire, tout.* L'on pouvait ne pas être sûr de quelque chose, mais de ça, oui : quoi que pense ou fasse ou devienne l'homme, *il respire.* Il ne le sait pas, mais *il respire.* Il n'y pense pas mais il est un avec tous les êtres humains parce qu'*il respire.* Tous les hommes devraient, chaque jour, se rappeler que *ça respire* en eux, en tous, et *qu'ils n'y sont pour rien.* C'est simple. Et pourtant ça les assagirait. Ça respire. Cette idée me bouleversa. Tout respire. Je songeai à Julien. À Gilles. À des êtres qui m'avaient déjà fait mal. Mais je ne sentis plus le mal qu'ils m'avaient fait parce qu'il y avait en eux une dimension, une région non haïssable : *ils respiraient aussi.* Ça respirait en eux comme en moi, comme en tout, ça respirait, respirait, respirait sans fin et les hommes mouraient, naissaient mais ça ne changeait jamais rien à cette vérité rythmique qui revenait toujours, éternelle, vieille comme l'humanité et peut-être vieille comme la terre : ça respirait, respirait, respirait. Et je pouvais à leur insu aimer les plus haïssables par là, par cette respiration et par son moteur secret. Puis je fus tiré dans une immobilité d'amour et de plaisir et j'entourai de conscience la respiration. J'étais dans une présence de respiration. Ça respirait seul et le même moteur respirait dans Luce. Dans Julien. Je sentis que je leur faisais du bien d'être là. Que ma pensée par là les atteignait, leur faisait du bien. Que ça surgissait de la respiration et que ça touchait toutes les respirations possibles, partout. Que je pouvais aimer à profusion en aimant dans le corps, dans les profondeurs aérées, non physiologiques presque, du corps. Ça aimait, c'était partout comme le respir. L'aube envahissait mon ventre. Comme une menthe, une fraîcheur. J'étais engourdi de bonheur. Luce bougea sur moi. En moi. Comme une chèvre dans la pulsion du matin. Elle ouvrit les yeux. Ouvrit toute sa bouche dans la mienne. Je nettoyai ses lèvres et ses dents avec ma bouche. L'enfant bougea. Il fallait le faire manger. Luce se leva et alla le chercher. Elle lui prépara un pot de pablum et vint le nourrir contre nos corps nus.

Puis je me levai, pris une douche, commençai à placer les bagages dans la Pontiac. Luce m'enleva un gallon de térébenthine qui dépassait d'une boîte que je transportais. Elle prépara les oeufs. La friture me tira doucement vers la cuisine. J'avais fini de placer les bagages dans l'auto. Nous mangeâmes avec le petit. Elle l'appelait Paulo. Ce nom faisait chanter mon coeur, sourire mes yeux. C'était comme le mien. Il devenait par ce nom (pourquoi ?) une partie de moi-même, la plus enchanteresse.

Puis nous nous habillâmes et j'allai attendre Luce avec Paulo dans l'automobile.

Pendant que je l'attendais, Luce répandait de la térébenthine partout dans la maison, sur les toiles, sur les tapis.

Quand elle sortit en courant, je ne devinai pas tout de suite ce qui s'était passé.

— Vite, fit-elle, c'est fini maintenant, je vais ailleurs.

— Ah, oui, bien sûr...

— J'ai mis le feu à la maison.

Je voulus me retourner pour voir.

— Non ! fit-elle en me saisissant violemment au visage : il ne faut jamais regarder *en arrière*...

Elle me fixa de son oeil perçant où je crus lire la fin, le point tournant d'un très vieux drame :

— Il ne faut jamais regarder en arrière. *Jamais...*

Son regard me fit peur. Je ne me retournai pas. Je démarrai. Je ne prêtai pas attention à ce qui ressemblait à des reflets de flammes ou à des crépitements. Je ne songeai qu'à Saint-Siméon et à l'Ange-Gardien. Et à la fin du monde.

123

En route

Je roulai vers Québec-Ouest. Nous traversâmes la rivière Saint-Charles. Le soleil se levait. Puis Charlesbourg par le rond-point et la route 15 vers Montmorency. Au fur et à mesure que l'auto se rapprochait du fleuve, et même un peu avant, l'on pouvait voir monter les fumées des réservoirs d'huile de l'Estuaire Saint-Charles. Luce m'avait interdit de regarder. Inanité de la curiosité. Tout ça était-il déjà du passé mort pour moi ?... Ainsi le voulait Luce.

Après Montmorency, nous croisâmes un seul convoi militaire. Il allait en direction de Québec. Une banque avait été dévalisée à l'Ange-Gardien. Mais le barrage rencontré par mes camarades avait été levé. Luce me dirigea à l'intérieur sur une rue bordée de saules effeuillés et de trembles et me fit stopper devant une grande maison ombragée. Elle alla sonner. Je pris Paulo dans mes bras et le conduisit chez son amie, une femme d'une trentaine d'années — Luce en avait vingt-deux. La maison sentait l'ordre et le plaisir, un étrange mélange d'épices et d'encaustique. Luce l'appelait Yonie, pour Yolande. Yolande Lapierre. Deux enfants, un mari en voyage. Peut-être pris dans le feu. Cela ne semblait pas l'inquiéter. Je craignis un instant, je ne sais...

Luce me prit à l'écart, m'embrassa chastement :

— Dorénavant ma décision est claire : je peins, je prie, j'aime. Et quand j'ai un homme j'ai du sexe et de l'amour, comme toi. Mais quand je n'en ai pas, je peins, je prie, j'aime. Plus de masturbation, plus de mort, plus de cadavres.

— Je t'achète l'auto.

— Non... Je te la donne... Tu vas revenir ?

— Je ne sais pas.

— Tu vas revenir...

— Je ne sais pas. Tiens, je t'achète l'auto...

Je déroulai des billets de cent. Je lui en donnai pour trois mille...

— Merci, fit-elle, merci pour tout...

Elle roula l'argent dans sa main.

— C'est doux comme un pénis, fit-elle, en me regardant avec un sourire torride. Son oeil pers semblait donner du froid pur à l'amour.

Je la laissai là comme un dépôt d'or pur.

Je courus à l'auto. Démarrai.

En direction de Saint-Siméon. Julien, Noémiah, Aurélia.

J'étais certain que tout allait bien pcur eux. J'avais comme une peine au coeur. Comme un mélange de bonheur, de peine et d'amour. Luce le savait : je reviendrais. Mais quand ? Dans combien de mois, d'années ? De siècles ?

Je la détachai lentement de moi, en profondeur, relâchai le lien, mais je ne le coupai point. J'avais trop besoin d'elle. En cette existence ou dans une autre. Et j'y songeai soudain : nous ne nous connaissions que depuis vingt-quatre heures. Et pourtant j'avais traversé des années avec elle. Elle et son sourire torride et son oeil de métal pur et son corps fondant comme de la cire ou de la lune.

Mais je saurais toujours la reconnaître : elle était de celles qui pouvaient peindre mon visage. Et permettre la transformation de l'éros en or.

124

Six compagnons

À Shannon, entre Saint-Raymond et Québec, Pierre Ruel avait décidé de rentrer à Montréal. Il était imprévisible. Mes compagnons étaient maintenant six : André, Julien, Edmond, Noémiah, Aurélia et Gilles. Jean-Guy Lapierre était descendu à Trois-Rivières. Il semblait vouloir rentrer à Montréal. Ils roulaient sur la rive nord, comme moi, en direction de Saint-Siméon.

En fait ils avaient peut-être une heure ou deux à peine d'avance sur moi, la traversée de Québec ayant été assez longue et la sortie de l'Ange-Gardien s'étant effectuée au petit matin. Il faisait jour. Ils s'attardèrent. Je roulai à fond de train. À midi, je les reconnus à La Malbaie où je m'étais arrêté. Je leur racontai ce qui m'était arrivé.

— Je veux lui faire un cadeau. Mais y faut que je l'appelle avant.

Au bout de quinze minutes j'allais réussir à obtenir la communication téléphonique. J'hésitai un instant. La ligne était double. Ils semblaient être deux sur la même ou peut-être trois. Était-ce prudent ? Mais j'avais le goût d'entendre sa voix.

La communication s'établit.

Je lui parlai.

— Tu vas bientôt recevoir un message à propos de ton auto...

— Ah ?

Sa voix chantait, aiguë, dans le fil.

— Oui, je la laisse ici, avec les clés, les papiers, tout...

— Et ton argent ?

— Tu le gardes. Mais il faudra que tu portes plainte dans vingt-quatre heures environ...

— Non. J'irai la chercher.

Je ne sais pourquoi. Cela me fit un plaisir immense.

— D'accord... Je vais t'indiquer l'endroit. Oche t'aime tellement, Luce... J'te sens au bout...

— Moi aussi Réjean...

— Écoute je t'envoie un petit mot pour te dire où l'auto se trouve.

— Ah oui. Ça va m'faire un p'tit voyage... Y pleut ent'mes jambes...

— N'oublie pas...

— Oui. J'vais peindre. T'es comme en moi. Quand je mouille tu me portes. C'est comme un grand espace d'air. Il fait tellement clair ici.

— J't'envoie l'mot. Embrasse-moi...

— À bientôt, Paulo te dit bonjour. Yonie aussi.

— Bye...

J'allai retrouver mes camarades. Je commençais à m'y faire. Sortir d'un monde, entrer dans un autre. La journée passa. Puis j'achetai du papier à lettres bleu et j'écrivis à Luce. Aurélia me regardait avec les yeux de son père. On aurait dit qu'elle aimait autant Luce que moi. Elle ne disait rien. Elle avait la nostalgie. Mais je sentais sa vulve : aucune violence, aucune crainte, pas de peur, pas de jalousie. Étrange : de la jouissance tranquille, une densité qui me reçoit, rayonne. Beaucoup d'amour.

Aurélia m'inspira les quelques mots que j'écrivis à Luce.

Je lui indiquai l'endroit, pas loin du fleuve et je prévins le patron d'un restaurant à deux pas à qui je remis les clés. Il ne sourcilla pas. Tous ces mouvements étaient risqués, je le savais. Julien ignorait mes manèges. Mais j'avais une sorte d'envie de vivre deux vies en même temps. J'étais tiraillé. Je voulais être pris, peut-être ? Non... Je sentais le regard invisible d'Aurélia sur moi. Il y avait de l'ironie dans son oeil. J'aimais Aurélia. J'aimais Luce. J'aimais Noémiah. Et j'aimais Gilles aussi d'une autre manière. Luce et Aurélia jouaient de diverses manières en moi. Elles se relayaient aurait-on dit.

Je postai la lettre. On s'attarda un peu à La Malbaie. Puis on monta dans les autos et l'on prit la direction de Saint-Siméon.

Nous arrivâmes un peu après le coucher du soleil.

125

La traversée

À Saint-Siméon, dans la buée des bouches et la fumée des cigarettes et des cafés trempés de scotch que nous prenions en attendant le départ du traversier, Gilles avait parlé en termes lugubres des événements de Québec. Julien demeurait silencieux. Par les journaux et auparavant par la radio nous avions appris qu'il y avait eu une vingtaine de morts, beaucoup de dégâts, des incendies, des blessés. L'armée patrouillait partout. Le plan de Julien avait donc été exécuté. Mais était-ce vraiment le sien ? Ce que Julien avait cru pouvoir éviter s'était produit. Qui donc dirigeait vraiment les opérations ? Julien se sentait responsable. Le traumatisme remplissait tout l'axe : Québec-Montréal. D'où donc émanait cette vision si forte que Julien avait eue de cette protection s'étendant sur Québec ? Julien ne parlait pas. Gilles se taisait sous notre pression : il y avait des gens autour qui ne parlaient que des activités du Front. Il ne fallait pas faire les fous. Et Gilles, c'était notre fou. Nous le tenions pour ainsi dire en laisse. Il brûlait sans doute de se manifester. Du remords, il pouvait tantôt passer à l'exaltation du terrorisme et nous ne savions trop quoi en faire en pareil cas. Le traversier nous conduisait maintenant vers la Rive-Sud en contournant l'Île aux Lièvres. Les conversations qui s'animaient tout à l'heure autour du guichet s'étaient assourdies dans les automobiles fermées où les occupants étaient assoupis. Un peu de froid et tout se taisait. Je me tenais à l'extérieur. Je préférais le silence tranquille et secrètement puissant du fleuve au confort de la bagnole. J'en avais besoin. J'avais un pressant besoin de nature vierge. Ce fleuve, j'en sentais toujours la puissance profonde, l'archaïsme. Julien vint me rejoindre au bastingage. Aurélia se promenait tout autour du traversier. Noémiah, à quelques pas de moi, se tenait tranquille, à la rampe. Nous n'apercevions dans la nuit que l'eau noire qui brillait de micassures et nous ne percevions que le bruit des moteurs. Ça finissait par devenir aussi confortable que la bagnole. Julien me parla :

— Bien des gens s'imaginent que ces attentats sont le fruit de plans précis. C'est vrai. Mais c'est aussi faux. L'impondérable est le grand maître. Nous ne savons jamais quand nos visions nous mentent ou quand elles nous disent la vérité. Tu vois : je pensais qu'une protection spirituelle planait sur Québec. Et je pensais que mon plan était resté inconnu du Front. L'impondérable est maître.

Julien me regardait. Je vis que son menton tremblait. C'était la première fois. Il baissa un peu la tête :

— Cette ville...

Des larmes jaillirent sur ses joues. Qu'il ne réprima pas.

— Cette ville, c'est dans leur tête que certains la brûlent. D'autres la brûlent dans leur ventre. D'autres dans l'histoire...

Les larmes coulaient, il secouait un peu la tête, comme s'il ne comprenait pas lui-même :

— Moi, c'est ici, ici qu'elle brûle... Depuis longtemps...

Julien faisait tourner son poing fermé sur son coeur, comme pour caresser cette ville, calmer son coeur, lénifier la douleur qui le gagnait, il se frappait.

— C'est ici, ici... C'est ma ville. Ceux qui la sentirent crépiter là, là... C'est pour ça que nous avons fait ce que nous avons fait... Parce que ça a déjà été fait.

Le traversier glissait sur le fleuve. Retraversait...

— Absurde et nécessaire. Rien n'évolue sans drame. Nous en sommes là. C'est notre grande honte, à nous les hommes. C'est aussi notre grande pitié... Notre immense pi...

Il se tourna vers le bastingage. Y posa ses mains fermes et gantées. Il regardait vers le Sud. Il ne pouvait achever ses phrases. Je savais qu'il pensait à l'histoire.

— Dans le grand athanor du temps... Des forces qui répètent... Qui peuvent faire de nous des sages au regard lucide, des loques...

— Je sens une sorte de vide, comme si tout ce que nous avions si intensément rêvé avait éclaté comme une bulle, comme si l'on avait saigné le rêve... Comme si Lachenaie souffrait...

— Oui, c'est ça, c'est quelque chose comme ça, fit Julien. Il nous faudra assumer les conséquences.

Le traversier filait sur le fleuve. Noémiah était jolie à en mourir, agrippée au bastingage. Sa relation à Julien était redevenue chaste. Aurélia avait l'air d'une fille en vacances. Julien ressemblait parfois à un professeur parti en excursion avec ses élèves. Gilles à un mauvais élève turbulent qu'on tient coi. André seul avait l'air d'André avec sa main blessée. Et moi je me sentais graduellement renouvelé par le mouvement de ce traversier qui glissait lentement sur le fleuve. Tout semblait se résumer à ce mouvement, à cette image d'une simplicité déroutante au milieu de la nuit, sur l'un des plus grands fleuves du monde coulant le long de rives pratiquement inhabitées. Un traversier dans la nuit, des gens d'une part et des terroristes de l'autre, ne sachant rien les uns des autres, un fou, quelques belles filles, un pilote... Et pourtant ce traversier qui glissait doucement sur ce fleuve avait quelque chose qui me bouleversait, m'émouvait et j'avais envie de crier de joie ou de douleur tant cette scène me torturait, me massait, me travaillait le coeur.

C'était déjà l'aube quand nous débarquâmes à Rivière-du-Loup sur la rive sud. Je voulais rouler en compagnie de Noémiah. Aurélia monta dans l'autre automobile avec Gilles. Nous achetâmes *Le Soleil* de Québec. Celui de la veille. C'est ainsi que nous apprîmes d'une façon claire que la plupart des membres du Front avaient été arrêtés à Montréal et quelques-uns à Québec. Mais "la plupart" ne constituait peut-être que moins du quinzième de ce qui s'était ébranlé dans la nuit. Il y avait aussi un entrefilet : un fait divers rapportait la poursuite de l'Ange-Gardien. Parmi les recrues arrêtées, il y avait Pierre Leduc, l'hésitant de Québec. Contrairement à ce qu'avait pensé Julien il ne s'était pas suicidé. Gilles m'affirma que oui, ironiquement. Je ne savais plus quoi lui dire. Je demeurai silencieux.

Nous roulions maintenant vers une aire de repos. Nous allions nous cacher mais surtout nous allions nous découvrir. Du moins le sentions-nous. Il me serait en effet difficile ici de dire que nous allions nous "cacher". Je l'écris, pour faire un peu "logique". Nous étions protégés par quelque chose, si Québec même ne l'était pas — mais peut-être l'avait-elle été en dépit des apparences ? Peut-être cette épreuve constituait-elle le détour que prenait une force de protection aux visées inconnues ? Nous étions, nous, protégés. Mes compagnons en avaient reçu la confirmation dès la traversée du premier barrage et même avant. Un calme inhabituel était venu les habiter. Moi, c'était Luce. Non. Nous n'allions pas nous "cacher". Nous allions au contraire nous mettre à jour. Nous livrer au grand jour. Nous étions souverainement chez nous et ce sentiment nous envahissait malgré nous. Nous étions chez nous et protégés dans la tourmente. Partout. Chez nous. Toujours chez nous. Nous n'allions pas vers Saint-Joseph de Kamouraska pour obéir à la peur mais au contraire pour obéir au calme. Et toute la densité d'être que nous pensions avoir perdue nous revenait tranquillement. Et c'est alors que je me mis à penser avec un serrement de coeur à la recrue qui courait dans la forêt de Portneuf et qu'une battue policière poursuivait. On aurait dit que je sentais battre son coeur. Nous l'avions oublié. Mais lui ne s'oubliait pas.

126

Nassens

Des régiments de l'armée canadienne patrouillaient la vieille ville où un couvre-feu avait été décrété. Des autos-mitrailleuses montaient la garde autour d'un nombre indéterminé d'édifices où des bombes incendiaires d'une puissance surprenante avaient éclaté propageant des incendies dans les maisons et les bâtiments adjacents. Il y avait des soldats qui s'affairaient autour du manège militaire du Parc des champs de bataille, autour des bureaux de la Police provinciale, à deux pas du Grand Théâtre, autour du couvent des Ursulines, de l'Hôtel du Gouvernement, du Bureau de poste principal. À Sainte-Foy l'eau avait été contaminée à la suite d'un sabotage des filtres en face de la Pointe du Bout de l'Île. De la terrasse Dufferin l'on pouvait voir monter les torsades dantesques des réserves d'huile enflammée de l'Estuaire Saint-Charles. Même chose à Sillery, pas loin de la résidence du Gouverneur général dont la maison avait été trouvée vide par l'une des cellules. Monique avait pris part depuis une semaine aux préparatifs des recrues et des membres. Leur but avait fini par submerger son réseau de prostitution. La majorité de ses filles avait fui en banlieue de Montréal, à New York ou à Londres, quelque temps avant le déclenchement des opérations mais certaines étaient restées avec elle, dont la soeur de Simon, Pierrette.

Nassens exultait. Noémiah avait beaucoup pensé à lui au cours des dernières heures. Il le savait. Il savait tout. Ça l'enivrait. C'est lui qui l'avait poussée dans les bras de Julien pour qu'elle lui communique un peu de ce que lui, Nassens, avait pu faire pénétrer en elle. Faire circuler du Nassens dans Julien. Au dernier moment Julien avait résisté, Lachenaie avait voulu arrêter Nassens, mais Nassens avait été le plus fort. Il y avait longtemps qu'il rêvait d'une féconde hécatombe au pays tranquille. Seul dans sa chambre d'hôtel qui donnait sur la Place d'Armes, en face du château Frontenac, Nassens avait dominé le magnétisme de Lachenaie. Il pleurait en courant dans les rues de la vieille ville, muni d'un laisser-passer spécial qui lui permettait de circuler avec port d'arme en tout temps. Puis il s'arrêta.

C'était Noémiah qui pleurait en lui. Il se ressaisit. Il savait que si elle avait été là, tout ça ne serait pas arrivé. Il aurait bien aimé l'avoir près de lui durant ces heures fastes mais en même temps il la craignait : cet incendie, c'était l'absence de Noémiah. Ces patrouilles, ces rafales qui retentissaient parfois autour de la citadelle d'où deux tireurs isolés là par leur seule volonté tenaient contre les militaires qui finiraient bien par les déloger, les morts qu'il n'osait espérer si nombreux, tout ça c'était l'absence de Noémiah. Cette ville en feu creusait comme un trou en lui. Il tentait bien de se ressaisir, y parvenait, mais c'était encore pire : c'était comme du vide. Nassens regarda Nassens. Ce carnage était l'absence de Noémiah et il avait voulu l'absence de Noémiah. Noémiah l'aurait aimé, elle en était capable, il le savait, il était obsédé par son image en lui, par sa présence. Il l'écrasait en lui comme il détruisait Québec, mais il en souffrait aussi et ça le dépossédait.

— Nassens ne souffre pas, dit-il.

Il serra les dents.

— Halte !

Nassens se retourna. Le froid avait reconquis son visage.

— Bouge pas ! fit l'un des militaires en s'approchant.

127

Arrestation

Nassens respira presque l'odeur des vestes militaires et des capuchons enroulés autour des cous. Ces jeunes gens étaient beaux dans le noir, leurs fusils-mitrailleurs pointés vers lui. Il aurait voulu les voir tirer. L'un d'eux, celui qui lui parlait, semblait extrêmement tendu, sévère. Il n'osa trop souhaiter qu'il tire. Il connaissait la puissance de ses désirs. Il montra son papier au jeune militaire casqué. L'autre lui rentrait un canon dans les côtes. Le jeune au visage tendu éclaira le papier. Le lut.

— Wolgang Saanen ? fit le militaire. Vous n'avez pas le droit de circuler. Suivez-nous.

En un instant Nassens avait compris. Il avait montré les mauvais papiers. Il songea à Noémiah. Il réagit très vite. Il se tourna, vif comme l'éclair, fit tournoyer en une seconde son bras autour du M16 qui s'enfonçait dans ses côtes, un coup partit en l'air — le fusil n'était pas réglé "automatique" — s'empara du canon et en asséna un coup d'une violence animale au visage du jeune aux traits sévères qui bascula en geignant. Il avait déjà réglé sur "automatique", se retourna : le bleu désarmé le regardait d'un air ahuri. Il lui tira en plein ventre. Le bleu plia en grimaçant et s'écroula en avant, s'étendit de tout son long. Nassens n'attendit pas, il faisait déjà feu sur l'autre qui se roulait encore par terre en se tenant le visage à deux mains, étourdi. Avec son instinct militaire, Nassens pensait que déjà d'autres patrouilles approcheraient. Il courut vers la rue du Trésor pour se planquer. Il haletait. Il se sentait investi de forces animales, puisées au goût du sang et à l'odeur des balles. Personne. Il courut en direction de la côte d'Abraham. Des sirènes retentissaient. L'un de ses francs-tireurs s'était tu dans la citadelle. Une explosion formidable retentit. Pendant quelques secondes l'on n'entendit plus rien. Une auto-patrouille de la police de Québec avait sauté en même temps qu'un bloc du vieux mur d'enceinte du Musée de la Citadelle. L'armée avait fait taire le dernier tireur au mortier. Nassens jeta le fusil, déchira et jeta dans une bouche d'égout tous les papiers qui n'étaient pas au nom de Nassens : "Tant pis", fit-il. Puis il sauta dans une automobile américaine stationnée à deux pas après avoir brisé la monture de la petite fenêtre triangulaire et démarra. Mais n'embraya pas. Il mit la main sur son pistolet. Tous phares éteints, une automobile sans identité conduite par deux agents provinciaux en civil venait de lui barrer la route. Il ne pouvait plus fuir.

Date de la déclaration d'indépendance des États-Unis : 4 juillet 1776. Aurons-nous raté une belle occasion de laisser l'écho historique se répandre en toute liberté ?

Reconnaissance de l'Indépendance des États-Unis par le Traité de Versailles à Londres : 3 septembre 1783. Cette date aussi nous concerne-t-elle ?

Un peu de symétrie, un peu d'Histoire

Automne 1759 : défaite des plaines d'Abraham. 1959 : mort de Maurice Duplessis qui en combattit les effets. Automne 1760 : Vaudreuil entame des pourparlers de reddition. 1960 : le Québec entame des pourparlers de réintégration. Février 1763 : La France renonce, par le traité de Paris, et pour de bon, à l'Acadie, au Cap-Breton et au Canada. Février 1963 : Fondation du Réseau de Résistance à Montréal; première bombe posée à CKGM, désamorcée. Le Traité de Paris accorde, en plus d'une liberté de religion espionnée, dix-huit mois aux habitants du Québec pour émigrer s'ils le veulent, à partir du 10 mars 1763. Mars 1963 : Le Front de Libération du Québec se détache du Réseau de Résistance et lance les premiers cocktails molotov contre trois manèges militaires de Montréal. Le commencement est dans la fin ou dans l'ancien. Et l'ancien est dans tous les recommencements. La guerre n'est pas une *bataille*. La guerre est autre chose. La guerre dans son essence est indicible. Dans leur idéalisme, les pacifistes lui ouvrent les portes. Dans leur conformisme, les bellicistes confondent la guerre, qui tend à des équilibres dont la nécessité nous dépasse, avec un Code : celui que l'on nomme communément : *guerre*. Ce que l'on nomme communément guerre n'est qu'un code, et comme tous les codes la guerre est le signe d'un échange nécessaire d'énergies. Qu'il faille s'entretuer pour faire la guerre est une superstition assez récente. Mais que la guerre, en soi, soit un mal absolu est aussi une superstition encore plus récente. Comme tous les codes d'échanges, la guerre a une racine qui transcende les armes comme toutes les langues ont une racine commune, le Verbe, qui transcende tous les codes. Quand le Turc dit : *masa* et que le francophone dit : *table*, ils désignent un même objet. Enlevez le code. Vous aurez toujours la table. Modifiez le code, vous aurez encore la table. La langue n'est pas un code. Elle secrète les codes. Les hommes durcissent les codes. Puis ils disent : le Verbe est mon code. Mais c'est le code qui a pris la place du Verbe comme la barbarie guerrière a pris la place de la guerre dont la racine est peut-être très proche de celle du Verbe. Quelque chose a voulu le terrorisme : c'était autre chose qui voulait et les combattants devenaient les serviteurs plus ou moins conscients de ce quelque chose. Regardez les dates. Leur coïncidence. Ce sont des signes. Tant que la guerre n'aura pas retrouvé son essence sacrée et que le défi des batailles perdues n'aura pas été relevé selon l'esprit de cette essence la barbarie habitera parmi nous et le Verbe nous tuera au lieu de nous faire renaître. C'est ma conviction profonde. Reste à savoir aujourd'hui comment, par quel art perdu, une guerre peut être à la fois totale et gagnée par les deux camps grandis. Regardez les dates. Ce sont des signes. Des signes des temps. Du temps qui vibre en nous, à la racine.

Tout comme les mots nous voilent la langue en témoignant cependant d'elle, il se pourrait que les armes nous voilent la guerre en en témoignant tout autant. Reste à savoir quelle sorte d'intense regard-conscience doit descendre et s'inscrire dans ses dynamismes profonds pour faire éclater en mille miettes les dominations et les soumissions de surface, fétides et mesquines, et les fusils et les canons, et tout le code. L'arme de la conscience de toute la nuit inexplorée du corps ? La compassion y ouvre un abîme où le sang des guerres justes coule sans jamais quitter les rives de ses ruisseaux. Et celui qui est déjà descendu jusque-là jure, par le feu qui brûle dans son ventre, que là, ça bombarde et restructure intensément. Sans jamais faire sortir le sang de ses gonds artériels et veineux. Le sang. Le siège sacré de l'âme, la plaque tournante de l'esprit et de l'Esprit. Le sang. Le rouge de notre chaud drapeau liquide. Le Rouge-Amour. Feu.

128

Linton-Larose

— Pensez-vous que nous en serons venus à bout, Rainer ?

L'homme, dans la trentaine avancée, marchait de long en large dans le salon de sa villa de Sillery. L'on entendait parfois le bruit des sirènes, au loin. La maison était gardée par des membres des trois polices : municipale, provinciale, fédérale.

— Oh...

Nassens se tenait debout près du foyer où deux bûches de cèdre pétillaient. Il vida son cognac, regarda le jeune spécialiste en droit qu'il avait rencontré trois ans auparavant en Suisse. Il avait un peu changé. Toujours playboy mais avec des aspirations politiques plus précises.

Rainer Nassens se réservait. Il ne disait pas tout ce qu'il pensait. Il savait qu'un faux pas pouvait lui coûter son corps et il y tenait encore, il en avait besoin.

— Vous savez, si un jour l'indépendance du Québec doit se faire, elle se fera et ce qui arrive contribuera, à la longue...

Il n'acheva pas. D'ailleurs, il n'y tenait pas. Il fit :

— En fait, *tout* ce qui arrive...

Au loin on entendit de courtes rafales de fusils automatiques. Nassens pensa : "Prétentieux". Il était certain que ces rafales s'adressaient délibérément au vent. Le vrai danger n'appelait pas un tir aussi régulier. Il détestait l'animal bien élevé, sain de corps et sportif qui se promenait devant lui. Pour diverses raisons. D'abord parce que cet homme nourrissait une haine de snob pour tout ce qui était nationalisme et particulièrement pour le nationalisme de son peuple. Pour Nassens il y avait là quelque chose de pervers. Et ensuite parce que cet homme qui ne cessait de condamner le nazisme et le nationalisme faisait appel à lui, Nassens, Suisse-Allemand au passé d'aventurier, pour fabriquer une révolution québécoise au caractère odieux, pour en pervertir la vocation. Mais ce qui était pire encore aux yeux de Nassens c'est que Linton-Larose n'était pas conscient d'être hypocrite. Il s'en trouvait bien. Il lui avait demandé de susciter des enlèvements d'otages. Des cellules infiltrées étaient aptes à le faire. On en parlait. Mais ce qui ne constituait qu'un geste à poser parmi bien d'autres, pour Nassens, prenait pour Linton-Larose une toute autre importance. En réalité le caractère apparemment odieux que pouvait prendre la révolution québécoise n'était pas la préoccupation essentielle et fermée de Nassens. C'était celle de Linton-Larose mais ce n'était pas la sienne. Il y avait un vieux monde à défaire et tout l'être de Nassens y contribuait d'instinct. Si son action était parfois biaisée par des complots des puissances de l'ordre, Nassens n'en était pas directement responsable. Il agissait au sein même de ces courants émanés des hauts lieux, du Front — ou même parfois de la pègre — et en considérait le réseau comme quelque chose de condamné en soi. Pour Linton-Larose il fallait que l'action mène à justifier la vision unitaire qu'il avait du Canada. Nassens se fichait bien du Canada, sorte d'empire hybride fondé sur le refus d'assumer le fruit des révolutions de l'histoire. Le Québec était propice aux mouvements où la mutation de la conscience se joue et c'était son seul axe de choix.

Il y avait autre chose qui provoquait des remous d'agressivité et d'impatience dans la psyché imprévisible et contenue (ce soir-là) de Nassens. Cet homme plaisant, notable séduisant, riche, brillantes études dans des conditions bourgeoises, brillante carrrière, cet homme *n'était pas intelligent*. Il était snob, capable, mais sans coeur et d'une intolérable fatuité. Et il méprisait son peuple, surtout cette portion québécoise dont il était issu.

Nassens, lui, aimait ce peuple à sa façon, ce peuple qu'il contribuait à éprouver mais pour aller beaucoup plus loin que cette épreuve de la violence dans laquelle entrait pour lui quelque chose de sacré. La vision courte et agnostique de Linton-Larose l'ennuyait. Cet homme, qui commentait en nasillant des événements que lui, Nassens, avait contribué à provoquer, voulait pervertir un mouvement non pas pour le fortifier ou pour aiguiser sa vision mais pour l'empêcher d'éclore. Nassens savait que le résultat serait contraire à ces visées étroites et l'attitude de Larose, en plus de lui apparaître petite, odieuse, digne d'un "libéral", lui apparaissait méprisable par son manque de profondeur. La haine que Nassens éprouvait pour cet homme procédait d'un sentiment titanesque, immense, "asourique". Elle était profonde, fondamentale. Il aurait fallu faire pleurer cet homme, le faire souffrir, étaler son âme au grand jour. Nassens fit :

— Oh...

— Mais pensez-vous qu'après ces événements, notre coup de filet va nous débarrasser pour de bon du séparatisme ?...

"Non", pensa Nassens : "ils vont devenir plus vigilants, plus patients, plus profondément décidés. Ils vont multiplier leur nombre et augmenter leur force. Ce que vous faites, vous le faites *pour ça*. Mais vous l'ignorez. Vous croyez le faire pour vous et servir votre invraisemblable fédération... Le "séparatisme" : tout s'unit, se sépare, s'unit, se sépare, comme un coeur, sans fin... Des mots sur un volcan..."

Nassens voulut le dire mais il se retint. Cet homme ne voulait pas entendre ça. C'était contraire à son opinion. À sa "conviction". Et on ne peut rien contre ça. Linton aurait fait une crise de nerfs. C'était un homme faible sous ce rapport. Playboy et homosexuel de la pire espèce, de l'espèce pleurnicharde et non éprouvée par la guerre, le combat, les grandes descentes cathartiques, les grandes confrontations avec les vérités sans pitié du fond du monde. Arrogant, ambitieux, facile et coureur de jupes. Aucun instinct du sacré.

Nassens faisait :

— Oh... Oh..., en se servant du cognac et en allumant ses délicieux petits cigares hollandais de marque rare.

Cet homme qu'il avait en face de lui ressemblait, dans ses propres replis, à tout ce qu'il dénonçait, mais on aurait dit qu'il l'ignorait. Nassens le détestait. Pierre Linton-Larose ne comprenait rien. Nassens n'aimait pas ça. Un grand nombre de recrues comprenait sans explications. Lui, non. Les recrues du Réseau étaient plus vraies, dans leurs faiblesses ou dans leur idéalisme frémissant et candide trop souvent, que cet homme qui confondait avec une préciosité de séminariste l'objectivité intellectuelle avec la haine glacée de l'émotion.

— Je vous avais demandé des enlèvements spectaculaires...

— Vous les aurez eus...

— Nous voulons plus...

"Vous voulez tuer le Québécois", pensa Nassens.

Il n'avait qu'à se concentrer sur une idée, visualiser puissamment une forme-pensée pour réaliser dans quelque temps le désir de Larose. Mais ce que Nassens voyait dans le fantasme de la masse corpulente du ministre qui devait être enlevé, c'était le visage même de Noémiah et c'était la seule chose qui l'arrêtait. Linton-Larose y voyait-il un visage de femme ? Chaque fois que Nassens pensait au crime qui se préparait, il le sentait, il voyait ce visage surgir entre lui et le cadavre et ça l'arrêtait. C'était la première fois de sa vie que quelque chose l'arrêtait.

— Nous voulons plus et vous le savez bien, Nassens, disait Linton-Larose de sa voix facile et chantante. C'était même l'un des éléments les plus importants au programme.

Le Canadien français vint se placer en face de l'aventurier :

— Et il n'y a rien eu du genre. J'admets que vous avez fait de l'assez bon travail, mais depuis un an que vous êtes sur les lieux j'aurais apprécié... Au prix où l'on vous paye...

Nassens ne put se retenir :

— Nassens n'a besoin de personne pour obtenir de l'argent !

Linton-Larose le regarda sans rien dire.

— Si j'avais à faire enlever quelqu'un encore, c'est vous que je ferais enlever, pas un autre. Ça c'est moral, reprit Nassens d'un même souffle.

Puis il éclata d'un rire énorme.

Linton-Larose se mit à rire jaune. Il ne savait plus comment prendre la blague. Cet homme lui glaçait le sang. Linton-Larose finit par dire :

— Si vous ne le faites pas, nous devrons le faire nous-mêmes.

— Attention, il y a une femme entre ce cadavre et vous. Prenez garde. En tuant cet homme, vous tuez une très jeune femme. Vous avilissez une très jeune femme. C'est un crime très grave...

— C'est vous qui dites ça ?...

— Attention à la femme...

— Taisez-vous !

— Je sais : *c'est un crime très grave*, fit lentement Nassens qui se fichait bien des admonestations de cette grande folle. *Grave, grave* : c'est comme *poi-gnar-der la Vier-ge*... Pareil. C'est pareil. C'est pas moral. Ça c'est stupide. Il vous faudra des recrues *stupides*.

Linton-Larose s'impatientait. Il lui répétait :

— Taisez-vous...

Mais Nassens était mauvais élève. Il perdit patience. Il voulait partir. Il avait fait tout ce qu'il pouvait faire avec les moyens qu'il était venu chercher ici. Il ne tuerait ni gros ministre, ni fillette. Le mouvement était lancé. Il dit :

— D'ici vingt-quatre heures, je dois être à New York. Affaires urgentes. Il y a d'autres pays que le Canada et d'autres déments que vous. J'ai des affaires à traiter. Mon nom est Ivanhoé Nassens. Je tue, j'aime, je voyage. J'ai déjà perdu beaucoup de temps avec vous. Faites le nécessaire et laissez-moi partir. Vite !

C'était sans réplique. Linton-Larose se sentit vexé par cet homme qui dégageait soudain un magnétisme inhabituel. Il savait trop de choses et il avait trop de pouvoir. Trop d'incontrôlable pouvoir. C'était déraisonnable. Mais il se sentit paralysé par les vibrations de Nassens.

— Vous êtes un fou ! Un fou dangereux !

— Vous vous croyez raisonnable ? fit Nassens... Au fond vous l'êtes et c'est là tout le drame...

— Que...

— Vous êtes trop raisonnable. Vous vivez sur un volcan démentiel...

— Vous dites des sottises...

— Je suis le volcan démentiel sur lequel vous vivez. Mais vous ne comprenez pas. Vous êtes horriblement raisonnable. Attention au cadavre...

— Vous parlez comme s'il était déjà mort...

— Il y a déjà longtemps que vous l'avez tué. Vous empuantissez !

— Je vous interdis !

— La belle affaire...

— Vous ne travaillez plus pour nous...

— Vous savez, j'ai déjà tué des hommes et des femmes, dit Nassens, mais je l'ai fait pas pour moi, jamais. Vous, vous faites tout pour vous. Vous bloquez l'énergie qui me traverse. Otez-vous !

Nassens fit un geste violent de la main :

— Je dois partir !

Linton-Larose s'énerva :

— Vous êtes ici sous surveillance, Nassens...

— On ne surveille pas Nassens, on se surveille en présence de Nassens ! Vous haïssez le nazisme, dites-vous ? Mais vous cachez la haine de votre propre sang derrière cette attitude de snob. Et vous pensez que le nazisme va vous pardonner de faire appel à lui en le haïssant ? Le nazisme est hypersensible, savez-vous, monsieur Linton-Larose ! Hypersensible ! Yah ! Laissez-moi partir pour New York !

— Vous ne partirez pas !

— Vous êtes plus dégoûtant qu'un Juif. Vous haïssez plus les vôtres qu'un Juif les Juifs. Savez-vous que je ne hais plus les Juifs ? Je les admire ! Mes Québécois sont forts aussi. Vous n'avez rien vu, rien ! Vous haïssez le nazisme et vous êtes faible. Un faible. Un libéral-à-lois très faible. Très inférieur. Très snob. En moi une très puissante force vous déteste. Undermensch kétaine !

Nassens avait un visage redoutable :

— Ils sont très forts, très beaux. Ils ont beaucoup souffert, tous, terroristes et civils, tous, tous. Ils se tiennent debout. Vous, vous écrasez pas pour renforcir. Vous ne voyez pas plus loin que le bout de votre puissance. Vous ne savez pas que votre puissance est l'instrument d'un service d'éducation cosmique. Vous la voulez toute pour vous, cette puissance. Vous dites : c'est la *mienne*. Et vous écrasez pour votre seul plaisir et pour affaiblir. C'est odieux. Au moins Hitler savait ce qu'il était : médium au service du Chien. Mais vous, pas. Pas. Undermensch ! Undermensch kétaine ! Nous éliminons la faiblesse ou le faible. Ou nous fortifions le faible. Vous, vous le *fabriquez*, vous le *conservez* ! Hypocrite minable ! Très puissante force en moi vous vise ! Attention undermensch ! Un nazi se promène !...

Nassens cracha par terre devant Larose.

— Vous êtes un fou dangereux ! fit ce dernier.

— Oui, très intelligent, fit Nassens en relevant la tête, impassible. Très intelligent. L'intelligence m'habite. Pas vous.

Linton compulsait des documents sur sa table. Nassens le contemplait sans bouger. On entendit encore des rafales.

— Vos soldats canadiens tirent beaucoup dans le vide. C'est poétique. C'est moi qui ai donné instruction.

— C'est faux, c'est notre état-major.

— Comment se fait-il que je le sache ?

— C'est votre métier...

— Je sais tout d'avance ! Savez-vous que je vais bientôt mourir ? Quand on tue un homme, on tue une femme, vous savez ? Non. C'est déraisonnable, n'est-ce pas ? Pourtant c'est ce qui explique la révolte des femmes : trop de guerres. Mais ni les hommes ni les femmes ne savent. Trop de femmes tuées dans le corps des hommes. Je m'en vais en Iran bientôt. Mort ou vif. Des missions m'attendent. Toutes sortes de missions. Vous savez qui m'aime le plus ? La Vie, monsieur Larose, la Vie. Je vais bientôt mourir mais attention : je meurs et je deviens plus fort. C'est l'amour qui me dissout. Rien d'autre. Pas la froideur sans coeur de l'under-mensch comptable et légaliste ! Demandez à la jeune femme juive qui dort dans le corps du ministre. Elle sait des choses que vous ne savez pas, ignare ! Vous la tuez tout le temps ! Ça vous amuse. Ça vous fait belle. Vous me tuez. Vous me semez. Je reviens dans un corps de femme. C'est la loi.

— Vous délirez...

— Vous êtes assis sur un volcan de délire...

Linton-Larose avait appuyé sur un bouton. Il sortit précipitamment. Deux policiers entrèrent, carrés, armés. Ils désarmèrent Nassens qui ne pensait plus à son arme et lui firent signe de les suivre.

Ce dernier s'exécuta sans sourciller. Il savait qu'il ne reverrait jamais plus le monde avec des yeux nazis. Il ne fut plus qu'un petit point brûlant, sans limites et rageur, qui se coula dans la matrice de la Juive.

129

Lucie ne pensait qu'à Rachel

Lucie ne pensait qu'à Rachel. C'était devenu en elle comme un leitmotiv. Elle avait roulé toute la nuit pour arriver à Québec vers deux heures du matin. Prévenue par les journaux de la veille de la présence de barrages militaires aux accès routiers de la ville, elle avait hésité en chemin, se demandant s'il ne valait pas mieux attendre jusqu'au petit matin avant d'entrer dans Québec. Elle s'était arrêtée pour téléphoner à ses parents, à Sillery. Le téléphone ne fonctionnait pas.

Puis elle avait repris le volant comme si elle serrait sa ville et sa jeune soeur sur son coeur. Comme si elle récoltait aussi le fruit affectif de ces dernières semaines, comme si tout ce qu'elle avait vécu se transmutait en elle : c'était un amour maternel et physique, très chaste et très fort, pour sa jeune soeur et pour tous les êtres éprouvés qu'elle allait rencontrer sur son chemin, elle s'en doutait. Elle avait camouflé son pistolet automatique ainsi qu'une centaine de milliers de dollars canadiens et américains, son passeport et celui de Rachel dans une pochette secrète de la portière arrière mise au point par l'habile électronicien Girard sur les indications de Nassens qui avait un don pour ce genre de choses comme pour la fabrication des faux.

Elle donna comme lieu de résidence au jeune militaire qui l'interrogea, un peu avant l'entrée du pont, la maison de ses parents à Sillery. On hésita à la laisser passer en lui disant que Sillery avait été déclarée zone sinistrée, qu'on l'avait fait en grande partie évacuer. Elle insista en disant qu'elle tenterait de retrouver ses parents et ses amis dans les lieux de refuge. Son charme joua. À cause du couvre-feu, un militaire l'accompagna.

De l'autre côté du pont on entendit des rafales.

— C'est rien, fit le militaire. Et il la dirigea d'instinct vers l'hôpital de Sainte-Foy.

Le hall d'entrée était encombré de gens qui tentaient tant bien que mal de passer la nuit.

— Je cherche mon père, monsieur Pierre Côté. Il habitait rue Vimont, près de la résidence du Gouverneur général...

— La maison a brûlé...

— Ah... Ça répondait pas au téléphone...

— Les raffineries brûlent. Allez voir du côté du couvent des soeurs Dominicaines. Y sont peut-être là... Ou à l'hôtel de ville.

Lucie revint vers son automobile. Le militaire lui dit qu'il devait se joindre à une patrouille de nuit qui venait de s'arrêter à l'hôpital. Le sergent l'interpela. Le militaire prit congé et partit. Lucie se retrouva seule. Son inquiétude tomba. Elle cherchait Rachel et elle savait qu'elle pourrait la trouver dans la vieille ville. Si elle y était encore. Dans la confusion relative qui régnait dans le hall de l'hôpital, Lucie parlementa avec l'un des médecins de service qui obtint rapidement un laissez-passer d'urgence d'un médecin militaire. Le papier circula rapidement jusqu'à elle. Elle sauta dans son automobile et roula vers la vieille ville.

Elle eut à montrer son laissez-passer à deux reprises. Près de la porte Saint-Louis, des édifices brûlaient. On montait une garde serrée en face du Parlement. Lucie passa non sans avoir à descendre à deux reprises de son automobile. En sa présence les militaires oubliaient leur mission. On voulait la retenir, inconsciemment, mais pas pour des raisons militaires. Le corps de Lucie électrisait, sentait bon. Et elle avait envie de ces hommes. Elle se laissait porter par cette volupté noire qui l'enveloppait comme un manteau, un réseau. Elle était chez elle dans ce désordre et elle passa.

Rachel.

Lucie réalisa que la vieille ville était pratiquement interdite. S'y faufiler avait été un coup de chance. Avec une arme, un passeport pour Rachel et des dizaines de milliers de dollars. Elle pensa aussi qu'elle aurait pu entrer avec autre chose de plus explosif. Son instinct de la guerre clandestine reprit quelques instants le dessus. Elle regretta amèrement de ne pas savoir comment contacter les gens qui, dans la vieille ville, faisaient certainement partie du Réseau, pour leur remettre des sommes. Mais à qui ? Le Réseau était infirme, prématurément éprouvé. Elle serra les dents de dépit. Une aile du Château Frontenac brûlait. La Place d'Armes était éclairée par les flammes. Les pompiers s'y bousculaient, se faufilant parmi les militaires armés qui montaient la garde et les policiers de la ville et de la Sûreté du Québec.

Elle rebroussa chemin. Elle entendit des rafales.

— Qui se bat ? fit-elle en serrant son volant.

Elle stationna dans une petite rue en pente. Elle marcha jusqu'à la Place Royale. Dans la petite église : des réfugiés. Sur le porche : deux policiers, des infirmières. "Le moyen âge", songea Lucie. Elle n'en revenait pas. Elle montra son laissez-passer. Expliqua qu'elle cherchait sa soeur Rachel. On la laissa entrer. Des gens dormaient, d'autres discutaient en buvant du chocolat ou des cafés chauds. On parlait anglais, français : des touristes du Château. Une langue qui ressemblait à de l'Allemand : un vieux couple d'étrangers, surpris dans une étrange aventure, inquiet et patient en même temps. L'église était bien éclairée. Les réfugiés confortables. Des chaufferettes électriques, des réchauds au gaz propane. Les rafales sporadiques rappelaient ce qui se passait. Il y avait quelque chose dans ces rafales qui agaçait Lucie, comme si elles n'avaient pas de but précis, de cible.

— C'est idiot !

Elle se tourna brusquement. Dans un coin de l'église, un homme, assis sur un banc, près d'une petite valise, fumait tranquillement une cigarette. Il regardait intensément Lucie. Celle-ci ne voulut pas faire attention. Elle regarda ailleurs, pour voir si sa soeur n'était pas là, mais de nouveau le regard de l'homme l'accrocha. Elle fixa à son tour le sien sur lui. L'homme la regardait. Ne pouvait dégager d'elle son regard. Elle, de même. Il fallait qu'elle parle à cet homme. Elle s'approcha.

— Je m'appelle Lucie... Et vous ?

— Larry. Je m'appelle Larry Bronfmann.

— Il faut que je vous parle, je ne sais pas pourquoi...

— Vous ressemblez à ces jeunes gens qui sont venus chez moi il y a quelques semaines. Même éclair dans l'oeil. Même virginité. Même terreur...

— Qu'est-ce que...

— Mon manoir a sauté. C'était le plus vieux de toute l'Île d'Orléans. Je l'ai appris il y a une heure. Ma maison de Grande Allée aussi. Well... elle n'a pas sauté, elle brûle... Vous leur ressemblez...

L'homme fumait et parlait avec une douceur qui étonnait Lucie.

— J'ai connu beaucoup d'hommes ces derniers temps... Ils étaient parfois riches, parfois moins...

— Je suis poète.

— Vous écrivez...

— En français. C'est ma langue.

— Et ce feu...

— C'est mon feu aussi... Le feu qui brûle dans l'âme...

— Je ne comprends... Je...

Lucie se tut. De l'amour, à pleurer, inexplicable, en elle.

— N'essayez pas de dire... Vous avez bien fait.

— Je cherche ma soeur...

— Vous allez la retrouver. Je suis sûr qu'elle n'est pas loin.

— Ces rafales m'agacent...

— Ils tirent nerveusement pour énerver.

— Comment le savez-vous ?

— La vérité des sons n'échappe pas au poète. Mais je puis vous certifier qu'ils ne tirent pas toujours pour rien. Depuis une demi-heure, oui, pour énerver les gens. Il y avait ceux qui voulaient faire la révolution et ceux qui voulaient aller plus vite encore, on dirait... C'est la confusion ? C'est plusieurs camps qui se parlent en même temps contre leur gré...

Un obus de mortier sauta sur la place.

Les gens reculèrent au fond de l'église.

— Êtes-vous armée ?

— Dans mon auto.

— Votre soeur approche. Cette fois ils ne tirent pas pour rien. Reculez.

130

Rachel

Les battants de l'église s'ouvrirent avec fracas. Cinq jeunes gens entrèrent, armés. Ils tenaient en joue trois militaires, les mains croisées sur la tête.

— Rachel... murmura Lucie, estomaquée.

— Venez, fit Larry.

Il prit sa petite valise d'une main, Lucie de l'autre.

— Ça continue ! cria Rachel en voyant Lucie. Fais attention ! Es-tu armée ?

Lucie fit signe que non...

— Lucie, murmura Rachel, comme si elle revenait à elle...

Elles ne pouvaient se serrer l'une contre l'autre. A cause des armes.

— Nous allons sortir avec les otages. Mais ces hosties-là tirent quand même sur nous autres ! Les zzzhosties !

Tir de mortier. Explosion sur la place. Rachel sort comme une furie. Fait feu dans le noir. Rentre sous la riposte, échevelée.

— T'es folle, Rachel, fais attention !

— Tout le monde ici près de la porte, cria l'un des jeunes garçons. Vous allez marcher devant nous ! On s'en va à l'aéroport de l'Ancienne Lorette...

Une rafale percuta dans le bois du portail. Qui béait sur la place. Une autre rafale pénétra dans l'église. Des cris de douleur. Trois personnes s'écroulèrent dans les bancs.

— Y faut sortir d'icitte, hostie ! cria Lucie.

Sa sœur lui tendit un pistolet automatique.

— Un camion militaire à deux pas d'ici, dit-elle.

— Passez devant nous autres, ordonna Lucie aux touristes. Y tireront pas.

Personne n'osait s'approcher.

L'un des touristes attacha une chemise blanche au bout d'une planche fendue. S'approcha de la porte. Montra le drapeau en se cachant. Pas de rafales. Deux minutes. Trois minutes. Un haut-parleur résonna dans la nuit :

— Sortez sans armes. Les mains sur la tête.

Rachel cria :

— On va sortir avec les otages. Allez-vous tirer ?

— Jetez vos armes !

— Non ! On veut quitter le pays !

— ...

— Si vous tirez, vous tuez des innocents. Y a des blessés

354

icitte. On veut quitter le pays. On va sortir avec les otages. Laissez-nous sortir !

— ...

Cinq minutes passèrent. Les touristes poussèrent un peu les portes. Le froid envahissait l'église.

Le haut-parleur tonna :

— Laissez les portes ouvertes !

— Laissez-nous sortir ! cria Rachel.

Elle se tourna vers Lucie :

— Si y peuvent laisser le camion des soldats. C'est avec lui qu'on veut se rendre à l'aéroport.

— J'ai ton passeport dans mon auto, fit Lucie. Si je pouvais me rendre à mon auto.

— Pas pour un passeport !

— J'ai cent mille dollars...

— ...

— Rendez vous !

— Non ! Laissez-nous sortir avec les otages ! On les amène toute la gagne à l'Ancienne Lorette. On en fait monter deux avec nous autres dans l'avion. On les libère en arrivant...

— Où ?

Silence. Cinq, six minutes de silence froid, glacial. Tout le monde grelotte dans l'église au portail béant. Larry fume doucement. On se passe du café brûlant. Semi-complicité de tous dans l'ingurgitation du chaud. Les deux infirmières s'occupent des trois blessés graves. L'un d'eux, une femme dans la cinquantaine, agonise. Sept minutes, huit minutes...

— C'est d'accord. Vous sortez avec les otages. Vous vous rendrez à l'Ancienne Lorette. Nous ne tirons pas. Sortez.

Les jeunes gens et Lucie regroupèrent les hommes, les femmes et les trois militaires prisonniers. Il y avait trois enfants, des jeunes Américains. Larry se tenait un peu à l'écart. Les deux infirmières et les trois blessés restèrent dans l'église. Les membres de la cellule choisirent dix personnes, dont les trois enfants. Les autres purent rester sur place.

— Marchez devant lentement. Nous vous suivons collés. Retournez-vous pas...

Les otages sortirent lentement sur le porche. Dans le noir. Les membres de la cellule, y compris Larry, ne les suivirent pas tout de suite, pour tester. Aucun coup de feu.

— C'est ignoble, murmura Larry, en songeant à la tactique de Rachel...

— Oui, fit-elle, en serrant les dents...

Puis :

— Ça va...

Ils coururent rapidement tous les cinq et se collèrent au groupe. Juste à ce moment un faisceau de lumière éclaira la place. Puis un autre.

— Courez par là, cria Lucie, Run ! By that way ! Run !

Les touristes se mirent à courir en direction de la petite rue où l'on apercevait maintenant l'ombre du camion vert foncé.

Le faisceau de lumière les suivait. Des rafales se firent entendre. Les otages se mirent à fuir en tous sens en criant, pris de panique.

— Ici ! lança Lucie en tirant sa soeur par le bras. Par là, fit-elle à Larry en indiquant la rue où était stationnée sa voiture.

Les recrues tirèrent en direction de la source des faisceaux de lumière qui se multipliaient sur la place. En quelques secondes otages et terroristes s'étaient enfuis en désordre dans les petites rues. La place était vide. Aucun blessé. Les militaires avaient tiré en l'air. Mais les otages fuyaient maintenant dans la nuit et les membres de la cellule aussi. L'enlèvement avait raté. Lucie démarra en trombe. Il fallait fuir tête baissée, dans l'inconnu. Rachel avait pris place à l'arrière, armée. Larry, qui avait tout perdu, les suivait sans dire un mot comme s'il se résignait. Avec pitié.

131

Les autres

C'est Bozo qui avait été fait prisonnier à Saint-Raymond. Charles avait été abattu par les policiers. Celui qui s'était enfui en direction de la réserve de Portneuf était l'un des terroristes que Bozo et Charles étaient allés chercher à Notre-Dame de Pierreville sur les instructions de Nicole. L'autre avait réussi à disparaître sans doute dans les environs de Québec. Celui qui s'enfuyait dans la forêt s'appelait Denis Lavigueur. En fait il était beaucoup mieux équipé que nous n'aurions pu le croire au départ. Du moins Bozo l'avait-il déclaré aux policiers envers qui il semblait être d'une loquacité peu commune. Et c'était peut-être de bonne guerre : il se considérait comme prisonnier politique et non comme prisonnier de droit commun. En principe il n'avait rien à cacher et comme il était fort sur les principes et autres statuts officiels, il disait tout. Lavigueur était armé d'un pistolet automatique, d'un mauser et d'une 303 modèle de chasse avec lunette d'approche. Lavigueur n'était pas un tireur d'élite mais c'était un très bon tireur.

Selon l'hélicoptère d'un poste de radio nolisé par l'armée, l'automobile du fuyard avait pénétré dans la réserve de Portneuf et n'en était pas sortie. Une battue y fut donc organisée après qu'un barrage de toutes les sorties eut été dressé. La battue dura trois jours. On retrouva l'automobile. On ne trouva personne. Des confusions étaient possibles dans la battue. On n'osa pas trop tirer. Ce fut sans doute ce flottement qui permit à Lavigueur de passer de la réserve de Portneuf à celle du Parc des Laurentides. Et il devait certainement s'être profondément enfoncé dans la forêt quand les poursuivants réalisèrent le fait. La battue s'intensifia. Mais en vain. Il y avait un abîme infranchissable entre le fuyard et ses poursuivants.

132

Lavigueur

Le froid. La forêt. Des troncs couchés sur le sol. Des éclaircies de ciel. Et, la nuit, les bruits angoissants. Sur un fond de silence vivant, dense, présent. Comme si toute la forêt était un oeil immense ou encore la poitrine d'un géant. La forêt est un lieu organique. Et inconnu. Lavigueur, en une seule nuit, avait dû faire feu deux fois. Il croyait avoir abattu quelqu'un. Pouvait-on le localiser du haut des airs en s'orientant d'après les coups de feu? Il entendit glisser dans l'air le bruit de moteur d'un avion de reconnaissance. Qui volait bas. Il aurait voulu faire feu en direction de l'aéroplane. Il se retint. Pour le regretter plus tard. Il marchait en se disant : "Ils n'auraient rien entendu. J'aurais pu les abattre d'une ou de deux balles chanceuses... Non, c'était trop risqué... Non, j'aurais pu..." Il marchait. Il avait aussi fait feu sur des présences animales. Il n'avait pas le choix. Il y pressentait une hostilité. Il avait peut-être tort. Peut-être raison. Lavigueur ne connaissait pas la forêt. Ses lois. Le sens de ses vibrations, de ses mouvements, de ses immobilités les plus tranquilles ou les plus chargées de présence. Ces mouvements d'ombres autour de lui dont il ne savait s'il les imaginait ou si elles étaient réelles, puis ces yeux brillants de chat perché dans un arbre qui ne se révélaient pas à lui par le mouvement mais par la fixité. Il éprouva une étrange sensation. Celle d'une intelligence. Et il se vit expliquant à ses poursuivants cette étrange évidence : la forêt vit, voit, respire. Un abîme existait entre son aventure, la cause socio-politique de son aventure et ces réalités proprement confondantes et émerveillantes... Il fit feu en direction de l'animal et s'en voulut. La bête avait chu dans un bruit mou au pied de l'arbre et il l'avait ensuite entendue déguerpir dans des froissements de branches et des cris de douleur. Lavigueur se rappela les faits saillants de la journée. Un garde-chasse, un policier, un animal. Trois crimes. Crimes ? Non. Chasser ce mot qui sent la boucherie. J'ai fait feu sur du mort. Se dit-il avec colère, comme pour chasser la culpabilité qui le gagnait : se sentent-ils coupables, eux, d'être complices de l'assassinat et de la pauvreté de centaines de milliers d'êtres dans le monde ? Notre lutte est solidaire de celle de ces peuples. Notre richesse est un fruit indirect de leur exploitation par l'Occident. Ma culpabilité est un poison psychique sécrété par le monde. Ce n'est pas un poison absolu, c'est un poison relatif. Relatif ! cria-t-il dans la nuit et il fit feu à trois reprises et brisa son fusil contre un arbre dans un accès de rage. La nation, les frontières, c'est aussi ce poison. Le poison de la culpabilité fait partie du sang d'icitte. Si je lutte contre "eux" je devrai pendant un temps me sentir coupable. La lutte armée politique est une impossibilité légale, icitte. Mais qu'est-ce qui me lie par le sang et par la haine à ces maudites lois écrites qui sont mortes ? Sont-elles ou ne sont-elles pas mortes ? Lavigueur cracha, frappa encore sur un tronc d'arbre avec son arme brisée et la projeta parmi les feuilles. Il y eut un déguerpissement dans l'humus et les branches mortes. Lavigueur se tut. Il parlait seul. Se calma. Ces mouvements l'inquiétaient qui surgissaient inopinément tout autour. Même s'il était courageux. Il s'aperçut qu'il avait froid. Le froid, la politique, le crime, la forêt vivante, contradictions, contradictions... Marcher. Marcher. Marcher. Il se remit en route. Il avait faim. "Jusqu'à quand c'que j'ai faite aujourd'hui ça va être un crime ?"

Il avait très faim. Et il n'avait pas de boussole. Contrairement à ce qu'avait affirmé Bozo. Et il avait tué trois fois ce même jour. Il avait contre lui la terre entière. Sauf là-bas... Cuba, Hanoï... Moscou ?... De plus il était vêtu pour l'automne, pas pour l'hiver. Combattre... Tout lui revint comme en un éclair : en une semaine il avait été recruté, entraîné, instruit dans les rudiments de la fabrication des bombes et du tir, qu'il connaissait déjà : une semaine ! Les compagnons de la rue Cherrier, de la rue Sherbrooke, les chambres de la rue Jeanne-Mance et cette cave immense de la villa à Saint-Jean d'Iberville : ici sa mémoire avait des trous. Comme un blocage. Il se souvenait d'un manoir, d'une immense cave et... Comme un trou... Comme dans un rêve dont on ne se souvient pas... Qui s'éloigne au fur et à mesure qu'on essaie de le ramener à la mémoire. La lecture du manuel de la guerre de guérilla, usé, frippé, qu'on lui avait remis. Écrit par le "Che". Une semaine, pas plus, entre son entrée au Front et cette équipée infernale et nocturne dans la forêt, ce touffoir.

Il chassa toutes ses pensées : "ma semaine continue", se dit-il avec vigueur. "Y faut que j'm'en sorte ! C'est tout c'que j'ai besoin d'savouèr pour l'instant."

Il faisait froid. Et il était vêtu pour l'automne, pas pour l'hiver. Et novembre allait commencer. Et ici, au nord, il ne faisait pas froid comme en automne mais comme en hiver. Glacial et sec. Dit-on. Humide, ici : un lac tout proche ? Humide et froid. Presque glacial. Lavigueur en avait les doigts gourds. Pas de gants. Pas de mitaines. Il trébuchait souvent. Jusque-là il n'était pas encore tombé. Mais depuis une demi-heure, peut-être, il avait failli s'étendre de tout son long deux fois. Et ça l'humiliait. Il tombait de sommeil. Il avait tenté de dormir mais il faisait trop froid. Il marchait. Il avait faim. Froid et peur aussi. Mais toute sa peur maintenant, déjà, se ramassait dans son regard qui scrutait l'inconnu, toute sa peur se transformait en effort et ça commençait même à ressembler à de l'amour. Il cracha : "Y m'auront pas, je l'sais ! Astheure je l'sais !" Il se sentait maintenant très loin des péripéties des derniers jours et des dernières heures. Comme si la forêt lui soufflait toutes ses formations mentales nées au contact des journaux, des livres et de la ville. Il lui sembla un moment encore que sa fuite vers le nord-ouest, nord-est, était de la pure folie. Il aurait dû s'orienter vers le sud. Mais quelque chose de fort, d'impérieux, l'avait poussé vers ces lieux, vers le nord. Il savait maintenant qu'il y marcherait longuement, que cela serait dur et que cela devait être ainsi. Ce fut comme s'il coupait les ponts avec une ancienne vie et qu'une nouvelle s'ouvrait à lui qui commençait à l'instant même. La révolution québécoise était une chose qui appartenait à sa vie antérieure. Maintenant c'était le nord qu'il fallait conquérir. Un instant la dimension illusoire de son idée le frappa. Mais l'idée même était plus puissante que l'ironie qu'il aurait pu déverser sur elle. Il savait qu'en marchant dans cette forêt, dont il atteindrait l'orée vivant, il contribuait à mettre au monde une seconde vie, surgie de la première. Et le nord lui en serait reconnaissant et s'en ouvrirait à lui. Il savait que son effort avait des conséquences incalculables qui dépassaient le rêve et l'effort d'une seule personne, d'une seule vie : le crime fut réel, pensa-t-il, mais il appartient à une autre vie, antérieure. Il ne put s'empêcher de penser cependant qu'il aurait pu renaître ici dans cette forêt sans ce crime. Et qu'il y avait crime non pas à cause des lois mais parce que cela n'était pas nécessaire. C'était sa conviction. Et cette conviction qui le faisait mourir à cette semaine étourdissante qu'il venait de vivre appartenait au Nord. À l'idée du Nord. À sa marche vers le Nord. Tuer n'est pas un crime. Agir sans nécessité est un crime encore plus grand. Il sentit affleurer en lui la pensée de la cave de la villa... Il y avait là quelque chose de plus secret que tout le reste mais qui lui échappait. D'où venait le crime ? Du sol ? Du profond ? Du caché ? De ne pas se rappeler le noir, la lumière nocturne de la cave, ce qu'il y avait dans cette cave ?... Lavigueur cette fois décrocha complètement du passé. Ce fut comme un poids qui s'envola très loin de lui. Il le laissa s'envoler. "On se charge de poids inutiles. C'est incroyable. On gruge son poids inutile. On dévore son poids inutile..." Il sentit que ses réflexions ramenaient le poids... Il craignit... Il marcha. Cracha. Il marchait. Marchait. Marchait.

Ne plus penser.

Les étoiles éclairaient une clairière. Il aperçut, un peu plus loin, dépassé la clairière, une sorte de mur bleu. Il éprouva une sensation soudaine de panique. Comme s'il était en présence d'une bête phosphorescente qui le regardait. Mais ce n'était pas une bête. C'était un lac. Et si, en un premier temps, il l'avait vu bleu, maintenant il le voyait gris. Puis plus sombre encore. Il se rapprocha. Ce qu'il avait vu était un mélange de ciel étoilé et de miroir lactescent bleuï. Lac, lacté, lait : Lavigueur avait soif. Il descendit au bord du lac. But. Beaucoup. Trop et pas assez : l'eau était trop froide, chaque gorgée lui cassait le front. Il remonta, alla s'asseoir au bord de la falaise qui surplombait le lac et qui prolongeait la clairière en promontoire. Il n'apercevait pas l'autre rive. Il la devinait lointaine.

"A quoi bon continuer à marcher", se dit-il.

Mais il se leva quand même, mû par l'idée du Nord. Il revint un peu sur ses pas. Le paysage était très accidenté : ravins, falaises à pic, ruisseaux, troncs d'arbres tombés, figés par le froid dans un lent pourrissement. Épaisseur de la forêt que la clarté de la nuit découpait sur le pourtour du lac à grands traits de pénombre et d'obscurs-clairs.

Lavigueur s'enfonça de nouveau dans le noir. Longer le lac lui sembla absurde : "le plus sûr moyen de tourner indéfiniment en rond", se dit-il. Il prononça à voix haute une bribe de phrase et se tut, comme saisi par les implications de ce son de sa propre voix : si je m'écoute parler, je deviens fou, songea-t-il. Si je contemple ce lac, je vais me perdre, pensa-t-il. Je ne bougerai plus, je ne marcherai plus jamais. Ma voix se perd, je suis mangé par ce silence. Et c'est aussi comme si la forêt me parlait. Et ce lac, si je me laisse enchanter, je ne sais plus ce qui...

Lavigueur marchait dans le noir. Il marchait ainsi sans arrêt depuis très longtemps. Des jours. Trois ? Quatre ? Cinq ? Neuf ? Il se sentait comme ivre de force. Il avait brisé son fusil, perdu son mauser. Lui restait son pistolet automatique. Ses balles et un chargeur plein tintaient dans la poche de son coupe-vent. Quelque chose le poussait à marcher, marcher, marcher quand même. Il perdait parfois conscience, comme dans la cave du Triangle au début, mais il continuait à marcher, mécaniquement. Puis il se réveillait. Et il marchait toujours, titubant, s'arrêtant parfois mais repartant aussitôt, ne pouvant supporter le silence de la forêt. Ça lui écrasait les oreilles, les tempes. Et pourtant, dans les moments où il ne résistait pas, il lui semblait bien qu'il perdait conscience, mais il marchait quand même et... Il s'abandonna. Consciemment. Et ce fut comme un jaillissement de lumière partout dans la forêt, c'était une harmonie indicible dans son ventre, comme un arrachement d'énergie qui pulsait son harmonie partout autour et il fut quelques instants les arbres, les taches de soleil, les bruits, les mouvements, le chant des feuilles, les ruisseaux : il coulait comme un ruisseau, s'étendait comme le ciel dans l'éclaircie... C'était ça, perdre conscience ? Et au moment où il le pensait il eut la sensation désagréable de se durcir, de couper tout, de "revenir"... Il éprouva une sorte de désespoir plus grand que tout ce qu'il avait jamais pu éprouver jusque-là. Comme s'il perdait la chose la plus précieuse au monde, une chose qu'il avait toujours eue sans le savoir et après l'avoir su il la reperdait et plus il pensait à cette perte et plus tout s'éloignait, se durcissait, la forêt redevenait opaque, Lavigueur cracha. Frappa contre un arbre avec son pied, l'enlaça dans un accès de rage et se mit à sangloter des filets visqueux et brûlants. Il s'effondra lentement au pied du tronc énorme et se sentit comme engourdi par de la chaleur ou de la lumière : ça lui sortait par les yeux, c'était comme une électricité étrangement douce, comme s'il redevenait comme un petit enfant tout vibrant. Sa respiration devint lente, comme si ce n'était plus lui qui respirait. Peut-être la forêt ? Il lui semblait que tout son ventre s'unissait à la forêt qui, elle, était inexplicablement tendre, joyeuse et pulsante. Lavigueur respirait par la bouche. "C'est ça mourir", pensa-t-il. "Ou venir au monde ?" C'est quelque chose comme ça... Ça lui montait dans la poitrine et ça semblait se creuser un chemin par le coeur vers le dehors. Son visage était couvert de larmes, mais c'était comme s'il avait saigné et non pas pleuré. Des dépôts cireux et légèrement jaunâtres s'étaient déposés sur ses paupières, comme ceux qui se fichent dans le coin de l'oeil durant la nuit. Mais il y en avait beaucoup plus, par petites boules qui lui collaient les paupières...

Il n'avait plus froid

Lavigueur s'était relevé lentement. Il n'avait plus froid. Combien de temps allait-il marcher encore ? Il lui fallait bouger, ébruiter de nouveau cet espace hyperdoux dont il ne voulait rien détruire en bougeant. Mais il fallait marcher. Il se leva. Il se sentit dans une ambiance chaleureuse. Sans froid. Il ne trouva aucune explication à un tel phénomène. Il pensa qu'il était dû au fait qu'il avait déployé une force de volonté au-dessus de l'ordinaire et qu'il avait ouvert des portes de son organisme, des portes inconnues, importantes.

Il mâchait parfois des feuilles d'arbre, goûtait à des mousses. Un matin il avait fait feu sur une bête qui détalait, quelque chose qui ressemblait à un gros chat, comme celui qu'il avait blessé au cours de la première journée de forêt. Il l'attrapa et se mit à boire le sang chaud qui coulait de la blessure. Il eut un haut-le-coeur et se mit à vomir. Il avait faim. Il ne pouvait manger. Il se rappelait, il s'était dit : "Cette faim est bonne. C'est du travail naturel dans mon organisme. C'est de l'énergie. Je vais manger ma faim." Et il s'était remis en route.

Il s'était mis à neiger doucement

Maintenant il s'était mis à neiger doucement. Comme une ouate. Comme un velours. Comme un songe. Lavigueur se sentait nu. Il s'arrêta. Ses mains, ses genoux, ses jambes, son visage étaient écorchés. Il saignait. Sans doute saignait-il aussi du visage. Mais il ne le voyait pas. Il passait sa main sale et quelques gouttes de sang apparaissaient, rien de plus. Et pourtant il aurait pu jurer que tout son visage saignait. Il tomba à genoux. Il se traîna un peu. Il pleurait. Comme une sorte de joie inexplicable encore, qui lui sortait par les yeux, la face. Il se mit à respirer spasmodiquement par la bouche. Comme pour chasser son âme, son coeur, son amour, son espoir ou son désespoir, tout ce qu'il contenait de plus profond, de plus inconnu, hors de lui. Il se traîna par terre. Il fallait marcher, coûte que coûte. Il crut s'être relevé mais il se sentait soudainement tellement léger, comme si tout son effort, tout son courage, toute son émotion s'étaient rassemblés hors de son corps.

Lavigueur éprouva un profond vertige qui le tirait comme dans du vide, au-dedans-au-dehors, et il se retrouva ailleurs, léger, puis il pensa à son corps qui gisait et s'y ré-engouffra, pris de froid de nouveau, de faim, de douleur et d'espoir, d'espoir, comme si le retour de la faim et du froid dont il semblait être à jamais guéri revenaient l'assaillir pour renforcer ou détruire l'espoir. Et ce dernier lui sortait du coeur et du ventre et le traînait en avant, le portait, malgré lui. Il en éprouvait comme jamais il n'en avait éprouvé. Comme si une autre digue s'ouvrait en lui comme tout à l'heure celle de l'hyperdouceur et de la joie lumineuse de la forêt. Il fallait en sortir. Et pour sortir de la joie lumineuse et doucement orgasmique et pulsante de la forêt il fallait que le froid et la faim reviennent, que Lavigueur soit re-précipité dans la douleur de sa chair et que l'espoir en lui reprenne toute sa force. C'était plus fort que tout, cet espoir, ce périple insensé avec de l'espoir dedans qui explosait comme une bombe, comme ce mur bleu, gris, sombre du lac, comme une éclaircie bleue dans la forêt — mais l'éclaircie que voyait maintenant Lavigueur ce n'était plus une simple éclaircie dans une forêt, c'était une lumière de partout qui baignait tout. Dans un sursaut d'énergie il se leva, comme pour unir l'effort humain à cette présence non humaine, il se releva, stimula ses dernières forces physiques... Et c'était vrai qu'à défaut de nourriture, la faim elle-même nourrissait. Et c'était si vrai qu'après avoir fait deux pas de plus, Lavigueur se retrouva dans une très longue clairière qui semblait éclater comme un chant, mais ce n'était pas une clairière et le chant c'était la joie éclatante qui remplissait tout le corps de Lavigueur, comme s'il était devenu grand, tout-puissant — ce n'était pas une clairière ou un éther astral : c'était le grand ruban bleu de la 54 qui relie Québec à Chicoutimi.

135

Il passa pour mort

Le jeune homme qui fit monter Lavigueur revenait de Québec et se rendait à Chicoutimi où il habitait. Il étudiait la chirurgie à Québec où il se rendait deux fois par semaine. Il achevait ce stage un peu éreintant. Il soigna Lavigueur et le conduisit dans une propriété familiale des environs de Saint-Ambroise où Denis reprit vite des forces. L'individu qui l'avait fait monter avait compris de qui il s'agissait. Lavigueur eut cette chance inestimable de rencontrer quelqu'un qui venait d'une région où le noyau nationaliste est vigoureux. Il passa l'hiver à Saint-Ambroise et dans les environs. Et passa pour mort aux yeux des forces de l'ordre.

Pourtant nul n'était plus vivant que lui.

ONZIÈME PARTIE

Vers l'intérieur de la péninsule

De Saint-Joseph de Kamouraska, notre convoi s'engagea de nuit vers l'intérieur de la péninsule. À l'aube nous roulions sur une route de terre à travers une forêt de conifères. Nous bifurquâmes à l'intérieur de la forêt en empruntant une route quasi impraticable, flanquée de souches et creusée d'ornières. Nous abandonnâmes les automobiles au pied d'une falaise que nous gravîmes en la contournant par un sentier escarpé. A midi, nous pénétrions dans une maison de deux étages, en bois de sapin, me sembla-t-il, et dont l'intérieur avait tout du charme robuste des vieux manoirs.

Au rez-de-chaussée il y avait un foyer en pierre des forêts. La cheminée, très large, traversait le plancher du premier étage où un autre foyer avait été construit. Il y avait sept chambres à coucher, spacieuses, généreusement éclairées. Cinq à l'étage et deux au rez-de-chaussée. Mais il y avait beaucoup d'autres pièces dont un sous-sol savamment aménagé avec quantité de dispositifs électroniques. La cuisine était aussi grande que le salon. Sur le plancher de bois du salon il y avait deux énormes peaux d'ours blancs dont les têtes ouvraient leurs gueules silencieuses. Julien nous fit ranger les armes dans un placard après que nous les eussions bien nettoyées. Il nous expliqua qu'il avait lui-même acheté cette maison grâce à l'argent de Lachenaie, plusieurs années auparavant, par instinct, lors d'un passage au Québec et que depuis deux ans Lachenaie avait veillé à son entretien. Il était en fait, ici aussi, notre hôte invisible et en un sens notre serviteur. Il existait un autre endroit semblable du côté américain, au coeur de la forêt du Maine.

"On ne nous trouvera pas, disait Julien, toutes les précautions ont été prises."

Nous en étions aussi persuadés.

Nous avions trois automobiles et vu l'espace disponible pour les ranger et les nécessités réduites qui étaient maintenant les nôtres, nous décidâmes de nous débarrasser de l'une d'elles, la Buick d'un modèle récent, la plus grosse, et nous conservâmes les deux autres, de marque Volvo, plus résistantes et mieux adaptées au climat. L'hiver approchait. La Buick fut enfouie sous un peu de terre et de branches, à quelques mètres de la falaise.

Au bout de quelque temps, quand nos travaux d'aménagement furent terminés, nous commençâmes à explorer les environs et la bibliothèque que Julien et surtout Lachenaie avaient fait installer dans le salon. Nous recevions aussi notre courrier poste restante, à Rivière du Loup, où nous faisions des marchés de temps en temps, surtout pour nous approvisionner en viande rouge. Mais c'était risqué. Nous allions donc aussi souvent à Cabano. La poste, même sous des noms d'emprunt, était dangereuse pour nous. Pendans un mois nous la négligeâmes. Moins par précaution, peut-être, que par lassitude, car un seul d'entre nous — et qui n'était pas toujours là — avait vu sa photo publiée à grand tirage dans tous les journaux du Québec et du Canada et dans ceux de la Nouvelle-Angleterre : Ruel.

137

Maintenant que l'action se calmait

Je songeais peu aux difficultés d'adaptation réciproque qui allaient se présenter maintenant que l'action se calmait. Nous avions fait face ensemble à quantité de situations — nous pourrions tout aussi bien nous faire face les uns les autres. En fait l'action n'était pas finie. Jusqu'à la fin, il y eut des événements inattendus autour de nous et entre nous. Nous avions traversé des difficultés. Nous en traverserions d'autres. Nous nous étions rapprochés les uns des autres. Noémiah n'était plus tout à fait cette jeune femme énigmatique que j'avais connue au début. André, à qui nous avions confié une huitième part du butin pour qu'il la distribue, dès que cela serait possible, aux membres du Front qui en auraient besoin, n'était déjà plus tout à fait, je le sentais à certains signes, le nationaliste sentimental que nous avions connu. Sa main guérissait rapidement. Les événements cependant l'avaient beaucoup changé. Pas pour le mieux, apparemment, mais qu'est-ce que le "mieux" ? — nous couvons tous des maladies. Gilles avait confié un manuscrit, quelques jours avant de quitter de Montréal, à l'un de ses amis qui suivait les événements de près. Il entrevoyait une publication possible, considérant cette écriture aux tirades brèves et drues comme liée à l'avènement du terrorisme. Gilles était profondément, de plus en plus profondément troublé. Déséquilibré. Il risquait d'atteindre un tel état d'abrutissement que je me demandais ce qu'il en resterait. Mais nous le portions avec nous. Il n'osait plus écrire. Il prenait parfois l'aspect d'une larve et Noémiah, parfois Aurélia, le repêchaient avec tendresse. Comme si sur son visage s'était peinte toute une hideur subconsciente. Il m'inspirait parfois un dégoût physique insurmontable. Certains soirs il faisait des homélies bafouillantes sur la misère humaine, son poids, son inéluctabilité. Et sur sa saveur. Je le regardais et je l'écoutais délirer et ses accents m'atteignaient. Il les convoyait vers nous avec une absence totale de retenue. L'atmosphère devenait irrespirable, asphyxiante. Je me sentais beaucoup plus près d'Edmond devenu silencieux et grave.

138

Sous nos yeux éblouis

Sous nos yeux éblouis chaque jour par le soleil qui s'y mirait, s'étendait la grande forêt blanchie par les premières neiges de novembre. André était allé à Montréal distribuer trente mille dollars à ceux du Front qui pouvaient encore en profiter. Certains devaient prendre l'avion après paiement du cautionnement : destination Paris, l'Algérie, l'URSS, Cuba... André était parti armé. Ruel, qui habitait à mi-chemin, devait l'accompagner durant une partie du trajet. Ruel était un tireur d'élite. Il était précieux et nous gardions avec lui un contact constant.

139

Coups de feu

Des coups de feu avaient été échangés. André n'était rentré qu'une semaine plus tard. Intercepté à la sortie de Montréal par une patrouille de routine, il devait à Ruel d'avoir eu la vie sauve. Les deux policiers avaient été abattus en quelques secondes et ils avaient roulé à tombeau ouvert en direction opposée à leur destination afin de dépister d'éventuels poursuivants. Ils avaient ensuite coulé la Volvo, de nuit, dans le fleuve, et André était allé dormir chez Ruel : ils avaient ensuite très bonnement pris l'autobus provincial pour franchir une partie du trajet vers la Gaspésie. Ruel nous avait assurés qu'il pourrait nous procurer une puissante automobile américaine pour remplacer la Volvo. Elle fut achetée usagée, par André, après de minutieuses précautions. André revint avec, un matin. Quelque temps auparavant nous avions stupidement accidenté notre grosse Buick à la pointe nord de la péninsule. Ruel reprit sa bagnole. J'avais les deux morts sur la conscience, comme André, qui semblait cependant commencer à s'y faire. Moi, je n'y parvenais pas : c'étaient deux morts de trop. Il y avait quelques semaines, il me semblait que j'aurais pu facilement tuer n'importe qui. Maintenant, c'était en moi le mouvement contraire. Je ne comprenais pas. C'était comme ça surtout depuis mon dernier passage à Québec. Les deux morts étaient-elles inévitables ? Ça me tracassait. À tort ou non. Ça ne tracassait pas Ruel pour qui tuer semblait être une occupation d'art ou de routine. Et ils avaient eu à se défendre. D'où venait Ruel ? De Montréal. Il était né dans le quartier Rosemont, comme Edmond. Il faisait maintenant partie de notre groupe. Il était le huitième. Nous l'avions hélé pour nous protéger et pour nous aider. Il nous mettait en danger. Ruel était méfiant. Candide et méfiant en même temps. Dans ses bons moments il ressemblait à un adolescent tendre. Mais l'on sentait en lui la métamorphose, toujours possible, de l'individu bienveillant, mais susceptible, en tueur cruel et froid. En lui aussi se côtoyaient des mondes. Et s'il était plus prévisible que Gilles, il était cependant plus dangereux. Un mouvement terroriste, ça finit par tuer. Au cas où nous aurions été encore trop candides, Ruel était là pour en témoigner. Il témoignait parmi nous de l'assassinat efficace. Nous le haïssions de n'être que ça et c'était là un nouveau problème. Un autre. Il revint nous voir, avec sa tête affichée partout, et nous le gardâmes. Nous étions pris avec. Mais nous l'avions courtisé. Inséparable frère maudit qui à chaque instant m'obligeait à tout remettre en question : je suis incapable de tuer et je considère aujourd'hui comme une aberration de confondre la mort même qui nous habite et nous trame avec celle du corps. Tuer est une sottise, mais il faut croire qu'elle a des racines. La mort du corps est une singerie de la loi du passage d'une forme à une autre, d'une forme ou d'une manière d'être à une autre. Ruel, un frère maudit. Ou un fossile vivant. Ce qui n'avait pas empêché André de lui faire acheter, à la demande de Julien, plus d'une centaine de livres de poche et de recueils de poésie de tous les pays possibles (humour ?) : là s'accomplissent aussi des carnages et des catharsis, sans saigner le corps. Ruel n'en avait pas ouvert un seul. Aurélia, elle, s'était mise à la lecture de Rimbaud, de Nelligan, de Verlaine, de Baudelaire, de Saint-John Perse, de Lautréamont, de Tzara, d'Audiberti et aussi de Joyce, de Sade, de

Miller. Elle se découvrait un appétit insatiable et elle écrivait à peu près tous les soirs. Noémiah, elle, écrivait de longues lettres, aux intonations musicales, à William-Jacob, son oncle (on n'avait pas de nouvelles de Larry) et lorsqu'elle en avait accumulé cinq ou six, l'un d'entre nous sautait dans une des voitures, traversait les lignes américaines à Estcourt ou encore au Madawaska et allait les poster dans la région de Plattsburg ou de New York. Encore un risque. Mais il était interdit de donner l'adresse de retour à ceux qui ne faisaient pas partie du Réseau (et encore !). En fait, à part Ruel qui nous fit parvenir un mot deux fois, un seul semblait posséder nos coordonnées postales : Lachenaie. Il nous écrivit une fois.

140

Un refuge en cas de besoin

Nous étions partis un matin en direction de Saint-Éleuthère où Julien avait déjà repéré un endroit (non pas celui du Maine) où nous pourrions aller nous cacher ou nous réfugier en cas de besoin. Nous avions aussi besoin de changer d'air et nous avions déjà songé à créer un camp d'entraînement au cas où des gens viendraient nous rejoindre. Le projet était vague quoique j'éprouvasse moi-même le désir de pratiquer le tir et la marche forcée dans la forêt. Mais d'après la radio, la chasse aux fugitifs battait son plein. Étions-nous nous-mêmes recherchés ? Pas nommément, semble-t-il, et c'est ce qui nous donnait un certain sentiment de sécurité. Mais il fallait cependant être prudent. Les forêts devenaient un lieu d'enquête et il ne fallait pas abuser avec présomption de son hospitalité.

Nous roulions vers Saint-Éleuthère en franchissant les longues collines forestières de cette région. L'endroit repéré par Julien était situé entre Saint-Éleuthère et Estcourt, à quelques pas de la frontière. Elle était facile et même agréable à franchir, sans histoires. Nous songions même à venir demeurer pour de bon dans cet endroit, mais il aurait fallu déménager trop de choses et la grande maison des environs de Saint-Joseph comportait des caches et des dispositifs de sécurité que l'on ne trouvait pas dans la maison d'Estcourt. En dépit d'une saison avancée, le lac Pohénégamook, en face de Saint-Éleuthère, n'était pas encore gelé. Nous avions apporté des bagages pour plusieurs jours. À Saint-Éleuthère nous avions fait connaissance avec des Lebel qui nous avaient prêté un petit canot à moteur que nous utilisions pour franchir le lac et explorer ses rives. À vrai dire nous n'avions pas de projet précis. Mais la région était intéressante à cause de la facilité relative qu'on y trouvait pour passer d'un côté de la frontière à l'autre. Un soir où Aurélia, Julien et moi nous étions longuement attardés sur l'autre rive du lac où nous tentions d'évaluer le temps qu'il fallait pour se rendre dans la montagne où nous pensions pouvoir trouver des cachettes pour y entreposer éventuellement du matériel et des armes et peut-être entreprendre la percée et la réalisation d'un nouveau Triangle, et où nous revenions dans le petit canot à moteur, une vague inattendue leva à quelques pieds devant nous. Je fus sur le coup saisi d'un sentiment de peur qui me paralysa. Il faisait sombre mais nous pouvions nettement distinguer les formes autour de nous et cette vague se maintenait trop longuement, à la manière un peu des ondes de choc des tremblements de terre qui semblent pousser et maintenir leur poussée sur la maison où vous êtes au moment où elles se produisent. Cette vague se maintenait et bougeait et nous dûmes nous arrêter. Elle devait avoir cinq pieds de hauteur mais elle montait et descendait et c'était tellement étrange et inattendu que je me mis à rire doucement, comme incrédule. Ce n'était évidemment pas de l'eau, ni une vague : c'était une forme, comme une espèce de gros ou plutôt de long poisson bombé en son milieu en trois endroits. Il était à quelques pieds devant nous et avançait une sorte de tête de vache sans cornes et un long cou hors de l'eau, disparaissant aux trois quarts puis reparaissant. Je riais. Aurélia murmura : "Qu'est-ce que c'est ?" Et se tut. L'on apercevait sur la rive les lumières de deux maisons. Nous étions au milieu du lac. Nous avions apporté nos armes mais nous n'avions pas osé nous en saisir sur-le-champ. La bête était là, sous nos yeux. Elle devait avoir une trentaine de pieds de longueur. J'avais envie de me lever comme pour sortir d'un rêve.

141

La peur

Les vagues provoquées par les mouvements de l'animal faisaient dangereusement bouger notre embarcation. La peur nous atteignit tous les trois jusque dans nos entrailles comme si nos instincts eux-mêmes nous lâchaient en présence de cette bête. Nous avions de plus l'impression de rêver. Cela durait. Même aujourd'hui je ne pourrais pas dire combien de temps ni faire la part en moi du monstre et du fantasme qui se projeta sur l'animal et de l'allure réelle de l'animal même. Mais l'animal physique était bien là. Il manquait à la psychologie des profondeurs une *physiologie* des profondeurs et c'était peut-être ce qui nous ébranlait le plus. La bête tournoyait lentement à quelques pieds de nous (vingt ? trente ? cent ? elle se rapprochait et s'éloignait) et ses remous, quand elle disparaissait aux trois quarts sous l'onde, entraînait notre canot dans une descente et une remontée, un roulis démesuré. Julien avait armé son fusil. Pour ma part je n'arrivais pas à arracher mes mains aux rebords du canot. S'ajoutait à l'angoisse paralysante, provoquée par cette apparition venue du fond du lac, la peur inexplicable de l'eau elle-même : cette profondeur abyssale et glaciale. Un moment sa tête se détourna et passa au-dessus du canot. Je me rappelle encore une forme noire où la blancheur de la nuit me permet de distinguer du vert, une sorte de carapace comme celle des crocodiles, et un oeil comme un gros oeil de cheval, bombé, brillant comme de l'eau. Le canot tangua dangereusement. J'entendis un coup de feu. Puis un autre. J'armai à mon tour. Je me sentis soudain très à l'aise dans mes gestes : l'action me libérait de l'emprise de la peur et de la paralysie des facultés. Je fis feu à plusieurs reprises. Je songeais aux gardes forestiers et surtout aux gardes-frontières d'Estcourt, à quelques milles de là. Ils allaient entendre ces coups de feu. La bête s'éloigna au bout de plusieurs minutes d'un feu nourri. Nous avions tiré au moins une vingtaine de balles. Elle se perdit dans la nuit. Elle s'était éloignée en direction de la rive de Saint-Éleuthère, un peu obliquement.

Nous remîmes le moteur en marche.

— C'est incroyable, fis-je, comme pour "banaliser" l'atmosphère.

Aucun écho à ma voix. Aurélia ne parlait pas. Elle avait très froid, elle grelottait. Je vis que ses vêtements étaient trempés. Des embruns et des montées d'eau avaient passé par-dessus bord. Je ne grelottais pas. Pensais-je. Mais non : je grelottais comme une clochette au bout d'une corde. Mais c'était tout rentré, mes mains tenaient la crosse et le chargeur du fusil FM aussi fermement que j'avais tenu les rebords du canot. J'étais mouillé et transi, Julien aussi. Je laissai tomber le fusil et je grelottai tout mon saoul. J'étais secoué de la tête aux pieds par le froid, l'eau, par le bouleversement nerveux. J'avais l'impression que je n'en reviendrais pas, que je n'en revenais pas, je voulais m'éveiller mais j'étais éveillé et c'était hallucinant de le savoir. Je me frottais les yeux. J'avais l'impres-

sion que j'allais me perdre, perdre conscience de moi. J'avais peur
de perdre contact avec moi-même. Julien avait l'oeil hagard (ou
concentré ?). Le canot glissait doucement vers la rive toute proche.
Je regardais l'eau et il me semblait que cette eau était le dos même
de l'animal et qu'il se tenait prostré sous la menace de nos armes.
Mais qu'il pouvait aussi se relever d'un coup et faire voler notre
canot en éclats.

En accostant, Aurélia fit un faux mouvement avec son fusil
et le coup partit. Elle fut blessée au pied. Il fallut marcher en direction de la maison la plus proche. Nous ne savions pas exactement où nous avions accosté. Nous soutenions Aurélia qui geignait
et qui pleurait un peu et qui ne pouvait pas marcher. Elle allait
boiter pendant près d'un mois. Quant à moi, j'avais l'impression
qu'après ce que j'avais vu — et *que je n'avais pas vu*, s'obstinait à
dire une partie de moi-même, la pire — je ne ferais plus jamais de
cauchemar : l'univers du cauchemar hanterait ma conscience de
veille.

Pendant une semaine je me couchai chaque soir avec la sensation que je m'enfonçais dans l'eau du rêve et que la vache d'eau
m'attendait avec son oeil bombé. Puis peu à peu cette bête commença à éveiller en moi une sorte de tendresse et d'affection secrètes, presque érotiques, teintées d'amour et de respect.

142

Le Mic-Mac

L'homme qui vint nous ouvrir était dans la cinquantaine.
Droit, grand, les cheveux argent. Il portait une chemise de flanel-
le épaisse. Je crus qu'il était de langue anglaise. Il était effectivement américain, mais d'origine francophone. Il était venu passer
quelques jours dans la région où il avait une petite propriété,
celle-ci.

L'homme était de race Mic-Mac, comme l'homme aux
cheveux blancs nous l'expliqua.

En entrant, l'homme nous demanda :

— You've been shooting with those guns ? Have you seen
the Devil ?

Personne ne répondit. Julien aidait Aurélia à s'asseoir près du feu.

Son pied saignait beaucoup.

Le Mic-Mac s'était approché d'elle et s'était mis à examiner la plaie. Il dit quelques mots dans sa langue entrecoupée de mots anglais au franco-américain qui sortit et revint quelques minutes plus tard avec une branche de résineux qu'il avait cassée.

Pendant que l'Indien faisait bouillir de l'eau, l'Américain alla chercher la trousse de secours. Julien l'inspecta, y prit un désinfectant, imbiba un chiffon blanc et nettoya le tour de la blessure. Aurélia geignait de lassitude. Puis l'Américain passa les pansements à Julien qui nettoya la blessure et enveloppa le pied d'Aurélia. Celle-ci avait sommeil. Mais son pied la faisait souffrir. L'Indien vint lui porter un bol fumant et qui sentait un peu la résine de sapin mêlée à d'autres herbes qu'il avait jetées dans l'eau bouillante, à la fin, en retirant le chaudron. Il y avait deux foyers de chaleur au premier étage de la maison : une truie et un foyer dans le mur du fond de la grande pièce d'en bas par où nous étions entrés.

— Que s'est-il passé ? demanda l'Américain pendant que Julien tenait Aurélia contre lui.

— On a tiré, fit Julien.

— Oui, je sais, fit l'Américain. Mais qu'est-ce que vous avez vu ?

— ...

L'Américain regardait Julien. Il attendait une réponse. Julien n'ouvrait pas la bouche.

L'Américain s'adressa en Mic-Mac à l'Indien qui apporta une tasse de tisane. Il me l'offrit puis en offrit une autre à Julien. C'étaient de grosses tasses de restaurant, épaisses et solides.

— Drink that, that's the best for you. Il n'y a rien comme ces tisanes-là pour vous r'taper. Jack connaît toutes les recettes par coeur, y sait pas lire. Mais qu'est-ce qui s'est passé sur le lac ? Pourquoi vous avez tiré ?

Julien ne répondit pas. Je ne savais pas non plus quoi dire. Je me sentais tellement loin de nos activités révolutionnaires que j'avais l'impression que la seule mention de ce que nous venions de voir risquait de nous arracher définitivement à toute espèce de préoccupation du genre : il n'y avait pas de monstre antédiluvien dans nos plans, ni sans doute dans ceux de Julien.

— Je suis préhistorien, fit l'Américain, un peu en vieux français mais surtout en anglais. Zoologiste et préhistorien.

Il se tut un instant, "buca" une bonne gorgée de tisane chaude et reprit :

— J'étais d'abord zoologiste. Je suis devenu préhistorien par la force des choses lors de ma première visite ici, il y a cinq ans. Vous connaissez le nom du lac ?

— Oui, c'est le Lac Pohénegamook. Un nom amérindien.

— Oui, un nom Mic-Mac. Ça signifie lieu de rassemblement. Vous avez déjà aperçu quelque chose du genre, enchaîna-t-il rapidement comme pour montrer qu'il n'y avait aucun rapport entre l'appellation du lac et ce qu'il voulait nous montrer. Je suis le seul à en posséder.

Il posa sur la table, en face du divan confortable dans lequel Julien s'était enfoncé avec Aurélia, une enveloppe brune dont il fit tomber une à une des photographies de la région. Il en exhiba une qui fit bouger Julien. Il s'approcha, la regarda sans broncher. Je vis de loin ce qu'elle représentait. Aurélia avait les yeux fermés. Julien ne disait rien. Je ne voulais pas non plus parler. Comme si cette bête devenait le symbole de notre propre clandestinité. L'idée me fit sourire. L'Américain sembla déçu par notre mutisme.

143

Un voile sur le visage du savant

Un léger voile de tristesse tomba sur le visage du savant.

— Vous voyez, ici, des enfants l'ont déjà dessinée. Ils l'ont vue. J'ai photographié les dessins. Et ça, c'est la bête. Alived.

Il fit tomber une photo plus floue, en noir et blanc, où l'on pouvait distinguer des formes qui rappelaient celles que j'avais aperçues.

— C'est la seule photo de la bête qui existe. Et c'est moi qui l'ai prise. Et je suis à la recherche de tous les témoignages et de tous les renseignements possibles sur l'animal. Pourquoi avez-vous tiré ? Vous auriez pu la tuer.

— Son manège était dangereux, fit Julien, regrettant aussitôt d'avoir ouvert la bouche... Et pourquoi nous intéresserions-nous à cet animal, ajouta-t-il, comme s'il avait voulu se déprendre d'un mauvais sommeil ou se tirer d'une colle. Il y a des orignaux dans ces forêts. Ils sont peut-être aussi préhistoriques que lui. Et c'était peut-être justement un orignal...

— Vous voulez rire, fit l'Américain, bonhomme ? Avec trois bosses ?

Il se tut un moment. Puis :

— Il y en a peut-être d'autres. J'en suis sûr. Je suis sûr qu'il y en a d'autres. Il faut les retrouver, les sortir de l'oubli. Ce sont des bêtes fabuleuses. Vous en avez vu combien ? Il faut pousser l'enquête le plus loin possible, jusqu'à ce que l'on découvre tout... Je songe à mettre sur pied une équipe d'hommes bien entraînés et bien équipés pour plonger dans le lac et s'en emparer. Ça vous int...

— Vous n'avez jamais le sentiment de perdre votre temps, lui demanda Julien, avec une pondération affectée que je ne lui connaissais pas. Ce monstre n'est pas aussi monstrueux que...

— Mais je sais. C'est une très belle bête... You know, these old men around, *they played with it when they were young, very small children.* It's a prehistorical *toy. Not a monster* ! Vous vous rendez compte de la rencontre du temps et de cet espace ? C'est prodigieux, it's a wedding ! Cette rencontre de l'archaïsme et du temps présent : révolutionnaire ! Les gens s'imaginent que le passé est passé, qu'il ne revient jamais... C'est faux : le passé est peut-être toujours là. Il fait des "bubbles"... Oh ! Pardon me ! It's a easy joke, but... Il n'y a peut-être pas de passé, vous comprenez ? In a way ? It's so fascinating, so exciting. Vous savez comment les vieux les appelaient quand ils étaient petits ? Demandez à Jack; Water-cows. Ils allaient jouer avec au bord de l'eau, ils les appelaient : des vaches. Oui ! Authentique ! Des vaches d'eau ! This is real and this is fabulous. The most poetical secret of all times is that past is present and vitche-versa. Alived.

144

L'Américain faisait bon ménage avec sa vache

L'Américain se tut. Il marchait d'un pas élastique dans la cuisine. Il se versa du thé coupé à la tisane de Jack. Julien ne disait rien. Il avait entouré Aurélia d'une couverture de laine et la pressait doucement contre lui. Ce monstre l'agaçait. L'Américain aussi, qu'il aurait voulu croire futile. Nous avions été effrayés. Cet Américain qui faisait bon ménage avec sa vache nous humiliait un peu. Mais Julien ne voulait pas trop parler, pas trop se lier : nous nous cachions et il suffisait de la venue d'une presse à sensation pour nous mettre dans des draps embarrassants. L'Américain ne pouvait comprendre. Et c'était finalement la seule raison, peut-être, pour laquelle cette bête embêtait Julien.

145

La conversation porta sur autre chose

La conversation porta sur autre chose. Jack raconta ce qu'il savait, par tradition orale, de l'histoire de la région. Il y avait eu ici, surtout un peu au nord, de violents affrontements entre blancs et autochtones, et bien avant, entre autochtones et blancs plus archaïques; des brassements de population, des réfugiés d'Acadie. Il semblait deviner beaucoup. On aurait dit parfois que son discours était une sorte de paraphrase plus ou moins consciente de notre propre aventure. Comme s'il voulait nous rappeler des éléments de légendes ou de faits héroïques anciens qui nous concernaient. Nous étions venus nous réfugier dans une région où il y avait non seulement de la préhistoire mais aussi de l'histoire, du rêve, de la nostalgie, de l'exil. Du sang. Et cette terre sauvage était l'une des plus vieilles au monde. Région de beauté rude et sauvage, vibrante d'énergie tellurique inutilisée, de forêts jeunes surgies sur le dos d'un humus ancien et fécond.

— Il y a eu beaucoup de massacres, beaucoup de morts, dit Jack, en anglais.

Juste à ce moment, nous entendîmes cinq détonations rapides.

146

La conversation reprit

Nous nous tûmes durant une longue minute. Puis la conversation reprit, lentement. Ce fut à ce moment que je pensai, sans savoir pourquoi, à l'espèce de triangle que formait, à quelques kilomètres d'ici, la frontière du Nouveau-Brunswick, celle des États-Unis et le chemin de fer du Lac Long dans le Québec. Je me rappelai aussi le grave murmure presque audible, la pulsation respiratoire presque visible de la longue forêt du Maine qui s'étendait sous nos yeux quand nous roulions sur la route du lac Pohenegamook qui longe, à deux pas près, le chemin de fer et la frontière américaine. Et il me sembla que l'Histoire m'avait sevré, mis de côté, que l'Amérique entière m'était interdite. J'en éprouvai un frisson de tristesse, un sentiment poignant d'automne. L'Amérique entière me manquait comme une partie de moi-même. J'étais libre, au Québec, mais retranché d'une autre liberté, non pas légale, celle-là, mais d'un autre ordre : celle que confère le goût collectif de vivre sa propre vie, sans dépendance. Le Québec conservateur, loyaliste, fédéraliste, attaché à sa tutelle idiote, m'étouffait. Celui qui ne sentait pas en lui vibrer ce goût terrible de liberté créatrice étouffait et acceptait cet étouffement et je le trouvais odieux : car il m'étouffait moi aussi. J'aurais voulu voir éclater ces frontières et couler sur nos terres un vent nouveau. Le Québec libre et l'Amérique étaient une même idée : *du fond de l'océan des étoiles nouvelles*, disait Hérédia. Mais nous avions peur du nouveau et nos étoiles pleuraient au fond de la mer, au fond du sommeil. Ici, j'étais comme étouffé dans le chaos. Nous étions des agents dans ce chaos. Nous étions vêtus du cauchemar que nous étripions. Mais par-dessus tout, ce goût de renaître, en totale et pleine jouissance de la liberté d'affronter le monde selon notre Loi, était la seule et fondamentale raison du déploiement passionnel que nous avions lâché sur le monde et sur la Terre-Québec. Cela s'appelait sans doute "nationalisme" ou quoi d'autre : qu'importe ? Une eau sommeillante, noire et pourrie, me tuait. Et la Vie m'avait mis au monde pour aller jusqu'au bout de ce qu'elle avait mis en moi. Traverser cette eau. La pourriture du refus d'être. Aimer ?...

147

Briser ces digues

Briser ces digues de forêts. Franchir la nuit. Appartenir à l'Amérique. C'était pour ça que nous avions affronté tous les dangers des récents jours. Rien que pour ça. Pour rédimer ce chaos des frontières qui n'était peut-être qu'un purin psychique. Briser, briser la digue qui me séparait de l'Amérique, briser, briser... Sans doute ne voudraient-ils pas de nous. Et pourtant une récente randonnée à New York m'avait confirmé dans l'idée que cette ville baignait dans la lumière archétypale qui lui avait donné naissance et qu'elle ne pouvait pas ne pas nous entendre. J'aimais New York, que je connaissais mal, comme d'autres aimèrent Jérusalem : pour les mêmes larmes qu'elle me tirait du coeur, pour la même extase de jeunesse qu'elle mettait dans mes membres quand j'y marchais. J'y retournerais. C'était certain. J'étais psychiquement chez moi, là-bas, dans une idée peut-être physiquement trahie mais qui demeurait et pouvait peut-être migrer, comme Rome qui n'était plus dans Rome.

L'Américain ne nous parla pas de politique. Il nous parla de notre belle vieille bête. Je la lui aurais volontiers donnée en échange de l'extraordinaire espace promis de son pays.

Le lendemain nous nous rendîmes à notre maison de Saint-Éleuthère. Les nôtres avaient disparu. Quelque part dans la nature, espérions-nous.

Un message était posé sur la table, bien en vue. Nous le lûmes.

DOUZIÈME PARTIE

148

Hasard ?

Les coups de feu tirés par nous avaient alerté des gens : deux ingénieurs qui revenaient du Madawaska s'étaient arrêtés juste en face de la maison où nos compagnons et Noémiah logeaient. Hasard ? Un individu que l'on identifia plus tard comme un agent de la Gendarmerie Royale du Canada les accompagnait. Il avait surgi en cet endroit de manière inattendue, ce qui nous arracha un peu brutalement à notre sentiment de sécurité. On aurait dit qu'il avait surgi, lui aussi, du lac. Nos compagnons étaient partis, quelque temps après notre départ vers l'autre rive, pour se rendre à Edmunston où ils avaient passé une partie de la soirée. Mais les émanations de sulfure qui provenaient d'une usine toute proche de la frontière indisposaient Gilles à un point tel qu'ils durent s'éloigner et décidèrent de revenir à Saint-Eleuthère. Noémiah avait gardé de leur courte visite à un restaurant de l'endroit, tout près de l'usine en question, l'image de cette serveuse de dix-sept ans, d'une prévenance et d'une gentillesse extrêmes mais dont le visage lui semblait terriblement pâle.

Plusieurs visages étaient terriblement pâles ainsi (à cause des émanations ?) parmi les impressions toutes fraîches qu'elle rapportait d'Edmunston et elle ne pouvait croire que ce fut là toute l'Acadie. André, Edmond, Noémiah auraient voulu pousser plus loin, jusqu'à Caraquet et jusqu'à Moncton pour sonder les esprits, mais il commençait à se faire tard. Et ce n'était peut-être pas leur affaire ou la nôtre : en ce qui me concerne tout mon regard se tournait du côté de la frontière américaine. L'Amérique de l'homme renaissant, posant un pas dans l'Inconnu, c'était là mon continent, ma patrie.

Ils avaient laissé allumée l'ampoule de la cuisine en partant afin de mieux orienter leurs pas au moment de leur retour et c'était l'une des deux lumières que nous avions aperçues du lac. En entendant nos coups de feu les deux ingénieurs miniers qui travaillaient dans la région s'étaient arrêtés là où il y avait de la lumière afin de s'enquérir. Ils avaient marché jusqu'à la maison, cogné, entrouvert la porte. Et ils étaient entrés. C'est à ce moment que, venant sans doute d'Estcourt, l'agent s'était aussi présenté à la porte, à la façon d'un promeneur, et était entré vêtu d'un imperméable bleu foncé, presque en "uniforme".

149

L'agent

Plutôt corpulent, mais petit, ramassé, il s'était présenté, après s'être identifié, aux deux étrangers qui venaient à peine de pénétrer dans la maison. Ces derniers lui expliquèrent qu'ils étaient là pas hasard, comme lui, et ils décidèrent d'attendre quelque temps en voyant que la maison était vide mais habitée. L'agent et les civils se promenèrent quelque temps à l'extérieur. Les coups de feu avaient cessé. Ils entendirent peut-être le bruit de moteur du canot qui allait accoster à quelques deux milles de là. L'agent marcha sans doute le long de la rive mais n'aperçut pas le canot. Son attention fut attirée par une silhouette qui marchait sur la route. Il se dirigea lentement vers elle. Il était armé et il serra dans sa main la crosse de son pistolet. L'individu qui s'approchait titubait un peu et par moments ronchonnait. Lorsqu'il fut à quelques pas de l'agent, ce dernier, voyant qu'il avait affaire à un homme ivre, pensa à le laisser aller. Mais en l'apercevant, l'individu se mit à marcher plus vite en direction de la maison. L'agent l'intercepta alors. Gilles sortit son arme et frappa l'agent au visage. L'agent riposta, désarma notre compagnon et le conduisit, menottes aux poings, jusqu'à la maison. Puis il commença à l'interroger. Les deux autres civils se tinrent un peu à l'écart. L'ingénieur forestier sortit de la maison. L'autre y demeura, fasciné par la scène. Gilles ne répondait pas. L'agent lui demanda son nom. Gilles lui cracha au visage. L'agent lui asséna un coup de crosse sur la tempe.

Il maîtrisa facilement Gilles, le fouilla. Il s'empara de son porte-monnaie, découvrit son identité, mais cela ne lui apprenait rien. Il voulait savoir où Gilles habitait. Ce dernier se contenta de ricaner et insulta l'agent avec son arrogance coutumière. Ce dernier vit immédiatement qu'il avait affaire à un citadin, probablement montréalais, et cultivé, mais des éléments d'accent saguenéen le mêlaient. Le policier le fit lever, le contourna lentement puis lui asséna un coup de poing dans le dos d'une violence telle que Gilles alla s'écraser contre le poêle en fonte où brûlait un feu de bois. Des tisons jaillirent hors du poêle que l'ingénieur alla écraser de sa botte. L'agent écumait. Il aurait voulu tuer Gilles.

Ce dernier avait peut-être perdu conscience. Le choc à l'abdomen qu'il avait reçu en se frappant contre le métal brûlant l'avait étouffé. Ses mains étaient liées par des menottes derrière son dos. L'agent le frappa au ventre à plusieurs reprises. Puis, rentrant sa colère, il l'attrapa par les cheveux et le traîna vers le robinet d'eau froide. Il en fit couler dans un récipient de fonte et jeta l'eau glacée du lac à la figure de l'inconnu. Gilles geignit un peu, comme absent. L'agent recommença deux fois l'opération jusqu'à ce que Gilles ouvrit les yeux. Alors l'agent lui plaça sous le nez une découpure de journal qui montrait des scènes d'incendie dans la région de Québec. Cette fois le policier était sûr, d'instinct, de savoir à qui il avait affaire. Il savait pourquoi il s'était trouvé sur son chemin "par hasard", pourquoi cet "ivrogne" venu d'ailleurs ne parlait pas et ce qu'il était susceptible de révéler s'il parvenait à le faire parler. Il le gifla sauvagement et le frappa du poing et des pieds. L'ingénieur qui était demeuré dans la maison n'osait trop bouger et observait la scène avec un intérêt mêlé de stupeur.

— Tu vas m'dire tout d'suite c'que tu sais ! Tout de suite ! Toute !

150

C'est à ce moment

C'est à ce moment que Noémiah et André pénétrèrent dans la maison, Noémiah par la porte d'en avant et André par le bas-côté. En fait ils s'étaient arrêtés en chemin pour goûter au silence de la route et Gilles, un peu ivre, avait voulu rentrer seul. C'est à ce moment-là que l'agent l'avait croisé.

Ce dernier voulut faire feu en direction de la fille mais André tira le premier, à cinq reprises, nerveusement. Une balle traversa le bras de l'agent, une autre traversa sa main et il alla se cogner contre le mur de bois.

— Dont move, you damned bastard ! cria André en anglais en mordant ses mots. Il avait le goût de faire feu encore et encore sur le policier. You damned bastard ! Damned bastard !

Le policier lui tint tête sans mot dire. Il ne semblait rien craindre. Noémiah ramassa le pistolet du gendarme, lui arracha son imper et le fouilla. Elle glissa son porte-monnaie et ses papiers dans son sac et ordonna au blessé de libérer les poignets de Gilles.

Ce dernier tenta de le faire, d'une main, sous la menace du fusil de Noémiah. Il tremblait non pas de peur, mais de douleur. André s'empara des clés en repoussant l'agent du pied et libéra Gilles qui se releva en titubant, sans dire un mot. Edmond venait d'entrer. L'ingénieur qui était sorti le précédait sous la menace du fusil. L'autre se tenait toujours immobile dans un coin de la grande cuisine.

151

Après les avoir fouillés

Ils les forcèrent à aller s'asseoir face au mur après les avoir fouillés. Edmond s'approcha de Noémiah et lui dit :

— J'pense que l'mieux que nous ayions à faire c'est de retourner d'où nous venons et rapidement.

— Et les autres ?

— On peut pas attendre. Y faut penser qu'y vont deviner, ou bien qu'y vont tenter de venir nous rejoindre, je ne sais pas. Mais lui c'est un agent fédéral, d'après les papiers. Ca veut dire que tout ça va nous mettre dans quelques heures les flics aux trousses et sérieusement. Et il y a des témoins. Qu'est-ce qu'on en fait, demanda Edmond ?

— Je ne sais pas, fit Noémiah...

— On peut s'en débarrasser, fit Gilles, avec un rictus.

— Non, fit Noémiah, comme si elle venait de chasser une pensée.

— Pourquoi pas ? s'impatienta Gilles. Tu penses qu'ils nous aideraient si on venait nous arrêter ?

— Non, mais des otages, c'est toujours utile, fit Noémiah.

— Je ne pense pas, fit Gilles.

Il s'empara d'une arme et voulut faire feu en direction de l'agent.

Edmond sauta sur lui et le désarma avant qu'il n'ait pu tirer. Gilles tomba par terre. Il était exténué.

— Laissons-leur une automobile, fit Noémiah en parlant de nous. Et un message...

Elle rédigea rapidement : "Nous sommes retournés à la maison. Orages." Et elle le posa en vue, sur la table, sous une tasse.

— Ils vont comprendre.

— Ils ont les clés de l'automobile ?

— Ils savent les faire démarrer sans clés. Mais on peut les laisser. Tiens. Va les mettre...

Ils menottèrent l'agent après avoir rapidement et sommairement bandé ses blessures. Ils bandèrent les yeux des trois hommes et les menacèrent sans équivoque au cas où ils tenteraient de s'échapper.

André monta avec Edmond dans la grosse automobile américaine des ingénieurs. André conduisait. Edmond s'était assis à l'arrière du véhicule et surveillait les deux ingénieurs, l'un à ses côtés et l'autre devant. On avait fait asseoir l'agent derrière, menottes au dos. L'automobile des prisonniers partit la première. Suivit celle de Noémiah et de Gilles.

Quelque temps plus tard nous prenions connaissance du message laissé par eux. Nous fîmes disparaître toute trace de notre passage et nous roulâmes dans la voiture qui restait en direction de Saint-Joseph.

Les "vacances" étaient finies. Mais avaient-elles jamais commencé ?

152

Sous une pluie torrentielle

Nous rentrâmes sous une pluie torrentielle.

La maison était suffisamment grande pour loger les nouveaux venus. Nous leur avions offert deux grandes chambres au second étage. Elles fermaient presque hermétiquement et nous ne craignions rien. Au début nous leur montions nous-mêmes de la nourriture que les filles ou Julien préparaient tour à tour et l'un de nous gardait l'accès aux lieux en permanence. Le plus redoutable des trois était évidemment l'agent qui ne parlait jamais et nous avions vite décidé de le changer de place.

Nous le fîmes descendre dans l'une des pièces de sûreté de la cave à deux pas des munitions. Mais il ne pouvait y toucher.

Une tension nouvelle entrait ainsi dans la maison. Et la tentation était forte, appuyée par Ruel et maintenant par André, de se défaire de la tension en abattant les prisonniers. Mais ils pouvaient aussi servir d'otages, éventuellement, et nous les gardions en vie pour cette raison. La seule idée d' "abattre", de toutes façons, m'écoeurait. Je voyais dans leur présence un défi à l'idée que nous nous faisions de notre action. Elle commençait, en fait, à ne plus avoir de sens à mes yeux, ni même à ceux de Noémiah. Notre séjour reprit son rythme normal et pendant quelque temps nous goûtâmes plus profondément l'atmosphère intemporalisée et intellectuellement dense qui avait commencé à marquer notre récente arrivée ici.

Et je retrouvai pendant un temps mes compagnons et mes compagnes de ces jours-là. Mais nous étions comme en sursis.

TREIZIÈME PARTIE

ou

Marie des métamorphoses

ou

Noémiah est à gauche

ou

L'âme n'est pas populaire

Changement graduel de registre, du diurne au nocturne. Ou encore : de la conscience de veille à une conscience plus médiumnique et comme impersonnalisée. Le lecteur sera peut-être un peu dépaysé.

Écrire est ouvrir une porte dans l'espace. Et le remplir. J'étais resté à méditer dans une chaise de bois verni, c'était d'énormes chaises, très confortables. Je notais des impressions pour ce récit. Je méditais. L'aurore avait envahi doucement le ventre du monde. Il respirait dans le blanc ténu de l'intérieur. Cette aurore m'accompagnait à volonté, me revenait tout le jour comme du fond de tranquillité qui habite le monde. Julien était très loin, à deux pas de moi cependant, et nous allions parler, je le sentais. La conversation s'approchait, à la façon d'un courant, je l'entendais murmurer déjà, indistinctement, dans le feutre. Pendant près d'une heure nous étions ainsi demeurés silencieux, dans le secret, n'échangeant qu'à peine quelques propos à voix basse pendant que les fonds murmuraient autre chose. Le ruisseau, le ruissellement tranquille des contacts de l'intérieur. A voix basse, comme par crainte d'éveiller ou de brusquer le repos de quelque chose ou de quelqu'un. Et nous finissions par nous prendre à notre jeu. Peut-être n'y avait-il personne ici dont il eût fallu respecter la sensibilité, en ce moment. Sinon l'air même et son goût de n'être mû que par d'ineffables ondes. Cet air qui nous baignait était comme une femme ténue, raffinée. Qui filait doucement parmi nous sa quenouille. Ne pas lui jeter l'arête aiguë des propos carrés, tel était notre propos tacite. Doux est l'espace. Il ne bouge pas. Meubles dans la pièce. Terreur disparue. Tranquillité. Chaleur sphérique contre la paroi vitrée du froid. Soleil. Amical sur la neige. Givre écrit dans la vitre, parchemin bleu du firmament. Nous étions touchés par la délicate plasticité de l'air et nous voulions lui imprimer des mouvements aussi raffinés que lui, sinon tendres, hypertendres : nous avions l'air en affection. Il n'était pas de geste de la main qui n'eût sur lui un doux impact indélébile. Je notais en parlant d'*elle* (au masculin : l'air. Je corrigeais : *il* (air est masculin). Mais l'air c'était *elle*. Le corps de Dieu n'est pas *il*, n'est pas *elle*, *il* est *il* ou *il* est *elle* ou *elle* est *ille* ou. *On* les afflige. Le temps : *il elle on* — et je m'amusais à noter : *il est long, il est l'on, hylè l'on, Hylè long, hylè lungs, corps-poumons, corps-respir, co-respir*. Les dictionnaires et les ouvrages de la bibliothèque me permettaient de poursuivre : *Corè-spire*, la spire de Corè, la déesse, le cycle de Corè, le temps de Corè (Proserpine chez les Latins) : elle fut condamnée à rester dans les enfers en qualité d'épouse de Pluton et de reine de l'empire des Ombres. *Corps est spire*, le corps est temps — évolution (spirale), identité entre le corps et le temps-évolution, le corps contient le temps, le temps contient le corps, *on* le sait qui n'est ni *il* ni *elle*, le *corps-on* (le corp-son). Je laissai faire pour le *Coran*, même si maint astrologue place l'Islam sous le signe du Scorpion, symbole de mort et de renaissance, de descente aux enfers et d'élévation — j'avais sous les yeux ce qu'on disait de Proserpine-Corè : "Certains peuples les honoraient (Proserpine et Pluton) comme les divinités de la fécondation de la terre et ne commençaient les semailles qu'après leur avoir fait des sacrifices." Je laissai faire le *Coran*. J'avais sous les yeux *Charon* (en fait *Koron*, en grec) pour *corps-on, corrompt (corps-rompt)* : "Koron, fils de l'Erèbe (L'Obscurité, zone des enfers) et de la Nuit, était un dieu vieillard mais immortel. Il avait pour fonction de transporter les ombres des morts dans une barque étroite, chétive et de couleur funèbre. Il était avare. Nul mortel vivant ne pouvait entrer dans sa barque à moins qu'un rameau d'or, consacré à Proserpine et détaché d'un arbre fatidique... Ses yeux ont une empreinte divine... Maigre, grand, robuste... Barbe blanche, longue, touffue... (Arcane neuf, l'Ermite ?)... Vêtements d'une teinte sombre et souillés du noir limon des fleuves infernaux... Tient à deux mains son aviron..." Koron-Corè. Corps-rompt-corps-est, Corps-rond...

L'air était doux comme une amande. Mot après mot prononcé doucement enrichissait la forme imprimée de nous dans l'air, tissait l'air de sens (l'iridescence). Puis un mouvement des jambes et du corps traversant la zone nommée, dite, suspendue, parlée. Un silence du mû (pas de gestes). Un corps à corps à même l'air mû. e.

La lumière explosait dans nos yeux, jaillie tout droit du silence.

Là-bas le soleil nous bombardait de ses rayons brûlants.

L'effet de serre était ardent.

Nos yeux se noyèrent un instant dans cette irruption blanc-doré. La neige. J'éteignis une cigarette dont je savais soudain que la fumée contractait le poumon droit de Gilles. Julien était redevenu le compagnon des éternelles adolescences. Il faisait frire des oeufs sur le poêle. Noémiah était parmi nous dans la salle où il y avait des centaines de personnes... Certaines nous regardaient. D'autres nous approchaient. D'autres passaient sans nous voir. J'eus des conversations fugitives avec certaines. Mais c'étaient des conversations d'un autre monde. Julien faisait cuire les oeufs. L'odeur me venait avec le goût du lard brûni.

C'était fantastique, ces présences. Cela revenait souvent, durait parfois des heures, avec des densités de formes variables. Il y avait des centaines de personnes qui parlaient, discutaient, échangeaient des objets, déployaient une activité fébrile. Ces présences demeuraient longuement dans ma mémoire. C'était comme si l'espace s'ouvrait et s'allégeait. Comme une "infra-géographie".

Il y avait aussi une salle consacrée seulement à la prière. Mais ce n'était pas une prière statique et ce n'était pas notre maison, comme si une autre maison, semi-visible, s'était glissée dans, autour de la nôtre. Les femmes y entraient pour prier, chanter, se mouvoir indéfiniment sous l'effet du silence qui habitait ces lieux et qui avait élu d'une manière toute spéciale cette immense salle de "l'autre" maison. Une force de Silence s'était aussi ou ainsi glissée dans la nôtre. Et induisait en ceux qui s'y ouvraient des expériences étonnantes qui commençaient toujours par un engourdissement profond des membres et qui donnait le goût de dormir. Mais si l'on gardait conscience, l'on voyait un autre monde s'ouvrir.

Julien devenait de plus en plus silencieux. Gilles semblait entraîné dans les paroxysmes comme sur une paroi où une main puissante aurait voulu l'écraser. Et les parois reculaient indéfiniment et Gilles vivait dans un vide agité, hanté par des vertiges inexplicables. André s'était révélé être un individu possédé par une peur apparemment irréductible. Et il voulait toujours "abattre". Je me rappelais la prédiction de Julien : "... tu seras devenu un tueur... dans quelque temps... je te prédis..." C'était avant le coup de Montréal et de Québec. André maigrissait. Il avait des nausées et rien ne semblait pouvoir le guérir de ses hantises. Au début, elles avaient un objet : une possible arrestation par des policiers. A la fin, ses hantises n'avaient plus d'objet identifiable. Sa peur était dénudée. André fut confronté à l'énigme de l'autocratique autonomie de la peur, de l'angoisse. Edmond devenait distant envers Aurélia. Cela était-il volontaire chez lui ou bien cette prise de distance obéissait-elle à la loi nouvelle de son devenir qui semblait s'éveiller en lui ? Il n'était plus le même. Plus calme, d'un calme de qualité, avec une sorte de chaleur dedans.

Un peu plus d'une semaine avait passé quand Edmond, revenant d'un court séjour à Montréal, nous annonça que le manuscrit de Gilles avait été publié et qu'il connaissait un succès inattendu.

— Tous les critiques en parlent, disait-il à Gilles. On te compare à Céline, d'autres à Beckett, d'autres à Dickens. On n'a jamais rien publié d'aussi violent, dit-on.

— J'ai des réserves, disait Gilles...

— Je recrée partout le drame antérieur, dit quelqu'un.

— Partout je vois la mort qui me touche et le tueur violer l'amour sous mes yeux et la violée jouir, en m'aimant, de celui qui m'écrase.

— C'est le drame du père qui écrase le fils blessé d'avoir aimé au grand jour un être qui n'est cependant pas sa mère, dit quelqu'un, d'un ton surpris.

— Qu'est-ce que tout cela signifie donc ? dit quelqu'un.

— Cela signifie que la puissance de créer est égale à celle de ne pas voir, fit Edmond.

— C'est sûr, dit quelqu'un dont la voix s'étranglait dans la gorge, c'est sûr que nous mordons la substance même du réel avec nos crimes, nos perversions et nous avançons en nous-mêmes mus par le pouvoir transitant du passé.

— Je n'aime pas ce mot, dit quelqu'un : le passé est néant. Il y a la surface et la profondeur...

— Ce que je fus, je le fus du dedans profond, sans fin, projetant le monde et la mort...

— Oui, voilà la vérité.

— Elle me remplit de Dieu, me guérit, dit quelqu'un.

— Le passé est néant, abstraction sans fondement, dit quelqu'un.

— Le passé est néant. Il n'y a que l'abîme qui fonde et le chiant et...

— Ça chie et ça chie !

— Non.

— Et voyez-le, dit quelqu'un.

— En surface mille élucubrations d'oiseaux sans racine...

— Mais au fond la mort et le sang et la boue et c'est là et ça chie et ça chie...

— Le passé n'existe pas. Il y a la surface et la profondeur !

— Mais le passé n'existe pas, voyons ! Il y a la surface et la profondeur !

— Mais non !

— Le passé est la surface.

— On y raconte des histoires.

— Mais la profondeur est le présent qui fonde le passé qui n'est passé que parce que nous...

396

— Aurore ! fit un loup (ou un lièvre).

— Que parce que nous ne voulons pas voir le présent !

— Le présent des profondeurs passées ! dit quelqu'un avec du poil, des dents usées jusqu'à la horde.

— In illo tempore veut dire : "Tout d'suite au fond pis vite, choriste !"

— Oui ! Là gît le, l'âge hylè. Là agit le Christ du temps des fonds dans notre substance d'oubli, d'inconscience, de misère.

— Là existe la misère noire de n'être pas vécue !

— Oui, cria quelqu'un, la misère noire de n'être pas vécue gît en nous, bouge en nous, rougit dans son mouvement et saigne à nos joues ! Le saviez-vous ? Les visages rougissent de sexe mais le sexe se dresse de mort et de sang profond, de mort et de mort et de mort et le saviez-vous ?

— Il y a la surface et la profondeur dit un rat de six pieds qui mordait à la porte ! Mentons !

— Dégondez-don-lui la porte, ôm.

— Il y a la surface et la profondeur !

— Ah oui ! se dit quelqu'un, il y a la surface et la profondeur.

— Eau oui ! Moi le soir je veillais sur le mont du Davaar, pour voir le ciel briller. Je creusais...

— Horreur !

— Je dessinais le temps.

— Rire éperdûment me voile ta peur, mon être.

— Non ! Il en fait un collier de perles !

— Je recèle tant de jougs malicieux et je te cambre en creux...

— Dans le vin, le vin...

— Si terne !

— Non !

— Sidéral ?

— Oui. Tu es le pâtre ému des amygdales.

— Tout est objet de l'Achéron, fit lugubrement quelqu'un.

— Le chant qui monte est plus doux qu'un viol d'aigle...

— C'est tout dire ! cria l'aigle.

— Ou d'anges, se dit quelqu'un de tout petit.

— Il monte au milieu des olives parmi les cordes du violon, dit le gardien du Juif.

— Mais tu parles de moi sur un ton si austère...

— Pucelle !

— Je tète et tu m'ordonnes de t'aimer.

— Mon rêve porte mon âme vers ta vulve, toi mon incandescencè, pour que la joie t'inonde.

— Tu es jeune et splendide, tu es narquois, tu glisses.

— Qu'est ta pénisse ronde sous ta litée de sein, satinée, méandreuse ? Ici, dans la flore étendue du jardin, ne vois-tu ?

— Sons d'étranges isocèles.

— Ils croissent à même le papier...

— Marbré.

— Mais toi dont la bouche a bu l'homme, toi qui as cru te sauver de ton corps, n'as-tu pas vu...

— Que la douche ratisse ?

— Sa ! La douche plaît au sang du Christ.

— La douche-plaie de la ferveur du diable étendu sur la page...

— Comme une déglutie.

— Qu'importe, dit quelqu'un, un grimoire s'écrit avec du sang. Un évangile aussi. Du sang, toujours du sang !

— Qui s'approche doucement pour sillonner l'eau pure de ses doigts d'ange ?...

— Qui n'écrivent pas !

— Qui burent !

— Ils rivent un clou dans la mare.

— Qu'importe ! Je suis heureuse, étendue...

— CRUELLE ! Tueurs couraient, galopaient, chenillaient leur acier, leur feu vers le centre du monde. Ils avaient bu le sang pendant des millénaires, distillé le sol cru. Ou bien durant cent ans ou peut-être trois cents et maintenant ils étaient près de nous. Ils couraient, galopaient, vrombissaient, chenillaient leur métal acéré et les caresses stoppèrent (Korè). Les forts brandissaient d'autres courroies de mort, d'autres cithares de sang, d'autres douleurs de fiel, d'autres pénis de laine.

— Il y a de la mort dans l'air ! cria quelqu'un.

— Depuis l'temps qu'on distille, dit une voix avariée.

— Sortons de l'eau !

Ceux qui restèrent dans l'eau furent happés par les hordes de mort qui allaient vers le centre du monde éveiller les monades. Le temps maintenant vrombissait dans nos veines. Les coulées du couchant serpentaient vivement dans le ciel sillonné des blancheurs de la lune. Les nuages cédaient aux courants de la mort et Kali galopait dans les mers. Les mers, la nuit, la mort et les os des soldats. Pétrissaient la boue noire des fonds. Pour en faire cuire les pédoncules, en faire jaillir les viandes, moudre la mort.

— Tu semais la mort en nous, fit quelqu'un, en s'adressant à Gilles. Tu nous as donné la mort. C'est toi qui nous as donné la mort.

— La mort est un cadeau des dieux, fit Gilles, et qu'en avez-vous fait ?

— Tu nous a chassés de l'eau, tu nous a forcés au feu, tu nous embrases dans la boue, le sang, la plaie, mais c'est ta plaie, pas la nôtre !

— Mais ce sera aussi la vôtre, fit Gilles, au nom du Christ...

— Tu blasphèmes !

— ... qui règne dans les enfers à jamais et c'est l'amour qu'il porte au bout des piques !

— Tu joues la mort.

— La mort joue, danse, intrépide vignoble... Ah ! Mais vous ne comprenez pas !

— Tu es noir, tu es cruel, tu ne connais pas la pitié !

— Je ne connais pas la pitié, c'est vrai, je suis coupé de mes racines. Je suis un fruit tombé de sa racine et le temps me cueille et me mange et vous appartenez au temps et vous me mangez : COMMUNION !

— La nuit marche dans les fleuves de boue, de sang, quelqu'un dit. Je ne le savais pas. Des filaments rouges sillonnent le temps, l'enclume : à nous la mort, à nous leur héritage... Et à la fin, cria Gilles, je me dissous dans vos tourments, tout se dissout, ma forme éphémère et empoisonnante, et il n'y a que la lumière. Le commencement, c'est tout.

Ma plaie est votre plaie, votre plaie est ma plaie, il n'y a qu'une plaie et c'est la Vie. La lumière en jaillit. Y pénètre. Et c'est fini.

Dit Gilles.

Noémiah, Edmond et Gilles s'étaient approchés du foyer. Edmond y avait jeté deux bûches de cèdre.

— Les critiques sont tous d'accord pour crier au CHOC. Ça les remue en tous sens. Pas toi ? fit Noémiah.

— L'on me pensait à jamais perdu dans ma flaque de sang : mais la violence qui engendre ma révolte m'engendre aussi, dit Gilles. Ecoute-moi bien et vous aussi écoutez ce que je dis, je n'ai plus de temps à perdre : la violence qui engendre ma révolte m'engendre aussi. Et je suis plus fort ainsi. Ah ! vous pensiez que j'allais demeurer durant l'éternité et des éternités d'éternités dans ma flaque de sang, dans ma flaque de sperme, dans le sang du dragon mort au bord du puits ? Eh bien non : la violence engendre ma haine m'engendre aussi. La révolte est, inépuisable, inexplicable.

Dépêchez-vous de comprendre : ils galopent déjà sur nos terres intérieures. Demain les tanks et les avions. Mais ce qu'ils ne savent pas c'est que nous sommes nés. Et ce qu'ils ne savent pas c'est que le Jean est noir. Ils ne voient pas, ils ne croient pas, mais ma noirceur me rend invincible. Je suis l'initiateur du combat. C'est moi qui tient la grande initiative. Je suis l'imprenable lutteur. Je suis noir. Qui peut savoir ? Qui veut comprendre ? Dieu m'utilise et je cours et je danse dans l'or. Dans l'or noir court comme un serpent tout entordu dans sa ferveur. C'est tout. C'est TOUT.

Gilles s'était étendu sur une des grandes chaises rembourrées du salon.

— Et vous pensez que je suis un inverti ? Ce maudit mot comme tous les autres : bloc de métal sans fissure ! Inverti. Inverit. Inervit. Inerve, inerve et nerve et rénove inovaire ovéri, révéri, véri-vite... À défaut d'blague on fait des bagues ! Moi, vos bagues j'en fais des blagues, des débagues et des éclôts. Comme si j'avais besoin d'une étiquette à ma spire. À masses pires, oui : qu'onserves / Moé a m'aspire, ma spire, ces masses pires c'est ma spire ! Je suis en explorinverti ! Sacre à messe pire, mainspire !

— C'est sûr, dit quelqu'un, que ton livre fait prendre...

— En gelée !

— ... Oh... Il fait prendre conscience aux gens que non seulement la langue est en train de pourrir ici, mais que l'esprit même des gens aussi deviendra tout mouillé.

— Par la grâce du sang !

— Il tue à tort, j'en suis certain, dit quelqu'un.

— Il y a aussi des milliers de gens qui sont quotidiennement rongés par l'amertume et la haine... Ton roman le montre et le crie que tu aimes la mort. Viens pleurer dans ma main...

— On en parle comme d'un acte vengeur, dit quelqu'un. Moi j'aime les actes vengeurs.

— Oui.

— Moi j'ai de l'admiration pour ceux qui aiment dans la douleur. De la pitié pour ceux qui haïssent dans la douleur. Je n'ai que de l'amour très doux pour tous, dit quelqu'un que l'on chercha partout, de la tête, sans trouver...

— C'est de la vindicte extrême !

— Couleur d'ébène. Je suis un être noir, et c'est parce que je suis cet être noir que je suis fort. Si formidablement fort, fit Gilles...

— Si foudroyamment invincible !

— Car je suis l'incarnation même du mal. Et je vous le demande, mes frères : qui a jamais pu vaincre le mal ? Le la la la lam ? Le mal à la lame ? Le malam ? Qui ?

400

Gilles avait été concocté dans son sang, maint sang, maint corps sans rivages, mainte étendue d'eau acide. De cette boue il s'était fait un corps solide, un vrai cercueil. Et son drame était d'être la mort invaincue.

— Pas Sol invictus (Soleil Invaincu, le Christ) ?

— Non. Loss Tousvictimes (La perte de tous, le grand convoi perdu, le grand désintéchrist).

Le chaos se dit. Se dédit. On y entre et on en sort. Jusqu'à.

— Dis à Edmond-dEdmon, disait Gilles, que ce roman est le premier roman d'amour. Et fais-le bien grincer. Et puis que c'est le plus terrible roman de haine : la haine c'est l'amour en obus. Je ne veux pas réintégrer le raisonnable : la raisonnable est le début de ma sclérose, de mon hoquet. Je suis trop noir et trop fort pour me laisser circonscrire par la mesquinerie paclitante. Jamais. J'aime mieux rédiger ma folie jusqu'à la dernière goutte. Et mourir. Et qu'ils s'usent à l'os, les gardiens de l'or, je ne grugerai plus leur tige. Qu'ils se teignent la grue. Et qu'on n'en parle plus ! Loss, lost forever !

— Faut rêver ?

— Faux rêveur !

— Qui le dit ? Qui ? Tant que je vous échappe, vous veillez : vous ne pouvez dormir ! Faux rêveur est celui qui dort quand je passe. Cela me vient de loin, me dit Noémiah, à moi Gilles, mais je l'ai su rien qu'en touchant son con ! Tout est écrit dans sa coule...

— Je n'ai qu'à gratter dedans du bout des ongles, Digiles, pour en retirer des secrets de vies antérieures. Mais l'antériorité, ça je l'ai dit, je pense, ou quelqu'un le disait tout à l'heure : il n'y a pas de passé. C'est de l'abstraction. Il y a la surface et la profondeur. Jeune est jamais, je n'est n'ai jamais vécu. Ca vit sans commencement et sang sens sans fin comme en rond, comme en spipi...pi...spispi... spi... spi... spirale...

— Sa !

— Du cri dans les ouilles !

— Pas complique.

— Ca naît tout le temps, sans fin.

— J'ai voulu écrire pour violenter, disait Gilles. Et j'irai bien-

401

tôt dormir. Dans mes montagnes noires-noires. J'ai tout calciné mon sang pour vous. Par la colère. Je suis le Québécois mordant, le non à tout c'qui qui, qui. J'ai écrit ce livre pour violenter et pour donner la mort. Et maintenant je la vois en vous et la flaque d'eau morte teintée dedede sang. Si je dis oui à la mort, à la violence et à la haine et que je la porte un instant dans ma conconscience éveillée, ces violences noirâtres, ces détergents acides, ces crinolines de serpents et d'épines...

Ha ! Ha ! Ces bielles de métal collant, tous ces austères blasphémateurs, tout ce clitoris béni brillant au milieu de la nuit comme un anthrax sans tête d'où rien ne peut éjaculer, ce cri repris dans tous les souterrains de la chair comme une lave de folie volcanique où la femme ahane contre sa main lippue, toute cette mordante crétinisation crossante et chaude et brûlante de l'anthibernation sexuelle et l'anthrax est rougi comme un oeil de va-vite ou d'enfant délaissé, rien ne me dit que cette torsion perverse de tout le corps de cette femme s'entrant les ongles dans la vulve, ce cul de rose et de rosée mouillé d'odeurs collantes qui me sucelle et qui se tord sur le fond de l'aube, rien ne vous dit que sa chair est stérile ou bénite hostie et fertile la chienne quand elle donna naissance à mon corps de nuit enragée, mon corps d'ébène bandé, merdeur du cul volant, l'entraille au bec, le cul criant dans l'étable (l'étale) du dieu qu'il abîme ! Rien ! Rien de le dit ! Eh bien je le jurlerai jusqu'à la périphérie des mondes que le mal fut l'enfant damné de Dieu et qu'il ne savait plus qu'en faire, Dieu, de Dieu, et qu'il-elle-la-la-y-tout fallait bien que lele l'enfant damné de Dieu (de Dieu qui de Dieu qui de Dieu ded) qu'il se fasse lui-même de lui-même à même la boue. Et c'est ça que j'ai fait, je suis la-y-elle-y-tout-il fils damné de Dieu naissant du fond de sa flaque par lui-même, homunculus futride. Et si vous n'en voulez pas il vous faudra crever dans l'irréalité de ce refus car je porte en mes flancs d'ébène incassable toute la furie des siècles tus. A Han ! Yan Ep ourtant c'est la divine (équipée sombre) tendresse du dieu mort en secret (sacrot) dans sa motte. Ca cratte ! Hot ! Mais votre langue est si peu sinueuse, si peu, si peusse...

Gilles cria :
— Tu sais, toi que ce roman qu'Edmondémond lit est un

roman d'horreur. Mais voilà. Il s'écrit encore. Poursuivons. Mettons le fils au monde. Une fois pour toutes. Et qu'il déferle sur la terre. Il y en aura d'autres. Tout cela c'est la naissance du fils noir. Rien de bien glaive. Un cri de beauté noire, invincible. Une colère inattendue pour ou contre les avions et les tanks. S'il en vient. Qui s'imprégnera de cette saleté ? Il faut connaître cette volonté noire en nous puisqu'elle y est et qu'elle finit par conférer la force. Mais mort à celui qui dort sans jamais se lever dans sa flaque. Il claque. Et c'est la mort qui laque.

Noémiah lui caressait le bras.

— Placez-vous nue sur son bras, cria quelqu'un, d'un ton indigné. C'est là qu'est la vraie prière. Vous n'avez rien compris et pourtant vous êtes Juive — mais de la race de Salomon, pas d'David !

— C'est faux ! La vraie prière est fil d'or, feu bleu !

— David est feu bleu. Salomon feu noir. Le feu bleu dans le noir... Sur son bras ! Fille à David et à Salo !

— Que savez-vous pour oser trancher l'eau qui palpite ? fit Noémiah qui régnait. De mes deux jambes la source soûle et nous enchante... C'est par ma voix que vous parlez.

Et Noémiah releva sa jupe en blasphémant. L'homme fit couler de la main la culotte et NOÉ MIT A.

— Celui qui s'indigne n'entre pas dans ma question qu'il tranche. L'enfant de mon eau coule dans les branches. N'affirmez pas le vrai sans le faux (ni que l'os doux me tranche). Ma phloge est un nectar qui saigne. Et m'ensanglante. Je saigne. Fille de ma lame et du chaos. Qu'il vienne l'enfant qui saigne dans l'anneau. Je ne suis pas unique (bien qu'entée dans la phlège) : os resaignant, taisez-vous ! C'est moi qui règne, pas vous.

ET NOE MIT A. NO.

— ÉLIT À. NO ! TIMÉ ON. NO TIMÉ. MI TÉON, NOÉMI ?
— NO ÉMIT À, MIT NO. NOÉ MIT NO. NO. NOÉ MIT À. À. NOÉ MIT À.

Elle collait ses fesses coulantes sur le bras droit de Gilles qui lui déchirait la chair de ses ongles.

— Enfin ! cria une voix avec des larmes et du sang dans les yeux, enfin !

— Mais où est l'ogre ? cria la voix.

— Au coin du feu, cria quelqu'un. Il sombre dans la drogue.

Mais Noémiah au loin charme ses longues nuits. Demain il lui tranchera la main.

Le Sepher Yetzirah (Le Livre de la Formation), la table de base de la qabbale hébraïque, énumère les dix propriétés de l'arbre du monde ou arbre séphirotique qui constituent les dix centres de formation de l'univers. Parmi eux, il y a l'infini du mal. Et le Sepher ajoute : "Le Seigneur, le Roi fidèle, règne sur tous (les dix) de la Sainte Demeure depuis toujours et pour toujours."

Le Mal
ressemble
peut-être
à
l'inversion
de
Lam — Et le Seigneur, le Roi fidèle...
qui lamelle et la mêle et là m'elle.

Noémiah-Mioh embrassait Gilles sur la bouche en caressant son sexe qu'il avait long et dur. Elle l'embrassait en le masturbant et semblait en tirer un orgasme sans fin.

— Je ne pus résister plus longtemps, dit quelqu'un, et je courus derrière elle pour lui tordre la robe et les reins. Elle en a profité pour se laisser couler dans le grand membre à peau claire.

— Moi j'ai vu un homme ordinaire se glisser dans son dos et la barbouiller en criant "c'est sec !"

— Quel accent ?

— Sec.

— NO ÉLIE À. NO. NO C'EST NOA. NO.

— A NO. A NO. A NO, fit la voix du mage au coeur de l'interprétation tournante. C'est la roue, vous savez bien, la roue qui tourne sans fin dans les mondes : elle émet O O et elle fait NO NO, et MIT A, A et mille sons qui vous arrachent aux limbes. C'est tout.

Et je giguais et je tournais et je tapais du pied sur le sol et les regards cruels filaient partout comme des mouches.

— Du sexe olivâtre et kaki se mêle à l'air pur, fit un observateur dont l'érection gagnait son coeur.

— C'était comme une épée de chair qui me torturait, me tirait vers mon ventre, me donnait le goût de mourir tranchée dans d'la vaisselle de sang, dit une femme qui pleurait étendue dans une mare coulante, les yeux buants d'amour.

— Ce fut comme une pression de main sur un pénis que je n'ai pas, fit la fille, et cela dura des heures et me tordit. Des mains sans fin, torturantes... Un pénis long comme un rivage.

— Moi j'ai senti d'énormes doigts partout, on tint ma bouche ouverte, je bavais, la mort me fuyait par le fond, me tirait les entrailles et le coeur, me fendait... Depuis, je veux boire du sperme.

— C'est clos, fit l'instinct.

— Dommage, fit la mort au pénis. Je t'aspirais dans mon délice.

— Anodin ?

— Oui ! Anodin ! Nada ! Nada ! Le Vide ! Le Rien ! Le son dit l'anodin.

— L'anneau d'Un ?

— Laissons, dit l'anodin.

— Ah ! No ! fit l'Anneau.

— Philano, ma fille !

— No ! émit A... NO NO.

— Si Philano m'affile...

— Très bien, fit Noémiahen se pourléchant les babines. Vous vous servez de mon eau-nom comme d'un torchon. Eh bien qu'un seul d'entre vous se montre le pénis et je lui coupe la berlope ! Et si jamais il me venait des idées d'escalopes ou de cuisses de jaguars, vous en auriez pour votre race, faces de damnés ! Mon ombre est née de ta frasque. Vous verrez bien qu'elles viendront par nous les grandes passions éternelles et sans limites, peuple de petits soubresauts ! Vous ne connaissez pas ma fureur. Et je suis bien trop raffinée, délicate et mystérieuse pour vous, petit clan de têtes étrètes. Je peux vous dire toutes mes phrases sans les couper. J'ai du sang d'homme. Et vous prétendez écrire un roman, faire la révolution ? Messe est terrible ! Pourquoi donc pensez-vous que l'être suprême y a mis le monde au monde avec toutes sortes de choses dedans ? Pour faire gnangnan et pis gnangnan et pis gagatte ? Lunes farcies ! Vouèyions, mame Hortense, je me la branle régulement devant mon père, ma petite mare, pourquoi crier, qu'elle dit, la madame à mode ? J'fais-tu correct ? Comme dans Mid-Night ? Mais c'est pas là. Il y a, dans la vulve, des chiens qui hurlent et personne encore ne les a montrés. Et des troupeaux de vies antérieures. Dix millions de kilôm traversés dans l'à-bout, savent où dit quelque chose ? OBSERVEZ (LE TEXTE). Il y a dans mon nez du sang, de la tendresse et de l'eau : qui m'a embrassée, coulé sa fièvre en ma larme ? Qui m'a aimée de manière atroce ? Sordide et vraiment sale ? Pour ? Pour qu'y pas ? Pour qui ? Pour quoi ? Pour na ? Faute d'aller jusqu'au boutte, photons ! Vous ne pouvez pas ? Et c'est pourquoi qu'il a créé le goût de pleurer doux-mort dans l'enculade et la morve qui me gicle en plein front et pourquoi qu'il a fait ça le Seigneur ? Eh bien ! Le Seigneur il a fait ça pour que ça se passe ! Et tu ne connais pas encore tous mes regrets et tu veux écrire un roman ? Faire la révolution ? Mais je sais que c'est une idée d'amour et de transparence. Mais c'est une idée d'opacité et de lie. Et moi c'est beaucoup d'appétits, d'idées. Je t'aime dans toute ta flaque et ton coagulé-calciné d'corps nouèr èvbe-haine âme ! Ame ! Ame ! Vous ne pouvez pas vivre sans déchets ! Non ! et c'est c'que vous ne voulez pas d'où fureur ensanglantée de mon bras ! J'aurai fait pénétrer en vous par mon alliance les grandes passions folles et l'intelligence. Et c'est pourquoi je dis que vous m'aurez mangée, peuplade ! Et digérée.

Noémiah douce, Noémiah avait croisé ses mains sur son coeur. Le sperme de Gilles avait coulé dans sa faille de quelques gouttes brûlantes. L'émotion de Noémiah lui montait à la gorge. Elle secouait la tête en tous sens. Sa langue battait contre les commissures. Du sang coula des épaules de Gilles qu'elle agrippait terriblement (1). Gilles brûlait. Il n'y avait en lui que pusiance concentrée. Elle lui venait de Noémiah, comme s'il la retirait de Noémiah en lui, la virgo. Dans sa main, le cou de l'amante, tombant, la tête en feu, la tête en eau, la joue en larmes. Elle s'étendit, apaisée, contre le tapis du plancher. Des crocs d'acier surgissaient de la maison. L'un se planta dans la vulve. Gilles tourna autour d'elle. Noémiah (rune) dans son abîme de miel et de lune. Alors monta de sa bouche une sorte de chant étrange. Il y avait des êtres dans la maison qui s'étaient rassemblés et qui regardaient. Deux ou trois d'entre eux avaient introduit une croix qu'ils tenaient debout dans le grand salon. Les yeux à demi fermés, Noémiah regardait vers le ciel. Une hauteur quelque part. Elle chantait et c'était troublant. Elle semblait murmurer son propre nom, celui de Gilles, en les laissant s'ouvrir comme en déhiscence. Comme si les sons de ces noms s'étaient déchirés pour en laisser jaillir les sons cachés. C'était doux, tendre, profondément passionnel et cela vibrait et courait dans nos sexes et nos gorges comme un sacrement. Des hommes et des femmes vêtus de guenilles s'approchaient du

---

1. Elle avait deux autres mains.

cercle. Ceux qui tenaient la croix restaient là-bas, silencieux. La croix était morte. Gilles semblait être investi d'une force. Il était roux. Je ne le reconnaissais pas et en même temps il me semblait qu'il me ressemblait, qu'il re-devenait maître de quelque chose qu'il avait perdu longtemps avant et que Noémiah lui permettait de retrouver : le pont entre le fond magique du sexe et la conscience diurne. Puis je me confondis avec lui, subtilement et je vis qu'il tirait de Noémiah d'incroyables forces qui se mettaient à circuler autour. Comme une soif de vivre, une prenante soif de vivre, presque effroyable et qui voulait. Cette force allait loin, rayonnait et je pouvais voir, comme du dedans, comme en des trames d'images, les lieux que sa ferveur allait battre. Il y avait des individus, des prêtres, des institutions que cette force assaillait. C'était pour vivre avec colère et amour fous. Et Gilles, debout, en était de partout investi.

Je compris ce que pouvaient être les séances auxquelles Gilles participait et qu'il animait au moment où je l'avais connu. Quelle pouvait en être aussi l'importance dans l'économie du monde. Et aussi pourquoi il méprisait tant les leaders et l'activisme. Gilles était d'une autre espèce et il retrouvait sa qualité d'être dans ces actions rituelles et magiques pour lesquelles il semblait naturellement doué. Et dans lesquelles il démembrait et lançait tout son être-démence.

La scène dura une heure encore. La cérémonie, pourrais-je dire, puisqu'il faut bien donner leur nom aux choses. Mais cela s'était manifesté de manière spontanée et j'hésite à utiliser ce mot.

Gilles se tenait debout aux pieds de Noémiah qui s'était tue. Debout.

— Je le savais qu'elle était fille de Salomon, cria quelqu'un.

— Comme elle est belle, elle me ressemble, murmura une voix de femme. Elle est fille de David.

— C'est l'épouse du Christ, sa véritable Église, et taisez-vous, fit un moine.

Les couples disparurent. La croix resta plus longtemps puis disparut aussi. Mais je la sentis longtemps comme incrustée dans l'air. Mais elle était morte. En poussières. Sans plus de chair dessus.

— Et David gît dans son suaire, fit une dernière voix de femme claire et mâle. Drame ? Petit esprit, va ! Son étoile est noire comme la mort. Vive comme la vie. Son sang m'embaume...

— Taisez-vous, fit une voix d'homme, vous ne comprenez rien.

— J'orne les nuits avec ma vulve et ma perle, fit la femme, taisez-vous dans la nuit, les enfants dorment et ça bat. Laissez-moi couler.

Un sperme tranquille coulait dans les veines de Gilles, ruisselets coulant en aval dans les reins. Un sang quintessencié dans du feu (ancestral ?). Son âme rêvait encore, consciemment, dans les eaux tranquilles et lunaires de Noémiah. La belle. Elle vint à tour de rôle se coller à nous comme une odeur, sans faire de bruit, sa vulve tendre comme un daim. Elle était pleine d'émotion. Palpitante comme une chair de nouveau-né. Je sentis que les courants magnétiques gagnaient maintenant des régions plus élevées : le coeur se remplissait de tranquillité dense. Nous fûmes remplis de respect pour Noémiah. C'était l'amour. Elle portait maintenant en elle un enfant. Une fille ? Un mâle ? Le fruit collectif de notre aventure ? En bas l'agent nous regardait à travers sa porte d'acier. Il pointait vers nous ses armes de fiel (de soleil ?). C'était terrible que Dieu le voulait lui aussi au moment où Noémiah enchantait la pénombre avec son corps de fillette. Lui, en bas, avec son oeil de tueur. D'où venait-il ? La question du lieu physique ne se posait pas ici : nous respections le jeu de l'espace étrange dans lequel nous avions pénétré comme dans un rêve éveillé. Et dans cet espace, d'où venait-il ? C'était terrible que Dieu le voulait lui aussi : ça, nous ne le dirons jamais assez. Et nous ne saurons peut-être jamais de quelle nécessité vient sa rage de carne. De quel être des fonds ? Que nous pouvons peut-être vaincre ? Tant que nous ne saurons pas pourquoi Dieu l'a placé là lui aussi, même et surtout si Dieu c'est "nous", nous continuerons à mourir dans nos bien-pensantes, et mal-pensantes et non-pensantes cages, protégés par notre propre épaisseur d'acier.

Gilles avait un corps psychique immortel. Fait de déchet moulé selon sa vision propre. Gilles était travaillé par un corps psychique qui voulait naître : fait de lumière de l'autre-monde. Il suffisait de transcender la conscience pour le dissoudre. Gilles s'ouvrait au dissolvant acide et au solvant des crasses. D'où son corps fait de plaies durcies mêlées d'eaux brunes et de crachats. Et plus l'on transcendait dans du Gilles et plus ça durcissait (ha...). Il était l'être du chaos premier, or dur, or trituré dans la nuit malaxante. Gilles avait un corps noir. Saigné de lumière. Un corps de qaqa dur, un corps d'or scintillant. Un corps de mort et de nuit. Où craquelait la dorure. Il n'aimait pas le soleil. Il étouffait dans sa chair.

Il écrivait tous stores baissés, avec petite ampoule. Ou sous les néons des tavernes. Son auto-installation nourrissait la mort. Victoire de Sodome dans la fécondation des selles : petits homoncules puants de la possession magique. Qui s'effritent et qui tombent sur nos âmes comme une neige noire. Gilles avait deux corps mêlés : l'un de crasse et de crique, l'autre de sable et de brique et puis de l'eau, du sang, du caribou. Les prêtres de Baal sacrifiaient des enfants. Qu'il m'a dit. Ils aimaient aussi le suicide. Ceux qui les combattirent ne furent pas des fanatiques religieux. Et pourtant si. Mais ceux qui étaient à la racine secrète des massacres de prêtres — dés-hétéros ? — animèrent leurs tueurs par amour des enfants. Ils n'aimaient pas voir les enfants-spermatos mangés par les selles et voulaient poursuivre l'aventure humaine. Ils n'aimaient pas voir leurs chairs broyées dans un excès de ferveur invertie. Et pourtant l'Inde connaît un dieu pour l'homoouïciel : Skanda. Le jet-de-sperme. Et tuer un homoouïciel est souvent considéré là-bas comme un crime plus grave que celui de tuer un gourou. Il faut croire, comme dirait Le Zohar, qu'il y a inverti et inverti. Tout tue, tout. J'avais choisi d'aimer Gilles. Pour transcrasser mon époque et mon aire. Ca plus naturel que le haïr. La crasse de temps qui nous empêchait d'y voir le sacré se calcinait. Braise, buée, terreur et mort. Crasse sur Gilles et sur moi. Suie. Cassure de crasse. Pluie noire. J'aimais Gilles pour court-circuiter en moi la crasse. Entre ma naissance et maintenant : crasse. Gilles me conduisait à ma mère. Télescopant la crasse. Faisant naître si si si si si lence. . . . . . . Pour décalaminer. Total gourd. Le mal : la fixation du sang calciné dans les veines du mort qui parle. Vous connaissez? Fixation des idées, des rituels nés vivants, morts-nés : sources d'eau pure venues du vierge qui danse entre sa mère et l'élé fond. Ordre venu de source pure qui n'est que

pas craqueleur de sang. L'ailé fend monte et fend l'on où le glisseur...

La logique de l'épaississement du fantasme bloquant qui perdure et construit des cités. Béton. Où marche un homme. L'oeil rivé sur l'amour. Robe étau crie. L'Impératrice espérance. Deux milliards d'années de vie. Robe tissée de matière dé. Chirée. Refaite. Robe refaite. Robe tissée de matière morte. Ravivée. Rimpératrice espérance. Crient : "À mort le sang, à mort le corps beau du silence." Il marche l'oeil rivé sur l'onde. Bleue. Dpire à son coeur. Autre monde. Traversée. Transparence. Il marche. Il ne sait plus où il va mais il marche. Autre monde qui marche qui marche. Marche — du coeur frais coule un aimant. Transparent. Transparent. Il marche. L'homme, il marche. L'oeil rivé sur l'amour. Côtoiement des jours. Ceux qui vivaient dans les prairies n'ont jamais vu le ciel : ils ne voyaient que l'horizon. Ici l'infini du circuit solaire découpé. Pas d'horizon. Du haut. Toujours du haut. Béton, du granite et du haut. J'ai mal à ce mal, dit le narrateur. Mais le héros s'en fiche, il marche. Et cette intégrale perversion d'être-ville en amour. Se déchire ma toison de mort. Il marche, l'oeil rivé par le sein. Et dans son ventre hurle un soleil d'essaim. Cette ville s'aime et se fornique. Cul-bouche ébéhant.

(Il y eut comme une vieille toile de vêtement qui s'emporta d'elle-même dans ses soubresauts brûlants, fit Réjean en regardant la peine. Elle glissait dans l'espace en murmurant sa haine. Qui glissait le long de l'espace emmurant, démurant, comme un vêtement aigu, angulé, coupant, une ligne de fiel ou de sang ou quelque coq sculpté dans de la haine — aux flancs du complexe Desjardins, les autos filent sans fin sous cette cape immense.)

— Est-ce ma faute ? cria Gilles. Ma faute ? Oui : c'est ma faute. Mais c'est aussi la vôtre. Par le sang du Christ qui nous lie aux plaies des profondeurs et qui me confère les pouvoirs. Profondeurs : ces masses de vagins grouillants et sanglants qui m'énervent et qui me tancent hors d'eux. Vous ne connaissez pas l'origine de ma démonie. Ah ! Je mourrai plutôt que d'y tremper encore le doigt, fut-ce avec du vinaigre ! Car la mort est mon aventure. Mais je suis loin encore du fond des choses. Et tout à l'heure j'en étais tellement près. Qui m'a donné, qui m'a ôté le pouvoir de régner sur la lune et sa lactescence ? Je brûle en surface sur mon grand décîmoir. C'est mal ? Très mal ? Le nord gronde. Nous renfle et nous rajole. Il pousse des chapeaux sur la mort. Ah ! J'ai perdu le temps. J'ai perdu. Le passé m'attend, le grand caracaca d'être. Le grand ouichement du fond cru, le grand panache ensanglanté de l'edènazie.

Guéri de ses blessures, Gilles retrouvait, comme si c'était là son destin, les blessures de ceux qui n'avaient jamais guéri. Et il se sauvait encore. Ou bien "on" l'empêchait d'y demeurer, au fond de l'enfer, avec ses deux grands pieds de mongoloïde campés dans la tourbe. La catastrophe : elle colle à chacune de nos cellules. C'est la révolte dans chaque coin de la terre-chair contre les magies et les spasmes. Fatigue. Mollesse de la peau. Qui sait que nous sommes nés d'une blessure ? Scissiparité du sexe et de la (selle) cellule, toujours : divisions, divisions, divisions, rien d'étonnant qu'elles soient parfois blindées, citait Gilles, avec son oeil d'éfi pédant. Nous étions nés d'une blessure. Qui le savait ? Peu d'êtres. Ce que prouvait la vision de Gilles qui voyait grouiller au fond du temps les milliards de blessures sexions-sang ignorées de ténèbres et de peur. Et pendant deux mille ans Gilles courut en surface et se démena. Il devint pape en haut. Pape en bas. Agitateur. Et travesti. Pour ne pas regarder le cloaque de boue, de bouches et de clitoris qui bougeaient maintenant dans son ventre. Son grand ventre mondial et universel. Mais il ne suffit pas de réjouir ce qui stagne. Il faut le faire sortir. Gilles, après deux mille ans, reconnut dans cette mer de cons et de bouches la colombe en(san)glantée du Christ. Et il vint me le dire en demandant d'y faire couler des gouttes d'or, d'argent, du sperme de métal coulant, des trucs mélangés à de la limaille, de la pagaille, d'y faire couler crûment son sang d'oeil-deuil. Il y avait des rires et des grincements.

— Tout est violent lait sombre. Tout est lait. Masturbation réfléchie, profonde. J'en suis. S'atteint : Giclement de sang. Tout est atroce. Et tout ça jouit. Et tout est amour. C'est le dernier silence du carnage : tout est amour, tout est amour et mort et silence. Toucher, je veux toucher l'octogone !

— Ah ! La croix, la croix, qu'elle casse !

— Christ ? Sol invictus !

Noémiah dit :

Le temps nous guide à travers les treillis barbelés de l'automne. Nous hantons longtemps les berges calmes du rêve. La terre nous ramène à la glèbe et gronde et nous enduit. Regarde, dit-elle, à quoi tu ressemblais quand tu es né. L'on t'a lavé trop vite, tu n'as pas reconnu, depuis, la puissance des sels et des minéraux, ni le sang blanc des berges. Il te faut retourner dans la plaie qui t'inondait. Tu ne t'es pas noyé dans la chair enfantine, tu n'as pas bu le lait. Tu n'as pas connu le chant fort des montagnes, tu as oublié la chaleur du ventre amolli de ta mère, l'odeur du pubis et des couches. Il te reste un voyage de rire et d'été à accomplir et tu devras le faire sans honte. L'on ne renaît pas sans reconnaître les eaux premières qui nous firent. Regarde couler le fleuve de sang pâle et blanc qui orne ta bouche. Cette écume te garda longtemps auprès de celle qui t'aimait. Elle te donnait son sang hérité des anciens. Il est temps d'entonner le chant des chairs et d'en exprimer la coulée, la beauté. Qui sait si le corps n'a pas à livrer de ces symphonies de chairs et d'éclats cellulaires dont il est permis de rêver quand un peu de démence affleure à notre conscience ? Regarde le monde monter dans les artères qui conduisent à ton coeur : c'est l'univers entier de l'enfant qui entonne en toi son requiem. Et son bateau vogue sur des eaux pâles où tu voyages. Etrange voyage cellulaire et tranquille que ce corps blanc qui vogue dans la mère.

Noémiah s'était rapprochée de lui, doucement. Il s'était arrêté près du piano et elle s'était assise sur le banc. Elle avait pris sa main et elle lui souriait tendrement. Gilles disait comme un enfant :

— Regardez la blancheur lunaire. Noyez-vous dedans. Mille bouches vous implorent et ce sont les blessures des mamans. Noyez-vous, noyez-vous dans la blessure inéluctable, c'est là, l'inéluctable, le grand noyau universel : les anges, les dieux, les démons et les hommes se sont battus sans trève pour sa possession, sa destruction, son harnachement, sa maîtrise, sa libération et son nouvel éclat solaire : gourous, papes, mystiques, et mystiquettes, gnostiques et gnostiquettes, marxisses et marxissettes, tapaluches et tapalettes, hygoumènes hygouminettes, curés doux curés bettes, abbés doux et abébêtes, libertins libertinettes, Saditout et Sadinettes, Reichitou et Réchisettes, ils se sont battus, se battent encore dans l'invisible et le visible pour la possession du grand noeud inéluctable et le harnachement du fluide astral. Nous en venons. Nous en revenons. Nous recommençons. Vienne le temps des litanies. Vienne le temps des slogans. Plus de discours. On veut des discours et du rock et de temps en temps des bombes pour interrompre les discours et faire paniquer les rock-à-bottes !

— Mais il n'y aura peut-être plus de tanks, ni d'avions, fit un choeur féminin. Car que pourraient-ils détruire quand nous circulerons tous phares ouverts dans les entrailles de notre être ?

412

Nous irons par des chemins secrets les confronter à leurs noirceurs. Que pourront-ils vouloir détruire quand nous serons maîtres de la mort ? Nous serons maîtres du corps. Ils ne pourront pas faire un pas sans notre permission. Et nous n'aurons pas besoin d'armes, nous serons au coeur du grand arsenal millénaire oublié et perdu au fond du temps : la matrice, le ventre, le sexe, les boyaux, la vulve, le pénis et les viscères et tout cela sera notre paradis et notre joyau. Ils nous regarderont de haut mais nous les regarderons de bien plus bas encore et ce bas sera plus lumineux, plus ardent, plus dense que leurs petits calculs de bêtes ou que leurs illuminations d'apprentis. Car il n'y aura peut-être ni tanks, ni auto-chenilles, ni avions de chasse dans notre ciel ou sur nos terres, aucune de ces armes auxquelles nous pourrions peut-être opposer les nôtres, qu'elles soient du même ordre ou d'un ordre plus strict. Plus caché. Plus radical. Allons prier les douceurs ineffables et les grandes ondes salvatrices, nous avons un grand besoin d'être en santé vigoureuse, et si les églises ne veulent pas du corps noir que nous avons cueilli, pêché, tiré de nos antres en préparant la révolution et en descendant dans nos boyaux, alors nous serons la nouvelle église sans dogmes et sans partis, nous régnerons en tout puisque nous serons de toutes parts tout le corps et tout son mystérieux système de cellules et d'organes. Il n'y aura pas de chiens à nos trousses. Pas de sang dans les rues. Pas de haine au bout des cordes. Pas de guerre. Pas de mort. Pas de fratricide. Pas de sang dans les rues, oh non, pas de sang dans les rues. Il n'y aura que la grande fête du grand corps d'ébène collectif, massé en sa loi unique et prenante. D'une émotion telle qu'aucun ennemi ne pourra l'approcher sans silence. Et alors nous pourrons lui dire doucement, fermement, selon sa loi, pourquoi nous sommes ce que nous sommes et pourquoi nous faisons ce que nous faisons. Ni tanks, ni avions. Des hommes !

— Mais en attendant, hurla Gilles, comme s'il avait été provoqué dans son orgueil, c'est moi qui conduis les matchottes, les matchos et les momos dans la matrice à masses ! En attendant, la grande plaie universelle nous tire au centre de la périphérie du monde (1) — la grande plaie universelle, l'Humain tranché en son côté et en son centre par Dieu sait qui, un trou dans un bas-ventre, un grand monceau de chair pendante et depuis il suffit de descen-

1. C'est-à-dire : où ? Dans la spirale ?

dre un peu dans le corps pour goûter à la grande fissure vagin-blessure de l'humanité. La mort est là. Le grand baiser de mort.

— Mais vous pensez que je suis fou ? poursuivait Gilles à bout de souffle. Je veux monter. Mais tout me retient par le bas : votre sang, ma nuit, la chair qui pend, la mer meurtrie qui me brûle, et je vais m'y noyer. M'y renoyer. La mort me suit. Drame qui mijote et court dans les limbes et les coeurs. Mille choses encore à jaillir du dedans, du fond. J'implore. Oui. Mais rien n'entend. Comment se fait-il que j'aie soudain perdu racine ? Noémiah ? Je me croyais guéri... Oh je flotte, je flotte encore, c'est épouvantable, je n'ai plus de chair, je n'ai plus prise en ton occultée d'chair. Drame ? Ha ! Drame... TRAGÉDIE !

Gilles était secoué par tout son corps. Je vis ses yeux s'enfoncer loin, l'iris vitreux. Tout son visage exprimait la peine.

Ou la terreur. De la peine, une peine...

— Je noie tout, je noie tout, disait Gilles. Je noierai mon oeuvre dans un bain de douceur lunaire. Je vous m'y noierai. Tout est possible. Je veux la violence. Je veux le sombre. Je veux le rose, le roux, le rouge. Et je veux aussi me noyer dans la douceur lunaire. Et je peux surnager dans la douceur lunaire. Dans l'Océan lunaire. Je peux me plonger dans l'or solaire. Je suis très vaste, très capable. Je peux disparaître et laisser naître un autre. On peut venir à l'instant balayer le passé. Toutes les idées s'écroulent. Toutes les idées surgissent. Elles imprègnent mon corps. Je détruis. On me détruit. Mais pourtant quelle jouissance ! Qu'y a-t-il dans cette jouissance ?

— Je le sais ! Je le sais ! criait Gilles en regardant maintenant l'étendue de neige inondée de lune. Je le sais ! Nos actes sont des grains de neige ! Nos actes sont des grains de neige où la lumière de la lune vient jouir ! Je le sais ! NON ! NON ! Ce n'est pas ce qu'on pense ! Mais qu'est-ce qu'on pense ? Je vais vers lui ! Je vais vers lui ! Mais je sais qu'il n'est pas ! Je descends ! Je descends ! Le néant ? Nos actes sont des grains de neige...

Gilles s'était tu. Maintenant il nous voyait. Julien était descendu. Aurélia et André se tenaient près de lui. Ce dernier se tourna vers Julien.

— Il joue toujours la comédie, c't'enfant d'chienne-là ! Je l'connais. C'est toujours la comédie qu'y joue. C'est rien qu'un enfant d'chienne ! Faut l'descendre !

— La comédie ? Ah...

— C'est faux que tu nous donnes la mort.

— Ah ?...

Gilles courut vers la cave où l'attendait l'agent. Nous courions derrière lui. Je sentais l'agent à l'affût qui tirait Gilles à lui. Comme un tigre, derrière la porte d'acier. Gilles ouvrit en quelques secondes. L'agent fit feu. Il était tout petit et amaigri mais concentré dans une seule idée : abattre. Il était sobrement vêtu de sa chemise blanche et de son pantalon bleu marine. Propre. Une barbe de trois jours aux joues. Nous l'entretenions. Qui lui avait donné cette arme ? Gilles ? Le fou. J'aurais voulu l'étriper. Ce fut aussi plus fort que moi : inexplicablement, presque à mon corps défendant : j'admirai la force longuement entretenue de ce petit homme déterminé, bien campé sur ses deux pattes et qui faisait feu, la gueule serrée, sûr de vaincre et d'avoir raison contre tous. Je l'admirai comme on admire un fauve. Et je compris pourquoi il fallait le haïr ou, du moins, parfois haïr et tuer : bêtement, pour ne pas être tué soi-même. Ç'aurait pu être autre chose qu'un flic, un Ruel par exemple, et il ne fallait pas hésiter. S'il y avait dans cette maison des terroristes au sens étroit c'était bien ce flic et Ruel. Et la force du flic lui venait de cette haine aiguë dont il nous communiquait la nécessité, qu'il appelait la nôtre, un piège antique, astiqué, cette haine aiguë, sans appel, parfaite comme si les balles qu'il tirait étaient aussi propres que son oeil perçant.

Nous refluâmes en désordre. Gilles fut touché à l'épaule. Julien fit feu du haut de l'escalier. Ses balles aussi étaient mortelles. Julien n'était pas parfait, d'un bloc, comme le flic ou Ruel. Et pourtant les balles qu'il tirait atteignaient aussi leur but. Le petit homme s'abattit, atteint à la tête. Mais même là, étendu, c'était plus fort que moi : j'admirais sa ténacité. Et son hostilité serrée me semblait encore vivante. Le corps était tombé, tête fracassée mais il tirait encore, debout, invisible, dans l'air dense, sans s'arrêter. Je le vis partout durant des jours, faisant feu sur nous. Gilles aussi. *Il est là, là. Il tire. Il ne sait pas qu'il est mort. Il n'y a jamais cru, il n'y croit pas encore et n'y croira jamais.* Julien décida de l'enterrer là même où il était tombé. Comme s'il faisait partie de nous, de la même terre. Comme avant : mais avant, nous ne le savions pas. Il représentait quelque chose, un aspect du mal, quelque chose.

Le ciment du solage fut cassé, ne fut pas remplacé. Le flic y dort, recouvert de terre froide.

— Qui a donné ce pistolet au flic ? grondait André.

Et Gilles avait fini par dire :

— C'est moi. C'est moi et pis j'vous emmerde ! Il faut bien qu'il tue lui aussi.

— J'vous l'avais dit qu'c'était un enfant d'chienne ! criait André.

Personne ne l'écoutait. Gilles faisait la moue comme un bébé.

— Vous vous rendez pas compte, sacrement ! Y aurait pu nous faire tuer toute la gagne. Y aurait pu lâcher l'flic en pleine nuit dans maison ! Réagissez !...

Gilles disait, dans des poses hyper-efféminées :

— Chus peut-être une enfant d'chienne mais c'est vrai quand même que j'vous apporte la mort. Vous voulez jamais m'croire...

— C'est assez ! fit Julien d'une voix de silence.

Tout le monde se tut.

Le silence revint dans la maison.

Puis les dialogues venus impersonnellement reprirent. Le registre changeait encore, s'il avait jamais changé. Quelque chose nous droguait et surtout ce silence comme un air impalpable et conscient qui nous ouvrait des portes sur l'inconnu.

— Oui, son temps achève à Gilles la chienne. Il délire dans les minceurs parasitaires. Vous n'avez donc pas honte de ne pas le condamner ?

— Non, faisait l'âme de David, blessée...

— Et c'est tant mieux, hurla le choeur. Qu'il crève ! On en a marre de ses colifichets merdeux. Vive le sang pur debout !

Debout ! Cela venait de la forêt, partout.

Et ce fut comme le début d'une symphonie, d'un chant.

— Mais Gilles avait encore quelques mots à dire avant d'aller plus loin.

— Mais cette dernière image de Gilles constitue bel et bien sa mort, c'est fini. C'est mieux ainsi. Qu'il se taise, pas de fous ici. De la dureté, un peu. Intégrons donc celle du flic. Nous l'avons tué, sommons-le. Petit entêtement tillant. Ça c'est efficace, utile. Soyons ! Colère intrépide : c'est le début de la grande barbarie universelle et certaine. Défendons-nous ! Ouvrons la tombe du gars ! Déterrons le dieu buté. Élevons-lui l'autel. Prions-le de nous durcir, le dieu qui pue, jamais mort !

— Est-ce ou n'est-ce pas Gilles ? hurla une voix féminine. C'est une partie de lui ? Un ouraganvorton ?

— Un ouraganobis, c'est certain, ou quelque chose d'approchant fit quelqu'un en s'approchant à quatre pattes de la flaque de Gilles.

Il huma : "Guila ma Kousse." (1)

---

1.   Langue inconnue, genre Gauvreau ou Tolkien.

— Mais moi je veux savoir, hurlait toujours la voix de femme, qui venait du coin sud avec écho du nord et répétition en chorus : était-ce une image ? Qu'était-ce ?

— C'était la mort de Gilles, la naissance de Gilles, fit quelqu'un d'un ton péremptoire. Il a eu encore peur du fond et s'est fondu dans le rien et depuis, sa carcasse est sans racine et sans rien. Le fond l'a tué.

— Je n'en crois rien, fit une voix de petite fille qui passait avec une rose : je connais Gilles, c'est un grand musicien...

— Un magicien, voulez-vous dire, ma belle, un magicien : il a été puni...

— C'est faux, fit doucement la fillette, il n'a pas été puni. Il s'est endormi dans votre dam (1), c'est une vieille histoire et j'aimerais tant qu'elle finisse. Je pense que c'est une histoire de mort. C'est terrible. Je suis venue le réveiller en lui faisant humer la rose...

— Il est trop tard, fit la voix d'un porc aux assonances rondes.

Et il s'interposa entre la fillette et le fou.

— Il n'est pas trop tard car moi j'aime Gilles. Je finirai bien par passer. Mais vous aurez fait de moi une femme violente et impie. Et vous l'aurez bien cherché...

— Trop tard, fit de nouveau le quelqu'un d'une voix péremptoire. Gilles est mort au fond de la cave à mystères. Ou quelque part pas loin. Il n'y a plus de morve au nez, plus de flaque, plus de caracoa-Goïlles. Plus rien. Le ménage est fait...

— ... Je sais que c'est faux, murmurait la fillette avec sa fleur...

— ... Nous pouvons remonter. Si les soldats arrivent, nous nous serons bien essuyés, fit un groupe. Nous savons maintenant suffisamment de choses pour commencer à prétendre faire un roman, écrire la révolution. Allons le dire à Noémiah, la si jeune, la si ancienne. Fille de David et de Salom. Fille de David et du Beau. Allons prier pour nous...

— ... Je suis la prière, murmurait la fillette...

— ... OUI ! OUI ! OUI ! hurla le chœur total de la forêt, de la maison. OUI ! OUI ! Nous en avons un urgent besoin, un grand besoin, un grand besoin de prier le Seigneur de venir remplir la cave que nous avons vidée de ses derniers échos. Prier, cria quelqu'un. ACTE YANG !

Et du fond de l'être monta la voix-prière qui disait :

— PRIER, PRIER, ACTE YANG ! Et ce qui tuait Gilles et que Gilles appelait s'appelait fanatisme.

---

1. Sang. Ou voulait-elle dire qu'il s'était endormi dans Notre-Dame ?

417

La flaque en séchant craquotait :

— Car tout est ici dans le cul, cria Gilles. Le chiaviez-vous ? Non. Il a fallu que j'y descende. Et prenez garde que je ne revienne encore multiplier par mille l'incantation satanique. Car il faut faire éclore les milliards de milliards de non-mort à soi-même et de refus de naître et de pourrir, collénes de bines : ça fait que moi, le mot "cul", je le crierai s'il le faut encore pendant des milliards et des milliards de millénaires et je ne me tairai que lorsque l'humanité entière pourra circuler dans sa mort comme un en temple cylindrique et transparent telle sainte bouteille. L'avenir, l'air aura été auparavant rempli d'un immense nuage de mède légère comme gaze, comme parfum de dentelle et de musc. Si noir et si dense et si crapuleux, si bleu, si mielleux, si tendre bon Dieu, si fort que vous en serez pâmeux. Arrêtez donc d'crier. Et vous direz : merci, petit Jésus, merci d'avoir laissé violer vos platitudes : elles mettaient de la crasse rose sur votre beau visage... Car il fallait le dire, le prononcer, le mettre à jour le grand boyau de notre nuit et lui ouvrir les grands battants du monde. Mais vous n'aurez rien vu ? Qui vous ? Quoi rien ? Voici ce que je veux dire en séchant : regardez le cul de Noémiah. Regardez le mien. Quelle différence y a-t-il entre un homme et une femme ? Aucune. Ils sont pareils par le cul. Oubliez donc le reste. Qu'importe le pénis ? Renoncez à ces dualités anti-mystiques et plongez dans la béatitude première* de l'addition des trous et des creux. Il y a, songez-y, trois trous rien qu'à nous deux et surtout deux qui sont un. Même. La grande unité viendra de l'oblation du pénis. Vous voyez : je n'ai plus de pénis, je n'ai qu'un trou, elle : deux — mais la femme nous aime pour deux, c'est connu. Ils sont tous deux pareils par là, l'homme et la femme. L'unité elle est là : dans l'cul. Et la Sainte Trinité des Trois Trous. Un-Trois. C'est de la viscère nouère, un p'tit goût âcre-doux excitant, p'tit goût d'âcre éternel écoeuramment m'nioum x'citant, edvinaigre, un p'tit goût d'âcre edcrème nouère indescriptiblement étran, galitaire. Vous m'avez fait taire. Fait sécher. Je pensais vous gober dans mon antre mais vous m'avez vaincu par la faonte. Ah ! prier, prier : il n'est pas de plus haute masturation pobbille : c'est la dernière. L'ultime. Par cul d'hom-

* Et dernière, fit une toute petite, petite, petite voix de la grosseur d'un cheveu d'atome.

me ou de femme, spermatifier la mort ? Recourir au pénis, encore et faire le fort ? Rien que de l'air dans le trou creux ? Ne plus spermatifier la mort. Mais vous l'aviez maudite pour toujours, c'est mal. Moi je vous disais que de l'or y sommeille. Plongez les mains dans la grande univère. Coulez donc votre mort en moi, matrice non-monde, ma geigne, ma dernière geigne. Jusqu'à... Ouïrez de ma calotte en sang.

Encens.

— La larve qui hantait Gilles a fini de couler, de parler, de sécher, fit une vigoureuse voix de femme (1). C'est fini. Nous avons mangé son fruit. Nous verrons bien par la suite (2) ce qu'il a pu devenir sans cette morve qui coulait à ses pattes. Nous allons enfin pouvoir écrire un roman, faire la révolution.

— Je suis venue chercher mon ami Gilles pour le soigner, fit la fillette aux cheveux blonds. C'était un grand musicien.

— Mais qui es-tu, à la fin ? cria une grosse voix de femme (3).

— Je suis l'âme du Québec.

— Ah ! Tu es l'âme populaire ! Hèye les filles ! V'nez donc vouèr l'âme populaire !

Et se tournant vers la fillette pour la féliciter et lui crier : "Les symboles c'est utile !" elle entendit :

— Vous vous trompez, je ne suis pas populaire. Je suis l'âme nouvelle. Je ne suis pas très populaire... Pas encore...

— Et tu veux sauver cet homme-là ?

— Il avait de grands défauts mais j'aime ceux qui tombent, c'est ma loi.

— Ah...

— Et il a fait ce qu'il avait à faire.

— Mais il a voulu nous détruire !

— On ne peut détruire ce qui est immortel.

— Ah...

— Ainsi moi qui suis toute petite...

— Oui...

— Vous ne pourrez jamais me détruire parce que c'est ma

---

1. Elle le disait sur un ton d'espoir.
2. Ou par la fruite.
3. — Grosse comment, me demanda ma fille ?
   — Grosse comme une grosse baloune de foëlle.

vraie stature : une once de douceur dans l'océan des nations. Savez-vous que cela peut aveugler, fit la fillette en regardant le corps endormi de Gilles. Il a glissé dans sa propre musique...

— Dans sa magie, oui...

— J'espère qu'il n'est pas mort, fit la fillette. Je les soigne tous, ils sont tous mes enfants. Mais avec une maman de mon âge (1), comment voulez-vous qu'ils soient toujours forts ?

— Nous avons besoin de vous, fit la femme en s'adressant à la fillette qui baignait dans un dense éther hyperdoux.

— Ah ?...

— Oui. Mais vous n'apparaissez que lorsque l'extrême féminité est extrêmement mise à mort. Il n'y en avait plus qu'en lui (2) à la fin, poursuivit la femme.

— Ah...

— Alors vous auriez pu paraître un peu avant, non ?

— Non.

— Pourquoi ?

— Mais... J'étais en chemin, voyons, je ne pouvais pas être là... C'est Gilles qui me frayait un chemin...

— On dit ça, fit la femme en se sentant soudain très mal à l'aise.

— On ne discute pas avec son Âme, fit la fillette, c'est mauvais pour le sang. C'est pour ça qu'vous vous sentez mal à l'aise. Je m'en vais pour un temps, je me retire, vous êtes devenues trop matchottes. Il n'y a pas de place dans vos cellules nerveuses pour moi. Je vous jure de revenir mais ne mettez plus *populaire* près de mon nom, à cause que ça veut dire que la *peau pue l'air* ou encore inversement que *la pue peau l'air*. Mettez le mot *Nouveau*, tout court, dans votre être — surtout n'inventez pas un mot nouveau pour dire *Nouveau*, assez de cette sottise ! Avec le mot *Amour*, d'abord, et *Beauté*, ensuite, c'est tout mon enseignement. D'ailleurs je n'enseigne pas, je n'ai pas l'âge. Et puis je vous l'ai dit : je n'aime pas pue l'air.

Et la fillette disparut
dans un éclat d'opale et de soleil. L'avez-vous vue ?

Le temps coulait.

— Sont-ce les horreurs dont mon être se délecte qui transfor-

---

1. — *C'est vrai qu'elle est jeune, dit ma fille...*
2. — *Comment ça se fait, papa ?*
   — *J'sais pas, nouche.*

meront le monde ? demanda Gilles ou Réjean, ou si c'est le monde qui m'inspire à travers le temps (vous savez, la vague de la mer : elle tombe en bruyant sur le rivage, y met du sel, y prend du sable et se retire en raclant; puis elle revient avec du sel racler du sable, pesamment; c'est presque toujours la même eau, jamais tout à fait le même sable; mais c'est le même mouvement; le même mouvement : est-ce l'image du temps ? bouteille abandonnée à la mer se rapproche; caillou jeté sur le sable s'en va; revient; s'en va plus loin, est ramené plus haut; part-il ? ne part-il pas ? est-ce une image du temps ?) Oui : est-ce le temps qui m'inspire et m'expire le sable et les cailloux du livre ? Et le sel ? Et l'embrun ? Et l'odeur ? Le sel m'use. Me soigne. M'excite. Me brûle. M'use. Me régénère et m'use. Muse ? Vent sifflant d's sur ma peau sirupée. Tout ce qui viendra vint, porte un reflet du temps, du toucher ? Me racle et rapporte un livre ? Ma question est mal posée. Je descends en parlant des choses qui nous dégoûtent mais par moment en chemin je goûte et ça commence à goûter la nuit propre, la belle nuit de lune et de lait doux. Au fond, le grand terrain d'opale ? Je m'asseois au fond de ma chair avec la femme qui possède ma chair et je la regarde et je la contemple ? Traverser des rébus d'immondices et des champs de rubis éclatés ? Pour voir le fond, le doux, l'impalpable fond de chair marbré ? Le sol sur lequel le sexe se recueille face à lui-même ? Dans la femme intraveinée ? Vaste vasque ornée de silence ? Ou ornée de serpents multiformes et bleus ? Grouillants dans les ténèbres apaisées mais vivantes ? Leurs crocs d'aspics posés sur nos joues, en signe d'éternelle alliance ? Le couteau glissant sur la gorge tranquille pour vivre enfin son drame sans hurler, sans coup férir ? Férié ? L'oeil se lève doucement sous la pression du doigt de la parèdre. Pieds effilés sous l'anus, dans la pénombre, et l'ongle de satin ? Là, au fond, sur le sol sec et tranquille (hors l'insolite univers du sexe peint d'émeraude et de jais) ? Vestiges appréciables et tombant ? Recueillis dans la main de l'amante, moisis ? Là doux est le sol craquelant. Sol du sol des sols, gardés par la chiourme de l'étrange et race des blessants, criarde race de découpeurs de cellules, d'ébruiteurs ? Ils volent au-dessus de nous dans un ciel transpercé par le sol ? Là vise mon corps. Je ressemble à Réjean dont le corps semble être sa fille (au corps mince) ou l'intra-corps de Noémiah, peut-être — non ! non ! Mon coeur me dit que non, c'est une autre femme qui n'est pas Noémiah, ni Aurélia, peut-être Lucie, ou une sorte de chasseresse au cou penché, une liane ? Je cherche le nom de la femme au coeur du corps de celui que j'aime : Réjean. C'est Liane au coeur divin, au cou de fil, immiscée dans l'écrin des jambes, des bras de Réjean. Sceau de cette femme. Au fond du sexe perlant, du sexe-bijou, du sexe d'or et de pétales éclatées, du sexe affolé dans les antres, du sexe qui se goûte lui-même en son propre univers éploré : pure transparence aimée. Becs bavelés d'écailles. Au fond de moi gîte un bec d'argent, une chevelure étoilée, des membres fins, délicats comme des tiges, de fines toiles de chair douce qui attendent la remontée des langues, le long des jambes pour que s'y goûte le lin blanc filé comme d'une cosse opale de fruit fendue, vie d'une mort amène ? Réjean, mon amour ! C'est toi qui m'aimante par elle. Il lui fera des enfants (son cul comme une étole de fourrure, bel antre chaud, pur amour de l'entraille entrouverte, sait-il, saura-t-il qu'elle est là ?). Il lui fera des enfants. Je vêtirai Réjean des costumes destinés à la fine intraveinée : diânesse ? Son vrai nom ? Laisser le mot s'ouvrir, anide, si anide, cyanide, Dadia. Réjean, tu me portes en toi comme un guide intra-utérin. Tu ne sauras jamais ? Je te conduis à la naissance dans cette tache noire. Tu te durcis de fer ? Costume d'étole et de lait, de morve et de sang. Ordre à ta race hétéro-bocquée : laissez jaillir le fil de femme folle intraveinée ! Feuillet de la Folie totale, toute Asie mute. Fille d'or tissée dans la fange et le sang : ne pas mêler de drogue au sang : cela tue la femme-fil, ou alors : compense les poisons qui font mal par des toisons de poils d'étoiles, des poussières de lumière dans la nuit qui glissent dans ton sang et régénèrent. Tu ne comprends pas ? Mais la magie, Réjean, la magie, c'est elle dans ton sang. Je suis ici pour te mentir et dire la vérité. C'est pareil, même ornement, même décadence, même rutilance, même roseur de l'anneau : tendresse de ma langue là où tu la retiens : je la fais doucement couler dans son jus doré. Regarde ces veinules et ce sang qui coule, regarde sur mes doigts, ce n'est pas toi que j'aime, c'est elle, mais elle est en toi. Ne pas comprendre. Pas dans les livres. Pas dans l'enseignement des hommes et des dogmes : tu ne trouveras jamais rien de tout ça. Mais c'est comme ça : je n'aimerai jamais qu'elle et je ne haïrai jamais que la prison que tu clos sur elle dans ton antre à déchets. Je préfère de beaucoup ton anus à ton sexe car c'est de là qu'elle sort ta tendre, ton inutile folle, celle qui fait de l'ornement, celle qui ne fait pas d'enfants, ton intraveinée infécondable, c'est elle que je tire à moi du bout de ma langue et c'est elle qui prendra ton sexe hors de gangue. Pour t'orner de ses bijoux de soleil torride, incandescent. Regarde ma poitrine : c'est la tienne. Elle est plus douce, ce coeur est plus tendre que celui d'une femme. Regarde : c'est moi, c'est toi ? Cette poitrine c'est la sienne. Elle est plus tendre qu'un prépuce. C'est de l'amour pérenne dans la mort, de la chair de lune et de nuit, de l'amour divin aussi et c'est la lune qui dort dans ton cercueil. Tu ne comprends donc pas ? C'est à cause de la langue que tu ne comprends pas. Comme te le dit le Zohar (Splendeur de l'Inconnu qui brille dans le trou) il y a langue et langue. Et comme Digiles, il y a langue et langue et langue. Et comme Vigiles, il y a, il y a et il y a. Tu ne comprends pas ? Mais la lune est cette langue et pour comprendre la langue de la lune il faut d'abord devenir lune et descendre dans l'inexplicable et l'inconnu. Les mots de connaissance en montent. Mais on ne comprend pas les mots. On les suce ou on les mange. Je me souviens de mes appétits gloutons : j'aurais mangé toutes les fèces juvéniles : mon coeur montait à ma bouche non par dégoût mais par amour. Puis ce fut cet amour seul qui monta, plus de gloutonnerie et j'allai vers ces anneaux rivés avec une langue fécondée. Pour y porter l'amour qui suinte à ma bouche. Alors vraiment je descendais comme dans un livre qui conduit aux connaissances. Je lisais ma passion dans le tourment et le délice-essence. Je lisais le cercle du goûter, ma langue était comme une épée hypertendre, une épée trempée d'eau rosie qui circulait. Je descendais comme en lisant dans un livre qui s'ouvrait sur les parois suintantes d'eaux cunéïformes. Et la connaissance c'était elle, intraveinée dans les parois de satin velouté, préservée. Elle, en toi, qui se dresse et qui descend, qui monte et qui s'occulte. Culte. Cul. Ceci n'est pas un jeu de mot : c'est l'exacte vérité sacrée qui fonde (du fond de) la moitié. Et qui d'autre peut à ce point aimer en toi une femme que l'homme prédestiné qui ne la trouve que dans les entrailles de ton corps mâle ? Je la ferai vibrer de toute sa folle envie dans la sueur de ton prépuce, dans la coulée des acides qui rougissent son gland, je lui ferai verser les baumes qui apaisent cette chair si tendre qui lui ressemble (c'est elle), je t'apprendrai son langage inverti, celui qui seuille au fond des chairs. Réjean, ma bel... Le langage universel de la langue même et de la bouche et du sang dans ton regard : n'as-tu pas vu comme je suis rouge et noir, au fond de l'âme, au fond du jeu de l'âme ? Condamnée ? Réjean, tu es une femme aussi, c'est moi qui te le montre, qui te le dis.

— Vous avez longuement parlé, fit une voix de fillette qui circulait dans les dédales. Et c'est normal : vous vouliez parler du temps. Vous avez dit de bien belles choses. Je vois dans votre lard, là aux hanches vous en avez : des bourrelets presque sanglants venus du fond du monde; je vois là la souffrance massée qui hurle. L'entendez-vous ? Savez-vous que votre étrange amour en vient ? J'ai vu. N'essayez pas non plus de comprendre. Je venais vers vous attirée par ces belles paroles et j'en grandissais. Je ne mesurais qu'un micron. Maintenant j'en mesure au moins deux. Grâce à vous. C'est énorme. Je vous aime. Je ne vous abandonnerai jamais.

— Merci, Figiles, l'oeil dans mon oeil, rougi au sang. Vous ne savez pas tout de la douleur du sang...

— Je sais Philaphillette, je sais, je viens d'en naître, grâce à vous. Je vous en serai éternellement reconnaissant. De m'avoir

423

fait naître des flancs de Réjean. Car vous êtes Réjean, n'est-ce pas ?

— C'est à lui d'en décider.

— Oh ! Je vous en serai éternellement reconnaissante. J'ai grandi d'un micron ! Mais ce n'est pas fini ! Ca ne fait que commencer. Redites-moi de belles choses ?

— Je ne sais plus si je pourrais. Quand donc pourrons-nous lire le mot : Philoréjean ?

— Mais ça n'en finit pas, fit la fillette. Reste à savoir qui fit Réjean. Je retourne au monde.

Et la fillette fit un trou d'or dans l'espace.

— Voilà où me conduit le discours, Figiles, seul : vers la toile de fond d'être qui grouille, qui n'est peut-être pas la vraie toile de fond, qui grouille, qu'il faut traverser. Son reflet glisse dans l'espace. Mais elle est toujours là. Je sens monter en moi la dureté de ton regard de militant. Réjean, regard cornu, mental corné, dur. Et tu, et je, et j'interroge. Mes questions sont si souvent mal posées. Je les repose. Au fond, la toile épaisse des songes. Au fond de la toile épaisse des songes la toile du moi se pose comme un astronef tranquille. Et la toile de fond qui grouille de tous ses reflets réapparaît encore. Richesse-déchet ? Regarde : son reflet flotte dans l'espace. Au fond, sa racine s'étend comme un rhizome, racine partout. Sous nos yeux flotte le sortilège personnifié. Au fond, dans la tranquillité nocturne du sol doux que nous cherchons, réapparaît la toile épaisse du fond d'être. Celle qui recouvre l'être. Je pose mes questions mal posées. Et je les repose jusqu'à ce qu'éclate la vérité s'il en est, comme ce micron féminoïde surgi du flanc de ma douleur et de mon chant. De ta douleur, Réjean. De ton blanc chant. Voici ma question : "Trouverai-je, au bout de mes romans et de mes livres, de ceux que j'écris et que tu écris — mais l'existence même est un livre où tu inscris le moindre regard, la moindre fuite, il faut apprendre à lire cette écriture du temps des choses, l'amoncellement signifiant d'objets (le regard), la moindre fuite — le témoignage des mondes qui furent ? Et qui stagnent ? Ah ! C'est l'idiote question de l'oeuf et de la poule. L'idiote question de la poule et de l'oeuf. Qu'importe ? Il n'y a pas de commencement... Abîme sans fin du roulement d'être. Toujours. Non. Jamais. Non. Mots, mots, tranches de mots découpées, même les silences durent et s'inscrivent, même la grossesse, même la rondeur de la femme en prière ou en couches, même la

sphère-terre est *située*. Pas de commencement du monde (quel monde ? mille mondes ! milliards de mondes ! Cervelles-toto-ches-pas-penser, trop fatiguant !). Pas de fin. Pas de finalité. Pas de but spatial absolu. Pas de loi morale absolue. Univers où vibre la rencontre toujours remise de deux sexes : bien petit univers : *univers où des milliards de sexes différents doivent se reconnaître en un même temps béni pour procréer : voilà univers différent, plus fort, plus formidablement plus fort !* Toi connaître tel univers ? Il n'y a ni passé ni futur. Oh ! Il y a le futur (ça me fait mal au coeur, de pareilles tortures !). Il n'y a aucune raison à cela mais il y a le futur ! Ca fait bien, ça fait original, mais ça fait mal, Dieu sait pourquoi. Il y a aussi langue et langue dirait le Livre des Splendeurs, mais il y a langue et langue et langue et languissante. Il y a ma langue qui nettoie l'orifice où ta philaimée coule hors du trou, qui fait naître la folle et fine intraveinée. L'inutile. Et la langue qui est un code d'échange. Mais il y a la langue des langues qui n'est pas un code et qui voudrait bien dire des choses qui n'ont jamais été dites et qui ne se diront jamais ni en français, ni en joual, ni en acadien, ni en anglais, ni en russe, ni en espagnol, ni en hébreu, ni en italien, ni en vieux salvon, ni en sanskrit, ni en grec, ni en runes, ni en anus, ni en pénis, ni en vagin, niant rien pourtant, niant tout pour dire, c'est elle l'Alanguissante. Et si ça me fait mal au coeur de dire qu'il y a le futur, c'est peut-être qu'il n'est qu'en elle et qu'elle n'est pas là, jamais, l'Alanguissante. "Voici, je suis à la porte et je frappe; si quelqu'un m'entend et qu'il ouvre, j'entrerai et je mangerai avec lui. Et le Logos-Verbe luit dans les ténèbres et les langues sécrétées par lui ne reçoivent plus et le Logos cogne au chevet des phrases malades qui dorment dans leurs ténèbres et ne reçoivent le Logos *que lorsqu'il a l'arme au poing.* Réveil douloureux de l'intraveinée dans la colère du corps", Figiles comme parole d'Evangile.

— Il y a langue et langue et languissante Vigile. Il y a l'anguissante forçant son chemin vers Dieu dans nos corps. La Langhuissante intraveinée. Celui qui parlera par elle fera sauter l'ordre du monde. La langue qu'aucun code ne codifiera, la langue éternelle qui tonne, Figiles, Elle phile en ton tuemoir tissant. Et l'on parle et l'on dit et l'on murmure et l'on crie et l'on lit et l'on écoute, et l'on écrit mais on étouffe l'Alanguissante.

— C'est vrai, Philodéchet, c'est vrai qu'elle vibre en Philedmon aussi, c'est vrai. Il faut retrouver la racine passée, là gît le coeur du futur. Le coeur du futur sans ce passé qui fit est une vaine chimère, une sorte de grand soir creux ou de Dieu mort au ciel qui ne serait qu'air bleu ou queues filantes d'étoiles. Ciel est densité d'or tournant la manivelle des vies dans mon antre. Retourner, invertir la chasse ou la quête, telle est la force du cheval-soleil qui file

son épaisseur grouillante.

— Ah, répéta le Déchet (il allait dire des choses peut-être fausses mais vraies d'être nécessaires). Tout mon corps nie le passé, comme s'il fuyait une niarda immonde, collante. Le passé n'existe pas. Notre maître le passé ? De la mouirde.

— De l'âme ouïr ?

— M'ouïr dans l'épaisseur de temps qui taponne. C'est du fond de mon corps que je nie l'existence du passé. Il n'y a pas de passé pour le corps, ça n'existe pas. Probablement parce que c'est là... Connaissons-nous le corps ? Non. Nous ne connaissons pas le corps. Nous ne connaissons rien et nous voulons écrire un roman ? Faire la révolution ?

> Si je titube à temps.
>   troube

Contre.
Vibrante-vivante.
Est. Bien ouïe.
Miches. Miches de pain.

— T'es ton sang.

— Ton nom.

— Eho. Ehié.

— T'es ton sang pas ton sang. C'est cela.

— Oui. Nais y(1) coûte. L'intraveinée que tu connais qui P(h)ila dès la source l'immanent corps c'est elle qui fomente le drame universel, pour voir si le ciel mêlé avec le sang, son sang, ne parle plus. Alors l'intraveinée s'essaigne !

C'est pour sortir des veines qu'elle écrit son cercle de sang et elle sèche au Soleil de son père (son père c'est le Soleil) et la Lune la refroidit, ellesang, et tout est fini, tout est à recommencer. C'est parce que l'homme ne laisse plus parler la douceur ineffable du sang dans ses mots (on peut en profiter, tu comprends ?). Alors elle crie : "Fendez, faites une faille, que je connaisse la chaleur, la source de chaleur (le coeur)". Mais tant qu'elle ne la connaît pas, on peut en profiter. Des hommes comme des femmes, d'ailleurs. On peut entrer dans le sang, ils n'écoutent pas, on peut mettre ce qu'on veut dans leur sang, tu comprends ? Ca, c'est une voix facile qui dit ça, un corps de lie noire effilé qui glisse sa lie dans le monde (une jeune fille, tu penses, mais n'insulte pas : ce n'est pas une jeune fille, c'est une larve déguisée). Mais je poursuis, je ne sais pas pourquoi je t'ai dit comment en profiter, ce n'était pas moi mais cette étrange voix masquée sous de l'angoisse, du

---

1. Il sera un peu question ici du mystère de la haine.

froid (elle bouffe l'énergie autour d'elle, elle crée du froid, tu vas la reconnaître comme ça, c'est une larve assez lucide et extrêmement relent-tueuse)... Je te disais : c'est parce que l'homme n'entretient pas de dialogue avec son sang, alors la vraie intraveinée étouffe, la fausse se glisse en-dedans mais en fait la fausse, noire et tueuse, c'est une émanation cachée de son sang. Tu as déjà vu du sang mort ? Caillé mais encore mou ? C'est vermeil foncé. Voluptueux. Eh bien c'est ça : c'est une émanation de sang caillé noire et voluptueuse, un peu rougie-vermeille, c'est de la fausse-femelle sortie du corps où elle étouffe et elle prépare la guerre. C'est une forme qu'elle peut prendre. Une forme d'inconscience. Et elle crie : "Fendez, faites une faillie." C'est une émanation en quête de faille. Avec la femme, elle cherche la faille. Pour sortir du corps mâle. Mais c'est dangereux. Parfois (sinon toujours ?) quand la femme est morte dans son émanation hors du corps mâle qu'elle recherche d'instinct, elle sera toujours morte et ne se nourrira que de sang ou que des émanations de l'aura de l'homme qui émane aussi de son sang (la chaleur qui entoure l'homme (créateur) émane du sang) et l'homme alors frissonne, connaît le froid. C'est comme de la haine absolue. Comme. C'est peut-être effectivement de la haine absolue. Mais quand l'homme la fait parler tout doucement, de manière suivie, dans le cercueil vernis des mots, alors elle s'anime doucement, tranquillement (ce n'est pas facile à dire, ce que je te dis, pas facile à libérer du secret : c'est de l'amour au fond du dernier caillot mort au fond du corps, puis des larmes émues montent et tu ramènes l'intraveinée dans les champs de sang pur et alors ton sang reverdit, c'est un mystère, le mystère de l'or, peut-être ?) — alors elle s'anime et se transforme (la petite tache rouge du caillot, c'est du silant dans la mort-haine), c'est comme l'oeuvre d'un moulin à prière, le texte, cette coulée de texte partout, c'est pour transfigurer le caillot, pour opérer la transformation du grand caillot de sang, graduellement, que les mots tissent le drame. C'est parce que l'homme n'écoute plus le sang qui coule en lui, le coeur bat sans soleil, l'homme n'entretient plus de dialogue avec le sang ou avec le soleil, alors il y a un dialogue dans la nuit avec des forces magiques anciennes, très vieilles et les démons à couteaux approchent et se lancent contre le mâle à l'appel de l'escarmouche et adamah la terre boit le sang dedans l'homme-terre (rouge ?) dans les veines. Il est rouge mais l'intraveinée est noire parce que le Soleil n'éclaire plus dans les veines, alors elle crie : "Libérez-moi de mes capilles, libérez-moi." Et alors c'est le grand rugissement des hommes de guerre (pas toujours mauvais, il faut parfois se défendre, mais il y a des guerres qui se font seulement pour boire du sang, pour libérer du sang, beaucoup de sang hors des artères) alors c'est le grand rugissement des hommes de guerre (les hommes ont caché le sang gland dans la femme ou le gland sang dans l'homme) et les femmes pour éprouver la totale émotion du Soleil (ou Loseil) prient pour que les guerriers combattent et les veines s'ouvrent (mais le sang n'est pas nécessaire aux guerres : il est nécessaire à la terre ou aux démons, la guerre n'a pas besoin du sang) et les femmesangs jaillissent au soleil, c'est terrible. Tu comprends ? Alors ça, c'est parce que l'homme n'entretient pas de dialogue intime avec le sang, le gnoss, alors il ne crie plus, et le sang jaillit dans les mots, dans la terre, le récit, l'histoire et l'intraveinée passe dans le récit, le rat conté, l'histoire et on raconte la bataille de et la bataille de et le massacre de et le sang jaillit comme un jet et le jet colle, c'est elle l'intraveinée jaillie, pour vivre la lumière, le temps d'un papillon, l'éclat d'une seconde — puis les ténèbres immobiles du sol. Mais l'homme gaspille le sang, n'entretient pas de dialogue intime avec le sang à la puissance du dedans qui crie, qui passe en-dessous comploter, elle dit : "Saignez le corps qui rompt le pacte", ou : "Scellez le pacte qui rompt le corps (livrebresang)" et elle ne sait pas : l'homme (fermé-mal) tue la maléfemme (ou l'hommalphée) et saigne l'eau et c'est parce que l'homme n'entretient pas le sang dans l'eau. Alors l'intraveinée complote (fendfendre). Elle file si douce en nous l'intraveinée. Plus de combats alors qui patifent le corps ? Plus ? L'intraveinée tue-monde. Estelle étoile est maria l'étoile est maria maria (elle sort de ton corps armée d'une fleur et d'un couteau) ton corps (corè-corè-corè-corps) et je veille dans tes parois d'eau douce et je caresse et tout y est si doux... C'est là que j'fixx l'or. Là. Là que j'fix mon nor. La.

— Ya.
— Or et Lia. Om.
— Oui, tu as raison. Le Silence.

— A Dam est roi.
— Damé-Roi Dame est Roi. Dame et roi.
— Elle s'éveille partout dans la bouche.
— Il y a langue et langue.
— Et langue !

Je voguais en moi-même. langue arlée, la sâ patalah, patalah...
— Elle est en toi vivante. Tu ne la tueras pas
               est pas toi
en la faisant couler au sol pour rien. Tu ne la saigneras pas comme un vulgaire boudin. Tu ne répandras pas le sang gnostique sur le sol d'Adamah comme tu le fis d'Abel (si c'était bien toi, aïn spécial)

je le sens bien qu'elle vit, qu'elle s'est éveillée...

Eveinée l'intralumière ?

Sâ. Om.

L'intraveinée dit : les parois sont propres, je vois l'aube et les astres (huit) et la couleur du sang (d'argent) qui n'est pas noir mais bleu parfois ou rouge, ou blanc d'eau et de lune, respect. Respect des parois qui brillent. Oh ! Je te demande : Respect des parois qui brillent. Je te demande, je te demande : c'est le parquet de Dieu ici, l'immensité des veines. Je te demande. Je ne veux plus sortir au jour comme un seul jet perdu dans la chaleur qui m'caille. Plus de flânage dans le rivage orné de l'endoderme. Viens dedans où coule un feu infiniment doux. Mon corps. Mon amitié. Ma plus haute tendresse. Mon âme intraveinée jusqu'à la fin. Or fixe et coulant. Couleur d'argent, oeuvre du rouge, oeuvre montée d'intralumière intraveinée. Craque l'étui. Ma seule flamme. Doux saignement d'eau. Pas de coups de couteau. Pas de complot d'intraveinée. Pas de caillot qui monte au nez. Pas. Paix.

La Diamante elle dit.

Le narrateur ou la narratrice baisa le gland sacré. Le narratrice ou le narrateur baisa la mare de sang. La narrateur ou le narratrice baisa la perle rousse. Le narrateur dans la narratrice alla dans la narratrice monta le narrateur. Rédiméer-méer (le Silence).

L'intraveinée née. L'alliance.

Gilles avait miraculeusement survécu. Mais il se traînait parmi nous plus blessé qu'avant.

Changement de registre. Retour à la conscience plus claire (ôf). De toutes façons le lecteur risque encore et toujours d'être dépaysé. Ou Lakshmiyougaïsé.

153

J'étais hanté

J'étais hanté par la mort du flic. Je descendais souvent dans la cave, à l'insu des autres, me recueillir sur la tombe. Je ne comprenais pas ce qui se passait en moi. Pourquoi étais-je si impérieusement conduit en cet endroit ? J'éprouvais pour cet homme un amour qui n'était pas commun. Que je ne comprenais pas. Et pour lequel, je le savais, je ne devais pas me sentir coupable. Je le portais en moi, tout comme. Je décidai, je m'en ouvris à Julien.

— J'ai ce mort-là sur la conscience.

— C'est normal.

Disait-il ça pour me rassurer ?

— J'éprouve de l'amour pour cet homme. Je sens ses blessures et je me sens coupable...

— Coupable ?... fit Julien comme s'il m'interrogeait ou plutôt comme s'il interrogeait ce que je disais.

— C'est comme si je voulais qu'il survive. Je n'accepte pas sa mort. Cet homme nous complétait.

— Il nous complète encore... Mais : "coupable ?"...

— Je me sens responsable.

— C'est vrai que tu es responsable. Mais tu n'es pas coupable, comprends bien.

— Je sais. Je n'ai pas tiré. Je n'ai pas souhaité sa mort.

— Et tu souhaites sa vie.

— Ça prie en moi. Ça monte en moi comme une diffusion d'amour et ça le porte loin, comme si ça l'atteignait dans des régions hautes où ça le maintient.

— ...

— Je ne serai jamais terroriste...

— Tu crois ?... Je sais. Tu dois comprendre maintenant pourquoi je t'interdisais de te joindre au Front.

Je restais songeur. Je regardais le sol. Je me sentais à la fois protégé et fragile.

Je poursuivis :

— Au début c'était sinistre, sa présence.

Julien écoutait.

— Maintenant c'est devenu serein. On dirait que la prière qui monte l'a rendu serein.

430

— ...

— On dirait qu'il commence à savoir qu'il est mort.

— Tu n'est pas un terroriste et tu n'es pas coupable. Tu es mystique et tu es responsable.

— Je ne l'ai pas cherché.

— Non mais ça t'a cherché longtemps.

— Je n'ai rien cherché. Ou je ne savais pas ce que je cherchais.

— C'est la vraie prêtrise.

— Je n'aime pas ce mot...

— Nous ne l'emploierons pas. Mais ne te mets pas à haïr les mots. C'est idiot et c'est indigne de toi.

— Je voulais dire que ce n'est pas tellement le mot. Je n'ai pas tant horreur du mot, qu'une grande pitié comme un sanglot...

Je me tus. J'allais pleurer. Je ne savais pas pourquoi. Je me levai pour partir. Julien me pria doucement d'expliquer. Je ne voyais rien mais je me sentais comme si j'avais été mis en présence d'un spectacle infernal qui durait depuis des siècles. Quelque chose voyait ou savait quelque chose d'horrible et ce quelque chose-là pleurait par mes yeux. Comme un autre, en moi, rempli de pitié pour la bêtise, le grand manquement, la grande arrogance de la surface humaine.

— C'est une pitié terrible, impuissante, les gens que l'on a cintrés dans des soutanes ou dans des uniformes, qu'on a fait pavaner avec des crosses, des mitres, des hallebardes, des fusils, qu'on a déguisés pour servir les faux dieux. C'est une pitié en moi depuis des jours pour les esclaves de ces titans qui se prennent pour les serviteurs de Dieu, une pitié pour tous, comme un caillot, une pitié, une sorte de pitié d'effroi, comme un dégoût...

Je me tus. Ce que je sentais et que je n'osais encore dire, car je ne savais si cela était de la folie, du délire, c'était cette présence qui se dessinait subtilement sur mes traits, du dedans, avec une gravité poignante. Je savais, par une connaissance innée, que cela portait un nom. Au moment où je parlais à Julien je le vis en lui aussi (comme s'il était moi). C'était littéralement effrayant de profondeur, cette image tendue, lucide, et souffrante qui se dessinait sur mes traits et pleurait des gouttes chaudes, presque sales. C'était féroce d'amour, par moments, puis ça s'apaisait. Et revenait cette seule vibration de compassion qui gagnait tout et qui se sentait aussi dans Julien. Ce que je sentais depuis trois jours que je descendais et redescendais dans la cave, contraint de l'intérieur, pour laisser prier en moi la prière qui n'en finissait pas de vouloir monter, ce que je sentais, c'était lui, muet depuis le début de cette histoire, et qui se trouvait là où je n'aurais jamais cru qu'il puisse être : le Christ. Et il me semblait que je vivais en pleine horreur,

431

en plein amour et en pleine vérité. Tout ça, tout, était voulu. Le Christ y vivait sans discontinuité, sans jamais quitter l'enfer, sans jamais abandonner les mondes du dessous. Il portait la mort et l'horreur dans son corps. Peut-être me protégeait-il de tout voir, mais il y plongeait néanmoins une part de mon être, et c'est cette part qui communiquait à mon visage, à mon esprit, à mon coeur, la conviction d'une horreur effroyable quelque part dans les profondeurs de la conscience.

— Je ne pourrai jamais accepter la mort... Je voudrais faire revivre tous les morts. Je n'accepterai jamais la mort. Lui, ne l'a jamais acceptée. Il porte en son être des monceaux de cadavres. Cet agent s'est trompé. Il a tiré mais il tirait sur Lui. Je voudrais qu'il revive et qu'il cesse de tirer sur nous ou sur Lui. Les deux. Qu'il vive et qu'il laisse vivre. Il n'y a que cette prière, qui prie par elle-même, qui puisse lui redonner la sérénité, s'il l'a jamais connue. S'il revient en ce monde, cette sérénité se souviendra de lui...

154

Je commençai à me sentir plus seul

Ce fut à partir de ce moment que je commençai à me sentir plus seul qu'avant et plus conscient de ma mission. Moins déchiré par les tendances et plus conscient du vrai pouvoir. Dans cet univers tendu et dangereux, dont nous communiquions au Québec la réalité, il me fallait accueillir et laisser rayonner en moi cet amour silencieux qui opérait des mutations dans la conscience. J'étais responsable. J'aurais pu me fermer. Ne pas le faire. J'aurais souffert. J'aurais été plus névrosé qu'avant, si jamais je le fus. Je ne voulais plus parler de culpabilité ou de non-culpabilité. Que savais-je en fait de celle du flic ? Julien me l'avait dit et je le savais : je n'étais pas juge. Et ce n'était pas parce que je haïssais le mot qui me désignait que je ne le prononcerais plus et que je préférerais ne pas l'entendre prononcer : je voulais simplement qu'il retourne au silence, que mon coeur et mon esprit en laissent monter tous les secrets, toute la réalité cachée qui s'ouvrirait dans ses assonances méditées et dans l'éclatement psychique de ses consonnances. Ne rien prononcer en vain.

Je voulais retrouver la dimension sacrée de ce mot profané. J'en accepterais en moi les sons inconnus, les vibrations les plus secrètes, j'en capterais tout le mystère.

155

Il faisait un froid extrême

Nous étions en février et il faisait un froid extrême. Nous permettions maintenant aux deux ingénieurs de vaquer, sous une surveillance relâchée, à des occupations dans la maison, une ou deux heures par jour. Le premier, Jean Lebeuf, cinquante ans, grisonnant, originaire de Montréal, nationaliste. Il s'inquiétait terriblement de sa famille. C'est lui qui était sorti, à Saint-Eleuthère, quand l'agent avait commencé à battre Gilles. Nous lui avions permis d'écrire et Aurélia était allée à trois reprises poster des lettres, que Julien avait censurées avec des gants (au double sens du terme), dans une petite ville de l'État de New York et une autre fois à Toronto. Mais ces sorties étaient risquées, rares ou trop longues. Nous étions toujours recherchés.

Cette réclusion des otages m'apparaissait cruelle. Mais depuis l'affaire du flic, je vivais ces drames en silence et je les voyais graduellement s'apaiser, atteindre un certain point de sérénité. Je ne pouvais rien faire. Et pourtant, ça faisait beaucoup. Je n'avais qu'à laisser ça faire. La méfiance de mes compagnons était fondée : Lebeuf aurait-il voulu être discret au cas où nous l'aurions relâché ? Sa femme avait déjà alerté la police : on serait venu l'interroger et il aurait fini par parler. Sa famille passait, pour lui, avant tout le reste. Nous n'avions pas le choix. Nous devions le garder.

Avec eux nos relations étaient donc ambiguës. Souvent chaleureuses, avec des réserves et des "non-dits" dont on devinait l'objet. Ils le savaient : tant que nous serions là, ils ne pourraient partir. Et ils craignaient : les laisserions-nous même partir avec tout ce qu'ils avaient appris concernant l'emplacement, les membres et tout ce qui avait pu atteindre leurs yeux ou leurs oreilles depuis qu'ils étaient là ? Et la mort de l'agent fédéral ?

SEIZE

MEZZOLOGUE

Les haines de races, de croyances, de classes, de nations, aboutissent à des génocides, cependant que, vertueusement, on condamne Caïn.

Pendant que les hommes s'entretuent pour protéger leurs vies, et qu'ils maudissent "Caïn", celui-ci, qui ne peut pas empêcher "Abel" de se faire tuer par son propre conditionnement, s'est retiré, en grande détresse, dans le pays de Nod (Nod veut dire : douleur).

Carlo Suarès, *La Bible restituée*

à **Hubert Aquin**

Note : Pour les nombres, le lecteur pourra consulter les ouvrages de Carlo Suarès (*La Bible restituée*), de Raymond Abellio (*La fin de l'ésotérisme*), de Boris Mouravieff, de AD Grad, etc.
Le lecteur trouvera une image des arcanes 16 et 17 aux pages 366 et 367.

Comme il y a des *pro*logues et des *épi*logues, il y a des *mezzo*logues, des "logos" ou des "temps" du centre et c'est ici la vertu de l'arcane 16 de fermer un volet de ce roman et d'en ouvrir un autre, à la façon d'une porte qui glisse ou qui bat vers l'intérieur et vers l'extérieur. 16 : arcane de l'épreuve et de la mort des illusions. La porte bat dans un sens et dans l'autre. Certaines manières de voir ou certaines oeillères s'écroulent. La maison est éprouvée, détruite en ses créneaux de protection, car il n'est qu'une maison qui soit indestructible, qu'une fondation qui soit forte et vraie : la Maison-Dieu. La Grande Structure Archétypale de la Vie a prévu la perte du contact avec les fondations et les fausses protections s'écroulent pour nous faire retrouver l'Arcane 17 dont Breton a déjà parlé. Entre l'homme (ou le peuple) éprouvé et la fondation de la Vie : la Maison-Dieu, se place le silence nocturne de celle qui est l'Étoile du Matin, la 17 qui n'est pas sans rapports avec l'archétype de la Vierge. Elle verse infiniment l'eau des révolutions et de la compassion secrète et permanente. 16 ferme et ouvre la partie qui précède à 17 qui éclaire ce qui suit et qui conduit à 18, l'arcane de la nuit, du subconscient, de la fixation et de l'attente et que la Lune éclaire, son visage tourné vers la gauche, la dimension sinistre de notre être. Puis 19 : la réconciliation solaire. La réintégration (19) du Soleil et du jour. Les nombres majeurs de ce récit seraient donc 15, 16, 17, 18, 19 et 20. 20, le Réveil, le Jugement, le Bilan. An 2000.

Voilà. J'ai écrit ce "prologue" au "mezzologue" pour m'y retrouver un peu parmi les notes accumulées depuis des mois que je transforme un récit qui m'entraîne loin du temps présent (apparemment). L'action d'*Abraxas*, que Gilles lisait avec passion, était située au XVIème siècle (je m'en suis re-souvenu aujourd'hui). Et les notes de nouveau s'accumulent. L'analyse qu'elles appellent me pèse. J'ai envie d'aller jouer dehors. Et si c'était les siècles mêmes, à partir du XVIème, qui avaient voulu s'écrire à travers ce roman qui ne sera jamais fini ?

15, 16, 17, 18, 19, 20... Et ça recommence ou ça se poursuit, ou ça se maintient, ou quoi ? La déconstruction me rappelait un goût de Moyen-Age, un goût de sorcellerie, un goût, une saveur de Diable ou d'instinct magique et Gilles lisait *Abraxas* dont l'action se situe au quinzième siècle, arcane quinze, nombre : 60. Lettre : *Samekh*. Le cercle de la peur et du sexe, de la soif et de la faim, du désir et du combat, de la révolte contre "Dieu" mais 16 confirme 15 en démontrant que la Maison-Dieu n'est pas l'institution, n'est pas, ne doit plus être l'idée que l'on s'en fait. Il faut alors retrouver le 17 de la source pure de la vie, la subconscience riche du 18, la réunion solaire de l'amitié et de l'égalité divine du 19, jusqu'à la Résurrection du 20. 20 : nombre de réalisation. De 1500 à l'an 2000 : non, je n'écrirai jamais cette histoire, car c'est elle qui nous écrit, Gilles avait raison de vouloir dissoudre le code : le chaos nous enrichit.

Notes. Sur mon bureau, un cumul de notes que ce récit-roman n'épuisera pas. La tâche est littéralement *immense*, c'est-à-dire *sans mesures* et sans limites. Nous dévorons du temps parce que nous voulons être tout. Notes concernant Gilles, concernant des dates, des coïncidences de dates dont je ne peux pour l'instant distiller le sens mais qui sont certainement des signes. Disons. Le *Formulaire de Haute Magie* de P.-V. Piobb que Gilles avait lu et pratiqué avait été publié pour la première fois en France en 1937. Franco fut nommé caudillo en 1937. *Le Chercheur de Trésors*, roman de sorcellerie et de conjuration magique, premier roman québécois, publié au Québec en 1837. 1837 : Révolte des Patriotes. Écrasement de la révolte. *Abraxas : Al Brasac*, en hébreu : "la pierre de bénédiction"; ou encore *A'Braca Dabra* ou *Abreq ad Hâbra* : "envoie ta foudre jusqu'à la mort". Au Choix. *Ta foudre jusqu'à la mort* : arcane 16. *Abraxas* (en fait *Abrasax*) d'Audiberti, publié pour la première fois en France en 1938. Vient tout juste d'être réédité chez Gallimard, hiver 1980 (80, nombre de Phé, nombre de l'arcane 17, cher à Breton, qui écrivit *Arcane 17* en Gaspésie, au Québec, durant la dernière guerre mondiale. Gilles dévorait *Abraxas* (15ième siècle, changer les assises du monde, sortir du Moyen-Age, ne plus craindre le Diable et *devenir le Diable* ?). Freud mort en 1939. Les puissances subconscientes déferlent alors sur le monde. Coïncidence ? Non. Coïncidence. Dans le numéro 16 de la revue *Multitud* (Chili), en mai 1939, Huidobro, le Chilien, publie : *La Voix de l'Espérance* (poèmes) où le 17 au coeur du 16. Franco est entré à Madrid en mars. En septembre 1939 (1) la France entre en guerre. Breton entre en

---

1.   1939 : 1 - 9 - 3 - 9 : 22. En fait il y a 22 arcanes numérotés jusqu'à 21. Le 22ième est l'arcane dit 0. Le Fou, le Dément, le Mat, le Chaos. "22, v'là les flics" ou "Dispersez-vous" (faites chaos) — 22 ou 0 : "Partez !"

Amérique bientôt : Arcane 17, L'Espérance, le courant québécois non-né, le refus de participer à 16 (1), sorte d'instinct (virginal ?) du 17. 1939 : *Finnegans Wake*, de Joyce, le réveil de l'homme ivre qui déparle et qui rit. Freud, qui est mort ou qui va mourir : 1939 : *Moïse et le monothéisme*. Quel Moïse ? Quel monothéisme ? Ceux d'Hitler ? Mort de Moïse. Mort du monothéisme. Mort de Freud. Suicide à venir d'Hitler. La mort, la mort, les eaux (qui coulent et fécondent : arcane 17). Sartre, 1938 : *La Nausée*. Le *Livre d'Abramelin le Mage*, première publication au 20ième siècle : Londres, 1939. Gilles avait trente-sept ans au moment où se déroule l'action de ce roman (jadis ? maintenant ?). 30 : *Lâmed*, mouvement organique, "organisé" ou "chaotique" et 7 : accomplissement du processus fécondant. On verra. Ou d'autres ont peut-être mieux vu que moi, déjà, au fil de ce livre. 30-9 : *Lamed-Teith*, *Lât* en hébreu : signifie art occulte. L'art de quoi ? L'art de 39 ? Des signes. Ces dates sont venues se placer sous mes yeux comme pour tracer un hiéroglyphe ou un message que le temps pourrait entendre, que le temps peut-être entendra, a déjà entendu; peut-être la guerre est-elle à jamais morte dans les cieux et les enfers où elle se décide toujours avant de déferler sur le monde. Et les débris de son retour possible ou ses derniers hoquets sanglants font tomber des nombres sous mes yeux ? Quand Gilles ou Lachenaie font une critique du temps ils laissent entendre, en un sens, que ce roman ne paraît pas au début des années soixante, ils le rappellent, ils le soulignent, ni durant les années 70 mais bien au début des années 80, soit vingt ans plus tard au moment où se concrétise l'image vivante et enfouie en nous d'Arcane 17 : 1760, 1760, 1760 : 76 (7 plus 6 : 13) égale 13, arcane de la mort et de la guerre et de la transformation. Phé, lettre hébraïque d'arcane 17 a pour nombre 80. L'arcane de l'Espérance, de l'Impératrice Espérance. À pour outil le 80. Le début d'un cinquième cycle de 20 (4 x 20 : 80), d'un cinquième cycle de Jugement ou de Réalisation. 80 : nombre du *samsâra*, du fleuve du temps, de la parole et du Récit. 1980 : Réintégration (sens du nombre 19) du temps. Le passé frappe à la porte en 80 (81 ? 82 ? 83 ?...). 1980 : réintégration; 1980 : 4 − 20 − 18) au coeur du millenium croissant : récapitulation de la subconscience qui a déterminé les 4 autres cylces de 20 ans ? Avec, au millieu des 20 années à venir, un coeur de nuit lunaire et stagnant qui nous hantera ? Ou se manifestera ? 1990 : 9 plus 9 : 18, arcane 18, l'inconscient, encore ? Les forces magnétiques ? Magiques du 18 ? En attendant, au coeur de 1980 : 9 plus 8 : 17, arcane majeur de l'Espérance mais non évident, latent, possible, au coeur de la décennie. Et l'Espérance est placée

---

1.   La guerre. Et aux fruits de 60-16

ici dans le Phé-80, symbole du Verbe, de la Parole et de la Prophétie, de la promesse de l'Accomplissement des temps. Mais Phé a aussi un aspect sinistre, lié au fait qu'elle est l'une des sept "lettres doubles" de l'alphabet hébreu. La bouche que symbolise Phé est aussi ce qui dévore. La langue est aussi ce qui ment. Quatre vingts, quatre cycles de réalisation au bout desquels un bilan monte. Bilan, Réveil, Jugement. Et recommencement, ou possibilité de renaissance (dans la lumière annihilante de ce qui fut ? Bilan du passé ? Coeur du futur ? Que savons-nous des coïncidences du temps? De ses clins d'oeil ? De ses jugements impitoyables (Kala-Kali, le destructeur-destructrice, signifie aussi temps) ? Ah, ces notes, j'oubliais : le Parti conservateur du Canada n'avait pas connu le pouvoir politique depuis 16 ans, dit-on. En 1979-80, il prend le pouvoir et son leader Joe Clark, dirige le pays et le parti pendant 6 mois (6 est aussi un arcane d'épreuve). Puis il est défait par le vote libéral massif du Québec contre l'Ouest. Par quel Québec fut-il défait ? Par celui de 60-16 qui porta le Parti québécois au pouvoir ou par celui du 16 de 70 qui oublia vite les mesures de guerre ? 16, 16, 16 : nombre de la tour foudroyée et de la mort des illusions. 16 années sans pouvoir est un bien fâcheux millésime pour re-prendre le pouvoir : 16 détruit les illusions. Il en engendre d'autres ? Mais l'espérance (17) est violente. 16 : nombre de la tour foudroyée.

Je place à la fois à la fin de la partie qui précède et au début de celle-ci qui vient et qui devrait sans doute s'intituler 17 (bénéfique-maléfique, espérante et violente, Phé, lettre double), je place l'arcane 16 et je lui donne ce titre :

Seize

ou

L'espérance est violente

Ce nombre (16) est celui de la dissolution des limites. Plus loin le roman deviendra peut-être 17. Vous en jugerez.

Dix-sept

ou

L'Espérance a jailli de la violence

ou

L'espérance est forte

ou

Il était une fois une jeune fille au coeur invincible que l'on
appelait

Impératrice espérance

À tous d'écrire l'histoire de sa croissance dans notre corps
collectif. Elle n'était ni pour ni contre. Elle était le pour et le contre et les portait sur deux plateaux puissamment équilibrés. Car
elle s'appelait aussi 10-7 et 7 est l'arcane du chariot de la guerre.
10 : nombre d'existence, du Fils. 7 : nombre de domination sur
les circonstances qui nous entourent. 17 : Unité dans la fermeté :
Impératrice et Espérance entre la Roue de Fortune de l'arcane 10
et le chariot de la Victoire (arcane 7). Impératrice Espérance :
1 plus 7 : 8, arcane 8 qui la resserre : la Justice des deux plateaux
de l'équilibre qu'elle tient d'une main (gauche), les plateaux de la
(sa) loi et l'épée qu'elle tient dressée de la main droite, le côté qui
ordonne et régit.

Il était une fois une jeune fille au coeur pur
qui se métamorphosait dans notre être.
Elle s'appelait :

Impératrice espérance.

Rien de plus. Rien de moins.

Et elle venait de

Seize
ou de la terre de Qaïn

d'une vieille maison écroulée d'où apparaissait du dedans l'Impératrice Espérance Libre Habitant chaque Instant la Maison Dieu

Qui n'est ni de briques ni de lois humaines
Et qui est celle que rien ne peut détruire
Parce que sa lettre est *Aïn.*

dont le nombre est 70 ce qui veut dire :

TOUS LES POSSIBLES APPARAISSENT

et qui veut dire .

TOUT EST POSSIBLE

qui veut dire aussi :

JE RENAIS DE MES CENDRES

ou encore :

CE QUI PEUT MOURIR EST MORTEL

et :

CE QUI DEMEURE EST TACHÉ D'IMMORTEL

Aïn qui est la première lettre du mot hébreu *Aaqrav* qui veut dire Scorpion, animal d'une vigueur singulière et d'une beauté redoutable et qu'Aurélia aimait en chacun de nous.

Aïn ou 16 parce que Gilles l'avait placée au coeur même du nom de *Qaïn*, qui s'écrit *Qôf-Yod-Noun* et qu'il écrivait *Qôf-Aïn-Noun*, ce qui faisait du Fils en Exil une Bombe en Exil ou du moins une extrême et bouleversante surprise cachée : la Colère divine entre l'infini cosmique et spirituel et la matrice des renouvellements : Aïn entre Qôf (cosmicité d'Aleph) et Noun, 100 — 70 — 700 ou : manifestation de la totalité des possibles dans un individu (70) et dans le cosmos (700) traversé par le souffle infini et total du Aleph cosmique, du Qôf. Ou : le fini devenant infini dans le fini, la mort demeurant la mort tout en devenant fête de conscience jamais perdue, intégralité perpétuelle du changement nécessaire à chaque instant sur la terre et en tout lieu de l'univers, ou encore conscience totale et sans creux, vivant chaque instant dans la totalité de ses rayonnements sans en omettre un seul ou encore : écrasement de l'individu 70 par la rencontre en lui du 700 et du 100 — mais 70 est sans limites, il y a longtemps qu'il est mort, il y a longtemps qu'il est vivant, il y a longtemps que son corps n'est qu'un reflet poreux de l'être, il y a longtemps qu'il habite l'absolue Maison-Dieu, Corps total, Corps infini, Corps-éon. Un dernier mot, donc, sur ce Qaïn-Bang dont Gilles rêvait et qui le fit sans doute éclater.

est le symbole de la conscience du Aleph cosmique (Qôf) en exil agissant sur tous les possibles en actes (70) ou tous les possibles possibles enfouis dans le ventre de Noun (nombre : 50 : 700 en finale) symbole de matrice et lieu caché de gestation, première lettre du mot Noé qui sauva les semences du monde en péril en les faisant monter, contraire contre contraire, dans l'arche, à la manière d'une ribambelle de gènes sur la chaîne chromosomique (l'écriture comme projection d'une réalité biologique ?). L'arche de Noé étant ainsi, aussi, le symbole de la traversée des eaux matricielles au moment de l'ébranlement orgasmique (déluge) à la faveur duquel un monde nouveau peut naître. Qaïn est écrit ici : *Qôf-Aïn-Noun* : Infini (Aleph) cosmicisé (Qôf) — tous les possibles en actes (Aïn) — Matrice (arche) Noun : (Détonateur) — (explosif-explosant) — (parois). Qaïn ressemble étrangement, dans sa structure, à une bombe qui explose ou qui s'y prépare, à une gestation, à une révolution, à une "surprise". La seizième lame du Tarot tente de l'illustrer. Mais ces images sont très largement modifiables, peuvent même devenir, pour un même arcane, complètement méconnaissables d'un Tarot à l'autre, d'un jeu donné à un autre (comparer le Tarot de Crowley à celui de Marseille). En fait c'est un quelque chose de spécial qui vibre dans l'arcane imagé qui constitue l'arcane même. C'est ce qu'il faut apprendre à sentir. 16, au coeur de Qaïn, violence qui fait fondre les limites. Ce roman s'est écrit en deux reprises principales, en co-gestation avec une compagne enceinte et avec une vierge non fécondable. Ce roman tient du ciel et de la terre. L'enfant qui naît est une sorte de bombe et symbolise tous les possibles activés dans la grotte (Noun) ou le repaire. Petit Qaïn (Qôf-<u>Yod</u>-Noun, cette fois ?) de chair revenu du déluge et métamorphosé, revenu d'une destruction, d'un sommeil ou d'un repos-chaos auxquels toute chair semble être destinée pour recycler ses forces. Aïn : tous les possibles s'étoilant et dardant entre l'action du Qôf (Aleph cosmique) et la réception générante et régénérante de la matrice génétique et actualisante aussi, Noun. Petit Qaïn, petite bombe intruse, chose unique et rayonnement du fils ou rayonnement des possibles, fils revenu d'exil et tapant sa lumière dans mon être et mon coeur, coeur-fils éprouvant et grandi de mille ans en mille ans, mille : Aleph signifie aussi mille. Millénarisme du Fils. Petit Qaïn, totalité des possibles, enfant, peuple, pays ou roman, terre d'exil de tous les possibles, terre. Terre possible. Terre-Dieu. Terre totale. Qôf-Aïn-Noun. Qaïn. Aïn : seize : terrifiant seize du plus Grand Fils. Yod, plus jeune, le plus Petit Fils, le plus Petit Quaïn. Aïn : souffle puissant traversant les montagnes et les plaines vers sa destination de feu, de sang ou de liberté. Certaine légende qabbalistique veut qu'Abel, n'étant que chair et sang, fondit quand Qaïn se dressa devant lui. À cause de la puissance de Qôf, "Dieu" même en tout, prodigieuse présence imprévisible d'être dans la matière : Qaïn était ça, comment pouvait-il prier ? Le "Dieu" d'Abel n'agréait pas sa prière. Forcément. Qaïn ne pouvait pas croire, il était par Qôf au coeur de tous les prodiges religieux sans jamais s'attacher à un seul. Il faisait des offrandes pour bien faire. Pour faire comme Abel qui était gentil. Alors la fumée des offrandes de Qaïn ne montait pas. Celle des offrandes d'Abel, oui. C'était gentil : Dieu il est là-haut, il aime ma fumée, il aime l'odeur de chair brûlée. Et Qaïn n'osait pas cesser de faire des sacrifices comme Abel. Qu'est-ce qu'on aurait dit ? Ça aurait choqué terriblement Abel qui croyait en Dieu et au Parti, c'était le bon berger, le bon bonhomme, le bon soldat, le bon petit travailleur, le bon petit tueur à gages. Et il marchait dans les pas de Dieu. Bon. Et Quaïn, lui, voyait ses fumées redescendre, car ses fumées témoignaient de l'être même et ça choquait Dieu qui craignait peut-être le non-être de l'être ? Et Qaïn ne pouvait pas faire autrement, il ne voulait pas se fâcher. À cause de son Aïn-70 terrible ou même à cause de son Yod de Fils d'Aleph engagé dans l'existence et dans le temps. A cause du Qôf qui faisait tousser Dieu, à cause du 700 à la fin de son nom, son Noun final qui contenait le prodige ambulant qu'il était, dans la caverne de l'être, profond, profond et où l'oeil de Dieu le regardait, d'après Hugo, pour lui faire honte. Et Qaïn devint grognon, détestable, infréquentable. On disait : "Regardez Qaïn, il est impatient parce que Yaoué n'agrée pas ses offrandes." Mais ce n'était pas pour ça que Qaïn s'impatientait. Et il le savait bien. Il s'en voulait de n'être pas lui-même, tout simplement et de ne pas vivre le 70 à bout d'être et le Qôf-Aleph cosmique et le 700-totalités-possibles ! À cause d'Abel. Peur pour Abel. Et puis un jour il n'y tint plus, s'planta devant l'Abel et se montra tel qu'il était. La légende dit qu'Abel fondit, que Dieu prit peur et que Qaïn dut s'éloigner des autres abels pour ne pas qu'ils se répandent en flaques de sang dans (sur) le sol, dans le Adamah, la terre rouge d'Aleph, la terre de sang (Adam : Aleph-Daleth-Mem, dam : sang). On fit d'Abel un martyr et, des proliférations sans fin d'Abel, d'autres martyrs de Qaïn qui démolissait tout sur son passage et particulièrement ses propres constructions (surtout mentales-nerveuses) parce qu'il trouvait qu'elles vieillissaient terriblement vite. Abel, lui, voulait, comme on dit, rapailler. Et quand Qaïn apparaissait, ça faisait, comme on dit, des martyrs. Et toute révolution, surtout une révolution dans les moeurs et dans la conscience fut dès lors considérée comme mal. S'approchaient parfois de Qaïn des petits abels déguisés qui lui volaient des miettes de choses dépassées, mais Qaïn laissait faire : ça faisait, après tout, partie du jeu cosmique et Qaïn le jouait profusément. Bouleverser, provoquer dans la chair la naissance d'un enfant divin, par exemple, c'est son genre, ou encore tout dissoudre pour revivre le Big-Bang cosmique, vous voyez l'genre.

Abel est répétitif. Qaïn néantit le répétitif. Ce que Qaïn a pu rire (ou souffrir) quand il entendit Hugo dire : "L'oeil était dans la tombe (l'oeil de Dieu) et regardait Qaïn." Pour lui faire peur et le punir : beu, beu. En lui ça paraphrasa tout de suite : "Hugo était dans la tombe et regardait sa peur (d'arrêter de faire toujours d'la rime automatique)." Peur d'Abel qui tire à lui la pitié et forcément les coups, qui se revêt de vêtements pitoyables de peur de connaître l'abondance des possibles, peur de connaître aussi la compassion la plus secrète qui s'ouvre dans l'être en même temps que l'abîme profond que Dieu regarde et que Qaïn connaît. Brise les limites, retisse le monde et la chair et la chair et le monde, prodigieux silence hyperchaud du Aleph cosmique. Pur feu infini.

L'explosion qaïnique, on dirait qu'elle se couple sur l'implosion d'Abel. L'explosion révolutionnaire sur l'implosion suicidaire (il y a du 16 là-dedans). Mais la puissance du Qaïn en gestation est irréversible. Que sa pression d'être se retourne contre lui-même, elle reviendra toujours cependant fissurer les parois granitiques du monde. On n'y coupe pas. Irréductible qaïnisation des semences que trop de peur tranquille peut étouffer. Qaïn, bouc du printemps. Bacchus cosmique toujours lucide et jamais ivre quoique (un peu) triste. Pouvoir terrifiant au coeur de la mollesse répétitive d'Abel. Pauvre Abel. Qui acclame ses bourreaux. Qui acclame le mépris. Le mensonge. La puissance des grands abels de cirque déguisés en Aïn-70. Et pourtant sache aussi, Abel, que le véritable ' Qaïn ne sera jamais le gardien de tes limites physiques. Qui est Qaïn ? L'illimité dans les possibles. Vois grand dans tes parois sinon il t'ouvre.

Ce frère ne sera jamais le gardien de tes limites. Il en sera pourtant la compassion tramante et cachée, que tu appelles, mais déjà il est en métamorphose, déjà c'est Yod qui agit au coeur du Nom, le Yod de Yésus, le yod aussi du Aleph (1), incarné (10) et cosmicisé (100) dans la totalité de l'accomplissement du processus fécondant (700 : Noun final). Qaïn rendant possible l'émergence bouleversante du Christ enfoui.

Qaïn : scintillant rayon de feu doux dans la profondeur des ténèbres où il prépare l'insurrection, la grande révolte universelle.

(H) ôme du silence et de l'effroi, du murmure des siècles et montée d'éclat solaire et vibrant. Selon celui qui voit. Qui est Qaïn ? Je ne sais pas.

Mais la vraie Terre de Qaïn est peut-être celle de tous les possibles.

QUATORZIÈME PARTIE

156

Noémiah et Gilles

André détestait Noémiah d'aimer Gilles qu'il considérait toujours de la façon qu'on a vue. Et Noémiah se fermait à l'agression d'André. Un serpent volumineux se tordait dans l'air de la maison. Gilles se promenait dans la neige et rêvait au départ. Aux étoiles. À des choses fabuleuses. Déjà la neige qui tombait n'était plus pour lui que l'annonce des cieux. D'un paradis. Ou d'une douceur ineffable qui l'éloignait des enfers. Mais les enfers appelaient Gilles et Gilles répondait. Dans le temps Gilles reviendrait aux enfers. Jusqu'à. *Il monte et il descend et c'est un même oiseau.* Un aigle, une colombe ? Un corbeau ? Ce n'était plus une histoire d'hommes et de femmes. C'était une histoire d'ombres et d'oiseaux, de courants et de forces cachées. La logique s'y perdait. S'y enroulait, s'y déroulait, montait. La logique n'est-elle pas fille du Logos ? Au commencement était le Verbe dit Saint-Jean. Le Verbe, le Logos, le Word. Le grand enroulement premier de lumière dans la neige. Gilles vacillait, montait, mourait dans l'air pur. Il aurait voulu descendre encore, mais il montait. Et c'était là sa mort. Là où est le cadavre, dit l'Évangile, se rassembleront les aigles. Quels aigles ? Ceux des mythes ? Leur contrepartie mondaine ou mondiale ? Flics, vengeurs, vindicateurs, pillards, rois ailés mystérieux, gardiens à casquettes et à fusils ? Ou Sages ?

André. Le sentiment qu'il éprouvait à l'endroit de Noémiah, ce mélange de désir insatisfait et de dépit agressif qui le rongeait, l'empêchait de comprendre. Pour lui, Noémiah était la plus lointaine, la plus inexplicable, la plus haïssable. C'était plus fort que lui. Il la menaçait de son arme. Mais jamais elle ne tremblait. Personne n'intervenait. Comme si nous savions tous que l'impuissance était du côté de Gendreau. Qui bloquait sur quelque chose. Un serpent amer comme la mort étouffait ses allées, ses venues, ses regards, ses gestes, ses lectures qu'il ne pouvait pas prolonger plus longtemps que cinq ou six minutes. Il se levait pour changer de livre ou pour se saisir de son fusil automatique et le jeter violemment sur un fauteuil et, une fois, sur les rayons de la bibliothèque qu'il avait fallu réparer. Et ces humeurs nous attaquaient tous comme autant d'aiguilles acérées. C'était la guerre. Il sortait de la maison pour ne rentrer que plusieurs heures plus tard, parfois la nuit, très las, le regard vide. Allait-il trouver, dans ces solitudes fortes, une présence ou une angoisse plus grandes encore, pour oublier ? Ou bien le lieu d'une autre forme de panique intérieure ? Mais la panique ne le gagnait plus. Le noeud troublant et douloureux qui explose et libère. Je ne comprenais pas. Il était comme une bombe ambulante parmi nous. Qui se gonflait, se torturait, n'explosait pas. Promesse d'aigus conflits des temps futurs. Ces longues marches n'étaient pas vraiment un repos pour lui. Peut-être y trouvait-il la sur-compensation d'un défi plus exigeant encore que l'indifférence hautaine de Noémiah pour son amour ? Quel dépit ce devait être pour lui de constater à chaque pas que la forêt, elle, s'ouvrait à lui, mais dans l'indifférence, une autre sorte d'indifférence, un silence tranquille dont il ne voulait pas sans Noémiah. Quand il rentrait, on aurait dit que la forêt elle-même l'avait ramené face au mur opaque auquel il se heurtait, face à l'énigme qu'il ne savait comment résoudre. Face à une lumière hautaine, cruelle, comme celle de la Vierge du dernier des seigneurs d'ici ? Mais ce dernier des seigneurs disparu dans l'amour ou la neige, adorait de tout son être cette lumière qui l'aspirait. Selon la loi de la lumière. André n'en voulait pas. En lui, le dernier des seigneurs d'ici se mourait étouffé. Angoissé. Ni la lumière ni la neige n'absorbaient son malheur. Le simple malheur. Il était notre maladie à tous. *Le simple fait d'exister est un véritable bonheur*, avait écrit Cendrars qu'un jour on ne lirait plus. Le dernier des seigneurs d'ici se mourait. Et Gilles emportait son âme aux cieux. Comme il se devait. Après l'avoir emportée dans la longue nuit du délire. Où Gilles se mourait-il dans le Seigneur étouffé. d'André ? Tiré par la neige et le froid pur transparent ? Étrange hauteur et pureté indicible. Gilles était trop pur pour le soleil ? André trop dur avec sa propre vie ? Ou bien la vie durcissait en André, forgeait une arme aveugle pour y concentrer du venin, faire exploser une tare, éliminer la mort, quelque chose. Il n'était plus temps de comprendre, d'analyser. Les grandes lois parlaient.

157

Au début

Au début, quand André rentrait de ses longues randonnées dans la forêt enneigée, il se versait coup sur coup trois ou quatre verres d'un cognac dont Julien avait fait provision pour nous surtout et auquel il ne touchait plus. Les seuls à consommer de l'alcool étaient, par ordre d'importance, ou à peu près : Gilles, André, Ruel, Aurélia et Noémiah, et les deux ingénieurs, surtout John qui avait le cognac gai. Je buvais peu maintenant. Edmond presque pas. Puis, après un certain temps, je remarquai une diminution dans la consommation d'André, une lenteur aussi, une hésitation (une réflexion ?). Il se versait deux verres. Ou un seul. Qu'il vidait très lentement. Ou à moitié. En posant un regard vide parfois sur le corps de Noémiah, souvent étendu à demi nu sous le regard de Gilles qui le contemplait sans fin comme on contemple la neige, à la vue de tous, dans le grand salon. Aurélia aussi aimait la délicatesse et la beauté presque immobile du corps blanc de Noémiah qui se coiffait doucement sous l'effet de serre du soleil. Ses cheveux noirs glissaient sur les montures polies de ses grosses lunettes. Noémiah pour nous était nue. Comme un pôle extatique où notre regard concentrait l'amour et l'éros. Le salon devenait comme un temple où l'on pénétrait, lentement, sans bouger, comme on condense une énergie. L'amour se mettait à vibrer, descendait sur nous comme une eau. Noémiah devenait l'amour à l'état nu. Le sexe devenait transparent, sans désir, filant dans les méandres inconnus, profonds. Il était permis de ne pas la regarder quand elle nous troublait. De lui rappeler le rituel sacré du vêtement. De la recouvrir du voile interdit. Avec tendresse. Comme la lumière même le faisait quand elle rêvait de matière. Un jour elle (la lumière) était descendue en elle-même, au sein d'un même oubli. C'était la nuit. La chair était descendue dans la nuit ou plutôt la lumière s'était faite chair. Et nous cherchions dans la repénétration collective de la chair à revivre ce mouvement premier de l'esprit se perdant à sa propre racine. Mais l'esprit voulait monter. Et c'est pourquoi il descendait d'abord, ouvrant les valves du désir, de la possession et de la jalousie, retrouvant la mort et les larmes des premiers cris d'amour de la matière. Chair contre chair dans la chair ouvrant la chair à la chair. Mais le mouvement régressif avait un moteur plus puissant que notre esprit dont la substance se rappelait le premier mouvement d'enfoncement. L'esprit ressemble à l'esprit total. Il monte. Parce qu'il s'est enfoui. Et pour monter plus haut, il s'enfouit encore. Que l'humain veuille ou non. Il descendra. Il remontera. Puis il descendra encore plus. Comme le premier mouvement de l'esprit dans sa propre nuit. D'où la chair fut rêvée, plus douce, plus légère que la boue, que le feu, l'eau, le roc, l'éther nocturné du chaos premier. Refendre la chair, ré-éprouver les méandres de la larme et de l'eau, creuser dans

les premiers spasmes de jouir et de souffrir, se souvenir des tortures millénaires qui arrachèrent des cellules à la terre et de l'ego
aux cellules et du Moi à l'ego et du Total au Moi et du Vide trans-
cendantal au Total, porteur de la Vie sans limites du monde et
des mondes. Gilles remontait. Il redescendrait dans le temps. Il
remontait. André bloquait sur la rive. Fusil en main. Pour asséner
des coups à ceux qui ignoraient la loi, comme lui. Un soir, un sourire mince, effilé, anima ses lèvres. Et j'y lus les premiers linéa-
ments d'une cruauté montante. Lui aussi communiait aux enfers.
Le savait-il ? Le voulait-il ? Le percevait-il ? Le comprenait-il ?
André était au seuil de quelque chose d'autre que le André que
j'avais connu à Québec et qui était passé du nationalisme de parti
au terrorisme clandestin. Peut-être accomplissait-il maintenant
son destin ? Sa loi ? La loi de son être ? Ou l'envers de sa loi ? Il
avait le don de m'ouvrir sur des horizons futurs. Etait-il au seuil
de la folie, d'où sa haine pour Gilles qui, lui, avait chuté sans honte ? Il y avait quelque chose de diabolique dans ce sourire. Et si je
m'interrogeais sur lui c'est que je portais encore en moi quelque
chose de l'essence de ce sourire. Il me renvoyait une image de moi
que je n'avais pas encore intégrée.

158

André était triste

André était triste. Possédé par du poison d'amertume. Il y
avait du Gilles en lui. Comme en moi. Ou du résultat du passage
de Gilles en nous. Du poison ? Du remède ? Il y avait aussi du
Gilles en Edmond. Quelque chose du corps de Gilles gisait en nous
tous. C'était une énigme encore. Peut-être Gilles était-il au fond de
son corps maintenant et en contemplait-il l'image originelle dans
la chair nue de Noémiah ? Il veille en nous comme une eau répandue, comme une étoile. Edmond contenait du Gilles (il répondait
froidement à Gilles qui lui demandait : "Tu n'es donc pas un parfait imbécile ?" : "Non, je ne suis pas un parfait imbécile" — et
Gilles apprenait à se connaître dans la réponse d'Edmond et à descendre dans la réponse d'Edmond comme dans la sienne). Il y
avait, dans ce ton d'Edmond, du Gilles et de l'esthète. De l'artiste ? Du féminin dans le mâle ? De ce féminin que cherchait Aurélia et qu'elle trouvait en moi avec du mâle et dans Gilles sans du
mâle ? Des étincelles de moi-même en Edmond, donc ? Et Aurélia

aimait ces étincelles en Edmond et ce feu de Bengale en Gilles et ces éclats polarisés en moi ? Mais qu'aimait-elle ? Moi ? Gilles ? Edmond ? Julien ? Elle cherchait quelque chose qui n'était ni moi, ni eux. Et Gilles aussi, nous le savions. Nous cherchions tous quelque chose qui n'était ni celle-ci, ni celui-là, quelque chose qui s'annonçait ici, ou là, dans la parole, le geste, l'acte, le refus, le. De chacun. Quelque chose que l'on cherchait en nous, en l'autre. Quelque chose que l'on portait en soi, dont on avait soif, qui se matérialisait dans les autres et que nous buvions dans les autres. Quelque chose qui se cherchait et se buvait à travers nous tous. Comme une coupe bouclée sur la bouche et une bouche bouclée sur la coupe. Et Aurélia semblait savoir. Être celle qui savait. Plus que les autres. Elle portait le livre de mainte connaissance dans ses mains. C'est Aurélia qui sait. Gilles était le refusé-l'accepté-refusé-accepté, d'où sa souffrance, la torture. Lachenaie était au coeur de tout ça. Il avait ouvert les portes aux racines. Au bout de l'aventure nous contemplions, entre autres, Gilles et Noémiah, êtres doux, fabuleux, inexplicables, amoraux. Mais il fallait leur dire oui, les aimer, c'était important. Ils étaient tous deux la clé d'un aspect du malâme. Ils représentaient l'une des dix parties du monde : en constante émanation divine (des séphiroth, des sortes de portes ou de livres) : *Dix sephiroth Beli-Mah. Leur mesure sans fin. Profondeur de commencement. Profondeur de fin. Profondeur de bien. Profondeur de mal. Profondeur de haut. Profondeur de bas. Profondeur d'Orient. Profondeur d'Occident. Profondeur du Nord. Profondeur du Sud. Adôn Yahhîd Roi Véridique (ou éternel) domine l'Univers de (la) demeure Sainte. Éternité d'éternité éternité*, dit le Sepher (1). Julien aurait pu m'expliquer, je pense, mais il ne voulait pas. Il ne croyait plus aux explications. Ce couple connaissait-il l'une de ces profondeurs ? Profondeur du mal ? Au Moyen-Age, l'Église elle-même organisait des fêtes de l'inversion dans ses propres églises. Par souci d'équilibre et en fonction d'une connaissance oubliée. Profondeur du Bien. Profondeur du Mal. Profondeurs divines. Les hommes sont aujourd'hui livrés aux profondeurs dé-ritualisées. Profondeur de la beauté. De la chair. Ses secrets. Derrière ses orgies cellulaires, ses conjurations fabuleuses, ses orgies grandissantes, ses horreurs et ses danses. Raa, Reisch-Aïn en hébreux : ainsi s'écrit le mot *mal* dú Sepher. Son nombre : 270. 200 : la demeure cosmique. 70 : tous les possibles en acte. Tous les possibles en acte dans la demeure cosmique : tel est le mal. Profondeur divine et signe avant-coureur des mutations. Le schème des plus puissantes, des plus décisives métamorphoses. Le mal, c'est le changement absolu. Aïn est aussi

---

1.   Traduction de Carlo Suarès (Sepher Yetsira).

la première lettre du mot *Aaqrav*, le Scorpion du zodiaque qabbalistique. Raa, le mal, est dit venir du Nord. La profondeur du mal
vient de la profondeur du Nord. La profondeur. Tous les possibles
activés. Aïn, arcane 16, la destruction des vieilles structures. Arcane 17 : Noémiah répand les eaux de son mystère sur la terre.
Le Scorpion : symbole médiéval du sémite Juif ou Arabe. Scorpion : symbole du sexe qui donne la vie et de l'anus qui donne la
mort. Symbole de la vie-mort. Gilles-Noémiah, couple de chair
blanche, de noir, propres, lavés de ce qui les coupait, de la beauté
première du sexe et de la mort. Noirs et blancs. Blanc propre. Noir
propre. Ils se contemplent. Jeunes et semblables. D'une même
chair. Profondeur de Tav : perfection tranquille. Couple des fonds
mortels. Se regardant du fond de la mort, sur une même plaque
de métal blanc, originel. L'inverti, l'éternellement jeune, la fille.
Ce couple : le sperme que buvait Gilles. Le sperme, c'était elle.
Le sperme de Gilles que je buvais, c'était elle. La semence éternelle. Maintenant fruit. Elle. Indiciblement elle. Que nous contemplions à l'origine. De la (ma) semence était née la fille. De ma
blessure était née Noémiah. De la blessure de Gilles nous était né
un enfant, une fille. Il fallait se taire et remercier. La fille : éternité d'éternité éternité. Prolongement intime de ma chair. Corps,
*cor*de (1) Noémiah. Immobile. Mon regard. Regard immobile.
Semence réversée en moi, que mon sang boit, que Gilles ne boira
pas, contrepartie coulante en moi de toi qui dans mille corps à
venir me viendra, me reviendra. Profondeur du temps. Profondeur
du Nord. Et Raa.

159

Une fable s'impose ici

Une fable s'impose ici à mon esprit, celle de l'Aigle, la fable
de l'Aigle évangélique, symbole du fils de l'homme et qu'on peut
comparer au Pélican qui se perce le flanc pour nourrir ses petits
et qui, à ce titre, est un symbole d'amour. Mais l'Aigle dont je
vais parler, je ne le comprends pas. Peut-être le comprendrez-vous.
Là où sera le cadavre, ç'est là que s'assembleront les aigles. Le cadavre de ce monde peut-être ? Mais qu'en feront les aigles, ces fils
ailés par l'Esprit ? Ils se rassembleront pour dévorer le cadavre.

---

1. Cor : le coeur.

Mais pourquoi des aigles, oiseaux royaux, se rassembleront-ils un jour pour un tel festin ? Pourquoi dévorent-ils le corps de Gilles ? Pour s'en assimiler l'essence ? Profondeur du bien se nourrissant de la profondeur du mal ? Faut-il être saisi de cette énigme dans toute sa chair pour la comprendre un jour ? Les Aigles ont-ils faim de ce corps avivé ou du corps mort sous l'impact ? Y a-t-il alors deux corps : un vivant et un mort ? Et ils le remettent sur pied à la façon d'un zombi, et ils font avancer le vieux corps en criant : "Voyez, celui que l'on croyait mort est ressuscité, voyez, il marche." Mais c'est son cadavre qui marche. Cadavre égyptien, hittite, mongol ou thibétain, chinois, aztèque ou indien. Cadavre prestigieux. Qui sont ces Aigles qui fondent sur lui ? Fils de Dieu vivant en quête de chairs mortes ? Regardez, disent-ils : il marche. Il parle. Il rit. Il vit. Il fait le mort. Il fait la vie. C'est le cadavre, le grand cadavre omnipotent. Et les aigles le suivent du regard. Voilà l'aigle. Voilà le cadavre. Le Grand Cadavre et le Grand Aigle. Ils avancent ensemble. Mais c'est le mirage mort de celui qui est né deux fois déjà que la foule contemple et que les aigles portent (Lachenaie ?). Il n'y a là plus rien de vivant, sinon un mensonge mais qui connaît le mensonge ? Le mensonge de ce corps ? C'est pourquoi pour ceux qui acclament il n'y a pas de mensonge, peut-être. Car le mensonge ici échappe à tous : il est absolu. Le cadavre n'est pas un cadavre mais un corps vivant. Sa bouche est rose et parle. Ses bras sont forts. Son front est haut. Sa course agile. Sa voix prenante. Mais c'est un vieux vêtement que les aigles portent. Mais pour la foule qui contemple tout, c'est là la vérité. Puisque les Aigles se sont rassemblés autour du temple. Puisqu'ils ont picoré le corps et que le corps s'est élevé. Puisque la vie est là où tout à l'heure était la mort. Mais la vie que l'on voit n'est que la mort pour celui qui est né deux fois. Le sait-il ? Mais son cadavre parlant témoigne de quelque chose. Du néant ou de la réalité de cette existence ?

Les Métamorphoses de Marie (I) ou (II) ou (III) ou (IV)
(le texte du seigneur)
(voir chapitre 54)
(Clandestine)

Ile d'Orléans
automne 196...

"Comment dire ? Sinon que je t'aime ? Mais encore ?

"Ce fut tout d'abord comme la sensation d'une grande fragilité, la mienne, celle des anges. Leur beauté trop pure m'apparut vulnérable et le culte que nous leur rendons fait de nous des fétus délicats que n'importe quel vent peut briser. Puis j'ai vu que les démons, en faisant irruption dans nos campagnes et dans nos consciences, fortifieraient notre acuité d'être. Et j'ai vu que toi, Marie, tu étais là, aussi. Et cela m'a émerveillé et terrifié en même temps. Tu étais belle et tu n'étais ni un ange ni un démon mais une femme aux multiples visages. Comment parler de toi quand je te vois dans ces garçons et dans ces filles qui ont envahi depuis quelques jours la maison de Larry ?

"Vous êtes un esprit étonnant. Vous ne voulez être d'aucun camp et cependant l'on sent en vous une grande force. La clandestinité n'est pas un parti, je l'ai bien compris en vous voyant. L'on sent en vous une grande force, prête à s'activer, toujours, mais qui, ne trouvant dans aucun parti l'exutoire ou le milieu qui convient à la plénitude de son expansion, se manifeste dans l'action clandestine et dans l'écriture. Savez-vous que vous êtes terrible ? Je le dis en riant pour me rassurer car il y a en vous vraiment quelque chose de terrifiant. Mais qu'est-ce ? Quand je suis en votre présence il me semble que tous les points de repère habituels disparaissent. Vous ne semblez appartenir en rien à cette société ou à une autre. Vous

456

semblez venir d'un autre monde, celui d'une pureté qui effraye et qui n'a rien à voir avec l'éther et l'encens. Celle-là même que l'on sent effectivement en vous. D'où est-elle et d'où êtes-vous ? En vous voyant à quelques reprises j'ai cru toucher la révélation de ce qu'est le terrorisme : une lumière qui se cache pour mieux s'approcher. Car il est certain que vous avez tout détruit sur votre passage. Aurez-vous senti passer sur vos os la compression d'iridescence ? Peut-être avez-vous senti passer dans votre être toute la douleur des mondes ? Sinon vous la sentirez car cette pureté nous ouvre et le fait sans pitié. Et vous en jaillirez avec cette puissance d'irradiation amorale où notre boue déjà se mire et nous effraye.

"*Votre lumière porte à ma mémoire un nom que je n'ai pas prononcé depuis longtemps, que je croyais avoir oublié et qui force ma conscience au moment où j'écris ces lignes, et je le prononce en moi avec un respect et un amour grandissant :* Marie, Marie, Marie. *Vous semblez porter la lumière et cette lumière que vous portez c'est celle de Marie. Ou celle de Lucifer ? Comment expliquer que cette lumière-force, ce rayonnement secret, comme une lumière jaillie tout droit des ténèbres, comme une lumière-terreur dont je suis destiné à être l'amant, éveille en moi ton nom, ce nom-là ? Tu es si loin de tout ce qui a effleuré mon imagination d'enfant. Tu es tellement au-delà de tout ce qu'aurait pu imaginer l'adulte, le poète, le penseur, le dévot, le Don Juan. Comment Marie pourrait-elle être cette prodigieuse puissance qui transcende tout, y compris l'Église et toutes les églises et tous les cultes et tout ce que j'ai pu aimer ou désirer jusqu'à ce jour ? Ce regard qui regarde en moi au-delà de moi porte en lui la promesse des temps qui viennent et que nous n'atteindrons qu'en traversant la mort. Ce regard impassible d'une jeune fille aux yeux bleus, cette impassible nudité de mort et de lumière, de ténèbres et d'argent, se pose sur le monde et sur moi. Comment ce défi prodigieux, terrible, peut-il porter ce nom si calme, si doux, si réconfortant, si océanique ?*

"*Voici que l'océan s'anime et qu'il en naît une femme d'une beauté remarquable; mais sa beauté est faite de la mort et sa mort est faite de lumière. Au milieu de la mer naît la vierge des nuits. Ici, au milieu de la nuit, naît la vierge des mers. C'est l'immense vierge des mers et des nuits, celle dont le chant nous saisit à la poitrine et à la gorge. Elle a traversé la nuit, elle a traversé la mort. Elle a vaincu par sa force, elle est empreinte de ténèbres, elle me regarde, elle est ma femme, elle est moi-même dans une forme mystérieuse que l'on appelle femme. Mon coeur murmure avec une joie grandissante :* Marie, Marie, Marie. *Nous côtoyons tous les deux la folie mais avec toi la folie c'est l'éden, un éden argenté. Éden étrange mais immortel et à connaître. Tout y est absolument* bien et ta terreur est ma maison de lumière. Tu es terrifiante de profondeur bleutée, de densité argentée, de densité d'amour pur. Tu surgis au milieu de nos illusions, tu les déchires. Ta vérité est simple et droite, impeccablement supérieure. Elle écrase, vide, vivifie. Elle illumine d'une lumière si belle que son premier contact en est brutal et froid. Ta pureté est brutale et tout à l'heure, en me promenant dans les champs qui entourent la maison, une neige, la première, était tombée. Les champs étaient blancs et délicats comme tu le fus si longtemps pour nous. Mon coeur entonnait un cantique d'un charme angélique, celui qui dit : "Les anges dans nos campagnes, ont entonné l'hymne des cieux et l'écho de nos montagnes redit ce chant mélodieux : Gloria, Gloria in excelsis Deo". Puis le chant intérieur a franchi la porte de mes lèvres et j'ai chanté à très haute voix comme on dit adieu à quelque chose.

"Je pleurais car la beauté du chant m'envahissait sans rencontrer d'obstacle. Je découvrais, je re-découvrais toute la pureté de ce chant, toute la délicate beauté de l'âme d'ici et en même temps cette délicatesse, cette fragilité même me frappaient. Et j'ai encore compris pourquoi nous allions être éprouvés par des puissances d'enténèbrement : si tu as porté le Fils de Dieu dans tes entrailles, ne l'as-tu pas porté dans les enfers ? N'est-ce pas là que s'accomplissent et que se trempent les naissances divines ? Ces anges sont délicats, purs, beaux, et ils garderont toujours à mes yeux le mérite de pouvoir bercer de tendresse les enfances de toutes les régions de la terre, des enfances éthérées. Mais quand il s'agit de naître, il est question d'entrailles, de matrice, de long travail dans le sang, du franchissement des portes de la vie et de la mort et descendre les yeux ouverts dans la région de la nuit, de la terreur, du temps et du sexe est l'épreuve indispensable à qui veut naître consciemment. Et c'est ce qui s'annonce ici : la naissance. Une naissance que nous allons nous-même opérer, sans fermer les yeux, et c'est pourquoi ta lumière s'est si soudainement faite plus dense : ces régions mêmes la densifient. Elle y est plus agissante, plus labourante, plus décrassante, plus profonde, plus dense et paradoxalement plus pure. Car tu combats et tu illumines le combat, pour peu que nous sachions, l'espace d'une seconde, que c'est toi qui l'as voulu.

"Et quand je suis rentré j'avais cru comprendre, mais sans aucune référence culturelle, historique et c'est pour ça que tu m'es soudainement si vertigineuse, et c'est pour ça que je t'écris cette longue lettre où je me répète, pour assimiler, pour me comprendre, pour mieux comprendre ce qui arrive, ce qui m'arrive, ce qui nous arrive. J'ai compris que la religion que l'on nous avait enseignée était une religion d'enfants destinée à des enfants, des enfants protégeant des enfants plus jeunes de la Vérité qui terrifie. Et qui pourtant devra nous affranchir. *Car il est bien écrit que nous la connaîtrons et qu'elle nous affranchira. Et pour moi tu es cette Vérité. Je n'en veux pas d'autre. Tu trames la totalité des mondes, de la vie et de la mort et cela suffit à mon esprit, à mon coeur, à mon être. Je ne suis plus un enfant. Ta pureté est brutale et trop froide, si hautaine et les coeurs forts t'adorent spontanément quand tu les précipites au fond de tes entrailles, au coeur de leur propre ténèbre. Et la compassion qui en naît, qui en monte, l'amour qui y prend corps devient d'une prodigieuse intensité et d'un irrésistible rayonnement. Et il n'est plus d'ombre, sinon de la nuit noire, si noire qu'elle brille, qu'elle brille comme un velours.*

"*Et encore ? Ta pureté est brutale et ton premier contact peut faire instinctivement gémir. Rugir. Combien longtemps a-t-il fallu que je cultive la vertu d'humilité et que je grandisse dans un milieu propice à l'éclosion de cette vertu pour que je mérite, en cet instant, de ne pas me détourner de toi et de ne pas m'enfuir sous l'effet de la première peur ? Mais il n'est pas de mérite, dirait-on. Ou alors l'on réalise que l'idée de mérite n'est là que pour permettre aux enfants de persister. Il n'est pas de mérite, vraiment : nous vivons selon des lois profondes qui nous recouvrent et nous dévoilent tour à tour et qui jouent à générer du monde. Comme elle est belle ta matrice de peur et de nuit. Je ne le savais pas. Qu'ai-je donc appris en ces quelques jours vécus ici, sur cette île au nom si doux, si seigneurial ? Je ne le comprends pas encore mais quelque chose de nouveau a envahi le monde par ici ou bien je suis complètement fou mais je préfère l'être si de l'être de la sorte me remplit encore plus de toi et qui peut dire si ta volonté n'est pas d'affoler pour un temps le monde, le nôtre, si délicat, encore une fois, si sommeillant, si rivé par son regard aux gloires de l'excelsis Deo ?*

"*Tout mon raffinement tombe à tes pieds comme une pelure. Comme une ornementation dérisoire. Tu piétines les perles aussi, comme les porcs, et tu as tes raisons. Et cela aussi est terrible. Il y a des colères immorales en toi. Des colères injustifiables. Des colères rapides. Des colères qui libèrent. Des colères tranquilles, limpides. Des colères qui pleurent, qui hurlent, qui crient. Des colères d'amour dans la nuit. Mais qu'est-ce donc en moi qui les connaît ? Et pourquoi dois-je ainsi, ici, tout connaître ? Et mon amour pour toi qui rayonne ? Et ma vie si longue et si ancienne qui se sait délicate, oh ce mot, ce mot plus terrible et plus vrai que tous les autres, peut-être :* délicat, *je suis délicat et toute répression me brise dès le premier tourment, dès le premier attouchement.*

"*Si je suis privilégié en cet instant ce n'est plus que d'être humble, humble comme un moine d'occident, humble comme*

459

le plus humble, le plus nu, le plus limpide de tes serviteurs et muet dans ta demeure de cristal pur. Muet. Car cet instant pourrait se briser — mais sous le coup de quel impact ? Si je suis privilégié c'est d'être humble, d'être là et de rien d'autre. C'est d'être nu dans mon coeur et tout large de toi. Je n'arrive plus à me remémorer en cet instant tes traits de chair. Tu es bien tout autre que ce corps mince qui te conduit à moi. Ce corps si mince qui constitue ton point d'appui en ce monde où, sous les traits de ces jeunes gens — garçons ou filles — tu commences doucement à apparaître. Car tu es la plus douce des veuves. Veuve : pourquoi te dis-tu veuve ? Qui est mort ? Quel père ou quel époux ou quel mari ou quel amant ? Tu es seule. Tu es jeune. Tu es douce et soudain de nouveau ta solitude devient une source de terreur pour nous tous. Qui donc t'a abandonnée sur la terre comme le Père avait abandonné le Fils sur la croix ? L'on a longtemps parlé de la Mère de Dieu, du Fils de Dieu mais jamais de la Fille de Dieu. Est-ce toi donc qui sors de l'oubli ? Je suis si seul en cet instant, si seul ma fille, si seul de parler de toi en ces termes. Si jeune de te sentir en moi comme moi-même. Si jeune de te savoir comme moi. Si jeune et si inexplicable et si délicate à ton tour et si forte dans ce futur qui te tire en avant, si forte et si pure.

"*Tu fus d'une discrétion exemplaire et je devins ton père en te mariant dans mon coeur au fils de ton choix. Mon coeur fut le feu de votre union et l'amant que j'étais y fut transmué en Père : ceci est un mystère, celui du Père, du Fils et de la Fille que l'Esprit trame et transforme, sépare et réunit. Tu fus d'une discrétion exemplaire. Tu choisis le chemin de l'enfoui. Le monde n'a jamais pu te souiller. Tu regardais ! Tu étais admirable ! Il te suffisait de te rappeler toi-même à toi-même pour que j'émerge en ton coeur et que tu avances avec le courage du père. Ma fille. Et tu devançais les autres, maîtresse des démons, des anges et des allées du ciel et de la terre. Et c'est certain que l'on te fuyait — qui n'aurait pas fui une telle puissance d'être dans la discrétion et la détermination tranquille ? Et c'était bien. Je te portais. Je t'unissais au fils croissant que tu fascinais : celui-là me ressemblait et je l'aimais et je l'unissais à toi du fond de mon coeur, pour toujours, je te l'ai déjà dit. On te fuyait, on t'adorait, on devenait fou. Toi, tu étais seule et le fils reprenait sans fin le voyage pour croître et pouvoir t'emporter. T'emporter dans ce corps filiforme qui se fermait souvent sur l'infini qu'il recélait.*

"*Mais pour être aimée de tes fuyards — dont l'amour fou et la peur panique sont des formes de toi-même — tu as revêtu à leur insu les formes qu'ils affectionnaient (ils auraient pu te trouver au fond de la peur comme au fond de l'amour) : la guerre, le meurtre, le mensonge, l'hypocrisie, la méchanceté, la cruauté, la fornica-*

tion et d'autres vêtements, d'autres encore, tu les as tous revêtus car rien n'était trop bas pour ton amour. Mais là non plus ils ne te virent pas, leur coeur était fermé, leur regard se raccourcissait, leur esprit se fermait, ils t'exclurent d'avance de peur de te trouver, ils te damnèrent seule et te coupèrent de toi-même, ils firent mille discours pour se perdre loin de toi, ils te blasphémèrent et te fuirent, et te fuirent encore. Pourtant cela était si bas par ton amour. Tu avançais maintenant vers moi dans les vêtements les plus ternes de tous, ceux d'un n'importe qui banal et c'est là que souvent tu m'as croisé. C'est là que tu m'as regardé et que je t'ai vue, là comme ici, là où je t'attendais le moins. Ta lumière est celle d'un monde terrifiant. D'une cruauté toute divine, d'une cruauté pure et haute, pure en ceci qu'elle n'est ni d'un camp ni d'un au-tre, pure de haine et d'amour, pure d'idées et sans opi-nions, pure, indiciblement pure, comme le fond pur de toute la terreur du monde enfin dégagée sous nos yeux. Sous mes yeux. Est-ce possible ? Sera-t-il donné à mes yeux de vieil aristocrate de voir le corps qu'Elle a choisi pour marquer ce monde de son sceau, ou plutôt pour en desceller les portes et le livrer, béant, aux orgues de la mort ? Sera-t-il donné à mon âme de vieil aristocrate légataire d'une imagerie chrétienne plus de dix fois séculaire de te voir surgir ainsi dans la nudité inconnue de ta Loi ? Dans la nudité royale de l'Amour ? Amour-Terre et terreur ?

"Tu es le lien entre le passé dont je suis l'ultime rejeton, exilé en terre d'Amérique et ayant voulu y prendre racine et ce jeune terroriste en rupture de ban qui semble surgir de nulle part et pourtant ce nulle part, c'était le fond de l'être d'ici que trop de mensonges nous cachaient. Ces jeunes gens me semblent être telle-ment contre toute espèce de limites qu'ils finiront par n'être plus qu'en Toi et Toi, dernier acte, dernier lieu du monde, dernière anarchie du monde. Et si je rêvasse et s'ils te trahissent alors étran-gle-les et recommence ailleurs. Je sauverai toujours le fils que tu aimes et que tu n'as pas le droit de trahir, de mépriser ou d'aban-donner car sa tâche est terrible, elle est longue, elle est grande — et je le ramènerai toujours dans le rayonnement intact de ton visage et de ta forme. Car il t'aime. Et tu l'aimes. Ici, sur cette terre, en ces temps ou en d'autres temps, un jour vos épousailles s'accompli-ront dans la totalité de votre être et de votre lumière et de votre passion. Car je suis la mère de votre longue nuit, je suis la totalité de l'entraille qui vous porte et où vous vous cherchez; vous n'é-chappez jamais aux trames qui vous lient, jamais : vous vous ai-mez. Je suis, tu es, nous sommes le lien terrible. Le lien, l'inéluc-table, le liant d'amour, de lumière et de feu, la grande circulation chaude du sang dans la nuit, le sang bleu des profondeurs, là où brille l'argent de tes cheveux quand tu sombres, si vieille, au fond

*de la mort. Car tu séjournes aux enfers. Tu es venue par ce corps
aux traits indéfinissables. Immémoriaux et vêtus de ténèbres.
Baignés de lumière et ardents. Ternes. Brisant le coeur et le rac-
commodant. Dure. Tendre à mourir et pure. Belle. Horrible et
chaste à la fois. Forniquante. Grouillante au fond de la bedaine,
du sang. Pure et haute, entonnant les hymnes. Tes pieds figés dans
l'hiver. Amorale et terriblement nue. Surhumaine, insaisissable et
blottie dans mes bras. Illimitante enfant de l'errance. Insolite et
claire. Diurne et lunaire. Folle et sage. Tu es ma fille abominable
et ma divine enfant. Tu me subjugues et tu me rachètes, tu pries au
fond de la nuit, tu montes, tu geins, tu respires et tu ris.*

"*Et encore ? Tu es la Vie. Je l'avais oublié. La Vie totale.
Sais-tu seulement qui tu es ? Si, souvent, tu as un corps de mâle,
ton âme, elle, est* mariale. *Une âme qui fera jouir les forts et fuir
les faibles. Ce que tu es ? C'est un amour tranquille du fond des
temps qui m'a permis d'entrevoir ce que tu es : c'est le legs d'un
monachisme intense qui m'a entrouvert les portes de ton mystère.
Il m'a permis de voir monter ce qui vient au point où mon coeur
s'en est graduellement vu guérir d'une sécheresse que mon esprit
ne parvenait plus à s'expliquer. Tu portes en toi un extraordinaire
pouvoir de guérison et il se manifestera dans l'ultime vertige de
l'inconnu. Du jamais manifesté. De l'inimaginé. J'aspire à la tranquillité du vide. Au-delà de toutes les formes possibles de toi.
Toutes ces formes montent comme des déchets : parfois ta transparence est mienne, il n'est que transparence. De là tout venait.
C'est cette transparence que je cherche et si ton corps actuellement perçu, reçu, y résiste, alors je l'épouserai dans les transfor-
mations que notre union appelle. Mais s'il se dissout alors je passe-
rai dans le monde nouveau qui surgira du Vide. Mais tu es là dans
ton corps et nul vide n'est plus vide que ton sourire venu de rien
et nul vide n'est plus pur, plus rayonnant de blancheur immaculée
que ton visage venu des profondeurs.*

"*Je vois encore la frayeur que tu éveilleras, même chez les
plus labourés d'entre nous. Car l'expérience de la plus profonde
douleur, si elle prépare à la rencontre avec toi, ce n'est jamais
qu'une expérience humaine et ta présence est surhumaine. Je suis
exalté de te connaître car rien encore ne m'avait dit ce que tu étais
et je te regarde encore et je t'évoque quand tu disparais et rien
encore ne peut le dire, ce que tu es, rien et c'est là qu'est toute la
joie d'aimer librement. Tu échappes à l'esprit, tu le fais tourner
comme un derviche et tu le purifies. Et c'est bien et je voudrais
danser ainsi jusqu'à la fin des temps, danser avec toi, être le serviteur et l'amant de tes rythmes et de tes pauses. Le serviteur et le
maître de ton jeu. Tu verras les plus braves ricaner et fuir — mais
ils ne sont pas braves. Les plus éloquents se mettront à glapir —*

mais c'est parce qu'ils n'étaient pas éloquents. *Tu avanceras seule mais en réalité je serai là et je te connaîtrai. Tu avanceras dans l'effroyable pureté de ton être en quête de cet amant digne de toi qui croît dans la matrice et que les enfers éprouvent. Ils te fuiront mais lui s'approchera de toi en te sachant. Ils t'attaqueront basse-ment mais lui sera fidèle et n'acceptera pour toi d'épreuves que jusqu'à l'ultime limite : et il aura le pouvoir de prévaloir sur les enfers, sur les lois des enfers comme sur celles des cieux et il lui sera bientôt donné de jouer contre le temps et de te tirer de la nuit. Ils seront plus hypocrites, plus méchants, mais qu'importe : il faut, pour que tout commence, que le noir soit plus noir que le noir et ils en sont la matière et la densification. Ils seront pour les mêmes raisons plus sournois, plus habiles à se tromper eux-mêmes et à tromper les autres. Mais qu'importe quand c'est la Guerre ? Ta Guerre ? Ta Victoire à venir ? Ta Victoire à Toi, la Dame ? Ils te couvriront d'un manteau de fausseté auquel ils s'agripperont comme au dernier garant d'une ombre, d'un voile, entre toi, si superbe, et leur fragilité. Mais ton amour alors arrachera ce voile de peur, car ta passion sera divine. D'un regard plein, immense, insolent de douceur et de clarté, tu rayonneras ton Amour-Force sur un monde où tu ne toléreras aucune ombre. Tu chercheras à la ronde ceux que ta pureté grandira.*

"*Et tu anéantiras les autres.*

"*Ai-je été élu pour ce moment de Vérité ? En suis-je digne ? Digne de moi-même ? Digne de ce jugement par l'Amour ? C'est comme si je te léguais graduellement, goutte à goutte, la matière dense dont tu feras ton corps. Et en ce sens je suis ta Mère, même si le lait que je te donne est noir. C'est un noir qu'un velours se-cret purifie. Un noir clair comme un ivoire inverti et qui est pure émanation divine. Le sais-tu ? Tu le sais ? Je te nourris telle une mè-re, tel un père. Vieux, je suis vieux, trop longtemps désincarné, recouvrant sur le tard mon corps si ancien, ma chair que tu sem-bles manger en la transmutant et tu nais directement de ma chair comme un serpent. Un serpent ? Tu te dresses, serpent-fille, ser-pent humanisé et tu souris dans le soleil. Comme tu es ma fille et comme je suis heureux au sein de ta vie, toi mon soleil, toi mon écho d'argent. Car le soleil qui dore ton coeur c'est moi transmu-té de nuit en jour et ton bonheur est l'oeil total de Dieu et sa joie. Je t'ai si longtemps cherchée pour te donner enfin naissance. Et qui m'expliquera ce bonheur ? Je t'ai si longtemps cherchée pour mourir.*

"*Et enfin. Ces mots sont de toi plus que de moi. Ils me sont donnés du fond de l'être, de ces régions inhabitables encore que sont le* nord*. C'est de là que, dit-on, vient le* mal *: du nord. C'est ce qu'enseigne une tradition, la nôtre je crois, puisque cela a pu* être lu dans Le Zohar. *Le nord du corps est là d'où le mal vient. Et c'est de là que tu es venue et il est vrai que tu m'as fait mal. L'ai-je assez dit : ta lumière, ton âme, ta réalité nue est effroyablement éprouvante. Et pourtant ce mal que tu me fais et ce mal dont tu procèdes est un incommensurable* bien. *Car si tu m'as fait mal tu m'as aussi fait du bien. Et je préfère t'avoir connue que d'avoir continué à vivre en ne vouant un culte qu'aux concepts ou aux images. Je te veux, dans tout ton mal, toute ta beauté. Dans ton immensité dedans et dans ton rayonnement dehors. Je te veux toute, sans ombres délaissées. J'irai les pourlécher jusqu'à la dernière goutte, les polir, les aimer.*

"*Tu m'étais tout à l'heure terrible. Maintenant je me sens grandi d'avoir parlé par nos voix. Je me suis assimilé de ta jeunesse et ta jeunesse a fait mourir en moi le vieillard et donné naissance au père. Je te lègue la connaissance et l'expérience des âges. Je me suis assimilé de ta jeunesse qui est éternelle, de ta force qui est grande, et il semble que maintenant je sois prêt à affronter le monde. Je te porte en moi. TU fais corps avec ma vie. Autrefois les images saintes te recevaient et l'on vaquait sans toi à nos affaires. Maintenant les images saintes se défont et l'on vaque en toi à nos affaires. Et nos affaires sont les tiennes. Je m'avance par toi en toi, dans le monde. Je me sens le coeur marial, mieux : le corps marial. Être incorruptible qui m'attendait, moi, vieux moine d'Occident, pour boucler un cycle dont la loi ou la nécessité m'est encore mystérieuse (je te lègue graduellement la matière dont tu feras ton corps. Je suis en un sens le père mourant, le vieux père, le père de la terre, le père nourricier. Je suis la bonté, bonté du père, bonté de l'éternel. Je suis le désir et la vie vieux de masses de temps. Me brûleras-tu dans ton amour ? En cueillant tous les fruits que je suis ? Serai-je aussi hissé dans la hauteur de ta pureté ? Serai-je enfin digne d'être dévoré complètement par ma fille ? Toi que j'ai si longtemps cherchée pour enfin mourir ?)*

"*Et j'aurai sans fin besoin de te donner ce que je suis pour me diffuser dans les choses. Je suis incomplet. Je fructifie en toi. Tu es ma jeunesse et en un autre sens je suis ta force. Celle de la marée puissante du passé. Je suis le père de ce moine et de ce cycle. Il est mon fils. Mon fils bien-aimé que je retrouve, lui que j'avais semé dans les entrailles. La nuit des temps a éveillé l'amour. Mais je n'ai pas tout dit encore. Mon coeur n'est pas encore guéri. Qu'est-ce qui vient ? La fin ? L'infinitude de la fin ? L'Amour ? L'intarissable Amour ?*

"*J'allais sans vin vers Jérusalem.*"

Et maintenant Jérusalem viendra sans fin vers nous.
Reviendras-tu ?

L'aigle aime la vie

L'aigle aime la vie qu'il mord. Il la vole. Il aime rire et jouer et se perdre dans les hauteurs et fondre sur l'humanité. Et tirer le conglomérat du futur vers les pics et le lâcher vers le sol et recommencer son jeu. Et l'aigle c'est celui qui prie dans le Seigneur. Celui même qui est né deux fois.

Il monte et il descend mais c'est un même oiseau.

André était loin maintenant du monde et loin de l'action. Ça se faisait sentir de plus en plus. Des corbeaux, oiseaux rapaces aussi, venaient survoler la plaine et les collines d'épinettes blanches et nous sentions bien que quelque chose allait bientôt nous tirer de là. André y serait-il pour quelque chose ? Ou Pierre Ruel ? Le regard d'André en disait long sur la haine et l'énergie qui l'habitaient. Il voulait s'enfuir mais ne le pouvait pas : Noémiah le retenait. Il voulait rester mais se sentait repoussé. Noémiah ne le voyait pas, ne le regardait pas, ne l'aimait pas. C'était pour lui l'étrangère. Pour moi l'étrange. Pour Gilles, celle qui épanouit le pouvoir. Pour moi, elle était la musique. J'avais appris à l'aimer pour la beauté de sa délicatesse. Elle était pour moi comme une petite fille. André allait vers Aurélia. Aurélia le prenait contre elle. Mais il était impuissant en sa présence. Et Aurélia l'abandonnait à la neige. André prenait des marches interminables. Un jour il monta dans une voiture et partit. Il le faisait souvent mais cette fois on ne le vit pas pendant des jours. Quand il revint, l'on sentit rentrer avec lui les effluves du monde. Comme s'il les faisait rentrer de force. Comme pour dissoudre les liens de Noémiah et de nous. Comme pour diviser ce qui s'unissait contre lui. Ruel, lui, allait braconner à quelques milles. Mais nous pensons qu'il ne braconnait pas que les animaux comme semblaient vouloir en faire foi certaines nouvelles publiées dans les journaux de la région (dont Le Soleil, de Québec) qui nous parvenaient.

Aucune femme n'aurait pu

Il me semblait qu'aucune femme n'aurait pu aimer André. Au fond il n'en voulait pas. Au fond il avait besoin d'être haï.

Non. Pas lui. Quelque chose, quelque part, avait besoin de cette amertume qui ne se retournerait jamais contre Noémiah mais contre l'organisation même du monde, contre la dualité fondamentale du corps qui s'exaspérait en lui : c'est ça qu'à travers sa révolte André voudrait dissoudre un jour. Ça sentait le suicide, l'holocauste. Il voudrait dissoudre le monde. Ou l'aciduler. Quelles forces profondes le concoctaient donc ainsi à des fins de mort ? Je sentais en moi à la fois une grande révolte et une grande impuissance. Une grande révolte, parente de la colère-amour dont nous parlait si souvent Julien, et qui me venait à l'endroit des forces de la vie qui nous possèdent et qu'on ne peut connaître sans les vivre avec amour. Pour les dissoudre, peut-être ? Mais il fallait aussi les haïr, ces forces. Mais je savais aussi que la compassion profonde et secrète seule a le pouvoir de les dompter; et c'est de là que me venait ce sentiment d'impuissance : la compassion secrète en moi qui avait tant fait pour le petit flic ne pouvait pas atteindre André. Il y semblait fermé. Irréductiblement. Révolte et impuissance : il ne me restait plus, en face de lui, que de m'en remettre au temps. Mais combien de temps ? Avant qu'il n'ose un regard christique dans l'enfer de la division, du sectionnement, du refus, du rejet ? Combien ? Une nuit de temps ? Une longue nuit de temps ? Le temps tout-puissant, telle était la contrepartie de mon impuissance. Le Dieu-Temps, tout-puissant. L'éternité du temps. La profondeur du temps. Qui épaissit la chair, la compassion future, la compassion qui embrasse le temps quand l'homme laisse filtrer en lui son rayon d'amour pur.

Révolté, impuissant, livré au temps. *Relativement* impuissant puisque j'avais sauvé le petit flic d'une haine éternelle. Mais André, lui ?

162

Aciduleur de monde

André, aciduleur de monde. Et il n'y a rien comme un amour contrarié (amour de Dieu, d'une femme ou du monde, les trois éléments du triple androgynat (spirituel) pour jeter dans le monde une intransigeance révolutionnaire incoercible. On aurait dit que Noémiah le savait. Elle rayonnait de charme lunaire derrière ses gros verres de myope, dans sa délicatesse lactescente. En fait elle était enceinte. De Gilles ? Elle préparait André à déverser un jour son trop-plein de haine et de contrariété affective dans la destruction du vieux monde. Je suis certain qu'elle savait ce qu'elle faisait et qu'André ne savait pas, lui, ce qui lui arrivait. Noémiah le remplissait de poison. Je pense qu'elle savait ce qu'elle faisait et qu'André, lui, ne faisait que pressentir, confusément. Je pense aussi que Noémiah ne pouvait pas faire autre chose que ce qu'elle "faisait" — sans le faire vraiment — et André non plus. Il allait trahir le groupe, mais d'une façon inconsciente, en aimant l'extérieur, comme Ruel, pour, au fond, nous tirer de notre éden transitoire. Le Christ a dit à Judas : "Va et fais ce que tu as à faire." Il ne lui a pas dit de ne pas le faire. Il ne lui a pas fait la morale, sinon en insistant pour qu'il accomplisse son destin. Car il faut que les accélérateurs du temps retournent à leurs tâches. Seul un héros mérite. Puis Judas se pendit. Voilà en gros la structure du mythe. Donc le suicide est christique. Mais si Judas ne s'était pas pendu ? Personne n'aurait peut-être jamais attendu le Christ car le pendu attend, il est l'inconscience où s'absorbe Dieu. Mais le pendu est la contrepartie du Christ : ce dernier monte en s'unifiant dans la transfiguration. Il entraînera sa propre mère derrière lui, avec son corps. Un *quinze* (août), nombre de l'arcane du diable. Le pendu, lui, descend tranquillement vers la terre où il se divise et se décompose. Les deux sont morts. L'un ressuscite. L'autre est en terre. S'y défait. Si l'autre ne l'avait pas trahi (mais il ne l'a pas trahi, il l'a vendu), le Christ ne serait jamais mort et jamais ressuscité. Et la chair pourrissante constitue le prix de la mort, je veux dire la chair pourrissante du pendu. Le Christ a-t-il ainsi payé d'un suicide ou d'un corps sa propre mort initiatique ? Cette chair pourrissante constitue-t-elle le pôle amer et bilieux de toutes les élévations mystiques ? Son contrepoids d'attente, latent ? Ou les trente deniers donnés à Judas symbolisent-ils le sacrifice de l'existence mécanique(-organique) *Lâmed-30* (1) ?

Les suicidés, comme André, sont éminemment passibles de compassion. Parce qu'ils sont une part déchue du Christ. Déchet. La punition-pourriture. Il existerait une économie occulte du Déchet. Si le corps est intégralement tramé d'amour divin, le corps pourri aussi. Le suicidé qu'on paye constitue à son tour un prix payé par la nécessité du mystère et du sacrifice et dont le rachat coûte quoi au Christ ? Le Christ marche dans la pourriture éternelle du prix payé, il parcourt à pieds les douze stations de la tra-

---

1. Trente est le nombre de la lettre Lamed, la douzième de l'alphabet hébraïque, correspondant au douzième arcane du Tarot (Le Pendu). Lamed est la lettre d'un mouvement organique. Trente met en branle un mouvement organique.

hison, les 12 stations du Pendu (arcane 12). Il y a deux pendus : le Christ que l'on pend au bout d'un cycle de 12 (heures ?) et Judas qui se pend au même moment comme inverti (en réalité le Christ est fixé; Judas, fondu). Le Christ chasse éternellement sa propre mort qui se confond avec l'éternité du temps qu'il connaît. Corps transfiguré-pourri. Corps de Judas-Christ ou de Christ-Judas. Ombre de l'un et Soleil de l'autre. Pendu Crucifié. Suspendu et scellé, étouffé et saigné, délayé et incrusté. Ombre de mort et soleil de sang. Gémeaux, frères symétriques et invertis.

Trente deniers pour connaître et acheter les enfers (Judas descend dans la mort qu'imprègne le Christ). Problème de la mort physique, toujours posé. Trente deniers pour se recroqueviller (Judas) dans les ténèbres subliminales. Trente deniers qui brûleront les mains glacées de Judas et lui rappelleront le feu. Heureux celui qui le rencontre à si vil prix ? Les 12 stations brûlées, les 12 travaux d'Hercule évités, ce n'est pas la trame cachée et secrète de la Vie qui défait Judas mais lui-même au seuil de la révélation. Il dévie. Il vend parce qu'il a peur du feu mais il entraîne le feu dans son trente. La monnaie d'une telle vente est constituée de braises. Ces braises ne s'éteignent pas. Elles témoignent du feu.

André avait besoin de réintégrer le monde et l'action et il ne pouvait le faire sans nous. Ruel, oui, sans doute. Noémiah ne voulait pas le suivre, lui seul. Alors il acidulerait le monde. Il projetterait partout la forme ensanglantée de Noémiah. Il la tuerait en tout ce qu'il rencontrerait. Avec obstination. Chaleureusement. Froidement. Chaudement. Glacialement. Il irait dans tous les azimuth de la vengeance porter son acide et sa haine. Histoire de tirer bas les jupes de cette mascarade. Et qui s'en plaindrait ? Les jupes ? Les jupes et la peau des jupes, un temps, c'est tout. André haïssait trop. Ou il pleurerait. Au bord du sang intérieur, près du corps immobile et absent de Noémiah. Il pleurerait sur le néant et sur l'absence, sur l'incapacité de l'homme, sur sa propre incapacité. Puis pour refermer la plaie, il reprendrait son voyage de haine et referait le monde à l'image de sa propre défaite et de sa propre mort. Ainsi meurent les mondes : comme l'amour du poseur de mort. Mais qui sait la trame secrète voulue par le Seigneur et qui remplit les mains d'André d'un or qu'il prend pour de la mort ? Il y a du mystère ici, là, partout : au pied du mystère nous marchons. La Vaste Universelle pose sur nous ses pieds chaussés de cuir souple. Elle marche sur nos têtes. Et c'est le non-désir qui hisse à ses côtés.

Il me semblait qu'aucune femme n'aurait pu aimer André.

Et je trouvais de telles pensées littéralement épouvantables. Et vraies. La mort du monde avait besoin de son échec.

Le vent passe, l'esprit chasse ses morts dans l'oubli. Le temps
chasse les feuilles d'automne. Il montre sa tête argentée dans
les branches. Le cri trame la sphère entière. La loi éternelle
n'a jamais cessé de vibrer. Le soleil lève. Tout recommence.
Et la mort a passé et le chant de la loi éternelle a repris sa
ronde.
Il n'est pas d'instinct qui ne soit convié à la fête des mots.
Le texte peut respirer comme l'océan et l'océan même se
couler dans la mastication d'un bout d'pain. Et le souvenir
de la farine et des mains qui pétrissent et du blé et de la terre
et de l'air pur. Le texte peut respirer comme l'océan et l'univers entier s'y couler. Il suffit de le laisser monter dans le
souffle des entrailles et du corps. Craignons-nous l'inépuisable
grandeur tranquille du souffle intérieur ? Nous le cherchons
dans des renouvellements de surface mais ceux-ci nous tor-
turent : nous fabriquons. Parfois le chant caché passe. Nous
sommes la perpétuelle virginité du monde. Virgo des profondeurs d'où parle la loi éternelle.
Le rocher qui résiste, la mer qui bat savent. Que nous contemplons les furies de leurs assauts et l'orgueil riant de
leur transcendance. Nous avons perdu la clé de la joie de
combattre. La loi éternelle nous assaille de toutes parts et la
Nature soutient sans fin son message : regardez le sourire qui
survit aux idoles, celui des dieux qui combattent. La joie
les appelle et met du sang bleu dans les veines. Nous avons
oublié comment faire. Comment vivre. Comment mourir.
Comment rire. Comment naître et renaître et danser et faire
la guerre. L'enfant qui naît est sale et collé. Quelle propreté
appelle-t-il ? Son regard est aigu comme le dard. Et l'on
rêvait : n'enlevez pas l'enfant tout de suite à sa mère (et qu'il
y reste donc toujours à proximité de ce sein pendant que la
folie monte et que l'orgueil assaille, nous ne voulons pas
être des géants, nous voulons pulluler près du sein). Placez-le
sur le sein de sa mère. Qu'il se rappelle, toute sa vie, de quoi
est fait le sein. Le murmure intime de l'envers des parois de
la chair où se créait sa geste (souffleur). Qu'il n'oublie pas
la sagesse du sein d'où coule un lait blanc. Qu'il sache que le
sang et les saletés collantes qui l'enveloppent encore sont
un bienfait. Une croûte qui meurt doucement et dont il a

goûté la vie pendant neuf nois. Quand il rouvrira les yeux — son premier regard est un dard redoutable — il n'aura plus la nostalgie de la boue et, s'il l'a, alors qu'on en fasse un paysan, c'est une affaire de destin. Ou un boueur. Ou un chirurgien ? Mais s'il n'a plus la nostalgie de la boue vous pourrez le jeter dans le fleuve. Il le vaincra. Il aura vu craquer dans la jouissance son manteau de déchets riches et collants. La révolte aura duré le temps d'un jeu et sa clameur aura connu le pétillement de ses sables amniotiques. Et maintenant son jeu sera sans peur et sa clameur sans purin. Le héros fend le fleuve de sa main. Le héros est un enfant fort.

Au départ il y eut un désir. Une attirance de chair à chair qui ressemblait à un poudroiement d'air et d'eau. Ce fut une jonction de chair à chair et il y eut un enfant. Ce fut une fusion de particules infimes et tu fus un par le deux. Ce fut comme un amalgame indissociable et ton corps fut cercle mâle-femelle, sphère pénétrée recevante, tête in-ovante aspirée. Amalgame indissociable à jamais marqué du sceau de l'unité dans la chair. Puis une hypertrophie biologique rapide des glandes et des cellules, depuis le premier cri-micron jusqu'au géant-bébé qui crie, rit, darde son oeil dans l'oeil du père, de la mère. Rapidité de croissance effroyable en neuf mois. De l'infiniment petit à très grand (il y eut des géants). Fils de la fusion première de la sphère et du fils, du total et de la ligne, du cercle et de la pointe, de l'oeuf et de l'épée, du sperme et de l'ovule. Au rythme du sang de la mère qui bat de l'artère dans la cage utérine intacte. Au commencement était le deux. Il n'y a pas "d'avant le commencement". C'est un autre domaine. Ou peut-être une sorte de pieuse foutaise pour culpabiliser la vie. Au commencement était le deux, rien sans le deux, pas d'unité sans le deux. C'est pourquoi la première lettre du premier mot du premier Livre du Livre des livres, (La Genèse) est *Beith* comme dans Bé-Bé et vaut deux. Béréschît ou : Au commencement était le deux (1). Puis le Deux s'augmenta (Reisch : 200) puis apparut l'unité (Aleph : 1). C'est la cosmicité du Schîn (300) et du Tâv (400), totalité du mouvement et totalité de l'immobilité qui conduiront l'enfant de la matrice (Noun final 700 : 400 plus 300) à l'existence du monde (existence : Yod : 10). 400 plus 300 : 700, soit le nombre du Noun final, la matrice initiatique. Durant toute la grossesse l'enfant goûte à l'unité d'Aleph et baigne dans la profonde respiration

----

1. Ou le Six, aussi.

cosmique du 700 (Noun). C'est la mémoire de ça qu'il perd en naissant (dans la majorité des cas). C'est pourquoi c'est la mère qui est la médiatrice entre l'Aleph-Père-Unité-Infini et le Fils (Aleph en existence) Yod. Béréschît (Au commencement, dans le Principe, Créa Six, etc.) s'écrit : Beith (2), Reisch (200), Aleph (1), Schîn (300), Yod (10), Tâv (400). Qabbalistiquement Béréschît veut dire aussi *A la fin*. Ou : *Dans la fin*. Mais c'est une autre histoire. Avez-vous déjà essayé ?

A la fin Dieu créa le ciel et la terre, les oranges et les étoiles, les cieux et les couleurs...

A la fin était le deux. Au commencement était le deux. L'enfant naissant recrée le deux. L'enfant est un re-commencement. Une Bible. Un Babil. Il n'y a ni fin, ni commencement. Mais peut-être une racine. Peut-être une finalité.

Le un vient du deux.

163

Le temps s'était arrêté

Le temps s'était arrêté. Comme s'il avait voulu nous parler. Nous étions soudain tous suspendus au départ. Personne n'en parlait. Gilles avait dit, un soir : allons voir du côté de Cabano, allons voir un peu la nature. Gilles aimait, avait pris goût, au calme des forêts. Frappé par le flic, blessé à l'épaule, il semblait, comme Aurélia, assagi, plus tranquille. Je l'aimais plus qu'avant. Le pied d'Aurélia la faisait souffrir. La plaie était guérie mais elle boitait toujours un peu. Nous pensions que l'os était atteint. Parfois la douleur semblait aiguë. Gilles voulait traverser de l'espace, voir de la campagne. Il rêvait, sans raison, de voir le lac Temiscouata. Et un matin nous montâmes dans une automobile. Le temps était très froid, très blanc. Le soleil faisait briller la neige. Un froid sec. Perçant. Agréable comparé à l'humidité montréalaise. Nous roulâmes donc vers Cabano en passant par Saint-Eleuthère et Rivière-Bleue. Nous amenions avec nous l'ingénieur Lebeuf, amant sincère du froid, des glaces et du roc. Nous traversâmes Saint-Eusèbe, nous arrêtant un court moment pour contempler le paysage quasi byzantin)à mes yeux) : ces sept ou huit collines presque turques qui s'allongeaient au lointain. Ces terres avaient de Byzance la majesté. Du Québec la sauvagerie. Ainsi rêvais-je, à partir du souvenir des photos d'un Atlas et sur les commentaires de Gilles qui avait voyagé dans ces régions.

Byzance. Québec. Je n'en parlerais jamais à personne.

C'étaient là de ces rapprochements qui faisaient toujours sourire. Romantisme ? Oui. Plutôt que mégalomanie. Je rêvais ici comme André Gendreau l'aurait fait en d'autres temps. Je le voyais d'ici, dans la maison de la forêt, l'arme au bras, assis dans la chaise longue près du foyer, surveillant John. Était-ce nécessaire, cette mascarade du fusil ? Je rêvais en souvenir de lui et mon rêve le maintenait à la conscience : des villes surgiraient ici, j'en étais sûr, des villes fabuleuses, je les sentais vibrer dans ma chair, j'en avais des frissons, j'avais envie de le crier. Lavigueur, qui avait récemment quitté la région de Chicoutimi pour montrer le bout de son nez à Montréal, avait écrit un long texte, publié dans une revue littéraire, où il disait que l'Indépendance du Québec recentrerait le pays vers le Nord. Il pressentait plus d'avenir dans des villes comme Chicoutimi, et ces régions immergées dans l'énergie tellurique épargnée ou enrichie par le temps, que dans Montréal, amas naissant de buildings construits sur un site trop doux, trop calme, trop morne, trop bucolique. Si un jour l'on nous volait Montréal, comme on tenta de voler Suez, et la Voie maritime, que deviendrait le Québec ? Il posait la question. Nous n'aurions plus que le Nord et les ports embryonnaires de la péninsule et des côtes boréennes à développer. Et si là était la puissance tellurique capable de nous hisser d'un coup au niveau de notre véritable destin géographique ? Fouettés ?

Gilles voulait voir le lac Témiscouata. Le texte de Lavigueur avait été publié dans une revue littéraire de Montréal. On lui avait fait de la publicité à cause de la renommée de son auteur, un clandestin que l'on croyait mort. Il était vivant. Bien caché. Il avait parlé du lac et des lacs, de la profondeur des surfaces et de leur personne, de l'âme des montagnes : ces terres avaient une âme, une sensibilité, une conscience et elles murmuraient une promesse.

Le lac était gelé. Je relus en pensée le beau texte de Lavigueur. La profondeur de l'âme de ce lac. Il dormait dans la neige et le blanc. Mais il n'était pas mort. Il s'était recroquevillé pour un temps sous la pure blessure de l'hiver. Gilles regardait, ému, le lac éteint, tranquille et blanc. Il pleurait. C'était la première fois. Quelque chose sembla jaillir de moi, un cri, un long poème sans mots, un souffle et tout cela alla s'engouffrer en lui. C'était de l'amour, très pur, à la mesure de ces sommeils, de ces repos et de cette blancheur virginale et silencieuse qui s'étendait partout. Gilles pleurait calmement, debout devant le paysage blanc. Il pleurait, je ne l'avais jamais vu comme ça. Mon coeur semblait pénétrer tout son être et porter la beauté de son émotion, de cette tranquille et soudaine cataracte dont les coulées se figeaient chaudement, douces, tout autour de ses yeux. Comme si maintenant il prenait vraiment conscience de son corps. Il portait son bras en écharpe à l'intérieur de son manteau d'hiver. Aurélia le tenait par l'autre bras. Je marchais derrière eux sans trop savoir de ce qui m'éblouissait le plus : ce couple étrange, blessé au corps, l'âme soudain à fleur de peau, ou bien ce paysage dans lequel ils entraient de tout leur être et où j'aurais voulu voir renaître Gendreau. *Nous, nous, disais-je à Gilles anciennement, ça ne signifie rien pour moi.* Et maintenant nous étions tous soudés par la neige et par la blessure. Aimer ces terres, c'était là le commencement du monde peut-être. Avoir un corps, c'était la communion avec les plaines, les monts. Nous, c'était cette soudure du sol, de l'émotion et du sang. Et bien plus profondément au-delà des abus d'amour ou de passion, nous, c'était cette compassion d'être qui nous liait aussi. Liés par l'âme, soudés par la terre, voilà maintenant où nous en étions. Lavigueur, Julien, Lebeuf, Gendreau, Noémiah, Gilles, le flic, Aurélia, les mots, les noms montaient en moi et ils étaient ici et là-bas en même temps. Je le savais : en moi je les sentais. Nous marchions. Surtout, surtout en cet instant, ne pas comprendre pourquoi la terreur, surtout, surtout ne pas comprendre pourquoi la violence armée, pourquoi la mort, surtout, surtout... Il y avait ce fruit sans scrupules et sans mots qui coulait de mon coeur, dans le coeur de mes membres et si toute cette vie n'était que l'humus et l'arbre de ce soleil ?

164

Nous revînmes

Nous revînmes par une petite route de terre à l'ouest de Saint-Eusèbe. Nous traversâmes un petit village où nous nous arrêtâmes pour faire le plein de farine au magasin général. En entrant le hasard me défia et j'aperçus au comptoir deux êtres que je connaissais bien, que je n'avais pas vus depuis longtemps et que je n'aurais jamais pu imaginer ensemble et surtout ici : Luce et Simon, l'agent double.

165

Un mouvement d'hésitation

Il y eut entre nous un moment d'hésitation. J'étais seul avec eux dans le magasin, en plus du propriétaire qui plaisantait avec ce vif accent de la région, ne se rendant pas compte de ce qui arrivait. Simon sembla hésiter puis il sortit son arme et me menaça. C'était inattendu et d'une imprudence et surtout d'une telle incongruité que je restai là sans bouger.

Il prit Luce par le bras et sortit du magasin. Puis il monta dans une automobile et démarra vivement. Je sautai dans notre automobile et je me mis à sa poursuite. Il tourna et emprunta une petite route étroite qui s'enfonçait dans la forêt. J'avais en tête le propriétaire du magasin général : il allait alerter la police. Et il semblait connaître Simon. Et Luce. J'accélérai. J'avais l'impression de rêver. Mais je n'osais trop réfléchir. Que faisait Luce dans cette histoire ?

Simon avait toujours été, dans mon esprit, comme dans celui de mes camarades, un agent double. L'avions-nous fabriqué par notre obsession, l'était-il vraiment ? Et sa relation à Luce ? Je ne réfléchissais pas à ces choses. Je roulais dans la neige fine, sur un fond de route durcie, et le plus vite je les atteindrais, le plus vite je saurais à quoi m'en tenir. J'expliquais en vitesse à Gilles et à Aurélia. Cette dernière avait armé un fusil à canon tronqué. Gilles n'avait pas touché au .38 qu'il tenait dans un étui contre son flanc. L'auto de Simon bifurqua vers une maison et alla se camoufler derrière un pan d'arbres enneigés. En sortant il fit feu sur nous. Deux balles sifflèrent. Nous nous immobilisâmes au fond de l'auto. Il se précipita dans la maison en tentant d'entraîner Luce. Luce se mit à crier mon nom et à se débattre. Il fallait savoir ce qui se passait ici, le savoir vite et déguerpir. Je courus vers eux. Simon tentait de se dégager. Il fit feu au hasard. La balle siffla dans l'air. Ce qui ressemblait à un violent coup de vent m'arracha mon casque de fourrure et quelque chose de noir et de gelé m'obstrua l'oeil droit. Luce tiraillait Simon. Ce dernier, en tentant de la maîtriser, me visait. J'entendis un autre coup de feu. Je perdis un moment conscience. Je m'éveillai : je grimpais le perron, soutenu par Gilles et Aurélia. On parlait dans la maison. Je ne voyais plus très clair.

Il y eut du va-et-vient. Simon était étendu dans la porte d'entrée. Son corps la maintenait entrouverte. Je me touchai la tête. J'avais du sang. Aurélia me faisait une sorte de bandeau avec du coton ou de la laine. Il faisait un froid de fer. La maison semblait avoir été habitée pendant quelques semaines. Je suivis mes amis et nous montâmes dans l'auto. Luce, Aurélia, Gilles. Aurélia tenta à plusieurs reprises de ranimer Simon. Elle tenta de tirer le corps à l'intérieur de la maison. Puis elle dégringola l'escalier vers nous et se mit prestement au volant. Nous ne savions rien de ce que pouvait signifier tout ça. Ça venait par bribes du côté de Luce.

166

Que savait-elle ?

Que savait-elle ? Qu'elle était partie le lendemain même de notre dernière conversation téléphonique et qu'elle avait décidé de se rendre à La Malbaie, pour reprendre l'automobile, en faisant de l'auto-stop. La journée était claire, pas trop froide et elle avait le goût de tenter l'aventure. Elle n'avait jamais fait d'auto-stop. Le premier automobiliste qui l'avait fait monter devait être le dernier : Simon. Pourquoi l'avait-elle suivi jusqu'ici, elle ne le savait pas vraiment. Elle me savait au nord, quelque part, et Simon se dirigeait vers Cabano. Elle passa tout droit à La Malbaie, par goût du rêve et par goût de l'aventure aussi et par goût de moi. Je sentais bien aussi que Simon était un lien entre elle et moi. À ses yeux Simon la conduisait à moi. Simon que je connaissais mal. Que nous connaissions mal. Il me ramenait Luce. Que je nommais parfois Lucie par un lapsus certainement significatif. Mais il me faudrait un long temps avant d'en saisir tout le sens. Mais les données d'une explication de ce lapsus me furent graduellement fournies par Luce elle-même à qui Simon s'était confié.

D'abord ce ne fut que deux jours après que Luce se fut installée avec nous au chalet qu'elle mentionna le nom de Claudette en rapport avec Simon. D'après ce que Simon lui avait raconté, Claudette était sa femme à lui, Simon, et elle avait eu un deuxième enfant de lui. Ce que j'ignorais. Ce que j'ignorais c'est que l'homme dont Claudette était enceinte à l'époque où je l'avais connue à Québec, quelques mois avant de rencontrer Gilles, c'était Simon. Qui en réalité s'appelait Pierre mais qu'on appelait Simon dans le réseau. Luce l'appelait Simon. Et, comme pour moi, Luce avait vite su de Simon, par affinités avec ses activités elle avait immédiatement gagné sa confiance, que Simon avait participé à la récente vague de terrorisme qui avait ébranlé le Québec.

Puis un peu plus tard j'appris de Luce que Simon m'avait détesté d'avoir été l'amant de Claudette tout comme il en avait détesté Julien et nombre de membres du réseau. Avait-il "trahi" ? Il était certainement une sorte d'agent double. Ou un paranoïaque ? Un être qui souffrait, certainement. Où était Claudette ? D'après Simon, Claudette vivait avec ses deux enfants en banlieue de Montréal. Elle n'avait pas quitté la métropole. Simon avait voulu l'amener avec lui, mais elle avait refusé. Après la grande vague d'attentats Simon était venu demeurer quelque temps chez les parents de Claudette à Québec. De là il avait placé quelques appels afin d'obtenir de l'argent par chantage et il en avait obtenu de certains notables et de deux filles dont Lucie qui s'était réfugiée pendant quelques jours (une ou deux semaines, semble-t-il) un peu en-dehors de Québec, avec Rachel et Larry, avant de partir avec Rachel pour l'Europe. De Londres, Rachel devait tenter de gagner l'Albanie où l'on entraînait déjà, selon une filière maoïste, des fédayins palestiniens. Londres était l'une des plaques tournantes du réseau de recrutement en Occident. Rachel pensait aussi à Cuba. S'y rendrait-elle ? Lucie pensait à la Suisse, d'abord, puis ensuite à New York, peut-être, ou à San Francisco. C'est du moins ce qui ressortait de ce que Luce me rapportait des conversations qu'elle avait eues avec Simon. Larry n'était pas nommément mentionné. Mais nous savions que certaines propriétés de l'Île d'Orléans avaient été détruites par le feu et que Larry n'était plus chez lui et qu'il avait peut-être quitté le Québec. Simon, pour sa part, après avoir perdu l'affection de Claudette, tentait de gagner celle de Luce. Mais son insistance même éloignait Luce qui n'arrivait pas à faire l'amour avec lui.

— On l'a fait trois fois mais je pensais toujours à toi. Il sentait que je pensais à un autre. Mais il ne savait pas que ça pouvait être toi. Je n'arrivais pas à tout lui dire. Et on vous sentait toujours dans les parages...

— Comment ?

— Je ne sais pas. On vous sentait. On vous sentait proches. Surtout moi. Simon se méfiait de vous, de tout. Je pense qu'il aurait pu finir par vous retrouver et vous faire du tort.

Elle me parla encore de Lucie. Une amie de Simon, une grande amie selon Simon lui-même, elle lui avait donné beaucoup d'argent pour qu'il puisse se tirer d'affaires. De Lucie je me rappelais les scènes de la rencontre de Québec dans le salon des Lapierre avec Gendreau, Nassens et les autres. Puis plus tard une autre rencontre, sur la rue, dans l'ouest, où rien ne pouvait laisser deviner qu'elle s'adonnait au terrorisme ou à l'espionnage. Elle était richement vêtue, extrêmement excitante et belle, baignant dans une sorte de magnétisme érotique doux qui me marqua beaucoup. Luce elle-même m'en parlait, sans pourtant l'avoir connue, avec une sorte de distance dans laquelle je percevais du respect et une sorte de sentiment d'amitié dont les femmes sont capables surtout lorsqu'elles aiment un même homme, mais ce n'était pas le cas ici. Mais la sentait-elle en moi ? Sentait-elle monter en moi la présence de Lucie ou son image lorsqu'elle en parlait ? Pour moi, Luce, c'était un peu comme Lucie mais avec un enfant.

Et Monique ? Et son réseau de prostitution ? Et Claudette ? Et encore Lucie, Rachel, Simon ? Je voulais en savoir plus. Mais les yeux de Luce semblaient ne pouvoir me communiquer, dorénavant, que de l'indicible. Dans son regard qui avait appris, à travers Simon, à me connaître différemment, je voyais poindre un mélange de curiosité et une pointe de tristesse, un goût de retrouver la fraîcheur passionnelle du premier amour. Elle écrivit à Yoni un mot pour la rassurer. Elle lui avait déjà écrit quelques fois depuis des semaines et elle lui avait fait parvenir les clés et les enregistrements de l'auto abandonnée à La Malbaie. Elle craignait que Yolande, inquiète, n'alertât la police. Elle n'en fit rien. Mais il tardait à Luce de retrouver Paulo. Simon ne la laissait pas partir. Mais avec moi, c'était elle qui ne voulait plus partir.

QUINZIÈME PARTIE

167

Dans la même chambre

Depuis deux jours Luce et moi demeurions dans la même chambre. Elle s'était vite familiarisée avec les lieux. Gendreau m'inquiétait. Il surveillait John et Lebeuf, fusil en main comme un gardien de prison. C'était pourtant devenu parfaitement inutile en ce qui concernait John qui m'appelait le "pirate" à cause de mon bandeau sur la tête suite à cette blessure qu'Aurélia avait pansée. La balle avait éraflé le cuir chevelu mais c'était comme si j'avais reçu un coup de masse sur la tête. Le sang avait coulé puis s'était figé sur la plaie soudainement. Je voyais des couleurs parfois autour des gens et j'entendais de la musique, ce qui amusait Aurélia qui me demandait de lui fredonner les thèmes mais c'était parfois difficile, il n'y avait pas toujours de mélodie.

John avait fini par s'intéresser aux dispositifs électroniques de la maison. Il les étudiait et souhaitait en appliquer les principes un jour, ailleurs. Sans le savoir, il faisait un peu partie du Réseau. Nous le sentions. André ne le voyait pas de cette façon. Lebeuf, lui, en dépit de toute sa bonne volonté, se languissait. Sa famille lui manquait et je commençais à comprendre à cause de Luce. Un matin j'étais descendu dans le salon où Julien s'entretenait avec Aurélia et Edmond. Ce dernier en particulier s'enquérait de Lachenaie qui lui avait tant promis mais qu'il n'avait pas suffisamment connu. C'était, dans son esprit, partie remise. Nous sentions venir le temps d'un départ prochain. Trop de choses s'étaient passées ces derniers temps et nous ne devions peut-être qu'au fait d'être profondément cachés, dans la forêt, de n'avoir pas été ennuyés par des agents, secrets ou non. Mais qu'en savions-nous vraiment ? John ? Un incident s'était produit quelque temps après l'affaire du lac Pohénégamook : deux petits avions de reconnaissance avaient survolé la forêt tout près d'où nous étions et j'avais eu la certitude que nous avions été repérés. Nous en avions parlé. Gendreau avait dit qu'à la prochaine occasion, il faudrait les abattre. A notre avis, mieux valait fuir. Le lendemain matin un hélicoptère de l'armée était à son tour venu survoler la région en se suspendant plusieurs fois à moins d'un mille de l'endroit où nous étions. Nous ne devions qu'à l'habitude le fait d'être encore là,

de ne pas avoir fui encore. Il faudrait bientôt le faire. Mais où ?
Dans le Maine ? Nous ne savions pas encore. Nous collions au
sol québécois.

Ce matin-là je descendis dans le salon. Julien revenait d'un
séjour de trois jours en Ontario et dans l'ouest du pays. Il avait
été absent en tout un peu plus d'une semaine. Il disait :

168

C'est pourquoi

— ... C'est pourquoi détruire une chose dont on n'a pas saisi
la racine dans le temps, dont on n'a pas saisi la nécessité, constitue
une erreur grave qui ramènera toujours le problème : descendre à
la racine de ce monde et s'y maintenir, c'est comprendre pourquoi
et comment il est ainsi et du même coup le dissoudre et recréer,
dans l'Inconnu. Ce qui implique un long voyage dans le temps ou
dans le corps, c'est pareil. Et s'y maintenir. Qui le peut ? Une des
clés des dessous de la conscience, c'est la respiration et le sexe.
Concentration sur le diaphragme, passage dans la dimension autonome de la respiration, et de là, exploration des fonds. Recherche
de la racine, race in. Au-delà du sexe. Plus loin. Dans le solide.
Toute forme de partisanerie nous empêche de régresser à la racine,
les fanatismes, y compris ceux du sexe, hétéro, homo, etc. Nous
sommes toujours menacés. Si nous n'avions été qu'un parti, nous
serions encore prisonniers du temps figé. Lachenaie...

Julien s'interrompit. Qu'allait-il dire de Lachenaie ? Nous le
sentions bien loin en cet instant. Lachenaie était-il un maître ?
Un dieu ? Un saint ? Un démon ? Le seul révolutionnaire ? Ou
n'était-il qu'une image projetée de la toute-puissance de l'argent ?
De l'âme ? De la finance ?

— Lachenaie n'existe plus. Je suis retourné au Triangle. N'est
restée que sa présence comme une intense nostalgie : le sol, les
pierres brisées en sont prégnants. La nostalgie d'un monde vrai,
inconnu, qu'il avait entrevu, comme nous. C'était un être d'une
taille exceptionnelle, si exceptionnelle que nous ne comprendrons
pas, sans faire beaucoup de silence, pour quelles raisons il suit partout maintenant cette recrue qui s'appelle Nicole, la soeur de
Simon (Pierre) et qui fraye dans le milieu interlope comme une
fée noire. Pourquoi voulait-il tenter en moi les affinités que je
pouvais avoir avec Nassens ? Je pense qu'il l'a su pendant un temps

et qu'ensuite il est tombé dans l'être de Nicole qui l'a complètement absorbé. On dirait qu'il ne reste plus, de toute cette histoire, qu'un étrange serrement de coeur, une beauté. En fait le Lachenaie dont j'ai récemment entendu parler ne semble être que l'ombre, l'ombre parfois tranquille de ce que nous avons connu. La lumière "de" Lachenaie existe toujours mais c'est comme si elle avait perdu cette chance exceptionnelle de prendre forme et de s'incarner. Lachenaie n'est plus seulement dans Lachenaie. Lachenaie est partout. Peut-être reviendra-t-il ? Peut-être agit-il déjà dans d'autres domaines ? Ses paroles resteront comme le témoignage d'une vision qui était peut-être trop grande pour lui et peut-être pour nous. Je sens que le filet du monde se resserre sur notre groupe.

— Pour que nous partions d'ici, fit Aurélia.

— Oui, c'est clair, il faut partir, fit Edmond. Nous avons perdu le contact avec le monde.

— C'est vrai, fit Julien. Ou bien nous devrons être trahis pour comprendre. Notre chute appartient à une logique profonde. C'est le coup de boutoir obscur de la Lumière. Lumière de jour, lumière de nuit. Il fallait que l'action cesse. Va-t-elle reprendre ? En symbiose avec le monde ? Si seulement vous aviez senti cette épouvantable tristesse et cette épouvantable nostalgie qui hantaient les lieux dévastés du Triangle quand je m'en suis approché. Comme un lieu de pèlerinage de la peine. La peine absolue, inconsolable, celle de la vision totale dévastée. Lachenaie n'est pas mort. Une telle souffrance n'est pas mortelle. Mais Lachenaie souffre dans l'oubli du temps. Mais lui sait et c'est là sa souffrance. Un jour nous le ramènerons, de force s'il le faut, à ses tâches. Sinon, risque-t-il de souffrir à son tour comme Gilles souffre ?... Ou souffrait ? En attendant il faut songer à fuir...

Julien se tut. La tristesse voila nos faces. Je sentis monter en moi une incoercible colère. Elle rayonna puissamment vers Lachenaie. Elle atteignit son ombre et la martela. Et je sentis monter en moi quelque chose de puissant, qui étaient peut-être les pouvoirs mêmes de Lachenaie, inexplicablement enfouis dans le noir, l'oubli ou l'errance. Et le mystère du temps me subjugua. Des siècles encore ? Des millénaires avant de vaincre la peine ? Je ne savais plus. Mais la colère m'habitait maintenant, et c'était une colère bienheureuse, faite d'amour et de volonté, une chose précieuse qui pouvait m'aider à me mettre au monde (ou à me détruire ?).

Une grande tristesse émanait de Julien. Je l'absorbais. Je me rappelais certaines paroles de Gilles prononcées dans ses moments d'exaltation : "Votre plaie est ma plaie, ma plaie est votre plaie, par le Christ"'... Et ces paroles me faisaient frissonner. La tristesse de Julien était notre tristesse, notre tristesse était la sienne. Elle devenait la nôtre comme tout ce qu'il avait été jusque-là s'était fait nôtre dans une communion sans faille. Dans quelle mesure devions-nous aussi à Gilles d'être devenus poreux les uns aux autres, d'avoir été soudés en un même corps ? Sa démence brisait, dissolvait les systèmes de défense et c'était pour nous révéler la lumière transparente que toutes nos peurs cachaient. Nous étions tous devenus Julien. Et par Julien, nous étions tous en voie de devenir nous-mêmes. Julien l'*agissant*. Le sagissant. Et Julien n'en tirait aucune exaltation vaine. Il était le plus vrai. Plus lourd de terre que Lachenaie. Plus lourd mais aussi plus près du corps et des armes — ou des larmes. Nous réalisions en cet instant combien nous aimions Julien et combien nous lui devions de pouvoir aimer tant. Julien aurait déchu plus encore que nous nous serions quand même sentis liés à lui. Nous ne serions pas morts avec lui s'il s'était enlevé la vie, car il ne nous tirait pas dans sa mort. Il nous y baignait sans vouloir en meurtrir son corps ou le nôtre et je sentis en lui cet immense respect du corps et je sus qu'il lui venait de l'immense respect de la femme que cet homme chaste transportait partout comme une sorte de mystère. Des larmes coulèrent de mes yeux. J'aurais voulu hurler, crier. Des larmes coulèrent des yeux de Julien. Il était fatigué. Aurélia et Edmond aussi. Mais je ne regardais nulle part. Je savais que c'était dans tous ces yeux les mêmes larmes : le Dieu mort, un instant total, le Dieu mort qui avait vécu un instant parmi nous grâce à des êtres plus forts que les autres, ce Dieu-là était retourné à la mort, à l'inexplicable nuit. Nous étions en avril. Le printemps était là. Lachenaie avait trahi la lumière durant tout l'hiver et le Christ allait ressusciter à Pâques, en Lamure, peut-être, dont nous ne savions rien, en Julien, en nous peut-être et qui sait, peut-être en Lachenaie de nouveau ou en tous. Nous demeurâmes ainsi immobiles, au coeur tremblant de notre peine. J'entendais en moi comme un son, un murmure de temps et de sang, comme un son *aum* qui portait toute la peine du monde, sans jamais faillir, qui la chantait, la chantait sans fin, en attendant. Je sentis en moi comme du feu dans les larmes. Comme du feu encore, du feu doux. J'en fus noyé.

Un long moment passa où nous communiâmes dans la pénombre. C'était l'heure du souffle vivant et mon coeur en était gonflé de peine et d'amour. Nous allions retourner au monde, je le sentais. Le lent murmure, le *aum*, c'était le monde. Nous étions parvenus au bout d'un rêve bouleversant. Et qui nous mettait au monde. Et nous n'aurions jamais voulu ne pas l'avoir vécu, ce rêve.

169

Julien pénétrait maintenant en lui-même

Julien pénétrait maintenant en lui-même. Une sérénité passa parmi nous au milieu de ces effusions silencieuses. Et Julien de nouveau parla, comme revenu d'un long voyage de tristesse. Il dit, parlant d'une voix murmurante, branchée aux profondeurs, comme activée du fond de l'être :

— La vérité monte en nous sans rien brouiller. Elle vient de nous tous, elle répète une vieille leçon, très ancienne, que nous allons encore entendre... Je ne créerai pas de centres spirituels, purs ou pas, je ne créerai pas de centres d'influence à distance, il y a assez de distance entre les êtres, je ne créerai pas de secte, je ne prendrai personne dans le filet d'un parti ou dans les rêts d'une idéologie : je veux vibrer du fond de l'être, agir, aimer quand ça aime, guerroyer quand ça guerroie, mais du fond de l'être, vibrer densément au coeur des choses jusqu'à la fin des temps, jusqu'à les faire éclater dans leur vérité hyperdouce... C'était la mission de Lachenaie. C'est maintenant la nôtre...

Il y eut un silence.

— Nous portons l'autre humanité en nous, celle qui est damnée pour un temps, reprit Julien. Je sais : c'est par notre soif d'incarnation qu'elle aura soif, c'est par notre faim qu'elle aura faim, c'est par notre amour qu'elle aura amour — *mais nous ne lui sommes pas supérieurs : nous lui sommes intérieurs et malheur à ceux qui l'ignorent.* Ceux-là seront tirés hors de leurs corporations maudites, hors de leurs centres et de leurs cachettes, et s'ils ne veulent pas en sortir, ils seront écrasés dans leurs trous, même si ce sont des trous de lumière, nous reviendrons mieux armés de celle qui monte du fond des temps, nous reviendrons encore et encore et nous parviendrons à briser ce mur brillant pour qu'ils se mêlent aux hommes, les hommes, tous les hommes, de force : c'est la loi...

Il se fit un silence. Il n'y avait que la respiration. Comme si tout l'univers n'avait jamais été que ça : une lente, silencieuse, profonde respiration.

— Vouloir est cependant la loi de mon être. Et l'offrande est la loi de ma loi. Offrir le *vouloir* puis *agir* : tel est mon paradoxe et ma loi. Et nous appartenons à la race de ceux qui soutiennent sans fin le devenir universel. Selon cette loi, j'ai appris à vivre. Selon cette loi je vivrai. C'est mon paradoxe battant. Comme un coeur. C'est moi. C'est ma loi.

Ce silence, ce murmure profond du monde. Toujours.

C'était un silence qui respirait. Les yeux bleus de Julien étaient clairs comme des lacs. Quelque chose en lui nous voyait mais il ne nous regardait pas. Un grand silence passa dans la cuisine où nous étions assis. Puis il disparut. Et de nouveau il y eut des paroles, comme des murmures profonds. Et de nouveau le silence tomba, dans les paroles, dans les mots, dans les choses, dans nos membres, le silence nous pénétra. Et Julien parlait du Silence, dans le Silence, à partir du Silence. Et cela générait comme un feu, comme du feu guérissant, hyperdoux. Comme un battement de sang tranquille dans les artères :

— Je vous porte tous et j'en porte aussi une multitude. Peut-être ceux que Lachenaie a dû laisser en chemin. Et qui ignoraient soudainement pourquoi ils étaient si acidulés, perturbés. Des milliers. Dans un même bain de mouvement, partout à la fois, je les sens. Il me faudra les connaître. Peut-être est-ce le refus d'une telle coupe qui a damné la lumière en Lachenaie ? Dam : cela signifie sang, dans cet hébreu si cher à Gilles. Et remonter le cours du sang c'est remonter le cours du temps vers sa gnose, invertir le courant dans le bouillonnement premier de la chaleur et de la connaissance. Comment avons-nous pu ne pas savoir pendant des siècles que "boire la coupe", jusqu'à la lie, c'était boire le temps ? Gilles avait raison, il savait bien que le sang était malade de ne pas savoir suspendre son cours, que le Livre avait été trahi, et sa sagesse, que cela nous rendait tous malades et lui avec, plus que les autres. Quand la lumière se damne c'est aussi, simplement, qu'elle vient se reposer dans le corps d'où elle ourdit ses rayons. Aussi qu'elle s'ensanglante. A cause de l'inconscience de l'homme qui ne sait pas qu'elle veut jaillir en gnose — et elle jaillit de sang. Sans-Gnos. Alors elle coupe du corps, bêtement, pour voir le jour, victoire de la bête qui veut boire la totalité du soleil mais que le soleil assèche... Lachenaie et Gilles, même coupe ? Même champ de compassion ? Même damnation ?... Lachenaie reviendra. Plus riche, plus sanglant. Plus talentueux. Plus. Nous reviendrons ici, ici, éternellement.

La voix d'Aurélia me parvint. Je me retournai. Je vis qu'elle s'était mise à inspirer et à expirer par la bouche, comme sous l'effet d'un spasme, comme si elle cherchait à chasser quelque chose de son corps. Ce rythme s'intensifia. Elle alla se jeter aux pieds de Julien qui lui caressa la tête sans rien dire. Aurélia s'étendit par terre et elle respira ainsi pendant une dizaine de minutes. Puis elle murmura :

— Je ne me suis jamais sentie aussi bien. Mais c'est trop fort pour moi, c'est insupportable. Je sens de la lumière dans mes membres, il m'en sort par le coeur, par les yeux...

Aurélia respirait et pleurait sur le tapis. Nous sentions tous émaner d'elle un pouvoir rayonnant, compact, indescriptible-ment doux. La lumière semblait s'intensifier autour d'elle.

— Je ne peux pas me relever toute seule. C'est trop doux, trop dense, ramassez-moi...

Ses membres étaient mous. Nous l'emmenâmes au salon où nous l'aidâmes à s'asseoir. Un temps passa. J'allai m'asseoir parmi les autres. Le groupe s'était refait dans le salon. Aurélia s'était levée. J'entendis le mot *loi*. Elle se dirigea vers la salle de bain et fit couler l'eau bouillante. Elle se déshabilla et s'y plongea sans rien dire, les yeux rouges et brouillés. On entendait de nouveau la voix de Julien. Il s'adressait à elle :

— La transfiguration de l'écriture par la beauté de la pierre noire... Par le délice de la pierre noire...

Il se tut. Le visage d'Aurélia rayonnait comme celui de Lachenaie. D'où je me trouvais je pouvais la voir, obliquement, sous la lumière électrique de la salle de bain. Je la respirais à distance, comme une source d'odeur ou comme une plante. Je ne pourrais jamais oublier cette beauté silencieuse dans l'embrasure de la porte et il me semblait que j'en captais déjà toute la tragédie future, comme celle de Lachenaie.

Julien poursuivait :

— Edmond, ta loi est celle du courage efficace. Quand tu réaliseras ta loi, tu répandras la victoire autour de toi. Tu la ré-pandras comme on respire, sans discours, sans stratégie et sans bombes. Et ce sera plus terrible encore...

Le silence pénétrait en nous. Coulait comme un flot dans nos corps. Il suffisait de détendre la tête, de porter l'attention sur la respiration, sur la pénétration lente de l'air par le nez pour que la vibration très chaude accoure à nous et nous remplisse et nous caresse. C'était facile et dense. Miraculeux. Je regardais Julien. Je voulais savoir quelle était ma loi. Ma différence et mon support essentiel. Je voulais qu'il me le dise et il le sut. Il me sourit silen-cieusement et je vis qu'il ne parlerait pas. Le Silence ne cessait cependant de descendre, de couler partout. Le courant était fort. Je sentis se raidir en moi quelque chose d'étroit qui s'y opposa. Dont je n'étais pas maître. Je sentis me traverser un irrésistible flot de haine et j'en tremblai. Puis un grand courant d'amour-compassion qui me nettoya, me vida, m'ouvrit et je me sentis libre et défait. Dans cette défaite, il y avait un amour inondant, comme gagnant chaque parcelle de la boue d'être. S'y enroulant, s'y cou-lant, rayonnant son sourire. Je sentis en moi Julien Lachenaie, Gilles. Julien : l'amour-compassion bouillonnant eut un instant sa forme. Sa puissance d'immixion. Puis il n'y eut plus qu'un abîme profond auquel toute la tendresse du monde conduisait, tout l'amour, toute la pitié du monde mais qui n'était plus rien de tout ça, ou comme l'essence de tout ça, un abîme de tendresse dissoute, éclatée, sans limites. C'était comme l'amour de Laurence mais sans Laurence. Puis le Silence profond de Julien. Sans Julien. C'était nu, au coeur de tout. Au coeur de Gilles qui aimait Noémiah, de Noémiah qui aimait Gilles, au coeur d'André qui ne savait pas, au coeur de tout. Comme dans une sorte d'immense miroir sans tain, ou sphérique où le futur ne me quittait pas. Où il s'installait à demeure dans le coeur. Le passé me quittait. Il y eut un mouvement de recul quelque part en moi, comme un résidu de bassesse ou de peur. Ma tête fut de nouveau envahie par cette grâce vibrante qui abondait ce jour-là, Dieu sait pourquoi, et l'assourdissement de mon corps devint plus total encore, comme si le Silence me signifiait qu'il n'avait pas le goût de plaisanter. Je fus coupé de tout bruit extérieur. Je pénétrai dans le Silence qui parlait. Qui disait. J'entendis : "Tu nais. Tu n'es pas né encore. Tu naîtras dans les autres et par les autres. C'est ta loi. J'avais faim et tu ne m'as pas donné à manger. J'avais soif et tu ne m'as pas donné à boire. J'avais besoin de toi et tu n'étais pas là... Dans la douceur des bas-fonds naissent les hommes. Tu fus roi et ténèbres. Prince et peur. Vie et mort. Que sais-tu du mal ou du bien ? Le chant de ton âme traversera sans fin l'abîme..." Cela dura longtemps. Il me fut dit bien des choses mais ce furent surtout ces dernières dont je me rappelai. Mais j'acquis dès lors la certitude qu'une puissance de compassion et de silence en toutes choses, sans restriction dans son pouvoir, veillait sur mon être et par mon être dans l'abîme de tous. Et ce fut encore, en moi, comme du feu, comme le premier bouleversement du seuil de vivre, et ce premier mouvement au seuil de vivre, c'était de la gratitude. Un feu inextinguible, miraculeux de gratitude. Mon maître, ma loi cachée, mon compagnon (ma combustion), ma compagne : l'éternité du silence en prière dans mon ventre et dans toutes les choses.

170

Le printemps était arrivé

Le printemps était arrivé. La neige fondait depuis quelques jours. Nous sentions le départ approcher. J'étais fatigué. Le printemps m'envahissait et je ne pouvais résister à son chaos. L'automne m'angoisse. Le printemps m'excite. Il me va. Mais il me fatigue. J'absorbe trop de poisons : cigarette, café, alcool. L'énergie printanière me trouve sans défense. M'épuise et me disperse.

Un matin, Julien décida de vérifier le bon fonctionnement des autos. Le départ approchait. Tous étaient d'accord, sauf André qui voulait rester et se battre et qui devint très agressif en contestant le leadership de Julien. Cela ne dura que le temps d'un échange verbal où André eut le dernier mot.

Nous laisserions Lebeuf à quelque distance avant Saint-Joseph, rassurés par la sincérité de sa promesse de ne pas prévenir les policiers, si jamais il le faisait, avant au moins vingt-quatre heures. C'était déjà extrêmement difficile de faire accepter une telle mesure par André et par Pierre Ruel qui était revenu inopinément deux jours plus tôt et qui caressait son fusil automatique à longueur de journée en surveillant John et le père de famille. Il était évident qu'ils auraient préféré les abattre. Nous préférions, pour notre part, risquer de voir notre repaire découvert — et de toutes façons il le serait tôt ou tard, plutôt que d'abattre ces gens. La "raison d'État", nous n'y croyions plus. Ca n'entrerait sans doute plus jamais dans nos moeurs si ça l'avait déjà fait.

Devions-nous au fait qu'André et Ruel s'étaient souvent absentés de l'endroit et dans des conditions psychologiques parfois très négatives, le fait que le chalet était serré de plus en plus près par les patrouilles de reconnaissance aérienne ? Nous sentions bien une relation, lointaine peut-être, ou diffuse entre ces absences et ces faits, mais ces derniers tenaient aussi et surtout, logiquement, aux récents événements du lac et du petit village où j'avais retrouvé Luce. Peut-être tout se tenait-il et rien vraiment n'était directement la cause de rien, tous ces événements n'étant finalement que l'indice majeur d'un changement prochain nécessaire pour nous et pour tous ?

Il nous fallait agir vite si nous ne voulions pas être la proie du temps.

Quant à John, qui voulait nous suivre, nous dûmes le convaincre, en concession à l'hostilité ouverte d'André et de Ruel, de demeurer dans la cave dans une des pièces électroniquement fermée et minutée pour ouvrir plus de deux heures après notre départ. En fait André et Ruel crurent que nous avions fermé la porte pour une durée de quarante-huit heures. Car je ne parvenais pas, pour ma part, ni Julien, à faire une telle concession à leur paranoïa (à tort ?).

Nous avions placé l'argent dans un coffret de métal étanche sous la banquette arrière de la deuxième voiture, celle qui serait conduite par Edmond et où Aurélia, Gilles, Luce et moi-même devions prendre place. Aurélia et moi conduirions, alternativement. André, Julien, Noémiah et Lebeuf monteraient dans la première. Ruel nous suivrait au volant de la troisième voiture.

171

Le matin de notre départ

Le matin de notre départ, au début du mois d'avril 19... la route de terre qui devait, par la forêt, nous conduire, en passant par Saint-Joseph de Kamouraska, à la route de Québec qui longe la rive du Saint-Laurent, avait gelé durant la nuit, ce qui donnait aux crêtes des ornières une dureté qui la rendait finalement beaucoup plus carrossable que la veille alors qu'un soleil particulièrement ardent l'avant transformée en allée boueuse.

André avait beaucoup bu au cours des trois derniers jours et la veille de notre départ il avait été pris de convulsions. Au bout d'une heure nous avions réussi à le calmer et Julien, s'étant approché à plusieurs reprises de lui, avait tenté de l'apaiser. Il semblait avoir plongé André dans un état second dont il était probablement le maître. Le matin du départ, Julien l'accompagna presque tout le temps, jusque dans l'automobile où il prit place à ses côtés avec Noémiah. Les armes et les munitions avaient été rangées dans des compartiments cachés sous les banquettes des voitures d'où il était facile de s'en emparer en cas de besoin.

Je pris place dans la deuxième voiture en compagnie de Gilles, d'Edmond, d'Aurélia et de Luce. A huit heures trente du matin, le petit convoi s'ébranla au bas de la falaise. Le chalet se perdait parmi des collines boisées encore plus hautes, complètement caché aux regards. Pour combien de temps encore ? Ce repaire ne serait plus jamais le nôtre, nous le savions bien. Nous nous sentions un peu aussi comme des vacanciers qui partent en pique-nique. Nous plaisantions. Nous avions fait des sandwichs. Nous allions retrouver la vie, courir la vie, peindre, écrire, aimer, marcher et gagner notre vie dans les villes. Vivre. Vivre encore et encore. Nous roulions maintenant depuis plusieurs minutes quand nous décidâmes de libérer Lebeuf. Il marcherait jusqu'à Saint-Joseph dont nous étions tout près, maintenant. Il y eut une altercation entre Ruel et André, d'une part, et Julien, Noémiah, moi et Gilles. Ruel voulait abattre Lebeuf qui s'éloignait maintenant en courant dans le champ, et qui obliqua vers le village. Je tentai avec Gilles de maîtriser Ruel. André voulait faire feu mais Julien réussit à lui arracher son fusil. André tenta de s'emparer du pistolet que j'avais glissé dans mon manteau. Un coup de feu partit du fusil de Ruel qui blessa Gilles. Ce dernier roula par terre, la main à la poitrine. Une colère incontrôlable s'empara de moi. J'arrachai avec une violence animale le fusil des mains de Ruel et je lui assénai un coup de crosse en plein visage. Il recula et tomba à la renverse en tenant sa tête ensanglantée. Il roulait, étourdi, incapable de se relever. Aurélia et Noémiah m'aidèrent à placer Gilles sur la banquette arrière de notre voiture. Luce monta dans la voiture d'Edmond. Le spectacle devenait sordide. Je voulais qu'il se termine. Julien parlementait avec André. Ruel était toujours étendu, étourdi, dans le champ. Il fallait aviser. Nous ne pouvions pas rester là, sur la route, à attendre plus longtemps. Ruel se releva en titubant. Il avait probablement le nez cassé. Le sang coulait abondamment sur son menton.

Lebeuf courait toujours en direction du village. Je me demandais ce qu'il ferait en arrivant là-bas. À ma colère pour Ruel se mêla de l'amour pour cet homme qui courait silencieusement vers sa famille et que nous n'avions pas suffisamment connu. L'univers en cet instant m'apparut incroyablement contradictoire, insolite. En quelques instants tout le groupe s'engouffra dans les deux premières automobiles et nous décidâmes, d'instinct, de rouler vers le Maine.

172

Aux confins de la terre promise ou du pays de Nod

Mais il était trop tard.

Du haut de la pente qui remonte du centre du village en direction du fleuve nous aperçûmes deux automobiles de la Sûreté du Québec qui venaient vers nous. Elles se dirigeaient à vive allure vers le centre du village. Nous décidâmes sur le champ de monter dans les automobiles pour changer de direction. Mais déjà André était monté au volant de la sienne et embrayait en direction des auto-patrouilles. Julien, d'instinct, se précipita vers elle et retira le bouchon du réservoir. Pour y mettre le feu ? Mais déjà l'automobile démarrait. Ruel avait repris son fusil et épaulait en direction des autos-patrouilles. Toute mon énergie se porta vers André. Je sentis qu'une force considérable le contraignait. Qu'il avait voulu, souhaité cet instant depuis longtemps. Que tout l'y conduisait depuis le dernier mois. Qu'il attirait à lui le feu et l'explosion. Je sentais mes dents se serrer dans les siennes. Il avait l'impression de transcender ses propres forces. L'auto descendait la pente à pleine vitesse. La collision fut brutale. Ruel faisait toujours feu du haut de la route. Il se mit à descendre en direction des policiers, toujours tirant. Il y eut une explosion. L'automobile d'André avait

pris feu. Il y avait des munitions dans la malle arrière. Une deuxième explosion. La première auto-patrouille s'amalgama dans les
flammes de l'auto d'André. La deuxième automobile s'était garée
sur le bord de la route. Deux policiers en sortirent en courant.
Ruel tira. L'un d'eux s'écroula en bordure de la route. L'autre se
planqua derrière un roc. Ruel s'approchait en rampant dans le
fossé. Aurélia s'était saisie d'un fusil automatique et tirait en direction du policier. Le feu croisé atteignit Ruel. Il s'affaissa dans
le fossé. Le policier qui restait courut se réfugier en direction de
l'église qui donnait sur la place. Nous remontâmes en vitesse dans
les deux automobiles qui nous restaient. J'allai m'asseoir à côté
de Gilles. Edmond se mit au volant. Luce se précipita sur la même banquette que moi. Et nous fonçâmes en direction du village.
Notre plan consistait à contourner les automobiles accidentées,
rouler rapidement en direction du fleuve pour tromper l'orienta-
tion réelle de notre fuite et bifurquer bientôt vers la droite pour
revenir en direction du Nouveau-Brunswick et du Maine où la
frontière nous attendait, toute proche. Nous aperçûmes
les corps embrasés des deux policiers de la première voiture, celui qui gisait sur le bord de la route, celui d'André qui se carbonisait dans la carcasse de la Volvo. La fenêtre
était ouverte. Luce était à ma droite, sur la banquette arrière. Je
tenais un pistolet automatique. La fenêtre était ouverte et Aurélia,
son foulard sur le nez, faisait feu en direction de l'église. Nous
étions en pleine hystérie. L'odeur de gazoline et de chair brûlée
écoeurait. Se perdait dans l'air. Nous roulâmes à grande vitesse.
Pendant près de vingt minutes je crus que Gilles, taché de sang,
était euphorique. Son regard se perdait vers le ciel, son corps
était détendu. Je crus qu'il avait atteint des zones de grande sérénité et que tout pour lui prenait fin. C'était plus fort que moi.
J'aimais cet homme dont le sang me tachait. Sa tête roula sur mon
coeur. Il était mort.

Montréal
rues Marie-Anne, Cherrier, Amherst,
St-Kevin et ailleurs
printemps 1973
printemps 1980

ADDENDA

Dédié, en son entier, tout comme ce roman, à Paul Paré, éditeur et ami. Ainsi qu'à Suzanne, Patricia, Hélène, Madeleine, Denyse, qui l'ont aimé.
Aussi à Roger Duhamel et Antoine Desroches, pour les mêmes raisons.
Et, par-dessus tout, à l'immortelle fluidité de *Clandestine*.

Toutes les puissances du destin national

(extrait de La nuit des temps)

Par l'embrassement de la Nuit j'ai cru comprendre qu'il était une réalisation d'amour encore secrète, encore à venir, qui donnerait à la transparence des amants la puissance d'une épaisseur de gloire en laquelle yoguis, saints, prêtres, puissants, docteurs, anges, démons, viendraient se soumettre vaincus par la puissance vitale divinisée et par la splendeur des corps. Que les voies d'évolution spirituelle recélaient des failles par où chutaient bien des yoguis mais qui pouvaient aussi ouvrir sur des réalisations surprenantes. J'ai vu monter mon ombre, une chose désespérante, mais en embrassant mon ombre j'ai éprouvé en moi l'ardeur montante d'un feu pur capable de transpercer ce monde et de transfigurer le corps. Par l'exploration de la Nuit, au-delà des cataractes de larmes qu'elle peut ouvrir, au-delà des excès auxquels elle convie, déjouant la fausse nuit qui masque la vraie Nuit et nous offre son poison, j'ai senti monter en moi la raison d'être même du monde, la raison d'être de toute souffrance : la montée en l'homme de la Femme enfin naissante, libérée d'abord au-dedans de lui par l'Amour, sacrifiée au détachement sur l'autel de tous les prolongements cosmiques; j'ai senti vibrer dans mon corps une passion d'amour si paradoxalement pure et sublimante, si élargissante, si déterminée dans sa jeunesse et dans sa clarté, que j'ai voulu enfin la connaître pour qu'elle se prolonge dans ce monde et dans les mondes quitte à m'écarteler sur la croix des cosmos, quitte à me briser en un infini de miettes ardentes que relierait sans fin l'Amour divin tonnant dans tous les mondes. Je suis descendu dans la Nuit, au fond du puits des pleurs, pleurs sans objets, sinon l'objet sacré de tous les pleurs, indescriptible, mort glorieuse et souveraine, fouettant de Lumière le Coeur. Et de séismes en silences, de poudroiements doux en anéantissements archétypaux, dans la furie électrique de la montée transcendantale, dans ces ouvertures nuptiales du corps aux douceurs et aux furies divines, j'ai appris à l'Aimer, sans rien demander en retour, pour qu'Elle étende son Désir ~~pur~~ en toutes directions, par mon regard et par mes sens, pour que ce monde enfin soit noyé de l'eau qu'il attend et qui seule pourra le désaltérer. J'ai été brisé et je le serai encore. Pour grandir. Le Québec accomplira sa loi qui se confond avec celle de l'âme, au-delà de toutes les images archétypales, au-delà de tous les *revivals*, si un taux suffisant d'individus accède à la vie gnostique et tombe amoureux de la Vierge-Aurore, Mère d'Amour, tendresse, douceur et protection du *Maha-Lakshmi*, déesse de la Beauté, que toute médiocrité fait fuir. Notre Âme nous appelle tous à l'excellence et à l'Amour. Nous nous enracinerons dans notre âme et nous agirons en elle ou alors nous ne vivrons jamais. C'est notre Âme même qui appelle la vie d'ici à une transformation spirituelle qui induirait en elle, la vie, toutes les puissances du destin national.

Notes sur les méninges

(par Clandestine)

Si l'on observe la coupe schématisée du cerveau l'on découvre que trois couches protectrices l'entourent : les trois méninges. La première se nomme la Dure-Mère et correspond à la conscience diurne. La seconde s'appelle l'Arachnoïde et correspond à la conscience de rêve. La troisième s'appelle la Pie-Mère et correspond à la conscience profonde, dite "sans rêve". Ces méninges se prolongent jusqu'à la fine pointe de la colonne vertébrale qui est un prolongement du cerveau ou dont le cerveau est un prolongement. "Arachnoïde" a la même racine que le mot français "araignée". Aurélia et Gilles ont fait remarquer ces faits à Réjean. Moi, Clandestine, qui suis voyante, j'ai lu dans l'écriture de la couche C (Pie-Mère) le texte placé avant et après la conjuration de Gilles. J'ai vu ces textes dans la couche C qui commence page 79. Je n'ai lu ni la couche A, ni la couche B.

Plus récemment, j'ai ouvert au hasard le manuscrit de cet ouvrage dont mon mari a éliminé un bon nombre de passages parce qu'il trouvait son manuscrit trop volumineux et je suis tombée sur une déconstruction (couches B et C) du chapitre 55 que mon mari ne publiera peut-être pas, histoire d'alléger un peu la masse. Et j'y ai lu un texte que je vous inviterai tout à l'heure à lire. J'ai observé sa façon de faire et l'état dans lequel il était après la déconstruction qui commence à la page 79. Surtout après la rédaction de la couche C. Il semblait avoir touché des régions inconnues d'écriture qui lui ouvraient des soubassements sur un passé troublant. J'avoue ne pas toujours prendre pour de l'acquis ses réactions et ses humeurs mais la sorte de gravité mêlée de stupéfaction dont il fut empreint durant les jours qui suivirent la rédaction de ces couches me porte à penser qu'il avait enfin entrevu le fond de l'écriture. Moi, je suis voyante. Je ne suis pas écrivain. Je vois des textes dans des textes ou dans des débris de textes. Du texte qui ne me concerne pas directement. Ainsi je suis clandestine en ceci surtout que je suis transparente, l'on ne peut voir qu'à travers moi. Mais moi je puis voir dans l'apparent chaos. En fait je suis *voir* partout.

J'ai observé mon mari. J'ai vu que dans un premier temps il déconstruisait son texte un peu comme on décape un vieux meuble, pour voir ce qu'il y a en-dessous (c'est la couche dite *Arach*). Puis il reconstruit intuitivement (il *pie*) en laissant tous les outils de reconstitution ou de ré-écriture passer dans son esprit et jouer sur la couche dite Arach. Il peut intervertir l'ordre des lettres, laisser une langue inconnue se transcrire, il écoute mais n'improvise qu'en s'en tenant au matériau chaotisé qu'est la couche Arach. Il est obligé d'écrire un certain texte et pas un autre. Vous pouvez essayer (plusieurs fois s'il le faut). C'est d'ailleurs ce qui m'est arrivé aussi. Le texte a donc été "arraché" à sa surface puis reconstruit selon un écho de profondeur et selon des lois non-explicites, l'ensemble de sa démarche me permettant de comparer son texte en trois couches (comme si les choses se déroulaient dans le temps, simultanément, à plusieurs niveaux) à la structure linéaire suivante :

A		B	
	C		
B'		A'	

où la ligne du haut représente la couche dure, le mouvement du point A vers A' et le mouvement du point B vers B' la couche dite Arach qui s'invertit en un point C pour projeter l'inversion de AB en B'A' qui constitue la couche C dite Pie. C'est sans doute à cause de cette inversion du mouvement de la figure que mon mari a utilisé surtout et souvent, dans cette expérience du chapitre 24, l'inversion pure et simple, dans sa totalité et dans ses détails, du texte de la couche Arach, non sans laisser agir aussi l'intuition ou certains instincts pulsionnels. D'ailleurs le fond du corps se souvient du temps (je ne sais pas pourquoi je vous dis ça ici) et le sexe porte la mémoire de tout ce qui fut porté en existence, dont certaines choses ou certaines ambiances vécues il y a des millénaires. Je suis clandestine en ceci que cette chose que je sais d'expérience, on ne la vit pas encore à ciel ouvert. Mais un jour nous vivrons tout le temps passé à ciel ouvert et alors vous pourrez tous lire dans le Livre d'histoire dont je vois le texte au fond de vous-mêmes (et que vous pouvez bien tenter de voir maintenant, si vous le voulez, grâce à la technique de mon mari ou à une autre (je suis une tentatrice !).

Je ne sais pas ce que mon mari fera de la couche dite Arach et de la couche dite Pie du chapitre 55 que j'ai vues traîner sur sa table de travail durant son absence (il ne semble pas les apprécier autant que les autres) mais au cas où il ne les publierait pas je vous fais part maintenant de ce que j'y ai lu. Il faut bien s'entraider, surtout qu'il est actuellement débordé de travail et que je vais bientôt accoucher.

La voici :

Ce que j'ai lu, moi, Clandestine, dans la couche Arach puis dans la couche Pie du chapitre 55 (comme dans une boule de cristal) :

Couche Arach (1) :

L'élan avec ses mains se projette. En retour, la virgule, lien dans la guirlande salée, retourne vers l'origine.

Quand Vénus le tentait, tournée en amont du Mont-Royal, il la voyait toute dorée.

Ivres de nos actes commis, on erre à travers les chemins de campagne avec l'idée de dévier vers la drogue.

Un jour, plus tard, on rêvera de haïr le Québec, pour faire partie d'une autre idée.

Ahuris, le trait d'union que sont certains membres iront dans le panneau pour y glisser une nouvelle essence. Mais l'hiver arrivera et voilera la réunion de Troie si bien pensée.

Le jour H conçu par les nerfs, rêve d'en finir paisiblement au plus sacrant et de tirer tranquillement comme un oiseau, l'or du péché.

Nous en avions les nerfs rajeunis, dénoués, faits de la liqueur de Rome qu'on avait mis à notre disposition.

Notre concentration contrastait avec nos moyens, nous avions les clés pour atteindre d'infinis rêves qui nous entraînaient dans des émotions au-delà du désordre, de la tristesse et de la liturgie.

Enfin, c'est fini, du moins pour le moment, nous verrons plus tard.

H. tente avidement de tenir la terre autour de lui.

Les jeunes goélands tentent d'éprouver l'amour des miettes répandues çà et là, dans le creux d'une main sonore.

Les mules naissent avec le sang froid, formulent un corps de putréfaction liquide noyé dans les lacs.

La salive de fond force les chants à se produire sept fois, sur la 5e corde et à chanter les hymnes arqués, imprégnés d'avenir.

---

1. En relisant la version Arach que vous n'avez pas sous les yeux je me suis aperçue que mon mari en avait changé certains mots qui y apparaissaient lors de ma première lecture. Sabotage ? Eh non ! souci de perfection.

Mais Dieu est encore plus beau, il fait vibrer des cordes de la harpe et nous fait oublier la cendre.

Couche Pie :

Indépendamment du rire, le réverbère se choque sur la canne du glacier. La rivière, la guêpe, le Taureau et Toi Traqueront le nid tenu entre ses épines et les élus.

Le Tapis sinistre, rempli d'eau Tient Trop à ses griffes et laisse Tomber le Trésor revenu avec Jésus, le savais-tu ?

Hanoy, desséchée, assoiffée, feuillette l'album percé au nitrate et laisse tomber la Tignasse de l'étude.

Elle, comme l'ébène, est née d'un baume érotique sans lumière et alertant l'énergie au repos.

Le crapaud nouveau, sans sel, savonneux, traque la semence de la soif.

La Grèce errait, désemparée, vide, triste et fatiguée dans les champs de tulipes et sa robe ratatinée descendait en criant, le nez dans l'axe.

La faim parsemée de lilas, de vertu, sillonnait l'odeur erronée du loup.

Dans ce siècle, le thé va comme la tisane dans les champs du nord.

Ai-je eu à nettoyer la pulpe de l'étrier, l'amour du sot ? Non, pas du tout.

Ils souffrent, ils gisent et leur séjour n'en est qu'à la moitié.

Ils ont osé rudoyer le relieur, l'éventreur, l'aspirer et le tenir exorbité comme s'il était beau.

Revenant à leurs soupçons ils ont réservé la terre et l'ont jetée dans le napalm.

Pensant rouge, l'atavisme les a fait rire. La noirceur effervescente moisissant n'a pas renvoyé le gaz à son origine sinistre. Évidemment, le verre pointu sortit en épi de sa face rêveuse. Dracula violet s'esquiva nu, empoigné, lourd, tenté, son cerveau gercé.

La tombe se tenait érigée enthousiaste dans un élan dramatique, l'oeil provocateur.

Tiens-toi assis et regarde !

Derniers signes

Les épreuves de ce roman entrent à l'imprimerie mercredi prochain, mi-mars 1980. Notes cursives et confuses. Livrées en vrac (mon côté "reporter à la pige").

"Ce n'est pas par hasard si Herzog a tourné son *Nosferatu* maintenant comme le fit Murnau il y a cinquante ans (en 1922). Murnau annonçait Hitler que personne ne voyait encore en 1922. Qui donc annonce Herzog, que personne ne voit encore ?" Je pense qu' "il" est visible (fissible), diffus.

"Mais le film de Herzog, même s'il suit dans ses grandes lignes le scénario qu'avait écrit Henrik Galeen pour Murnau, et si quelques plans sont *parfaitement identiques...*" (ritualisme inconscient ?).

"Les deux *Nosferatu* sont inspirés d'un roman de Bram Stoker paru en 1897."

"... si une femme au coeur pur (arcane 17 ?) peut garder près d'elle le vampire jusqu'au chant du coq, les premiers rayons de soleil le détruiront."

Ces extraits de presse sont tirés d'un article de Serge Dussault paru dans *La Presse*, Montréal, samedi, 15 mars 1980, cahier D 11. Tel est le mythe de Dracula.

L'article porte sur le film *Nosferatu, fantôme de la nuit* (l'autre *Nosferatu* (1922) s'intitulait : *Nosferatu, une symphonie de l'horreur*), actuellement à l'écran à Montréal. Il s'agirait d'une réussite formelle. Le roman de Bram Stoker dont le film s'inspire vient tout juste d'être ré-édité en France, en format de poche, sous le titre *Dracula*, Paris, Librairie des Champs-Elysées. Je suis en train de le lire. Le copyright pour la traduction française est daté de 1979. Je n'ai pas vu le film encore. En relisant *Moïse et le monothéisme* de Freud, qui appelle à lui seul une psychanalyse aiguë, serrée, Freud lui-même compare Yahvé à Dracula après avoir tenté d'humilier les Juifs en "démystifiant" Moïse : "Yahvé était certainement un dieu des volcans (...) Malgré tous les remaniements subis par le texte (de la Bible) nous pouvons, d'après Ed. Meyer, reconstituer le portrait du dieu : C'est un sinistre et sanguinaire démon qui rôde pendant la nuit et redoute la lumière du jour."

Freud ne parle pas, nommément, du mythe de Dracula.

Mais il faut lire *Moïse et le Monothéisme* en se rappelant qu'il fut écrit un peu avant, ou pendant ou après (un peu : Freud avait environ 78 ans) l'envahissement de l'Autriche, où il résidait, par les armées nazies. Publié en 1939, l'année de sa mort. Le gouvernement autrichien, patrie d'Hitler, vient par ailleurs tout juste de reconnaître officiellement l'existence politique de l'OLP qui a juré la destruction d'Israël. Il semble bien que ce soit le premier pays à reconnaître sur son territoire une sorte de représentation diplomatique officielle de cette organisation terroriste (le sionisme a aussi ses excès et ses craintes : mais comment ne pas voir qu'ils sont fondés et que tout les stimule ?

Il y a deux Moïse pour Freud. Et aucun de ces deux Moïses n'était Juif : Moïse était égyptien. Autrement dit, en 1939, le Moïse que les Juifs auraient assassiné jadis (selon Freud), s'annonce en tant qu'étranger et se projette à toutes fins pratiques dans le pharaon. Hitler, qui fera payer cher aux Juifs d'avoir vécu jusquelà de compromis avec leurs propres bourreaux semble vouloir précipiter "l'an prochain à Jérusalem".

Freud ne croyait pas à la prophétie. C'est pourquoi son ouvrage demeure confus. Il est justement l'expression brouillée de la prophétie d'un drame récurrent à travers la grille freudienne où le père (de la terre promise) fut tué (et va renaître) pour contraindre son peuple à y retourner. Mais la grille est freudienne et la prophétie voilée. Freud pressentait le re-surgissement, la manifestation ("retour du refoulé" ?) de puissances primitives, assoiffées de crime et de sang (comme dans la Bible, livre de feu mystique mais aussi de guerres justes et injustes, de vindicte, de grandeur et de misère. Freud voyait monter ces forces à travers sa grille. Il ne parvenait pas à les départager (pouvons-nous y parvenir, parvenir à voir clair dans ce drame ?). Ma thèse est aussi que Freud, par sa psychanalyse, a contribué à faire monter les puissances de destruction. Ma thèse n'est peut-être pas démontrable — en tout cas je ne l'ai pas démontrée. Elle est peut-être trop unilatérale. Mais Freud non plus n'a pas vraiment démontré la sienne sur Moïse : car cette oeuvre appelait la prophétie, non l'analyse. Moïse est *le* Juif. Polarisé en lumière et en ténèbres, comme le veut la tradition. En faire un étranger, n'est-ce pas, d'autre part, en faire un ennemi ? Ou lui reconnaître ce statut ?

Freud semble canter deux Moïses "polarisés" : l'un est "cruel" ou "noir" (ces qualificatifs sont de moi) et l'autre plus "blanc", plus "bon". Ils ne sont pas complémentaires dans l'analyse de Freud. Ils sont deux personnages différents, séparés. Le nazisme est peut-être une expression extrême du résultat de la vision manichéiste du bon et du mauvais. La solution résiderait dans une capacité de reconnaître en nous ou dans le monde les puissances noires et de les intégrer en notre conscience sans pour autant céder à leur aveuglement, à leur cynisme ou à leurs caprices. Car ces puissances existent. Mais quelle est leur genèse, la structure absolue de leur genèse ? Leur nécessité ? Ou la clé de leur dissolution ?

"Il ne faudrait pas non plus devenir (ou se prendre pour) les Draculas de la paix sociale" lançait récemment Pierre-Marc Johnson à l'Assemblée nationale du Québec en reliant cette attitude au camp de l'opposition qui exigeait un règlement rapide de la grève des "cols bleus". Johnson semblait espérer un règlement moins primaire que celui proposé par l'opposition.

Holocauste, de Gerald Green, en feuilleton dans *La Presse* d'aujourd'hui, 15 mars 1980 : "... La lutte n'est pas dans les habitudes des Juifs. Nous avons survécu, depuis bientôt deux millénaires, parce que nous avons su faire des compromis. Céder un peu de çi, nous soumettre un peu de là. En somme conclure des marchés..."

L'on sait ce que leur a valu cette attitude. Elle attirait sa contrepartie par absence et meurtre du père. On retrouve ce meurtre aussi, en filigrane, dans cette oeuvre par ailleurs d'une sincérité bouleversante : *Le Prince de Sexamour* de Chamberland. La dominante de cette oeuvre est cependant cathartique. Elle annonce la montée des mêmes forces qui firent le nazisme mais aussi leur dissolution. Je pense que l'on peut dissoudre ces forces ou les transmuter. Mais nous ne pouvons pas par ailleurs les ignorer et les rejeter en toute bonne conscience comme "mal" : elles nous reviennent alors sur la gueule avec une puissance accrue. Il faut cesser de se croire parfaitement pur, mais ne pas non plus tomber dans cet état larvaire qui assassine en nous la virilité d'être, capable, justement, de dompter le mal. (Même sensation, aussi, d'auto-mutilation-du-père à la lecture de *Moïse et le monothéisme* qu'à la lecture du *Prince de Sexamour*.) Mais que tuons-nous donc, quand nous tuons ça, lucidement ou nébuleusement ? Je pense qu'il y a là une peur d'être et une violation de soi qui appelle, sans que nous le sachions, l'intervention d'un Moïse noir (ou sinistre) et d'un Monothéisme de fer : exactement le contraire de ce que l'on cherche en tuant le père... ou exactement ce que nous cherchons ?

Le nazisme : Georges Marchais, leader du Parti communiste français, aurait été travailleur volontaire dans les usines de guerre nazies jusqu'en 1944. Il serait venu "tard" au PCF, en 1947. Pourquoi pas avant ? Comment expliquer la politique "suicidaire" et sectaire qu'il donne aujourd'hui au Parti communiste français ?

Saurons-nous jamais plus que les quelques renseignements que nous livre Louis-Bernard Robitaille dans son article d'aujourd'hui dans *La Presse* (15 mars 1980) ? La France est tellement polie, tellement respectueuse de la forme. Pour certains Français, il est bas de dévoiler que les hommes politiques puissent être bas. C'est d'être trop "vertueux", trop "bien élevé". Étrange Disneyland : Bouddha, au moins, prêchait la lucidité. Giscard d'Estaing a aussi des choses à cacher : Giscard et Marchais ne s'attaquent pas l'un l'autre sur ces plans. Collusion des hypocrisies. Giscard d'Estaing flirte aussi, pétrole oblige, avec l'OLP. Au moment où il tolère le passé non-avoué de Marchais. Au moment où l'Autriche dit oui à l'OLP. A l'époque du punk et du funk. A l'époque de l'envahissement de l'Afghanistan par les Russes qui évoque celui de la Pologne par les Allemands à la fin des années trente. Au moment où Sobhraj et Marie-Andrée Leclerc sont reconnus non coupables. Au moment aussi où je prépare le scénario d'un film inspiré du *Cassé* publié en 1964 (comment le présenter sans en trahir le sens et en en extrayant toute la signification ?). La religion n'est pas une solution : elle nous protège rituellement d'un mal qui a ses rites aussi et qui cherche à dominer la terre en profitant de l'athéisme agnosticisant qui refuse ou méconnaît l'intégration possible des plans cachés. Que reste-t-il ? La conscience d'être ? La conscience d'être et la petite flamme d'amour, peut-être, qui brille dans nos amours et nos souffrances et qui constituerait le seul bien véritable dans nos hauteurs comme dans nos bassesses, cet amour invisible, immortel, humain, ce rayon laser jailli de l'être. Serons-nous jamais, à commencer par moi, à la hauteur d'une telle et si fine puissance ? 80 : appel, arcane 17 : murmure intime et présence active de l'Impératrice espérance.

P.S. Je vais peu voter. Mais j'irai voter oui, au référendum sur la souveraineté-association pour signifier aux adversaires du Canada français que j'entends assumer les responsabilités qu'ils prennent pour nous et contre nous depuis 1760 et que nous leur abandonnons parce que nous n'avons pas encore osé assumer, par résolution, le traumatisme d'une défaite militaire et d'un abandon par la France. Pour éviter aux exploiteurs tranquilles de notre tranquillité de devenir odieux d'arrogance à force de patauger dans notre "tolérance" et nos faux-fuyants larvaires; afin de les libérer du "moïsisme" paternaliste inverti à la Trudeau qui ne peut que très difficilement se retenir de nous remettre, avec violence, le nez dans notre terre promise. Celle dont nous avons peur. Pour racheter le père humilié depuis des générations, avili dans sa crainte et son refus de voir, courbé par le mépris, que le combat, le oui aux puissances évolutives, le pas à faire dans son destin, effrayaient. Pour racheter et libérer toute la puissance émotive et créatrice de notre coeur étouffé. Pour rappeler à l'Amérique que le rêve américain n'est pas mort et que l'aurore américaine peut aussi éclore en nous de toute sa numinosité (le Canada la trahit; indépendance ou rattachement aux Etats-Unis). Parce que je veux dire oui aux puissances de vie et m'expliquer moi-même avec mes instincts de mort et les transmuter. Parce que je ne veux plus confondre les nombres de ma loi d'être avec chiffres et autres pognages de comptables. Parce que l'espérance est violente et crie dans mon être et que la conjoncture actuelle fait qu'un bulletin de vote peut transmuter une bête blessée qui guette. Le non à cette violente espérance est hélas très québécois. Mais c'est aussi le plus subversif des facteurs de troubles et de cancérisation. Je suis cependant convaincu que les peuples qui disent oui à leur destin sont portés par une puissance évolutive qui peut leur faire gagner toutes les guerres, à la condition de ne jamais confondre un parti avec l'Âme même. Car ni morale, ni démagogie, ne pourront jamais rien faire contre les puissances souterraines éveillées d'une Âme qui vient de naître au monde. Envers et contre les temps.

Pour un printemps québécois,

Montréal, 15 mars 1980.

Dernière heure :

La der des der des notes sous l'oeil sévère de mon éditeur qu'amuse mon goût des nombres : je viens de me rappeler que j'avais 17 ans quand je naquis à la politique, éveillé jusqu'au fond de mes entrailles par la générosité magique de la voix de René Lévesque. C'était en 1960. Chez nous il n'y avait pas de télévision. D'abord parce que l'on n'était pas très riche, que c'était relativement nouveau, et que c'était l'genre de ma mère : pas d'coke, pas d'candies, pas d'chips, pas d'cochonneries, pas d'autos pis pas d'TV. Mais la radio, que mon père écoutait silencieusement, à régime bas, comme dans l'temps des postes à cristals. J'entendais régulièrement la voix de Lévesque. Ca me nourrissait plus que je ne sais plus quoi. Puis il passa au Parti libéral. Je n'aimais pas qu'il passe en politique mais je le suivis là aussi : j'avais 17 ans, en 1960. Je retrouve enfin, dans la campagne qui s'amorce, quelque chose des accents de la campagne d'alors qui porta les libéraux au pouvoir. Mais le P.Q. fut fondé il y a 13 ans. 13, 16, sont des nombres d'épreuves. Pour le parti. Mais je dirai oui au 17 de l'éternelle espérance. Sans partis. Car le nombre de la révolution tranquille, actuellement, n'est ni 13 ni 16 : c'est 20, en 80.

madeleine
ouellette-
michalska
le plat
de lentilles
roman

*Une femme-objet
racontée
de l'intérieur*
$9.00

A la frontière où le soleil bascule dans sa représentation, Nadine, bel objet parasite un peu dingue, peint. A la lisière où la race s'échange contre un bout de chrome et des patates frites, Nadine, stérile, se laisse apparemment posséder.

Madeleine Ouellette - Michalska démonte la mécanique du consentement feint poussé à un degré où le viol est nié par la perfection du mimétisme, où le consentement à la simulation occulte le viol de la race et du corps social. Plus radicalement encore, les attentats visant l'aliénation totale sont-ils niés par la stérilité de Nadine, ultime recours d'une individualité oblitérée par sa représentation. Au moment où la folie oscille en Nadine et risque de se retourner contre elle à jamais, Nadine l'exorcise en la rendant agissante à l'extérieur. Une histoire simple, celle de plusieurs.

marie lafleur
mélano
roman

*un intense roman
d'amour en rage*
$6.00

MELANO est un roman d'amour. Un roman de rupture. Un roman d'affranchissement. Un récit d'obsession où Anna s'obstine à rendre à l'instinct cette intelligence qui a été déportée du rapport amoureux il y a plusieurs siècles. Un récit d'inceste où Anna-mère rejette l'obscène maternité qui la détériore. De la crudité à l'incantation, cette histoire de désir et de fureur contient l'oxygène d'une passion inconditionnelle pour la vie et la fécondité. Dans ce premier livre, Marie Lafleur se révèle un écrivain d'une grande maîtrise.

evelyn
dumas
     un
     événement
     de mes
     octobres
     fictions

Le viol de l'espace
individuel par
l'espace politique
$7.00

Sortie de la dimension repérable/comptabilisable de l'information patentée, affranchie de l'éthique des preuves, Evelyn Dumas construit, invente, pose, impose le délire. Dans le droit absolu du littéraire où la "réalité" n'a que le lieu de la fiction pour continuer à se réclamer, une femme-ville révèle comment sa chair individuelle est le lieu d'ancrage de la/du politique, comment la/le politique envahit et occupe l'espace charnel individuel, le violente et le viole, le bafoue et l'humilie. Dans cet "événement", c'est le délire qui exige son lieu et sa parole, à son rythme, grossissant ce qu'il a à grossir, oubliant le reste, faisant fi des soupirants du "ce qui s'est vraiment passé". Ici, ce qui se passe dans la ville-femme, c'est la violence de l'humiliation, quoi qu'il en soit de toutes les versions et hypothèses où se maquillent les vérités dites vraies. Ici, les fictions hurlent.

paul paré
     comme
     un cheval
     sur la
     soupe

un théâtre "réservé"
au public,
interdit au théâtre
$7.00

Dans ce roman/théâtre — où le théâtre s'interdit d'être autrement que privé — Paul Paré propose un curieux cheminement : celui du passage de ses personnages, tout aussi fictifs que lui-même, sur une scène aussi changeante qu'il se peut, dans un décor impossible qui se défait à mesure qu'il se fait. Paul Paré ment-il ? Non. Il s'amuse... de lui / des autres... Non plus. Il se passionne pour l'évaporation des décors et des personnages ? Non... pas seulement. *Comme un cheval sur la soupe*, ce n'est pas seulement un livre à lire, c'en est un qu'il faut jouer, chacun sur ses propres planches, chacun dans son décor... à la manière de ce que chacun y est.

suzanne
jacob
   la survie
   nouvelles

Fascinant : personne, mais personne, ne veut échanger sa peau !
Par quel processus miraculeux
chacun tient-il tant à sa peau ?
Comment chaque être échappe-t-
il au nivellement, à la déperson-
nalisation, et survit-il dans son
individualité ? En dix-neuf nouvelles, par variation de rythme et
de ton, par petits traits apparem-

*du gros mélo
à talons hauts*

$8.00

ment inoffensifs, Suzanne Jacob arrache à l'intimité
de ses personnages les détails qui font que chacun
d'eux éprouve, ressent, et défend son individualité
dans le lieu même de l'aliénation. Par cette résistance,
parfois à peine perceptible, les personnages finissent
par ébranler les fondements de ce qui les pressurise.
Un nouvel espace intérieur s'ouvre où l'individuel
réapprend à distinguer les racines comestibles des
autres... et entreprend sa survie.

paul paré
   les fables
   de
   l'entonnoir

Les livres de Paul Paré sont sub-
versifs. Les masques y démas-
quent. Détournement des logi-
ques pétrifiées vers la racine des
légumes. Détournement des iden-
tités de façon à ce que les faits
ne soient jamais rétablis. Pirate-
rie des sens uniques et des cer-

*Contes de magie
noire... ou blanche*

$9.00

cles vicieux pour sortir du tunnel unidimensionnel.

Dans *Les Fables de l'Entonnoir*, Paul Paré explore les
dédales des solitudes d'où émergent des gestes imprévisibles, où s'enfoncent des radicelles inattendues,
d'où s'échappent des rêves légers et tenaces. Un livre
à lire comme on retourne un caillou dans tous ses
sens, à l'esquimau, pour en faire saillir le germe contenu. Pour s'en émouvoir.

solange
lévesque
les cloisons
suite de nouvelles

17 histoires du
cirque quotidien

$7.00

Une vision d'un repas du soir, douze heures d'un coucou, une balle perdue et un cadeau. Un contemplateur, une chanson à l'eau de rose et une sonate en la mineur, quelques dollars pour un mystère, des statues dans un parc. Dans *Les Cloisons*, Solange Lévesque réussit à rendre tangibles et visibles des espaces qu'il est convenu d'appeler "vides", entre les gens et les gens, les gens et leurs choses, les choses et les choses, entre le mobile et l'immobile, entre l'anguille et la roche. Elle insère un regard inaccoutumé dans les replis inusités des existences, et en tire des fibres et des lumières là où on aurait juré qu'il n'y avait rien. Cette suite de nouvelles retourne la grisaille et l'oblige à avouer sa couleur. En résulte un cirque léger et légèrement cruel, mouvant, où l'ennui perd prise et où le quotidien se métamorphose et intéresse.

francine
péotti
la phallaise

Une conversation
au fil du temps

$12.00

Cette "prose sédimentaire" comme l'auteur a voulu l'indiquer, est un livre "pas comme les autres" : il faut y entrer avec le temps devant soi et le désir d'y errer, de s'y laisser porter. *La Phallaise* porte sur "l'abîmant rapport entre les sexes, là où le taux de négligence atteint généralement des sommets. Ce texte est la trace de l'énergie presque entièrement investie dans cette danse à charmer la mort à travers la transitivité ou la permanence d'autrui". *La Phallaise* ne cherche pas à raconter; elle affirme la quotidienneté de l'accueil et d'entretien qu'entreprend de vivre une femme dans ses rapports au "masculin"; dans cette anarchie apparente du quotidien, et obstinément à travers lui, un message particulier se transmet. *La Phallaise* est avant tout un lieu, un séjour où cet entretien se passe et où la conversation s'entretient.

ACHEVÉ D'IMPRIMER
EN AVRIL 1980
SUR LES PRESSES DE
PAYETTE & SIMMS INC.
À SAINT-LAMBERT, P.Q.